文/白/对/照

太平廣記

二

〔北宋〕李昉 等 编纂
谦德书院 译

團结出版社

图书在版编目（CIP）数据

文白对照太平广记 / (北宋) 李昉等编纂；谦德书院译. -- 北京：团结出版社, 2022.10

ISBN 978-7-5126-9290-9

Ⅰ. ①文… Ⅱ. ①李… ②谦… Ⅲ. ①笔记小说—小说集—中国—北宋②《太平广记》—译文 Ⅳ. ①I242.1

中国版本图书馆CIP数据核字(2022)第001044号

出版：团结出版社

（北京市东城区东皇城根南街84号 邮编：100006）

电话：（010）65228880 65244790（传真）

网址：www.tjpress.com

Email：65244790@163.com

经销：全国新华书店

印刷：北京天宇万达印刷有限公司

开本：145×210 1/32

印张：286.75

字数：8200千字

版次：2022年10月 第1版

印次：2022年10月 第1次印刷

书号：978-7-5126-9290-9

定价：880.00元（全十四册）

目录

卷第四十六　神仙四十六

卷第四十七　神仙四十七

卷第四十八　神仙四十八

卷第四十九　神仙四十九

卷第五十　神仙五十

卷第五十一　神仙五十一

卷第五十二　神仙五十二

卷第五十三　神仙五十三

卷第五十四　神仙五十四

卷第五十五　神仙五十五

卷第五十六　女仙一

卷第五十七　女仙二

卷第五十八　女仙三

卷第五十九　女仙四

卷第六十　女仙五

卷第六十一　女仙六

卷第六十二　女仙七

卷第六十三　女仙八

卷第六十四　女仙九

卷第六十五　女仙十

卷第六十六　女仙十一

卷第六十七　女仙十二

卷第六十八　女仙十三

卷第六十九　女仙十四

卷第七十　女仙十五

卷第七十一　道术一

卷第七十二　道术二

卷第七十三　道术三

卷第七十四　道术四

卷第七十五　道术五

卷第七十六　方士一

卷第七十七　方士二

卷第七十八　方士三

卷第七十九　方士四

卷第八十　方士五

卷第八十一　异人一

卷第八十二　异人二

卷第八十三　异人三

卷第八十四　异人四

卷第八十五　异人五

卷第四十二——卷第八十五

卷第四十二　神仙四十二

贺知章　萧颖士　李仙人　何　讽　黄尊师　裴　老　李　虞　夏侯隐者　权同休

贺知章

贺知章，西京宣平坊有宅。对门有小板门，常见一老人乘驴出入其间。积五六年，视老人颜色衣服如故，亦不见家属。询问里巷，皆云是西市卖钱贯王老，更无他业。察其非凡也，常因暇日造之。老人迎接甚恭谨，唯有童子为所使耳。贺则问其业，老人随意回答。因与往来，渐加礼敬，言论渐密，遂云善黄白之术。贺素信重，愿接事之。后与夫人持一明珠，自云在乡日得此珠，保惜多时，特上老人，求说道法。老人即以明珠付童子，令市饼来。童子以珠易得三十余胡饼，遂延贺。贺私念宝珠特以轻用，意甚不快。老人曰："夫道者可以心得，岂在力争；悭惜未止，术无由成。当须深山穷谷，勤求致之，非市朝所授也。"贺意颇悟，谢之而去。数日失老人所在。贺因求致仕，入道还乡。（出《原化记》）

萧颖士

功曹萧颖士。常密游，于陈留逆旅。方食之次，忽见老翁，

贺知章

贺知章，在西京长安的宣平坊有一处住宅。他家对门有一扇小板门，经常看见有一位老人骑着驴出入其中。就这样过了五六年，看那老人的脸色和衣服还和原来的一样，没有什么变化。也没见过他的家属。询问附近的邻居，都说他是西市卖穿钱绳子的王老，再没有其他的职业。贺知章看出他是一个不寻常的人，他就经常在空闲的日子造访王老家里，老人前去迎接也很恭敬谨慎。他家只有一个童子供老人使唤。贺知章问起他的职业，老人就很随便地回答了他。由于和老人的往来增多，渐渐地贺知章对老人更加尊敬，言谈议论的次数也逐渐多了起来，于是老人在言谈中说了他擅长炼丹化为金银的道术。贺知章平素里信任看重老人，愿意侍奉老人。后来贺知章和夫人拿着一颗明珠，自称是在家乡的时候所得到的，保护爱惜了很多年，现在特地敬献给老人，请求老人能够讲授道法。老人接过明珠之后就把它交给身边童子，让他买饼回来，童子用明珠换来三十多个烧饼，并请贺知章吃。贺知章心中暗想，宝珠是自己特意送给老人的，可老人却如此轻易就用掉了，于是心里很不愉快。老人察觉后说："道术可以用心去领悟，哪能以力相争呢？吝啬之心还未停止，道术没有理由大成。应当到深山幽谷中，勤奋地去探索求取它，这不是在争名逐利的地方所能传授的。"贺知章听了颇有感悟，明白了老人的意思，行礼拜谢老人后就离开了。过了几天，老人不见了。贺知章于是就请求辞去官职，回到家乡当道士去了。（出《原化记》）

萧颖士

扬州功曹萧颖士，经常暗中游览各地。一次他住在陈留的客店。

须鬓皓然，眉目尤异。至门，目萧久之，微有叹息，又似相识。萧疑其意，遂起揖问。老人曰："观郎君状貌，有似一人，不觉怆然耳。"萧问似何人。老人曰："郎君一似齐鄱阳王。"王即萧八代祖。遂惊问曰："王即某八代祖，因何识之？"老人泣曰："某姓左，昔为鄱阳书佐，偏蒙宠遇。遭李明之难，遂尔逃亡，苟免患耳。因入山修道，遂得度世。适惊郎君，乃不知是王孙也。"遂相与泣。萧敬异之，问其年，乃三百二十七年矣。良久乃别。今在灊山，时出人间，后不知所之。（出《原化记》）

李仙人

洛阳高五娘者，美于色，再嫁李仙人。李仙人即天上谪仙也，自与高氏结好，恒居洛阳，以黄白自业。高氏能传其法。开元末，高李之睦，已五六载。后一夕五鼓后，闻空中呼李一声。披衣出门，语毕，还谓高氏曰："我天仙也。顷以微罪，谴在人间耳。今责尽，天上所由来唤。既不得住，多年缱绻，能不怆然。我去之后，君宜以黄白自给，慎勿传人，不得为人广有点炼，非特损汝，亦恐尚不利前人。"言讫飞去。高氏初依其言，后卖银居多，为坊司所告。时河南少尹李齐知其事，释而不问，密使人召之，前后为烧十余床银器，李以转闻朝要。不一年，李及高皆卒。时人以为天罚焉。（出《广异记》）

他刚到了吃饭的地方。忽然看见一个老人，须发雪白，眉目间尤其异于常人。他来到店门口，盯着萧颖士看了很长时间，发出一声轻微的叹息。老人又好像和萧颖士相识。萧颖士怀疑他有什么深意，于是就起身拱手作揖询问。老人说："我看公子的身形容貌，有些像我认识的一个人，不知不觉有点悲伤罢了。"萧颖士问他像什么人。老人说："公子像南齐的鄱阳王。"南齐鄱阳王萧恢正是萧颖士的八世祖先。萧颖士于是惊讶地问老人道："南齐鄱阳王正是我的八世祖先，你为什么会认识他？"老人哭泣着说："我姓左，曾是为鄱阳王主办文书的官吏，各个方面都受到恩宠相待。当时鄱阳王遭遇李明那场灾难，我就抛弃鄱阳王自己逃走了。苟且偷生只是为了避免祸患，就进入深山修炼道术，终于超脱尘世。方才看见公子倍感吃惊，竟不知公子就是鄱阳王的子孙。"于是他们相对着哭泣。萧颖士对他十分敬重。问起他的年龄，竟然有三百二十七岁了。过了很长时间他们二人才分别。老人现在隐居在灊山，有时出山到人世间游览。后来，不知道他去了什么地方。（出《原化记》）

李仙人

洛阳城有位高五娘，姿色十分美丽，再婚嫁给了李仙人。李仙人就是天上贬谪到人间的神仙，自从他和高五娘结婚后，就长期居住在洛阳城中，把炼丹化作金银的黄白道术当作自己的职业。高五娘也得他传授学会了这黄白道术。唐玄宗开元末年，高五娘和李仙人结为夫妻已经有五六年了。一天晚上五鼓之后，听到空中有人呼唤了一声李仙人，李仙人披上衣服出了门和那人交谈。聊完之后，他回来对高五娘说："我本是天上的神仙，先前因为犯了一个小的过错，获罪被贬谪到人间，现在对我的责罚已经结束了。天上派人来唤我回去，我已经不可以留在人间了，多年夫妻情谊缠绵，难舍难分，怎么能不悲伤呢？我走了以后，你只可适当炼制金银，能够自给自足即可，千万记得不能传授给别人。也不能给别人炼制过多，否则，不光会损害你自己，恐怕也会对别人不利。"李仙人说完就飞着离开了。高五娘起初还按照他的话去做，但后来因为卖出的金银过多，被坊

何讽

唐建中末，书生何讽，尝买得黄纸古书一卷，读之。卷中得发卷，规四寸，如环无端。讽因绝之，断处两头滴水升余，烧之作发气。讽尝言于道者，道者曰："吁！君固俗骨，遇此不能羽化，命也。据仙经曰：蠹鱼三食神仙字，则化为此物，名曰脉望。夜以规映当天中星，星使立降。可求还丹，取此水和而服之，即时换骨上升。"因取古书阅之，数处蠹漏，寻义读之，皆神仙字。讽方叹伏。（出《原化记》）

黄尊师

黄尊师居茅山，道术精妙。有贩薪者，于岩洞间得古书十数纸，自谓仙书，因诣黄君，恳请师事。黄君纳其书，不语，日遣斫柴五十束，稍迟并数不足，呵骂及棰击之，亦无怨色。一日，见两道士于山石上棋，看之不觉日暮，遂空返。黄生大怒骂叱，杖二十，问其故，乃具言之。曰："深山无人，何处得有棋道士？果是谩语。"遂叩头曰："实，明日便捉来。"及去，又见棋次，乃佯前看，因而擒捉。二道士并局，腾于空中上高树，唯得棋子数枚。道士笑谓曰："传语仙师，从与受却法箓。"因以棋子归，悉言其事。黄公司所告发。当时的河南少尹李齐知道了她的事，先是对高五娘不予追究并释放了她，后来又秘密地派人把高五娘召到府上去。高五娘前前后后共给李齐炼制了十多窑金银器。李齐还把这件事转告给了当朝的显要。不出一年，李齐和高五娘都死了。当时的人们都认为这是上天对他们的惩罚。（出《广异记》）

何讽

唐德宗建中末年，书生何讽曾经买到一卷黄纸古书，翻开阅读其中内容。在书中得到了一卷绕成圈的头发，圆四寸，像一个环却没有相接的两端。何讽就很随意地弄断了它，从断处两端滴出的水有一升多。用火一烧它有烧头发的气味。何讽曾经把这事告诉了一名道人。道人说："唉！你本来是俗骨凡胎的尘世中人，遇到这件神物不能羽化飞升成仙，这都是命中注定的啊！道教经典上说：蠹鱼三餐都吃书页上的神仙二字，就会变化成为这种东西，名字叫作脉望。夜里用这个东西映照当天中星，星使立刻就会降临，可以求得还丹，取来弄断'脉望'时流出的水一起和着服下，当即就能脱胎换骨，飞升成仙了。"何讽听了之后，就取出那黄纸古书查找，果然有几处蠹鱼蛀蚀的地方，然后对照前后文义，确定蛀蚀的都是"神仙"二字。何讽才赞叹信服。（出《原化记》）

黄尊师

黄尊师居住在茅山，道术精深玄妙。有一个卖柴为生的人，在岩洞中捡到了十几页古书，他自己认为这是仙书，于是就去拜访黄尊师，恳切地请求能够拜黄尊师为老师。黄尊师收下了他的书，但没有说什么。只是每天派他去砍五十捆柴，如果回来得稍微晚了一会或者数量不够，就大声斥责他，还用棍子敲打他，但他也没有露出过怨恨的表情。有一天，他照常上山砍柴，路上看见两个道士在山石上下围棋。他只顾着看他们下棋，不知不觉天已经黑了，只好空着手回来。黄尊师见了大怒，高声叱骂，还打了他二十棍子，问他到底是什

大笑，乃遣沐浴，尽传法箓。受讫辞去，不知其终。（出《逸史》）

裴老

唐大历中，有王员外好道术，虽居朝列，布衣山客，日与周旋。一旦道侣数人在厅事，王君方甚谈谐拊掌，会除溷裴老，携秽具至王君给使。因闻诸客言，窃笑之。王君仆使皆怪。少顷，裴老受佣事毕，王君将登溷，遇于户内。整衣，似有所白。因问何事，渐前曰："员外大好道。"王惊曰："某实留心于此。"曰："知员外酷好，然无所遇。适厅中两客，大是凡流，但诳员外希酒食耳。"王君竦异良久。其妻呼骂曰："身为朝官，乃与此秽汉结交，遣人逐之。"王君曰："天真道流，不择所处。"裴老请去。王君恳邀从容，久方许诺。曰："明日来得否？"曰："不得，外后日来。"至期，王君洁净别室以候。妻呼曰："安有与除厕人亲狎如此！"王君曰："尚惧不肯顾我。"少顷至，布袍曳杖，颇有隐逸之风。王君坐语，茶酒更进。裴老清言间发，殊无荷秽之姿状。曰："员外非真好道，乃是爱药耳。亦有少分。某既来，莫要炉火之验否？"王君叩头曰："小生酷嗜，不敢便有祈请。"裴指铁盒可二斤余，曰："员外剩取火至，以盒分两片，置于其中，复以火覆之。"须臾色么原因没有砍柴。他都如实详细说了。黄尊师说："这深山之中就没有其他人，哪里来的下棋道士呢？果然你说的是假话。"他就一边叩头一边说："我说的确实都是真的，明天我就把那两个道士给您捉回来。"等到第二天去了下棋的地方，又看见那两个道士在那里下棋，他就假装上前去看他们下棋，想要趁机去擒捉他们。两名道士和棋局，飞腾在空中并落在了高树之上。他只抓到了几枚棋子。两个道士笑着对他说："传话给黄仙师，就由他传授给你丹书符咒的法箓。"于是他就拿着棋子回来，详尽地述说了他刚才经历的事。黄尊师听了哈哈大笑，就令他去沐浴更衣，向他传授了所有的丹书符咒法箓。卖柴人学会了所有法箓就告辞离开了，不知道他最后怎么样了。（出《逸史》）

裴老

唐代宗大历年间，有一名王员外喜好道术，虽然他身居朝堂之上，却天天与一些平民百姓、山野隐士打交道。一天，相约结伴修道的几位客人在客厅，王员外与他们正在说笑拍掌，恰巧清扫厕所的裴老带着脏兮兮的清洁用具到王员外面前供他差遣，顺便听到了几位客人的谈话内容，裴老就在那里偷偷地笑话他们。王员外的仆役们都很奇怪。不一会儿，裴老干完了王员外安排的活，王员外将要去上厕所，在门内与裴老相遇。王员外整理衣服时，见裴老好像有什么话要对他说，于是就问裴老有什么事。裴老慢慢地走上前说："员外大概很喜好道术吧！"王员外惊讶地说："我确实在这方面很留心。"裴老接着说："我知道员外很喜好这些，但是却没有真正遇到过会道术的人，刚才客厅中的客人，大都是庸俗之辈，只是诳骗员外希望求得一点酒食罢了。"王员外听后惊异了很久。这时，他的妻子呼唤斥责说："你身为朝廷命官，竟然和这种干脏活的粗汉结交，快点派人赶走他。"王员外回答说："纯真朴实的得道之人，是不会在意自己所在的地方的。"裴老请求离去。王员外邀请得非常恳切。裴老考虑了很长时间才允诺。王员外说："明天您就过来，可以吗？"裴老说："不行，我大后天再来。"到约好的那天，王员外另打扫干净赤，裴老于布袍角解一小囊，取药两丸，如麻粟，除少炭，捻散盒上，却堆火烧之。食顷，裴老曰："成矣。"令王君仆使之壮者，以火箸持出，掷于地。逡巡，乃上上金盒矣，色如鸡冠。王君降阶再拜，揲头陈谢。裴老曰："此金一两，敌常者三两，然员外不用留，转将布施也。"别去曰："从此亦无复来矣。"王君拜乞曰："末学俗士，愿沥丹恳，须至仙伯山居中，具起居礼。"裴老曰："何用此。"乃约更三日，于兰陵坊西大菜园后相觅。王君亦复及期往，至则果见小门，扣之，黄头奴出问曰："莫是王员外否？"遂将一胡床来，令于中门外坐。少顷引入，有小堂甚清净，裴老道服降阶。侍女童十人，皆有姿色。延上劳问，风仪质状，并与前时不同，若四十余人矣。茶酒果实甚珍异，屋室严洁，服用精华。至晚王君去，裴老送出门。旬日复来，其宅已为他人所赁，裴老不知所去也。（出《逸史》）

一间屋子等候裴老。他的妻子大声惊呼说："哪有人和清扫厕所的人这样亲近！"王员外说："我还怕他不肯来拜访我呢！"一会儿裴老来了，身穿布袍，手持拐杖，很有隐士的风范。王员外请裴老坐下说话，茶酒交替进献给裴老。闲聊间裴老高雅的言论不断，一点没有掏粪的粗汉的样子。裴老说："员外并不是真的爱好道术，而是喜爱炼制丹药罢了。也有少许对道术喜爱。我既然来了，要不要验证一下炉火冶炼的效果呢？"王员外磕头说："小生非常喜欢，但是不敢向您随便提出请求。"裴老指着大约有二斤重的铁盒说："请员外多取些火到这儿。并把这铁盒分成两片，把取来的火放置在铁盒之中，再用火盖上它。"不一会儿，铁盒烧成了红色，裴老在布袍一角解下来一个小布口袋，从里面取出两粒药丸，像麻粟一样。除去一些铁盒上的炭火，把药丸捻碎撒在铁盒上。又堆上火继续烧它，大约过了一顿饭的工夫，裴老说："成了。"就让王员外家中健壮的仆人，用火筷子夹出铁盒，扔在地上。不一会儿，铁盒就变成最上等的金盒了，颜色像鸡冠一样。王员外走下台阶拜了两拜，磕头称谢。裴老说："这种金子的一两，可以抵得上平常金子的三两。然而，员外也不用留着它，转手把它布施给穷人吧！"裴老告别离去的时候说："从此以后我再也不会来了。"王员外叩拜乞求说："我本是肤浅无知的学生，见识浅陋的俗人，愿意献出一片赤诚之心，一定要到仙伯居住的仙山中，早晚侍候仙伯。"裴老说："为什么要这样呢？"于是约定好三天后，到兰陵坊西大菜园后面去找他。王员外到期准时前往。到那里后果然看见一扇小门，上前叩门，一个年轻的仆人出来询问："你是不是王员外？"得知来的正是王员外时，就拿一个能折叠的胡床来，让他在中门外坐着等候。过了一会儿，仆人领着王员外入内，内中小堂很清净。裴老身穿道袍走下台阶迎接，侍奉女童十人，都颇有姿色。裴老在筵席上慰劳问候，风度仪容、身形体态，和先前见到的都不相同。看起来像是四十多岁的样子，所用的茶酒果实都很珍贵奇异，屋室收拾得很整洁，服饰和所用器物都精致华丽。到了晚上王员外才离去，裴老送他出了门。过了十天，王员外又来拜访裴老了，谁知裴老的那间宅子已经被他人租赁了，裴老也不知道去了什么地方。（出《逸史》）

李虞

信州李员外虞，尝与秀才杨稜游华山，穷搜岩谷。时李公未仕，及杨君俱有栖遁之志，每遇幽赏，即吟咏移时。俄至一小洞，巉高数尺，不三四步，甚高，路极平易。二人欲穷其迹，约行四五里，拟回又不可，且相勉而进。更二三里，稍明。少顷至洞口，时已申酉之际，川岩草树，不似人间，亦有耕者。耕者睹二人颇有惊异，曰："郎君何得到此？"乃具言之。更二里余，有佛堂，数人方饮茶次。李公等因往求宿，内一人曰："须报洞主。"逡巡见有紫衣，乘小马，从者四五，呵路而至，拜起甚雅，曰："得到此何也？"一人备述，曰："此处偏陋，请至某居处。"遂同步而往，到一府署，多竹堂，屋坐甚洁，人吏数十。因自言曰："某姓杜，名子华，逢乱避世，遇仙侣，居此已数百年矣。"因止宿，饮馔皆甚精丰，内有驼羊，其状如牛。昼夜论语，因问朝廷之事。留连累日，各遗银器数事，遣使者导之而返。曰："此可隐逸，颇能住否？"二子色难。子华笑，执手而别，且请无漏于人。后杨君复往寻其洞穴，不可见矣。杨君改名俭，官至御史，谪番禺而卒。李公终亦流荡，真仙灵境，非所实好，不可依名而往之也。后君子诫之哉。（出《逸史》）

李虞

信州有一名员外，名叫李虞。他曾经和秀才杨稜一起游览华山，极力搜寻每一寸山崖谷地。当时李虞还没有入仕做官，他和杨稜都有避世隐居的志向。他们每次遇到幽静的地方就停下来游览欣赏，作诗吟咏一段时间。不一会儿，二人来到一个小洞前，高有数尺，进洞不过三四步，已经很高，路也很平坦便于行走。李、杨二人想要探究到底。大约走了四五里，打算返回却又回不来，只能暂且相互勉励着向前行进。又往前走了二三里，稍微有些光亮了，不一会儿，就到了洞口。已经到了傍晚申时酉时的时候了。看这里的山川草木，不像是人间的样子。也有在田间耕作的人，耕作的人看到李、杨二人很惊异地说："两位公子怎么能到这里呢？"李、杨二人就告诉了他们进来的详细经过。他们又往前走了二里多路，看见一座佛堂，佛堂里正好有几个人正在喝茶。李虞二人就上前去求宿，其中有一个人说："这需要禀报给洞主。"不一会儿，就看见一位身穿紫色衣服的人，骑着一匹小马，身边有四五个随从仆役开路而来。紫衣人行礼很文雅，说："你们二人能到这里来，是因为什么呢？"李杨二人中的一个就详细讲了缘由。紫衣人说："这里偏僻简陋，请随我到我的住处。"于是和李、杨二人和他一起前往，他们来到一座府第，里面多半是竹屋堂舍。房屋坐席都很洁净。吏役有几十人。紫衣人自己介绍说："我姓杜，名子华，因为遭逢战乱，就离世隐居，偶然遇到神仙，在这里居住已经有几百年了。"之后他就留李、杨二人在这里住宿，饮食都很精美丰富。这里面有驼羊，它的形状像牛一样，杜子华和李、杨二人昼夜谈论，顺便也问起朝廷的事。李、杨二人在这里流连多日，杜子华各赠给他们好几件银器，还派使者引导他们返回。杜子华临别时候说："这里就可以隐居避世，你们二人愿意长时间住在这里吗？"李、杨二人听后面露难色。杜子华笑了笑，和李、杨二人握手告别，并且请求他们不要把这里的位置透露给世人。后来杨稜又去寻找这个洞穴，却再也找不到了。杨稜后来改名杨俭，官至御史，后来被贬谪到番禺，最终死在那里。李虞最终也是四处流荡。真正仙人所待的灵妙仙境，如果不是实心实意地向往成仙，不可以为了

夏侯隐者

夏侯隐者，不知何许人也。大中末，游茅山天台间，常携布囊竹杖而已。饮食同常人，而独居一室，不杂于众。或露宿坛中，草间树下，人窥觇之，但见云气蓊郁，不见其身。每游三十五十里，登山渡水，而闭目善睡，同行者闻其鼻鼾之声，而步不差跌，足无蹶碍，至所止即觉，时号作睡仙。后不知所终。（出《神仙拾遗传》）

权同休

秀才权同休，元和中落第，旅游苏湖间。遇疾贫窘，走使者本村墅人，顾已一年矣。疾中思甘豆汤，令其市甘草。顾者久而不去，但具汤火来。秀才且意其怠于祗承，复见折树枝盈握，仍再三搓之，微近火上，忽成甘草。秀才心大异之，且意必道者。良久，取粗沙数坏，挼捋已成豆矣。及汤成，与常无异。疾亦渐差。秀才谓曰："予贫迫若此，无以寸进，因褫垢衣授之，可以此办少酒肉。将会村老，丐少道路资也。"顾者微笑曰："此固不足办，某当营之。"乃斫一枯桑树，成数筐扎，聚于盘上，噀之，遂成牛肉。复汲数瓶水，倾之，乃旨酒也。村老皆醉饱，获束缣五十。秀才惭谢顾者曰："某本骄稚，不识道者，今返请为仆。"顾者曰："予固异人，有少失，谪于下贱，合役于秀才，若限不足，复须力于他人，请秀才勿变常，庶卒某事也。"秀才虽诺之，每呼指，色上面戚戚不安。顾者乃辞曰："秀才若此，果妨某事也。"因谈秀才修短穷达之数，且言万物皆可化者，唯淤泥中朱漆箸及发，药力不能化。因

世俗虚名贸然前去。以后人们应以此为戒啊！（出《逸史》）

夏侯隐者

夏侯隐者，不知道他是什么地方的人。唐宣宗大中末年，他游历于茅山和天台山之间，经常只携带着布囊和竹杖。他的饮食也和平常人一样，但却独自居住在一个房间内，不和其他人混杂居住。有时他就露宿在坛中，或者睡在草间树下。人们走近窥视他，只见云气浓密，看不见他的身体。他每次游览都需要走三五十里，途中登山渡水，而他却在行进途中闭上眼睛睡觉，和他同行的人都可以听到他打鼾的声音。然而他行进的步伐却不出差错也不会跌倒，脚也不会踢到障碍。一旦到达目的地就会立即醒来，当时的人都称他为“睡仙”。后来不知道他最终去了哪里。（出《神仙拾遗传》）

权同休

秀才权同休，唐宪宗元和年间科举落第，旅游于苏州和湖州之间。途中他不幸身患疾病。生活也贫穷窘困。在旅途中供他指使差遣的是和他同村的田间人，雇用他已经有一年多了。权同休在病中想喝甘豆汤，就让他去市场上买些甘草。雇者过了很久也不去买，只准备了开水和火来。权秀才意识到他可能是不尊敬自己，不想恭敬地侍奉他了，又见他折下树枝握满在手中，并且反复揉搓，稍微靠近火上，忽然树枝变成了甘草。权秀才心中大感奇异，认为他一定是有道术的人。过了良久，见他又取来几抔粗沙，揉搓捋取之后已经变成了豆子。等到甘豆汤做好了，与平常吃的甘豆汤没有什么不同。权秀才的病就渐渐痊愈了。权秀才对雇者说：“我贫穷窘迫成这个样子，没有盘缠赶路了，只能脱下沾满污垢的衣服卖了它，可以用这点钱来置办少量的酒和肉，用来会见村中父老，乞求一点旅途的盘缠。”雇者听了微笑着说：“这本来是不值得一办的事，我应该去筹划这件事。”于是他砍下一些干枯的桑树枝，分成几筐捆好，集中放在盘子上，用嘴含着把水喷在上面，就全变成了牛肉。又从井里打上几瓶水

不知所之。（出《酉阳杂俎》）

来，把水倒出来后，就变成了甘醇的美酒了。村老都吃得酒足饭饱。权秀才得到了五十匹细绢。权秀才惭愧地拜谢雇者说：“我原来实在是骄傲幼稚，有眼无珠，没看出你是位有道术的异人，还用你作为仆人，现在请求调换过来让我来做你的仆人。”雇者说：“我本来就不是普通的人，因为之前在天上有一点过失，被贬谪在下贱之列，合该被权秀才你所役使。如果限定的劳役没有做够，还需要再到别人那里去效力。所以还请权秀才你不要改变往常的行事规矩，希望权秀才你能帮助我了结我的事。”权秀才虽然嘴上允诺了，但是每次呼唤指挥雇者时，脸色的神色总是局促不安。雇者见状就辞别说：“秀才你这个样子，反而妨碍了我赎罪的事情。”顺便谈论了权秀才的寿命长短和命运穷达。并且说世间万物都是可以变化的，唯有淤泥中朱漆筷子和人的头发，是药力也不能转化的。从此以后就不知道他去什么地方了。（出《酉阳杂俎》）

卷第四十三 神仙四十三

尹真人 卢山人 薛玄真 于 涛

尹真人

犍为郡东十余里，有道观在深岩中，石壁四壅，有颜道士居之。观殿有石函，长三尺余，其上錾出鸟兽花卉，文理纤妙，邻于鬼工。而缄鐍极固，泯然无毫缕之隙。里人相传，云是尹喜石函。真人事迹，显于纪传详矣。真人将上升，以石函付门弟子，约之曰：“此函中有符箓，慎不得启之，必有大祸。”于是郡人尽敬之。大历中，有清河崔君，为犍为守。崔君素以刚果自恃，既至郡，闻有尹真人函，笑谓属官曰：“新垣平之诈见矣。”即诣之，且命破鐍。颜道士曰：“此尹真人石函，真人有遗教曰：‘启吾函者有大祸。’幸君侯无犯仙官之约。”崔君怒曰：“尹真人死千岁，安得独有石函在乎？吾不信。”颜道士确其词，而崔君固不从。于是命破其鐍。久之而坚然不可动。崔君怒，又以巨组系函鼻，用数十牛拽其组，鞭而驱之。仅半日，石函遂开。中有符篆数十轴，以黄缣为幅，丹书其文，皆炳然如新。崔君既观毕，顾谓颜道士曰：“吾向者意函中有奇宝，故开而阅之；今徒有符箓而已。”于是令缄鐍如旧。既归郡，是夕，令忽暴卒，后三日而悟。其官属将吏辈，悉诣崔君问之，且讯焉。崔君曰：“吾甚戆，未尝闻神仙事，前者偶开尹真人石函，果为冥官追摄。初见一人，衣紫衣，至寝，谓吾曰：‘我吏于冥司者也，今奉命召君。固不可拒，拒则祸益大矣，宜疾去。’吾始闻忧，欲以辞免。然不觉与使者俱出郡城，仅行五十里，至冥司。其官即故相吕公也。谓吾曰：‘子何为开尹真人石函乎？奉上帝命，且削君之禄寿，果如何哉！’已而召掾吏至，令按吾禄寿之籍。掾吏白吕公曰：‘崔君有官五任，有寿十七年。今奉上帝符，尽夺五任官，又削十五年寿。今

尹真人

犍为郡东面十多里处，有一座道观，建在崖边水洼弯曲处，石壁四面堵塞，内有颜道士隐居在那里。道观的宝殿内有一个石制匣子，长三尺多，匣子上面雕刻有鸟兽花卉，花纹精细巧妙，接近于鬼斧神工，并且锁得非常牢固，连一丝一毫的缝隙都没有。同一乡里的人相传，说这是尹喜留下的石匣子。关于尹喜尹真人的事迹，在他的传记里记录得已经很详尽了。尹真人将要飞升成仙的时候，把他的石匣子托付给门下弟子，并对他们立下条约说："这个匣子中放有符箓，你们要慎重保管，千万不能打开它。否则的话，必有大祸降临。"于是郡里的人都很尊敬他。唐代宗大历年间，清河有一位崔君，担任犍为郡太守。崔君素来就凭借着自己的刚强果敢而有恃无恐。他到了犍为郡后，听说了当地流传的有关尹真人所留石匣子的事，就笑着对属下的官员说："像汉代方士新垣平那样的骗局又出现了。"他立即来到道观，并且下令打开匣子的锁。颜道士对崔君说："这是尹真人留下的石匣子，尹真人飞升时遗留下训诫说：'打开我匣子的人必有大祸降临。'希望君侯不要触犯仙官订下的条约。"崔君发怒说："尹真人已经死了上千年了，怎么可能单独有一个石匣子留存到现在呢？我不相信。"颜道士说明确实流传有那些话。但崔君还是坚决不听从他的，下令破坏那石匣子的锁，折腾了好长时间，锁依然很坚固，无法开启。崔君见状大怒，又用粗绳索拴在石匣子的凸起处，用几十头牛往前拽紧那绳索，还用鞭子不停驱赶牛。只用了半天的时间，石匣子终于打开了。只见石匣中有符箓几十轴，用黄色的细绢做幅，用朱笔书写的那些文字，都清楚得像新写的一样。崔君全都看完之后，回过头对颜道士说："我先前猜想这石匣子里有奇珍异宝，所以想要打开它看看，现在看来只有一些符箓罢了。"于是下令封锁如旧。

独有二年任矣。’”于是听崔君还。后二年果卒。（出《宣室志》）

卢山人

唐宝历中，荆州卢山人，常贩烧朴石灰，往来于白洑南草市。时时微露奇迹，人不之测。贾人赵元卿好事，将从之游。乃频市其所货，设果茗，访其息利之术。卢觉，谓曰：“观子意似不在所市，意何也？”赵乃言：“窃知长者埋形隐德，洞过蓍龟，愿垂一言。”卢笑曰：“今日且验，君主人午时有非常之祸。若信吾言，当免。子可告之。将午，当有匠者负囊而至，囊中有银二两余，必非意相干也。可闭关，妻孥勿轻应对。及午，必极骂，须尽家临水避之。若尔，徒费钱三千四百。”时赵停于百姓张家，即遽归告之。张亦素神卢生，乃闭门伺之。欲午，果有人状如卢所言，叩门求籴，怒其不应，因蹴其门，张重箦捍之。少顷聚人数百。张乃由后门，与回到郡城后。当天晚上，郡守崔君突然间就去世了，直到三天后才醒过来。他手下的那些官属将吏等人，全都到崔君家去慰问他，并且打听究竟是怎么一回事。崔尹说："我可太鲁莽了，从来未曾听过神仙的事，之前偶然打开了尹真人留下的石匣子，果然被冥官所追捕。起初我看见一个人，身穿紫色的衣服，来到我的寝室，对我说：'我在冥司担任官吏，现在奉命来唤你过去，千万不可以拒绝，如果抗拒的话，那灾祸就更大了，应当快快随我前去。'我刚听说后很忧虑，想要辩解逃罪，然而我却不知不觉地跟着使者一起出了郡城，仅仅走了五十里，就到了冥司，负责此事的官员就是已故的丞相吕公。吕公对我说：'你为什么要打开尹真人留下的石匣子呢？我奉天帝的命令，将要削减你的俸禄和寿命。查询的结果怎么样呢？'吕公不久后召来他的属吏，让属吏查验记载我的俸禄和寿命的簿册。属吏告诉吕公说：'崔君还有官职五任，有寿命十七年，现在奉天帝的符信，将他的五任官职全部夺去，再削去十五年寿命，现在只有二年任期和寿命了。'"于是就让崔君还阳。二年后崔君果然去世了。（出《宣室志》）

卢山人

唐敬宗宝历年间，荆州卢山人经常贩卖烧朴石灰，往来于白洑南草市，时常微微展露出奇异的迹象。人们不能测度他。商人赵元卿十分好事，想要跟他一起交游，于是就多次购买他的货物，请他吃水果喝茶，以便询问他这样做生意获利的方法。卢山人发觉了赵元卿的意图，就对他说："我看你的意图好像不在我的货物之上，那么你想图谋些什么呢？"赵元卿知道卢山人已经察觉了自己的意图，就坦白地说："我了解长者您隐藏真实身份、暗中给予人们恩惠、洞察未来的能力超过用蓍草龟甲占卜，我愿意听一听长者的垂示教训。"卢山人笑着说："今天将会验证我说的是否灵验。你的房东午时将有不寻常的灾祸。假如你相信我说的话，必定能避免。你可以转告给他，将近午时的时候，会有一个工匠背着一个口袋到门口来，口袋里有银子二两多，一定会出乎意料之外地冒犯主人。可以关闭房门妻子回避。才差午，其人乃去，行数百步，忽蹶倒而死。其妻至，众人具告其所为，妻痛哭，乃适张家，诬其夫死有因。官不能评。众具言张闭户逃避之状。理者谓张曰：“汝固无罪，可为办其送死。”张欣然从断，其妻亦喜。及市櫘儭轝，正当三千四百文。因是人赴之如市。

卢意以为烦，潜逝至复州界，维舟于陆奇秀才庄门。或语陆：“卢山人非常人也。”陆乃请之。陆时将入京投相知，因请决疑。卢曰：“君今年不动，忧旦夕祸作。君所居堂后，有钱一瓿，覆以板，非君有也。钱主今始三岁，君其勿用一钱，用必成祸。能从吾戒乎？”陆矍然谢之。及卢生去，水波未定。陆笑谓妻曰：“卢生言如是，吾更何求乎？”乃命家童掘地，未数尺，果遇板，彻之。有巨瓮，散钱满焉。陆喜甚，妻亦搬运，纫草贯之，将及一万，儿女忽暴头痛不可忍。陆曰：“岂卢生言将征乎？”因奔马追及，谢违戒。卢生怒曰：“君用之，必祸骨肉。骨肉与利轻重，君自度也。”棹舟去之不顾。陆驰归，醮而瘗焉，儿女乃愈。卢生到复州，又常与数人闲行，途遇六七人盛服，俱带酒气逆鼻。卢生忽叱之曰：“汝等所为不悛，性命无几。”其人悉罗拜尘中曰：“不敢不敢。”

谢绝人事，妻子儿女不要轻易和他应付对答。到了午时，那个人必然会破口大骂。需要全家都到水边去避开他。如果按照这样做，仅仅需要花费三千四百文钱就可以了。”当时赵元卿寄居在平民张家。他立即回去告诉他，张郎也一向知道卢山人的神异之处，就关上门等候。快要到午时的时候，果然有一个样子像卢山人所说的人到来，叩门就要求买米，因为张郎一家无人应答而十分生气，就一直踢张家的门。张郎用厚厚的竹席封住门。不一会儿，张家门口就聚集了几百人。张郎就带着妻子儿女从后门出去躲避。刚刚过了午时，那个人就离去了，刚走了几百步，忽然跌倒死了。死者的妻子来到这里，众人详细地告诉了她丈夫在这里的所作所为。死者妻子听后痛哭，就到张家去，诬赖她丈夫的死与张家有关系，官府不能评判。众人又详细地向官府述说了张郎一家闭门逃避的情形。审理此案的官吏对张郎说：“你本来没有什么罪责，但可以给他办一办送殡的丧事。”张郎欣然服从判决，死者的妻子也很满意。等到买好棺材、雇车运送等，刚好花费了三千四百文。因为这件事人们都前往卢山人那里卜卦，人多得就像市场一样。

卢山人被骚扰得很烦闷，就偷偷地离去，到了复州地界，系舟停泊在陆奇秀才的庄门前。有人告诉陆秀才：“卢山人可不是一位平常的人。”陆秀才就去延请他。当时陆秀才将要入京去投奔朋友，于是请求他解决疑惑。卢山人说：“你今年先不要动身，恐怕旦夕之间就会有灾祸发生。你所居住的正屋后面，有一瓮钱，上面用木板盖着，但这钱不是给你的，钱的主人现在才三岁。你千万不要挪用他一文钱，用了必然酿成灾祸，你能听从我的告诫吗？”陆秀才露出十分惊惧的样子，拜谢了卢山人。卢山人离开后，船桨拍击的水波还未平静。陆秀才就笑着对妻子说：“卢山人说的话如果真是这样，那我还再要求什么呢？”说完就命令家童在屋后掘地，还没挖几尺，果然遇到一块木板，毁去木板后，下面有一个巨瓮，内中装满了散钱。陆秀才内心很高兴，他的妻子也一起来搬运。搓绳子把铜钱穿起来，数了数将近有一万钱。突然，陆秀才的孩子们头痛到不可忍受。陆秀才说：“难道是卢山人所说的话将要应验了吗？”于是就骑马飞奔追其侣讶之。卢曰："此辈尽劫贼也。"其异如此。元卿言："卢卿状貌，老少不常，亦不常见其饮食。常语赵生曰：'世间刺客隐形者不少，道者得隐形术，能不试，二十年可以化形，名曰脱离，后二十年，名籍于地仙矣。'又言：'刺客之死，尸亦不见。'所论多奇怪，盖神仙之流也。"（出《酉阳杂俎》）

薛玄真

薛玄真者，唐给事中伯高之高祖也。少好道，不嗜名宦。遨游云泉，得长生之道。常于五岭间栖憩，每遇人曰："九疑五岭，神仙之墟，山水幽奇，烟霞胜异。如阳朔之峰峦挺拔，博罗之洞府清虚，不可忘也。所以祝融栖神于衡阜，虞舜登仙于苍梧，赫胥耀迹于潜峰，黄帝飞轮于鼎湖。其余高真列仙，人臣辅相，腾翥逍遥者，无山无之。其故何哉？山幽而灵，水深而清，松竹交映，云萝杳冥，固非凡骨尘心之所爱也；况邃洞之中，别开天地，琼膏滴乳，灵草秀芝，岂尘目能窥，凡屣可履也？得延年之道，而优游其地，信为乐哉。"真元末，郑余庆谪郴州长史，门吏有自远省余庆者，未至郴十余里，店中驻歇，与玄真相遇，状貌如二十三四，赶上了卢山人，向他道歉，请求原谅自己违背了卢山人的告诫。卢山人生气说："你要使用那些钱，必然会祸害到你的儿女；儿女与金钱，哪个轻，哪个重，你自己揣度吧！"卢山人说完头也不回地划船离开了。陆秀才又飞快地骑马回来，设法坛念经作法并把钱重新埋起来，他家儿女的病才痊愈了。卢山人到了复州，又曾经和几个人一起闲逛，路上遇到六七个人，衣冠穿戴都整齐华丽，全都带着扑鼻的酒气。卢山人忽然大声斥责他们说："你们几个人的所作所为，再不肯悔改，生命就没有几天了。"那些人都从四面围绕着卢山人不停地下拜，并说："不敢，不敢。"和卢山人同行的人对此感到很惊讶。卢山人说："这些人都是些强盗山贼啊。"卢山人的奇异神奇之处就像这样。赵元卿说："卢山人的身形容貌，年老年少都是不固定的，也不曾见到他吃东西。卢山人经常对我说：'人世中的刺客能够隐蔽身形的人不在少数。修道者习得隐形术，如果能够不利用此术作恶，二十年后就可以变化形体，名叫脱离。之后再二十年，名字就记录在地仙的名册之中了。'又说：'如果刺客死了的话，也见不着尸体。'他所谈论的多半都是神奇怪异的事情，这真是神仙之类的人吧！"（出《酉阳杂俎》）

薛玄真

薛玄真，是唐朝给事中薛伯高的高祖，青年时期就喜好道术，不喜欢追求名声和官职。他遨游在白云清泉之类的胜景之间，获得了长生的道术，经常在五岭间停留休息。他每次遇到人就说："九嶷和五岭都是神仙待过的地方，那里山水景色幽雅奇特，烟雾云霞奇妙出众。像阳朔的峰峦那样直立高耸，像博罗的洞府那样清高幽静，让人不可忘怀。所以，祝融在衡阜凝神专一，虞舜在苍梧飞升成仙，赫胥在潜峰显露踪迹，黄帝在鼎湖驱车飞驰。其余得道的高真诸仙，大臣宰相，飞升后逍遥自得的人，哪座名山没有他们的踪迹呢？其原因是什么呢？山幽静而灵气现，水深邃而清气生，松树竹林交相映照，藤萝如云直通幽暗，这本来就不是有凡俗之骨尘世之心的凡人所喜爱的；何况深邃洞穴中，又是开辟的另一种天地，琼膏滴乳，神彩俊迈，词多稽古，时语及开元、麟德间事，有如目睹。又言明年二月，余庆当复归朝，余言皆神异。问其姓氏，再三不答。恳诘之。云："某有志林泉，久弃乡国，不欲骨肉知此行止。姓薛，名玄真。"门吏话于余庆。令人访寻，无复踪迹。明年二月，余庆征还，及到长安，语及异事，给事中薛伯高，流涕对曰："某高祖，自左常侍，弃官入道，隐终南，不知所终，是矣。"（出《仙传拾遗》）

于涛

于涛者，唐宰相琮之侄也。琮南迁，途经平望驿，维舟方食，有一叟自门而进，直抵厅侧小阁子，以诣涛焉。叟之来也，驿吏疑从相国而行，不之问；相国疑是驿中人，又不之诘。既及涛所憩，涛问叟何人也，对曰："曹老儿。"问其所来。对曰："郎君极有好官职，此行不用忧。"涛方将远陟，深抱忧虑，闻其言，欣然迎待，揖之即席。涛与表弟前秘书省薛校书，俱与之语，问其所能，云："老叟无解，但见郎君此后官职高显，不可一一叙之，请濡毫执笔，随语记录之也。"如是涛随叟所授数章，词多隐密，迨若谣谶，亦叙相国牵复之事。因问薛校书如何，叟曰："千里之外，遇西则止。其有官职，虽非真刺史，亦作假郡守。"涛又问某京中宅灵草秀芝，怎么能让凡夫的眼睛所窥视，让俗人的鞋所践踏呢？获得益寿延年的道术，并且悠闲自得地游览那些仙山洞府，实在是乐趣啊！”唐德宗贞元末年，郑余庆被贬谪到郴州担任长史，他门下的官吏有从远方专程来探望郑余庆的，门吏还没到郴州，在离郴州十多里的客栈中住下歇息，正巧与薛玄真相遇。薛玄真的身形面貌像是二十三四岁的样子，神采奕奕，英俊豪迈，所说的话多为考察古代的事迹，经常说到唐玄宗开元年间和唐高宗麟德年间的事，好像他亲眼所见一样。又说明年二月，郑余庆应当官复原职返回朝廷。其余的话也都神奇异常。门吏问他的姓氏，三番五次地问，他都不予回答。后来，门吏恳切地不停追问他，他才回答说：“我有志隐居于山林，抛弃家乡、故国都已经很久了，不想让我的子孙后代知道我在这里的行踪。我姓薛，名叫玄真。”门吏把途中所见所闻告诉给郑余庆。郑余庆派人去寻访薛玄真，但却再也找不到他的行踪了。到了明年二月，郑余庆果然应召还朝。到达长安后，说起经历的奇异的事，给事中薛伯高听后悲痛流涕地对郑余庆说：“薛玄真就是我的高祖，曾担任左常侍一职，之后弃官从道，隐居在终南山，最后不知道他去了哪里，看来你说的就是他了。”（出《仙传拾遗》）

于涛

于涛，是唐朝宰相于琮的侄子。于琮南迁，中途经过平望驿。系船停泊，将要吃饭的时候，有一个老翁从门口进来，径直走进了厅侧的小阁子，来到于涛面前。老翁进来的时候，驿站的官吏怀疑他是跟着相国而来的随从，没有询问他；相国的随从们怀疑他是驿站中的官吏，就也没有追问他。不一会儿，他到了于涛休息的地方。于涛问老翁是什么人。老头儿回答说：“可以叫我曹老儿。”于涛又问他是从什么地方来的。他回答说：“公子将会有极好的官职，这次远行不用担忧。”于涛正准备要远行，心中怀有深深的忧虑，听了老翁说的话，就非常喜悦地迎接招待他，拱手作揖请他就座入席。于涛和曾在秘书省任职的表弟薛校书，都和他一起交谈，问他有些什么能力。他回答说：“老头子我不懂得什么，只看见公子以后官职高贵显内事，可以知否，叟俯首良久曰："京宅甚安。今日堂前有某夫人、某尼。"宾客名字，一一审识。"某廊下有小童某，牵一铜龟子驰戏。"涛亦审其谛实，皆书于编上。荏苒所载，已是数幅。相顾笑语，即将昏暝。涛因指薛芸香姬者，谓叟曰："此人如何？"对曰："极好，三千里外亦得好官。"涛初随语书事，心志锐信，及闻此姬亦有好官，讶其疏诞，意亦中怠矣。

时涛表弟杜孺休给事，刺湖州。寄箬下酒一壶，可五斗。因问叟颇好酒否。叟忻然为请，即以银盂授之，令自酌饮，顷之酒尽，已昏晦矣。遂以银盂枕首而睡，时蚊蚋盛，无有近叟者。及旦失叟，唯银盂在焉。方惊问访求，莫知所止。人或云："此即曹休博士也。"曹休，魏之宗室，仕晋为史官，齐梁间或处朝列，得神仙之道，多游江湖间，往来贾贩，常拯救人，以阴功及物。人多有见之，受其遗者。涛自后授泗州防御使歙州刺史，佐淮南吴王杨公行密为副使。相国寻亦北归。薛校书佐江西宾幕，知袁州军务。值用军之际，挈家之闽，至一小邑，姬者俄以疾终。山中无求闳器之所，托一村翁。辍其寿棺而瘗。斯棺装漆金彩，颇甚珍华，既瘗之后，方验得好棺之言。及京宅，是日宾客、小童牵铜龟游戏之事，无不验者。（出《神仙感应传》）

赫，不能够一一地叙说。请你拿起蘸墨的笔，随着我的话记录下来吧。”就按照老翁说的，于涛随着老翁所传授的记录了几章，用词多半都很隐秘，写完后好像是歌谣预言一样的谶语。也说了些相国恢复官职的事。顺便询问薛校书以后会怎么样。老翁说：“在千里之外，遇到西就停止，在那里有你的官职。虽然不是真的刺史，却也会是假的郡守。”于涛又问可不可以知道我家人在京城的住宅内发生的事情？老儿低头很久才说：“京城里的住宅很平安，今天正屋前有某夫人和某尼姑。”就连宾客的名字，也都一一详细知道，“某廊下有一个小孩某某，正牵着一个铜龟子奔跑嬉戏。”于涛也知道了老翁所说都是真实的，就全写在文章上，不知不觉地记载着，也已经记了有几章了。主客相互看着相互说笑，马上就要傍晚天黑了。于涛顺便指着薛校书的芸香姬，对老翁说：“这个人以后会怎么样？”老翁回答说：“将来很好，在三千里外也能得到好官。”于涛起初随着老头的话记录事情，心里很确信。等到听说这个女子也能有好官，惊讶于老翁说得疏忽荒诞，心意也中途懈怠了。

当时于涛表弟杜孺休给事，担任湖州刺史，给他们寄来箬下酒一壶，约有五斗。于是于涛就问老翁喜好饮酒吗，老翁欣然答应了他的请求。于涛就用银盂盛酒送给他，让他自酌自饮。不一会儿，酒都喝光了。这时已经是光线昏暗的晚上了，于是老翁就用喝完的银盂当枕头倒头就睡。当时蚊子很多，却没有一个靠近老翁的。到了第二天早晨，老翁已经不见了，只有银盂还在那里。于涛惊骇不已，派人四处查访搜求，却不知道老翁究竟到哪里去了。有人说：“这个老头儿就是曹休博士。”曹休是曹魏的宗室，后来仕奉晋朝担任史官，齐梁时期还担任朝廷官职。习得神仙的道术之后，他多是游历于江湖之间，作为游商，往来贩卖货物，经常援助他人脱离灾难或危险，功德恩及万物，有很多人都见过他，还受到他的馈赠。于涛从这以后就被授予泗州防御使歙州刺史，辅佐淮南吴王杨行密作为副使。相国不久后也北归。薛校书辅佐江西作为幕僚，主持袁州军务，遇到用军之际，携带家属前往福建，在一个小镇，芸香姬突然得病去世了，山中找不到卖棺材的店铺，请求一位村中老翁，舍弃了自己的寿棺才埋

葬了芸香姬，这棺材涂漆金彩，很是珍贵华丽。埋葬完了之后，这才验证了曹老儿所说的芸香姬将会得到好棺。说及京宅那天的宾客、小孩牵着铜龟游戏的事，没有一处不准确的。（出《神仙感应传》）

卷第四十四　神仙四十四

田先生　穆将符　房 建　萧洞玄

田先生

田先生者，九华洞中大仙也。元和中，隐于饶州鄱亭村，作小学以教村童十数人，人不知其神仙矣。饶州牧齐推，嫁女与进士李生，数月而孕。李生赴举长安，其孕妇将产于州之后堂，梦鬼神责其腥秽，斥逐之。推常不信鬼神，不敢言，未暇移居，既产为鬼所恶害，耳鼻流血而卒，殡于官道侧，以俟罢郡，迁之北归。

明年，李生下第归饶，日晚，于野中见其妻，诉以鬼神所害之事，乃曰："可诣鄱亭村学中，告田先生，求其神力，或可再生耳。"李如其言，诣村学见先生，膝行而前，首体投地，哀告其事，愿大仙哀而救之。先生初亦坚拒。李叩告不已，涕泗滂沱，自早及夜，终不就坐。学徒既散，先生曰："诚恳如此，吾亦何所隐耶？但不早相告，屋舍已坏矣，诚为作一处置。"即从舍出百余步桑林中，夜已昏暝，忽光明如昼，化为大府崇门，仪卫森列。先生宝冠紫帔，据案而坐，拟于王者，乃传声呼地界。俄有十余队，各拥百余骑，奔走而至，皆长丈余。谒者呼名通入曰："庐山江滨彭蠡等神到。"先生曰："刺史女因产为暴鬼所杀事，闻之何不申理？"对曰："狱讼无主，未果发谪。今贼是鄱阳王吴芮，刺史宅是其所居，怒其生产腥秽，遂肆凶暴；寻又擒吴芮，牒天曹而诛戮之。勘云：'李氏妻算命尚有三十二年，合生二男三女。'"先生曰："屋舍已坏如何？"有一老吏曰："昔东晋邺下，有一人误死，屋宅已坏，

田先生

田先生，是九华洞中的大仙，唐宪宗元和年间，他隐居在饶州鄱亭村，办了一所启蒙的小学，教导十几个村中的小孩，人们都不知道他就是神仙。饶州的州牧齐推，把女儿嫁给了进士李生，几个月后女儿就怀孕了。李生奔赴长安应试。他怀孕的妻子将要在州衙的后堂生产，她夜里梦见鬼神责备她腥秽，不仅斥责她还想要驱逐她。但是因为父亲齐推平常就不信鬼神之说，孕妇不敢向父亲说，没有时间顾及鬼神就没有搬走，生产之后被恶鬼所害，耳鼻流血而死，就埋葬在官道的旁边，以等待父亲齐推官职满期，再把坟地迁回北方去。

第二年，李生落第返回饶州，天色已晚，他就在荒野中看见自己的妻子，妻子向他诉说了自己被鬼神所害死的事情，就说："你可以到鄱亭村的村学中去，把此事告诉田先生，请求大仙施展神力，或许我还可以死而复生。"李生按照她的话，到村学里去见田先生，他双腿跪着向前挪动到田先生面前，五体投地，哀告他的妻子被害的事情，希望大仙同情怜悯能够救一救他的妻子。田先生起初坚决拒绝，但是李生一直叩拜请求，涕泗滂沱，从早到晚始终不肯就座。等到村学中的学生已经散了，田先生说："你这么诚恳，我也没什么好隐瞒的了。只是你为什么没有早点告诉我，现在你妻子的躯体已经毁坏了，确实得给她做一下处理。"说完，马上从屋里出来走到一百多步以外的桑林中，这时天色已经昏暗，忽然间光亮得就像白天一样，变化为高府大门，仪仗侍卫森严排列，田先生头戴宝冠身披紫帔，按住桌案而坐，好像王者一样。接着他传声招唤地界官吏，不一会儿，有十多队人马，各自率领一百多名骑兵，奔跑而来，来者身高都有一丈多。负责接待的人高声呼喊着来者名字进去通报说："庐山江滨彭蠡等又合还生，与此事同。其时葛仙君断令具魂为身，与本无异，但寿尽之日无形尔。先生许之，即只追李妻魂魄，合为一体，以神胶涂之，大王发遣却生，即便生矣。”见有七八女人，与李妻相似，吏引而至，推而合之，有药如稀饧，以涂其身。

顷刻官吏皆散，李生及妻田先生在桑林间。李生夫妻恳谢之，先生曰：“但云自得再生，勿多言也。”遂失先生所在。李与妻还家，其后年寿所生男女，皆如所言。（出《仙传拾遗》）

穆将符

穆将符者，唐给事中仁裕之侄也。幼而好学，不慕声利，不规世禄，而深入玄关，纵逸自放，不知师匠何人，已得吐纳内修之道。好饮酒，高闲傲睨，人莫能测之。长安东市酒肆姚生，与其友善，时往来其家，则饮酒话道，弥日累夕。姚忽暴卒，举家惶骇，使人奔访将符。际夜方至，姚已奄然，无复喘息。将符方醉，其家人哀号告之。笑曰：“可救也，无遽忧怖。”遂解衣与姚同衾而卧。戒其家，令作人参汤稀粥以候之，勿得悲泣惊呼，待唤即应。灭烛神到！”田先生问地界诸神说：“饶州刺史的女儿因为生产而被暴鬼所杀的事，你们听说了为什么不替受屈的人申辩冤案，以求昭雪？”诸神回答说：“诉讼案件没有苦主来认，所以还没有检举揭发的结果。现在已查知贼人是鄱阳王吴芮，刺史的住宅是他的居所，他因为那个妇人生产腥秽十分生气，就逞凶残暴杀害了她。不久后又擒捉住吴芮，上报天曹后就诛杀了他，判词说：‘李生妻子的寿命还有三十二年，还应当生下二男三女。’”田先生说：“她的躯体已经毁坏了，又该怎么办？”有一个老吏说：“昔日东晋邺下，有一个误死的，躯体也已经毁坏了，又应当让他复生，情况和这件事相同。那时葛仙君决定：使他的魂魄凝聚为躯体，和原来的肉身没有区别，只是阳寿尽时躯体会消失无踪。若田先生您允许这样做，马上追索李生妻子的魂魄，使她的魂魄凝聚成躯体，再用神胶涂抹，大王派遣她复生，她立即就能活了。”又看见有七八个女人魂魄，和李生妻子相似，就由官吏领来，把她们推在一起，合为一人。又有仙药像糖稀一样，用它涂抹到合成的躯体之上。

顷刻之间，地界官吏都散了。只剩李生和他的妻子以及田先生在桑林间。李生夫妻恳切地拜谢田先生。田先生说：“你们只说是自然获得了死而复生的机会，千万不要多说其他的。”随后，田先生就消失了。李生和妻子一起回家了。在此之后，李生妻子的寿命和所生男女，都像那晚所说的那样。（出《仙传拾遗》）

穆将符

穆将符，是唐朝给事中穆仁裕的侄子。他幼年的时候，十分好学，不向往名声和利益，不谋求贵族世代享受俸禄，却深入学习通往妙道玄旨的方法，豪迈奔放，不知道他的师傅是什么人。他已经学得了吐纳内修的道术。他喜好饮酒，清高闲适，骄傲不逊，人们不能测度他。长安东市酒铺的姚生，和他亲近和睦，时常到他家里来，来了二人就是饮酒论道，日积月累终日如此。有一天，姚生突然间患病快去世了，全家人都惶恐惊骇，派人飞奔到穆家去找穆将符。快到夜晚的时候穆将符才来，姚生已经僵卧死亡，不再喘气了。穆将符喝得而寝。悄然中夜，方命烛视之，姚已起坐矣。少以人参汤注之，良久，乃以粥助之。乃能言曰："适为黄衣使者三四人，以马载去，西行甚速，道途蒙昧，如微月之中。逡巡，有赤色光，如日出之状，照其行路。黄衣者促辔尤急，即闻传呼云：'太乙有敕，使天兵遣回。'乃顾见骑乘旌旗，森然成列。所乘马及黄衣者，奔迸不知所之。别有朱衣一人，引而归之。"自是姚生平复如初。将符遁去，不知所适。罗浮轩辕先生，有道之士也。大中年，征入关，至京，即使人访之，将符已遁去。先生曰："穆处士隐仙者也，名位列于九清之上矣。勿以其嗜酒昏醉为短，真和光混俗尔。"淮浙间颇显其异迹，接于闻见，若左元放、葛孝先之流也。（出《神仙拾遗》）

房建

清河公房建，居于含山郡，性尚奇，好玄元之教。常从道士授六甲符及《九章真箓》，积二十年。后南游衡山，遇一道士，风骨明秀，与建语，述上清仙都及蓬莱方丈灵异之事，一一皆若涉历。建奇之。后旬余，建自衡山适南海。道士谓建曰："吾尝客于南海，迨今十年矣，将有寺官李侯者护其军。李侯以玉簪遗我，我以簪赐君，君宜宝之。"建得其簪，喜且甚，因而别去。是岁秋，建大醉，姚生家里的人哀号着告诉他姚生的死讯。穆将符笑着说：“人还可以救活，你们不要急着忧愁恐慌。”接着就解开衣服和姚生合盖同一床被子一起躺在床上。并告诫他的家人，让他们做好人参汤和稀粥等着，千万不要悲泣惊呼，等听到呼唤就立即答应。说完就吹灭了蜡烛睡觉了。姚生家人悄悄地一直等到半夜，穆将符才让他们点着蜡烛查看姚生，只见姚生已经起身坐着了。命人先给他灌下少量的人参汤，过了许久，才让他喝些稀粥辅助参汤。这样，姚生才能张嘴说话，他说：“刚才我被三四个黄衣使者用马载去，一路往西走得很快，道路昏暗不明，好像是在微弱的月光之中行进。不一会儿，有红色的光出现，像是日出的样子，照亮了前进的路。黄衣使者拉紧缰绳，急促地赶着马飞奔，这时就听传唤说：‘太乙天尊有敕令，让天兵遣送他回去。’于是回头看见骑乘旌旗，森严繁密，排列成行。我所骑乘的马和黄衣使者，奔逃四散不知道到什么地方去了。另外出现一个穿着红色衣服的人，引导我回家来。”从此以后，姚生恢复如初，穆将符就隐去了，不知到什么地方去了。罗浮山的轩辕先生，是一位有道之士，唐宣宗大中年间，皇帝征召他入关，到了京城，就派人寻访穆将符。穆将符已经失去行踪了。轩辕先生说：“穆处士是一位隐仙，名字位列于九天之上，不要因为他酷爱喝酒，整日昏醉就看不起他，他只不过内敛才华混同于世俗当中而已。”淮、浙之间关于他的奇异事迹流传甚广，许多人都听到看到过，他是像左慈、葛玄那样的仙人啊。（出《神仙拾遗》）

房建

清河公房建，居住在含山郡，性情崇尚奇异的事，喜好尊崇道教。曾经有道士传授给他六甲符以及《九章真箓》，自己修习了二十年。后来他往南游览衡山，在那里遇见一名道士，风度气质明朗出众。他和房建谈话，述说上清仙都以及蓬莱、方丈仙山发生的灵验奇异的事情，一一说明，都好像他亲身经历过一样。房建感到这个道士很奇异。后来过了十多天，房建要从衡山前往南海。那个道士对房建说：“我曾经客居于南海，到现在已经过去十年了。当时有寺官李至南海。尝一日独游开元观，观之北轩，有砖涂为真人状者二焉，其位于东者左玄真人，及视左玄之状，果衡山所遇道士也，奇而叹者且久。及睹左玄之冠，已亡簪矣。时有观居道士数辈在焉，建具以事言次，出玉簪示之。道士惊曰："往岁有寺官李侯，护兵于南海。尝以二玉簪饰左右真人，迨今且十年。其左玄之簪，亡之十年，今君所获果是焉。"建奇之，因以玉簪归道士。（出《宣室志》）

萧洞玄

王屋灵都观道士萧洞玄，志心学炼神丹，积数年，卒无所就。无何，遇神人授以大还秘诀曰："法尽此耳，然更须得一同心者，相为表里，然后可成。盍求诸乎？"洞玄遂周游天下，历五岳四渎，名山异境，都城聚落，人迹所辏，罔不毕至，经十余年，不得其人。

至贞元中，洞玄自浙东抵扬州，至庱亭埭，维舟于逆旅主人。于时舳舻万艘，隘于河次。堰开争路，上下众船，相轧者移时，舟人尽力挤之。见一人，船顿蹙其右臂且折，观者为之寒栗，其人颜色不变，亦无呻吟之声，徐归船中，饮食自若。洞玄深嗟异之，私喜曰："此岂非天佑我乎？"问其姓名，则曰终无为，因与交结，话道欣然，遂不相舍，即俱之王屋。洞玄出还丹秘诀示之，无为相与揣摩。

侯担任南海护军。李侯把一支玉簪赠送给我，现在我把这支玉簪转赠给你，你应当珍视爱惜它。”房建得到那支玉簪，内心非常高兴，于是就和道士告别前往南海。这年的秋天，房建到了南海。曾有一天，房建独自游览开元观。道观北边的长廊上，有砖墙上绘制的两名真人画像。位于东侧的是左玄真人。当看见左玄真人的容貌时，果真就是那个在衡山所遇到的道士。房建惊奇赞叹了许久。等到看左玄真人的帽子时，头上的玉簪已经不见了。当时有在道观里居住的几名道士在旁边，房建详细地把衡山发生的事对他们说了，并把玉簪拿出来给他们看。道士们惊奇地说：“往年本观中有寺官李侯，在南海做护军，曾拿两支玉簪装饰左右真人，到现在快要十年了。那左玄真人头上的玉簪，丢失了也快十年了。现在你所获得的玉簪果然是当年那个。”房建对此更加感到神奇，于是就把玉簪归还给道士了。（出《宣室志》）

萧洞玄

王屋山灵都观道士萧洞玄，立志专心学习炼制神丹。过了几年，最终却没有什么成就。不久后，他就遇到一名神仙传授给他炼制大还丹的秘诀，说：“炼制方法已经全部记录在这了。然而，你还需要找到一个志同道合的人，你二人互为表里，然后大还丹才可以炼制成功，为什么还不去寻找呢？”萧洞玄于是就周游天下，历经五岳四渎，名山异境，都城村落，凡是人迹所聚集的地方，没有一处是他没去过的。经过十多年，仍然没有找到那个志同道合的人。

到了唐德宗贞元年间，萧洞玄从浙东抵达扬州。走到庱亭埭，把船拴好停在旅馆主人那里。当时有船只万艘，都停泊在狭窄险要的河道中，等待通过，堤坝开放，船只都争相通过，上行和下行的船只都相互倾轧，历久不休，船家都尽力拥挤前行。萧洞玄看见一个人，被船突然挤撞，他的右臂都被挤骨折了。看到的人都为此不寒而栗，但那个人脸色并未改变，也没有发出呻吟的声音，慢慢地回到船中，饮食还是镇静自若。萧洞玄深深感叹这个人很奇异。内心高兴地说：“这难道不是上天在护佑我吗？”萧洞玄问起他的姓名。他就回答说：“我叫终无为。”由此交往结识，谈论起道术也很投机，二人都更终二三年，修行备至。洞玄谒无为曰："将行道之夕，我当作法护持，君当谨守丹灶，但至五更无言，则携手上升矣。"无为曰："我虽无他术，至于忍断不言，君所知也。"遂十日设坛场，焚金炉，饰丹灶。洞玄绕坛行道步虚，无为于药灶前，端拱而坐，心誓死不言。一更后，忽见两道士自天而降，谓无为曰："上帝使问尔，要成道否。"无为不应。须臾，又见群仙，自称王乔、安期等。谓曰："适来上帝使左右问尔所谓，何得不对？"无为亦不言。有顷，见一女人，年可二八，容华端丽，音韵幽闲，绮罗缤纷，薰灼动地，盘旋良久，调戏无为。无为亦不顾。俄然有虎狼猛兽十余种类，哮叫腾掷，张口向无为，无为亦不动。有顷，见其祖考父母先亡眷属等，并在其前，谓曰："汝见我，何得无言？"无为涕泪交下，而终不言。俄见一夜叉，身长三丈，目如电赩，口赤如血，朱发植竿，锯牙钩爪，直冲无为。无为不动。既而有黄衫人，领二手力至，谓无为曰："大王追，不愿行，但言其故即免。"无为不言。黄衫人即叱二手力可拽去，无为不得已而随之。须臾至一府署，云是平等王，南面凭几，威仪甚严，厉声谓无为曰："尔未合至此，若能一言自辨，即放尔回。"无为不对。平等王又令引向狱中，看诸受罪者，惨毒痛楚，万状千名。既回，仍谓之曰："尔若不言，便入此中矣。"无为心虽恐惧，终亦不言。平等王曰："即令别受生，不得放归本处。"

很高兴，谁也不能离开谁了，二人就一起到王屋山去。萧洞玄取出大还丹的秘诀给终无为看，终无为就和他共同揣摩。

经过二三年，修行得很是细致全面。萧洞玄告诉终无为说：“将要做法事的晚上，我会作法护持，而你应当谨慎地守好丹灶，只要等到五更你能够一直不说话，我们就可以携手飞升成仙了。”终无为说：“我虽然没有其他的道术，至于抑制，做到绝对不说话，这是你知道的，我定能做到。”于是二人十天里设置坛场，点燃金炉，修整丹灶。萧洞玄围绕法坛唱经礼赞作法；终无为在药灶前面，正身拱手端坐，心里暗暗发誓，死也不会说话。一更之后，忽然看见两名道士从天而降，对终无为说：“天帝派我们过来问你，你要不要得道？”终无为没有回应。过了一会儿，又看见一群神仙降临，自称是王乔、安期等仙人，对终无为说：“刚才天帝派他左右亲近的仙官来访，所问你的话，你为什么不回答？”终无为还是没有回应。过了一会儿，看见一名女子，年龄约是十六岁，容貌风采端庄美丽，说话声音娴静文雅，衣服华丽五彩缤纷，薰灼香气，感染天地。她绕着终无为转了很久，然后调戏终无为，终无为也不正眼看她。忽然有虎狼等猛兽十余种，奔腾咆哮都向上跃起，张着大口扑向终无为，终无为还是不动。过了一会儿，看见他的祖父母、父母等早已亡故的亲人，并排站在他面前，对他说：“你看见我们，为什么一句话都不说呢？”终无为涕泪一起流下，但始终没有说话。不久，见到一个夜叉，身高三丈，目似闪电，口如赤血，红发竖起，牙如锯齿，手如钩爪，径直冲向终无为，终无为还是不动。不久，有一名身穿黄衫的人，领两个手下来到，对终无为说：“大王命我追摄你，你如果不愿意跟我走，你只要说明其中的原因，就可以免除。”终无为还是不说话。黄衫人就呼喝两个手下将他拽去。终无为不得已，只得跟着他们走，不一会儿，就到了一所官府衙门前，自称是平等王的府衙。平等王面向南面扶着桌案端坐，威仪十分严肃，厉声对终无为说：“你不应该到我这里，如果你能够说句话为自己辩解，就可以马上放你回去。”终无为不回答。平等王又命人把终无为领进狱中，看看众多受罪的人，受残酷狠毒的刑罚，痛楚凄惨，千万般苦状。看完了回来，平等王仍旧对终无为说：

无为自此心迷，寂无所知，俄然复觉，其身托生于长安贵人王氏家。初在母胎，犹记宿誓不言；既生，相貌具足，唯不解啼。三日满月，其家大会亲宾，广张声乐，乳母抱儿出，众中递相怜抚。父母相谓曰："我儿他日必是贵人。"因名曰贵郎。聪慧日甚，只不解啼。才及三岁便行，弱不好弄。至五六岁，虽不能言，所为雅有高致。十岁操笔，即成文章。动静嬉游，必盈纸墨。既及弱冠，仪形甚都，举止雍雍，可为人表；然自以喑症，不肯入仕。其家富比王室，金玉满堂。婢妾歌钟，极于奢侈。年二十六，父母为之娶妻。妻亦豪家，又绝代姿容，工巧伎乐，无不妙绝。贵郎官名慎微，一生自矜快乐，娶妻一年，生一男，端敏惠黠，略无伦比。慎微爱念，复过常情。一旦妻及慎微，俱在春庭游戏，庭中有盘石，可为十人之坐，妻抱其子在上，忽谓慎微曰："观君于我，恩爱甚深，今日若不为我发言，便当扑杀君儿。"慎微争其子不胜，妻举手向石扑之，脑髓迸出，慎微痛惜抚膺，不觉失声惊骇，恍然而寤，则在丹灶之前。而向之盘石，乃丹灶也。时洞玄坛上法事方毕，天欲晓矣。俄闻无为叹息之声，忽失丹灶所在，二人相与恸哭，即更炼心修行。后亦不知所终。（出《河东记》）

“你如果什么也不说，便要你进入这些人待着的地狱当中去。”终无为心里虽然很恐惧，但始终不说一句话。平等王说：“就让他到别处去托生，不能放他回归本处。”

终无为从此心中感到迷惑，头脑空旷一无所知。突然间醒悟的时候，他已经托生在长安贵人王氏的家中。起初在母亲腹中的时候，还记得以前发过的誓绝不说话，出生后，五官相貌端正，只是不会啼哭而已。三朝后满月时，他家中大宴亲朋宾友，乐舞表演声势浩大。奶妈抱着小孩出来，在众人中轮流传递，爱怜抚摸。父母相对着说：“我儿他日一定会是贵人。”于是取名为贵郎。贵郎一天比一天聪慧，只是还不会啼哭。到了三岁就会行走，身体柔弱不喜欢玩耍。到了五六岁，虽然不能说话，但所作所为文雅高尚。十岁拿起笔就能写成文章，不论动静嬉戏，都用笔墨文字来表达。等到了二十岁左右，仪表形体非常英俊优美，行为举止从容大方，可以作为年轻人的表率。然而，他自认为口不能言，不肯入仕做官。他家中富有到可以和王室相比，金玉满堂，婢妾成群，更蓄养歌舞艺人，极其奢侈。贵郎二十六岁时，父母给他娶了妻子，妻子也出身于豪富之家，又有绝代姿容，女工技巧，音乐舞蹈，没有一样不精妙绝伦。贵郎的大名叫作慎微，一生过得得意快乐，迎娶妻子一年后，生下一名男孩，正直聪敏，聪慧狡黠，几乎没有人能和他相比的。慎微对孩子爱惜挂念，超过了一般人的感情。一天，妻子以及慎微，都在春庭中游戏，庭院中有一块巨大磐石，可以坐下十个人，妻子抱着他的儿子站在上面，忽然对慎微说：“看你平日里待我，非常恩爱感情很深，如果你今天不对我说一句话，就当着你的面摔死你的儿子。”慎微与妻子争夺儿子，但没有争抢过来，妻子举起儿子向巨石摔去，脑浆迸裂。慎微悲痛惋惜，捶胸顿足，不知不觉间失声惊骇，终无为恍然醒悟，还是坐在丹灶的前面，他面对着的巨石，原来就是丹灶。当时萧洞玄法坛上的法事将要完毕。天也快要亮了，不久听到终无为的叹息之声，忽然间失去了丹灶所在，二人一起大哭，便重新炼心修行，后来也不知道二人最终去了哪里。（出《河东记》）

卷第四十五　神仙四十五

贾 耽

唐相国贾耽，滑州节度使，常令造鹿皮衣一副。既成，选一趫捷官健，操书缄付之曰："汝往某山中，但荆棘深处即行，觅张尊师送此书，任汝远近。"使者受命，挈粮而去，甚惶惑。入山约行百余里，荆棘深险，无不备历。至一峰，半腰中石壁耸拔，见二道流棋次。使者遂拜道流曰："贾相公使来。"开书大笑，遂作报书一曰："传语相公早归，何故如此贪着富贵！"使者赍书而返。贾公极喜，厚赏之。亦不知其故也。又尝令一健卒，入枯井中取文书，果得数轴，皆道书也。遂遣十余人写，才毕，有道士突入，呼贾公姓名叫骂曰："争敢偷书！"贾公逊谢。道士曰："复持去。"郑州仆射陂东有一浮图，乃遣使赍牒牒州，于此浮图内取一白鸦，遂令掩之。果得，以笼送，亦不知何故。贾公谪仙，事甚众，此三篇尤明显者也。（出《逸史》）

丁 约

唐大历中，有韦行式为西州采访使。有侄曰子威，年及弱冠，聪敏温克，耽玩道书，溺惑神仙修炼之术。有步卒丁约者，执厮役于部下，周旋恪勤，未尝少怠，子威颇私之。一日辞气惨栗，云

贾耽

唐朝的相国贾耽，担任滑州节度使的时候，曾经下令让人制作一套鹿皮衣服。不久，衣服做成，挑选一名身手矫捷的士兵，拿出一封封好口的书信交给他说：“你前去某山中，凡是遇到荆棘深处你就往里走，找到张尊师就送上这封信，不管你走多远都必须送到。”使者接受了命令，手提着干粮就离开了，但他心里很惶恐疑惑。进山后大约走了一百多里，荆棘丛生，偏僻险要，没有不经历过的。最后来到一座山峰，半山腰上石壁高耸挺拔，看见两名道士正在下棋。使者就行礼拜见道士说：“贾相公派我来给您送信。”道士打开信封，看后大笑。于是写了一封答复的书信，并说：“你替我传话给贾相公，让他早些归来，为什么还这样贪恋富贵？”使者怀里揣着回信返回。贾公看后非常高兴，重赏了使者，使者也不知道其中的缘故。贾公又曾经派出一名健壮的士兵，命他下到枯井中取书，果然得到了几轴，都是道家的典籍。于是贾公派出十多个人一起抄写，刚刚抄完，就有一名道士突然闯入，喊着贾公姓名大声叫骂说：“你怎么敢偷书？”贾公谦逊地道歉谢罪。道士说：“把书再放回去。”郑州仆射坡东面有一座佛塔，贾公就派遣使者怀里揣着公文通牒前往郑州，想从这座佛塔内取回一只白鸦，取后把佛塔封闭。果然得到了白鸦，使者用笼子送回给贾公，也不知道是什么缘故。贾公是被天上贬谪的仙人，有关他的事迹很多，这三件事是最为明显的。（出《逸史》）

丁约

唐代宗大历年间，有个叫韦行式的人担任西州采访使。他有一个侄子名叫子威，年纪二十岁左右，聪明机敏，温和谦恭，迷恋于阅读道家典籍，沉迷于神仙修炼之术。有一个叫丁约的士兵，在他的欲他适。子威怒曰："籍在军中，焉容自便。"丁曰："去计已果，不可留也。然某肃勤左右，二载于兹，未能忘情，思有以报。某非碌碌求食者，尚萦俗间耳。有药一粒，愿以赠别，此非能长生，限内无他恙矣。"因褫衣带内，得药类粟，以奉子威。又谓曰："郎君道情深厚，不欺暗室，终当弃俗，尚隔两尘。"子威曰："何谓两尘？"对曰："儒谓之世，释谓之劫，道谓之尘，善坚此心，亦复遐寿。五十年近京相遇，此际无相讶也。"言讫而出。子威惊愕，亟命追之，已不及矣。主将以逃亡上状，请落兵籍。尔后子威行思坐念，留意寻访，竟亡其踪。后擢明经第，调数邑宰。及从心之岁，毛发皆鹤，时元和十三年也。

将还京辇，夕于骊山旅舍，闻通衢甚喧，询其由，曰："刘悟执逆贼李师道下将校至阙下。"步出视之，则兵仗严卫，桎梏累累。其中一人，乃丁约也。反接双臂，长驱而西，齿发强壮，无异昔日。子威大奇之。百千人中，惊认之际，丁已见矣。微笑遥谓曰："尚记临邛别否？一瞬五十年矣，幸今相见，请送至前驿。"须臾到滋水驿，则散縶于廊舍，开一窍以给食物。子威窥之，俄见脱置桎梏，覆之以席，跃自窦出，与子威携手上旗亭，话阔别之恨，且叹子威之衰耄。子威谓曰："仙兄既有先见之明，圣朝奄宅天下，何为私叛臣耶？"丁曰："言之久矣，何逃哉！蜀国睽辞，岂不部下干些杂活以供使唤。丁约在子威周围侍奉，恭敬勤恳，不曾有一丝懈怠。所以子威很偏爱他。一天，丁约的言辞语气极度悲痛，说他要到别的地方去。子威发怒道："你是有军籍的人，怎么能容你自己随便决定呢！"丁约说："我已经下定决心要离开这里，你是不可能留下我的，然而，我在你身边一直勤劳地侍候，至今已经有两年了，不可能忘记我们之间的感情，想要对你有所报答。我并非庸庸碌碌只为乞求吃喝的人，尚且环绕在世俗之间。我现有一粒药，愿意把它当作临别礼物。这药虽然不能让你长生，但你服下它，在寿命之内是不会患有别的病了。"于是丁约解下衣带，从里面取出一粒药，大小类似谷粒，恭敬地捧着它进献给子威。又对子威说："公子对于修道的情感深厚，独自一人也居心端正，坦诚磊落，最终一定会抛弃尘俗，但还隔着两尘。"子威说："什么叫作两尘？"丁约回答说："儒教把它叫作'世'，佛教把它叫作'劫'，道教把它叫作'尘'，好好坚持向道的心意，也是可以长寿的，五十年后我们就能在京城附近再相遇。到那时候再见了我，可不要惊讶。"说完就离开了。子威惊愕，急忙命人出去追赶他，却已经追不上了。主将用逃亡的罪名向上级报告，请求去除丁约的军籍。从这以后，子威对丁约是走路时思忆，坐下时想念，一直留意寻访，终究还是找不到他的踪迹。后来子威考上了明经科，经过几次调迁，做过几个县的县令。等到子威七十岁时，眉毛头发都变得雪白了。当时是唐宪宗元和十三年。

子威将要回到京城，一天晚上，居住在骊山的客栈之中，听到外面大街上非常喧闹，询问店家是怎么回事。店家说："刘悟捉拿逆贼李师道的部下将校，要送到朝廷里去。"子威走出客栈去看热闹。只见军兵拿着武器，防卫森严。用脚镣手铐重重锁着的罪犯连续不断。其中有一个人，就是丁约，他的双臂被反绑在背后，一直往西走去。丁约身体强壮，和以前没有什么不同。子威对此感到很奇怪。就在子威站在百千路人之中，惊奇地看向丁约的时候，丁约早已经看见子威了。他微笑着向子威远远地打招呼说："还记得当初临邛相别吗？转眼之间，已经五十年了，今天有幸相见，请你送我到前面的驿站吧。"不一会儿，就走到了滋水驿，丁约等犯人被分散关押在走廊云'近京相遇，慎勿多讶'乎？”又问曰：“果就刑否？”对曰：“道中有尸解、兵解、水解、火解，寔繁有徒。嵇康、郭璞皆受戕害，我以此委蜕耳。异韩彭与粪壤并也。某或思避，自此而逃，孰能追也？”他问不对，唯云须笔，子威搜书囊而进，亦愧领之。威曰：“明晨法场寓目，岂蜕于此乎？”丁曰：“未也，夕当甚雨，不克行刑，两昼雨止，国有小故。十九日天限方及。君於此时，幸一访别。”言讫还馆，复自穴入，荷校以坐。

子威却往温泉，日已晡矣，风埃忽起，夜中果大雨澍。迟明，泥及骭，诏改日行刑。雨宿方霁，则王姬有薨于外馆者，复三日不视朝。果至十九日，方献庙巡鄽，始行大戮。子威是日饭仆饱马，诘旦往棘围候焉。亭午间，方号令回，观者不啻亿兆众矣，面语不辨，寸步相失，俘囚才至，丁已志焉，遥目子威，笑颔三四。及挥刃之际，子威独见断笔。霜锋倏忽之次，丁因跃出，而广众之中，蹑足以进，又登酒肆，其言如蜀。脱衣换觞，与威对饮。云：“某自此游适矣，勉于奉道，犹隔两尘，当奉候于昆仑石室矣。”言讫。下旗亭，冉冉西去，数步而灭。（出《广异记》）

的屋子里，只开一个小洞，用来给犯人们送食物。子威从小洞中窥视丁约，一会儿，看见丁约脱去身上的脚镣手铐，放在一旁，并用席子盖上它。然后他从小洞中一跃而出，和子威一起登上了酒楼。丁约叙说阔别已久的遗憾，并且感叹子威的衰老。子威对丁约说："仙兄既然有先见之明，当今圣朝统治全天下，为什么偏要暗地里投靠乱臣贼子呢？"丁约说："这件事说来话长了，我现在也不是要逃走。在四川辞别分开时，我难道不是说了将来在靠近京师的地方再相遇，千万不要惊奇吗？"子威又问他说："你难道真的打算服刑吗？"丁约回答说："修道中人有尸解、兵解、水解、火解这么多种成仙得道的方法，确实有不少的人也这样做了。嵇康、郭璞等人都受到残害，我用这个方法只是尸解罢了，不同于韩信、彭越那样成为粪土。我若是想躲避，从这里逃出去，谁能够追上我呢？"子威再问别的问题，他都不回答，只是说他需要笔。子威从书袋中找出笔赠送给他，丁约也惭愧地接受了。子威说："明天早晨我到法场去看你，难道你就在那里蜕去肉体吗？"丁约说："并不是。今天晚上将会下大雨，明天就不能够行刑了。直到两天后大雨才会停止，这时朝中又会发生小意外。十九那天才到了上天规定的限期，到那时候，希望你能去造访告别。"说完就返回馆舍，又从那个小洞进去，戴上枷锁坐在那里。

子威又去了温泉，太阳西下，忽然刮起狂风，尘土漫天飞扬，到了夜里果然大雨如注。天将亮的时候，泥水已经淹到了小腿。皇上下诏改日行刑。待到雨过天晴，本来都可以行刑了，但朝中传来有一位公主在外面去世的消息，皇帝又下令三天不上朝。果然到十九那天才把俘虏献给宗庙，押到集市循行，把他们杀死。子威这天让仆人吃饱了饭，又喂饱了马，早早地就去法场外边等候，等到正午的时候，才传令押犯人进法场，围观的人不下于成千上万，面对面说话都分辨不清，寸步距离也会走散。这时俘虏的囚犯才刚刚带到，丁约已经有标记，在那里遥望着子威，笑着点了三四次头。等到刽子手挥刀行刑的时候，子威只看见了被砍断的笔，在刀锋倏忽闪烁之间，丁约就跳了出来，在大庭广众之中，放轻脚步往前走。他又登上酒店，所说的话还像在蜀地一样。丁约脱掉衣服换来大杯美酒，与子威相对

瞿道士

黄尊师修道于茅山，法箓绝高，灵应非一。弟子瞿道士，年少，不甚精悫，屡为黄师所笞。草堂东有一小洞，高八尺，荒蔓蒙蔽，似蛇虺所伏。一日瞿生又怠惰，为师所棰，逡巡避杖，遂入此洞。黄公惊异，遣去草搜索，一无所见。食顷方出，持一棋子，曰：“适观棋时人留餐见遗，此秦人棋子也。”黄公方怪之，尚意其狐狸所魅，亦不甚信。茅山世传仙府，学道者数百千，皆宗黄公，悉以为德业阶品，寻合上升。每至良辰，无不瞻望云鹤。明年八月望夜，天气晴肃，月光如昼，中宵云雾大起，其云五色，集于窗牖间，仙乐满庭，复有步虚之声。弟子皆以为黄公上仙之期至矣，遽备香火。黄公沐浴朝服，以候真侣。将晓，氛烟渐散，见瞿生乘五色云，自东方出在庭中，灵乐鸾鹤，弥漫空际，于云间再拜黄公曰：“尊师即当来，更务修造，亦不久矣。”复与诸徒诀别，乘风遂去，渐远不见，隐隐犹闻众乐之音。金陵父老，每传此事。（出《逸史》）

着畅饮。丁约说："我从此就要痛快地到处游荡了，希望你能勤勉奉道，再过两尘，我一定在昆仑石室那里等候你。"他说完，就下了酒楼，慢慢地向西走去，只走了几步就消失了。（出《广异记》）

瞿道士

黄尊师在茅山上修道，道术符箓造诣非常高超，求神问卜，预言应验的事不止一件。他有个徒弟名叫瞿道士，尚且年少，还做不到精心诚恳，多次因为此事被黄尊师鞭打责罚。草堂东面有一个小洞，洞高八尺，荒草蔓生，掩蔽洞口，好像是毒蛇之类隐藏的地方。有一天，瞿生又因为懒惰，被黄尊师用棍子杖责，他为了躲避杖责，就进入这个洞中。黄尊师心中惊奇诧异，派人拔除草蔓进去搜索，什么东西也没看见。大约过了一顿饭的工夫，瞿道士才从洞里出来，手里拿着一个棋子，并说："这是刚才看下棋的时候，人家留我吃饭时，赠送给我的，这是秦人的棋子啊。"黄尊师觉得这件事十分奇异，还怀疑他是被山中狐狸给迷惑住了，也不太相信他说的话。世人都传说茅山是仙人居住的府第，其中学道的人成百上千，都尊奉黄尊师，都认为黄尊师的德行功业、官阶品级很高，不久后应当飞升天界得道成仙。所以，每到良辰吉日，附近的人没有不抬头远望彩云仙鹤是否到来的。第二年的八月十五日夜晚，天气晴朗肃穆，月光明亮，照得夜晚如同白天；半夜间云雾大起，那云雾是五彩的，逐渐汇聚在窗户和房门中间，仙乐充斥庭院，又传来唱经礼赞之声。弟子们都认为这是黄尊师飞升上仙的期限到了，弟子们急速准备香火。黄尊师也沐浴洁净，穿上礼服，等候着天上的神仙到来，天色将亮的时候，云雾渐渐散去。只见瞿道士乘着五色彩云，从东方出来，降到庭院中，灵乐鸾鹤满布天空。瞿道士在云间对黄尊师拜了又拜，说："尊师您马上也能到来，希望您再致力于修行造功，飞升得道也就不久了。"他又和诸位弟子告别，然后就乘风离去，渐渐行远消失不见了，但还能隐隐约约听到各种仙乐的声音。金陵城的父老乡亲，还常常传说这件事。（出《逸史》）

王卿

唐贞元年中，郢中有酒肆王卿者，店近南郭，每至节日，常有一道士过之，饮讫出郭而去。如是数年。后因道士复来，卿遂结束潜行，寻之数里。道士顾见，大惊曰："何来？"卿乃礼拜，愿神人许为仆使。道士固辞，卿固随之。每过涧壑，或高阔丈余，道士逾越，轻举而过。卿轻踵之，亦能渡也。行数十里，一岩高百余丈。道士腾身而起。卿不能登，遂哀求礼拜。道士自上谓曰："汝何苦从我？自速归；不尔，坐受困踬也。"卿曰："前所渡险阻，皆赖尊师命；今却归无路，必死矣。愿见救护。"道士垂手岩下，令卿举手闭目，跃身翕飞，已至岩上。上则平旷烟景，不类人间。又从行十余里，至道士舍，门庭整肃，止卿于舍外草间。谓曰："汝且止此，吾为汝送饭食，候便令汝得见天师。"卿潜草间。道士三日每送饭食，亦皆充足。

后一日，忽见天师出门，杖策，道士四五人侍从。天师形状瑰伟，眉目疏朗。道士私招卿，令于道左礼谒。天师惊曰："汝何因得至此？"卿方谓说，诸道士曰："此人谨厚，恐堪役使，可且令守灶。"天师令且收之，遂延卿入院。至厨下，见一大灶，下燃火，上有铁筒，闭盖数重。道士令卿守灶，专看之，不得妄视，令失坠。余道士四人，或汲水采药，蒸曝造食，以供天师。夜亦令卿卧厨下守火。经六七日，都不见人来看视釜中物者。后一日，卿无何窃开窥药。忽见一白兔，从铁筒中走出，騞然有声。道士曰："药已

王卿

唐德宗贞元年间，郢中有一个酒坊的主人名叫王卿，他的酒坊靠近南边的城墙。每逢节日，经常有一名道士经过这里，喝完酒就出城离开了。这样过了几年，后来遇见道士又来喝酒，王卿打扮了一下，就偷偷地跟在道士的身后，跟着走了几里，道士回头看见了王卿，很吃惊地说："你为什么跟来了？"王卿于是行礼拜谒，希望道士能够允许他作为神仙的仆人。道士坚决推辞，王卿却坚持跟随他。每逢路过山涧沟壑，有的高、宽一丈多，道士越过的时候，轻而易举就过去了。王卿轻巧地跟紧其脚步，也能过去。走了几十里，二人遇到一块险峻的巨岩，高有一百多丈，道士腾身而起轻松登上岩石。但王卿却登不上去，于是苦苦哀求，行礼参拜。道士在上面对王卿说："你何必这样辛苦地跟着我？你自己快回去吧。如果不听，你将白白地遭受挫折。"王卿说："以前所经历过的重重险阻，都依赖尊师的命令，现在退回去却没有路可走了，我必定命丧于此，希望神仙您救助保护我。"于是道士把手伸到巨岩下，让王卿举起手，闭上眼。王卿只觉得身子跃起飞腾，已经到石崖上了。石崖上面平坦空旷，云霭缭绕的景色，不像是在人世间。王卿又跟道士走了十多里，来到道士居住的房舍，门庭整洁肃穆。道士把王卿拦在房舍外的草丛间，对他说："你暂且先住在这里，我会给你送来饭菜，等到方便的时候，就让你见到天师。"王卿藏在草丛里，道士每三天就来送一次饭菜，也都很充足。

后来有一天，忽然看见天师出门，手持拐杖，有四五个道士随侍左右。天师身材魁梧雄伟，眉目清秀。道士偷偷招呼王卿出来，让他在道路旁边行礼谒见天师。天师吃惊地说："你为什么能到这里来？"王卿解释了缘由。诸位道士说："这个人谨慎笃厚，也许能够差遣，可以暂且先让他守灶。"天师下令暂且收留他。于是道士领着王卿进入院内，来到厨房。王卿看见有一口大灶，灶下正烧着火，灶上面放着一个铁筒，封闭掩盖了好几层。道士就让王卿守灶，专门负责看守它，不能四处乱看，让它丢失。其余四名道士，有的打水采药，有的蒸晒做饭，用来供养天师。到了夜里道士也让王卿躺在厨房里失矣！”竞来窥看，惶惧失色。须臾，天师大怒曰：“何忽引俗人来，令失药。”俄召前道士责辱，欲鞭之。道士叩头，请却擒觅。道士数人，于庭施香禹步。道士二人，变成白鹤，冲天而飞。食顷，鹤已擒得白兔来，令投釜中，固济炼之。天师令速逐俗人遣归。道士遂领出曰：“卿几误我，卿心未坚，可且归去。”遂引送至高岩下，执手而别。“后二十年，于汾州市中相见耳。”卿复寻路归，数日方至郭，已经年。遂为道士。十余年后，游太原，竟不知当有所遇否。（出《原化记》）

衡山隐者

衡山隐者，不知姓名。数因卖药，往来岳寺寄宿。或时四五日无所食，僧徒怪之。复卖药至僧所。寺众见不食，知是异人，敬接甚厚。会乐人将女诣寺，其女有色，众欲取之。父母求五百千，莫不引退。隐者闻女嫁，邀僧往看，喜欲取之，仍将黄金两挺，正二百两，谓女父曰：“此金直七百贯，今亦不论。”付金毕将去，乐师时充官，便仓卒使别。隐者示其所居，云：“去此四十余里，但至山当知也。”女父母事毕忆女，乃往访之。正见朱门崇丽，扣门，隐者与女俱出迎接。初至一食，便不复饥。留连五六日，亦不思食。父母将还，隐者以五色箱，盛黄金五挺赠送，谓父母曰：“此间深邃，不复人居，此后无烦更求也。”其后父母重往，但见山草，无复人居，方知神仙之窟。（出《广异记》）

看守火焰。过了六七天，都不见有人来看锅中的东西。后来有一天，王卿没有什么要事，就偷偷地打开铁筒从缝隙里偷看药。忽然看见一只白兔，从铁筒中跑出来，发出刀劈开东西的声音。道士说：“药已经丢失了。”其他的人都争先恐后地来看，一个个惶惧失色。不一会儿，天师大怒说：“为什么忽然领着世俗之人来这里，还让他弄丢了药！”随即召见先前那个道士，斥责辱骂，还想用鞭子抽打他。道士连连叩头，请命把药找回来。几名道士就在庭院中一边焚香一边足踏星宿。两名道士变成白鹤，冲天飞去。大约过了一顿饭的工夫，白鹤已经擒获白兔归来，让人重新把它投进锅中，重新封好炼制它。天师下令快些逐出这名世俗之人，派人遣返他回去。道士于是领着王卿出来说：“你几乎连累了我，你的心还没有坚定，可以暂且先回去。”道士就领着王卿送到那块高岩之下，握手告别并说：“二十年后，你我在汾州街市上再相见。”王卿又寻路回家，几天后才走到城墙。已经过去一年了。王卿就当了道士。十多年后，他游览太原，也不知道他到底遇到了道士没有。（出《原化记》）

衡山隐者

衡山隐者，人们都不知道他的姓名。他多次卖药，都往来借宿在岳寺之中。有时他四五天也不吃什么食物，寺里的僧人都觉得他很奇怪。后来他又卖药来到僧舍借宿，寺里僧人见他不吃饭，知道他是一名不寻常的人，于是十分恭敬地接待他。恰巧一位乐师带领他的女儿也来到岳寺，他的女儿颇有姿色。众人都想娶她为妻子。他的父母要求彩礼五百千钱。众人听了如此惊人的数目，没有一个不是自觉退出的。衡山隐者听说有位乐师的女儿要嫁人，便邀请僧人一同去观看。衡山隐者看了也很喜欢，想要娶她。于是，他送上两根黄金，正好是二百两，并对女儿的父亲说：“这些金子价值七百贯，现在也不管值多少了。”衡山隐者付完金子就要领着妻子离去，乐师当时要去官衙报到，不能停留，便和女儿仓促分别了。衡山隐者告诉乐师他的住所，说：“我家离这里有四十多里，只要到了山下就能够知道了。”乐师夫妇事情办完了，很想念女儿，就前去看望她。迎面看见

梅真君

汝阴人崔景唐，家甚富。尝有道士，自言姓梅，来访崔，崔客之数月。景唐市得玉鞍，将之寿春，以献节度使高审思，谓梅曰："先生但居此，吾将诣寿春，旬月而还，使儿侄辈奉事，无所忧也。"梅曰："吾乃寿春人也，将此访一亲知，比将还矣，君其先往也。久居于此，思有以奉报。君家有水银乎？"曰："有。"即以十两奉之。梅乃置鼎中，以水银炼之，少久即成白银矣。因以与景唐曰："以此为路粮，君至寿春，可于城东访吾家也。"即与景唐分路而去。景唐至寿春，即诣城东，访梅氏，数日不得。村人皆曰："此中无梅家，亦无为道士者，唯淮南岳庙中，有梅真君像。得非此耶？"如其言访之，果梅真君矣。自后竟不复遇。（出《稽神录》）

红漆大门高大华丽，上前敲门，衡山隐者和他们的女儿都出来迎接。刚到这里时吃了一顿饭，就再也不感到饥饿了，留连了五六天，也不想着吃饭。乐师夫妇将要回去了，衡山隐者用五色箱，装了五根黄金送给他们，并对岳父岳母说："这里太幽深了，不再会有人居住了。从此以后不劳烦二老再来了。"之后乐师夫妇又去探望，只见到山石和荒草，不再有人居住的痕迹。二人这才知道这里是神仙居住的洞穴。（出《广异记》）

梅真君

汝阴人崔景唐，家里非常富有。曾经有一位道士，自称姓梅，来拜访崔景唐。崔景唐以客礼待他，长达几个月。崔景唐买到一个玉鞍，将要到寿春去，把它献给节度使高审思。他对梅道士说："先生只管在这里住下去，我将要去一趟寿春，十天或一个月就会回来，让儿侄辈来侍奉您，不要有所担忧。"梅道士说："我就是寿春人，到这里来拜访一个亲友，也要回去了。您先去吧！我长期居住在您家，想要有所报答。您家中有水银吗？"崔景唐回答说："有。"马上拿了十两水银，双手捧着送给梅君。梅道士就把水银放在鼎中，用水银来炼制，不久就炼成白银了。接着梅道士把白银送给崔景唐，说："就用这些当作路费。您到寿春后，可到城东造访我家。"说完，梅道士就和崔景唐分道而行。崔景唐到寿春后，就到城东寻访梅氏家，过了几天也没找到。村人都说："这里没有姓梅的人家，也没有当道士的人，只有在淮河南岳庙中，有一尊梅真君的神像，莫非说的是这个？"崔景唐按照村人的话前去拜访，果然是梅真君。从这以后二人竟然再没有相遇过。（出《稽神录》）

卷第四十六　神仙四十六

白幽求　王太虚　王子芝　刘　商

白幽求

唐贞元十一年，秀才白幽求，频年下第。其年失志，后乃从新罗王子过海，于大谢公岛，夜遭风，与徒侣数十人为风所飘，南驰两日两夜，不知几千万里。风稍定，徐行，见有山林，乃整棹望之。及前到，山高万仞，南面半腹，有城壁，台阁门宇甚壮丽。维舟而升，至城一二里，皆龙虎列坐于道两边，见幽求，乃眈眈而视幽求。幽求进路甚恐惧，欲求从者，失声彷徨，次于大树。枝为风相磨，如人言诵诗声。幽求谛听之，乃曰："玉幢亘碧虚，此乃真人居。徘徊仍未进，邪省犹难除。"幽求犹疑未敢前，俄有朱衣人自城门而出，传敕曰："西岳真君来游。"诸龙虎皆俯伏曰："未到。"幽求因趋走前，见朱衣人，不顾而入。幽求进退不得，左右诸龙虎时时目幽求，盘旋次。门中数十人出，龙虎奔走，人皆乘之下山。幽求亦随之，至维舟处，诸骑龙虎人皆履海面而行，须臾没于远碧中。

幽求未知所适，舟中具馔次。忽见从西旗节队伍，仅千人；鸾鹤青鸟，飞引于路；骑龙控虎，乘龟乘鱼。有乘朱鬣马人，衣紫云日月衣，上张翠盖，如风而至。幽求但俯伏而已。乃入城门，幽求又随觇之。诸龙虎等依前列位，与树木花药鸟雀等，皆应节盘回如

白幽求

唐德宗贞元十一年，秀才白幽求已连续几年考试落第。这一年又不得志，后来就跟着新罗王子过海游历，在大谢公岛，夜里遭遇大风，他和几十个同伴都被风吹着飘走了，他们所乘的船在海里向南疾行了两天两夜，也不知道走了几千里还是几万里。狂风渐渐安定下来，船缓慢前进，看见有一片山林，就驾船过去查看。等到驾船驶达山的前面，只见山高万仞，南面半山腰上，建有城墙，台阁门宇都很雄伟华丽。白幽求系船停泊往上攀登，在到达城镇还有一二里的地方，都有龙虎列队坐在道路的两边。看见白幽求，龙虎威严地注视着白幽求。白幽求走在路上十分恐惧，想要找同行之人，却没有声音回答他，犹豫不决不敢上前，停留大树下。树枝被风吹动，相互摩擦发出声音，像是人在说话朗诵诗歌的声音。白幽求仔细听它说的是什么。说的是："玉幢亘碧虚，此乃真人居。徘徊仍未进，邪省犹难除。"白幽求听了还是犹疑不决不敢向前。一会儿，有一位身穿红衣的人从城门中出来，传达敕令说："西岳真君前来游览。"众龙虎都俯身趴在地上说："真君还没到。"白幽求趁机快步向前，拜见红衣人，红衣人看也不看他，就进去了。白幽求进退不得，左右的众龙虎又一刻不停地盯着白幽求。白幽求徘徊的时候，门里面出来几十个人，龙虎们都快速奔跑起来，那些人都骑着它们下山去了。白幽求也在后面跟着他们。到了白幽求停船的地方，那些骑龙虎的人都踩着海面行走，不一会儿，就消失在远方碧绿的海面上。

白幽求不知道该去什么地方好，正在船中吃饭中间，忽然看见从西面来了一支举着旌旗和符节的队伍，将近有一千人。天上有鸾鹤青鸟飞行引路，这些人有的骑龙控虎，有的驾龟乘鱼，当中有一个人骑着红鬣马，身穿紫云日月衣，头上张着一顶饰有翠羽的车盖，像舞。幽求身亦不觉足之蹈之。食顷，朱衣人持一牒出，谓龙虎曰：“使水府真君。”龙虎未前，朱衣人乃顾幽求授牒。幽求未知所适，朱衣曰：“使水府。”以手指之。幽求随指，而身如乘风，下山入海底。虽入水而不知为水，朦胧如日中行，亦有树木花卉，触之珊珊然有声。须臾至一城，宫室甚伟，门人惊顾，俯伏于路。俄而有数十人，皆龙头鳞身，执旗杖，引幽求入水府。真君于殿下北面授符牒。拜起，乃出门，已有龙虎骑从，俨然遂行，瞬息到旧所。幽求至门，又不敢入。虽未食，亦不觉馁。少顷，有觅水府使者，幽求应唯而入，殿前拜，引于西廊下，接诸使下坐，饭食非人间之味。徐问诸使中：“此何处也？”对曰：“诸真君游春台也，主人是东岳真君。春夏秋冬各有位，各在诸方，主人亦各随地分也。”其殿东廊下，列玉女数百人，奏乐。白鹤孔雀，皆举翅动足，更应玄歌，日晚乃出殿。于山东西为迎月殿，又有一宫观望日。

至申时，明月出矣。诸真君各为迎月诗。其一真君诗曰：“日落烟水黯，骊珠色岂昏。寒光射万里，霜缟遍千门。”又一真君诗曰：“玉魄东方开，嫦娥逐影来。洗心兼涤目，光影游春台。”又一真君诗曰：“清波滔碧乌，天藏黯黮连。二仪不辨处，忽吐清光圆。”

风一样到来。白幽求只得俯身趴在地上，一动也不敢动。来的大队人马进入城门，白幽求又跟在他们后面偷看。众龙虎按照先前的位置列队，和树木花草鸟雀等一起，都随着节拍周旋进退，就像舞蹈一样。白幽求也不知不觉地手舞足蹈起来。过了一顿饭的工夫，红衣人手拿着一份公文，对众龙虎说："出使水府真君。"众龙虎没有上前。红衣人于是看着白幽求，授予他公文，白幽求不知道到哪儿去。红衣人说："派你出使水府。"红衣人用手指着水府方向，白幽求随着红衣人所指，身子像乘着风一样，下了山进入海底，虽然进入了水中，但白幽求却感觉不到有水的存在，朦胧之中好像是在白天行走，也有树木花卉，触碰后发出玉佩的声音。不一会儿，白幽求就到了一座城邑，城里宫室十分雄伟。守城门的人惊慌地看着，然后俯身趴在路旁。不一会儿，出来几十个人，都是上面龙头下面身子长满了鳞甲，手里持握着旗帜棍棒等，领着白幽求进入水府。水府真君在大殿下面朝北行臣子礼仪接受符牒。白幽求参拜后起来，就出了门，这时已有众龙虎等待乘骑，并有随从跟随，庄重整齐地行进。眨眼之间就回到原来的地方，白幽求到了门口，还是不敢进去。他虽然没吃什么东西，但也不觉得饥饿。一会儿，有人来寻找水府使者，白幽求一边口中答应"唯"一边走了进去，先到殿前参拜，后被领到西廊下，接着众使者次席就坐。席间所吃的饭食都不是人世间凡人食物的味道。白幽求问众使者："这是什么地方？"回答说："这里是各位真君的游春台。此地主人是东岳真君，春夏秋冬各有不同的位置，分散在各个方位，主人也各自随着不同地方进行分配。"那宫殿东边的廊子下，有几百名玉女排列整齐，演奏乐曲。白鹤孔雀都举起翅膀，挪动脚爪，再应和着深奥玄妙的歌曲起舞，天色晚了才出宫殿，在山的东面和西面是迎月殿，还有一座离宫别观是用来望日的。

到了申时，明月出来了，各位真君各作一首迎月诗，其中一位真君作诗说："日落烟水黯，骊珠色岂昏？寒光射万里，霜缟遍千门。"又一位真君作诗说："玉魄东方开，嫦娥逐影来。洗心兼涤目，光影游春台。"又一位真君作诗说："清波滔碧乌，天藏黯黗连。二仪不辨处，忽吐清光圆。"又一位真君接着作诗说："乌沉海西岸，蟾吐天又一真君诗曰："乌沉海西岸，蟾吐天东头。"忘下句，其余诗并忘之矣。赋诗罢，一真君乃命夜戏。须臾，童儿玉女三十余人，或坐空虚，或行海面，笙箫众乐，更唱迭和，有唱《步虚歌》者，数十百辈。幽求记其一焉，词曰："凤凰三十六，碧天高太清。元君夫人蹋云语，冷风飒飒吹鹅笙。"至四更，有绯衣人走入，鞠躬屈膝白："天欲曙。"唯而趋出，诸君命驾各辞。

次日，昨朱衣人屈膝言曰："白幽求已充水府使，有劳绩。"诸真君议曰："便与游春台洒扫。"幽求恓惶，拜乞却归故乡。一真君曰："卿在何处？"对曰："在秦中。"又曰："汝归乡何恋恋也？"幽求未答。又曰："使随吾来。"朱衣人指随西岳真君。诸真君亦各下山，并自有龙虎鸾凤，朱鬣马龟鱼，幡节羽旄等。每真君有千余人，履海面而行。幽求亦操舟随西岳真君后，自有便风，迅速如电。平明至一岛，见真君上飞而去。幽求舟为所限，乃离舟上岛，目送真君，犹见旗节隐隐而渐没。幽求方悔恨恸哭，而迢迤上岛行，乃望有人烟，渐前就问，云是明州，又却喜归旧国。幽求自是休粮，常服茯苓，好游山水，多在五岳，永绝宦情矣。（出《博异志》）

王太虚

东极真人王太虚，隐居王屋山中。咸通壬辰岁，王屋令王琮，夙志崇道，常念《黄庭经》。每欲自为注解，而未了深玄之理，但东头。”白幽求忘了诗的下一句，其余的诗也一起忘掉了。赋诗结束后，一位真君命令就着夜色表演戏剧。一会儿，童男玉女三十多人，有的坐在半空，有的走于海面，弹奏笙箫等乐器，彼此唱和。有唱经礼赞的，有几十几百人。白幽求记得其中有一句歌，歌词说：“凤凰三十六，碧天高太清，元君夫人蹋云语，冷风飒飒吹鹅笙。”到了四更天，有一个身穿红衣的人走进来，鞠躬屈膝说：“天将要亮了。”听到真君的吩咐后，童男玉女恭敬地小步疾行退出。众真君乘着马车各自告辞离去。

第二天，昨天那个身穿大红衣服的人对众真君屈膝说：“白幽求已经充当了出使水府的使者，立下了功劳。”众真君商议说：“那就授予他游春台洒扫。”白幽求露出悲伤的样子，叩拜乞求回归故乡。一位真君说：“你的家乡在什么地方？”白幽求回答说：“在秦中。”真君又说：“你要回归故乡，那里有什么让你恋恋不舍呢？”白幽求没有回答。真君又说：“让他随我来吧。”身穿大红衣服的人指着西岳真君让白幽求跟着他走。众真君也各自下山，并各自有龙虎鸾凤、朱鬣马、龟鱼和各种旌旗符节等。每位真君都领着一千多人，踩着海面行走。白幽求也驾着船跟随在西岳真君之后，海上自行刮起顺风，船速快如闪电。天亮的时候，到了一座岛屿，只见西岳真君向上飞走了，白幽求因为受到船只的限制，不能飞升跟上，于是，离开船只上了岛，目送西岳真君离去，还可以隐隐约约看见旌旗符节直至逐渐隐没。白幽求这才悔恨痛哭。因而只得沿着遥远曲折的路往岛上走去。走了很长时间，才看见远处有人烟，慢慢走上前去询问这里是什么地方，回答说是明州。白幽求又高兴回到了故国。白幽求从此以后就不吃谷物，经常服用茯苓，喜好游山玩水，多在五岳之间游玩，永远断绝了做官的念头。（出《博异志》）

王太虚

东极真人王太虚，隐居在王屋山中。唐懿宗咸通壬辰年，王屋县令王琮，平素的志向就是崇尚道术，经常诵读《黄庭经》，常常想自己给《黄庭经》做注解。然而，他并没有了解《黄庭经》中深奥玄日诵五六千遍。闻王屋小有洞天，神仙之府，求为王屋令，欲结庐于其中，冀时得游礼耳。罢官，乃绝粒咽气数月，稍觉神旺身轻。入洞屋，誓不复返。初行三二十里，或宽广明朗，或幽暗泥黑。扪壁俯行，经三五日，忽坦然平阔，峭崖倚空，直拔万仞。下有嵌室，可坐数百人，石床案几，俨若有人居之。案上古经一轴，未敢遂取，稽首载拜言曰："下土贱臣，形浊气秽，辄慕长生之道，幸入洞天，仰窥灵府，是万劫良会。今睹上天遗迹，玉案玄经，不敢辄取，愿真仙鉴祐，许尘目一披篇卷，则受罔极之恩。"良久叩头，乞报应之兆。忽有一人坐于案侧曰："子其忘乎？缑氏仙裔，聿能好道，可以名列青简矣。吾东极真人，子之同姓也。此《黄庭》宝经，吾之所注，使授于子。"复赠以桃核数斗，曰："此食之者白日飞行，此核磨而服之，不唯愈疾，亦可延算。子虽有志，未可居此，二十年期于兹山矣。勉而勤之，得道也。"言讫，不复见。琮亦不敢久住，携桃核与经而归。磨服桃核，身康无疾，颜状益少。人间因有传写东极真人所注《黄庭经》本矣。（出《仙传拾遗》）

王子芝

王子芝字仙苗，自云河南缑氏人。常游京洛间。耆老云："五十年来见之，状貌恒如四十许人，莫知其甲子也。"好养气而妙的道理，只是天天念五六千遍而已。他听说王屋山上的一些山洞中别有天地，是神仙居住的洞府，就请求去做王屋的县令，想要建造房屋住在王屋山当中，希望能经常游历和礼拜。王琏罢官后，就断绝饮食，修养服气了几个月，稍微觉得精神旺盛，身体轻健，就进入了洞中，并发誓绝不再返回。最初走了二三十里，其中有的地方宽广明朗，有的地方幽暗，他摸着洞壁弯腰前行。过了三五天，忽然眼前变得宽阔平坦，悬崖峭壁凌空而起，直拔万仞（古代长度单位，唐时六尺五寸为一仞）。下面有一座像镶在山石中的房屋，可以坐下几百人，石床、书案、石几，摆设得很整齐，好像有人在这里居住似的。书案上有一轴古经，王琏不敢直接去拿，而是多次跪拜，然后说道："我是人间的贱臣，形状混浊，气息污秽，但总是仰慕长生之道，有幸进入这神仙的洞府，瞻仰神灵的住所，这是万劫之中的良机。现在看见上天的遗迹，玉石书案上深奥玄妙的道家经书，不敢擅取。希望真仙明鉴庇佑，允许我这凡人俗眼窥视一下经卷，就已受到无穷无尽的恩惠。"他叩头良久，乞求得到神仙允许的征兆。忽然有一个人坐在书案旁边说："你难道忘了吗？缑氏城的后裔只要能够爱好道术，就可以名列神仙名录之中了。我是东极真人，和你同姓，这是《黄庭》宝经，我为它做了注解。现在就传授给你。"东极真人又赠予他几斗桃核。东极真人说："吃了这桃子的人，白日可以飞行；把桃核磨成粉末服用，不光能够治愈疾病，还可以延年益寿。你虽然有修道的志向，但还不可以居住在这里。二十年后相约在这座山上再见吧。只要你勤勉，就一定会得道的。"说完，就消失不见了。王琏也不敢在这里久留，带着东极真人赠送的桃核和《黄庭》宝经回去。他把桃核磨成粉末服下，果然身体健康，不生疾病，脸色也越来越年轻。人世间于是就有这版传抄自东极真人做注解的《黄庭经》了。（出《仙传拾遗》）

王子芝

王子芝，字仙苗，自称是河南缑氏人。他经常游历于京师和洛阳之间。有老人说："五十多年来我看见他，身形相貌一直像是四十嗜酒。故蒲帅琅琊公重盈作镇之初年，仙苗居于紫极宫，王令待之甚厚。又闻其嗜酒，日以三榼饷之。间日仙苗出，遇一樵者，荷担于宫门，貌非常，意甚异焉。因市其薪，厚偿厥直。樵者得金，亦不让而去。子芝潜令人蹑其后，以伺之。樵者径趋酒肆，尽饮以归。他日复来。子芝谓曰："知子好酒，吾有中令所饷醇醪，偿子薪价，可乎？"曰："可。"乃饮之数盂，因谓子芝："是酒佳矣。然殊不及解县石氏之酝也。余适自彼来，恨向者无侣，不果尽于斯酌。"子芝因降阶执手，与之拥炉。祈于樵者曰："石氏芳醪可致否？"樵者颔之。因命丹笔，书一符，置于火上，烟未绝，有一小竖立于前。樵者敕之："尔领尊师之仆，挈此二榼，但往石家取酒。吾待与尊师一醉。"时既昏夜，门已扃禁，小竖谓芝仆曰："可闭其目。"因搭其头，人与酒壶偕出自门隙，已及解县，携酒而还，因与子芝共倾焉。其甘醇郁烈，非世所俦。中宵，樵者谓子芝曰："已醉矣。余召一客伴子饮，可乎？"子芝曰："诺。"复书一朱符，置火上，瞬息闻异香满室，有一人来，堂堂美须眉，拖紫秉简，揖樵者而坐。引满两巡，二壶且竭。樵者烧一铁箸，以焌紫衣者，云："可去。"时东方明矣，遂各执别。樵者因谓子芝曰："识向来人否？少顷，可造河渎庙视之。"子芝送樵者讫，因过庙所，睹夜来共饮者，乃神耳，铁箸之验宛然。

岁左右的人，不知道他究竟有多大岁数了。”王子芝喜好养气并且酷爱喝酒。曾经蒲帅琅琊公王重盈镇守蒲州的初年，王仙苗居住在紫极宫，王重盈对他很是看重，又听说他酷爱喝酒，就每天送给他三榼酒。有一天，王仙苗外出，遇到一名樵夫，挑着担子在紫极宫门前，相貌不同寻常，王仙苗心里觉得很奇怪。于是就买下了他的柴，丰厚地补偿了木柴的价值，樵夫拿到钱，也不推辞就离开了。王子芝派人暗中跟随在他身后，观察他。樵夫径直来到酒馆，开怀畅饮后尽兴而归。过了几天樵夫又来了，王子芝对他说：“我知道你喜好喝酒，我这里有中令王重盈赐予的味道醇厚的好酒，用好酒来抵你的柴价，可以吗？”樵夫说：“可以。”于是樵夫饮了几盂，就对王子芝说：“这酒好啊！只不过，还远远比不上解县石氏所酿的酒，我刚从那里过来。遗憾的是刚才没有一起喝酒的伴侣，不能尽兴地品尝。”王子芝于是降低身份握着樵夫的手，和他一起围着温酒的火炉取暖饮酒。王子芝向樵夫请求说：“石氏的美酒可以弄来品尝吗？”樵夫点头，就让人取来丹砂朱笔，书写一符，然后放在火上，烟还没有断绝，就有一个小僮站在面前。樵夫命令他：“你领着王尊师的仆人，手提着这两个榼，径直去石家取酒，我等着和王尊师尽兴一醉。”当时天已经黑了，门户已经上了闩。小僮对王子芝的仆人说：“你可以闭上眼睛。”于是仆人的手搭在小僮的头上，人和酒壶都从门缝出去了，不一会儿到了解县，就带着酒返回，樵夫就和王子芝一起倒酒品尝。这酒甘美醇厚，香气浓烈，不是世间的酒能相比的。半夜，樵夫对王子芝说：“我已经醉了。我召来一名客人陪你喝酒，可以吗？”王子芝说：“行。”樵夫又用丹砂朱笔写了一道符，还是放在火上。眨眼之间，满屋遍布异香，之后有一个人到来，容貌庄严大方，须眉俊美，腰间系着紫色绶带，手里拿着书简，向樵夫作揖行礼后就坐下了。饮尽斟满的酒，两巡过后，两个酒壶的酒都快要喝完了。樵夫烧了一根铁筷子，烫了身穿紫衣的人一下，说：“你可以走了。”当时东方已经亮了，于是各自拱手告别。樵夫就对王子芝说：“你认识先前来的那个人吗？一会儿，你可以到河神庙里去看一看。”王子芝送走樵夫后，因为路过河神庙前，想亲眼看看夜里来一起喝酒的人，竟然是庙里的神仙。

赵均郎中时在幕府，目验此事。弘文馆校书郎苏悦亦寓于中条，甚熟踪迹。其后子芝再遇樵仙，别传修炼之诀，且为地仙矣。（出《神仙感遇录》）

刘商

刘商，彭城人也，家于长安。少好学强记，精思攻文，有《胡笳十八拍》，盛行于世，儿童妇女，咸悉诵之。进士擢第，历台省为郎。性耽道术，逢道士即师资之，炼丹服气，靡不勤切。每叹："光阴甚促，筋骸渐衰，朝驰暮止，但自劳苦，浮荣世宦，何益于己。古贤皆隳官以求道，多得度世。幸毕婚嫁，不为俗累，岂劣于许远游哉！"由是以病免官，道服东游。入广陵，于城街逢一道士，方卖药，聚众极多。所卖药，人言颇有灵效。众中见商，目之相异。乃罢药，携手登楼，以酒为劝。道士所谈，自秦汉历代事，皆如目睹。商惊异，师敬之。复言神仙道术不可得也。及暮，商归侨止。道士下楼，闪然不见，商益讶之。商翌日又于城街访之。道士仍卖药，见商愈喜，复挈上酒楼，剧谈劝醉，出一小药囊赠商，并戏吟曰："无事到扬州，相携上酒楼。药囊为赠别，千载更何求。"商记其吟，暮乃别去。后商累寻之，不复见也。乃开囊视，重纸裹一葫芦子，得九粒药，如麻粟，依道士口诀吞之，顿觉神爽不饥，身轻飘然，过江游茅山。久之，复往宜兴张公洞。当游之时，爱罨画溪之景，遂于胡父渚葺居，隐于山中，近樵者犹见之。曰："我刘郎中也。"而莫知所止。已为地仙矣。（出《续仙传》）

铁筷子的烙印还真真切切。

赵均郎中当时在蒲帅的幕府，亲眼见证这件事。弘文馆校书郎苏悦也寓居于中条山，很熟悉这件事情的来龙去脉。在这之后，王子芝又遇到樵仙，樵仙另外向王子芝传授了修道的秘诀，因而王子芝就修成地仙了。（出《神仙感遇录》）

刘商

刘商，是彭城人，家住长安。少年时期专心追求学问，并且善于记忆，精于思考，致力于钻研文学，有琴曲歌辞《胡笳十八拍》传世，在唐朝当时广泛流行。就算是儿童妇女，也全都能详尽地背诵。刘商进士考试及第，被选到台省担任郎官。但他的性情爱好道术并且沉溺在其中，每次遇见道士，就拜他做老师并给予资助。他自己炼丹服气，没有不努力恳切的时候。常常叹息："光阴太短促，筋骨逐渐衰老。早晨奔驰，而晚上停止，只是自己勤劳辛苦，虚幻的荣耀和俗世的宦旅，对自己又有什么好处呢？古代的圣贤都弃官不做而去寻求道术，大多都能超脱尘世成仙。有幸已经操办完了儿女的婚姻嫁娶，不再被世俗所牵累，难道不能洒脱地去远游吗？"因为这样，刘商就假借生病请求辞官，穿上道服向东游历，进入广陵，在城邑内街道上遇到一名道士，正在卖药，身边聚集的人非常多。道士卖的药，人们都说有很神奇的功效。道士在众人当中看见了刘商，见了刘商的相貌就觉得他和常人不同。于是道士就收摊不卖药了，他拉着刘商的手登上酒楼，对刘商殷勤地劝酒，道士谈的内容，是从秦汉以来历代的故事，谈得非常真实，都像道士亲眼所见一样。刘商对此很惊异，就像对待老师那样尊敬他。刘商又说了神仙道术很难学得到。等到晚上，刘商到客栈栖息。只见道士下楼，一闪就不见了。刘商更加惊讶了。第二天，刘商又在城内街道上寻访他。道士仍然在卖药，看见刘商来了越发高兴，又领着刘商上了酒楼，畅所欲言，劝他一醉，之后拿出一个小药囊赠给刘商，并戏吟说："无事到扬州，相携上酒楼。药囊为赠别，千载更何求。"刘商记下了他戏吟的诗，直到天黑了才告别离去。后来，刘商又多次寻找这名道士，却再也没有

见到，刘商就打开了药囊查看，里面用许多张纸包着一个小葫芦，打开得到了九粒药，大小像麻籽一样。刘商按照道士所吟的口诀服下了药，顿时觉得神清气爽，不感饥饿，身体轻健，内心清明。刘商后来渡过江水游历茅山，过了好久，又去宜兴张公洞游览。正当刘商游览张公洞的时候，喜爱罨画溪的景色，就在胡父渚盖了一间茅草屋，隐居于山中。附近打柴的樵夫还见过他，他说："我就是刘郎中。"然而，却不知道他所居住的地方。刘商已经成为地仙了。（出《续仙传》）

卷第四十七 神仙四十七

唐宪宗皇帝 李 球 宋玄白 许栖岩 韦善俊

唐宪宗皇帝

唐宪宗好神仙不死之术。元和五年，内给事张惟则自新罗国回，云：于海中泊山岛间，忽闻鸡犬鸣吠，似有烟火。遂乘月闲步，约及一二里，则见花木楼台殿阁，金户银关。其中有数公子，戴章甫冠，衣紫霞衣，吟啸自若。惟则知其异，遂请谒。公子曰："汝何所从来？"惟则具言其故。公子曰："唐皇帝乃吾友也。当汝旋去，愿为传语。"俄而命一青衣，捧出金龟印，以授惟则，乃置之于宝匣。复谓惟则曰："致意皇帝。"惟则遂持之还舟中，回顾旧路，悉无踪迹。金龟印长五寸，上负黄金玉印，面方一寸八分，其篆曰："凤芝龙木，受命无疆。"惟则至京师，即具以事上进。宪宗曰："朕前生岂非仙人乎？"乃览金龟印，叹异良久，但不能谕其文耳。因缄以紫泥玉镤，置于帐内。其后往往见五色光，可长丈余。是月，寝殿前连理树上生灵芝二株，宛如龙凤。宪宗因叹曰："凤芝龙木，宁非此兆乎？"

时又有处士伊祁玄解，缜发童颜，气息香洁。常乘一黄牝马，才三尺高，不啖刍粟，但饮醇酎，不施缰辔，惟以青毡藉其背。常游历青兖间。若与人款曲，话千百年事，皆如目击。帝知其异人，遂令密诏入宫内，馆于九华之室，设紫茭之席，饮龙膏之酒。紫茭席类茭叶，光软香静，夏凉冬温。龙膏酒黑如纯漆，饮之令人神

唐宪宗皇帝

唐宪宗喜好神仙长生不死之术。唐宪宗元和五年，内给事张惟则从新罗国回来，说他的船在海上停泊于一个海岛间，忽然听见了鸡鸣狗吠的声音，岛上好像有住户的炊烟。他就乘着月色在岛上散步。大约走了一二里，就看见花草树木、楼台殿阁、金户银门，辉煌华美。其中有几位公子，头戴章甫冠，身穿紫霞衣，吟咏歌唱毫不拘束，神态自然。张惟则知道他们是奇异之人，就请求谒见。公子说："你是从什么地方来？"张惟则详细说了他出使新罗国的事。公子说："唐朝皇帝是我的朋友，你回去之后，希望能替我传话给唐朝皇帝。"一会儿，公子命一个青衣婢女捧出金龟印，就把它放在宝匣之中，把宝匣授予了张惟则。又对张惟则说："请替我向唐朝皇帝表达问候。"张惟则于是捧着宝匣返回船中，回头再看刚才走过的旧路，已经没有一点踪迹了。金龟印长五寸，金龟的身上背着黄金玉印，面方一寸八分。其上篆文是："凤芝龙木，受命无疆。"张惟则到了京师，就把事情的详细情况全都上奏了，并且献上了金龟印。宪宗皇帝说："朕前世难道就是仙人吗？"等到看见金龟印，惊奇赞叹了很长时间，然而，却不能明白它上面的文字含意。之后就用紫泥玉锁把它封了起来，放置在床帐内，那以后常常会出现五色光，大约有一丈多长。这个月，寝殿前面的连理树上长出两株灵芝，仿佛龙凤一样。宪宗皇帝因此感叹说："凤芝龙木，难道不是这个征兆吗？"

当时又有一位处士名叫伊祁玄解，头发乌黑稠密，面色红润就像儿童一样，呼吸时气息芬芳洁净。他经常骑着一匹黄牝马，才有三尺高，不吃草料和粮食，只喝醇香的美酒，不用安置缰绳和辔头，只用青毡铺在它的背上。玄解经常在青州和兖州一带游览。如果和别人交往，说起千百年发生的事，都像亲眼看见一样。宪宗皇帝知道他爽。此本乌弋山离国所献也。乌弋山离国，已见班固《西京传》也。帝每日亲自访问，颇加敬仰，而玄解鲁朴，未尝闲人臣礼。帝因问之曰："先生春秋高而颜色不老，何也？"玄解曰："臣家于海上，种灵草食之，故得然也。"即于衣间出三等药实，为帝种于殿前。一曰双麟芝，二曰六合葵，三曰万根藤。双麟芝色褐，一茎两穗，穗形如麟，头尾悉具，其中有子，如瑟瑟焉。六合葵色红，而叶类于茙葵，始生六茎，其上合为一株，共生十二叶，内出二十四花，花如桃花，而一朵千叶，一叶六影，其成实如相思子。万根藤子，一子而生万根，枝叶皆碧，钩连盘屈，荫一亩。其状类芍药，而蕊色殷红，细如丝发，可长五六寸。一朵之内，不啻千茎，亦谓之绛心藤。灵草既成，人乃莫见。而玄解请帝自采饵之，颇觉神验，由是益加礼重焉。

遇西域有进美玉者，一圆一方，径各五寸，光彩凝冷，可鉴毛发。时玄解方坐于帝前，熟视之曰："此一龙玉也，一虎玉也。"惊而问曰："何谓龙玉虎玉也？"玄解曰："圆者龙也，生于水中，为龙所宝，若投之于水，必有霓虹出焉；方者虎也，生于岩谷，为虎所宝，若以虎毛拂之，紫光迸逸，而百兽慑服。"帝异其言，遂令尝之。各如所说。询得玉之由，使人曰："一自渔者得，一自猎者获。"帝因命取龙虎二玉，以锦囊盛之于内府。玄解将还东海，亟请于帝，未许之。遇宫中刻木作海上三山，丝绘华丽，间以珠玉。帝元日与玄解观之，帝指蓬莱曰："若非上仙，朕无由得及是是一名奇异之人，于是就秘密地把他召入宫内，让他住在华丽多彩的房屋里，布置紫茭做的席子，饮用龙膏做的酒。紫茭席类似茭叶，光滑柔软，清香洁净，夏天凉爽，冬天温暖。龙膏酒的颜色黑如纯漆，喝下它使人精神清爽。这酒本来是乌弋山离国所进献的。乌弋山离国，早已在班固的《西京传》里叙述过。宪宗皇帝每天都亲自来拜访，对他更加敬重仰慕。但是玄解却粗俗朴实，不熟悉作为人臣的礼节。宪宗皇帝问玄解说："先生的年岁很高，但是脸色却不衰老，这是为什么呢？"玄解说："臣的家位于海上，自家种有灵草食用，所以才能这样。"说完就在衣服间取出三种灵草的种子，给宪宗皇帝种植在殿前。第一种叫双麟芝，第二种叫六合葵，第三种叫万根藤。双麟芝的颜色是褐色的，一根茎上生出两个穗，穗的形状像麒麟一样，头尾全都齐全，它的中间结有果子，像碧绿的宝石一样。六合葵的颜色是红色的，而它的叶子类似蜀葵，一开始生六根茎，到了上面合成一株，共长有十二片叶子，里面开出二十四朵花，花像桃花，一朵花花瓣重重叠叠，一片叶有六个影，它成熟的果实像相思子一样。万根藤子，一子生出万根，枝条叶子都是青绿色，钩连盘屈，可以庇荫一亩地，它开的花形状类似芍药，花蕊颜色殷红，细如丝发，可以长到五六寸，一朵之内，不止有千根茎，也叫它绛心藤。灵草已经成熟，普通人却看不见。而玄解请宪宗皇帝自己采来服下，吃后觉得很灵验。因此宪宗皇帝对玄解更加礼待了。

正好遇到西域有人进献美玉，美玉一圆一方，直径各五寸，光彩森然，可以照出毛发。当时玄解正坐在宪宗皇帝面前，仔细地查看了美玉之后说："这两块玉，一块乃是龙玉，一块乃是虎玉。"宪宗皇帝惊奇地问道："什么叫作龙玉虎玉呢？"玄解说："圆形的就是龙玉，生成于水中，是龙所看重的宝物，如果把它投入水中，必然会有霓虹出现。方形的是虎玉，生成于岩谷，是虎所看重的宝物，如果用虎毛拂拭它，就会散发紫光，从而使百兽畏惧屈服。"宪宗皇帝觉得他说的话很奇异，于是就让人尝试验证，果然都如玄解所说。询问使者获得美玉的经过，使者说："一块是从渔夫那里获得，一块是从猎人那里获得。"宪宗皇帝于是命人把龙虎二玉用锦囊装起来，放在内境。”玄解笑曰：“三岛咫尺，谁曰难及？臣虽无能，试为陛下一游，以探物象妍丑。”即踊体于空中，渐觉微小，俄而入于金银阙内左侧，连声呼之，竟不复有所见。帝追思叹恨，近成羸瘆。因号其山为藏真岛。每诘旦，于岛前焚凤脑香，以崇礼敬。后旬日，青州奏云：“玄解乘黄牝马过海矣。”

李球

李球者，燕人也。宝历二年，与其友刘生游五台山。山有风穴，游人稍或喧呼，及投物击触，即大风震发，揭屋拔木，必为物害。故登山之时，互相戒敕不敢触。球至穴口，戏投巨石于穴中。良久，石声方绝，果有奔风迅发，有一木如柱，随风飞出。球性轩悍，无所顾忌，遂力扳其木，却坠入穴中。球为木所载，亦不得出。良久至地，见一人形如狮子而人语，引球入洞中斋内，见二道士弈棋。道士见球喜，问球所修之道。球素不知通修行之事，默然无以为对。二仙责引者曰：“吾至道之要，当授有骨相之士，习道之人。汝何妄引凡庸，入吾仙府耶？速引去之。”因以一杯水遗令饮，谓之曰：“汝虽凡流，得睹吾洞府，践吾真境，将亦有少道分矣。所恨素不习道，不可语汝修行之要耳。但去，苟有希生之心，出世之志，他日可复来也。饮此神浆，亦延年寿矣。”

府之中。玄解要返回东海，屡次向宪宗皇帝请示，宪宗皇帝都没有答应他。又遇到宫中用木头雕刻海上三仙山，丝绣绘画华丽，其间又镶嵌珠玉。宪宗皇帝在初一那天和玄解一起观看海上三仙山的木雕，宪宗皇帝指着蓬莱仙山说："如果不是成为上仙，朕怕是没有机会到这样的仙境游览。"玄解笑着说："其实三岛离得很近，谁说难以到达？臣虽然没有什么能力，愿意试着替陛下游览一番，来探寻其中风景的美丑。"说完马上在空中跃起，逐渐变得微小，不久，玄解就进入木雕上金银阙内左侧。宪宗皇帝急忙连声叫他，但再也看不见他了。宪宗皇帝追忆起他忍不住地叹息遗憾，竟然日渐瘦弱，于是就给那座山取名为藏真岛。每日清晨，都要在岛前焚凤脑香，来表示尊崇礼敬。十天后，青州上奏说："伊祁玄解骑着黄牝马过海了。"

李球

李球，燕地人。唐文宗宝历二年，李球和他的朋友刘生游览五台山。五台山上有一个风穴，游人稍微有些喧闹呼叫或者投下物品碰撞石壁，就会大风骤起，揭起屋盖，拔起树木，必然会造成破坏。所以人们登山的时候，必会互相告诫，都不敢去触碰它。李球到了风穴口，觉得好玩就把一块大石头扔进洞穴中。过了很长时间，石头撞击洞壁的声音才消失。果然有像骏马奔腾似的大风迅速地迸发出来，有一根木头像柱子一样，随着狂风飞出洞穴。李球生得轩昂勇猛，什么也不顾忌，于是用力扳住空中那根木头，却随着坠入了洞穴中。李球被木头载着，也不能出去了。过了很长时间，李球才落到地上。看见一个人外形像狮子一样，却口说人话，他就领着李球进入洞中的书房里。只见书房中有二位道士正在下棋，道士看见李球很高兴，问李球修行的是什么道术。李球平时不知道，也不了解有关修道的事，只能沉默无言，不知该怎样回答。二位仙人责备那个引路人说："我的道术精要，应当授予有骨相的人和学习道术的人。你为什么胡乱领来凡俗的庸人，进入我仙府呢！快快领着他出去吧。"顺便把一杯水送给李球让他喝下，并对他说："你虽然是凡间的庸俗之人，但能亲眼看到我的洞府，脚踩到我的仙境，也就有一点得道的球饮水拜谢讫，引者将球至向来洞侧，示以别路曰："此山道家紫府洞也。五峰之上，皆籍四海奇宝以镇峰顶。亦如茅山洞，镇以安息金墉城之宝。春山杂玉，环水香琼，以固上真之宅。此山东峰有离岳火球，西峰有丽农瑶室，南峰有洞光珠树，北峰有玉涧琼芝，中峰有自明之金、环光之璧。每积阴将散，久暑将雨，即众宝交光，照灼岩岭。春晓秋旦，则九色之气属天，光辉烁乎云表。太帝命韩司少卿、东方君与紫府先生，统六年仙寮神王力士，以镇于此，故谓神仙之府也。洞有三门，一径西通昆仑，一径出北岩之下，一向来风穴，是洞之端门也。皆有龙蛇守之。先生有敕曰：'有巨石投于洞门，中吾柱者，是世间将有得道之人，受事于此。'即使我引进。我亦久远学道，当证仙品，而积功之外，口业不除，以宿功所荫，得守此洞穴之口。后三百年，亦当超升矣。以口业之故，假此形耳。我守先生之命，适门投石中柱，依教引子，诚不知子戏投石耳。然数百年来，投石者少，亦未尝中柱。神仙之宫，不易一至，子亦将有所得于玄妙之津矣。此有北岩之径，可使子得速还人间。"因衣带解药三丸，贯一槁枝之末，谓球曰："路侧如见异物，以药指之不为害；此药食之，可以无病。"

球持此药，行于洞中黑处，药有光如火。数有巨蛇，张口向球，以药指之，伏不敢动。因出洞门，门外古树半朽，洞欲堙塞。

缘分了，所遗憾的是你平素不学道术，不可以告诉你修道的要领。你先暂且离开这里。如果你有长生不老的心愿，超脱人世的志向，以后可以再回来。喝下这神浆，也可以延年益寿。”

李球喝下水，拜谢完仙人，引路人领着李球到了来时的洞口旁边，给他指着另外的路，说：“这山是道家的紫府洞，在五峰上面，都是搜集而来的天下奇宝，用来镇住峰顶。比如像茅山洞，就是用安息国金墉城的宝物镇住。都用春山杂玉、环水香琼等宝物，来巩固上仙的住所。这山的东面山峰有离岳火球，西面山峰有丽农瑶室，南面山峰有洞光珠树，北面山峰有玉涧琼芝，中间山峰有自明之金、环光之璧。每到聚集的阴云将要散去，久热将要下雨，就有众宝物交相辉映，照耀岩岭。春秋的早晨，就有九色的气连接天际，光辉闪烁云霞之外。天帝命令韩司少卿、东方君和紫府先生，率领六年仙寮神王力士，在这里镇守。所以这里叫作神仙之府。这洞府有三个出入口：一个向西通往昆仑山，一个可从北面山岩出山，一个是先前你来时的风穴，那个风穴是这处洞府的正门。各个出入口都有龙蛇把守。先生有敕令说：‘有大石头投入洞门，击中我的柱子的，就是人世间将要获得道术的人，他会在这里接受道术。’如果遇到了这样的人就让我领进来。我也是很久之前学道的人，应当验证成仙之后获得品级。虽然累积了很多功德，但是口业还没消除。由于有平素里累积功业的庇荫，所以我才能够把守这洞穴的出入口。过了三百年，也应当提升品级了。由于口业的缘故，假借狮子这种形状罢了。我遵守先生的命令，恰好有人投下巨石击中柱子，依照先生教导领你进去，确实不知道你是为了好玩才这样。然而几百年来，投石头的人很少，就算有也没有击中柱子的。神仙的宫殿，好不容易才来一次，你将来也会从道家玄妙源流中有所获得。这里有北岩的小路，可以让你很快地回到人间。”说完就从衣带里取出三丸药，穿到一根枯干树枝的末端上，又对李球说：“在路旁如果看见有奇异的东西，就用这些药指着它们，它们就不会伤害你了。服下了这药，可以免受病痛侵袭。”

李球手里拿着药，走在洞穴中的黑暗处，这药散发出的光芒像火一样；有好几条大蛇，张大嘴向着李球，李球用药指着它们，大蛇球摧壤土朽树，久方得出，已在寺门之外矣。先是，刘生既失球，子方执诬刘生，疑害其父，欲讼于官。寺有大斋，未得便去。既见球还，众皆忻喜，具话所见之异。因以三丸药，与刘及子各饵一丸。乾符中，进士司徒铁与球相别三十年，别时球年六十，须已垂白，于河东见球，年九十余，容状如三十许人。话所遇之事，云："服药至今，老而复壮，性不食。"其子亦如三十岁许，锐志修道。与其子入王屋山去。（出《仙传拾遗》）

宋玄白

宋玄白，不知何许人也，为道士。身长七尺余，眉目如画，端美肥白，言谈秀丽，人见皆爱之。有道术，多游名山，自茅山出润州希玄观，复游括苍仙都。辟谷服气，然嗜酒，或食彘肉五斤。以蒜齑一盆，手撮肉吃毕，即饮酒二斗，用一白梅。人有求得其一片蒜食之者，言不作蒜气，味有如异香，终日在齿舌间，香不歇。人间得蒜食者颇多，而毕身无病，寿皆八九十。玄白到处，住则以金帛求置三二美妾，行则舍之。人皆以为有老彭补脑还元之术。

又游越州，适大旱，方暴尪禜龙以祈雨，涉旬，亢阳愈甚。玄白见之，以为凡所降雨，须俟天命，非上奏无以致之。遂于所止玄真观，焚香上祝。经夕大澍，雨告足，越人极神异之。复南游到抚就趴在地上不敢动弹了。李球于是出了洞门，洞门外的古树已经半朽，洞口都快要被塞住了。李球推开洞口的浮土和朽树，过了很久才出来，他已经到了寺门的外面了。先前，刘生已经丢失了李球，李球的儿子正准备诬告刘生，他怀疑刘生在山上杀害了他的父亲，正想要向官府诉讼，正巧寺里有大斋，就没能去。既然见到李球回来了，众人都很高兴。李球详细讲述了他所看见的奇异的事。顺便把那三丸药，分给刘生和自己的儿子，一人各吃一丸。唐僖宗乾符年间，进士司徒铁与李球相别已经三十多年，相别时李球已经六十岁，胡须几乎要白了。司徒铁在河东再看见李球，李球已经九十多岁了。可是他的容貌身形却像三十多岁的人。说起他所遇到的奇事，李球说："从那时服药到现在，身体逐渐从老迈变得健壮，性格也变得不喜欢吃东西。"他的儿子看起来也像三十岁左右，意志坚决，想要修道成仙。李球和他的儿子一起进入王屋山去了。（出《仙传拾遗》）

宋玄白

宋玄白，不知道是什么地方的人，是一名道士。他身高七尺多。眉目如画，相貌端正美丽，又胖又白，言谈雅丽，人们见了都很喜爱他。宋玄白会道术，多游览名山，从茅山出来到润州希玄观，又去游览括苍仙都。宋玄白不吃五谷，服气休养，然而酷爱喝酒，有时能吃五斤猪肉，佐以一盆蒜泥，用手抓起肉蘸着蒜泥吃完，马上喝二斗酒，吃一个盐腌梅干。人们当中有求得到宋玄白的一片蒜并吃下的人，说话时嘴里不散发出大蒜味，而像特殊的香味整日在嘴里不间断。人世间得到他的蒜并吃下的人有很多，全身上下都没有病，寿命都活到了八九十岁。宋玄白所经过的地方，如果在那里住下，就用金帛寻找购置二三个美妾，离开的时候就抛弃她们，人们都认为他有老聃、彭祖的补脑还元的道术。

宋玄白又游历越州，恰好遇到大旱天气，当地人正在曝晒瘦弱者、祭祀神龙来祈雨，过了十天，阳气极盛，旱灾越来越厉害。宋玄白见了，认为凡是人间降雨，必须等待天帝的旨意，不上奏给天帝就州，又逢天旱祈祷，有道士知玄白能致雨，州人请之。遽作术飞钉城隍神双目。刺史韦德邻，怪其贮妇女复钉城隍神，此类狂也，将加责辱。健步辈欲向之，手脚皆不能动，悉自仆倒，枷杖亦自摧折。玄白笑谓德邻曰："使君干忤刘根，欲见诛罚祖祢耶？"德邻方惧祈谢。须臾致雨，礼而遣之。其灵术屡施，不可备录。后之南城县，白日上升而去。（出《续神仙传》）

许栖岩

许栖岩，岐阳人也。举进士，习业于昊天观。每晨夕，必瞻仰真像，朝祝灵仙，以希长生之福。时南康韦皋太尉镇蜀，延接宾客，远近慕义，游蜀者甚多。岩将为入蜀之计，欲市一马而力不甚丰，自入西市访之。有蕃人牵一马，瘦削而价不高，因市之而归。以其将远涉道途，日加刍秣，而肌肤益削，疑其不达前所。试诣卜肆筮之，得乾卦九五，道流曰："此龙马也，宜善宝之。"洎登蜀道危栈，栖岩与马，俱坠崖下，积叶承之，幸无所损。仰不见顶，四面路绝。计无所出，乃解鞍去卫，任马所往。于槁叶中得栗如拳，栖岩食之，亦不饥矣。寻其崖下，见一洞穴，行而乘之，或下或高，约十余里，忽尔及平川，花木秀异，池沼澄澈。有一道士卧于石上，二女侍之。岩进而求见，问二玉女，云是太乙真君。岩即以行止告玉女，玉女悯之，白于真君。曰："尔于人世，亦好道乎？"曰："读《庄》《老》《黄庭》而已。"曰："三景之中，得何句也？"答曰："《老子》云：'其精甚真。'《庄子》云：'息之以踵。'《黄庭》

无法下雨。于是就在他所居住的玄真观，焚香向天帝祝祷，结果下了一晚上的大雨，雨水已告充足，越人认为他极其神异。宋玄白又南游到抚州，又遇上了天旱，人们都在祈祷下雨。有一名道士知道宋玄白能招致雨水。州里的人就来请他，宋玄白急忙用法术飞钉射向城隍神的双眼。抚州刺史韦德邻，责怪他窝藏妇女，他又钉了城隍神，简直像发狂了一样。于是刺史准备对宋玄白加以斥责羞辱，脚步快的士卒奔向宋玄白，但手脚却都不能动了，全都自己摔倒在地，行刑的枷杖也自己折断。宋玄白笑着对韦德邻说："长官您触犯术士，是想要看我责罚你的长辈吗？"韦德邻这才感到害怕，向宋玄白祈祷道歉。不一会儿，雨水到了，韦德邻对宋玄白以礼相待并送走了他。宋玄白灵验的法术多次施展，不可能全都记载下来。后来，宋玄白到了南城县，白天飞升而去。（出《续神仙传》）

许栖岩

许栖岩，是岐阳人，进士及第，在昊天观钻研学问。每天的早晨和晚上，他定会恭敬地看着观内的神仙肖像，朝拜祝祷神灵，以希望求得长生的福分。当时南康的韦皋太尉镇守蜀地，他邀请接纳宾客，远近各方人士都很仰慕他的仁义，所以到蜀地游历的人很多。许栖岩也为进入蜀地做打算。他想买一匹马，然而财力却不怎么丰厚，他亲自去西市寻求卖家。他看见一个蕃人牵着一匹马，这马身体消瘦、肌肉单薄，所以价钱不高，许栖岩就买下它回家了。因为将要骑着它长途跋涉，所以许栖岩每天都给它增加草料，然而它身上的肌肉却更少了。许栖岩怀疑它到不了将要前往的地方，就试着到算卦的地方给它卜了一卦，得到乾卦九五的结果，是个上卦，算卦的道士说："这匹马是龙马，你应该像对待宝物那样爱惜它。"许栖岩进入蜀地，登上蜀道危栈的时候，一不小心，人和马都摔到悬崖底下去了，由于崖底有积累多年的落叶托着，他很幸运地没有受到损伤。但是，这崖底仰视看不见峰顶，四面又没有出路。许栖岩想不出办法，他就解下了马鞍，去掉辔头，让马自己随便走。他在枯叶之中得到一个栗子，像拳头那么大，许栖岩吃下了它，也不感觉饥饿了。许栖岩在那云：‘但思以却寿无穷。’”笑曰：“去道近矣，可教也。”命坐，酌小杯以饮之曰：“此石髓也，嵇康不能得近，尔得之矣。”乃邀入别室。

有道士，云是颍阳尊师，为真君布算，言今夕当东游十万里。岩熟视之，乃卜马道士也。是夕，岩与颍阳从太乙君登东海西龙山石桥之上，以赴群真之会。座内仙客有东黄君，见栖岩喜曰：“许长史孙也，有仙相矣。”及明，复从太乙君归太白洞中，居半月，思家求还。太乙曰：“汝饮石髓，已寿千岁，无输泄，无荒淫，复此来再相见也。”以所乘马送之。将行，谓曰：“此马吾洞中龙也，以作怒伤稼，谪其负荷。子有仙骨，故得值之。不然，此太白洞天，瑶华上宫，何由而至也？到人间，放之渭曲，任其所适，勿复留之。”既别，逡巡已达虢县，则无复故居矣。问乡人，年代已六十年。出洞时，二玉女托买虢县田婆针。乃市之，杖系马鞍上，解鞍放之，化龙而去。栖岩幼在乡里，已见田婆，至此惟田婆容状如旧，盖亦仙人也。栖岩大中末年，复入太白山去。（出《传奇》）

崖下寻找出口，看见一个洞穴，进洞向前走去，有时下坡，有时登高，走了大约十多里，忽然到了一个广阔平坦的地方，这里的花草树木秀丽奇异，池沼澄澈见底。有一位道士卧在石上，两名玉女随侍。许栖岩上前求见，询问两名玉女，这位道士是谁，玉女说这是太乙真君。许栖岩就把自己所遭遇的事都告诉了玉女，玉女怜悯他，把他的情况都告诉了太乙真君。太乙真君问道："你在人世间，也很喜好道术吗？"许栖岩回答说："不敢称喜好，只是读一读《庄子》《老子》和《黄庭经》罢了。"太乙真君发问："这三本书当中，你对哪几句有心得呢？"许栖岩回答说："《老子》里说：'其精甚真。'《庄子》里说：'息之以踵。'《黄庭经》里说：'但思以却寿无穷。'"太乙真君笑着说："你离得道已经很近了，我可以教你道术。"太乙真君命许栖岩坐下。用小杯斟满液体给他喝，太乙真君说："这就是石髓，嵇康当年没有机缘得到，今日你却喝到了。"接着太乙真君邀请许栖岩走进另外的房屋。

里面有一位道士，说是叫作颍阳尊师，正在给太乙真君排列算筹，进行推算，说今天晚上应当向东游览十万里。许栖岩仔细察看颍阳尊师，就是当初给马算卦的道士。这天晚上，许栖岩和颍阳尊师跟着太乙真君，登上了东海西龙山的石桥，前去参加众真君的宴会。座内的神仙宾客中有东黄君，看见许栖岩高兴地说："这是许长史的孙子，有成仙的骨相啊！"天亮了，许栖岩又跟随太乙真君回到太白洞中。住了半个月，许栖岩想念家人请求回去。太乙真君说："你喝下石髓，已经可以长寿千岁，不要泄漏，也不要荒淫，就能再来到这里，和我再相见。"用许栖岩骑来的那匹马送他出去，将要走的时候，太乙真君说："这匹马原是我洞中的龙，因为发怒而损坏了庄稼，我就贬谪它下界负重。你有仙骨，所以才能遇到它。不然的话，这太白洞府、瑶华上宫，你凭什么来到这些仙境呢？回到人间之后，你把它放到渭水弯曲的地方，任凭它到什么地方去，不要再强留它。"说完二人就分别了。不一会儿，许栖岩就已经到达了虢县，却找不到他的故居。他询问乡里人，说已经过了六十年了。出太白洞的时候，两名玉女托他购买虢县田婆针，于是就去买了田婆针，把针系

韦善俊

韦善俊者，京兆杜陵人也。访道周游，遍寻名岳。遇神仙，授三皇檄召之文，得神化之道。或静栖林野，或醉卧道途。常携一犬，号之曰乌龙。所至之处，必分己食以饲之。犬复病疥，毛尽秃落，无不嫌恶之。其兄为僧，久居嵩寺，最为长老。善俊将欲升天，忽谓人曰："我有少债未偿耳。"遂入山见兄。众僧以师长之弟，多年忽归，弥加敬奉。每升堂斋食，即牵犬于其侧，分食与之。众既恶之，白于长老。长老怒，召而责之，笞击十数，遣出寺。善俊礼谢曰："某宿债已还，此去不复来矣。"更乞一浴，然后乃去。许之。及浴移时，牵犬而去。犬已长六七尺，行至殿前，犬化为龙，长数十丈，善俊乘龙升天，拏其殿角，踪迹犹在。（出《仙传拾遗》）

在马鞍上，解下马鞍放开马，马就化成一条龙带着针离去了。许栖岩小时候在乡里，已经见过了田婆，到现在乡里只有田婆一人容貌身形还像原来一样，大概她也是仙人吧。许栖岩在唐宣宗大中末年，又进入太白山去了。（出《传奇》）

韦善俊

韦善俊，是京兆杜陵人。他寻访道士周游各地，遍寻名山。终于遇到神仙，授予他三皇征召的文书，习得了神仙变化的道术。韦善俊有时静静地栖息在丛林山野，有时喝醉了直接卧在道路上，他经常带着一条狗，叫它为“乌龙”。韦善俊不管到什么地方，必定会把自己的食物分出来一部分用来饲养狗。狗患了疥疮病，毛都掉光了，光秃秃的，人们见了没有不厌恶它的。韦善俊的哥哥是位和尚，长久以来居住在嵩寺，最为年长。韦善俊将要成仙升天而去，忽然对人们说：“我还有一点债没有偿还。”于是进入山中去见他的哥哥。众和尚都因为他是师长的弟弟，多年外出忽然回来了，所以更加恭敬地侍奉。每次登上厅堂吃斋时，韦善俊就牵着狗带在身旁，分出一部分食物给狗吃。众和尚都很厌恶这条狗，告诉了长老，长老大怒，召来韦善俊，责备他的过失，用鞭杖打了他十多下，赶出了寺庙。韦善俊行礼致谢说：“我积欠未还的旧债已经还了。这次离去就不会再回来了。”再乞求洗一次澡，然后就会离开。长老答应了他。等洗浴过了一段时间，韦善俊牵着狗出来了，狗已经长了六七尺，走到大殿前，狗就化成一条龙，长几十丈，韦善俊就骑上龙升上天空离去了。龙飞的时候，碰塌了寺庙大殿的一角，那痕迹至今还在。（出《仙传拾遗》）

卷第四十八　神仙四十八

李吉甫　李 绅　白乐天　轩辕先生　李 元　韦卿材

李吉甫

李太师吉甫，在淮南，州境广疫。李公不饮酒，不听乐。会有制使至，不得已而张筵，忧惨见色。宴合，谓诸客曰："弊境疾厉，亡殁相踵，诸贤杰有何术可以见救？"下坐有一秀才起应曰："某近离楚州，有王炼师，自云从太白山来，济拔江淮疾病，休粮服气，神骨甚清。得力者已众。"李公大喜，延于上坐，复问之。便令作书，并手札，遣人马往迎。旬日至，馆于州宅，称弟子以祈之。王生曰："相公但令于市内多聚龟壳大镬巨瓯，病者悉集，无虑不瘥。"李公遽遣备之。既得，王生往，令浓煎。重者恣饮之，轻者稍减，既汗皆愈。李公喜，既与之金帛，不受。不食，寡言。唯从事故山南节师相国王公起，王坐见，必坐笑以语，若旧相识。李公因令王公邀至宅宿，问其所欲，一言便行。深夜从容曰："判官有仙骨，学道必白日上升。如何？"王公无言。良久曰："此是尘俗态萦缚耳，若住人世，官职无不得者。"王公请以兄事之。又曰："本师为在白鹿，与判官亦当家。能与某同往一候谒否？"意复持疑。曰："仙公何名？"曰："师不敢言。"索笔书鹤字。王生从此不知所诣，王公果富贵。（出《逸史》）

李吉甫

太师李吉甫，在淮南任职的时候，所辖州境内，瘟疫广泛传播。李太师不喝酒，不听音乐。恰好碰上有皇帝的使者到来，迫不得已设置酒宴，但脸色忧愁凄惨。参加宴会的客人全都到齐了，李太师对诸位客人说：“我们这个恶劣的地方，瘟疫流行得很厉害，村民相继死亡。诸位贤杰义士，有什么方法可以相救这里的百姓？”下边末席座位中有一名秀才起身回应说：“我最近离开楚州，那里有一个叫王炼师的，他自称是从太白山而来，帮助江淮治疗疾病拯救百姓。他不吃粮食，服气修养，神韵风骨非常清高。现在得到他帮助的人已经有很多了。”李太师听了很高兴，请这名秀才坐到尊贵的座位上。又仔细地向他询问具体情况，之后就让秀才写了一封书信，并且加上自己的亲笔信，派遣人马前往迎接。过了十天，王炼师来了，就住在州内的房子里。李太师自称弟子，向他祈求消除瘟疫。王炼师说：“相公只管让人在街市上多收集些龟壳、大锅、巨盆。再让病人都集中过来，不用担忧病不能痊愈。”李太师急忙派人准备东西。准备好了，王炼师就前去制药，下令让药汤煎得浓一些，病情较重的人可以肆意畅饮，病情较轻的人药量就稍减少一些。患病的人喝到出汗就都痊愈了。李太师很高兴，就赐给王炼师金帛，王炼师没有接受。王炼师不吃食物，也很少说话。只有原来从事山南节师相国的王公被提拔任用，王炼师看见他，必然会坐下说笑，像是旧相识一样亲热。李太师因此邀请王公到他家里住宿，问他想要什么，只说一句就行。深夜王炼师从容地对王公说：“判官有成仙的资质，如果学习道术必定会白日飞升成仙，怎么样？”王公没有说话。过了很长时间王炼师说：“你这是被凡尘俗世所缠绕束缚住罢了。如果你住在人世，官职没有得不到的。”王公请求王炼师能以兄长的身份接受他的侍奉。

李绅

故淮海节度使李绅，少时与二友同止华阴西山舍。一夕，林叟有赛神者来邀，适有头痃之疾，不往，二友赴焉。夜分雷雨甚，绅入止深室，忽闻堂前有人祈恳之声，徐起窥帘，乃见一老叟，眉须皓然，坐东床上，青童一人，执香炉，拱立于后。绅讶之，心知其异人也，具衫履出拜之。父曰："年小识我乎？"曰："小子未尝拜睹。"老父曰："吾是唐若山也。亦闻吾名乎？"曰："尝于仙籍见之。"老父曰："吾处北海久矣，今夕南海群仙会罗浮山，将往焉。及此，遇华山龙斗，散雨满空。吾服药者，不欲令沾服，故憩此耳。子非李绅乎？"对曰："某姓李，不名绅。"叟曰："子合名绅字公垂，在籍矣。能随我一游罗浮乎？"绅曰："平生之愿也。"老父喜。

有顷，风雨霁，青童告可行。叟乃袖出一简，若笏形，纵拽之，长丈余，横拽之，阔数尺，缘卷底坳，宛若舟形，父登居其前，令绅居其中，青童坐其后。叟戒绅曰："速闭目，慎勿偷视。"绅则闭目，但觉风涛汹涌，似泛江海，逡巡舟止。叟曰："开视可也。"

王炼师又说："本师志在骑着白鹿隐居深谷，和判官你也应当是一家。能和我一同前去等候谒见仙公吗？"王公内心对此又持怀疑态度，说："那仙公叫什么名字？"王炼师说："我不敢直接说出仙公名字。"讨取毛笔写了一个"鹤"字。王炼师从此不知到什么地方去了。王公后来果然变得富贵了。（出《逸史》）

李绅

原来的淮海节度使李绅，年轻的时候，和两名朋友一同居住在华阴西山的客舍里。一天晚上，住在山林的老人中有祭祀神灵的前来邀请他们。李绅恰好得了头痃病，没有一起去。他的两名朋友应邀前往参加祭祀。半夜的时候，电闪雷鸣，大雨倾盆，李绅就进了里屋休息。忽然听见前面屋子有人发出恳求的声音，李绅慢慢起来，从帘子缝往外看，只见外面有一名老头儿，眉毛胡须都是雪白的，坐在待宾的床上，还有一名青衣童子，手里拿着香炉，拱手站在老头儿身后。李绅很惊讶，心里明白他是一名神异之人。李绅穿好了衣服和鞋，出来行礼拜见老人。老人说："年轻人，你认识我吗？"李绅说："小子未曾拜见过老叟。"老人说："我是唐若山，你听说过我的名字吗？"李绅说："曾经在神仙的名册之中见过您的名字。"老人说："我在北海居住了很长时间，今天晚上，南海群仙在罗浮山聚会，我将要到那里去，走到此处，遇到华山的龙互相争斗，散下满天的雨。我是个服用仙药的人，不想让雨水沾湿了衣服，所以在这里休息休息。你不是李绅吗？"当时李绅还不叫这个名字，所以回答说："我姓李，但不叫'绅'。"老人说："你应当叫作'绅'，表字是公垂。这已经记录在神仙名册上了。你能跟随我去罗浮山游览一趟吗？"李绅说："这是我平生的愿望啊。"老人听了很高兴。

过了一会儿，风雨停止天放晴了，青衣童子告诉老人可以走了。老人就从袖子中取出一个竹筒，形状像笏板一样。往长拽它，拽到一丈多长；往宽拽它，拽到几尺宽。卷起边缘，底部下凹，好像船的形状。老人登上去坐在船的前面，命李绅坐在中间，青衣童子坐在船的后面。老人告诫李绅说："你快闭上眼睛，千万不要睁眼偷已在一山前，楼殿参差，蔼若天外，箫管之声，寥亮云中。端雅士十余人，喜迎叟，指绅曰："何人也？"叟曰："李绅耳。"群士曰："异哉！公垂果能来。人世凡浊，苦海非浅，自非名系仙录，何路得来？"叟令绅遍拜之。群士曰："子能我从乎？"绅曰："绅未立家，不获辞。恐若黄初平贻忧于兄弟。"未言间，群士已知："子念归，不当入此居也。子虽仙录有名，而俗尘尚重，此生犹沉幻界耳。美名崇官，外皆得之，守正修静，来生既冠，遂居此矣。勉之勉之！"绅复遍拜叟归。辞讫，遂合目。有一物若驴状，近身乘之。又觉走于风涛之上。顷之，闷甚思见。其才开目，以堕地而失所乘者。仰视星汉，近五更矣，似在华山北。徐行数里，逢旅舍，乃罗浮店也。去所止二十余里，缓步而归。明日，二友与仆夫方奔访觅之，相逢大喜，问所往。诈云："夜独居，偶为妖狐所惑，随造其居，将曙，悟而归耳。"自是改名绅，字公垂。果登甲科翰苑，历任郡守，兼将相之重。（出《续玄怪录》）

白乐天

唐会昌元年，李师稷中丞为浙东观察使。有商客遭风飘荡，不知所止。月余，至一大山。瑞云奇花，白鹤异树，尽非人间所看。”李绅就闭上眼睛，只觉得风浪呼啸，波涛汹涌，好像泛舟江海一样。不一会儿，船停了。老人说：“可以睁开眼睛看看了。”李绅睁眼一看，已经在一座山之前了，这里的阁楼宫殿参差不齐，云气缥缈像天边之外，箫管等乐器的声音，响彻高远的云霄。有十几个端庄文雅的人，高兴地迎接老人，指着李绅问：“这位是什么人？”老人说：“这就是李绅。”众人说：“真是奇怪！李公垂果真能来。人世上凡俗污浊，苦海不浅，倘若不是名列仙家名册里面，有什么路能来这仙境呢？”老人让李绅挨个拜见他们，众人说：“你能跟着我们修行吗？”李绅说：“我没有成家立室，不用向妻子告别，但恐怕像黄初平那样留下忧患给兄弟。”说话之间，众人已经知道了他的心意。众人对李绅说：“你想着回去，就不应当进入此地居住，你虽然在仙录上留有名字，但你的世俗之情还很沉重，这一生还要陷入幻界，美名高官，这些外物都能得到。要恪守正道，清净修行，来生举行冠礼的时候，你就能居住在这里了，要努力努力啊！”李绅又挨个拜谢了众人和老人，准备回去。挨个告辞完，李绅就闭上眼睛，有一只动物，外形像驴，靠近他身边，李绅骑上了它，又觉得像是走在风浪之上。一会儿，李绅感到很闷，想看一看周围，他的眼睛才刚睁开，就已经掉到地上，因而失去了所骑的动物。李绅仰视星空，已经接近五更天了，好像是在华山的北面，慢慢地往前走了几里，遇到一间旅馆，就是罗浮店。离他居住的地方还有二十多里。李绅缓慢地往回走。第二天，他的两个朋友和仆人正在四处奔走寻找他，相逢后很高兴。朋友问他昨晚到什么地方去了。李绅骗他们说：“昨天夜里独居，偶然被妖狐所迷惑，就跟着它到它的住所去了，天快要亮了，我突然醒悟过来，就回来了。”从这以后他改名叫“绅”，表字为公垂，果然荣登甲科翰苑，先后担任郡守，还担负起将相的重任。（出《续玄怪录》）

白乐天

唐武宗会昌元年，中丞李师稷担任浙东观察使。有一名客商在海上遭遇暴风，船随风飘荡，不知道会漂到哪里停止。一个多月后，客商的船漂到了一座大山前，那里的祥云奇花，仙鹤异树，都不是睹。山侧有人迎问曰：“安得至此？”具言之。令维舟上岸，云：“须谒天师。”遂引至一处，若大寺观，通一道人。道士须眉悉白，侍卫数十。坐大殿上，与语曰：“汝中国人，兹地有缘方得一到，此蓬莱山也。既至，莫要看否？”遣左右引于宫内游观。玉台翠树，光彩夺目，院宇数十，皆有名号。至一院，扃镤甚严，因窥之。众花满庭，堂有裀褥，焚香阶下。客问之，答曰：“此是白乐天院，乐天在中国未来耳。”乃潜记之，遂别之归。旬日至越，具白廉使，李公尽录以报白公。先是，白公平生唯修上坐业，及览李公所报，乃自为诗二首，以记其事。及答李浙东云：“近有人从海上回，海山深处见楼台。中有仙笼开一室，皆言此待乐天来。”又曰：“吾学空门不学仙，恐君此语是虚传。海山不是吾归处，归即应归兜率天。”然白公脱屣烟埃，投弃轩冕，与夫昧昧者固不同也，安知非谪仙哉！（出《逸史》）

轩辕先生

罗浮先生轩辕集，年过数百，颜色不衰。立于床前，则发垂至地；坐于暗室，则目光可长数尺。每采药于深岩峻谷，则有毒龙猛虎护卫。或民家具斋饭邀之，虽一日百处，无不分体而至。若与人饮，即袖出一壶，才容三二升，纵宾客满座，而倾之弥日不竭。或人命饮，则百斗不醉。夜则垂发于盆中，其酒沥沥而出，曲药之香，辄无减耗。与猎人同群，有非朋游者，俄而见十数，仪貌无所间别。或飞朱篆于空中，则可届千里，病者以布巾拭之，无不应手在人间所能见到的，山旁边还有人迎候，问他："你怎么能够来这里呢？"客商把详细经过全说了。山里人让客商拴船停靠上岸，说："来这里需要拜谒天师。"接着领着客商来到一个地方，好像是一座大寺观。通过一条路进去。大殿里面坐着一名道士，胡须眉毛全都白了。还有几十名侍卫。道士对客商说道："你是中原人，你和这地方有缘，所以你才能够到此一游，这里就是蓬莱山。既然到了这里，要不要参观参观？"道士派遣左右领着客商在宫内游览参观。玉台翠树，光彩夺目。里面有几十处院落，每处都有名字。来到一座院落前，门户锁得很严实，客商就从缝隙往里看，庭院内长满各种花草，正屋里放置有坐卧的垫子，台阶下焚烧着香。客商问这里是什么地方。回答说："这里是白乐天院。白乐天还在中原没有到来。"于是客商偷偷记下，便告别回去了。过了十天回到越地，客商把所见所闻都详细告诉了观察使，李公全都记录下来，把这件事报告给白公。先前，白公只修习佛学，等看完了李师稷所上报的事情，就自己作了两首诗，用来记叙那些事，并且回答浙东观察使李师稷。诗的内容是："近有人从海上回，海山深处见楼台。中有仙笼开一室，皆言此待乐天来。"另一首诗写道："吾学空门不学仙，恐君此语是虚传。海山不是吾归处，归即应归兜率天。"然而白公对尘世无所顾恋，也并不看重人间的荣华富贵，和那些糊涂无知的人有根本上的不同，怎么知道他不是被贬谪的神仙呢？（出《逸史》）

轩辕先生

罗浮先生轩辕集，已经几百岁了，但面容并不衰老。他站在床前，头发就下垂到地上。坐在昏暗的房屋里，他的目光可以看到几尺之外的东西。他经常在崖边水洼、陡峭山谷中采药，总有毒龙猛虎在旁护卫他。有时老百姓的家里准备斋饭邀请他，虽然一天之内有百处之多，他都能分身前往，没有一处不到的。如果他和别人喝酒，就从袖子里取出一个小壶，大概只能放下二三升酒。纵然宾客满座，用它来倒酒哪怕一整天都不会枯竭。有时让他喝酒，就是喝上一百斗他也不会醉。夜里就把头发下垂放入盆中，那些酒就顺着头发滴落而愈。

唐宣宗召入内廷，遇之甚厚。因问曰："长生之道可致乎？"集曰："辍声色，去滋味，哀乐如一，德施无偏，自然与天地合德，日月齐明，致尧舜禹汤之道；而长生久视之术，何足难哉！"又问先生道孰愈于张果，曰："臣不知其他，但少于果耳。"及退，上遣嫔御取金盆覆白鹊以尝之。而集方休于所舍，忽谓其中贵人曰："皇帝安能更令老夫射覆乎？"中贵皆不谕其言。于时宣宗召令速至，而才及玉阶，谓曰："盆下白鹊，宜早放之。"宣宗笑曰："先生早已知矣！"座于御榻前。宣宗命宫中人传汤茶。

有笑集貌古布素者，而缜发朱唇，年始二八，须臾变成老妪，鸡皮鲐背，鬓发如丝，于宣宗前涕泗交下。宣宗知宫人之过，遂令谢先生，而貌复故。宣宗因话京师无豆寇荔枝花。俄顷二花皆连叶，各近百数，鲜明芳洁，如才折下，更尝赐柑子。曰："臣山下者，有味逾于此。"宣宗曰："朕无得矣。"集遂取御前碧玉瓯，以宝盘覆之。俄而彻盘，即柑子至矣，芬馥满殿，其状甚大。宣宗食之，叹其甘美无匹，更问曰："朕得几年作天子？"即把笔书曰："四十年。"但十字跳脚。宣宗笑曰："朕安敢望四十年乎？"及晏驾，乃十四年也。初辞归山，自长安至江陵，于布囊中，探金钱以施贫者，约数十万。中使从之，莫知其故。忽然亡其所在，使臣惶恐不自安。后数日，南海奏先生归罗浮山矣。（出《杜阳篇》）

盆里，酒里曲药的香味，总是丝毫不减。有时他和猎人聚在一起，其中有的同行者不是朋友。一会儿看见有十几个轩辕先生，仪表容貌没有什么区别。有时把朱篆扔在空中，他就可以飞到千里之外。用布巾擦拭病人，没有不随手就痊愈的。

唐宣宗召轩辕先生进入宫内，给他的待遇很丰厚。唐宣宗问他："怎样才能长生不老？"轩辕集说："陛下您停止欣赏歌舞和女色，停止享受食物的滋味，对待悲伤和快乐像同一件事一样，德泽恩施不失偏颇，自然就会和天地同德，日月齐明，到达尧、舜、禹、汤那些古圣贤王的治道。而长生不老的道术，又有什么难呢？"唐宣宗又问轩辕先生的道术与张果相比，谁的更好呢。轩辕先生说："臣不知道其他人，只知道我比张果年轻罢了。"等轩辕先生退出大殿以后，皇上就派侍女拿来金盆盖上一只白鹊来试验轩辕先生。当时轩辕集正在他住的房间休息，忽然对身边的太监说："皇帝怎么能又让老夫玩猜物的射覆游戏呢？"那些太监都不明白他说这话是什么意思。在这时唐宣宗下诏让轩辕集赶快来。轩辕集才走到玉阶就对宣宗说："盆下是白鹊，陛下应该早些放了它。"唐宣宗笑着说："先生早就已经知道了。"轩辕集的座位就在皇帝的床前。唐宣宗命宫中侍女端上茶水。

有宫中侍女笑话轩辕集容貌老迈，衣着俭朴。这位黑发红唇，年龄十六七的侍女转眼之间就变成一位老妇人，皮肤粗糙就像鸡皮，背上生斑就像鲐背，鬓发稀疏，在唐宣宗面前涕泗交下。唐宣宗知道这是侍女的过错，于是让她向轩辕先生道歉，她的面貌又恢复成了原先的样子。唐宣宗曾经说京师没有豆蔻花荔枝花，一会儿，这两种花都接连着叶子，开了各近百朵，色彩艳丽芬芳清洁像刚折下来的一样。唐宣宗又赏赐给他柑子。轩辕先生对唐宣宗说："我山下的柑子，美味远胜过这个。"唐宣宗说："朕没法得到呀！"轩辕集于是取来唐宣宗面前的碧玉瓯，再用宝盘盖上它，过了一会儿，撤去宝盘，马上柑子就到了，芳香馥郁布满大殿，柑子的个头儿很大。唐宣宗品尝后，更是赞叹它甘甜美味，世间没有能比得上它的。唐宣宗又问他说："我还能做几年天子？"轩辕先生就拿过笔写道："四十

李 元

李元谏议，尝隐于嵩山茅舍。冬寒，当户炽火。有老人戴大帽子，直入炙脚，良久问李公曰："颇能同去否？知君有志。"因自言："某秦时阉人，避祸得道。"乃去帽，须髯伟甚，曰："此皆山中所长也。"李公思之良久，乃答曰："家事未了，更数日得否？"老人揭然而起曰："公意如此！"遂出门径去。李公牵衣愧谢，不可暂止，明日寻访，悉无其迹。（出《逸史》）

韦卿材

卢元公奉道。暇日与宾友话言，必及神仙之事。云某有表弟韦卿材，大和中，选授江淮县宰，赴任出京日，亲朋相送，离灞浐时，已曛暮矣。行一二十里外，觉道路渐异，非常日经过之处。既望其中，有灯烛荧煌之状，林木葱蒨，似非人间。顷之，有谒于马前者，如州县候吏，问韦曰："自何至此？此非俗世。"俄顷，复有一人至，谓前谒者曰："既至矣，则须速报上公。"韦问曰："上公何品秩也？"吏亦不对，却走而去。逡巡，遽声连呼曰："上公屈。"韦下马，趋走入门。则峻宇雕墙，重廊复阁，侍卫严肃，拟于王侯。

年。”只是“十”字脚上有一挑的笔势，代表两字互易。唐宣宗笑着说：“朕怎么敢奢望再做四十年天子呢？”等到唐宣宗驾崩，果然是十四年。轩辕先生最初告辞归隐山林，从长安到江陵，就从布囊中取出金钱，用来布施贫困的人，大约有几十万钱，护送他的宦官跟着他，不知道这是怎么一回事，忽然，找不到轩辕先生的所在，使臣惶恐难以自安。过了几天，南海上奏说轩辕先生已经回到罗浮山了。（出《杜阳篇》）

李元

谏议大夫李元，曾经隐居在嵩山的草屋。因为冬天寒冷，对着门点起篝火，有一名老人头戴大帽子，径直走进来烤脚取暖，过了很长时间，老人问李元道：“你能和我一同离开这里吗？我知道你有此志向。”接着老人自我介绍说：“我本是秦朝时的宦官，因为躲避灾祸而修炼得道。”于是摘下帽子，络腮胡子很雄伟。老人说：“这些胡子都是在山里长出来的。”李元想了很久，才回答说：“我还有家事尚未了却，再等几天可以吗？”老人突然站起来说：“你的意思原来是这样！”于是出门径直离开了。李元拉着老人的衣服惭愧地再三道歉，但也不能让老人停下脚步。第二天，李元再去寻访老人，没有一点老人的踪迹了。（出《逸史》）

韦卿材

卢元公信奉道教。在空闲的日子，他和宾客朋友谈论，必定会提及有关神仙的事。他说自己有一个表弟，名叫韦卿材。唐文宗大和年间，经过选定，韦卿材被授予官职，担任江淮县的县令。赴任出京那天，亲戚朋友都前来相送。他离开灞水、浐水的时候，已经黄昏了。走了一二十里以后，他觉得道路逐渐变得异常，不是平常经过的地方，再向前望去，有灯光闪耀，树木青翠茂盛，好像不是人间的样子。不久，有一个人在他的马前拜谒。那人像州、县里迎送宾客的官吏。他问韦卿材说：“你是从什么地方到这里来的？这里可不是凡见一人年可四十岁，平上帻，衣素服，遥谓韦曰：“上阶。”韦拜而上。命坐，慰劳久之，亦无肴酒汤果之设。徐谓韦曰：“某因世乱，百家相纠，窜避于此，众推为长，强谓之上公。尔来数百年，亦无号令约束，但任之自然而已。公得至此，尘俗之幸也。不可久留，当宜速去。”命取绢十匹赠之。韦出门上马，却寻旧路，回望亦无所见矣。半夜胧月，信足而行，至明，则已在官路，逆旅暂歇。询之于人，且无能知者。取绢视之，光白可鉴。韦遂裹却入京，诣亲友，具述其事，因以绢分遗亲爱。韦云：“约其处，乃在骊山蓝田之间，盖地仙也。”（出《尚书故实》）

尘俗世。”不一会儿，又有一个人来了，对先前那个拜谒的人说：“他既然到了这里，就需要赶快禀报给上公。”韦卿材问他们道：“上公是什么品级的官啊？”两名官吏也不回答，后退几步跑着离开了。不一会儿，有人大声连续呼喊说：“上公到了！”韦卿材下了马，小步快走着进了门，里面却是高大的房屋，彩绘的墙壁，重重叠叠的走廊和楼阁，其中侍卫森严肃穆，可以看出这里的主人之尊贵，足可比拟王侯。韦卿材看见一个人，年龄大约有四十岁，头上戴着平顶的帻头巾，身上穿着白色的衣服。他在远处对韦卿材说：“走上台阶来。”韦卿材行礼叩拜而走上台阶。上公命他坐下，犒劳慰问了很长时间，也没有佳肴、美酒、茶水、果品之类的布置。上公慢慢地对韦卿材说：“因为世道混乱，许多人家或家族互相检举。我逃亡藏匿在这里，众人推举我为领导，强行叫我‘上公’。从那时到现在几百年来，我也不曾号令约束众人，只是任其自然发展罢了。你能够到达这里，真是尘俗间的幸运。这里不可久留，你应当快快离开。”上公命众人取来十四绢赠送给韦卿材。韦卿材出门上马，去寻找来时的旧路。回过头看去，再也看不见刚才所见的一切了。半夜，月光明亮，韦卿材漫步在山间。到了天明，就已经走在大路上了，在旅馆中短暂休息了一会。韦卿材就向别人询问昨天所见的事，结果没有能知道这件事的人。韦卿材取出绢来查看，光亮洁白，可以照出人影。韦卿材于是包裹着绢入京，到亲友家里去，详细地述说了他所遇到的这件事，顺便把这些绢分别赠予他的至亲好友。韦卿材说：“那个地方大约是在骊山蓝田之间，他们应该是地仙吧！”（出《尚书故实》）

卷第四十九　神仙四十九

潘尊师

嵩山道士潘尊师名法正，盖高道者也。唐开元中，谓弟子司马炼师曰：“陶弘景为嵩山伯，于今百年矣。顷自上帝求替，帝令举所知以代。弘景举余，文籍已定，吾行不得久住人间矣。”不数日，乃尸解而去。其后登封县嵩阳观西，有龙湫，居人张辿者，以阴器于湫上洗濯，俄为人所摄。行可数里，至一甲第，门前悉是群龙。入门十余步，有大厅事，见法正当厅而坐。手持朱笔理书，问辿曰：“汝是观侧人，亦识我否？”曰：“识，是潘尊师。”法正问辿：“何以污群龙室？”辿载拜谢罪。又问：“汝识司马道士否？”辿曰：“识之。”法正云：“今放汝还。”遂持几上白羽扇，谓辿曰：“为我寄司马道士，何不来而恋世间乐耶？”使人送辿出水上，辿见其尸卧在岸上，心恶之，奄然如梦，遂活。司马道士见羽扇，悲涕曰：“此吾师平素所执，亡时以置棺中。今君持来，明吾师见在不虚也。”乃深入山，数年而卒。（出《广异记》）

李　贺

陇西李贺字长吉，唐郑王之孙。稚而能文，尤善乐府词句，

潘尊师

嵩山道士潘尊师，名字叫法正，是一个道行高超的道士。唐玄宗开元年间，潘尊师对弟子司马炼师说：“陶弘景是嵩山的山神，到现在已经一百年了。不久前他自己向天帝请求派别人接替他的位置。天帝让他推荐他所知道的合适的人来接替他。陶弘景就推荐了我，天上的名册已经定下来了。我将不能够长久居住在人间了。”没几天，潘尊师就尸解离开了人世。在那之后，在登封县嵩阳观的西边，有一个水池，名叫“龙湫”，附近有一个名叫张辿的居民，因为在龙湫池上洗濯阴器，顷刻间被人拘捕而去，走了大约有几里，到了一处显贵豪华的宅第，门前全都是龙。进门十多步，有一个巨大的厅堂，看见法正面对大厅坐着，手里拿着丹砂红笔处理文书。他问张辿说：“你是住在嵩阳观旁边的人，你也认识我吗？”张辿说：“认识，您是潘尊师。”法正问张辿说：“你为什么要玷污群龙居室？”张辿再三作揖下拜，表示承认过错，请求群龙的谅解。法正又问张辿：“你认识司马道士吗？”张辿说：“我认识。”法正说：“现在放你回去。”接着拿起几案上的白羽扇，对张辿说：“替我转交给司马道士，问他为什么不到这里来，还在留恋人间的乐趣。”法正派人把张辿送上水面。张辿看见他的尸体卧在岸边，心里很厌恶，忽然觉得像做梦一样，接着就复活了。司马道士看见羽扇，悲痛流泪地说：“这是我的师父平常拿在手里的，师父去世的时候把它放在棺木当中，现在你拿着它到来，证明我师父现今还存在，不是虚假的啊。”从此之后，司马道士就进入深山，几年后就去世了。（出《广异记》）

李　贺

陇西李贺，表字长吉，是唐朝郑王李亮的孙子。李贺幼年的时意新语丽。当时工于词者，莫敢与贺齿，由是名闻天下。以父名晋肃，子故不得举进士。卒于太常官，年二十四。其先夫人郑氏，念其子深，及贺卒，夫人哀不自解。一夕梦贺来，如平生时，白夫人曰："某幸得为夫人子，而夫人念某且深，故从小奉亲命，能诗书，为文章，所以然者，非止求一位而自饰也。且欲大门族，上报夫人恩。岂期一日死，不得奉晨夕之养，得非天哉！然某虽死，非死也，乃上帝命。"夫人讯其事。贺曰："上帝神仙之居也，近者迁都于月圃，构新宫，命曰'白瑶'，以某荣于词，故召某与文士数辈，共为新宫记。帝又作凝虚殿，使某辈纂乐章。今为神仙中人，甚乐，愿夫人无以为念。"既而告去。夫人寤，甚异其梦。自是哀少解。（出《宣室志》）

张及甫

唐元和中，青州属县，有张及甫、陈幼霞同居为学。一夜俱梦至一处，见道士数人，令及甫等书碑，题云：苍龙溪主欧阳某撰《太皇真诀》，字作篆文，稍异于常。及甫等记得四句云云："昔乘鱼车，今履瑞云。躅空仰途，绮错轮囷。"后题云："五云书阁吏陈幼霞、张及甫。"至晓，二人共言，悉同。（出《逸史》）

候就擅长写文章。尤其善于写乐府诗词。他写的乐府诗词，立意新颖，辞藻华丽。当时擅长作诗词的人，没有敢和李贺并列的，因此李贺闻名天下。因为李贺的父亲名叫李晋肃，晋肃谐音进士，他的儿子因此需要避讳不能考取进士。李贺最终死在太常官任上，年龄只有二十四岁。他的母亲郑氏，非常思念儿子，等到李贺去世，他的母亲非常哀伤，不能自我排解。一天晚上，母亲梦见李贺来了，就像平时活着的时候那样。李贺告诉母亲说："我很幸运能够成为夫人您的儿子，然而夫人特别地思念我。我从小就遵从父母双亲的命令，能够读书作诗，写文章。出于这样的原因，我不能只是为了求得一个官位来装饰自身，还要满足大家族的期望，上报夫人的恩情。没料到突然有一天身死，不能朝夕供养双亲了。莫非这就是天命？我虽然死了，但其实并不是身坠幽冥真的死了，而是听从天帝的诏令。"夫人询问到底是怎么回事。李贺说。"天帝和神仙们的居所，最近迁都到月圃，建造新的宫殿，名字叫作'白瑶'。因为我的诗文辞藻华丽，所以召集我和其他几名文士，共同为新宫作记。天帝又建造凝虚殿，派我们编纂大型套曲中的各个部分。现在我已经是神仙中人了，过得很快乐，希望夫人不必为我挂念。"说完就告辞离去了。夫人醒来后，很奇怪她刚做的梦。从这以后，夫人悲伤的心情稍有所排解。（出《宣室志》）

张及甫

唐宪宗元和年间，在青州的属县，有张及甫和陈幼霞二人住在一处，一起做学问。一天夜里，二人都梦到同一个地方，看见有几名道士，让张及甫等人写碑文，写道："苍龙溪主欧阳某撰《太皇真诀》。"题的字是篆书，和平常使用的稍微有些不同。张及甫等人记得上面有四句："昔乘鱼车，今履瑞云。躅空仰途，绮错轮囷。"后边写道："五云书阁吏陈幼霞、张及甫。"到了早晨，二人共同说起这件事，经过全都相同。（出《逸史》）

郑册

温州刺史郑册，好黄老之术，常密为之。因疾，自见女仙三百余人。云："迎公。"乃命设馔，焚香礼拜。又邀兄冉，同于空中礼拜。少顷，命烛五炬引。兄冉与左右人皆无所见。明日天明，又阳官来催曰："员外禄运见终，今请速登驾。"又命酒果祭之，云："员外受职，六月朔视事，至午时当奉迎。"先是，公与天台道士金柔为方外之友。至其日食时，造省公。公说前事。即与柔共入净堂中礼拜。又云："受牒身一道。"公空中引手接之。又自开封，以右手点笔空押之，自书六字。谓使者曰："以有前约，的不逾时。"便言时至，揖金柔向按，不令闭却四门。又催家人阿鹿下饭。先令作蒸饼，犹热。唯六七牒脯及酒而已。遣兄冉出外，家人排床七只，云："六押衙来迎矣。"公命坐，如再三辞让之状。公跪拜再三，便低头不起。家人走报兄冉及室人。少时而逝，形体柔软，颜色不改。按《真诰》云，其有阴德及好道信仙者，此例品格盖多。睹郑公潜化之迹，虚无之位，其昭昭乎！（出《原化记》）

陈惠虚

陈惠虚者，江东人也。为僧，居天台国清寺。曾与同侣游山，戏过石桥。水峻苔滑，悬流万仞，下不见底。众皆股栗不行，惠虚独超然而过。径上石壁，至夕不回，群侣皆舍去。

郑册

温州刺史郑册，喜好道家始祖黄帝老子清静无为的道术，经常秘密地作这种道术。有一次他生病了，自己看见有三百多位女仙，都说："恭迎郑公。"郑册就命令设宴款待，烧香跪拜。又邀请他的兄长郑冉，一同向空中行礼叩拜。过了一会儿，又命令仆人点燃五个火把引路。他的兄长郑冉和他左右的仆人什么都没看见。第二天天亮，郑册又看见阴间官吏来催促说："员外的禄运已经到了尽头，现请员外快一点上车。"又命令郑册用酒和果品祭祀，还说："员外接受职务，六月初一就要到任，到午时就应当接受职务了。"在这之前，郑册和天台山的道士金柔是世俗之外的朋友。到了那天吃饭的时候，金柔就到郑册那里去看望他。郑册述说了之前发生的事，之后就和金柔一起进入净堂中行礼叩拜。使者又说："授予员外凭证公文一道。"郑册伸出手从空中接下，然后又自己打开公文，用右手点笔在半空中签字画押，自己写下六个字，对使者说："因为先前有过约定，的确不能超过时间。"之后就说时辰到了，拱手作揖请金柔向着各方巡视，不让关闭四面的门。郑册又催促仆人阿鹿做饭，先让他做的蒸饼，还热着。只有六七碟肉脯、果脯和美酒而已。郑册打发兄长郑冉到外面去，让仆人排列七张床，说："六押衙来接我了。"郑册让他们坐下，押衙露出像再三谦逊推让的样子。郑册再三跪拜请求，之后就低下头再也不抬起来了。仆人跑着向他的兄长郑冉和家里人报告。过了没多长时间，郑册就死了，但他的身体柔软，脸色不改。按照《真诰》上说的，那些积有阴德和喜好道术、相信神仙的人，这类情况很多。郑册无形中的造化，虚无的地位，这不就变得很明显了吗？（出《原化记》）

陈惠虚

陈惠虚，是江东人。他出家为僧，居住在天台山国清寺。他曾经和同伴游山，嬉戏着要过石桥。石桥下水峻苔滑，瀑布万仞，深不见底。众人看见都吓得大腿打战，没法前进。只有陈惠虚很轻松地就惠虚至石壁外，微有小径，稍稍平阔，遂及宫阙。花卉万丛，不可目识。台阁连云十里许。见其门题额曰“会真府”，左门额曰“金庭宫”，右额曰“桐柏”，三门相向鼎峙，皆有金楼玉窗，高百丈。入其右内之西，又一高楼，黄门，题曰“右弼宫”，周顾数千间，屈曲相通。瑶阶玉陛，流渠激水，处处华丽。殆欲忘归，而了无人迹。又入一院，见青童五六人，相顾笑语而去。再三问之，应曰：“汝问张老。”须臾回顾，见一叟挟杖持花而来。讶曰：“汝凡俗人，何忽至此？”惠虚曰：“常闻过石桥即有罗汉寺，人世时闻钟声。故来寻访，干僧幸会，得至此境。不知罗汉何在？”张老曰：“此真仙之福庭，天帝之下府，号曰金庭不死之乡，养真之灵境，周回百六十里，神仙右弼桐柏上真王君主之。列仙三千人，仙王力士，天童玉女，各万人，为小都会之所。太上一年三降此宫，校定天下学道之人功行品第。神仙所都，非罗汉之所也。王君者，周灵王之子，瑶丘先生之弟子，位为上真矣。”惠虚曰：“神仙可学之否？”张老曰：“积功累德，肉身升天，在于立志坚久耳。汝得见此福庭，亦是有可学之望也。”又问曰：“学仙以何门而入？”张老曰：“内以保神炼气，外以服饵丹华，变化为仙，神丹之力也。汝不可久住。上真适游东海，骑卫若还，恐有咨责。”因引之使出门，行十余步，已在国清矣。

过去了，沿着小路上了石壁，到了晚上也没有回来，和他一起进山的同伴只好都舍弃他回去了。

陈惠虚到了石壁外面，发现有一条不太明显的小路稍微变得平坦和宽阔了，于是走到了宫殿处。那里花卉繁杂，多到看后没法记住。楼台殿阁一望无际，仿佛和天空相连大约绵延了十多里。陈惠虚看见那正门匾额上题写的是“会真府”，左边门匾额上题写的是“金庭宫”，右边门匾额上题写的是“桐柏”。三扇门相对，如同鼎足对峙一样，都有金楼玉窗，高有百丈。他进入右面那扇门，门内西边，又有一座高楼，黄门，匾额上题写着“右弼宫”。向周围看了看，发现有几千间房子，都由弯弯曲曲的过道相连，台阶都是由玉石制成的，水道里水流湍急，处处都很华丽，几乎就要让陈惠虚流连忘返了，但是，其中没有一点人的痕迹。他又进入一座院子，见内中有五六名青衣童子，相互看着，言谈说笑着离开了。陈惠虚再三追问他们，他们回答说：“你去问问张老。”一会儿，陈惠虚回头看去，看见一个老头儿夹着拐杖拿着花走来。张老惊讶地说：“你本是凡间的俗人，怎么忽然到这里来了？”陈惠虚说：“我经常听说过了石桥就有一座罗汉寺，在人世间时常听到那里的钟声，所以特来寻访，有幸与僧人相会，能够到这地方来，不知寺里的罗汉在什么地方？”张老说：“这地方是仙人居住的福地宫庭，天帝的下界府第，名叫‘金庭不死之乡’。是涵养本性的灵妙仙境，周围一百六十里。神仙右弼桐柏上仙王君主管这个地方，这里有诸仙三千人，仙王力士、天童玉女各有一万人，这地方是小城市。天帝在一年中三次降临于此，考校核定全天下学道人的功绩德行的等级。这里是神仙的都市，并不是罗汉的住所。王君，是周灵王的儿子，瑶丘先生的弟子，已经位列‘上真’了。”陈惠虚说：“神仙之道是可以学吗？”张老说：“积累功德，肉身升天，修道志向坚定持久就能达到。你能够看见这福地宫庭，也是有可能飞升成仙的。”陈惠虚又问：“学习修仙从什么方面入门？”张老说；“内靠保神炼气，外靠服用丹药。变化成仙人，靠的是神丹的力量。你不可在这里长时间停留，上真恰好游览东海，假如车骑卫队回来，恐怕上真会询问责备。”于是张老就领着他出门。刚走了十多步，他就已经惠虚自此慕道，好丹石，虽衣弊履穿，不以为陋。闻有炉火方术之士，不远而诣之。丹石所费，固亦多矣。晚居终南山捧日寺。年渐衰老，其心愈切，寝疾月余，羸惫且甚。一旦暴雨后，有老叟负药囊入寺，大呼曰："卖大还丹！"绕廊数回。众僧皆笑之，乃指病僧惠虚之门，谓老叟曰："此叟颇好还丹，售之可也。"老叟欣然诣之。惠虚曰："还丹知是灵药，一剂几钱？"叟曰："随力可致耳。"惠虚曰："老病，沉困床枕余月。昨僧次到，自行不得，托邻僧代斋。得赊钱少许，可致药否？"叟取其钱，而留药数丸，教其所服之法。惠虚便吞之。老叟乃去。众僧相率来问。言已买得还丹，吞服之矣。顷间，久疾都愈，遥止众僧曰："勿前，觉有臭，吾疾愈矣，但要新衣一两事耳。"跳身起床，势若飞跃，众惊叹之。有新衣与之者，取而着焉。忽飞殿上，从容久之，挥手相别，冉冉升天而去。时大中十二年戊寅岁。是年归桐柏观，与道流话得道之由。云："今在桐柏宫中，卖药老叟，将是张老耳。"言讫隐去。（出《仙传拾遗》）

温京兆

温璋，唐咸通壬辰尹正天府。性黩货，敢杀。人亦畏其严残不犯，由是治有能名。旧制，京兆尹之出，静通衢，闭里门，有笑在国清寺了。

陈惠虚从此以后就敬仰道术，爱好丹砂，虽然衣服破败，鞋子穿孔，但他也不把这看成简陋。只要听说有升炉炼丹采药的道士，就不管路途多远，陈惠虚都要到他那去拜访，所花丹砂的费用，也就变得多了。陈惠虚晚年居住在终南山捧日寺，年龄渐大，身体也渐渐衰老，但他修炼成仙的心情更加迫切了。他生病卧床一个多月，瘦弱疲惫得很严重。一天，下过暴雨之后，有个老头儿背着药囊进入寺里，大声吆喝道："卖大还丹！"绕着走廊转了几圈。和尚们都笑话他，就指着生病的和尚陈惠虚的门，对老头儿说："这个老头儿很喜好还丹，你可以卖给他。"卖药的老头儿高兴地到陈惠虚屋里去。陈惠虚说："还丹啊，我知道这是灵药，多少钱一剂呢？"老头儿说："随你的财力看着办就可以得到。"陈惠虚说："我又老迈又患病，在床上困顿昏沉了一个多月，昨天僧次到了，我自己行动不便，就委托邻近的和尚代斋，得到了一点儿供养僧人的衬钱，这点钱可以买到药吗？"老头儿拿了他的钱，留下了几丸丹药，并教给他服用的方法。陈惠虚就把药吞服而下，老头儿这才离开。众和尚一个接着一个过来询问，陈惠虚说已经拿衬钱买了还丹，并把它吞服下去了。过了一会儿，沉疴宿疾都痊愈了。陈惠虚在远处阻止和尚们说："你们不要上前，我觉得你们身上有臭味，我的病已经痊愈了，但是，要一两件新的衣服。"说完，轻身跳起，离开床铺，架势好像飞跃一样，和尚们对他无不惊奇赞叹，有和尚给他新衣服，他拿过来穿上，忽然飞到宝殿之上，但是，举止行动非常悠闲舒缓，过了很久，挥手向和尚们告别，冉冉升天离开了。当时是唐宣宗大中十二年戊寅年，这年他回到桐柏观，和道士说起获得道术的缘由。他还说："现在桐柏宫中，有那个卖药的老头儿，他就是张老啊！"说完陈惠虚就隐去了。（出《仙传拾遗》）

温京兆

温璋，唐懿宗咸通壬辰年担任正天府府尹。温璋生性贪恋财物，还敢杀人。人们也畏惧他的严厉和残忍，不敢冒犯他，由于这样，温其前道者，立杖杀之。是秋，温公出自天街，将南抵五门，呵喝风生。有黄冠老而且伛，弊衣曳杖，将横绝其间。驺人呵不能止。温公命捽来，笞背二十，振袖而去，若无苦者。温异之，呼老街吏，令潜而觇之，有何言。复命黄冠扣之，既而迹之。迨暮过兰陵里，南入小巷，中有衡门，止处也。吏随入关，有黄冠数人出谒甚谨，且曰："真君何迟也？"答曰："为凶人所辱。可具汤水。"黄冠前引，双鬟青童从而入，吏亦随之。过数门，堂宇华丽，修竹夹道，拟王公之甲第。未及庭，真君顾曰："何得有俗物气？"黄冠争出索之。吏无所隐，乃为所录，见真君。吏叩头拜伏，具述温意。真君盛怒曰："酷吏不知祸将覆族，死且将至，犹敢肆毒于人。罪在无赦！"叱街吏令去。吏拜谢了，趋出。遂走诣府，请见温，时则深夜矣。温闻吏至，惊起，于便室召之，吏悉陈所见。温大嗟惋。

明日将暮，召吏引之。街鼓既绝，温微服，与吏同诣黄冠所居。至明，吏款扉。应门者问谁，曰："京兆温尚书来谒真君。"既辟重闺，吏先入拜。仍白曰："京兆君温璋。"温趋入拜。真君踞坐堂上，戴远游冠，衣九霞之衣，色貌甚峻。温伏而叙曰："某任璋获得了有治理才能的名声。之前的制度规定，京兆尹外出，要打扫四通八达的道路、关闭闾里的门。如果有在他前进的道路上嬉笑的人，立刻用棍棒打死。这年秋天，温公从京城中的街道出来，将要抵达南面五门，一路上衙役大声呵斥，雷厉风行。有一个头戴黄冠的人，年迈并且驼背，身穿破衣服，拖着拐杖，将要从他们的队伍中间横穿过去，为温璋驾车的侍从大声呵斥，也不能阻止他。温璋命手下人把他抓来，用竹板往背上抽打了二十下。黄冠老人挥挥服袖离开了，好像没有一点痛楚。温璋感到很奇异，就呼唤来一位年老的巡查街道的官吏，让他偷偷去观察，听听黄冠老人说了什么。又命他头上扣上黄帽子，然后跟着老人的踪迹。到了傍晚，经过兰陵里，向南进入小胡同，中间有一道简陋的木门，老人在此处停下了。街吏跟随老人进了门。这时有几个头戴黄帽子的人出来，很恭谨地拜谒黄冠老人，并且说："真君为什么晚了呢？"真君回答说："今天被凶恶的人侮辱了，可以为我准备一些热水。"戴黄帽子的人在前面引路，双鬟青衣童子也跟随在黄冠老人身后进去，街吏也跟着进去了。走过了几道门，里面的屋宇华丽，细长的青竹排列在道路两侧，仿佛王公大臣的豪宅。还没走到庭院，真君回头说道："怎么会有世俗庸人的气味？"戴黄帽子的人争相出来搜索，街吏没有地方隐藏，就被他们抓住了。见到真君，街吏磕头跪拜，详细地述说了温璋的意思。真君大怒说："这个残酷的官吏，还不知道祸患将要覆灭他的家族，他的死期马上就要到了，还敢放肆地迫害他人，实在是罪无可赦！"真君大声地呵斥街吏，命他离开。街吏拜谢后，小步快走出了门，就到正天府请见温璋。当时已经是深夜了，温璋听说街吏来了，受到惊动，急忙起床，在偏室之中召见了他，街吏详细地叙述了他所见到的一切，温璋十分嗟叹惋惜。

第二天将要天黑的时候，温公召来之前的街吏带路，街上打更的鼓声已经没有了。温公穿着平民便装，和街吏一起到黄冠老人所居住的地方去。到了能看清门的地方，街吏上前叩门。照管门户的人问来者是谁。回答说："京兆温尚书前来拜见真君。"不久，照管门户的人打开通往深宫内室的门，街吏先进入拜见，重复地向真君说：

愬浩穰，权唯震肃，若稍畏懦，则损威声。昨日不谓凌迫大仙，自贻罪戾，故来首服，幸赐矜哀。”真君责曰：“君忍杀立名，专利不厌。祸将行及，犹逞凶威。”温拜首求哀者数四，而真君终蓄怒不许。少顷，有黄冠自东序来，拱立于真君侧，乃跪启曰：“尹虽得罪，亦天子亚卿。况真君洞其职所统，宜少降礼。”言讫，真君令黄冠揖温升堂，别设小榻，令坐。命酒数行，而真君怒色不解。黄冠复答曰：“尹之忤犯，弘宥诚难；然则真君变服尘游，俗士焉识。白龙鱼服，见困豫且。审思之。”真君悄然。良久曰：“恕尔家族。此间亦非淹久之所。”温遂起，于庭中拜谢而去，与街吏疾行至府，动晓钟矣。虽语亲近，亦秘不令言。明年同昌主薨，懿皇伤念不已，忿药石之不征也。医韩宗绍等四家诏府穷竟，将诛之。而温鬻狱缓刑，纳宗绍等金带及余货，凡数千万。事觉，饮鸩而死。（出《三水小牍》）

“京兆君温璋求见。”温公急忙进去拜谒。真君高坐在大堂上，头戴远游冠，身穿九霞衣，脸色容貌很严峻。温公趴在地上叙述说：“我的责任是统领人间繁多而盛大的人口，使用权力只是震慑地方严肃纲纪，如果我稍有一点胆怯软弱，就会损害我的威名。昨天没有想到凌辱迫害了大仙，自己招致罪恶过失，所以来自首服罪，希望您能赏赐怜悯，给予同情。”真君斥责说：“你凭残忍杀戮树立威名，独占利益贪得无厌，现在大祸将要临头，还在逞凶威！”温璋再三再四地叩头哀求，然而真君始终满含怒气不答应。一会儿，有一个头戴黄帽子的人从东屋而来，拱手站在真君的身旁，又跪下启奏说：“正天府府尹虽然冒犯真君而获罪，但他也是天子的官员，何况真君您的洞府还在他的职务管辖区之内，应当稍稍降低身份给予礼遇。”说完，真君让头戴黄帽子的人作揖请温璋登上大堂，另外设置了一个又小又低的床，让他坐下，下令斟酒几巡。然而真君的怒气还是没有化解。头戴黄帽子的人又对真君说：“正天府府尹的忤逆冒犯之罪，想要宽恕他的过失，确实很难，既然真君变换服装在尘世中游览，凡俗士人怎么能认出来呢？从前白龙想下潜到清冷之渊，变化为鱼，尚且被渔人豫且射中了眼睛，遭受困苦。请您慎重考虑。”真君默默地思索，过了好久才说：“那就饶恕了你的家族。这里也不是你能长久停留的地方。”温璋于是站起身，在庭院中恭谨地拜谢真君后就离开了，他和街吏急忙走到府衙，这时天亮报晓的钟声响了。虽然告诉了信任亲近的人，但也让他们保守秘密不让说出。第二年，同昌公主薨。唐懿宗伤感念怀不已，怨恨所开药石的不灵验，医师韩宗绍等四家，皇帝下诏命令正天府追究到底，要杀死他们。然而温璋受贿枉法，宽减刑罚。他收下韩宗绍等人的金玉装饰的腰带和其他货物，总共有几千万钱。此事被发觉后，温璋喝毒酒自杀了。（出《三水小牍》）

卷第五十　神仙五十

嵩岳嫁女　裴 航

嵩岳嫁女

三礼田璆者，甚有文，通熟群书，与其友邓韶博学相类。皆以人昧，不能彰其明。家于洛阳。元和癸巳岁，中秋望夕，携觞晚出建春门，期望月于韶别墅。行二三里，遇韶，亦携觞自东来。驻马道周，未决所适。有二书生乘骢，复出建春门。揖璆、韶曰："二君子挈榼，得非求今夕望月地乎？某弊庄，水竹台榭，名闻洛下，东南去此三二里，傥能迂辔，冀展倾盖之分耳。"璆、韶甚惬所望，乃从而往。问其姓氏，多他语对。

行数里，桂轮已升。至一车门，始入甚荒凉，又行数百步，有异香迎前而来，则豁然真境矣。泉瀑交流，松桂夹道；奇花异草，照烛如昼；好鸟腾翥，和月阕。璆、韶请疾马飞觞。书生曰："足下榼中，厥味何如？"璆、韶曰："乾和五酘，虽上清醍醐，计不加此味也。"书生曰："某有瑞露之酒，酿于百花之中，不知与足下五酘孰愈耳。"谓小童曰："折烛夜一花，倾与二君子尝。"其花四出而深红，圆如小瓶，径三寸余，绿叶形类杯，触之有余韵。小童折花至，于竹叶中凡飞数巡，其味甘香，不可比状。饮讫，又东南行。数里至一门，书生揖二客下马，觞以烛夜花中之余，赍诸从者，饮一杯，皆大醉，各止于户外。乃引客人，则有鸾鹤数十，腾舞来迎。步

嵩岳嫁女

学习《周礼》《仪礼》《礼记》儒家三礼的田璆，很有文采，通晓群书，他和朋友邓韶，二人都知识渊博，是同一种人。都因为周围的人太糊涂，不能把他俩的优点显露出来。田璆家住洛阳，唐宪宗元和年间癸巳年中秋节的晚上，田璆携带着酒具，从洛阳东面的建春门出来，准备到邓韶的别墅去赏月。走了二三里地，他就遇到了邓韶，邓韶也携带着酒具从东边而来。两个人在道路边停下马，还没有决定到哪里去赏月。这时又有两名书生骑着青白色的马，也从建春门中出来。他们向田璆、邓韶作揖行礼，然后说："二位君子都带着酒具，莫非是要寻找今天晚上赏月的好地方？我有个隐蔽的庄园，水竹台榭，闻名洛阳，往东南方向走，离这里有二三里地，倘若能够调转马头，我希望能借此表示途中偶遇的缘分。"田璆、邓韶听了书生的邀请很满意，就跟着他们前往。问起二位书生的姓名，都被他们用别的话题岔开。

走了几里地，月亮已经升起，他们走到一座专供车马通过的小门。刚进去的时候十分荒凉，又走了几百步，就有浓烈异常的香味迎面扑来，地方宽广如同仙境。那里泉水瀑布交汇流下，松树桂树夹道生长；奇花异草比比皆是，明烛照耀如同白昼；名鸟仙禽腾飞而起，应和月上乐谱。田璆、邓韶请求骑马快走举杯痛饮，书生问道："您的酒器之中，酒的味道怎么样？"田璆、邓韶回答说："我们带的是乾和五酘酒。即使是上清境的醍醐美酒，估计也比不过我这酒的味道。"书生说："我有瑞露酒，是在百花之中酿成的，不知与您的五酘酒相比哪个更好？"于是书生对小童说："你折一支烛夜花，倒给二位先生尝尝。"只见烛夜花每朵四瓣，颜色深红，花形圆如小瓶，直径三寸多。烛夜花的绿叶形似酒杯，触碰它还有余香发出。小而前，花转繁，酒味尤美。其百花皆芳香，压枝于路傍。凡历池馆堂榭，率皆陈设盘筵，若有所待，但不留璆、韶坐。璆、韶饮多，行又甚倦，请暂憩盘筵。书生曰："坐以何难？但不利于君耳。"璆、韶诘其由。曰："今夕中天群仙，会于兹岳，籍君神魄，不杂腥膻。请以知礼导升降。此皆诸仙位坐，不宜尘触耳。"

言讫，见直北花烛亘天，箫韶沸空，驻云母双车于金堤之上，设水晶方盘于瑶幄之内。群仙方奏《霓裳羽衣曲》。书生前进，命璆、韶拜夫人。夫人褰帷笑曰："下域之人，而能知礼，然服食之气，犹然射人，不可近他贵婿。可各赐薰髓酒一杯。"璆、韶饮讫，觉肌肤温润，稍异常人，呼吸皆异香气。夫人问左右："谁人召来？"曰："卫符卿、李八百。"夫人曰："便令此二童接待。"于是二童引璆、韶于神仙之后纵目。璆问曰："相者谁？"曰："刘纲。""侍者谁？"曰："茅盈。""东邻女弹筝击筑者谁？"曰："麻姑、谢自然。""幄中坐者谁？"曰："西王母。"

俄有一人驾鹤而来，王母曰："久望。"有玉女问曰："礼生来未？"于是引璆、韶进，立于碧玉堂下左。刘君笑曰："适缘莲花童把烛夜花折来，几人在竹林中推杯换盏数巡。花汁味道甘甜香醇，不可用语言比拟形容。喝完了瑞露酒，一行人又往东南方向走。走了几里来到一座门前，书生作揖请二位客人下马，又用酒杯装上了烛夜花中所剩下的瑞露酒，赏赐给身边从者，每人喝一杯，都喝得酩酊大醉，各自止步于门外。接着书生领着二位客人入内，这时就有几十只鸾鸟仙鹤，飞腾舞蹈着前来迎接，步行向前走，花草更加繁茂，酒味更加醇美了。这里的百花都散发着芳香，硕大花朵把枝条压得低垂于路旁。凡是经过池馆堂榭，全都陈设着宴席，好像在等待着什么人，只是不留田璆、邓韶进去坐坐。田璆、邓韶路上酒喝多了，走得又很疲倦，请求到宴席处暂时小憩片刻。书生说："坐着休息又有何难？只不过会对您不利罢了。"田璆、邓韶追问其中缘故。书生说："今天晚上，天上群仙将在这座山岳上聚会。我们借用您的神魂，不与腥膻之气相掺杂，就是想请您以熟知的礼仪引导宾客。这里都是群仙的座位，尘世凡人不宜触碰啊。"

说完，就看见正北方花烛在天空上绵亘不断，美妙的仙乐在空中传播，金堤之上停驻着云母双车，瑶幄之内摆放着水晶方盘。群仙正演奏着《霓裳羽衣曲》。书生向前行进，命田璆、邓韶二人给夫人行礼，夫人撩开帷幔笑着说："你们二人身为下界的人，而能懂得礼仪，不过食用下界食物的气味还是这样逼人，不可让他们靠近今天的贵婿。可以各赏他们一杯薰髓酒。"田璆、邓韶喝完薰髓酒，觉得自己肌肤温润，稍微与平常人不同，呼吸之间都有异香散发。夫人问左右侍者："是谁把他们召来的？"侍从回答说："是卫符卿、李八百二位。"夫人说："那就让这两名童子去接待他们。"于是二童领着田璆、邓韶来到神仙们之后极目远观。田璆问童子说："接引宾客的人是谁？"童子回答说："是刘纲。"田璆又问："充当侍者的是谁？"回答说："是茅盈。"问："东面弹筝击筑的女子分别是谁？"回答说："是麻姑和陶自然"。"刚才帷幔之中坐着的人是谁？"回答说："是西王母。"

不一会儿，有一人骑着仙鹤而来，王母说："久等了。"有玉女问道："赞礼司仪的人来了吗？"听到这话，书生就把田璆、邓韶领进峰士奏章，事须决遣，尚多未来客，何言久望乎？”王母曰：“奏章事者，有何所为？”曰：“浮梁县令求延年矣。以其人因贿赂履官，以苛虐为政，生情于案牍，忠恕之道蔑闻，唯锥于货财，巧为之计更作，自贻覆悚，以促余龄。但以莲花峰叟，狥从于人，奏章甚恳，特纡死限，量延五年。”璆问：“刘君谁？”曰：“汉朝天子。”续有一人，驾黄龙，戴黄旗，道以笙歌，从以嫔嫱，及瑶幄而下。王母复问曰：“李君来何迟？”曰：“为敕龙神设水旱之计，作弥淮蔡，以歼妖逆。”汉主曰：“奈百姓何？”曰：“上帝亦有此问，予一表断其惑矣。”曰：“可得闻乎？”曰：“不能悉记，略举大纲耳。其表云：某县某，克构丕华，德洽兆庶，临履深薄，匪敢怠荒。不劳师车，平中夏巴蜀之孽；不费天府，扫东吴上党之妖。九有已见其廓清，一方尚屯其氛祲。伏以虺蜴肆毒，痛于淮蔡，豺狼尚猜其口喙，蝼蚁犹固其封疆。若遣时丰人安，是稔群丑；但使年饿厉作，必摇人心。如此倒戈而攻，可以席卷。祸三州之逆党，所损至微；安六合之疾氓，其利则厚。伏请神龙施水，厉鬼行灾，由此天诛，以资战力。”汉主曰：“表至嘉，弟既允许，可矣前贺诛锄矣。”书生谓璆、韶：“此开元天宝太平之主也。”

未顷，闻箫韶自空而来，执绛节者前唱言：“穆天子来，奏去，站在碧玉堂下左侧。骑鹤而来的刘君笑着说：“刚才由于接到莲花峰士奏章的缘故，事情必须有所决断处置，还有许多客人没来，怎么能说‘久等’呢？”王母说：“上奏言事的人，想要干什么？”刘君说：“浮梁县令祈求延长寿命。因为他这个人凭借贿赂才当上官，还以苛刻暴虐的办法来处理政务，在公事之上徇私枉法，从来不曾听过忠恕之道，唯独在财产货物上拼命钻营，巧取豪夺的办法更是层出不穷，自己招来倾覆的结果，因而折损自己的余寿。但莲花峰叟因屈从于他，所写奏章十分恳切，特意请求将浮梁县令的死限延后五年。”田璆问：“刘君是谁？”童子回答说：“刘君就是汉朝天子。”接着有一个人骑着黄龙，插着黄色的龙旗，以笙歌开道，以嫔嫡相随，到了瑶幄前而停下。王母又问道：“李君为什么来迟了？”李君回答说：“为了下令让龙神安排水旱的计划，兴雨发洪水淹没淮蔡，用来歼灭妖逆贼人。”汉帝说：“那老百姓怎么办呢？”李君说：“天帝也有这个疑问，我上书一道表章就解决他的疑惑了。”汉帝说：“可以让我听一听你是怎么说的吗？”李君说：“我也不能全部记住，只能简略叙述一下大纲吧。那道表章的大意是：某县某人，定能完成前人的大业，德政遍及天下千万百姓，在险境中如履薄冰，不敢懈怠荒废。不必劳动军队车辆，就平定中原和巴蜀的逆贼；不花费国家府库中的银两，就扫荡东吴上党的逆贼。已有九成被肃清，只剩下一方还处在战乱的灾祸之中。我认为虺蜴任意残杀人民，淮蔡受伤甚为严重，豺狼尚且对他嘴边的猎物猜疑，蝼蚁尚且懂得巩固它的地盘。如果这时国泰民安，那就等于资助了这群跳梁小丑；如果年份不好，就会发生饥荒瘟疫，必定会动摇人心。这样老百姓就会倒戈反攻，可以席卷天下，使三州的逆党遭受灾祸，天下所受的损害是最小的；使天下疾苦的百姓安定，天下所获得的利益就很丰厚了。请求龙神施行水患，厉鬼施行灾祸，由此为上天诛罚，用来帮助正道壮大战力。”汉帝说：“表章写得很好，既然天帝已经允许，那我就可以提前祝贺你诛灭逆贼了。”书生告诉田璆、邓韶：“这个人就是开元天宝年间太平盛世的天子唐玄宗。”

不久，又听到仙乐从空中传来，手持红色符节的人上前大声说：

乐！”群仙皆起，王母避位拜迎，二主降阶，入幄环坐而饮。王母曰：“何不拉取老轩辕来？”曰：“他今夕主张月宫之宴，非不勤请耳。”王母又曰：“瑶池一别后，陵谷几迁移。向来观洛阳东城，已丘墟矣；定鼎门西路，忽焉复新市朝云。名利如旧，可以悲叹耳！”穆王把酒，请王母歌。以珊瑚钩击盘而歌曰：“劝君酒，为君悲。”且吟曰：“自从频见市朝改，无复瑶池晏乐心。”王母持杯，穆天子歌曰：“奉君酒，休叹市朝非。早知无复瑶池兴，悔驾骅骝草草归。”歌竟，与王母话瑶池旧事。乃重歌一章云：“八马回乘汗漫风，犹思往事憩昭宫。晏移南圃情方洽，乐奏钧天曲未终。斜汉露凝残月冷，流霞杯泛曙光红。昆仑回首不知处，疑是酒酣魂梦中。”王母酬穆天子歌曰：“一曲笙歌瑶水滨，曾留逸足驻征轮。人间甲子周千岁，灵境杯觞初一巡。玉兔银河终不夜，奇花好树镇长春。悄知碧海饶词句，歌向俗流疑误人。”

酒至汉武帝，王母又歌曰：“珠露金风下界秋，汉家陵树冷翛翛。当时不得仙桃力，寻作浮尘飘陇头。”汉主上王母酒曰：“五十余年四海清，自亲丹灶得长生。若言尽是仙桃力，看取神仙簿上名。”帝把酒曰：“吾闻丁令威能歌。”命左右召来。令威至，帝又遣子晋吹笙以和，歌曰：“月照骊山露泣花，似悲仙帝早升遐。至今犹有长生鹿，时绕温泉望翠华。”帝持杯久之。王母曰：“应须召叶静能来，唱一曲当时事。”静能续至，跪献帝酒，复歌曰：“幽蓟烟尘别九重，贵妃汤殿罢歌钟。中宵扈从无全仗，大驾苍黄发六龙。妆匣尚留金翡翠，暖池犹浸玉芙蓉。荆榛一闭朝元路，唯有悲风吹晚松。”歌竟，帝凄惨良久，诸仙亦惨然。于是黄龙持杯，亦于车前再拜祝曰：“上清神女，玉京仙郎。乐此今夕，

“穆天子来了，奏乐！”群仙都站起身来，王母也离开座位起立拜迎，两位皇帝也走下台阶相迎，然后一起走进帷幔之中围绕着坐下饮酒。王母说：“为什么不把老轩辕一起拉来？”穆天子说：“他今天晚上主持月宫的宴会，不是我不勤快没去延请他啊。”王母又说：“瑶池一别之后，丘陵山谷几经变迁移动。刚才来的时候看到洛阳东城，已经变成土丘废墟了；定鼎门西边，忽然间又变为新的市朝。然而世俗间人们追求名利的思想还像旧时一样，真是可悲可叹啊！”穆王拿着酒杯，请王母唱歌。王母就用珊瑚钩敲着玉盘唱道：“劝君酒，为君悲。”又吟唱道：“自从频见市朝改，无复瑶池晏乐心。”王母拿着酒杯，穆天子唱道：“奉君酒，休叹市朝非。早知无复瑶池兴，悔驾骅骝草草归。”唱完歌以后，穆天子就和王母谈论起在瑶池发生的旧事。于是又歌唱了一章，道：“八马回乘汗漫风，犹思往事憩昭宫。晏移南圃情方洽，乐奏钧天曲未终。斜汉露凝残月冷，流霞杯泛曙光红。昆仑回首不知处，疑是酒酣魂梦中。”王母用诗酬和穆天子吟唱道：“一曲笙歌瑶水滨，曾留逸足驻征轮。人间甲子周千岁，灵境杯觞初一巡。玉兔银河终不夜，奇花好树镇长春。悄知碧海饶词句，歌向俗流疑误人。”

酒传到汉武帝那里，王母又唱道：“珠露金风下界秋，汉家陵树冷翛翛。当时不得仙桃力，寻作浮尘飘陇头。”汉武帝给王母娘娘斟上酒说：“五十余年四海清，自亲丹灶得长生。若言尽是仙桃力，看取神仙簿上名。”汉武帝端起酒杯又说：“我听说丁令威擅长唱歌。”就命左右侍从去把他召来。丁令威来后，汉武帝又派子晋吹笙伴奏，丁令威吟唱道：“月照骊山露泣花，似悲仙帝早升遐。至今犹有长生鹿，时绕温泉望翠华。”汉武帝手持酒杯良久。王母娘娘说：“应该把叶静能召来，让他唱一曲天宝年间的旧事。”之后叶静能来到，跪着给唐玄宗献酒，又唱道：“幽蓟烟尘别九重，贵妃汤殿罢歌钟。中宵扈从无全仗，大驾苍黄发六龙。妆匣尚留金翡翠，暖池犹浸玉芙蓉。荆榛一闭朝元路，唯有悲风吹晚松。”歌唱完后，唐玄宗感到凄凉悲惨良久，诸仙也露出忧戚哀伤的神情。接着黄龙手持酒杯，车前先后拜了两次并致祝福神女与仙郎的贺词：“上清神女，玉京仙和鸣凤凰。凤凰和鸣，将翱将翔。与天齐休，庆流无央。”仙郎即以鲛绡五千匹，海人文锦三千端，琉璃琥珀器一百床，明月骊珠各十斛，赠奏乐仙女。乃有四鹤立于车前，载仙郎并相者侍者，兼有宝花台。

俄进法膳，凡数十味，亦霑及璆、韶。璆、韶饮。有仙女捧玉箱，托红笺笔砚而至，请催妆诗。于是刘纲诗曰：“玉为质兮花为颜，蝉为鬓兮云为鬟。何劳傅粉兮施渥丹，早出娉婷兮缥缈间。”于是茅盈诗云：“水晶帐开银烛明，风摇珠珮连云清。休匀红粉饰花态，早驾双鸾朝玉京。”巢父诗曰：“三星在天银河回，人间曙色东方来。玉苗琼蕊亦宜夜，莫使一花冲晓开。”诗既入，内有环珮声。即有玉女数十，引仙郎入帐。召璆、韶行礼。

礼毕，二书生复引璆、韶辞夫人。夫人曰：“非无至宝可以相赠，但尔力不任挈耳。”各赐延寿酒一杯，曰：“可增人间半甲子。”复命卫符卿等引还人间，无使归途寂寞。于是二童引璆、韶而去，折花倾酒，步步惜别。卫君谓璆、韶曰：“夫人白日上升，骖鸾驾鹤，在积习而已。未有积德累仁，抱才蕴学，卒不享爵禄者，吾未之信。倘吾子尘牢可逾，俗桎可脱，自今十五年后，待子于三十六峰，愿珍重自爱。”复出来时车门，握手告别。

别讫，行四五步，杳失所在，唯有嵩山，嵯峨倚天。得樵径而归。及还家，已岁余。室人招魂葬于北邙之原，坟草宿矣。于是郎。乐此今夕，和鸣凤凰。凤凰和鸣，将翱将翔。与天齐休，庆流无央。”年轻仙郎就用鲛绡五千匹，海人文锦三千端，琉璃琥珀器一百床，明月骊珠各十斛，赠送给刚才奏乐的仙女。于是就有四只仙鹤站在车前，载着年轻仙郎、接引宾客的仙人和充当侍者的仙人，还有宝花台。

一会儿，婚宴举行了，献上帝王常膳，有几十道美味佳肴，连田璆、邓韶也沾了光，田璆、邓韶都喝了喜酒。这时有仙女捧着玉箱，托着题诗的红色笺纸和笔砚而来，请写一首催促新娘上轿的诗。于是刘纲作诗写道：“玉为质兮花为颜，蝉为鬓兮云为鬟。何劳傅粉兮施渥丹，早出娉婷兮缥缈间。”接着茅盈也作诗写道：“水晶帐开银烛明，风摇珠珮连云清。休匀红粉饰花态，早驾双鸾朝玉京。”巢父作诗写道：“三星在天银河回，人间曙色东方来。玉苗琼蕊亦宜夜，莫使一花冲晓开。”这些诗送进帷幔以后，就听里面传出环珮碰击的声音。接着就有几十位玉女领着年轻仙郎进入帐幔，召田璆、邓韶去主持婚礼礼仪。

礼毕，两名书生又领着田璆、邓韶向夫人辞行，夫人说：“并非没有特别珍贵的宝物可以赠送给你们，只不过你们没有能力携带回去罢了。”于是各赏他们二人一杯延寿酒，说：“喝下这杯酒就可以增添人间半甲子（三十年）的寿命。”又命卫符卿等人领着他俩返回人间，不要让他们在归途中感到寂寞。于是两名童子领着田璆、邓韶离去，一路上二童又折下烛夜花给他俩倒满瑞露酒，每走一步都舍不离开。卫符卿对田璆、邓韶说：“夫人之所以能够白日飞升天界，驾驭鸾鸟仙鹤云游四方，只是因为长期积累练习罢了。还没有听过积累德行和仁义，怀才博学，最终却不能享受爵位俸禄的人，我不相信有这样的事。倘若您能够超出尘世的牢笼，那就能够摆脱世俗的桎梏，从现在开始到十五年后，我在三十六峰等待你们的到来，希望你们能珍重自爱。”又从来时专供车马进出的旁门出来，一行人握手告别。

分别以后，二人往前走了四五步，一切踪迹都消失了，唯有嵩山嵯峨倚天。他们找到一条樵夫走出的小路返回。等到二人回到家

璆、韶捐弃家室，同入少室山。今不知所在。（出《纂异记》）

裴航

唐长庆中，有裴航秀才，因下第游于鄂渚，谒故旧友人崔相国。值相国赠钱二十万，远挈归于京，因佣巨舟，载于湘汉。

同载有樊夫人，乃国色也。言词问接，帷帐昵洽。航虽亲切，无计道达而会面焉。因赂侍妾袅烟，而求达诗一章曰："同为胡越犹怀想，况遇天仙隔锦屏。倘若玉京朝会去，愿随鸾鹤入青云。"诗往，久而无答。航数诘袅烟，烟曰："娘子见诗若不闻，如何？"航无计，因在道求名酝珍果而献之。夫人乃使袅烟召航相识。及褰帷，而玉莹光寒，花明丽景，云低鬟鬓，月淡修眉，举止烟霞外人，肯与尘俗为偶。航再拜揖，瞪眙良久之。夫人曰："妾有夫在汉南，将欲弃官而幽栖岩谷，召某一诀耳，深哀草扰，虑不及期，岂更有情留盼他人？的不然耶，但喜与郎君同舟共济，无以谐谑为意耳。"航曰："不敢。"饮讫而归。操比冰霜，不可干冒。夫人后使袅烟持诗一章曰："一饮琼浆百感生，玄霜捣尽见云英。蓝桥便是神仙窟，何必崎岖上玉清。"航览之，空愧佩而已，然亦不能洞达诗之旨趣。后更不复见，但使袅烟达寒暄而已。

里，时间已经过去一年多了。家里人以为他们死了，已经为他们招魂下葬于北邙山原野之中，坟墓上的草都已很高了。于是田璆、邓韶就抛弃了家室，一同进入少室山修炼，现在不知道他们二人去了哪里。（出《纂异记》）

裴航

唐穆宗长庆年间，有个秀才叫作裴航，因为科举考试没有考中，就到鄂渚去游玩，拜访故交旧友崔相国。正好崔相国赠给他二十万钱，他要长途携带回到京城，因而他雇了一条大船行驶到湘江汉水中。

同船有一位樊夫人，乃是国色天香的美女。言谈问候应答间，两人虽然隔着帷帐仍然觉得亲切融洽。裴航虽然感到亲切，但是没有办法表达心意和她见面。于是他就贿赂樊夫人的侍妾袅烟，求她帮忙送达一首诗："同为胡越犹怀想，况遇天仙隔锦屏。倘若玉京朝会去，愿随鸾鹤入青云。"诗送达之后，过了很久都没有得到答复。裴航多次追问袅烟，袅烟说："娘子看了诗就像没看到一样，怎么办？"裴航无计可施，于是他就在路途中寻求名酒珍果献给樊夫人。樊夫人就让袅烟去召来裴航相见。裴航到了掀开帐帷之后，只见樊夫人纯洁如玉散发寒光，像鲜花美景一样明净美丽，鬟鬓低垂面容羞涩，长眉如同新月淡扫，行为举止就是烟霞之外的仙人，怎么肯成为尘俗之人的配偶？裴航再次躬身作揖，眼露惊讶呆愣了很久。樊夫人说："我已经有丈夫了，他就在汉南，将要弃官不做而幽居深山之中，所以召我过去诀别。此时我深感哀痛仓促纷乱，担心不能按期赶到汉南，哪里还有心情留意顾念他人呢？确实不能这样做。不过还是很高兴能和郎君同舟共济，请你不要把诙谐戏谑之意放在心上。"裴航说："不敢。"在那里喝完酒就回来了，知道了樊夫人的品行如冰霜一样，不可冒犯。后来，樊夫人让袅烟拿着一首诗送给裴航，诗说道："一饮琼浆百感生，玄霜捣尽见云英。蓝桥便是神仙窟，何必崎岖上玉清。"裴航看了这首诗后，空怀愧疚钦佩而已，但还不能明白诗中的真正含义。后来也没与樊夫人再见面，只是让袅烟传达寒暄遂低襄汉，与使婢挈妆奁，不告辞而去，人不能知其所造。航遍求访之，灭迹匿形，竟无踪兆，遂饰妆归辇下。经蓝桥驿侧近，因渴甚，遂下道求浆而饮。见茅屋三四间，低而复隘，有老妪缉麻苎。航揖之求浆，妪咄曰：“云英擎一瓯浆来，郎君要饮。”航讶之，忆樊夫人诗有云英之句，深不自会。俄于苇箔之下，出双玉手捧瓷，航接饮之，真玉液也，但觉异香氤郁，透于户外。因还瓯，遽揭箔。睹一女子，露裛琼英，春融雪彩，脸欺腻玉，鬓若浓云。娇而掩面蔽身，虽红兰之隐幽谷，不足比其芳丽也。航惊怛，植足而不能去。因白妪曰：“某仆马甚饥，愿憩于此，当厚答谢，幸无见阻。”妪曰：“任郎君自便。”且遂饭仆秣马。良久谓妪曰：“向睹小娘子，艳丽惊人，姿容擢世，所以踌躕而不能适，愿纳厚礼而娶之，可乎？”妪曰：“渠已许嫁一人，但时未就耳。我今老病，只有此女孙，昨有神仙，遗灵丹一刀圭，但须玉杵臼捣之百日，方可就吞，当得后天而老。君约取此女者，得玉杵臼，吾当与之也。其余金帛，吾无用处耳。”航拜谢曰：“愿以百日为期，必携杵臼而至，更无他许人。”妪曰：“然。”航恨恨而去。

及至京国，殊不以举事为意，但于坊曲闹市喧衢，而高声访之意而已。

船只抵达襄汉，樊夫人和婢女带着梳妆用的镜匣，不告而别，没有人能知道她们去了哪里。裴航四处寻访她，可是樊夫人就像凭空消失了，毫无踪迹可寻。裴航也就收拾打扮准备回京。途经蓝桥驿附近，他因为很口渴，就走下大道去找水喝。看见有三四间茅草屋，低矮而又狭窄，有名老妇人正在搓麻绳。裴航向她作揖行礼讨要水喝，老妇人大声吆喝说："云英，端一瓯水来，这位郎君要喝。"裴航听到这句话很惊讶，回想起樊夫人的诗中有关于云英的句子，当时深感自己不能领会樊夫人赠诗的要旨。不一会儿，从苇席下面伸出一双纤纤玉手，捧着一个瓷瓯。裴航接过瓷瓯喝下，觉得这真是甘甜的玉液，散发出的异香浓郁，穿透到门外。因为要还回瓷瓯，裴航就揭开苇席，看见内中有一名女子，就像露珠包裹着的梅花，就像春气融化了冬天的雪花，脸色胜过细腻润泽的美玉，鬓发就像飘拂浓密的乌云，娇羞地遮住面孔、隐藏身体，即使红兰隐藏于幽谷之中，也不足以和她的美丽芳香相比。裴航惊呆了，脚像扎根在土里似的不能走动。于是他对老妇人说："我的仆人和马匹都饿了，希望能在此休息，我定当重重答谢您，望您不要拒绝我们的要求。"老妇人说："随郎君自便。"于是就让他的仆人吃饭并喂马吃草料。过了许久，裴航对老妇人说："刚才看见家中小娘子，艳得让人吃惊，姿容超群出众，所以我徘徊犹豫不能离去，希望能准备丰厚的礼物来迎娶她，可以吗？"老妇人说："她已经许给别人家了，只是时候未到而已。我现在年迈多病，身边只有这个孙女，昨天有位神仙送给我一刀圭灵丹，但必须用玉杵臼捣上一百天，才能够服用，服用后不但能把病治好，还能长生不老。可是，这玉杵臼到哪里去找呢？孙女是个女孩子，我又离不开她，又有谁能去给我找呢？如果你能给我找来玉杵臼，我就一定把她嫁你。其余的金帛等财物，对我来说都没有用处。"裴航恭敬地感谢说："我愿意以百日为期限，到时一定会带着玉杵臼来，请你不要把她许给别人。"老妇人说："好吧！"裴航就遗憾地离去了。

等到了京城，他一点也不把参加科举考试的事放在心上，只是其玉杵臼，曾无影响。或遇朋友，若不相识，众言为狂人。数月余日，或遇一货玉老翁曰：“近得虢州药铺卞老书，云有玉杵臼货之，郎君恳求如此，此君吾当为书导达。”航愧荷珍重，果获杵臼。卞老曰：“非二百缗不可得。”航乃泻囊，兼货仆货马，方及其数。

遂步骤独挈而抵蓝桥。昔日妪大笑曰：“有如是信士乎？吾岂爱惜女子，而不酬其劳哉！”女亦微笑曰：“虽然，更为吾捣药百日，方议姻好。”妪于襟带间解药，航即捣之，昼为而夜息，夜则妪收药臼于内室。航又闻捣药声，因窥之，有玉兔持杵臼，而雪光辉室，可鉴毫芒，于是航之意愈坚。如此日足，妪持而吞之曰：“吾当入洞而告姻戚，为裴郎具帐帏。”遂挈女入山，谓航曰：“但少留此。”逡巡车马仆隶，迎航而往。别见一大第连云，珠扉晃日，内有帐幄屏帏，珠翠珍玩，莫不臻至，愈如贵戚家焉。仙童侍女，引航入帐就礼讫，航拜妪，悲泣感荷。妪曰：“裴郎自是清冷裴真人子孙，业当出世，不足深愧老妪也！”及引见诸宾，多神仙中人也。后有仙女，鬟髻霓衣，云是妻之姊耳。航拜讫，女曰：“裴郎不相识耶？”航曰：“昔非姻好，不醒拜侍。”女曰：“不忆鄂渚同舟回而抵襄汉乎？”航深惊怛，恳悃陈谢。后问左右，曰：“是小娘子之姊云翘夫人，刘纲仙君之妻也。已是高真，为玉皇之女吏。”妪遂遣航将妻入玉峰洞中，琼楼殊室而居之。饵以绛雪琼英之丹，体性清虚，毛发绀绿，神化自在，超为上仙。

到坊曲闹市和喧嚣的街道上去，高声打听寻访那玉杵臼，竟然没有一点消息。有时他遇到朋友，都好像不认识似的，大家都说他是个狂妄的人。找了数月，百天期限所剩几天的时候，裴航偶然遇到一个卖玉器的老头，老头对他说：“最近我收到了虢州药铺卞老的信，说是有一件玉杵臼要卖掉，郎君恳切寻求到了这种程度，我当写信表达你的心意指引你前去。”裴航羞愧地接受老人这珍贵的消息，果然找到了玉杵臼。卞老说：“拿不出二百缗钱的话就不能得到这玉杵臼。”裴航倾囊而购，再加上卖仆人卖马匹的钱，才凑够这个数目。

接着裴航独自一人步行着抵达蓝桥，那名老妇人大笑着说：“天下竟然有如此讲信用的人啊！我怎么能因为爱惜孙女，而不酬谢他的辛劳呢？”女子也微笑着说：“虽然这样没错，但还要为我捣药一百天，这才能商议婚配之事。”老妇人从襟带间把药解了下来，裴航马上开始捣药，每日白天干活晚上休息，到晚上老妇人就把药材和杵臼收回内室。裴航又听到捣药的声音，就过去偷看，看见有只玉兔拿着杵臼正在捣药，雪白耀眼的光芒映满屋室，可以照出毫毛的细尖，于是裴航的意志变得更加坚定。就这样百日已经够了，老妇人拿药服下，说：“我当进入洞穴去告诉其他亲戚，先去为裴郎准备帐帷。”就带着女子进了山，对裴航说：“你暂且先留在这里稍等片刻。”很快，车马仆隶前来迎接裴航过去。又见到一座很大的府第，一眼望不到头，仿佛与天边白云相连。镶嵌宝珠的门扉在日光下闪闪发光，里面有帐幄屏帷以及珍珠翡翠等珍贵玩物，应有尽有极其完备，华丽程度超过了皇亲国戚的府邸。仙童侍女领着裴航进入帐幄行完礼之后，裴航向老妇人行礼下拜，悲泣感谢。老妇人说：“裴郎本是清冷裴真人的子孙后代，业缘也应当超出世俗，不当对老妪我表示深谢呀！”老夫人又给裴航引见诸多嘉宾，多半都是神仙中人。后有一位仙女，梳着鬟髻穿着霓裳，自称是裴航妻子的姐姐。裴航下拜行礼后，仙女说：“裴郎不认识我了吗？”裴航说：“从前咱们还不是姻亲，不记得曾经结拜相识过。”仙女说：“裴郎不记得从鄂渚同坐一条船抵达襄汉吗？”裴航表示很惊讶，诚恳真诚地表示了谢意。后来向左右的人问起，回答说：“这位是小娘子的姐姐云翘夫人，是仙君至太和中，友人卢颢，遇之于蓝桥驿之西，因说得道之事。遂赠蓝田美玉十斤，紫府云丹一粒，叙语永日，使达书于亲爱。卢颢稽颡曰："兄既得道，如何乞一言而教授。"航曰："老子曰：'虚其心，实其腹。'今之人，心愈实，何由得道之理。"卢子懵然，而语之曰："心多妄想，腹漏精溢，即虚实可知矣。凡人自有不死之术，还丹之方，但子未便可教。异日言之。"卢子知不可请，但终宴而去。后世人莫有遇者。（出《传奇》）

刘纲的妻子，已经位列真人了，担任玉皇大帝的女官。”老妇人就让裴航领着妻子进入玉峰洞中，到琼楼殊室之中居住。他以绛雪琼英之类的丹药为食。性情清净虚无，毛发变为青绿色，达到变化神妙自由自在的境界，超脱为上仙。

到了唐文宗太和年间，裴航的友人卢颢在蓝桥驿的西边遇到他，于是聊起他得道的事。裴航赠给卢颢蓝田美玉十斤、紫府灵丹一粒，二人交谈了一整天，还让卢颢到他至亲好友那里去送信。卢颢屈膝磕头说：“老兄已经得道，无论如何我都要请您赐一句话来指点我。”裴航说：“老子说过‘虚其心，实其腹’，现在的人，心里越来越实，怎么能懂得修炼得道的道理呢？”卢颢听了还是糊涂，裴航就告诉他：“心中多有妄想，腹中精气泄漏，就可以知晓他的虚实了。自有凡人长生不死的道术、炼制还丹的药方，只是还不便传授给您，等到将来再说吧！”卢颢知道不能够请求裴航传授修仙的要旨，但还是等到宴会结束才离去。后世人没有再遇到裴航的了。（出《传奇》）

卷第五十一　神仙五十一

侯道华　宜君王老　陈 师　陈 金

侯道华

河中永乐县道净院，居蒲中之胜境，道士寓居，有以十数。唐文宗时，道士邓太玄炼丹于药院中。药成，疑功未究，留贮院内，人共掌之。太玄死，门徒周悟仙主院事。时有蒲人侯道华，事悟仙以供给使。诸道士皆奴畜之，洒扫隶役，无所不为，而道华愈欣然。又常好子史，手不释卷，一览必诵之于口。众或问之，要此何为，答曰："天上无愚懵仙人。"咸大笑之。蒲中多大枣，天下人传，岁中不过一二无核者，道华比三年辄得啖之。一旦，道华执斧，科古松枝垂且尽，如削，院中人无喻其意。明日昧爽，众晨起，道华房中亡所见。古松下施案，致一杯水，仍脱双履案前，道华衣挂松上。院中视之，中留一首诗云："帖里大还丹，多年色不移。前宵盗吃却，今日碧空飞。惭愧深珍重，珍重邓天师。他年炼得药，留着与内芝。吾师知此术，速炼莫为迟。三清专相待，大罗的有期。"下列细字，称去年七月一日，蒙韩君赐姓李名内芝，配住上清善进院，以次十数言。

时唐大中五年五月二十一日，院中人方验道华窃太玄药仙去，因相率白节度使尚书郑公光，按视踪迹不诬，即以其事闻奏。诏赍绢五百匹，并赐御衣，修饰廊殿，赐名升仙院。（出《宣

侯道华

河中永乐县的道家净院，地处蒲地风景优美的仙境，其中有几十个道士寄居在这里。唐文宗时，有位道士邓太玄在药院之中炼丹。丹药炼成后，认为功效未至顶峰，就把它留在道院内贮存起来，由道士们共同掌管。邓太玄去世后，由他的门徒周悟仙主持院中事务。这时有蒲地人士侯道华，侍奉周悟仙并供他驱使。众道士都像役使奴仆似地驱使他，就连洒水扫地这样的事也要驱使他，没有什么活是他不干的，而侯道华却越发高兴。侯道华平常还喜欢看诸子和史书，手不释卷，看过一遍就一定背诵出来。众道士有时问他，看这么些书是为了什么，他回答说："天界上没有愚笨的仙人。"众人听了都大声嘲笑他。蒲地多产大枣，天下人都传说，每年的大枣当中不过有一两颗无核的，侯道华三年中都连续吃到无核的大枣。一天早晨，侯道华拿着斧子，把一棵古松树垂下的树枝砍劈殆尽，像刀削一样，道院中的道士不明白他的意图。第二天天还没亮的时候，众道士起来，在侯道华的房间中没有见到人。只见在古松树下放着一张桌子，还放着一杯水，并且有一双鞋放在桌子前面，侯道华的衣服挂在古松树枝上。院中道士上前查看，桌子当中还留有一首诗："帖里大还丹，多年色不移。前宵盗吃却，今日碧空飞。惭愧深珍重，珍重邓天师。他年炼得药，留着与内芝。吾师知此术，速炼莫为迟。三清专相待，大罗的有期。"下面还写着一行小字，自称去年的七月一日，承蒙仙人韩君赐他李姓起名叫内芝，安排住在上清善进院中，按次序告诉他上面的十几句话。

当时是唐宣宗大中五年五月二十一日，院中道士才查验出侯道华是偷吃了邓太玄遗留下的丹药而成仙离去，于是就一起向节度使、尚书郑公光详细禀报这件事，查看现场的踪迹确实不假，就把这件事

室志》)

宜君王老

王老，坊州宜君县人也。居于村墅，颇好道爱客，务行阴德为意，其妻亦同心不倦。一旦有蓝缕道士造其门，王老与其妻俱延礼之。居月余，间日与王老言谈杯酌，甚相欢狎。俄患遍身恶疮，王老乃求医药看疗，益加勤切，而疮日甚。逮将逾年，道士谓王老曰："此疮不烦以凡药相疗，但得数斛酒浸之，自愈。"于是王老为之精洁酿酒，及熟，道士言："以大瓮盛酒，吾自加药浸之。"遂入瓮，三日方出，须发俱黑，面颜复少年，肌若凝脂。王老阖家视之惊异。道士谓王老曰："此酒可饮，能令人飞上天。"王老信之。初，瓮酒五斛余。及窥，二三斗存耳，清冷香美异常。时方打麦，王老与妻子并打麦人共饮，皆大醉。道士亦饮，云："可上天去否？"王老愿随师所适。于是祥风忽起，彩云如蒸，屋舍草树，全家人物鸡犬，一时飞去。空中犹闻打麦声，数村人共观望惊叹。唯猫弃而不去。风定，其佣打麦二人，乃遗在别村树下，后亦不食，皆得长年。宜君县西三十里，有升仙村存焉。(出《续仙传》)

上奏给皇帝。皇帝下诏赏赐道院五百匹绢，并且赐予御衣，修理装饰道院的廊殿，赐名为“升仙院”。（出《宣室志》）

宜君王老

王老，是坊州宜君县人。他居住在农村田野的房舍里，很喜好道术，还热情好客，把积累功德作为毕生的心愿，他的妻子也和他心意相同，不曾厌倦。一天，有位穿着破烂衣服的道士登门拜访，王老和他的妻子都很有礼貌地招待这名道士。道士住了一个多月，闲暇的日子里他就和王老谈论饮酒，非常亲近。不久，道士浑身患有恶疮。王老就求医问药给他治疗，更加殷切关怀，然而道士的恶疮却一天比一天严重。等到生病快要一年时，道士对王老说：“这种恶疮不能用凡间的药治疗，只要得到几斛酒让我浸泡其中，这病自然就会好。”于是王老为他精心清洁并开始酿酒，到酒酿成时，道士说：“要用大瓮盛酒，我自己加入药材再浸泡。”道士弄好就进入了大瓮，整整三天才出来，胡子、头发全都变得乌黑，容貌又恢复为少年模样，肌肤像凝固的油脂一样。王老全家看到道士的变化都感到惊异。道士对王老说：“这剩下的酒可以饮用，喝下就能让人飞升上天。”王老相信了他说的话。起初，倒入瓮中的酒有五斛多，等道士浸泡完再看，瓮内只剩二三斗了，酒味清爽微寒香醇，甜美异常。当时正值打麦子时期，王老和妻子连同打麦子的人一起喝下，都喝得酩酊大醉。道士也一起喝，问道：“愿意飞升上天去吗？”王老说愿意跟随法师而去。于是祥瑞之风忽起，彩云像热气上升，屋舍和草树，全家的人、物、鸡、犬同时向上飞去。在半空中还能听到打麦子的声音，几个村的村民都一起张望惊叹。王老家中只有猫被遗弃没一起飞走。狂风平定后，王老雇来打麦子的两个人被遗落在别村的树下。后来这两人也不吃人间五谷，都活得很长寿。在宜君县西三十里的地方，还有升仙村存在。（出《续仙传》）

陈师

豫章逆旅梅氏，颇济惠行旅。僧道投止，皆不求直。恒有一道士，衣服蓝缕，来止其家，梅厚待之。一日谓梅曰："吾明日当设斋，从君求新瓷碗二十事，及七箸，君亦宜来会，可于天宝洞前访陈师也。"梅许之，道士持碗渡江而去。梅翌日诣洞前，问其村人，莫知其处。久之将回，偶得一小径，甚明净。试寻之，果见一院。有青童应门，问之，乃陈之居也。入见道士，衣冠华楚，延与之坐，命具食。顷之，食至，乃熟蒸一婴儿，梅惧不食。良久又进食，乃蒸一犬子，梅亦不食。道士叹息，命取昨所得碗赠客。视之，乃金碗也。谓梅曰："子善人也，然不得仙。千岁人参枸杞，皆不肯食，乃分也。"谢而遣之。比不复见矣。（出《稽神录》）

陈金

陈金者，少为军士，隶江西节度使刘信。围虔州，金私与其徒五人发一大冢。开棺，见一白髯老人，面如生，通身白罗衣，衣皆如新。开棺即有白气冲天，墓中有非常香气。金独视棺盖上有物如粉，微作硫黄气。金素闻棺中硫黄为药，即以衣襟掬取怀归。墓中无他珍宝，即共掩塞之而出。既至营中，营中人皆惊云："今日那得有香气？"金知硫黄之异，旦辄汲水服之。至尽，城平，入舍僧寺，偶与寺僧言之，僧曰："此城中富人之远祖也，子孙相传，其祖好道，有异人教饵硫黄。云数尽当死，死后三百年，墓当开，

陈 师

豫章有个旅店，店主姓梅，特别喜欢救济帮助过往的旅客。和尚道士前来投宿，店主都不收钱。经常有一名道士，身穿破旧衣服，来他家投宿，梅老板特别优厚地招待他。有一天这名道士对梅老板说："我明天要设斋饭，向您借取二十只新瓷碗以及七双筷子。您也应当前来吃斋聚会，可以在天宝洞前打听陈师。"梅老板答应了，道士拿着碗筷渡江而去。梅老板第二天到了天宝洞前，询问住在那里的村民，没有人知道道士说的那个地方。梅老板找了很久也没找到，刚打算回去，偶然间找到一条小路，很明亮洁净。他试着沿这条路寻访陈师，果然看见一座院落。有名青衣童子照管大门，梅老板向他询问，原来这里就是陈师的住所。进入后见到道士，道士衣冠华贵整洁，请梅老板进来坐下。道士命人准备好吃的，不一会儿，吃的东西端上来了，是一名蒸熟了的婴儿，梅老板心生恐惧不敢吃。过了许久，又端上来别的食物，是一只蒸熟了的小狗，梅老板还是不敢吃。道士叹了口气，命人拿来昨天所借的碗赠送给客人。仔细一看，原来是一只金碗。道士对梅老板说："您是一名善人，然而却不能成仙。这千年的人参枸杞，你都不肯吃，这是缘分啊。"道士感谢梅老板之前的照顾，之后打发走了他。从此，二人再也没有见过面。（出《稽神录》）

陈 金

陈金年轻时当过兵卒，隶属于江西节度使刘信。围困虔州时，陈金暗中和五个同伙，挖掘了一座大坟，打开棺材，只见一名白胡子老头。这老头面色栩栩如生，全身穿着一套白色丝织衣服，衣服都像新的一样。他们打开棺材时就有一股白气冲天，墓中有非比寻常的香气。陈金看见棺材盖上有东西像粉末一样，微微散发出硫黄的气味。陈金平素就听说棺木中的硫黄是药材，就用手捧着把它放在衣襟中带了回来。墓中没有其他珍宝，他们就一起把棺材盖上，又把掘开之处堵塞好才出去。回到军营之后，军营中的人都惊讶地说：

即解化之期也，今正三百年矣。”即相与复视之，棺中空，唯衣尚存，如蝉蜕之状。金自是无病，今为清海军小将，年七十余矣，形体枯瘦，轻健如故。（出《稽神录》）

“今天哪里来的香气？”陈金知道这硫黄很奇异，天亮时就打水把硫黄粉冲服，一个人全都喝完了。攻下虔州城后，陈金住在僧寺之中，偶然间与寺内僧人说起这件事，和尚说：“这名墓中的老人是城中富豪的远代祖先，子孙都相传他们的祖先喜好道术，有位异人传授给他吃硫黄的方法。他说寿命已尽应当死了，死后三百年，他的墓穴会被打开，那时就是他肉体凡胎解脱转化修炼成仙的日子。到现在正好三百年了。”他们就一起相约再去察看那座坟墓，发现棺木之中已经空了，只有那身衣服还在，好像是蝉蜕的样子。陈金从此之后不再生病，现今担任清海军小将。陈金已经七十多岁了，虽然身体干枯消瘦，但仍和过去一样轻捷强健。（出《稽神录》）

卷第五十二　神仙五十二

陈复休　殷天祥　闾丘子　张　卓

陈复休

陈复休者，号陈七子。贞元中，来居褒城，耕农樵采，与常无异，如五十许人，多变化之术。褒人有好事少年，承奉之者五六人，常为设酒食，以求学其术，勤勤不已。复休约之曰："我出西郊，行及我者，授以术。"复休徐行，群少年奔走追之，终不能及，遂止，无得其术者。后入市，众复奉之不已。复休与出郊外，坐大树下，语道未竟，忽然暴卒，须臾臭败。众皆惊走，莫敢回视。自此诸少年不敢干之，常狂醉市中。褒帅李说，怒而系于狱中，欲加其罪。桎梏甚严，忽不食而死，寻即臭烂，虫蛆流出。弃之郊外，旋亦还家，复在市中。说时加礼异，为筑室于褒城江之南岸，遗与甚多，略无受者。

河东柳公仲郢、相国周墀、燕国公高骈，拥旄三州，皆威望严重，而深加礼敬，书币相属，复休亦无所受。唯鹤氅布裘，受而贮之，亦未尝衣着也。昌明令胡仿，常师事之，将赴任，留钱五千，为复休市酒。笑而不取曰："吾金玉甚多，恨不能用耳。"以锄授仿，使之劚地，不二三寸，金玉钱货，随劚而出。曰："人间之物，固若是矣，但世人赋分有定，不合多取。若吾用之，岂有限约乎？"

陈复休

陈复休，号陈七子。唐德宗贞元年间，他来到褒城居住。他务农打柴，和平常的人没有什么不同。他看起来像五十多岁的人，还会很多变化的法术。褒城当地有喜欢多事的青年人，其中有五六人奉承讨好陈复休，他们常常为陈复休安排酒食，以求学到他的道术，一直很恳切努力。陈复休和他们约定说："我走到西郊，有走路能追上我的，我就把法术传授给他。"陈复休慢慢地在前面走，一群年轻人在后面奔跑着追赶他，最终也没人能追上，于是他停下来，也就没有能学到他道术的人了。后来陈复休来到街市，众人又不停地奉承讨好他，陈复休和他们一起走到郊外，坐在大树底下。谈论道术还没说完，陈复休忽然暴毙，过了一会儿就发臭腐败了。大家都受惊逃走，没有人敢回头看他。从此之后这些年轻人都不敢向他求取道术。他常常在街市中喝得大醉。褒城统帅李说，因为发怒就把他关押在监狱中，想要治他的罪。陈复休在监狱中被刑具锁得很严密，忽然间不吃东西去世了，不久就发臭腐烂了，虫蛆从身体里流出，尸体就被遗弃到郊外。但不久后陈复休又回到家里，还在街市中。李说这才加以特殊的礼节相待，还为他在褒城江的南岸修筑房屋，赠送给他很多东西，陈复休一点都不收受。

河东柳仲郢、相国崔垺、燕国公高骈，统率三州，都有严谨持重的威望，而对陈复休也礼敬有加，不断给他书写礼单赠送礼物，陈复休还是什么也不接受。只接受鹤氅布袍等物，接受后也只是把它们储存在那里，不曾穿过。昌明县县令胡仿，平常以师礼侍奉他，将前往赴任，留下五千钱，专为陈复休买酒。陈复休看了看，只是微笑并没有收取，他说："我的金玉珍宝有很多，只是遗憾不能使用。"陈复休把锄头交给胡仿让他锄地，挖了不到二三寸，金玉钱货就随着锄仿之昌明，复休祖之于仙流江上，指砂中，令仿取酒器。仿攫砂数寸，得器皿五六事。饮酒毕，复埋砂中。又戏曰："吾于砂中尝藏果子，今亦应在。"又令取之，皆得。蜀相燕公，使人致书至褒城所居延召，复休同日离褒城，使人经旬方达，复休当日已至成都，而又有一复休与使者偕行，未尝相舍。燕公诘于使者，益奇待之。常于巴南太守筵中，为酒妓所侮，复休笑视其面，须臾妓者髯长数尺。泣诉于守，为祈谢，复休咒酒一杯，使饮之，良久如旧。又有药一丸，投水中，沉浮旋转，任人指呼，变化隐显。其类极多，不可备载。

中和五年，大驾还京，复休亦至阙下。田晋公军容，问至京国几年安宁，曰："二十。"果自问后二十日，再幸陈仓。后于道中寄诗与田晋公曰："夜坐空庭月色微，一树寒梅发两枝。"及驾至梁洋，邠帅朱玫立襄王监国，寒梅两枝验矣。自是卫驾诣都，多在西县三泉褒斜以来屯驻。

复休之术，素为人所传。俄为人钉其手于柱上，寻有人救而拔之，竟亦无患。岁余，卒于家，葬于江南山下。数月，好事者掘其墓，无复所有。见复休在长安。驾驻华州，复休亦至兴德府矣。（出《仙传拾遗》）

头刨出。他说："人世间的东西，本来就像这样遍地都是，但是世人的天赋是一定的，不该多取。如果我想用钱财，难道会受到限制约束吗？"胡仿要赴任昌明，陈复休在仙流江上为他送行。陈复休手指着泥沙，让胡仿从中取出酒器。胡仿抓起泥沙有几寸厚，找到五六件酒器。喝完酒，又把这些酒器埋进沙中。陈复休又开玩笑说："我曾经还在泥沙中藏着果子，现在应当还在泥沙里。"就又让胡仿从中取出果子，都找到了。蜀相燕公派人送书信到陈复休在褒城的住所召请他，陈复休和使者是同一天离开的褒城，使者过了十天才回到成都，而陈复休当天就已经到了，又有一个陈复休和使者一起走回来，不曾分开。燕公追问使者，更加以奇人对待陈复休。陈复休曾在巴南太守的筵席中被一名酒妓所侮辱，陈复休笑着看向酒妓的脸，不一会儿，酒妓的脸上就长出了数尺长的胡子。酒妓向太守哭着诉说，太守就替酒妓道歉乞求，陈复休拿来一杯酒念了口诀，让酒妓把酒喝下去，过了很久，酒妓的面容才恢复如初。他又有一丸丹药，把它投入水中，沉浮旋转，任凭人们指挥，隐没显现随意变化。类似的法术还有很多，不能全部记载下来。

唐僖宗中和五年，皇帝回到京城，陈复休也来到了京城。晋公田军容问京城还有几年安宁，他说："二十。"果然从向他问话的二十天后，皇帝再次出行到达陈仓。后来在出行路途中，陈复休向田晋公寄诗一首说："夜坐空庭月色微，一树寒梅发两枝。"等到皇帝到了梁洋，邠地统帅朱玫拥立襄王监管国事，"寒梅两枝"应验了。自从护卫皇帝的车驾到了都城，大多在西县三泉褒斜附近驻扎。

陈复休的道术，一向为人所传说。后来陈复休被人用钉子把手钉在柱子上，不久有人把钉子拔掉救下他，手上竟然没有伤痕。一年多以后，陈复休死在家中，葬于江南山下。过了几个月，有喜欢多事的人掘开他的坟墓，其中什么也没有。有人看见陈复休出现在长安。皇帝的车驾驻扎在华州，陈复休也就跟到兴德府了。（出《仙传拾遗》）

殷天祥

殷七七，名天祥，又名道筌，尝自称七七，俗多呼之，不知何所人也。游行天下，人言久见之，不测其年寿。面光白，若四十许人，到处或易其姓名不定。

曾于泾州卖药，时灵台蕃汉，疫疠俱甚，得药者入口即愈，皆谓之神圣，得钱却施于人。又尝醉于城市间，周宝旧于长安识之。寻为泾原节度，延之礼重，慕其道术房中之事。及宝移镇浙西，数年后，七七忽到，复卖药。宝闻之惊喜，召之，师敬益甚。每日醉歌曰："弹琴碧玉调，药炼白朱砂。解酝顷刻酒，能开非时花。"宝常试之，悉有验。

复求种瓜钓鱼，若葛仙翁也。鹤林寺杜鹃，高丈余，每春末花烂漫。寺僧相传，言贞元中，有外国僧自天台来，盂中以药养其根来种之，自后构饰，花院锁闭。时或窥见三女子，红裳艳丽，共游树下。人有辄采花折枝者，必为所祟，俗传女子花神也。是以人共宝惜，故繁盛异于常花。其花欲开，探报分数，节使宾僚官属，继日赏玩。其后一城士女，四方之人，无不载酒乐游纵。连春入夏，自旦及昏，闾里之间，殆于废业。宝一日谓七七曰："鹤林之花，天下奇绝。常闻能开非时花，此花可开否？"七七曰："可也。"宝曰："今重九将近，能副此日乎？"七七乃前二日往鹤林宿焉。中夜，女子来谓七七曰："道者欲开此花耶？"七七乃问女子何人，深夜到此，女子曰："妾为上玄所命，下司此花。然此花在人间已逾百年，非久即归阆苑去。今与道者共开之，非道者无以感妾。"于是女子瞥然不见。来日晨起，寺僧忽讶花渐折蕊。及九日，烂漫如春。乃以闻，宝与一城士庶惊异之，游赏复如春间。数日，花俄不

殷天祥

殷七七，名叫天祥，又名道筌，他曾经自称七七，世俗之人大多都叫他七七，不知道他是哪里的人。他在天下间四处漫游，有人说在很久之前就见过他，猜不出他的年龄。他脸色光洁白皙，看起来好像四十多岁的人。有时他每到一处便会更换姓名，并不固定。

他曾经在泾州卖药，当时灵台蕃汉之中，瘟疫盛行，得到殷七七所售药物的患者，药物入口病就痊愈了，人们都把殷七七称作神仙，殷七七得到了钱财却又施舍给别人。他又曾经醉酒于城市之间。周宝过去在长安时就认识他。不久，周宝担任泾原节度使，以隆重的礼仪延请殷七七，周宝一直向往他的道术和房中术事。等到周宝调任去镇守浙西，几年之后，殷七七忽然来到，还是在卖药。周宝听说后又惊又喜，急忙召他前来，用更加隆重的师礼尊敬地侍奉他。殷七七每天喝醉了唱道："弹琴碧玉调，药炼白朱砂。解酝顷刻酒，能开非时花。"周宝经常试验他的道术，全都十分灵验。

周宝又请求施展种瓜钓鱼的道术，就像葛仙翁那样的。鹤林寺的杜鹃花，高有一丈多，每到春末时花开烂漫。寺里的和尚相传：唐德宗贞元年间，有名外国和尚从天台而来，在钵盂中用药培养着杜鹃花的根，来到这里种下它，自这以后就遮遮掩掩，花院也上锁紧闭。当时有人窥见院中有三名女子，身穿红裳鲜艳美丽，和外国僧人一起在树下游览。有擅自胡乱采花折枝的人，一定会招致灾祸。民间都传说女子就是花神。所以人们都一起像爱惜宝贝那样爱惜这棵杜鹃花，因此它的繁盛也异于普通花卉。杜鹃花要开放的时候，周宝就派人探报花朵的数量，节度使、宾客幕僚和其下官属，就连日在此观赏游玩。其后全城的成年男女以及四方到来的游客，无不一边喝酒一边纵情地欢乐游逛。连接春天进入夏天，从早晨到晚上，乡里之间，近于荒废本业。有一天，周宝对殷七七说："鹤林寺的杜鹃花，天下奇绝。经常听说您能使不到时令的花开放，这杜鹃花也能让它开放吗？"殷七七说："可以。"周宝说："现在重阳节将要临近，能在这一天开放吗？"殷七七就提前两天前往鹤林寺住在寺庙里。到了半夜，有名女子前来对殷七七说："道者要让这杜鹃花提前见，亦无落花在地。

后七七偶到官僚家，适值宾会次，主与宾趋而迎奉之。有佐酒倡优，甚轻侮之。七七乃白主人："欲以二栗为令，可乎？"咸喜，谓必有戏术，资于欢笑。乃以栗巡行，接者皆闻异香惊叹，唯佐酒笑七七者二人，作石缀于鼻，掣拽不落，但言秽气不可堪。二人共起狂舞，花钿委地，相次悲啼，粉黛交下，及优伶辈一时乱舞，鼓乐皆自作声，颇合节奏，曲止而舞不已。一席之人，笑皆绝倒。久之，主人祈谢于七七。有顷，石自鼻落，复为栗，嗅之异香，及花钿粉黛悉如旧，略无所损，咸敬事之。

又七七酌水为酒，削木为脯，使人退行，指船即驻，呼鸟自坠，唾鱼即活。撮土画地，状山川形势，折茅聚蚁，变成城市。人有曾经行处，见之历历皆似，但少狭耳。凡诸术不可胜纪。

后二十年，薛朗、刘浩乱。宝南奔杭州，而宝总戍为政，刑杀无辜。前上饶牧陈全裕经其境，构之以祸，尽赤其族。宝八十三，开放吗？”殷七七就问这名女子是什么人，怎么会深夜到这里来。女子说：“我被上天所任命，下界负责管理此花。然而此花待在人间已经超过百年，不久之后它就会回到阆苑仙境去。现在和道者一起让它开花，如果不是道者的话还无法感动我。”接着女子一下子就不见了。第二天早晨起来，寺里的和尚们一下子被花蕊初绽惊呆了。到初九那天，杜鹃花开得烂漫如春。于是寺里的和尚就把这件事上报给了周宝，周宝与全城的官民都感到十分惊异，纵情游赏又像春天那时一样。几天之后，杜鹃花忽然间都不见了，地上也没有落花。

后来殷七七偶然来到一名官僚家中，正好赶上宴聚宾客，主人和宾客都跑过来迎接供奉他。有陪同饮酒的歌伎，对殷七七很是轻视侮辱。殷七七就对主人说：“我想要用两颗栗子作为酒令，可以吗？”大家都很高兴，说一定有好玩的法术，有助于增加宴席间的欢笑。于是开始传递栗子，接到栗子的人都闻到栗子的异香而惊叹，唯有劝酒时讥笑殷七七的那两个人，接到栗子后，栗子就变成了石子粘在鼻子上，不管怎么拉扯都弄不掉，只说散发的污秽气味无法忍受。两个人一同站起狂舞，身上的花钿首饰都掉落地上，相继悲伤啼哭，脸上的胭粉颜料纷纷混着眼泪流下来，正当优伶们一时乱舞的时候，鼓乐都自己发出声响，还很合乎节奏，曲子结束了舞蹈却没有停止，整个宴席的人都笑得前仰后合。过了很久，主人向殷七七道歉祈求原谅。又过了一会儿，石子自动从歌伎鼻子上落下，又变成了栗子，闻起来有奇异的香味，至于花钿首饰和脂粉颜料又全都变回原来那样，毫无缺损，这更让大家都恭恭敬敬地侍奉殷七七了。

殷七七又斟水变为美酒，削木变为肉脯，让人后退就后退，指船停泊就停泊，喊鸟坠落就坠落，唾鱼复活就复活。聚集泥土画上图画，地势状若山岳江河，折断茅草聚集蚂蚁，就变成了城市。人们有曾经去过这个地方的，见到殷七七的土画变成的城市，觉得很相似，只不过稍微有些狭小罢了。各种法术多到不能逐一记述。

二十年后，薛明、刘浩发动叛乱，周宝向南奔赴杭州，聚合守军，总管政务，用酷刑杀死无辜的人。曾经担任上饶州牧的陈全裕经过周宝所管辖的地区，周宝就罗织罪名栽赃嫁祸给他，把他的家族筋力尤壮，女妓百数，尽得七七之术。后为无辜及全裕作厉，一旦忽殂。七七，刘浩军变之时，甘露寺为众推落北崖，谓坠江死矣。其后人见在江西十余年卖药，入蜀，莫知所之。鹤林，犯兵火焚寺。树失根株，信归阆苑矣。（出《续仙传》）

闾丘子

有荥阳郑又玄，名家子也。居长安中，自小与邻舍闾丘氏子，偕读书于师氏。又玄性骄，率以门望清贵，而闾丘氏寒贱者，往往戏而骂之曰："闾丘氏非吾类也，而我偕学于师氏，我虽不语，汝宁不愧于心乎？"闾丘子嘿然有惭色，后数岁，闾丘子病死。

及十年，又玄以明经上第，其后调补参军于唐安郡。既至官，郡守命假尉唐兴。有同舍仇生者，大贾之子，年始冠，其家资产万计。日与又玄会，又玄累受其金钱赂遗，常与宴游。然仇生非士族，未尝以礼貌接之。尝一日，又玄置酒高会，而仇生不得预。及酒阑，有谓又玄者曰："仇生与子同舍会宴，而仇生不得预，岂非有罪乎？"又玄惭，即召仇生。生至，又玄以卮饮之，生辞不能引满，固谢。又玄怒骂曰："汝市井之民，徒知锥刀尔，何为僭居官秩邪？且吾与汝为伍，实汝之幸，又何敢辞酒乎？"因振衣起，仇生羞且甚，俯而退，遂弃官闭门，不与人往来，经数月病卒。

也全部诛灭。周宝八十三岁时，体力更加健壮，有妻妾歌姬上百，他把殷七七的法术全都学会了。后来因为无辜枉死的人以及陈全裕冤魂作祟，有一天周宝突然就死了。殷七七在刘浩军变的时候，在甘露寺被众人推落北崖，人们都说他坠入江中死了。其后，有人见他在江西卖药十余年。进入蜀地以后，就不知道他去了哪里。鹤林寺因为战乱引发的火灾而焚烧殆尽，杜鹃花树也失去了根株，果真是回到阆苑仙境了。（出《续仙传》）

闾丘子

有个荥阳人姓郑名又玄，是名门世家的孩子，居住在长安城中，从小就和邻居闾丘氏的孩子，一起在师氏那里读书。郑又玄性格骄傲，大抵是自己家世声望显赫、清高尊贵，而闾丘氏家中贫寒、出身卑微的缘故，往往嘲弄而且辱骂闾丘子说：“闾丘氏并不是我的同类人，而你我一起向老师师氏学习，我即便不说出口，你难道心中不感到惭愧吗？”闾丘子沉默不语，脸上露出惭愧的神色。几年后，闾丘子因病去世了。

过了十年，郑又玄在明经科的考试中获得第一，其后调任到唐安郡担任参军。他到任以后，郡守命他暂代唐兴县尉一职。同一屋舍中有个名叫仇生的人，是大商人的儿子，年纪刚够二十岁，他家的资产数以万计。仇生每天都和郑又玄见面，郑又玄多次接受他所赠送的金钱财物，常与他一起休闲娱乐。然而仇生不是士族子弟，所以郑又玄也不曾礼貌地与仇生交往。曾经有一天，郑又玄摆下酒席举办盛大的宴会，而仇生却没有收到邀请。等酒席将尽之时，有人对郑又玄说：“仇生和您住在一起，您举办宴会，而仇生却没能参与这次聚会，这难道不是您的过失吗？”郑又玄听了觉得惭愧，就召来仇生。仇生来了，郑又玄用酒杯斟酒给仇生喝，仇生推辞说不能斟满全饮下，执意推辞。郑又玄发怒骂道：“你只是个市井小民，只知道追逐微末的利益罢了，凭什么要超越自己的本分享受官吏的待遇和我住在一个屋舍呢？况且，我和你为伍共处，实在是你的幸运，你又怎么敢推辞我给你倒的酒呢？”于是他拂衣而起，仇生感到很是羞愧，明年，郑罢官，侨居濛阳郡佛寺。郑常好黄老之道。时有吴道士者，以道艺闻，庐于蜀门山。又玄高其风，即驱而就谒，愿为门弟子。吴道士曰："子既慕神仙，当且居山林，无为汲汲于尘俗间。"又玄喜谢曰："先生真有道者，某愿为隶于左右，其可乎？"道士许而留之。凡十五年，又玄志稍惰，吴道士曰："子不能固其心，徒为居山林中，无补矣。"又玄即辞去，宴游濛阳郡久之。

其后东入长安，次褒城，舍逆旅氏，遇一童儿十余岁，貌甚秀。又玄与之语，其辨慧千转万化，又玄自谓不能及。已而谓又玄曰："我与君故人有年矣，君省之乎？"又玄曰："忘矣。"童儿曰："吾尝生闾丘氏之门，居长安中，与子偕学于师氏，子以我寒贱，且曰非吾类也。后又为仇氏子，尉于唐兴，与子同舍。子受我金钱赂遗甚多，然子未尝以礼貌遇我，骂我市井之民。何吾子骄傲之甚邪！"又玄惊，因再拜谢曰："诚吾之罪也。然子非圣人，安得知三生事乎？"童儿曰："我太清真人。上帝以汝有道气，故生我于人间，与汝为友，将授真仙之诀，而汝以性骄傲，终不能得其道。吁，可悲乎！"言讫，忽亡所见。又玄既寤其事，甚惭恚，竟以忧卒。（出《宣室志》）

低头屈身退了出去，接着辞去官职关起门来，不与他人来往，过了几个月就病死了。

第二年，郑又玄被免除官职，在濛阳郡的佛寺中寄居。郑又玄平常喜好道家黄老之学。当时有位吴道士，凭借道家的长生之术闻名，寄住在蜀门山。郑又玄认为吴道士作风高尚，就驾着车马赶去拜见，希望能成为吴道士的门下弟子。吴道士说："您既然仰慕神仙，应当暂且居住在山林之中，没有必要在凡尘俗世之中做虚伪奸诈的事。"郑又玄满心欢喜地恭谨致谢："先生真是有道之人，我愿意在您的身边服侍您，这样可以吗？"吴道士答应了他，把他留在身边。前后一共十五年，郑又玄学道的志向稍微有些懈怠。吴道士说："您不能坚定学道的心志，只是白白地居住在山林之中，对于修道是没有什么补益的。"郑又玄就告辞离去。他在濛阳郡休闲游乐了很久。

之后向东前往长安，途经褒城，住在旅馆中，遇到一个十多岁的小孩，相貌十分清秀。郑又玄跟小童聊天，那个小童很聪明而且富有辩才，千转万化，郑又玄自认为比不上他。随后，小孩对又玄说："我和您是多年相识的老朋友了，您还记得我吗？"郑又玄说："实在是忘了。"小孩说："我曾经降生于闾丘氏的家中，居住在长安，与您一起向老师师氏学习，您因为我家中贫寒身份低贱，就说我不是您的同道中人。后来，我又降生为仇家的儿子，在唐兴县担任县尉，与您同住在一间屋舍中。您接受我赠送的金钱财物很多，然而您却不曾礼貌地对待我，骂我是市井小民。为什么您骄傲得如此厉害呢？"郑又玄很惊讶，于是拜了又拜并道歉说："这确实是我的罪过啊。然而您又不是圣人，哪能得知三辈子发生的事情呢？"小孩说："我乃是太清真人。天帝因为你身上有得道者超凡脱俗的气质，所以派我降生到人间，和你交往做朋友，将要传授给你修炼成仙的秘诀，但是你因为生性骄傲，最终不能得到修炼的诀窍。唉，可悲啊！"说完，小孩忽然不见了。郑又玄明白了之前发生的那些事，很惭愧怨恨自己，最终因为忧虑而死。（出《宣室志》）

张卓

张卓者，蜀人，唐开元中，明经及第，归蜀觐省。唯有一驴，衣与书悉背在上，不暇乘，但驱而行。取便路，自斜谷中。数日，将至洋州，驴忽然奔掷入深箐中，寻之不得。天将暮，又无人家，欲宿林下，且惧狼虎。是夜月明，约行数十里，得大路。更三二里，见大宅，朱门西开。天既明，有山童自宅中出，卓问求水。童归，逡巡见一人，朱冠高履，曳杖而出。卓趋而拜之，大仙曰："观子尘中之人，何为至此？"卓具陈之。仙曰："有缘耳。"乃命坐，赐杯水，香滑清冷，身觉轻健。又设美馔讫，就西院沐浴，以衣一箱衣之。仙曰："子骨未成就，分当留此。某有一女，兼欲聘之。"卓起拜谢，是夕成礼。

数日，卓忽思家，仙人与卓二朱符、二黑符："一黑符可置于头，入人家能隐形；一黑符可置左臂，千里之内，引手取之；一朱符可置舌上，有不可却者，开口示之；一朱符可置左足，即能蹙地脉及拒非常。然勿恃灵符，自颠狂耳。"

卓至京师，见一大宅，人马骈阗，穷极华盛。卓入之，经数门，至厅事，见铺陈罗列，宾客满堂。又于帐内妆饰一女，年可十五六。卓领之，潜于中门。闻一宅切切之声云："相公失小娘子。"具事闻奏，敕罗叶二师就宅寻之。叶公踏步叩齿，喷水化成一条黑气，直至卓前，见一少年执女衣襟。右座一见怒极，令前擒

张卓

张卓是蜀地人，唐玄宗开元年间以明经科考上进士，回蜀地探望双亲。他只有一头驴，衣服和书籍都背在驴身上，没有空闲的地方供他骑乘，只能在后面赶着它走。他就抄近路，从斜谷中穿行，走了几天，将要到洋州的时候，他的驴忽然发狂跑进了竹林深处，张卓找不到它。这时天色将晚，附近又没有人家，张卓想睡在竹林里，又怕有虎狼出没。这天晚上月光明亮，张卓大约走了几十里，找到了一条大路。再走了二三里，看见了一户大宅院，红色的大门朝西而开。天亮以后，有个孩童从大宅中出来，张卓就上去讨水喝。童子回去后，顷刻之间，张卓看见一个人头戴红色冠脚穿高齿屐，拄着手杖出来。张卓快步上前向他下拜行礼，大仙说："我看你是凡尘俗世中的人，为什么来到这里？"张卓就详细地向他叙述了来此的经过。大仙说："这就是有缘啊！"于是就让他坐下，赐给他一杯水。这水香滑清冷，张卓喝下，觉得身体轻捷强健。大仙又摆上美味佳肴招待他，吃完后，他就到西院去沐浴，拿出一箱衣服让他穿。大仙说："你成仙的骨相还没完全造就，按照缘分你应当留在这里。我有一个女儿，打算把她许配给你。"张卓起身行礼拜谢，这天夜里就举行了婚礼。

过了几天，张卓忽然思念起家里来。仙人送给张卓两道朱符和两道黑符，说："一道黑符可以贴在头上，进入人家时能够隐去形体；另一道黑符可以贴在左臂上，千里以内的东西，伸手就可以把它取来；一道朱符可以放在舌头上，如果有不能退却的人，就张开嘴给他看；另一道朱符可以贴在左脚上，就能皱缩地脉以及抵御不同寻常的人。但是不要依仗着灵符，自己做出一些癫狂的事情呀！"

张卓来到京城，看见一座大宅院，人马聚集，极尽繁华兴盛。张卓隐去身形进入大宅，经过好几道门，来到了厅堂，看见其中罗布陈列，宾客满堂。他又在帐幕里看到一名盛装打扮后的女子，年纪大约有十五六岁。张卓就领着她，躲藏在中门里。这时，他听到整座宅子传来急迫的声音，说："相公家的小娘子丢了。"相公李林甫把这件事详细奏报给皇帝，皇帝敕令让罗公远、叶法善二位天师到宅中寻找。

之。卓因举臂，如抵墙壁，终不能近。遽以狗马血泼之，又以刀剑击刺之，卓乃开口，锋刃断折。续又敕使宣云，断颈进上，卓闻而惧，因脱左鞋，伸足推之。右座及罗叶二师暨敕使皆仰仆焉。叶公曰："向来入门，见非常之气，及其开口，果有太乙使者。相公但获爱女，何苦相害。"卓因纵女，上使卫兵送归旧山。仙人曳杖途中曰："张郎不听吾语，遽遭罗网也。"侍卫兵士尚随之，仙人以拄杖画地，化为大江，波涛浩淼，阔三二里。妻以霞帔搭于水上，须臾化一飞桥，在半天之上。仙山前行，卓次之，妻又次之，三人登桥而过。随步旋收，但见苍山四合，削壁万重，人皆遥礼。归奏玄宗，俄发使就山祭醮之。因呼为隔仙山，在洋州西六十里，至今存焉。（出《会昌解颐录》）

叶天师踏步叩齿祷告，嘴中喷水化成一条黑气，一直到张卓面前，破除了黑符的隐形法术，只见一名少年人拉着女子的衣襟。右相李林甫看见后大怒，命令左右上前捉拿他。张卓就举起左臂，前来捉他的人好像被墙壁阻挡，始终不能够靠近他。人们就用狗血和马血去泼他，破除了另一张黑符，之后又用刀剑去砍击劈刺他。张卓就张开嘴，面前的刀锋剑刃被折断。接着皇帝又派使者宣读旨意，说要将张卓的人头进献给皇上。张卓听到后就害怕了，于是脱下左脚上的鞋，伸脚蹬向他们。右相李林甫以及罗叶二位天师，连同宣读诏书的使者，都仰面扑倒在地上。叶天师说："先前我来时一进门，就见到一股不同寻常的气息，等到他张开嘴，果然他身边有太乙天尊的使者。相公只要找到爱女就可，何必要侵害他？"张卓听后就放开那名女子。皇上派卫兵把张卓送回来时的那座山。仙人拄着拐杖在途中说："张郎不听我说的话，所以会遭到追捕。"侍卫和兵士还跟随着他，仙人就用手杖在地上一画，地上就变化出一条大江，波涛在广阔的水面上汹涌起伏，江面有二三里宽。张卓的妻子把霞帔搭在江水上，片刻之间，就变化成一座飞桥，飞在半空之上。仙人在前边走着，张卓跟在身后，他的妻子在后面跟着，三个人登桥而过。飞桥随着他们的脚步，走过之处不久就被收回。只见苍莽群山从四面围拢，万重陡峭的山壁像刀削一般，人们都远远地向他们行礼。卫兵回去后上奏唐玄宗，不久，唐玄宗派使者到山里去祭祀祈祷。于是人们把这座山叫作"隔仙山"，在洋州西六十里处，到现在还在那里。（出《会昌解颐录》）

卷第五十三　神仙五十三

麒麟客　王法进　维杨十友　金可记　杨真伯

麒麟客

麒麟客者，南阳张茂实客佣仆也。茂实家于华山下，唐大中初，偶游洛中，假仆于南市，得一人焉。其名曰王夐，年可四十余，佣作之直月五百。勤干无私，出于深诚，苟有可为，不待指使。茂实器之，易其名曰大历，将倍其直，固辞，其家益怜之。居五年，计酬直尽。一旦辞茂实曰："夐本居山，家业不薄。适与厄会，须佣作以禳之，固非无资而卖力者。今厄尽矣，请从此辞。"茂实不测其言，不敢留，听之去。日暮，入白茂实曰："感君恩宥，深欲奉报。夐家去此甚近，其中景趣，亦甚可观，能相逐一游乎？"茂实喜曰："何幸，然不欲令家人知，潜一游可乎？"夐曰："甚易。"于是截竹杖长数尺，其上书符，授茂实曰："君杖此入室，称腹痛。左右人悉令取药。去后，潜置竹于衾中，抽身出来可也。"茂实从之。夐喜曰："君真可游吾居者也。"

相与南行一里余，有黄头执青麒麟一，赤文虎二，候于道左。茂实惊欲回避，夐曰："无苦，但前行。"既到前，夐乘麒麟，茂实与黄头各乘一虎。茂实惧不敢近，曰："夐相随，请不须畏。且此物人间之极俊者，但试乘之。"遂凭而上，稳不可言。于是从之上

麒麟客

麒麟客，是南阳张茂实在外乡雇来的仆人。张茂实的家住在华山之下，唐宣宗大中初年，他偶然游览到洛中，在南市雇仆人，找到一名合适的人选。仆人名叫王夐，年纪大约有四十多岁，受雇做工的工钱每月五百。这个人勤勉干练没有私心，十分忠诚，如果有可以做的事，不等主人指使就去干了。张茂实很器重他，给他改名为“大历”，打算加倍付给他工钱，而王夐却坚决推辞，因此张茂实一家就更加怜爱他。王夐在张家住了五年，计算酬劳相抵已尽。有一天，王夐向张茂实告辞说：“我本来居住在山里，家产不薄。只是碰到厄运缠身，必须成为别人的雇工来消除灾祸，原本就不是家中无钱而出卖力气的人。现在厄运已经结束了，请允许我从此告辞离去。”张茂实不知道他说的是真是假，不敢留下他，任凭他离去。天色晚了，王夐又进屋去告诉张茂实说：“感谢您待我宽容恩恕，很想有所报答，我家离这里很近，其中景色情趣，也很值得一看，能跟着我去游览一次吗？”张茂实高兴地说：“这是多么幸运，但是我不想让家里人知道，我想悄悄地去游览一趟，可以吗？”王夐说：“这很容易做到。”于是他截了一支几尺长的竹杖，并在竹杖上画了符，交给张茂实，说：“您拄着这根竹杖进入屋里，假称肚子疼，命令左右的人都去取药。他们走后，再悄悄地把这根竹杖放在被子中，您抽身出来就行了。”张茂实按照他说的做了。王夐高兴地说：“您真是可以到我的住处游览一番的人啊。”

二人一起向南走了一里多路，有名黄头仙童牵着一匹青麒麟、两只红色花纹的老虎，在道路旁等候。张茂实很吃惊，想要躲开，王夐说：“没有关系，只管前行就是。”走到仙童面前后，王夐乘上麒麟，张茂实与黄头仙童各骑一只老虎。张茂实害怕不敢靠近，王夐仙掌峰。越壑凌山，举意而过，殊不觉峻险。如到三更，计数百里矣。下一山，物众鲜媚，松石可爱，楼台宫观，非世间所有。将及门，引者揖曰："阿郎何来？"紫衣吏数百人，罗拜道侧。既入，青衣数十人，容色皆殊，衣服鲜华，不可名状，各执乐器引拜。遂于中堂宴食毕，且命茂实坐。敻入更衣，返坐，衣裳冠冕，仪貌堂堂然，实真仙之风度也。其窗户阶闼，屏帏茵褥之盛，固非人世所有，歌鸾舞凤，及诸声乐，皆所未闻。情意高逸，不复思人寰之事，欢极。

主人曰："此乃仙居，非世人所到。以君宿缘，合一到此，故有逃厄之遇。仙俗路殊，尘静难杂，君宜归修其心，三五劫后，当复相见。敻比者尘缘将尽，上界有名，得遇太清真人，召入小有洞中，示以九天之乐，复令下指生死海波。"且曰："乐虽难求，苦亦易遣。如为山者，掬土增高，不掬则止，穿则陷。夫升高者，不上难而下易乎？自是修习，经六七劫，乃证此身，回视委骸，积如山岳。四大海水，半是吾宿世父母妻子别泣之泪。然念念修之，倏已一世。形骸虽远，此不忘修致，其功即亦非远。亦时有心远气清，一言而悟者。勉之！"遗金百镒，为营身之助，复乘麒麟，令黄头执之，敻步送到家，家人方环泣。茂实投金于井中，敻抽去竹杖，令茂实潜卧衾中。敻曰："我当至蓬莱谒大仙伯。明旦莲花峰上，有彩云车去，我之乘也。"遂揖而去。

说："我在后面跟随着你，请不要害怕。而且这东西是人间才智极为出众的动物，只管试着骑上它。"张茂实这才靠着老虎跨坐上去，说不出有多稳当。于是他就跟随着王夐登上了仙掌峰。越过沟壑凌驾高山，转念间就过去了，一点也不觉得山势险峻。好像到了三更天，预计已经走了几百里了。他们降落到一座山上，这儿物种众多鲜明妩媚，松石山林令人喜爱，楼台宫观不是人世间所能拥有的。三人将要到门前时，负责引导的人就前来作揖说："阿郎是从哪里来的？"几百名身穿紫衣的官吏在道路旁罗列而拜。进入之后，又有青衣侍女几十人，容貌神色都不一般，衣服鲜艳华丽，无法用语言来形容，各自拿着乐器引拜。在中堂设宴吃完饭后，王夐又让张茂实坐着。王夐进入内室更换衣服，返回来坐下，衣裳冠冕齐备，外貌庄严大方，实在是仙人的风度啊。这里的窗户门扇台阶宫门，帐幕褥垫的精美无比，本来就不是人世间所能拥有的，歌鸾舞凤以及各种声乐，都闻所未闻。这时，张茂实情意高雅脱俗，不再去想人间发生的事，欢乐至极。

主人说："这里就是仙人居住的地方，不是世间凡人所能到达的地方。凭您命中的因缘，合该到这里一次，所以有我逃避厄运到您家的际遇。但仙俗之间道路不同，尘世之人和静修之人难以混杂，您应当回去修养向道之心，待三五劫后，你我当再次相见。我近来尘缘将尽，上界有我的名字，才能够遇到太清真人，召我进入小有天洞府之中，以九天仙乐来指示我，又命令我下指生死波澜。"又说："欢乐虽然难以得到，但痛苦也容易排解。就像一座山似的，掬一抔土山就增高，不掬土山就停止增高，凿透它就土地下陷。登高的人，不也是上山困难下山容易吗？从此开始修习道术，经过六七场劫难，就能证实此身修习之果，回头看看身后遗留的形骸，堆积如同山岳。四大海水，有一半是我前世的父母妻子儿女离别时哭泣的眼泪。然而我一心一意只为修道，转眼间已经过了一世。形骸虽远，依然不忘修道的兴致，其追求的功成也就不会远了。也时而有心情超逸、气质清高，因为一句话而顿悟的人。你也要努力啊！"王夐又送给张茂实黄金百镒，作为营身的资助，又让张茂实骑乘着麒麟，令黄头仙童牵着，步茂实忽呻吟，众惊而问之，茂实绐之曰："初腹痛时，忽若有人见召，遂奄然耳，不知其多少时也。"家人曰："取药既回，呼之不应，已七日矣，唯心头尚暖，故未敛也。"明日望之，莲花峰上，果有彩云。遂弃官游名山。后归，出井中金与眷属，再出游山，后不知所在也。(出《续玄怪录》)

王法进

王法进者，剑州临津人也。幼而好道，家近古观，虽无道士居之，其嬉戏未尝轻侮于像设也。十余岁，有女冠自剑州历外邑，过其家，父母以其慕道，托女冠以保护之。与授《正一延生小箓》，名曰法进。而专勤香火，斋戒护持。亦茹柏绝粒，时有感降。时三川饥俭，斛斗翔贵，死者十五六，多采野葛山芋以充饥。忽三青童降于其庭，谓法进曰："上帝以汝夙禀仙骨，归心精诚，不忘于道，敕我迎汝受事于上京也。"不觉腾空。径达大帝之所，命以玉杯霞浆赐之。徐谓曰："人处三才之大，体天地之和，得人形，生中土，甚不易也。天运四时之气，地禀五行之秀，生五谷百果，以养于人。而人不知天地养育之恩，轻弃五谷，厌舍丝麻，使耕农之夫，纺绩之妇，身勤而不得饱，力竭而不御寒，徒施甚劳，曾无爱惜者，斯固神明所责，天地不佑矣。近者地司岳渎所奏，以世人厌掷五谷，不贵衣食之本。我已敕太华之府，收五谷之神，所种不成，下民饥饿，因示罚责，以惩其心。然旋奉太上慈旨，以大道好生，行送他回家。家里的人正环绕在张茂实身边哭泣。张茂实把金子投入井中，王夐抽去被子中的竹杖，让张茂实悄悄地躺进被子里。王夐说：“我该去蓬莱谒见大仙伯了。明天早晨莲花峰上有一辆彩云制成的车子离去，那就是我所乘的那辆。”于是拱手作揖而去。

张茂实忽然呻吟一声，众人惊异地问他，张茂实哄骗他们说：“我当初肚子疼时，忽然好像有人要召见我，所以就只剩一口微弱气息了，不知道过了多长时间了。”家人说：“我取药回来之后，叫你你也不答应，到现在已经过去七天了，只是你的心头尚有一点温度，所以还没有收殓你。”第二天，张茂实向天上望去，莲花峰上果然有一片彩云。张茂实就主动弃官游历名山。他后来回到家，把井中的金子取出来送给家眷亲属，就又出去游览名山，后来不知道他去了哪里。（出《续玄怪录》）

王法进

王法进，是剑州临津人，年幼时就喜好修道。他家靠近一座古观，虽然里面没有道士居住，可他玩耍的时候也不曾对神像轻视侮辱。他十多岁时，有位女道士从剑州游历外县，路过他家，父母因为知道他向往修道，就托付女道士保护他。女道士传授给他一本《正一延生小箓》，给他起名叫“法进”，让他专心香火，斋戒护持。他也就只吃柏树叶断绝其他饮食，不时有感应降临。当时三川地区歉收闹饥荒，粮价飞涨。死去的人占总人数的十之五六。人们多采集野葛山芋来充饥。忽然有三名青衣童子降临到他家的庭院里，他们对法进说：“天帝因为你天生有成仙的骨相，归信至诚，不忘修道，命令我们迎接你到仙都去接受职务。”法进不知不觉间飞腾到空中，径直到达天帝的住所。天帝命人用玉杯盛上霞浆仙露赏赐给他喝。天帝慢慢地对他说：“人处于天地人三才之中最大的一方，体现的是天地之间的和谐。获得人形，生于中土，十分不容易。天运行春夏秋冬四时的气候，地承受金木水火土五行的灵秀，生长出五谷百果，用来养育人。然而人却不知天地养育的恩德，轻易浪费五谷，厌恶舍弃丝麻，使种地的农夫、纺织的妇女，明明身体勤劳却不能吃饱，力量用务先救物。虽天地神明责之，愚民不知其过所自，固无忏请首原之路。汝当为上宫侍童，入侍天府，今且令汝下归于世，告喻下民，使其悔罪，宝爱农桑，此亦汝之阴功也。”命侍女以《灵宝清斋告谢天地仪》一轴付之，使传行于世。曰：“令世人相率于幽山高静之所，致斋悔谢，一年再为之，则宿罪可除，谷父蚕母之神，为致丰衍矣。龙虎之年，复当召汝。”即今清斋天公告谢之法是也。法进以天宝十二年壬辰，遂复升天。（出《仙传拾遗》）

维杨十友

维杨十友者，皆家产粗丰，守分知足，不干禄位，不贪货财，慕玄知道者也。相约为友，若兄弟焉。时海内大安，民人胥悦，遽以酒食为娱，自乐其志。始于一家，周于十室，率以为常。

忽有一老叟，衣服滓弊，气貌羸弱，似贫窭不足之士也。亦着麻衣，预十人末，以造其会。众既适情，亦皆悯之，不加斥逐。醉饱自去，莫知所之。一旦言于众曰：“余力困之士也，幸众人许陪坐末，不以为责。今十人置宴，皆得预之。席既周毕，亦愿力为一会，以答厚恩。约以他日，愿得同往。”

尽却不能抵御寒冷，他们白白地进行劳作，竟然没有一个人爱惜，这固然是神明所要责罚的，天地也不再保佑他们了。近来主管五岳四渎的地司奏报，认为世人厌恶舍弃五谷，不看重衣食的根本。我已下令太华山的仙府，收回主管五谷的神，让所种粮食没有收成，百姓挨饿，借此显示上天的责罚，来惩戒人们的思想。然而随即奉太上仁慈的旨意，认为天地间的礼法有爱惜生命的美德，务必先拯救万物。虽然天地神明责罚他们，但愚民却不知道他们的过错是从何而来，当然就没有忏悔自首之路。你当作为仙宫侍童，入天府侍奉，今天暂且先命你下凡回归人世，告诫百姓，使他们忏悔自己的罪过，珍爱农桑，这也是你的功德啊。”天帝又命侍女拿来一轴《灵宝清斋告谢天地仪》交付给他，让他把此书流传于世。又说：“令世人一起到深山之中远离喧嚣的地方，设置斋坛悔过谢罪，一年举行两次祭祀，那么积累的旧罪就可消除，谷父蚕母这些神明，就会为他们带来富裕盈足了。到了龙虎之年，我当再召你上天。”如今清斋向天公告谢的祭祀方法就是这样而来的。王法进在唐玄宗天宝十二年壬辰，就又飞升上天。（出《仙传拾遗》）

维杨十友

维杨十友，都是家产较为丰厚，安分知足，不追求官禄，不贪恋钱财，仰慕玄理知晓道学的人。他们彼此约定作为朋友，就像兄弟一样。当时国内十分安定，老百姓都很喜悦，他们就用酒饭作为娱乐，自己为自己的志趣而感到快乐。从一家开始，依次更替到十家，逐渐把这当作习惯。

忽然有一个老头，衣服污黑破败，从气度风貌来看很瘦弱，好像是个贫穷生活不富足的人。他也穿着麻衣，跟在十人的末尾，加入他们的聚会。大家既然都是顺适的性情，也都怜悯这个老头，也就不加以驱逐。老头吃饱喝醉后自己离开了，没有人知道他到哪里去。一天，他向大家说：“我是一名缺乏能力的人，有幸大家允许我坐在末座相陪，不因此责怪我。如今你们十人所设的宴席，我都得以参与。宴席已经轮流完毕，我也愿意尽全力准备一次宴会，以答谢你们至期，十友如其言，相率以待。凌晨，贫叟果至，相引徐步，诣东塘郊外，不觉为远。草莽中茆屋两三间，倾侧欲摧，引入其下。有丐者数辈在焉，皆是蓬发鹑衣，形状秽陋。叟至，丐者相顾而起，墙立以俟其命。叟令扫除舍下，陈列蘧蒢，布以菅席，相邀环坐。

日既旰矣，咸有饥色。久之，各以醯盐竹箸，置于客前，逡巡，数辈共举一巨板如案，长四五尺，设于席中，以油帊幕之。十友相顾，谓必济饥，甚以为喜。既撤油帊，气熿熿然尚未可辨，久而视之，乃是蒸一童儿。可十数岁，已糜烂矣，耳目手足，半已堕落。叟揖让劝勉，使众就食，众深嫌之，多托以饫饱，亦有忿恚逃去，都无肯食者。叟纵意餐啖，似有盈味。食之不尽，郎命诸丐擎去，令尽食之。因谓诸人曰："此所食者，千岁人参也，颇甚难求，不可一遇。吾得此物，感诸公延遇之恩，聊欲相报。且食之者，白日升天，身为上仙。众既不食，其命也夫。"众惊异，悔谢未及。叟促问诸丐，令食讫即来。俄而丐者化为青童玉女，幡盖导从，与叟一时升天。十友刳心追求，更莫能见。（出《神仙感遇传》）

金可记

金可记，新罗人也，宾贡进士。性沉静好道，不尚华侈，或服气炼形，自以为乐。博学强记，属文清丽。美姿容，举动言谈，迥对我的厚恩。约定好日期，希望到时大家都能够一同前往。”

到了约定好的日期，维杨十友按照老头所说的话，一同等待。到了凌晨，穷老头果然来了，领着他们慢慢步行，来到东塘郊外，并不觉得走了很远。杂草丛生的荒野中有两三间茅屋，歪向一侧快要倒塌，老头就把他们领到茅屋之中。内中已经有几个乞丐，都是头发散乱身穿破旧衣衫，外貌污秽丑陋。老头到了，乞丐们互相看了看就站起来，像墙似的站着等候老头的吩咐。老头命令他们打扫屋子，陈列粗席，布置菅席，邀请十友围成一圈坐下。

天色已经晚了，大家都面露饥饿的神色，过了很久，乞丐们分别拿着醋盐竹筷，放到客人的面前，不一会儿，几个乞丐共同举着像案子似的一块巨大木板，长有四五尺，摆放在宴席中央，用油布盖着。十友互相对视了一眼，说这次一定能充饥了，为此都感到十分高兴。油布撤下以后，一时间热气腾腾还不能看清，看了很久后，原来是一个蒸熟了的小孩，大约有十多岁，已经蒸得稀烂，小孩的耳目手足，有一半已经脱落。老头作揖谦让并且劝导勉励，让大家去吃，大家都很怀疑，大多推却说还不饿，也有人愤怒离去，十友都不肯吃。老头就随心所欲地大吃起来，好像很好吃一样。老头吃不完，就让众乞丐拿去，让他们全都吃光。于是老头这才对众人说：“这次所吃的东西，乃是千年的人参啊，很难才能找到，一般人都不能遇到一次。我得到这个东西，是为了感谢众位筵请相待之恩，姑且想用它回报众人。而且吃了它的人，能够白日飞升上天，跻身上仙之位。众人既然不吃，大概也是你们命数吧！”十友听了都很惊异，还来不及悔过谢罪。老头催促询问众乞丐，让他们吃完了就过来。不久，乞丐们都变成了青童玉女，幡幢伞盖前导后从，与老头一起飞升上天。十友摒弃杂念去追求，再也没人能见到老头了。（出《神仙感遇传》）

金可记

金可记，是新罗国人，是新罗国推举而来的进士。他性情沉稳娴静喜好道术，不崇尚豪华奢侈，有时服气炼形，自己以此为乐。他见闻广博记忆力强，撰写文章清新优美。他的相貌俊美，言谈举止，有中华之风。俄擢第，于终南山子午谷葺居，怀隐逸之趣。手植奇花异果极多，常焚香静坐，若有思念。又诵《道德》及诸仙经不辍。后三年，思归本国，航海而去。复来，衣道服，却入终南。务行阴德，人有所求，初无阻拒，精勤为事，人不可偕也。唐大中十一年十二月，忽上表言："臣奉玉皇诏，为英文台侍郎，明年二月二十五日当上升。"时宣宗极以为异，遣中使征入内，固辞不就。又求玉皇诏辞，以为别仙所掌，不留人间，遂赐宫女四人，香药金彩，又遣中使二人，专伏侍者。可记独居静室，宫女中使，多不接近。每夜，闻室内常有客谈笑声，中使窥窃之，但见仙官仙女，各坐龙凤之上，俨然相对，复有侍卫非少。而宫女中使，不敢辄惊。二月二十五日，春景妍媚，花卉烂漫，果有五云唳鹤，翔鸾白鹄，笙箫金石，羽盖琼轮，幡幢满空。仙伏极众，升天而去。朝列士庶，观者填隘山谷，莫不瞻礼叹异。（出《续仙传》）

杨真伯

弘农杨真伯，幼有文，性耽玩书史，以至忘寝食。父母不能禁止，时或夺其脂烛，匿其诗书，真伯颇以为患，遂逃过洪饶间，于精舍空院，肄习半年余。中秋夜，习读次，可二更已来，忽有人扣学窗牖间，真伯淫于典籍不知也。俄然有人启扉而入，乃一双鬟青衣，言曰："女郎久栖幽隐，服气茹芝，多往来洞庭云水间。知君子近至此，又骨气清净，志操坚白，愿尽款曲。"真伯殊不应，青衣自反。三更后，闻户外珩璜环珮之声，异香芳馥，俄而青衣报女郎且至，年可二八，冠碧云凤翼冠，衣紫云霞日月衣，精光射显然有中华之风。后来他科举考试及第，在终南山子午谷修建草屋居住，心怀隐居不仕的志趣。他亲手栽植的奇花异果有很多，经常焚香静坐，若有所思，又诵读《道德经》以及各种道家仙经不停。三年后，他想回到本国，就航海离去。重新回来后，身穿道士衣服，退入终南山中。他致力于积累功德，人们有求于他的时候，向来不推却拒绝，专心勤勉替人办事，别人不能和他相比。唐宣宗大中十一年十二月，他忽然上表说："臣奉玉皇大帝的诏令，担任英文台侍郎一职，明年二月二十五日当飞升上天。"当时唐宣宗觉得这事极为奇异，派遣宫中使者征召他入宫，他坚决推辞不肯前来。使者又求见玉皇大帝的诏书词句，他说诏书被别的仙人所掌管，没有留在人间，唐宣宗就赏给他四名宫女，以及香料、药材、黄金、锦缎，又派遣两名宫中使者，专门来服侍他。金可记独自居住在静室，宫女和使者，他大多不接近。每天夜里，都会听到室内有客人说笑的声音，使者就偷偷地去窥视屋内，只见仙官仙女，各自乘坐在龙凤之上，庄重整齐地相对，还有不少侍卫。而宫女使者都不敢擅自惊动他们。二月二十五日，春光明媚，花卉烂漫，果然空中有五彩祥云和仙鹤啼鸣，飞鸾白鹄，笙箫金石，羽盖琼轮，幡幢蔽空。仙官极多，金可记飞升上天而去。朝廷官员和士族百姓，前来观看的人挤满整个山谷，没有人不瞻仰礼拜和惊叹奇异的。（出《续仙传》）

杨真伯

弘农有位叫杨真伯的，小时候就很有文采，生性喜欢读书，以至于忘记睡觉和吃饭。父母也不能阻止他，有时父母会夺走他的灯烛，藏匿他的诗书，杨真伯为此很是忧愁，就逃到洪饶一带，住在一处荒芜冷寂的学舍。杨真伯在这里学习了半年多。中秋之夜，杨真伯正在学习诵读的时候，大约二更已过，忽然有人敲学舍的窗户，杨真伯由于沉溺于典籍之中没有听到。突然有人推开房门进入，乃是一名梳着双鬟的青衣婢女，她说："我家女郎很久之前就隐居在幽深隐秘之地，服气修养服用灵芝，经常往来于洞庭云水之间。知道君子最近来到这里，又刚毅不屈、心境洁净，志向节操坚定高洁，愿意人。逡巡就坐，真伯殊不顾问一言。久之，于真伯案取砚，青衣荐笺，女郎书札数行，怏然而去。真伯因起，乃视其所留诗曰：“君子竟执逆，无由达诚素。明月海上山，秋风独归去。”其后亦不知女郎是何人也。岂非洞庭诸仙乎？观其诗思，岂人间之言欤？（出《博异志》）

尽殷勤诚挚的心意而交际往来。”杨真伯根本没有回应，青衣婢女便自己回去了。三更后，听到门外有女子环珮相击的声音，闻到一股奇异香味。一会儿，青衣婢女禀报说女郎将要到了。只见那女郎年约十六岁，头戴碧云凤翼冠，身穿紫云霞日月衣，光辉逼人。不一会儿女郎坐下，杨真伯根本不询问女郎一句话。这样过了很久，女郎在杨真伯的书案上取了砚台，婢女献上信笺，女郎书写了几行诗，惭愧地离去了。杨真伯于是站起身来，就看到她所留下的诗，写道：“君子竟执逆，无由达诚素。明月海上山，秋风独归去。”也不知道这位女郎是什么人？难道她是洞庭诸仙吗？观她作诗的思路，这哪里是人间的言语呢？（出《博异志》）

卷第五十四　神仙五十四

韩愈外甥　刘瞖　卢钧　薛逢　费冠卿　沈彬

韩愈外甥

唐吏部侍郎韩愈外甥，忘其名姓，幼而落拓，不读书，好饮酒。弱冠，往洛下省骨肉，乃慕云水不归。仅二十年，杳绝音信。

元和中，忽归长安，知识阘茸，衣服滓弊，行止乖角。吏部以久不相见，容而恕之。一见之后，令于学院中与诸表话论，不近诗书，殊若土偶，唯与小臧赌博。或厩中醉卧三日五日，或出宿于外。吏部惧其犯禁陷法，时或勖之。暇日偶见，问其所长，云："善卓钱锅子。"试令为之，植一铁条尺余，百步内，卓三百六十钱，一一穿之，无差失者。书亦旋有词句，以资笑乐。又于五十步内，双钩草"天下太平"字，点画极工。又能于炉中累三十斤炭，支三日火，火势常炽，日满乃消。吏部甚奇之，问其修道，则玄机清话，该博真理，神仙中事，无不详究。因说小伎，云能染花，红者可使碧，或一朵具五色，皆可致之。是年秋，与吏部后堂前染白牡丹一丛，云："来春必作含棱碧色，内合有金含棱红间晕者，四面各合有一朵五色者。"自劚其根下置药，而后栽培之，俟春为验。无何潜去，不知所之。

韩愈外甥

唐朝吏部侍郎韩愈的外甥，忘记了他的姓名叫什么。他小时候就豪放不羁，不爱读书，喜好喝酒。到了二十岁左右，他前往洛阳探望至亲，竟然羡慕修道的生活云游四方不回来了。将近二十年，一点消息都没有。

到了唐宪宗元和年间，他忽然回到长安，知识浅陋无知，衣服又脏又破，行为举止怪僻。韩愈因为很久没有和他相见，就容忍宽恕了他的毛病。见过一面之后，韩愈命他在家里的学馆中和诸位表兄弟一起谈论学习。他不去学习诗书典籍，像个泥塑一样，只是和小奴一起赌博。他有时在马厩中醉卧三五天，有时又出去到外面住宿。韩愈怕他违法犯纪，就时常勉励他。在闲暇的日子韩愈偶然遇见他，就问他擅长什么，他说："我善于穿铜钱串子。"韩愈让他试着做一做，他就在地上插了一根一尺多长的铁条，在将近百步的地方，竖起三百六十枚铜钱，全都穿过铁条，没有一枚偏差失误的。他写的文章也随即有了词句，用来供大家笑谈取乐。又在五十步内，用双钩的技法写下草书"天下太平"这几个字，一点一画都极有功力。又能在炉子中堆积三十斤炭，撑持三天火不熄灭，火势一直炽烈不减，三天日期满了才会熄灭。韩愈认为这些事都很神奇，就向他问起与修道有关的事，他就清新高雅地讲解着神妙的玄学，渊博的学识包含广泛的真理，说起神仙中的事情，没有不详细深究的。谈起小的道术，他说能够染花，红花可以使它变绿，或者一朵花中具备五种颜色，这些都能办到。这年秋天，他和韩愈在后堂前染白牡丹花一丛，他说："来年春天这花一定变成绿色，花瓣上还带有条棱。花里面还该有金黄色条棱，红色晕染其间，四面应该各有一朵五彩的花。"他自己把白牡丹的根挖开，在下面放上药，而后亲自栽培它，等到明年春天是岁，上迎佛骨于凤翔，御楼观之，一城之人，忘业废食。吏部上表直谏，忤旨，出为潮州刺史。至商山，泥滑雪深，颇怀郁郁。忽见是甥迎马首而立。拜起劳问，扶镫接辔，意甚殷勤。至翌日雪霁，送至邓州，乃白吏部曰：“某师在此，不得远去，将入玄扈倚帝峰矣。”吏部惊异其言，问其师，即洪崖先生也。东园公方使柔金水玉，作九华丹，火候精微，难于暂舍。吏部加敬曰：“神仙可致乎？至道可求乎？”曰：“得之在心，失之亦心。校功铨善，黜陟之严，仿王禁也。某他日复当起居，请从此逝。”吏部为五十六字诗以别之曰：“一封朝奏九重天，夕贬潮阳路八千。本为圣朝除弊事，岂将衰朽惜残年？云横秦岭家何在？雪拥蓝关马不前。知汝远来应有意，好收吾骨瘴江边。”与诗讫，挥涕而别，行入林谷，其速如飞。

明年春，牡丹花开，数朵花色，一如其说。但每一叶花中，有楷书十四字曰：“云横秦岭家何处？雪拥蓝关马不前。”书势精能，人工所不及。非神仙得道，立见先知，何以及于此也？或云：“其后吏部复见之，亦得其月华度世之道，而迹未显尔。”（出《仙传拾遗》）

刘瞀

刘瞀，音潜。小字宜哥，唐宰相瞻之兄也。瞀家贫好道，尝有道士经其家，见瞀异之，乃问知道否，曰：“知之，某性饶俗气，业验证是否灵验。不久，他自己悄悄离开了，不知道去了哪里。

这一年，皇帝到凤翔去迎接佛骨，上御楼观看，全城的人都忘记了正业，顾不上吃饭，韩愈就上奏表章耿直劝谏，违抗了皇帝的旨意，被贬谪出京担任潮州刺史。到了商山的时候，路上泥滑雪深，韩愈心中十分忧伤苦闷。忽然看见外甥迎着马头站立，跪拜起立慰问韩愈，扶着马镫，接过缰绳，态度特别殷勤。到了第二天雪后天晴，外甥送韩愈到邓州，就对韩愈说："我的师父在这里，所以我不能远去，前面将进入玄扈山倚帝峰了。"韩愈听了他说的话感到很惊异，问他的师父是谁，原来就是洪崖先生啊。东园公正让他熔化黄金水玉，炼制九华丹，火候要求精微，所以他难以暂时离开。韩愈听了更加敬佩地说："可以修成神仙吗？能够追寻大道吗？"他说："得到它在于你的心，失去它也在于你的心。考校其功绩，衡量其善行，官职的升迁或降黜，其严格的程度和王法是相仿的。我将来再去伺候您的起居，请允许我在此离去！"韩愈写了五十六个字的诗用来与他告别，写道："一封朝奏九重天，夕贬潮阳路八千。本为圣朝除弊事，肯将衰朽惜残年。云横秦岭家何在，雪拥蓝关马不前。知汝远来应有意，好收吾骨瘴江边。"把诗交给他以后，挥泪告别。他进入森林山谷，速度快得像飞一样。

第二年春天，后堂的牡丹花开了，数一数花的数目以及花的颜色，完全和他说的一样，但是每一朵牡丹花中，还有十四个楷书字，写道："云横秦岭家何处，雪拥蓝关马不前。"字的笔势精通熟练，是人工所无法做到的。如果不是得道的神仙，能够立刻预知未来，怎么能做到这种程度呢？有的人说，在那以后韩愈又见到了他的外甥，也得到了他的道家月华修炼超脱世俗之法，只是仙迹从未显露罢了。（出《仙传拾遗》）

刘晋

刘晋，音潜。小名叫作宜哥，是唐朝宰相刘瞻的哥哥。刘晋家中贫寒，喜好道术。曾经有名道士从他家门口经过，见到刘晋觉得他与众不同，就问他知晓道家的法术吗。他说："知道。但是我的本性多应未净，遽可强学邪？”道士曰：“能相师乎？”瞖曰：“何敢。”于是师事之。道士命瞖曰：“山栖求道，无必裹巾。”瞖遂丫髻布衣，随道士入罗浮山。

初，瞖与瞻俱读书为文，而瞖性唯高尚，瞻情慕荣达。瞖尝谓瞻曰：“鄙必不第，则逸于山野。尔得第，则劳于尘俗，竟不及于鄙也。然慎于富贵，四十年后，当验矣。”瞻曰：“神仙遐远难求，秦皇汉武，非不区区也。廊庙咫尺易致，马周、张嘉贞，可以继踵矣。”

自后瞖愈精思于道，乃隐于罗浮。瞻进士登科，屡历清显，及升辅相，颇著燮调之称。俄谪日南，行次广州朝台，泊舟江滨。忽有丫角布衣少年，冲暴雨而来，衣履不湿。云欲见瞻，左右皆讶，乃诘之。“但言宜哥来也。”以白，瞻问形状，具以对。瞻惊叹，乃迎入见之。瞖颜貌可二十来，瞻以皤然衰朽，方为逐臣，悲喜不胜，瞖复勉之曰：“与余为兄弟，手足所痛，曩日之言，今四十年矣。”瞻亦感叹，谓瞖曰：“可复修之否？”瞖曰：“身邀荣宠，职和阴阳，用心动静，能无损乎？自非茅家阿兄，已升天仙，讵能救尔？今唯来相别，非来相救也。”于是同舟行，别话平生隔阔之事。一夕，失瞖所在。今罗浮山中，时有见者。瞻遂南适，殁于贬所矣。（出《续仙传》）

沾染世俗浊气，罪业还未净化，可以勤勉地学习吗？”道士说：“你我二人能互相学习吗？”刘瞖说：“怎么敢冒犯？”于是就像侍奉老师那样侍奉道士。道士命令刘瞖说：“隐居在山中追求道术，不必裹着头巾。”刘瞖就将头发梳成丫髻，身上穿着布衣，跟随着道士进入了罗浮山。

起初，刘瞖与刘瞻一起读书写文章，而刘瞖性情崇尚清雅不俗，刘瞻性情却是仰慕荣耀显达。刘瞖曾经对刘瞻说：“我一定会考试落第，然后隐遁于山野之中。你科举及第，却在尘俗之中劳碌，终究比不上我。然而你在富贵时也要小心谨慎，四十年之后，就会验证我说的是否灵验了。”刘瞻说：“神仙之事难以寻求，秦始皇和汉武帝，不也是在寻仙途中没有收获？而在朝廷做官却近在咫尺容易办到，像马周、张嘉贞，我可以跟上他们的脚步做官。”

从那以后，刘瞖愈加在道术上精心思考，就搬到罗浮山隐居。刘瞻进士及第，先后担任清要显达的官职，直至升为宰相很以善于协理政务著称。不久后刘瞻被贬谪到日南，途中暂居于广州朝台，把船停泊在江边。这时，忽然有个头梳丫角辫身穿粗布衣的少年人，冒着暴雨而来，身上的衣服和鞋子都没有沾湿。他说要见刘瞻，刘瞻左右的侍从都很惊讶，就追问他。他对他们说：“你们只说是宜哥来了。”手下人把这话转告给了刘瞻，刘瞻问来人的形象样貌，侍从都详细地回答了。刘瞻惊奇赞叹，就把刘瞖迎入接见。刘瞖的面貌看起来大约二十来岁，刘瞻却已是白发衰朽的年龄了，正在做被朝廷流放的臣子。刘瞻悲喜交加无法自抑，刘瞖又劝勉他说：“我和你是兄弟，手足之痛，我也有感，往昔说过的话，到如今已有四十年了。”刘瞻也有所感触而叹息，就对刘瞖说：“我现在可以重新修道吗？”刘瞖说：“你自身已经取得荣宠，执掌调和阴阳之职，无论动静都尽心去做，对于自身能够没有损害吗？自然不会因为你家哥哥已升天仙就能救你。今天我只是来和你告别，并非来救你的。”于是兄弟二人同船而行，另外谈论了一些平生阻隔阔别之间发生的事情。一天晚上，刘瞖突然间不见了。现在的罗浮山中，有时还有人见过他。刘瞻就向南而去，最终死在被贬谪的地方。（出《续仙传》）

卢钧

唐相国卢公钧，进士射策为尚书郎，以疾出为均州刺史。到郡疾稍加，羸瘠，不耐见人，常于郡后山斋养性独处。左右接侍，亦皆远去，非公呼召，莫敢前也。

忽一人衣饰弊故，逾垣而入，云："姓王"。问其所自，云："山中来"。公笑而谓之曰："即王山人也，此来何以相教？"王曰："公之贵，位极人臣，而寿不永，灾运方深，由是有沉绵之疾，故相救耳。"山斋无水，公欲召人取汤茶之属，王止之，以腰巾蘸于井中，鲜丹一粒，捩腰巾之水以咽丹，与之约曰："此后五日，疾当愈矣，康愈倍常。后二年，当有大厄。勤立阴功，救人悯物为意，此时当再相遇，在夏之初也。"自是卢公疾愈，旬日平复。

明年解印还京，署盐铁判官。夏四月，于务本东门道左，忽见山人。寻至卢宅，喜而言曰："君今年第二限终，为灾极重也，以君为郡，去年雪冤狱，活三人之命，灾已息矣。今此月内，三五日小不康而已，固无忧也。"翌日，山人使二仆持钱十千，于狗脊坡分施贫病而已。自此复去，云："二十三年五月五日午时，可令一道士于万山顶相候。此时君节制汉土，当有月华相授，勿愆期也。"自是公扬历清切，便蕃贵盛。

后出镇汉南之明年，已二十三年矣，及期，命道士牛知微，五日午时登万山之顶。山人在焉，以金丹二，使知微吞之，谓曰："子

卢钧

唐朝丞相卢钧，在科举应试考中进士而被授予尚书郎一职，带病担任均州刺史。到了所辖郡地以后病情加重，瘦弱疲惫，不能长时间见人，常常独居在郡后的山中居室里修养身心。在他左右侍奉的人员，也都离他远远的，如果不是卢钧呼唤，没有人敢到他的面前。

忽然有一个人衣着打扮又破又旧，从外面翻墙进来，他自己说姓王。卢钧问他是从哪里来的，他回答说是从山中来的。卢钧笑着对他说："那你就是王山人了，这次来有什么指点？"王山人说："您的身份尊贵，地位处于人臣的顶点，然而却寿命不长，灾运正深，患有久治不愈的疾病，所以我特地来救你。"山中居室没有水，卢钧想要唤人端来汤茶之类的，王山人阻止了他，用腰带伸到井中蘸满了水，并拿出仙丹一粒，拧出腰带中蘸的水，命他用这水把药丹咽下去，与卢钧约定说："从此之后再过五天，你的病就该痊愈了，康复痊愈的程度远超平常。两年之后，你会遭受一场大厄运。你应该勤加积累功德，以救人悯物为心愿，到了那时你我应当再次相遇，就在初夏的时候。"从此之后卢钧的病就痊愈了，十天就恢复如常。

第二年解职回京，卢钧暂代盐铁判官一职。夏季四月时候，在务本东门的道路旁，忽然见到了王山人，随即两人就到卢钧家，王山人高兴地说："您今年第二次的险关已经过去了。本来这灾祸很严重，因为您之前治理均州，去年昭雪冤狱，解救了三个人的性命，所以灾祸已经平息了。现在这个月内，您只有三五天的小病而已，不必再为此忧虑了。"第二天，王山人让两名仆人拿着十千钱，在狗脊坡分发给贫穷患病的人。从此之后王山人又离去了，说："二十三年五月五日午时，您可让一名道士到万山顶上等我。这时您正在管辖汉南领土，我当有道家月华之法传授于你，到时可不要失约啊！"从此之后卢钧步步高升，职位清贵而接近皇帝，达到高贵显赫的地位。

卢钧出任汉南长官的第二年，已经是二十三年了，到了约定好的日期，卢钧就命道士牛知微，在五日午时登上万山之顶。王山人已经在那里了，他拿两粒金丹，让牛知微把金丹吞服下去，对他说："你有有道气而寡阴功，未契道品，更宜勤修也。”以金丹十粒，令授于公，曰：“当享上寿，无忘修炼。世限既毕，伫还蓬宫耳！”与知微揖别，忽不复见。

其后知微年八十余，状貌常如三十许。卢公年九十，耳目聪明，气力不衰。既终之后，异香盈室矣。（出《神仙感遇传》）

薛逢

河东薛逢，咸通中为绵州刺史。岁余，梦入洞府，殽馔甚多而不睹人物，亦不敢飧之，乃出门。有人谓曰：“此天仓也。”及明，话于宾友，或曰：“州界有昌明县，有天仓洞，中自然饮食，往往游云水者得而食之。”即使道士孙灵讽与亲吏访焉。入洞可十许里，犹须执炬，十里外渐明朗。又三五里，豁然与人世无异。崖室极广，可容千人。其下平整，有石床罗列，上饮食名品极多，皆若新熟，软美甘香，灵讽拜而食之。又别开三五所，请以奉薛公为信。及赍出洞门，形状宛然，皆化为石矣。洞中左右，散面溲面，堆盐积豉，不知纪极。又行一二里，溪水迅急，既阔且深。隔溪见山川居第历历然，不敢渡而止。近岸砂中，有履迹往来，皆二三尺，才知有人行处。薛公闻之，叹异灵胜，而莫穷其所以也。

余按《舆地志》云：少室山有自然五谷甘果，神芝仙药。周太修道之人超凡脱俗的气质但是缺少阴德，尚未契合得道的品德，更加应该勤奋修道。”王山人又拿出十粒金丹，让牛知微转交给卢钧。说：“卢大人能享长寿，不要让他忘记修炼。尘世间的大限终了以后，期待着他回到蓬莱仙宫！”说完，王山人向牛知微作揖告别，一眨眼就再也看不到他了。

后来牛知微年龄有八十多岁，样貌却常像三十多岁的人。卢钧年龄有九十岁了，依然耳聪目明，力气也不衰退。卢钧去世以后，奇异的香气充满了整间屋子。（出《神仙感遇传》）

薛逢

河东的薛逢，在唐懿宗咸通年间担任绵州刺史。一年之后，他在睡梦中进入一处神仙洞府，纷杂的美味佳肴摆放了很多却没有看到人，他也不敢擅自吃下，就走出洞门。有人对他说：“这里是天仓。”到了天亮薛逢向宾客朋友叙述昨晚的梦境，有人说：“绵州界内有个昌明县，昌明县内有个天仓洞，洞穴中自然就有饮食，云游四方的人往往能够得到并吃掉它。”薛逢就派道士孙灵讽和他自己的心腹官吏到那里察访。进入洞穴约有十多里，还必须拿着蜡烛前进，走了十里，渐渐明朗。又走了三五里，豁然开朗和人世间没有什么差异了。其中的崖室极其宽广，可以容纳上千人。崖室下面很平整，整齐排列着石床，石床上的饮食名品繁多，都像刚做熟的一样，软美甜香，孙灵讽行礼后就开始吃。他们又另外打开三五个其他地方的门，又捧着洞中食物准备送给薛逢作为凭证。等到拿出洞门后，那些食物的形状还和原来一样，但是都变成石头了。洞穴里的两旁，放着散装的面粉与和好的面团，堆积着食盐和豆豉，不知道存了多少。又往前走了一二里，溪水湍急，又宽又深。隔着溪水看见对面山川住宅都清晰分明，他们不敢轻易渡过就在溪边停下。靠近溪岸的沙滩之上，有来来往往的鞋印，每个鞋印都长二三尺，才知道这里是有人走动的地方。薛逢听闻了洞中情况，惊叹其中灵异的胜景，然而却没有办法穷究这里出现天仓洞的原因。

我查考《舆地志》中的记载，里面说道：少室山有自然存在的五子晋学道上仙，有九十年资粮，留于山中。少室在嵩山西十七里，从东南上四十里，为下定思，又上十里为上定思，十里中有大石门，为中定思。自中定思西出，至崖头，下有石室，中有水，多白石英。室内有自然经书，自然饮食，与此无异。又天台山东有洞，入十余里，有居人市肆，多卖饮食。乾符中，有游僧入洞，经历市中，饥甚，闻食香，买蒸啖之。同行一僧，服气不食饭。行十余里，出洞门，已在青州牟平县，而食僧俄变为石。以此言之，王烈石髓，张华龙膏，得食之者，亦须累积阴功，天挺仙骨，然可上登仙品。若常人啖之，必化而为石矣。（出《神仙感遇传》）

费冠卿

费冠卿，池州人也。进士擢第，将归故乡，别相国郑公余庆。公素与秋浦刘令友善，喜费之行，托以寓书焉。手札盈幅，缄以授费，戒之曰："刘令久在名场，所以不登甲乙之选者，以其褊率，不拘于时。舍科甲而就卑宦，可善遇之也。"费因请公略批行止书末，贵其因所慰荐，稍垂青眼。公然之，发函批数行，复缄如初。

费至秋浦，先投刺于刘。刘阅刺，委诸案上，略不顾盼。费悚立俟命，久而无报，疑其不可也，即以相国书授阍者。刘发缄览毕，慢骂曰："郑某老汉，用此书何为？"劈而弃之。费愈惧，排闼而入，趋拜于前，刘忽闵然顾之，揖坐与语。日暮矣，刘促令排谷甜果以及灵芝仙药。周太子晋学习道术，飞升上天成为仙人，把足够九十年使用的物资粮草留在少室山中。少室山在嵩山西面十七里，从东南上四十里，就是下定思，又上十里就是上定思，十里当中有扇巨大石门，就是中定思。从中定思往西面走，到了崖头，下面有一间石室，石室中有水，还有很多白石英。石室内有自然而成的经书和饮食，与天仓洞内的没有差异。还有天台山的东侧也有一个山洞，进去十多里，内有居民、集市和店铺，大多售卖饮食。唐僖宗乾符年间，有云游四方的和尚进入洞中，经过集市中，感到十分饥饿，又闻到食物的香气，就买来食物吃掉了。同行的一位和尚，只是服气修养而不吃饭食。他们又走了十几里，出了洞门，已经在青州牟平县了，而吃了洞中食物的和尚不一会儿就变成了石头。根据这种情况来看，王烈的石髓，张华的龙膏，能够得到并吃下的人，也必须是积累阴德的，天生有挺拔超凡的气质，能够飞升登天具有仙品的人才行。如果平常人吃了它，就一定会变化成石头的。（出《神仙感遇传》）

费冠卿

费冠卿是池州人，进士及第后，将要回到故乡，临行前向相国郑余庆告别。郑相国一向和秋浦县刘县令友好亲近，他对费冠卿此行很高兴，委托费冠卿给刘县令捎去书信。郑相国亲手写了满满一页纸，封好以后交给费冠卿，告诫他说：“刘县令久在科举的考场，之所以没有考中进士，就是因为他急躁直率，不被时俗所限。他舍弃科举考取进士而去就任卑微的官职，你可要善加礼遇他啊。”费冠卿趁机请郑相国在信的末尾简略批示几句关于他品行的话，以郑相国推荐这个理由而让人珍视他，希望刘县令能对他稍加青睐。郑相国同意了，就打开信函批示了几行，又封好如初。

费冠卿到了秋浦县，先将自己的名帖交给刘县令，刘县令看过名帖，就扔到桌案之上，根本不去看他。费冠卿在外站着等候命令，过了很久也没有答复，就怀疑刘县令不允许自己进入，于是把郑相国的亲笔书信交给守门人。刘县令打开信函看完来信，谩骂说：“这个郑老汉，想用这封信干什么？”就把这封信撕碎扔掉了，费冠卿更加店，费曰："日已昏黑，或得逆旅之舍，亦不及矣。乞于厅庑之下，席地一宵，明日徐诣店所。"即自解囊装，舒毡席于地。刘即拂衣而入，良久出曰："此非待宾之所，有阁子中。"既而闭门，镤系甚严。费莫知所以，据榻而息。是夕月明，于门窍中窥其外，悄然无声，见刘令自执彗畚，扫除堂之内外。庭庑陛壁，靡不周悉。费异其事，危坐屏息，不寐而伺焉。

将及一更，忽有异香之气，郁烈殊常，非人世所有。良久，刘执版恭立于庭，似有所候。香气弥甚，即见云冠紫衣仙人，长八九尺，数十人拥从而至。刘再拜稽首，此仙人直诣堂中，刘立侍其侧。俄有筵席罗列，肴馔奇果，香闻阁下。费闻之，已觉气清神爽。须臾，奏乐饮酒，命刘令布席于地，亦侍饮焉。乐之音调，亦非人间之曲。仙人忽问刘曰："得郑某信否？"对曰："得信甚安。"顷之又问："得郑某书否？"对曰："费冠卿先辈自长安来，得书。"笑曰："费冠卿且喜及第也，今在此邪？"对曰："在。"仙人曰："吾未合与之相见，且与一杯酒。但向道早修行，即得相见矣。"即命刘酌酒一杯，送阁子中。费窥见刘自呷酒半杯，即以阶上盆中水投杯中，疑而未饮。仙人忽下阶，与徒从乘云而去。刘拜辞呜咽，仙人戒曰："尔见郑某，但令修行，即当相见也。"

疑惧，就推开大门径直而入，快步向前行礼下拜，刘县令忽然很忧虑地看着他，作揖行礼让他坐下说话。天色晚了，刘县令催促他去找一家客店住下，费冠卿说：“天色已经昏黑，现在去找一家旅舍，也来不及了。我乞求在客厅的走廊之下，在地上休息一夜，明天再慢慢前往旅店。”说完了就自己解开行囊，展开毡毯铺在地上，刘县令当即生气地拂衣而入。过了很久刘县令才出来说：“这里不是待客的地方，有个阁子可供你暂住。”然后就关上门，锁闭得很严。费冠卿不知道刘县令这样做的原因，就靠在床上休息。这天晚上月光明亮，费冠卿就从门缝之中往外窥视，外面静悄悄的，没有一点声音，只见刘县令亲自拿着扫帚簸箕，打扫大堂内外。庭院走廊台阶墙壁，无不周全。费冠卿觉得这事很奇异，就起来端坐着屏住呼吸，不睡觉等着。

快到一更天时，忽然闻到有奇异的香气，气味浓烈不同寻常，并不是人世所能拥有的。过了很久，刘县令手持笏板恭敬地站立在院子里，好像在等待着什么人。这时香气更加浓烈了，就看见一位头戴云冠身穿紫衣的仙人，高八九尺，由几十人簇拥着而来。刘县令拜了又拜叩头稽首，这个仙人径直走到堂中，刘县令站立在他身旁侍候。不一会儿，有筵席摆列出来，其中美味佳肴和奇异水果的香气一直传到阁子下。费冠卿闻了闻香气，就已经觉得神清气爽。过了一会儿，堂中奏乐饮酒。仙人让刘县令在地上铺设坐席，也陪着喝酒。乐曲的音调，听起来也不是人间的曲子。仙人忽然问刘县令说：“你收到郑某的信了吗？”刘县令回答说：“收到信了，郑相国很平安。”过一会儿，仙人又问：“你收到郑某的信了吗？”刘县令回答说：“费冠卿考中进士从长安回来，从他那儿收到郑相国的信了。”仙人笑着说：“费冠卿喜得及第了，他现在在这里吗？”刘县令回答说：“在我这里。”仙人说：“我还不该和他相见，且赐予他一杯酒。只要他向往道术及早修行，我们就能相见了。”就命刘县令斟酒一杯，送入阁子中。费冠卿窥见刘县令自己把杯中酒喝了一半，又立即拿台阶上盆子里的水倒进酒杯中，他就怀疑刘县令而没喝酒。仙人忽然走下台阶，和随从的徒众乘云而去，刘县令下拜辞别发出呜呜咽咽的哭声，仙人告诫他说：“你见到郑相国，只让他好好修行，他和我就能相既去，刘即诣阁中，见酒犹在，惊曰："此酒万劫不可一遇，何不饮也？"引而饮之，费力争，得一两呷，刘即与冠卿为修道之友，卜居九华山。以左拾遗征，竟不起。郑相国寻亦去世，刘、费颇秘其事，不知所降是何真仙也。（出《神仙感遇传》）

沈彬

吴兴沈彬，少而好道，及致仕归高安，恒以朝修服饵为事。尝游郁木洞观，忽闻空中乐声，仰视云际，见女仙数十，冉冉而下，径之观中，遍至像前焚香，良久乃去。彬匿室中不敢出。既去，入殿视之，几案上皆有遗香。彬悉取置炉中。已而自悔曰："吾平生好道，今见神仙而不能礼谒，得仙香而不能食之，是其无分欤？"

初，彬恒诫其子云："吾所居堂中，正是吉地，即葬之。"及卒，如其言。掘地得自然砖圹，制作甚精，砖上皆作吴兴字。彬年八十余卒。

后豫章有渔人投生米于潭中捕鱼，不觉行远。忽入一石门，焕然明朗，行数百步，见一白髯翁，谛视之，颇类于彬。谓渔人曰："此非尔所宜来，速出犹可。"渔人遽出登岸，云入水已三日矣。故老有知者云："此即西仙天宝洞之南门也。"（出《稽神录》）

见了。”

仙人离开后，刘县令就来到阁子中，看到那杯酒还在，吃惊地说：“这杯酒万劫都不能遇到一次，你为什么不喝呢？”然后就把酒杯拿过来喝下，费冠卿尽力争抢，喝到了一两口，刘县令这就和费冠卿成了一起修道的朋友，选择在九华山隐居。朝廷以左拾遗一职征召他出山，他竟然没有赴任。郑相国不久后也去世了，刘费二人对于这些事都十分保密，不知道那天所降临的是哪一位真仙。（出《神仙感遇传》）

沈彬

吴兴人沈彬，年轻的时候就喜好道术，等到告老还乡回到高安后，常常把早上修道服食丹药当作大事。他曾经游历于郁木洞观，忽然听到空中传来乐曲的声音，他仰望云端，看见有几十位女仙冉冉而下，径直进入观中，都到神像前焚香，过了很久才离去。沈彬躲藏在室内不敢出来，女仙们走后，他才敢进殿祷告，看到桌案之上都有女仙们遗留下来的香料。沈彬把它们全部收集起来放置在香炉中。燃烧殆尽后他自己后悔地说：“我平生喜好修道，今天见到了神仙却不能以礼谒见，得到了仙香却不能服用，这是我没有成仙的缘分吗？”

当初，沈彬经常告诫他的儿子说：“我所居住的正房中间，正是一块风水宝地，我死了之后就安葬在这里。”等到他死后，他的儿子就按照他说的去办。把这块地掘开后得到一个天然生成的砖制墓穴，制作十分精美，每块砖上都写有“吴兴”二字。沈彬活到了八十多岁逝世。

后来豫章有位打鱼的渔夫，把生米投到潭水中捕鱼，不知不觉中走远了，忽然进入一座石门，光线明亮，往前走了几百步，见到一名白胡子老头，仔细一看，发现他长得很像沈彬。老头对渔夫说：“这里不是你所应该来的地方，赶快出去还来得及。”渔夫急忙逃出上岸，别人说他进入水中已经三天了。过去有见识的老人说：“那里就是西仙天宝洞的南门啊。”（出《稽神录》）

卷第五十五　神仙五十五

寒山子　轩辕弥明　蔡少霞　郑居中　伊用昌

寒山子

寒山子者，不知其名氏。大历中，隐居天台翠屏山。其山深邃，当暑有雪，亦名寒岩，因自号寒山子。好为诗，每得一篇一句，辄题于树间石上。有好事者，随而录之，凡三百余首。多述山林幽隐之兴，或讥讽时态，能警励流俗。桐柏征君徐灵府，序而集之，分为三卷，行于人间。十余年忽不复见。

咸通十二年，毗陵道士李褐，性褊急，好凌侮人。忽有贫士诣褐乞食，褐不之与，加以叱责。贫者唯唯而去。数日，有白马从白衣者六七人诣褐，褐礼接之。因问褐曰："颇相记乎？"褐视其状貌，乃前之贫士也。逡巡欲谢之，惭未发言。忽语褐曰："子修道未知其门，而好凌人侮俗，何道可冀？子颇知有寒山子邪？"答曰："知。"曰："即吾是矣。吾始谓汝可教，今不可也。修生之道，除嗜去欲，啬神抱和，所以无累也；内抑其心，外检其身，所以无过也；先人后己，知柔守谦，所以安身也；善推于人，不善归诸身，所以积德也；功不在大，立之无怠，过不在大，去而不贰，所以积功也。然后内行充而外丹至，可以冀道于仿佛耳。子之三毒未剪，以冠簪为饰，可谓虎豹之鞟而犬豕之质也。"出门乘马而去，竟不复见。（出《仙传拾遗》）

寒山子

寒山子，不知道他的名姓。唐代宗大历年间，他隐居于天台翠屏山。那座山十分深邃，正当暑天还有降雪，也叫作寒岩，因此隐居者自己起名号，叫作寒山子。寒山子喜好作诗，每写得一篇一句，就题写在树木间石头上。有好事的人，跟随着把诗都记录下来，共有三百多首，大多是叙述他在山林隐居的雅兴，还有的是讥讽当时的世态，告诫勉励世俗之人。桐柏隐士徐灵府，把这些诗都搜集起来而且写了序言，分为三卷，流传于人世间。之后的十余年，寒山子忽然消失，不再出现。

唐懿宗咸通十二年，毗陵有个道士名叫李褐，生性气度狭小，脾气急躁，喜好欺凌侮辱别人。忽然有个穷人拜见李褐乞讨食物，李褐不给他，还加以斥责，穷人恭敬应答着而去。几天后，有人骑着白马带着六七名白衣人前来拜访李褐，李褐以礼接待了他们。来客就问李褐："你还记得我吗？"李褐看他的形体容貌，认出他乃是前些天来过的那名穷人。李褐顾虑犹豫间想要向客人道歉，但因心里惭愧没能说出来。忽然来客对李褐说："你修道还不知道它的门径，而且喜欢以气势凌人，侮辱俗辈，能期待修成什么道？你知道有寒山子这个人吗？"李褐回答说："我知道。"来客说："寒山子就是我呀。我起初认为你是可造之才，现在才知道不可传授于你。修炼养生之道，是根除嗜好去掉欲念，爱惜精神持守平和，这样才能无所挂碍啊；对内抑制自己的欲望，在外检点自己的行为，这样才能没有过失啊；先人后己，懂得温和保持谦逊，这样才能安息身心啊；把好事让给别人，不好的事归于自身，这样才能积累德行啊；功绩不在大，建立不应懈怠，过错不在小，改正不应迟疑，这样才能积累功德啊。然后才能内在操行充实而且外有金丹炼至，就可以期望得道在

轩辕弥明

轩辕弥明者，不知何许人。在衡湘间来往九十余年，善捕逐鬼物，能囚拘蛟螭虎豹，人莫知其寿。进士刘师服，常于湘南遇之。元和七年壬辰十二月四日，将自衡山游太白，还京师，与师服相值，师服招其止宿。

有校书郎侯喜，新有诗名，拥炉夜坐，与刘说诗。弥明在其侧，貌极丑，白鬓黑面，长颈而高结喉。中又作楚语，喜视之若无人。弥明忽掀衣张眉，指炉中古鼎谓喜曰："子云能诗，与我赋此乎？"师服以衡湘旧识，见其老貌，颇敬之，不知其有文也，闻此说大喜，即援笔而题其首两句曰："巧匠琢山骨，刳中事煎烹。"次传与喜。喜踊跃而缀其下曰："外苞干藓文，中有暗浪惊。"题讫吟之。弥明哑然笑曰："子诗如是而已乎？"即袖手竦肩，倚北墙坐，谓刘曰："吾不解世俗书，子为吾书之。"因高吟曰："龙头缩菌蠢，豕腹胀彭亨。"初不似经意，诗旨有似讥喜。二子相顾惭骇，然欲以多穷之，即赋两句以授喜曰："大若烈士胆，圆如戴马缨。"喜又成两句曰："在冷足自安，遭焚意弥贞。"弥明又令师服书曰："秋瓜未落蒂，冻芋强抽萌。"师服又吟曰："磨砻去圭角，浮润著光精。"讫，又授喜。喜思益苦，务欲压弥明，每营度欲出口吻，吟声益悲，操笔欲书，将下复止，亦竟不能奇，曰："旁有双耳穿，上为孤髻撑。"吟竟，弥明曰："时于蚯蚓窍，微作苍蝇声。"其不用意如初，所言益奇，不可附说，语皆侵二子。

仿佛之间了。你的三尸尚未剪除，虽然用冠簪作为装饰，可以说外在是虎豹之皮而内在却是猪狗之质。”说完，寒山子出门乘马而去，后来再也没能见到他。（出《仙传拾遗》）

轩辕弥明

轩辕弥明，不知是哪里人，他在衡湘一带来来往往九十多年，善于追捕鬼物，能够囚禁蛟螭虎豹，没有人知道他的年龄。进士刘师服，经常在湘南遇到他。唐宪宗元和七年壬辰十二月四日，轩辕弥明将要从衡山出发去游览太白山，回京城时，与刘师服相遇，刘师服招呼他一起停留住宿。

还有一名校书郎名叫侯喜，刚有善于作诗的名气，夜里围着火炉取暖，侯喜与刘师服谈论作诗。弥明在他们的身边，相貌极丑，白鬓角黑脸孔，长脖子凸喉结，聊天中又说楚地方言，侯喜虽然看见了他，却装作没看到他一样。弥明忽然掀起衣服舒展眉毛，指着炉子中的古鼎对侯喜说：“你说你能作诗，那和我一起吟咏这口鼎吧！”刘师服因为和弥明在衡湘就是旧相识了，看他年老的样子，平日只是很敬重他，却不知道他还有文学才能。刘师服听到这句话十分高兴，就拿起笔题写了诗的开头两句：“巧匠琢山骨，刳中事煎烹。”按照次序把笔传给了侯喜。侯喜踊跃地在刘师服的诗句下接着写道：“外苞干藓文，中有暗浪惊。”题写完了又把他写的吟诵了一遍。弥明哑然失笑说：“你的诗就这样而已吗？”就把手藏在袖子里耸了耸肩，倚靠着北墙坐着，对刘师服说：“我不懂俗世上的字，请你替我写吧。”接着高声吟诵道：“龙头缩菌蠢，豕腹胀彭亨。”开始弥明不像是有意的，诗的意思有点像讥讽侯喜。两个人互相看了看，又羞愧又惊骇，然而又想靠写得多来难倒他，刘师服就赋诗两句又交给侯喜，写的是：“大若烈士胆，圆如戴马缨。”侯喜又写成两句：“在冷足自安，遭焚意弥贞。”弥明又让刘师服替他写道：“秋瓜未落蒂，冻芋强抽萌。”刘师服又吟咏两句说：“磨砻去圭角，浮润著光精。”写完后，又转交给侯喜。侯喜思索得更加痛苦，想必须压倒弥明，每当思考着想要说出口，呻吟声就更悲惨，拿起笔想要写下，快要下笔的时候又停下来，夜将阑，二子起谢曰：“尊师非常人也，某等伏矣，愿为弟子，不敢更诗。”弥明奋曰：“不然。此章不可以不成也。”谓刘曰：“把笔把笔，吾与汝就之。”即又连唱曰：“何当出灰炧，无计离瓶罂。谬居鼎鼐间，长使水火争。形模妇女笑，度量儿童轻。徒尔坚贞性，不过升合盛。宁依暖热敝，不与寒凉并。忽罹翻溢愆，实负任使诚。陋质荷斟酌，狭中愧提擎。岂能煮仙药，但未污羊羹。区区徒自效，琐琐安足呈。难比俎豆用，不为手所撜。愿君勿嘲诮，此物方施行。”师服书讫，即使读之。毕，谓二子曰：“此皆不足与语，此宁为文耶？吾就子所能而作耳，非吾之所学于师而能者也。吾所能者，子皆不足以闻也，岂独文乎哉？吾闭口矣。”二子大惧，皆起立床下，拜曰：“不敢他有问也，愿一言而已，先生称‘吾不解人间书’，敢问解何书，请闻此而已。”累问不应，二子不自得，即退就坐。

弥明倚墙睡，鼻息如雷鸣，二子但恐失色，不敢喘息。斯须，曙鼓冬冬。二子亦困，遂坐睡。及觉惊顾，已失弥明所在。问童奴，曰：“天且明，道士起出门，若将便旋然，久不返，觅之已不见矣。”二子惊惋自责，因携诗诣昌黎韩愈，问此何人也。愈曰：“余闻有隐君子弥明，岂其人耶？”遂为石鼎联句序，行于代焉。（出《仙传拾遗》）

到底也没能写出奇句。写的是："旁有双耳穿，上为孤髻撑。"吟诵完毕后，弥明吟道："时于蚯蚓窍，微作苍蝇声。"他还是像开始那样不经意，但说出的诗句更奇，不能曲解，语句都是讥讽两人的。

夜色将晚，两个人起身辞谢说："大师不是平常人啊，我等认输了，希望能做您的弟子，以后不敢再写诗了。"弥明大声说："不能这样。这首诗不能写到一半未完成啊。"对刘师服说："你拿笔，我给你写完它。"就又连声吟唱道："何当出灰灺，无计离瓶罂。谬居鼎鼐间，长使水火争。形模妇女笑，度量儿童轻。徒尔坚贞性，不过升合盛。宁依暖热敝，不与寒凉并。忽罹翻溢愆，实负任使诚。陋质荷斟酌，狭中愧提挈。岂能煮仙药，但未污羊羹。区区徒自效，琐琐安足呈。难比俎豆用，不为手所撜。愿君勿嘲诮，此物方施行。"刘师服写完，弥明就让他把这篇联句读一遍。读完后，弥明对二人说："这都不足以和你们说，难道这也能算是做文章吗？我是按照你们的才能跟着写罢了，并不是我向师父所学而写出来的文章。我能做到的，你们都还不足以听闻，难道我只会写文章吗？我闭嘴不说了。"二人感到十分惊惧，都起身站在床下，行礼下拜说："我们不敢问些别的，希望您能回答一句就行了，先生自称'不明白人世间的字'，那请问您了解什么字呢？请让我们知道这个问题的答案吧。"他们问了好几次弥明也不回应，二人不自在，就退后坐下。

弥明已经倚着墙睡着了，鼾声如雷鸣一样。二人只是惊恐失色，不敢喘息。过了一会儿，听到报晓的更鼓咚咚敲响，二人也困了，就坐着睡着了。等到醒来后惊讶地四处观看，已失去弥明的踪影了。二人问仆役，仆役说："天快亮的时候，道士就起身出了门，好像将去小解的样子，过了很久没有回来，再去寻找他已经找不到了。"两个人惊讶叹息自责不已，就带着昨晚写的诗去拜见昌黎韩愈。他们问韩愈："这位是什么人呢？"韩愈说："我听说有位隐居的高人名叫弥明，难道就是这个人吗？"于是韩愈给石鼎联句写了序言，在当时流传开了。（出《仙传拾遗》）

蔡少霞

蔡少霞者，陈留人也。性情恬和，幼而奉道。早岁明经得第，选蕲州参军。秩满，漂寓江浙间。久之，再授兖州泗水丞。遂于县东二十里买山筑室，为终焉之计。居处深僻，俯瞰龟蒙，水石云霞，境象殊胜。少霞世累早绝，尤谐夙尚。

偶一日沿溪独行，忽得美荫，因憩焉，神思昏然，不觉成寐。因为褐衣鹿帻之人梦中召去，随之远游，乃至城廓一所。碧天虚旷，瑞日曈昽，人俗洁净，卉木鲜茂。少霞举目移足，惶惑不宁，即被导之令前。经历门堂，深邃莫测，遥见玉人当轩独立，少霞遽修敬谒。玉人谓曰："悫子虔心，今宜领事。"少霞靡知所谓，复为鹿帻人引至东廊，止于石碑之侧。谓少霞曰："召君书此，贺遇良因。"少霞素不工书，即极辞让。鹿帻人曰："但按文而录，胡乃拒违。"

俄有二童，自北而来，一捧牙箱，内有两幅紫绢文书，一赍笔砚，即付少霞。凝神搦管，顷刻而毕，因览读之，已记于心矣。题云："苍龙溪新宫铭，紫阳真人山玄卿撰。良常西麓，源泽东泄。新宫宏宏，崇轩巘巘。雕珉盘础，镂檀栋臬。碧瓦鳞差，瑶瑎昉截。阁凝瑞霞，楼横祥霓。驺虞巡徼，昌明捧阑。珠树规连，玉泉矩泄。灵飚遐集，圣日俯晰。太上游诣，无极便阙。百神守护，诸真班列。仙翁鹄立，道师水洁。饮玉成浆，馔琼为屑。桂旗不动，兰幄互设。妙乐兢奏，流铃间发。天籁虚徐，风箫泠澈。凤歌谐律，鹤舞会节。三变《玄云》，九成《绛雪》。易迁徒语，童初讵

蔡少霞

蔡少霞是陈留县人。他性情恬静温和，幼年时候就尊信道教。早年间明经及第，被选为蕲州参军。任职届满，就漂泊寄居于江浙一带。过了很久，再次被授予官职，担任兖州泗水县丞。他就在县城东二十里购买山地建筑屋舍，做着终老的打算。他居住的地方幽深偏僻，俯瞰龟蒙二山，有流水石头彩云彩霞等清丽胜景，环境十分优美。蔡少霞在世上的牵累早就没有了，尤其与平素的心愿相和谐。

偶然有一天，他沿着溪水独自前行，忽然找到一片幽美的林荫，就在那里休息，意识模糊不清，不知不觉中睡着了。接着被一个身穿褐衣头戴鹿皮头巾的人从梦中召去，蔡少霞就随着他远游，来到一座城郭前。那里的碧色天空广大宽阔，祥瑞的太阳渐渐升起，居民整洁干净，花卉草木鲜艳茂盛。蔡少霞抬眼迈步，内心惶恐不安，就被那人领着向前。经过大门和厅堂，那里幽深莫测，远远地望见一位美人靠着窗户独自站在那里，蔡少霞急忙恭敬有礼地谒见。美人对他说："我怜悯你这一片虔诚的心，今天适宜让你办点事。"蔡少霞不知道她说的是什么事，又被头戴鹿皮头巾的人带到东边走廊，在一块石碑的旁边停下脚步。头戴鹿皮头巾的人对他说："召你来书写这篇碑文，庆贺遇到好机缘。"蔡少霞一向不善于书法，便极力推辞。头戴鹿皮头巾的人说："只是按照文章抄录上去，为什么要违抗命令？"

不一会儿，有两名小童从北面走来，一名手捧着牙箱，里边有两幅写在紫绢上的文书，一名怀抱着笔砚。二童就把文书和笔砚都交给蔡少霞，蔡少霞全神贯注执笔为文，顷刻间就写完了，再回过头阅读一遍，已经牢记在心里了。题写的内容是："苍龙溪新宫铭，紫阳真人山玄卿撰。良常西麓，源泽东泄。新宫宏宏，崇轩巘巘（niè）。雕珉盘础，镂檀栋臬。碧瓦鳞差，瑶瑎昉截。阁凝瑞霞，楼横祥霓。驺虞巡徼，昌明捧闑。珠树规连，玉泉矩泄。灵飚遐集，圣日俯晰。太上游诣，无极便阙，百神守护，诸真班列。仙翁鹄立，道师水洁。饮玉成浆，馔琼为屑。桂旗不动，兰幄互设。妙乐兢奏，流铃间发。天籁虚徐，风箫泠澈。凤歌谐律，鹤舞会节。三变玄云，九成绛雪。易迁说。”方更周视，遂为鹿帻人促之，忽遽而返，醒然遂寤。急命纸笔，登即纪录。

自是兖豫好奇之人，多诣少霞，谒访其事。有郑还古者，为立传焉。且少霞乃孝廉一叟耳，固知其不妄矣。（出《集异记》）

郑居中

郑舍人居中，高雅之士，好道术。常遇张山人者，多同游处，人但呼为小张山人，亦不知其所能也。居襄汉间，除中书舍人，不就。开成二年春，往东洛嵩岳，携家僮三四人，与僧登历，无所不到，数月淹止。日晚至一处，林泉秀洁，爱甚忘返。会院僧不在，张烛爇火将宿，遣仆者求之，兼取笔，似欲为诗者。操笔之次，灯灭火尽。一僮在侧，闻郑公仆地之声。喉中气粗，有光如鸡子，绕颈而出。遽吹薪照之，已不救矣。纸上有四字云：“香火愿毕。”毕字仅不成。后居山者及猎人时见之，衣服如游涉之状。当应是张生潜出言其终竟之日，郑公舍家以避耳，若此岂非达命者欤？（出《逸史》）

伊用昌

熊皦补阙说：顷年，有伊用昌者，不知何许人也。其妻甚少，有殊色，音律女工之事，皆曲尽其妙。夫虽饥寒丐食，终无愧意。或有豪富子弟，以言笑戏调，常有不可犯之色。其夫能饮，多狂徒语，童初讵说。”蔡少霞正要从头到尾再看一遍，就被头戴鹿皮头巾的人催促着离去，忽然间仓促返回，就这样睡醒了。他急忙拿出纸笔，当即记录下来。

从此，兖豫二州追求新奇的人，大多都去蔡少霞家，拜谒探访这件事。有个叫郑还古的，还为此写了传记。况且蔡少霞乃是一位被举为孝廉的老人，所以大家知道他不会随便胡说。（出《集异记》）

郑居中

舍人郑居中，是位高雅之士，他喜好道术，经常遇到张山人，大多和他交往，一同四处游览，人们只称呼他为小张山人，也不知道他能做什么。他居住在襄汉一带，朝廷任命他中书舍人的官职，他也不去就任。唐文宗开成二年的春天，郑居中前往东洛嵩山，带着三四个仆役，与和尚一起登临游历，没有去不了的地方，游览了几个月后才结束，滞留在那里。有一天晚上，他来到一处地方，那里林木泉石秀美洁净，他十分喜爱，流连忘返。正赶上院子里的和尚不在，摆设蜡烛点火将要休息，他就派遣仆役出去寻找，他自己取来笔，好像想要写首诗似的。郑居中拿笔的时候，灯火熄灭。一名仆役站在他身侧，听到郑居中倒地的声音。郑居中喉咙中喘着粗气，有一束鸡蛋那么大的光亮，绕着他的脖子飞出。仆役急忙吹着柴火照亮一看，郑居中已经没救了。纸上有四个字，写道：“香火愿毕。”“毕”字几乎还没写完。后来，住在山里的人以及上山打猎的人有时见过他，衣服像是出行漫游的样子。应当是张山人偷偷地告诉他性命结束的日期，郑居中舍弃家业而躲避，如果真是这样，郑居中岂不就是知晓天命的人吗？（出《逸史》）

伊用昌

补阙熊皦说，前几年，有个叫伊用昌的，不知道是哪里人。他的妻子很年轻，十分美丽，音律和女工之类的事情，技巧都非常精妙。她的丈夫伊用昌虽然忍受饥饿寒冷以乞讨食物为生，但却始终没有逸，时人皆呼为“伊风子”。多游江左庐陵、宜春等诸郡，出语轻忽，多为众所殴击。爱作《望江南》词，夫妻唱和。或宿于古寺废庙间，遇物即有所咏，其词皆有旨。熊只记得咏鼓词云：“江南鼓，梭肚两头栾。钉着不知侵骨髓，打来只是没心肝。空腹被人漫。”余多不记。

江南有芒草，贫民采之织屦。缘地土卑湿，此草耐水，而贫民多着之。伊风子至茶陵县门，大题云：“茶陵一道好长街，两畔栽柳不栽槐。夜后不闻更漏鼓，只听锤芒织草鞋。”时县官及胥吏大为不可，遭众人乱殴，逐出界。江南人呼轻薄之词为覆窠，其妻告曰：“常言小处不要覆窠，而君须要覆窠之。譬如骑恶马，落马足穿镫，非理伤堕一等。君不用苦之。”如是夫妻俱有轻薄之态。

天祐癸酉年，夫妻至抚州南城县所，有村民毙一犊。夫妻丐得牛肉一二十斤，于乡校内烹炙，一夕俱食尽。至明，夫妻为肉所胀，俱死于乡校内。县镇吏民，以芦席裹尸，于县南路左百余步而瘗之。其镇将姓丁，是江西廉使刘公亲随。一年后得替归府，刘公已薨。忽一旦于北市棚下，见伊风子夫妻，唱《望江南》词乞钱。既相见甚喜，便叙旧事。执丁手上酒楼，三人共饮数斗。丁大醉而睡，伊风子遂索笔题酒楼壁云：“此生生在此生先，何事从玄不复玄。已在淮南鸡犬后，而今便到玉皇前。”题毕，夫妻连臂高唱而出城，遂渡江至游帷观，题真君殿后，其衔云：“定亿万兆恒沙军国主南方赤龙神王伊用昌。”词云：“日日祥云瑞气连，应侬家作大神仙。笔头洒起风雷力，剑下驱驰造化权。更与戎夷添礼乐，愧意。有时候，有些富家子弟用轻佻的言行调戏她，她常表现出不可侵犯的神色。她的丈夫很能喝酒，喝完后多做些狂放不羁的事，当时的人们都叫他为“伊疯子”。他经常游历于江左庐陵宜春等郡，说出的话轻率疏忽，经常被众人所殴打。二人爱作《望江南》词，夫妻彼此唱和。有时夫妻二人在古寺废庙之中住宿。遇到东西就开始吟咏作诗，那些词都有意旨。熊皦只记得《咏鼓词》是这样写的：“江南鼓，梭肚两头栾。钉着不知侵骨髓，打来只是没心肝。空腹被人漫。”其余的词大多都不记得了。

江南有一种芒草，贫民把它采集起来编织草鞋。由于土地低洼潮湿，而这种草又耐水，所以贫民们大多都穿着它做成的草鞋。伊疯子来到茶陵县大门，大笔一挥题写道：“茶陵一道好长街，两畔栽柳不栽槐。夜后不闻更漏鼓，只听锤芒织草鞋。”当时的县官以及胥吏十分不满，伊疯子就遭到了众人乱打，被驱逐出界。江南人把轻薄浅俗的词叫作覆窠，他的妻子就告诉他说：“人们常说在小地方不要作覆窠，而你却非要如此。譬如骑着顽劣不驯的驽马，人从马上落下来，脚还穿在马镫里，不合常理地坠落受伤。您不必为此苦恼。”如此，夫妻二人都表现出不屑的态度。

唐昭宗天祐年间癸酉年，夫妻二人来到抚州南城县地界。有位村民杀死一头小牛，他们夫妻就讨来牛肉一二十斤，在乡中学校里烹煮煎烤，一夜之间就全吃光了。到了天亮的时候，夫妻因为牛肉膨胀，都死在了乡中学校之内。县镇中的官吏和百姓，就用芦席把他们的尸体裹上，埋在县城南边道路旁一百多步的地方。负责镇守那里的将领姓丁，是江西廉使刘公的亲信随从，一年以后得到接替回到廉使衙门时，刘公已经死了。忽然有一天，丁镇将在北市的棚子下，见到了伊疯子夫妻二人，他们正在唱着《望江南》的词乞讨赏钱。他们相见后十分高兴，便说起过去发生的事。伊疯子拉着丁镇将的手上了酒楼，三个人一起喝了几斗酒。丁镇将喝得大醉睡着了，伊疯子就要来笔在酒楼的墙壁上题诗，写道：“此生生在此生先，何事从玄不复玄。已在淮南鸡犬后，而今便到玉皇前。”题写完后，夫妻二人手挽手高声唱着出了城，接着渡过江水到了游帷观，在真君殿后题字，他永教胡虏绝烽烟。列仙功业只如此，直上三清第一天。”题罢，连臂入西山。时人皆见蹑虚而行，自此更不复出。其丁将于酒楼上醉醒，怀内得紫金一十两。其金并送在淮海南城县。后人开其墓，只见芦席两领，裹烂牛肉十余觔，臭不可近，余更无别物。

熊言六七岁时，犹记识伊风子。或着道服，称伊尊师。熊尝于顶上患一痈疖，疼痛不可忍。伊尊师含三口水，噀其痈便溃，并不为患。至今尚有痕在。熊言亲睹其事，非谬说也。（出《玉堂闲话》）

的头衔如下：“定亿万兆恒沙军国主南方赤龙神王伊用昌。”题的词是：“日日祥云瑞气连，应侬家作大神仙。笔头洒起风雷力，剑下驱驰造化权。更与戎夷添礼乐，永教胡虏绝烽烟。列仙功业只如此，直上三清第一天。”题写完后，夫妻俩又手挽手进入西山中。当时的人们都看见他们腾空而行，从此以后再也没有重新出现。那个丁镇将在酒楼上醒来，在怀中摸到有紫金十两。他就把这些金子都送回到淮海南城县。后来有人掘开他们夫妻的坟墓，只见其中有两张芦席，裹着十多斤烂牛肉，臭得让人无法靠近，除此之外里面再也没有别的东西了。

熊皦说他在六七岁的时候，还记得伊疯子，他有时穿着道士的服装，称作“伊尊师”。熊皦头顶上曾经生了一块痈疖，疼痛得难以忍受。伊尊师嘴中含了三口水，喷在他的患处，那个痈疖就消散了，并不觉得痛苦。至今他的头上还有疤痕存在。熊皦说他亲眼见过那些事，并不是乱编的。（出《玉堂闲话》）

卷第五十六　女仙一

西王母　上元夫人　云华夫人　玄天二女

西王母

西王母者，九灵太妙龟山金母也，一号太虚九光龟台金母元君，乃西华之至妙，洞阴之极尊。在昔道气凝寂，湛体无为，将欲启迪玄功，化生万物。先以东华至真之气，化而生木公。木公生于碧海之上，芬灵之墟，以主阳和之气。理于东方，亦号曰东王公焉。又以西华至妙之气，化而生金母。金母生于神州伊川，厥姓侯氏，生而飞翔，以主元，毓神玄奥。于眇莽之中，分大道醇精之气，结气成形。与东王公共理二气，而育养天地，陶钧万物矣。柔顺之本，为极阴之元，位配西方，母养群品。天上天下，三界十方，女子之登仙者得道者，咸所隶焉。

所居宫阙，在龟山春山西那之都，昆仑之圃，阆风之苑。有城千里、玉楼十二，琼华之阙，光碧之堂，九层玄室，紫翠丹房。左带瑶池，右环翠水。其山之下，弱水九重，洪涛万丈。非飚车羽轮，不可到也。所谓玉阙暨天，绿台承霄。青琳之宇，朱紫之房，连琳彩帐，明月四朗。戴华胜，佩虎章。左侍仙女，右侍羽童。宝盖沓映，羽掺荫庭。轩砌之下，植以白环之树，丹刚之林。空青万条，瑶干千寻，无风而神籁自韵，琅琅然皆九奏八会之音也。神州在昆仑之东南，故《尔雅》云“西王母目下”是矣。

西王母

西王母，就是九灵太妙龟山金母，又称号是太虚九光龟台金母元君。她是西华最为神妙之人，洞阴的至尊之人。从前道气寂静，清静的身体顺应天命，将要启动宇宙自然的神功，使万物化育生长。就先用东华最为精纯之气，变化产生木公。木公生于青绿澄澈的海水之上，芳灵的土丘，用来主管阳和之气。因为木公管理东方，也称之为“东王公”。又用西华最为神妙之气，变化产生金母。金母在神州伊川诞生，她姓侯，生来就可以飞翔，而主宰本源，养育玄秘深奥的神灵。在迷茫之中，分出天道间纯正精粹之气，使气聚结成形。西王母与东王公共同治理调和二气，从而生养天地，培育万物。温柔和顺的根本也就是极阴的初始，位置在于西方，滋养万事万物。天上天下，三界十方，只要是女子之中有登仙得道的人，都隶属于西王母管辖。

她所居住的宫阙，在龟山春山西面的都市，昆仑山的园圃，阆风山的花苑。有城池方圆千里、十二座玉楼，以及琼华宫阙、光碧殿堂、九层玄室和紫翠丹房。左右两边分别环绕着瑶池翠水。那山之下，弱水九层，洪涛万丈。如果不是乘着御风而行的神车和鸾鹤为驭的坐车，那就不可能到达。这就是所谓的玉阙直至青天，绿台承接霄汉。那青玉般的屋檐，朱紫色的房屋，美玉成串的彩帐，明月照耀四方。戴着花胜首饰，佩着虎形花纹，左边站着仙女，右边站着羽童。珍宝装饰的华盖互相映照，仙女们羽扇的阴影遮住了庭院。殿前的台阶之下，都种着白环树，形成丹刚林，青空中万千条枝，美玉般的树干高达千寻，无风而自然奏响绝妙的仙乐，清朗的乐声都是九奏八会的音调。神州在昆仑的东南方，所以《尔雅》上说：“神州位于西王母眼皮子底下”。

又云：王母蓬发，戴华胜，虎齿善啸者。此乃王母之使，金方白虎之神，非王母之真形也。元始天王授以《方天元统龟山九光之箓》，使制召万灵，统括真圣，监盟证信，总诸天之羽仪。天尊上圣，朝晏之会，考校之所，王母皆临诀焉。《上清宝经》《三洞玉书》，凡有授度，咸所关预也。

黄帝讨蚩尤之暴，威所未禁，而蚩尤幻变多方，征风召雨，吹烟喷雾，师众大迷。帝归息太山之阿，昏然忧寝。王母遣使者，被玄狐之裘，以符授帝曰："太一在前，天一在后，得之者胜，战则克矣。"符广三寸，长一尺，青莹如玉，丹血为文。佩符既毕，王母乃命一妇人，人首鸟身，谓帝曰："我九天玄女也。"授帝以三宫五意阴阳之略，太一遁甲六壬步斗之术，阴符之机，灵宝五符五胜之文。遂克蚩尤于中冀，剪神农之后，诛榆罔于阪泉，天下大定，都于上谷之涿鹿。又数年，王母遣使白虎之神，乘白鹿，集于帝庭，授以地图。其后虞舜摄位，王母遣使授舜白玉环。舜即位，又授益地图，遂广黄帝之九州为十有二州。王母又遣使献舜白玉琯，吹之以和八风。《尚书帝验期》曰："王母之国在西荒也。"

昔茅盈字叔申，王褒字子登，张道陵字辅汉，洎九圣七真，凡得道授书者，皆朝王母于昆陵之阙焉。时叔申、道陵侍太上道君，乘九盖之车，控飞虬之轨，越积石之峰，济弱流之津，浮白水，凌黑波，顾盼倏忽，诣王母于阙下。子登清斋三月，王母授以《琼华宝曜七晨素经》。茅君从西城王君诣白玉龟台，朝谒王母，求长生之道，曰："盈以不肖之躯，慕龙凤之年，欲以朝菌之脆，又说：王母散乱着头发，戴着花胜首饰，长着虎牙善于长啸。这是王母的使者，西方白虎神，并不是王母的真正的形象。元始天王授予她方天元统龟山九光的道家秘文，使她能够控制召集世间万灵，包括一切真人圣人等神仙，监督盟誓验证凭据，总管诸天之上的仪表。天尊上圣，朝见宴请的集会，考校功过的场所，王母都亲临决断。上清的宝经，三洞的玉书，但凡涉及传授度引的事，她都是亲自参与过问。

黄帝征讨残暴的蚩尤，力量不能拘押他，而且蚩尤又会多方幻变，呼风唤雨，吹烟喷雾，因而黄帝的军队大受蒙蔽。黄帝回到太山休息，昏昏沉沉地忧虑着睡着了。王母派遣使者，披着黑色狐皮大衣，把一张符授予黄帝，使者说道："太一在前，天一在后，得到它的人就能取得胜利，战斗起来就能克敌制胜了。"这张符宽三寸，长一尺，青色光洁像玉一样，上面有用丹血写的文字。黄帝把符佩带好以后，王母就命一位妇人，这位妇人长着人的脑袋鸟的身子，她对黄帝说："我就是九天玄女呀。"她又传授黄帝三宫五意阴阳的战略，太一遁甲六壬步斗的道术，使用阴符的时机，以及灵宝五符五胜的文字。黄帝于是在中冀战胜了蚩尤，除掉神农之后，又在阪泉诛杀了榆罔，天下平定，在上谷的涿鹿建立都城。又过了几年，王母又派遣白虎神作为使者，乘着白鹿，聚集于黄帝的庭院中，授予他地图。之后虞舜代理国政，王母又派使者授予舜白玉环。舜即位后，王母又送给他更大的地图，于是舜把黄帝时期的九州扩大到了十二州。王母又派使者献给舜白玉管，吹奏它以应和八风，《尚书》帝验期说："王母的国家在西方荒远之地。"

从前，有茅盈，字叔申；有王褒，字子登；有张道陵，字辅汉，以及九圣七真，凡是得道成仙曾经被授予书册的，都到昆仑山上的宫阙中去朝拜王母。当时叔申、道陵侍奉太上道君，乘着九盖的仙车，掌控飞龙的飞行轨迹，越过聚积石块的山峰，渡过微微细流的河津，浮于白水，凌于黑波，眨眼之间，就来到拜见王母的宫阙之下。王子登连续吃了三个月清斋，王母授予他《琼华宝曜七晨素经》。茅盈从西城王君那里前往白玉龟台，朝拜西王母，求取长生之道。他求积朔之期。”王母愍其勤志，告之曰：“吾昔师元始天王及皇天扶桑帝君，授我以玉佩金珰二景缠炼之道，上行太极，下造十方，溉月咀日入天门，名曰《玄真之经》。今以授尔，宜勤修焉。”因敕西城王君，一一解释以授焉。

又周穆王时，命八骏与七华之士，使造父为御，西登昆仑，而宾于王母。穆王持白珪重锦，以为王母寿，事具《周穆王传》。

至汉武帝元封元年七月七日夜，降于汉宫。语在《汉武帝传》内，此不复载焉。（出《集仙录》）

上元夫人

上元夫人，道君弟子也。亦玄古已来得道，总统真籍，亚于龟台金母。所降之处，多使侍女相闻，己为宾侣焉。汉孝武皇帝好神仙之道，祷醮名山，以求灵应。元封元年辛未七月七日夜，二唱之后，西王母降于汉宫。帝迎拜稽首，侍立久之。王母呼帝令坐，食以天厨，筵宴粗悉，命驾将去。帝下席叩头，请留殷勤，王母复坐，乃命侍女郭密香邀夫人同宴于汉宫，语在《汉武帝传》中。

其后汉宣帝地节四年乙卯，咸阳茅盈字叔申，受黄金九锡之命，为东岳上卿司命真君太元真人。是时五帝君授册既毕，各升天而去。茅君之师乃总真王君，西灵王母与夫人降于句曲之山金坛之陵华阳天宫，以宴茅君焉。时茅君中君名固，字季伟，小君名衷，字思和。王母王君授以灵诀，亦受锡命紫素之册，固为定录君，衷为保命君，亦侍贞会。王君告二君曰：“夫人乃三天真皇说："我以这副没有才能的躯体，渴求龙凤那样的寿命，想要凭借和朝生暮死的菌类一样脆弱的身体，求得年长日久的寿期。"王母怜悯他实现愿望的努力，告诉他说："我从前的老师元始天王以及皇天扶桑帝君，授予我玉佩金珰二景缠炼的道术，上行太极，下到十方，溉月咀日就能进入天门，名叫《玄真之经》。现在我就把它传授给你，你应当勤奋修炼它。"于是就命令王城王君，一一解释从而传授给茅盈。

还有周穆王时期，命八骏和七华之类的贤士，让造父担任车夫，向西登上昆仑，从而得以在王母那里做客。周穆王拿出白珪和精美的锦缎，用它们给王母祝寿。这事在《周穆王传》中有详细的叙述。

到了汉武帝元封元年七月七日的夜里，王母又降临于汉宫中。记载在《汉武帝传》内，这里就不重复记录了。（出《集仙录》）

上元夫人

上元夫人，是道君的弟子。她也是远古以来就已经得道的人，总管神仙们的名册，地位仅次于龟台金母。她所降临的地方，经常派侍女去通报，自己要到那里做客了。汉孝武皇帝爱好神仙之道，到名山祈祷祭祀，以求灵验。元封元年即辛未年七月七日的夜里，二更天之后，西王母降临到汉宫之中。汉武帝跪拜迎接，在王母身旁恭顺地站了很久。王母呼唤汉武帝让他坐下，把天厨做的食物赏给他吃，筵席安排基本齐全，王母备仙车将要回去。汉武帝急忙离席叩头，恳切地请王母留下。王母就又坐了下来。于是王母就命侍女郭密香，邀请上元夫人一同宴饮于汉宫之中。这件事记录在《汉武帝传》当中。

之后，汉宣帝地节四年乙卯，咸阳有个名叫茅盈字叔申的人，受到皇帝黄金九锡的礼遇，做了东岳上卿、司命真君和太元真人。这时五位帝君的册文已经授予完毕，各自升天离去。茅盈的师父就是西城总真真人王君。西王母与上元夫人，降临于句曲山金坛陵上的华阳天宫，宴请大茅君茅盈。当时中茅君名固，字季佛，小茅君名衷，字思和，西王母和西城王君传授给他们灵诀，也授予锡命紫素的册文，茅固为定录君，茅衷为保命君，也在宴会旁边作陪。王君告诉二之母，上元之高尊。统领十方玉女之籍，汝可自陈。”二君下席再拜，求乞长生之要。夫人悯其勤志，命侍女宋辟非出紫锦之囊，开绿金之笈，以《三元流珠经》《丹景道精经》《隐地八术经》《太极缘景经》，凡四部，以授二君。王母复敕侍女李方明出丹琼之函，披云珠之笈，出《玉佩金珰经》《太霄隐书经》《洞飞二景内书》，传司命君。各授书毕，王母与夫人告去，千乘万骑，升还太空矣。（出《汉武内传》）

云华夫人

云华夫人，王母第二十三女，太真王夫人之妹也。名瑶姬，受徊风混合万景炼神飞化之道。尝东海游还，过江上，有巫山焉，峰岩挺拔，林壑幽丽，巨石如坛，留连久之。时大禹理水，驻山下。大风卒至，崖振谷陨不可制。因与夫人相值，拜而求助。即敕侍女，授禹策召鬼神之书，因命其神狂章、虞余、黄魔、大翳、庚辰、童律等，助禹斫石疏波，决塞导厄，以循其流。禹拜而谢焉。

禹尝诣之崇巘之巅，顾盼之际，化而为石；或倏然飞腾，散为轻云，油然而止，聚为夕雨；或化游龙，或为翔鹤，千态万状，不可亲也。禹疑其狡狯怪诞，非真仙也，问诸童律。律曰：“天地之本者道也，运道之用者圣也。圣之品次，真人仙人也。其有禀气成真，不修而得道者，木公、金母是也。盖二气之祖宗，阴阳之原本，仙真之主宰，造化之元光。云华夫人，金母之女也。昔师三元道君，受《上清宝经》，受书于紫清阙下，为云华上宫夫人。主领教童真之士，理在玉英之台，隐见变化，盖其常也。亦由凝气成真，与道合体，非寓胎禀化之形，是西华少阴之气也。且气之弥纶人说："上元夫人乃是三天真皇的母亲，上元的高尊。统领十方玉女的名籍，你们可以自己去请愿。"二人离席拜了再拜，乞求长生不老的要诀。夫人怜悯他们为了实现愿望而努力，就命侍女宋辟非拿出紫色锦囊，打开绿金书箱，把《三元流珠经》《丹景道精经》《隐地八术经》《太极缘景经》共四部经书，授予二人。西王母又命侍女李方明，拿出丹琼盒子，打开云珠书箱，拿出《玉佩金瑞经》《太霄隐书经》《洞飞二景内书》，传于司命君。各自授书完毕，王母与夫人告辞离去，带着千车万马的随从，飞升返回天空了。（出《汉武内传》）

云华夫人

云华夫人，是王母的第二十三个女儿，太真王夫人的妹妹，名叫瑶姬。她接受他人传授的"徊风混合万景炼神飞化"道术。曾经她从东海云游归来，经过长江之上时，有座巫山映入眼帘，只见那里峰岩挺拔，树林山谷幽静秀丽，巨石如坛，她在那里流连了很久。当时大禹正在治水，驻扎在山脚下。狂风突然刮起，崖谷震荡，山石滚落不可控制。因为此事大禹与云华夫人相遇，大禹就行礼拜见，向她求助。夫人就令侍女，授予大禹用符策召唤鬼神的书，同时夫人又命令狂章、虞余、黄魔、大翳、庚辰、童律诸神，前去帮助大禹凿开山石疏通江水，疏导堵塞之处，用来顺通江流循环不止。大禹下拜向她行礼道谢。

大禹曾经到崇山峻岭之顶去拜访她，夫人在转眼之间就变成了石头，有时突然飞腾在空中，消散为轻云，自然而然地停止了，凝聚成夕雨；有时变成游动的蛟龙，有时化为飞翔的仙鹤，状态万千，让人不可亲近。大禹怀疑她这么诡变多诈荒唐离奇，不像是真仙，就向童律询问。童律说："天地的本源就是道，将道为自己所用的人是圣人。比圣人次一级的是真人仙人。他们有承受天地自然之气成真仙，不用修行从而得道。木公、金母就是这样的神仙。他们原来是二气的祖宗、阴阳的本源、仙真的主宰、造化的初光。云华夫人就是金母的女儿，昔日师从三元道君，接受他们传授的《上清宝经》，在紫清阙下接受书册，被封为云华上宫夫人。她主管教化童真之人，在天地，经营动植，大包造化，细入毫发。在人为人，在物为物，岂止于云雨龙鹤，飞鸿腾凤哉？”禹然之，后往诣焉，忽见云楼玉台，瑶宫琼阙森然，既灵官侍卫，不可名识。狮子抱关，天马启涂，毒龙电兽，八威备轩，夫人宴坐于瑶台之上。

禹稽首问道，召禹使前而言曰：“夫圣匠肇兴，剖大混之一朴，发为亿万之体。发大蕴之一苞，散为无穷之物。故步三光而立乎晷景，封九域而制乎邦国，刻漏以分昼夜，寒暑以成岁纪，兑离以正方位，山川以分阴阳，城廓以聚民，器械以卫众，舆服以表贵贱，禾黍以备凶歉。凡此之制，上禀乎星辰，而取法乎神真，以养有形之物也。是故日月有幽明，生杀有寒暑，雷震有出入之期，风雨有动静之常。清气浮乎上，而浊众散于下。废兴之数，治乱之运，贤愚之质，善恶之性，刚柔之气，寿夭之命，贵贱之位，尊卑之叙，吉凶之感，穷达之期，此皆禀之于道，悬之于天，而圣人为纪也。性发乎天而命成乎人。立之者天，行之者道。道存则有，道去则非。道无物不可存也，非修不可致也。玄老有言：‘致虚极，守静笃，万物将自复。’复谓归于道而常存也。道之用也，变化万端而不足其一，是故天参玄玄，地参混黄，人参道德。去此之外，非道也哉。长久之要者，天保其玄，地守其物，人养其气，所以全也。则我命在我，非天地杀之，鬼神害之，失道而自逝也。志乎哉，勤乎哉，子之功及于物矣，勤逮于民矣，善格乎天矣，而未闻至道之要也。吾昔于紫清之阙受书，宝而勤之，我师三元道君曰：‘《上真内经》，天真所宝，封之金台，佩入太微。则云轮上往，神武抱关，振衣瑶房，遨宴希林，左招仙公，右栖白山。而下眄太玉英台中处理事务。时隐时现还千变万化，都是她的常态啊。她也是由气凝聚而成的真人，与道合为一体，不是寄托于凡胎肉体而接受天地自然化育的形体，而是西华少阴之气。而且气弥漫包罗天地，规划治理动物植物，宇宙之间化育万物，细到毫毛头发之间。夫人与人在一起时就变成人，夫人与物在一起时就变作物，又何止于云雨龙鹤飞雁腾凤这些呢？”大禹明白了他说的，后来去拜见夫人，忽然间出现云楼玉台，瑶宫琼阙繁密，又有灵官侍卫，不可指称记识。狮子掌握门闩，天马路上启程，毒龙电兽，八方之神备好乘轩，夫人悠闲地坐在瑶台之上。

大禹行了稽首礼向夫人请教道术，夫人召来大禹让他坐下，说：“圣匠初起，剖开广阔混沌中的一大块木材，发散为亿万之体。揭开蕴积广大中的一大块根茎，发散为无穷之物。又使日月星三光运行来确立时间，封九州地域来控制邦国，用刻记漏壶来区分昼夜，用寒暑交替来记载年代，用兑离卦象来校正方位，用山岳河川来分隔阴阳，用修筑城墙来聚集百姓，用兵器机械来保卫民众，用车马服饰来区分贵贱，用五谷庄稼来预备荒年，所有这些制度，都是禀承于星辰，而效法于神仙真人，用来养育有形之物啊。因此，日月有暗有明，生死有寒有暑，雷鸣有始和终的日期，风雨有动和静的规律。清气在上方飘浮，而浊众分散于下界。废与兴的气数，治与乱的运势，贤与愚的资质，善与恶的本性，刚与柔的气质，长寿与夭折的命运，贵与贱的地位，尊与卑的次序，吉与凶的感应，穷困与显达的期限，这都禀承于道，悬挂于天，而由圣人去管理它。人的本性出于上天，而命运在于人为。本性形成于天，而行于世间要合乎道。合乎道则为是，违背道则为非，道无物就不可依存，不去修炼就不可能达到道。玄天老人说过：‘致虚到了极点，守静到了至诚，天地万物将自行恢复。’又称万物回归于道而永久存在。道的运用，能够变化万端而不够其一，所以天参悟玄玄，地参悟混黄，人参悟道德。除此之外的，就不是道了。想要长久的要诀是，天要保护它的玄，地要保护它的物，人要修养他的气，这就是用来保全的办法。那么，我的命运由我掌握，而不是天地能杀我，鬼神能害我的了，失去道就失去了自己的空，泛乎天津，则乘云骋龙，游此名山，则真人诣房，万人奉卫，山精伺迎。动有八景玉轮，静则宴处金堂。亦谓之太上玉佩金珰之妙文也。’汝将欲越巨海而无飚轮，渡飞砂而无云轩，陟厄涂而无所轝，涉泥波而无所乘，陆则困于远绝，水则惧于漂沦，将欲以导百谷而浚万川也，危乎悠哉！太上愍汝之至，亦将授以《灵宝真文》，陆策虎豹，水制蛟龙，断馘千邪，检驭群凶，以成汝之功也。其在乎阳明之天也。吾所授宝书，亦可以出入水火，啸叱幽冥，收束虎豹，呼召六丁，隐沦八地，颠倒五星，久视存身，与天相倾也。”因命侍女陵容华出丹玉之笈，开上清宝文以授，禹拜受而去，又得庚辰、虞余之助，遂能导波决川，以成其功，奠五岳，别九州，而天锡玄珪，以为紫庭真人。

其后楚大夫宋玉，以其事言于襄王，王不能访道要以求长生，筑台于高唐之馆，作阳台之宫以祀之，宋玉作《神仙赋》以寓情，荒淫秽芜。高真上仙，岂可诬而降之也？有祠在山下，世谓之大仙，隔岸有神女之石，即所化也。复有石天尊神女坛，侧有竹，垂之若彗。有稿叶飞物着坛上者，竹则因风扫之，终莹洁不为所污。楚人世祀焉。（出《集仙录》）

性命。立志了，勤修了，你的功德遍及万物了，勤政为民了，善心传达于天上了，但你还没有听闻过至道的要诀。我昔日在紫清阙中得到书，视为珍宝而勤奋修炼，我的老师三元道君说，上真神仙的内经，是天真神仙当作宝贝的东西，把它封存在金台中。带它进入太微垣，就有云车上升，神武守关，在瑶房之中整理身上的衣装，去邀游宴请于希世之林，左侧招来仙公，右侧卧有白山，而向下斜视天空。在天河之中泛舟，就乘着云朵跨着蛟龙，游览于名山之中，那么就会真人登门拜访，万人前来侍奉护卫，山精也来伺候迎接。动的时候有八彩月轮相随，静的时候就处于金堂仙居。这也称之为'太上玉佩金珰'的妙文。你将要渡过大海而没有御风神车，要越过飞沙而没有云车，登上险途而没有舆车，渡过泥波而没有船只可乘；在陆地上就会被困于边远偏僻之地，在水流中就害怕会漂泊沦落，而你将要疏导百谷和万川，那是多么的困难啊！天帝怜惜你的至诚，也将把灵宝真文传授给你，能在陆地驱逐虎豹，在水中制服蛟龙，斩断千邪，制服群凶，用以成就你的功业。它在于阳明之天。我所传授的宝书，也可以出入水火之中，震慑幽冥，束缚虎豹，呼唤六丁，沉沦八地，颠倒五星，长生不老保全其身，与天竞争寿数。"于是就令侍女陵容华拿出丹玉书箱，打开它拿出上清宝文授予他，大禹拜谢接受道书而去，又得到庚辰、虞余的帮助，所以才能够疏导波涛掘开河川，而成就他治水的功德，祭奠五岳，告别九州，天赐玄圭来奖励他的特殊功绩，封他为紫庭真人。

在那以后有位楚大夫宋玉，把这件事说给楚襄王听，楚襄王不能访求到道家的要诀而求得长生，就于高唐馆修筑坛台，用作男女享乐的宫殿来祭祀她，宋玉还作《神仙赋》来寄托情志，这真是荒淫污秽。云华夫人这样的高真上仙，怎么可以无中生有说她们已经降临了呢？有座祠庙位于山下，世人称之为"大仙"，隔岸有块"神女石"，就是云华夫人所化的石头。还有一处石天尊神女坛，侧面生有竹子，叶子垂下像扫帚一样。有植物的茎和叶等飞落的杂物掉在坛上，竹子就凭借着风力扫掉它，神女坛始终干净光洁不被落下的杂物所污染，楚人世代都祭祀神女坛。（出《集仙录》）

玄天二女

燕昭王即位二年，广延国来献善舞者二人，一名旋波，一名提谟。并玉质凝肤，体轻气馥，绰约而窈窕，绝古无伦。或行无影迹，或积年不饥。昭王处以单绡华幄，饮以瑞珉之膏，饴以丹泉之粟。

王登崇霞台，乃召二人来侧。时香风歘起，徘徊翔舞，殆不自支。王以缨缕拂之，二人皆舞，容冶妖丽，靡于翔鸾，而歌声轻飏。乃使女伶代唱，其曲清响流韵，虽飘梁动尘，未足加焉。其舞一名《萦尘》，言其体轻，与尘相乱；次曰《集羽》，言其婉转，若羽毛之从风也；末曰《旋怀》，言其支体缅曼，若入怀袖也。乃设麟文之席，散华芜之香。香出波弋国，浸地则土石皆香；着朽木腐草，莫不蔚茂；以薰枯骨，则肌肉皆生。以屑铺地，厚四五尺，使二人舞其上，弥日无迹，体轻故也。时有白鸾孤翔，衔千茎穟，穟于空中自生花实，落地即生根叶，一岁百获，一茎满车，故曰盈车嘉穟。麟文者，错杂众宝以为席也，皆为云霞麟凤之状。昭王复以衣袖麾之，舞者皆止。昭王知为神异，处于崇霞之台，设枕席以寝宴，遣人以卫之。王好神仙之术，故玄天之女托形作二人。

昭王之末，莫知所在，或游于江汉，或在伊洛之滨，遍行天下，乍近乍远也。（出《王子年拾遗》）

玄天二女

燕昭王登上王位的第二年，广延国进献了两名善于跳舞的人，一个名叫旋波，一个名叫提谟。这两个人的肌肤都美如玉质，洁白润泽，体态轻盈，香气馥郁，姿态柔美婉约而文静美好，无与伦比。这两名女子有时走路没有踪影痕迹，有时多年不曾感到饥饿。昭王就用单薄的丝绸制成华丽的帐篷供她们居住，拿来美石一样的玉膏供她们喝下，拿来能让人长生不死的丹泉粟米给她们吃。

昭王登上崇霞台，就召来二人在身侧陪伴。这时香风忽然吹起，二人徘徊飞舞，几乎不能自己支撑，昭王用缨缕轻拂了一下，二人就都跳起舞来。她们的容颜娇美艳丽，舞姿华丽胜过飞鸾，而且歌声轻轻飘扬。昭王就让女伶代她们二人歌唱，曲调清脆悠扬，美妙的声音经久不绝，即使用绕梁惊尘来形容，也不算过分。她们的第一个舞蹈叫作《萦尘》，指的是她们的体态轻盈，能够与飞尘相混杂；其次的舞蹈叫作《集羽》，指的是她们的舞姿婉转动人，就像羽毛随风飘动一样；最后一个舞蹈名叫《旋怀》，指的是她们的肢体纤细柔美，好像能揽入怀中装进衣袖之内。昭王于是设置麟文之席，散发华芜之香。这种香出自波弋国，浸湿地面则土石都会变香；附着到朽木腐草之上，草木没有不生长茂盛的；用它来熏染枯骨，则肌肉都会生长出来。用华芜香的碎末铺满地面，厚四五尺，让二人在这上面跳舞，跳了一整天，地面香末上没有一点痕迹，这是她们体态轻盈的缘故啊。这时有一只白鸾独自飞翔，口中衔着千茎嘉禾，嘉禾在半空中，自动开花结出果实，落到地上马上就生出根茎和叶子，一年收获上百次，一根茎就能装满一车，所以叫作“盈车嘉穟”。麟文，就是众多宝物错杂摆放的宴席，都形成云霞麟凤的形状。昭王又挥动了一下衣袖，跳舞的人都停下来，昭王知道两名女子都是神异之人，就让她们居住在崇霞台，设置枕席用来睡觉宴乐，并派专人守卫她们。昭王喜好神仙之术，所以玄天二女，寄托形体化作舞女二人。

到了昭王末年，没有人知道这两名女子在哪里，她们有时在江汉一带游览，有时又在伊洛之滨，她们二人走遍了天下，有时近在眼前，有时远在天边。（出《王子年拾遗》）

卷第五十七　女仙二

太真夫人　萼绿华

太真夫人

太真夫人，王母之小女也。年可十六七，名婉，字罗敷，遂事玄都太真王。有子为三天太上府司直，主总纠天曹之违错，比地上之卿佐。年少好游逸，委官废事，有司奏劾，以不亲局察，降主事东岳，退真王之编，司鬼神之师，五百年一代其职。夫人因来视之，励其使修守政事，以补其过。过临淄县，小吏和君贤，为贼所伤，殆死。夫人见愍，问之，君贤以实对。夫人曰："汝所伤乃重刃关于肺腑，五脏泄漏，血凝绛府，气激伤外，此将死之厄也，不可复生，如何？"君贤知是神人，扣头求哀，夫人于肘后筒中，出药一丸，大如小豆，即令服之。登时而愈，血绝创合，无复惨痛。君贤再拜跪曰："家财不足，不知何以奉答恩施，唯当自展驽力，以报所受耳。"夫人曰："汝必欲谢我，亦可随去否？"君贤乃易姓名，自号马明生，随夫人执役。

夫人还入东岳岱宗山峭壁石室之中，上下悬绝，重岩深隐，去地千余丈。石室中有金床玉几，珍物奇玮，人迹所不能至。明生初但欲学授金创方，既见神仙来往，及知有不死之道，旦夕供给扫洒，不敢懈倦。夫人亦以鬼怪虎狼及眩惑众变试之，明生神情澄正，终不恐惧。又使明生他行别宿，因以好女戏调亲接之，明生心坚静固，无邪念。夫人他行去，十日五日一还，或一月二十日，辄见

太真夫人

太真夫人，是王母的小女儿，年纪大约十六七岁，名婉，字罗敷，丈夫是玄都太真王。她有个儿子在三天太上府担任司直，负责纠察天上官署的错误，类似于人世间的卿佐一职。他年少喜好游乐，舍弃官职旷废政事，有司上奏章弹劾他，以他不亲自视理政事为由，把他降职为东岳主事，退出真王的编制，掌管鬼神的首领，五百年轮替一次这个职务。太真夫人因此来看望他，鼓励他勤奋治理掌管政事，来弥补他之前的过失。夫人经过临淄县时，有名小吏名叫和君贤，被贼人所伤，快要死了，夫人见了可怜他，就问他问题，和君贤都按实回答。夫人说："你所受的伤是重刃砍于肺腑之上，导致五脏泄漏，血液凝固于绛府，又气激于伤外，这是将死的灾厄啊，不可能复生了，怎么办呢？"君贤知道眼前的夫人就是神仙，就叩头哀求，夫人就从肘后的竹筒中，拿出一丸丹药，像小豆子那么大，就让他马上把丹药吞服下去，和君贤立刻就痊愈了，血液不往外流了，伤口也都愈合了，也不再有疼痛的感觉了。和君贤拜了又拜并下跪说："我家中财物不够，不知道该用什么来报答你施予我的恩情，只好施展自己驽钝的力量，用来报答受到的好处了。"夫人说："你一定要感谢我恩情的话，可以随我离去吗？"和君贤就改换名姓，自称马明生，跟随夫人任由差遣。

夫人进入东岳岱宗山悬崖峭壁上的石室之中，上下形势险峻，重叠的岩石偏僻隐蔽。这里离地面有一千多丈，石室中摆有金床玉几和珍奇的瑰宝，人迹是不能到达这个地方的。马明生起初只想夫人能教授给他金创药方。当见到神仙来来往往之后，才知道还有不死的道术，就起早贪黑地供给役使洒扫庭院，不敢有半分松懈倦怠。夫人也用鬼怪虎豹以及使人迷恋的众多变化去试探他，马明生态度有仙人宾客，乘龙驎、驾虎豹往来，或有拜谒者，真仙弥日盈坐。客到，辄令明生出外别室中。或立致精细厨食，殽果香酒奇浆，不可名目。或呼坐，与之同饮食。又闻空中有琴瑟之音，歌声宛妙。夫人亦时自弹琴，有一弦而五音并奏，高朗响激，闻于数里，众鸟皆聚集于岫室之间，徘徊飞翔，驱之不去。殆天人之乐，自然之妙也。夫人栖止，常与明生同石室中而异榻，幽寂之所唯二人。或行去，亦不道所往，但见常有一白龙来迎，夫人即着云光绣袍，乘龙而去。袍上专是明月珠缀衣领，带玉佩，戴金华太玄之冠，亦不见有从者。既还，龙即自去。所居石室玉床之上，有紫锦被褥，紫罗帐。帐中服玩，瑰金函玉，玄黄罗列，非世所有，不能一一知其名也。有两卷素书，题曰《九天太上道经》。明生亦不敢发视其文，唯供洒扫，守岩室而已。

如此五年，愈加勤肃。夫人叹而谓之曰："汝真可教，必能得道者也。以子俗人，而不淫不慢，恭仰灵气，终莫之废。虽欲求死，焉可得乎？"因以姓氏本末告之曰："我久在人间，今奉天皇命，又按太上召，不复得停，念汝专谨，故以相语，欲教汝长生之方，延年之术。而我所受服以太和自然龙胎之醴，适可授三天真人，不可以教始学，固非汝所得闻，纵或闻之，亦不能用以持身也。有安期先生烧金液丹法，其方秘要，立可得用，是元君太乙之道，白日升天者矣。明日安期当来，吾将以汝付嘱焉，汝相随稍清正，始终没有害怕。夫人又让马明生另去找地方住宿，借此用美女调戏亲近他，马明生心志坚定，没有丝毫邪念。夫人到别的地方去，十天或五天回来一次，也有时一个月或二十天才回来一次。马明生往往看到有仙人宾客，乘着蛟龙麒麟，驾着虎豹来来往往，有时还有前来拜谒的人，真仙终日满座。客人一到，夫人就让马明生出去外边的别室中。或者立刻端来精细的饮食，其中菜肴、果品、香酒、奇浆，都不能叫出它们的名称。有时也呼唤他坐下，跟真仙们一起饮食宴乐。马明生有时听到半空中传来琴瑟弹奏的声音，歌声婉转悦耳。夫人也有时自己弹琴，只有一根弦却能够同时奏出五个音，声音清晰响亮激越，能传到几里之外。众鸟都聚集到山洞石室之间，徘徊飞翔，驱赶不去。大概这就是神仙的乐趣，自然的妙处吧。夫人住在山洞中时，常与马明生同处一间石室中，睡在不同的床上。幽雅寂静的山洞中，只有他们两个人。有时，夫人远行离去，也不告诉马明生她要去哪里，经常只见一条白龙前来迎接，夫人就穿着云光绣袍，乘龙而去。夫人袍子上专门用明月珠点缀衣领，身带玉佩，头戴金华太玄冠，也不见有跟随的侍从，回来以后，白龙就自己飞去。夫人所住石室的玉床之上，有紫色锦缎做的被褥、紫色的绫罗帐子。帐中服饰和观赏器物，珍奇的黄金成匣的玉器，五光十色，陈列整齐，都并非人世间所有的，也不能一一知道它们的名称。还有两卷白绢写成的书，题目叫《九天太上道经》，马明生也不敢打开看内中的经文，只是洒扫地面，看守石室而已。

如此过了五年，马明生更加勤勉恭敬，夫人赞叹他："你真是可教之材，是一个必定能得道的人。凭你俗人的身份，而能做到不淫乱不怠慢，恭敬景仰灵气，始终没有荒废。这样，即使想要求得一死，又怎么能办到呢？"于是就把自己的姓氏本末告诉马明生，她说："我长久待在人间，现在奉天帝的命令，又按照太上召唤，不能再停留于此了，念你专一谨慎，所以才把这话告诉你，想要教给你长生不老的方法，延年益寿的道术。然而我所学习的方术，是服用太和自然龙胎醴，适和之后才可以授为三天真人。不可以用来教导初学的人，当然这不是你所能听的。即使你听过它，也不能用它来修治其久，其术必传。”

明日安期先生果至，乘驳驎，着朱衣远游冠，带玉佩及虎头般革囊，视之年可二十许，洁白严整，从可六七仙人，皆执节奉卫。见夫人拜揖甚敬，自称下官。须臾设酒果厨膳，饮宴半日许。安期自说：“昔与夫人游安息国西海际，食枣异美，此间枣殊不及也。忆此未久，已二千年矣。”夫人云：“吾昔与君共食一枣，乃不尽。此间小枣，那可比耶？”安期曰：“下官先日往九河，见司阴与西汉夫人共游，见问以阳九百六之期，圣主受命之劫，下官答以幼稚，未识运厄之纪，别当谘太真王夫人。今既赐坐，愿请此数。”夫人曰：“期运漫汗，非君所能卒知。夫天地有大阳九大百六，小阳九小百六。天厄谓之阳九，地亏谓之百六。此二灾是天地之否泰阴阳，九地之孛蚀也。大期九千九百年，小期三千三十年。而此运所钟，圣人所不能禳。今大厄犹未，然唐世是小阳九之始，计讫来甲申岁，百六将会矣。尔时道德方隆，凶恶顿肆。圣君受命，乃在壬辰，无复千年，亦寻至也。西汉夫人俱已经见，所以相问，当是相试耳。然复是司阴君所局。夫阳九者，天旱海消而陆自憔。百六者，海竭而陵自填。四海水减，沧溟成山，连城之鲸，万丈之鲛，不达期运之度，唯叩天而索水，词讼纷纭，布于上府。三天烦于省察，司命亦疲于按对。九河之口，是赤水之所冲，其深难测，今已渐枯。入气蒸于山泽，流沙尘于原口。于是四海俱会，群龙鼓舞，尔乃须甲申之年，将飞洪倒流。今水毋上天门而告期，积石开万泉而通路，飞阴风以挠苍生，注玄流以布遐迩，洋溢在数年之中，漫衍终九载之暮。既得道之真，体灵合妙，至其时也，但当腾虚空而盼山陂，游浮岳而视广川，乘玄鸿以凑州城，御虬辇而迈景云耳。

身。有安期先生的烧金液丹法，那个方法奥旨精义，马上就可以得以运用，这是元君太乙之道，白日升天的人所能修炼道术。明天安期先生就会来，我将会把你托付给他，你跟随他日子稍久，他的法术一定会传授给你。”

第二天，安期先生果然来了，乘着骏麟，身穿朱红衣服，头戴远游冠，腰挂玉佩和虎头般的革囊，看他的年龄大约有二十多岁，洁白整齐，大约有六七名仙人跟随着他，都拿着符节奉命护卫着。安期先生看见太真夫人，下拜作揖十分恭敬，自称是下官。不一会儿，摆上酒果饭菜，宴饮半日有余。安期先生自己说：“从前与夫人游安息国西海边，吃过一种枣味道异常甜美，这里的枣根本比不上它啊。回想起此事刚发生不久，已经有两千年了。”夫人说：“我昔日与您一起吃一个枣，竟然还吃不完。此地的小枣，哪能和它相比呢？”安期先生说：“下官日前去往九河，见到司阴与西汉夫人一同游览，见到我就拿阳九百六之期问我，又问我圣主受命的劫数，下官回答因知识浅薄，不知道运厄的年代，该另外向太真王夫人请教。今天夫人既然已经赐座，希望您能告诉我这些运数。”夫人说：“机运广泛，并非您仓促之间就能知晓的。天地有大阳九大百六，小阳九小百六。天厄叫作阳九，地亏叫作百六。这两灾是天地间的阴阳由顺变逆，九地受到损害。大期有九千九百年，小期有三千三十年，而此运所适逢，圣人也不能祈祷而消除灾殃，如今大灾还尚未结束，然而唐代就是小阳九的开始，计算将来的甲申年，百六将要来临了。这时道德正昌盛，凶恶停止放肆。圣君受天之命，就在壬辰，不用再过千年，过不了多久就会到了。西汉夫人全都已经预见，所以才问你，只当是试试你罢了。然而这是司阴君所给你设的圈套。阳九，天旱海消而陆地自行萎靡。百六，海尽而山陵自增，四海的水减少，沧海变成高山。连城大的鲸鱼，万丈长的蛟龙，不通机运的限度，只能叩头拜天而讨要海水，诉讼众多杂乱，遍布于天府之上。三清天烦躁于反省自查，司命也疲惫于对案验核。九河之口，因是赤水所冲，它的深度难以测量，现如今已渐渐干枯。入气在山泽蒸腾，流沙在原口成尘。于是四海都会联合起来，群龙鼓舞，这就得等甲申年，将飞洪倒流。现在水毋咄嗟之间，忽焉便适，可以翔身娱目，岂足经意乎？当今日且论酒事，何用此为也？”

因指明生向安期曰：“此子有心向慕，殆可教训。昔遇因缘，遂来见随。虽质秽未灵，而淫欲已消。今未可授玄和太真之道，且欲令就君受金液丹方。君可得尔，便宜将去。夫流俗之人，心肺单危，经胃内薄，血津疲羸，肝膂不注其眼，唇口不辨其机。盖大慈而不合夫人欲，奔走而不及灵飞，适宜慰抚，以成其志。不可试以仙变八威也，切勿刻令其失正矣。”安期曰：“诺。但恐道浅术薄，不足以训授耳。下官昔受此方于汉成丈人，此则先师之成法，实不敢仓卒而传，要当令在二千年之内，必使其窥天路矣。下官往与女郎俱会玄丘，观九陔之礌硌，望弱水而东流，赐酣玄碧之香酒，不觉高卑而咏，同当开尊笈灵箓，偶见玉胎琼膏之方，服之刀圭，立登云天，解形万变，上为真皇。此术径妙，盖约于金液之华，又速于霜雪九转之锋。今非敢有讥，舍近而从远，弃径而追烦，实思闻神方之品第，愿知真仙之高尊。苟卑降有时，非所宜论，琼腴之方，必是侍者未可得用邪？”

夫人曰：“君未知乎？此是天皇之灵方，乃天真所宜用，非俗流下尸所能窥窬也。仙方凡有九品，一名太和自然龙胎之醴，二名玉胎琼液之膏，三名飞丹紫华流精，四名朱光云碧之腴，五名九种红华神丹，六名太清金液之华，七名九转霜雪之丹，八名九上天门去请求期限，积石开万泉来通路，吹起阴风来阻挠苍生，注下玄流来遍布远近，满溢在数年之中，泛滥到九载之后。既然得到道家的真传，肉体与心灵结合至妙。到那时，只当腾上虚空而望向山坡。漫游五岳而视看广川，乘着天鸿而接近州城，驾着虬辇而追赶浮云，叹息之间，转眼就到了，可以展身悦目，怎么能够注意呢？今天只谈论酒事，为什么要谈论这些呢？”

于是指着马明生向安期先生说：“这个人有心向道，大概可以教导培训。昔日因为缘分而遇到，就让他跟随着我。虽然素质不洁尚未生成灵性，而淫欲已经消除，现在不可以传授他玄和太真之道，将要让他跟着您学习金液丹方。您同意收下他，就应当领他离去。他乃是世俗之人，心肺单薄危殆，经胃内里薄弱，血液疲弱不堪，肝脊不入其眼，唇口不辨玄机。因为太仁慈不符合人的想法，奔走起来而不如灵飞，适宜抚慰，来完成他向道的志向。不可以用仙变八威来试他，切勿太过苛刻而令他失其正道。”安期先生说：“好吧。只是恐怕我的道浅术薄，不足以来教诲传授他罢了。下官昔日从汉成丈人那里接受此方，这就是先师制定的制度，实在不敢仓促传授，一定要承接天命在两千年内，传授给窥见天路的人。下官往日与女郎在玄丘一起聚会，观看九垓高低不平的地貌，望见弱水向东流去，赏赐给玄碧酣香的美酒，不觉高低而吟咏，我们一起打开尊笈灵箓，偶然看到玉胎琼膏之方，只要服用一刀圭，就能立刻登上云天，分解形体而千变万化，上天做真皇。此术直接而玄妙，大概和金液之华差不多，又比霜雪九转之锋更加快速。今天我不敢有所讥讽，舍近而求远，弃简而追繁，我实在是想听听神方的品级，希望能够知道真仙的高尚尊贵，如果偶尔有神仙下降，不宜议论，那琼腴之方，一定是侍从不能使用的吗？”

夫人说：“您不知道吗？这是天帝的灵方，乃是天生的真人所适宜使用的，不是庸俗下流的人所能窥视的。仙方共有九个品级，第一品名叫太和自然龙胎之醴，第二品名叫玉胎琼液之膏，第三品名叫飞丹紫华流精，第四品名叫朱光云碧之腴，第五品名叫九种红华神丹，第六品名叫太清金液之华，第七品名叫九转霜雪之丹，第八品名叫九鼎云英，九名云光石流飞丹，此皆九转之次第也。得仙者亦有九品，第一上仙，号天九真王；第二次仙，号三天真王；第三号太上真人；第四号飞天真人；第五号灵仙；第六号真人；第七号灵人；第八号飞仙；第九号仙人。此九仙之品第也，各有差降，不可超学。彼知金液，已为过矣，至于玉皇之所饵，非浅学所宜闻。君虽得道，而久在世上，嚣浊染于正气，尘垢鼓于三一，犹未可登三天而朝太上，迈扶桑而谒太真。玉胎之方，尚未可谕，何况下才，而令闻其篇目耶？”

安期有惭色，退席曰：“下官实不知灵药之妙，品殊乃尔，信骇听矣。”因自陈曰：“下官曾闻女郎有《九天太真道经》，清虚镜无，鉴朗玄冥，诚非下才可得仰瞻，然受遇弥久，接引每重，不自省量，希乞教训，不审其书可得见乎？如暂睹盼《太真》，则鱼目易质矣。”夫人哂尔而笑，良久曰：“太上道殊，真府遐邈，将非下才可得交关。君但当弘今之功，无代非分之劳矣。我正尔暂北到玄洲，东诣方丈，漱龙胎于玄都之宫，试玉女于众仙之堂。天事靡盬，将俟事暇，相示以《太上真经》也。君能勤正一于太清，役恒华而命四渎，然后寻我于三天之丘，见索于钟山王屋，则真书可得而授焉。如其不然，无为屈逸骏而步沧津，损舟楫而济溟海矣。如向所论阳九百六，应期辄降，夫安危无专，否泰有对，超然远鉴，怅怀感慨。亢极之灾，可避而不可禳。明期运所钟，圣主不能知，是以伯阳弃周，关令悟其国弊。天人之事，彰于品物。君何为杳杳久为地仙乎？孰若先觉以高飞，超风尘而自洁，避甲申于玄涂，并真灵而齐列乎？言为尔尽，君将勖之。”安期长跪曰：“今日受教，辄奉修焉。”

鼎云英，第九品名叫云光石流飞丹，这都是九转的次序。成仙者也有九品，第一上仙，号称‘天九真王’；第二次仙，号称‘三天真王’；第三号称‘太上真人’；第四号称‘飞天真人’；第五号称‘灵仙’；第六号称‘真人’；第七号称‘灵人’；第八号称‘飞仙’；第九号称‘仙人’。这是九仙的品级次第。每个品级之间各有差降，不可越过品级超纲学习。他知道了金液，已经是很过分了，至于玉皇所吃的丹药，并非学浅的人所应该听到的。您虽然已经得道，然而长久待在人世上，喧嚣浑浊之气传染到正气，尘垢超过了三分之一，还不可以登上三清天而朝拜天帝，过扶桑而拜谒太真夫人。玉胎之方尚未知晓，何况是这资质低劣的人，还要让他听闻那些篇目吗？”

安期先生脸上露出惭愧的神色，就离开坐席说：“下官实在不了解灵药的妙处，品级差别竟然如此，的确是骇人听闻。”因而自己陈请说：“下官曾经听说女郎有《九天太真道经》，清虚镜无，照亮黑暗，实在不是我等资质低劣的人可以瞻仰的，然而受到您的礼遇已经很久了，每次接待，我不自量力，乞请教导训诫，不知道那书我有幸得见吗？如果能让我暂且看一下《太真经》，那么我的鱼目就能变成珍珠了。”夫人微微一笑，过了很久才说：“太上尊崇的道不同，真府也距离遥远，不是资质低劣的人可以观看的。您只应当弘扬现今的功德，不要替别人办这非分的事了。我正要暂时向北前往玄洲，向东拜访方丈仙山，再到玄都宫漱龙胎，到众仙堂考察玉女。天上的公事没有止息，要等到事情办完有所闲暇，再把《太上真经》拿给你看。您能够对太清天道勤正专一，你能役使恒华山而命令江、淮、河、济四渎，然后到三天之丘来寻找我，到钟山王屋山向我索求，真书就可以得到并且传授于你了。如果不这样，就不要委屈善跑的良马在海上奔驰，损失舟楫而想要渡过大海了。就像刚才所谈论的阳九百六，到了期限就会降临，安与危不能独自掌握，凶与吉也有所对应，超脱世俗长远考虑，惆怅思念感慨万千。最大的灾祸，可以躲避而不可以消除。明白了机运所当之时，圣主也不能知晓，因此伯阳抛弃周朝，关令知晓他的国家将要衰败。天与人的事情，在万物上有所显现。您为什么昏昏然做了很长时间的地仙呢？怎么比得上先觉悟而远遁，超夫人语明生曰："吾不得复停，汝随此君去，勿忧念也，我亦时当往视汝。"因以五言诗二篇赠之，可以相勖。明生流涕而辞，乃随安期负笈入女几山，夫人乘龙而去。后明生随师周游青城庐潜，凡二十年，乃受金液之方，炼而升天。（出《神仙传》）

萼绿华

萼绿华者，女仙也。年可二十许，上下青衣，颜色绝整。以晋穆帝昇平三年己未十一月十日夜降于羊权家。自云是南山人，不知何仙也。自此一月辄六过其家。权字道学，即晋简文黄门郎羊欣祖也。权及欣，皆潜修道要，耽玄味真。绿华云："我本姓杨。"又云是九嶷山中得道罗郁也，宿命时，曾为其师母毒杀乳妇玄洲。以先罪未灭，故暂谪降臭浊，以偿其过。赠权诗一篇，并火浣布手巾一，金玉条脱各一枚。条脱似指环而大，异常精好。谓权曰："慎无泄我下降之事，泄之则彼此获罪。"因曰："修道之士，视锦绣如弊帛，视爵位如过客，视金玉如砾石。无思无虑，无事无为。行人所不能行，学人所不能学，勤人所不能勤，得人所不能得，何者？世人行嗜欲，我行介独；世人行俗务，我学恬淡；世人勤声利，我勤内行；世人得老死，我得长生。故我行之已九百岁矣。"授权尸解药，亦隐景化形而去，今在湘东山中。（出《真诰》）

脱风尘而保持自洁，到玄途去躲避甲申，和真人灵人并列呢？话已经为你说尽了，您一定要勤勉为之啊。”安期先生跪直身子，说：“今天受到教诲，马上就遵奉修行。”

夫人告诉马明生说：“我不能再在这里停留了，你跟着安期先生离去，不要忧虑思念，我也会抽时间去看望你。就把两首五言诗赠予你吧，可以用来勉励你。”马明生流着泪告辞了，就跟随着安期先生背着书箱进了女几山，太真夫人乘龙离去。后来马明生跟着师父安期先生周游青城庐潜，总共有二十年，就习得了金液之方，修炼之后飞升上天了。（出《神仙传》）

萼绿华

萼绿华是一名女仙，年纪在二十岁左右，穿着青衣，非常整齐。在晋穆帝升平三年己未十一月十日的夜里，她降临到羊权的家中。她自称是南山人，羊权不知道她是什么神仙。从此之后，萼绿华一个月内就有六次拜访羊权家。羊权字道学，是晋简文帝时的黄门郎羊欣的祖先。羊权及羊欣，都专心修习道家精要，沉溺玄学研究修真。萼绿华说：“我原本姓杨。”又自称是九嶷山中得道的罗郁，前世的时候，曾经在玄洲为她的师母毒死奶妈。因为前罪还没有消除，所以暂时被贬谪到污浊尘世，来补偿她犯下的过错。她赠给羊权一首诗，还有一条石棉布的毛巾、金玉螺旋臂饰各一枚。臂饰形似指环，而比指环更大，异常精美。她对羊权说：“千万不要泄露我下凡的事，如果泄露了彼此都会获罪。”又趁便说：“修道的人，把锦绣看得如同破布，把爵位看得如同过客，把金玉看得如同碎石。无所用心没有忧虑，顺应自然无为而治。做的是俗人所不能做到的事，学的是俗人所不能学到的东西，努力的是俗人所不能努力的方面，得到的是俗人所不能得到的好处。为什么呢？世上的人做肉体享受的事，我做孤傲清高的事；世人忙于世俗烦琐的事，我学的是恬静淡泊的心境；世人努力追求的是声名利禄，我努力追求的是私下操行；世人得到的是年老死亡，我得到的是长生不老。所以我修行已经有九百年了。”她传授给羊权能够尸解的药，羊权也隐去身形变换形态离去，如今他隐居在湘东的山中。（出《真诰》）

卷第五十八　女仙三

魏夫人

魏夫人

魏夫人者，任城人也。晋司徒剧阳文康公舒之女，名华存，字贤安。幼而好道，静默恭谨。读庄老三传五经百氏，无不该览。志慕神仙，味真耽玄，欲求冲举。常服胡麻散茯苓丸，吐纳气液，摄生夷静。亲戚往来，一无关见，常欲别居闲处，父母不许。年二十四，强适太保掾南阳刘文，字幼彦。生二子，长曰璞，次曰瑕。幼彦后为修武令。夫人心期幽灵，精诚弥笃。二子粗立，乃离隔宇室，斋于别寝。

将逾三月，忽有太极真人安度明、东华大神、方诸青童、扶桑碧阿阳谷神王、景林真人、小有仙女、清虚真人王褒来降。褒谓夫人曰："闻子密纬真气，注心三清，勤苦至矣。扶桑大帝君敕我授子神真之道。"青童君曰："清虚天王即汝之师也。"度明曰："子苦心求道，道今来矣。"景林真人曰："虚皇鉴尔勤感，太极已注子之仙名于玉札矣，子其勖哉！"青童君又曰："子不更闻《上道内法晨景玉经》者，仙道无缘得成。后日当会旸涤山中，尔谨密之。"

王君乃命侍女华散条、李明兑等，便披云蕴，开玉笈，出《太上宝文》《八素隐书》《大洞真经》《灵书八道》《紫度炎光》《石精金马》《神真虎文》《高仙羽玄》等经，凡三十一卷。即手授夫人焉。王君因告曰："我昔于此学道，遇南极夫人、西城王君，授

魏夫人

魏夫人是任城人，是晋朝司徒剧阳文康公魏舒的女儿，名华存，字贤安。她从小就喜好道术，性情沉静恭谨。她读过《老子》《庄子》以及春秋三传、儒家五经和诸子百家的著作，没有她不广泛阅览的。她立志向往神仙，沉溺玄真研究修仙之道，想要求得飞升成仙。她常常服用胡麻散和茯苓丸，吐纳气液修炼，保养洁净身体。亲戚之间往来走动，她从不出现，她常打算另居一处僻静的住所，但是她的父母不允许。她二十四岁那年，家里人强行把她嫁给担任太保掾的南阳人刘文，刘文，字幼彦。他们生下两个儿子，长子名叫刘璞，次子名叫刘瑕。刘幼彦后来担任修武县令。夫人心中向往鬼神，更加精诚笃信。两个儿子刚刚自立，她就隔断屋室，在别的屋子里斋戒。

将要过了三个月，忽然有太极真人安度明、东华大神、方诸青童、扶桑碧阿阳谷神王、景林真人、小有仙女、清虚真人王褒降临她家。王褒对夫人说："听说你私下修炼真气，集中心意于三清，勤奋努力到了极点。扶桑大帝君令我传授给你神真之道。"青童君说："这位清虚天王就是你的老师。"安度明说："你苦心求道，道现在来了。"景林真人说："虚皇道君鉴于你辛苦勤奋，太极真人已经把你的名字登记在天庭的玉札上了。你还要继续努力啊！"青童君又说："你再不了解《上道内法晨景玉经》的话，仙道就会无缘获得。以后当在旸涤山中相会，望你谨慎保守这个秘密。"

王褒就命令侍女华散条、李明兑等人，散开聚集的云雾，打开玉箱，拿出《太上宝文》《八素隐书》《大洞真经》《灵书八道》《紫度炎光》《石精金马》《神真虎文》《高仙羽玄》等经书，共有三十一卷，并亲手交给魏夫人。王褒趁此告诉她："我昔日在这里学道，遇我宝经三十一卷，行之以成真人，位为小有洞天仙王。令所授者即南极元君、西城王君之本文也。此山洞台，乃清虚之别宫耳。”

于是王君起立北向，执书而祝曰：“太上三元，九星高真，虚微入道，上清玉晨，褒为太帝所敕，使教于魏华存。是月丹良，吉日戊申，谨按宝书《神金虎文》《大洞真经》《八素玉篇》合三十一卷，是褒昔精思于阳明西山，受真人太师紫元夫人书也。华存当谨按明法，以成至真，诵修虚道，长为飞仙。有泄我书，族及一门，身为下鬼，塞诸河源，九天有命，敢告华存。”祝毕，王君又曰：“我受秘诀于紫元君，言听教于师云，此篇当传诸真人，不但我得而已，子今获之，太帝命焉。此书自我当七人得之，以白玉为简，青玉为字，至华存则为四矣。”

于是景林又授夫人《黄庭内景经》，令昼夜存念。读之万遍后，乃能洞观鬼神，安适六府，调和三魂五脏，主华色，反婴孩，乃不死之道也。于是四真吟唱，各命玉女弹琴击钟吹箫，合节而发歌。歌毕，王君乃解摘经中所修之节度，及宝经之指归，行事之口诀诸要备讫，徐乃别去。是时太极真人命北寒玉女宋联涓弹九气之璈，青童命东华玉女烟景珠击西盈之钟，旸谷神王命神林玉女贾屈廷吹风唳之箫，青虚真人命飞玄玉女鲜于虚拊九合玉节，太极真人发排空之歌，青童吟太霞之曲，神王讽晨启文章，清虚咏驾飚之词。既散后，诸真元君，日夕来降，虽幼彦隔壁，寂然莫知。

其后幼彦物故，值天下荒乱，夫人抚养内外，旁救穷乏。亦为真仙默示其兆，知中原将乱，携二子渡江。璞为庾亮司马，又为温太真司马，后至安成太守。瑕为陶太尉侃从事中郎将。夫人自到南极夫人、西城王君，传授给我宝经三十一卷，奉行上面说的而成为真人，官位是小有洞天仙王。扶桑大帝令我所传授于你的经文就是南极元君、西城王君传给我的原文。这座山中的洞台，乃是清虚的别宫啊。”

接着王褒站起面向北方，拿着书而祈祷说：“太上三元、九星高真、虚微入道、上清玉晨，我奉天帝之命，教授魏华存。此月丹良，吉日戊申，谨传宝书《神金虎文》《大洞真经》《八素玉篇》共三十一卷，这是我昔日在阳明西山精心思考，接受真人太师紫元夫人传授的书。魏华存应当谨按自然的规律，修炼以成为至真，诵修虚道，长为飞仙。如有泄露我书，将会满门族灭，身为泉下之鬼，亦要把她堵塞到河的源头，九天有令，敢告魏华存谨记。”祝祷完毕后，王褒又说：“我在紫元君那里接受秘诀，从老师那里听得教诲，说此篇秘诀应当把它传授给真人，不只是我得到而已，你今天获得它，这是天帝的命令。此书从我开始应当只有七个人能得到它。此书以白玉为简，以青玉为字，至魏华存你这里就是第四个人了。”

接着景林又教授给夫人《黄庭内景经》，令夫人日夜诵念。把它读过万遍之后，就能透彻了解鬼神，使六腑安定舒适，调和三魂五脏，使美丽容色常驻，返回孩童样貌，这是不死的道术。再接着四位仙人吟咏歌唱，各自命令玉女弹琴击钟吹箫，合着节拍而歌唱，歌唱完了，王褒就解释摘取经中所记载修炼的规则，以及宝经的主旨，办事的口诀和各种要点，详细讲述之后，这才慢慢地告别离去。这时，太极真人命令北寒玉女宋联涓，弹奏九气之璈，青童君命令东华玉女烟景珠，敲击西盈之钟，旸谷神王命令神林玉女贾屈庭，吹响凤唉之箫，清虚真人命令飞玄玉女鲜于虚，拍击九合玉节。太极真人高唱排空之歌，青童君吟咏太霞之曲，神王背诵晨启之章，清虚真人咏叹驾飚之词。众仙散去以后，经常有诸真元君，白天晚上都降临她家，刘幼彦虽然居住在隔壁，却沉静无声什么都不知道。

其后刘幼彦死了，又正值天下兵荒马乱，魏夫人除了抚养家中内外，还要救助贫乏的穷人。也因为真仙暗中告诉她征兆，夫人所以提前知道中原将乱，就带领这两个儿子渡过长江。刘璞担任庾亮的洛邑达江南，盗寇之中，凡所过处，神明保佑，常果元吉。二子位既成立，夫人因得冥心斋静，累感真灵，修真之益，与日俱进。凡住世八十三年，以晋成帝咸和九年，岁在甲午，王君复与青童、东华君来降，授夫人成药二剂，一曰迁神白骑神散，一曰石精金光化形灵丸。使顿服之，称疾不行。凡七日，太乙玄仙遣飚车来迎，夫人乃托剑化形而去，径入阳洛山中。明日，青童君、太极四真人、清虚王君令夫人清斋五百日，读《大洞真经》，并分别真经要秘，道陵天师又授《明威章奏》《存祝吏兵符箓之诀》。众真各摽至训，三日而去。道陵所以遍教委曲者，以夫人在世当为女官祭酒，领职理民故也。

夫人诵经万遍，积十六年，颜如少女，于是龟山九虚太真金母、金阙圣君、南极元君共迎夫人白日升天，北诣上清宫玉阙之下。太微帝君、中央黄老君、三素高元君、太上玉晨太道君、太素三元君、扶桑太帝君、金阙后圣君各令使者致命，授《天人玉札金文》，位为紫虚元君，领上真司命南岳夫人，比秩仙公，使治天台大霍山洞台中，主下训奉道，教授当为仙者，男曰真人，女曰元君。夫人受锡事毕，王母及金阙圣君、南极元君各去。使夫人于王屋小有天中，更斋戒二月毕，九微元君、龟山王母、三元夫人众诸真仙并降于小有清虚上。四奏，各命侍女陈钧成之曲，九灵合节，八音灵际，王母击节而歌，三元夫人弹云璈而答歌，余真各歌。须臾，司命神仙诸隶属及南岳迎官并至，虎旂龙辇，激耀百里中。王母诸真，乃共与夫人东南而行，俱诣天台霍山台，又便道过句曲金坛茅叔申，宴会二日二夕，共适于霍山。夫人安驾玉宇，然后各别。

司马，又担任温太真的司马，后来官职做到安成太守。刘瑕在太尉陶侃处从事中郎将。夫人从洛阳到达江南，在盗匪之中穿过，凡是她所经过的地方，都有神明保佑，经常感到洪福齐天。两个儿子已经能够自立，夫人因而能够泯灭俗念斋戒静修，多次与真灵有所感应，学道修行的好处，也与日俱增。魏夫人在世八十三年，在晋成帝咸和九年，即甲午那年，王褒又和青童君、东华君降临她家，交给夫人两剂成药，一剂叫作迁神白骑神散，另一剂叫作石精金光化形灵丸。让她立刻服用，魏夫人称身患疾病无法离去。一共七天，太乙玄仙派御风而行的神车前来迎接，夫人就假托为剑变化形态而离去，径直进入阳洛山中，第二天，青童君、太极四真人、清虚王君令魏夫人素食清斋五百天，读《大洞真经》，并分别传授真经中的重要秘诀。道陵天师又授予她《明威章奏》《存祝吏兵符箓之诀》。众真人各自都亲切地教诲，直到三天后才离去。道陵天师之所以遍教夫人道术，是因为夫人在人世曾做过女官祭酒，掌管治理百姓。

夫人诵经万遍，累计用了十六年，容颜像少女一样，于是龟山九虚太真金母、金阙圣君、南极元君共同迎接夫人白日升天，向北来到上清宫玉阙之下。太微帝君、中央黄老君、三素高元君、太上玉晨大道君、太素三元君、扶桑太帝君、金阙后圣君都令使者前来传达命令，授予夫人《天人玉札金文》，职位为紫虚元君，接受上真司命南岳夫人的职务，品级相当于仙公，使她以天台大霍山中的洞台作为治所，主管教导下界尊信道教，教授人世间应当成仙的人。男仙叫作真人，女仙叫作元君。夫人受封完毕，王母以及金阙圣君、南极元君就各自离去了。又让夫人在王屋山小有清虚天中，继续斋戒两个月，结束后，九微元君、龟山王母、三元夫人等众多真仙，同时降临在小有清虚天空之上。乐曲四奏，众真仙各命侍女展现钧成之曲，九天仙灵应和拍子，八种不同材质的乐器响彻灵际，王母打着拍子唱着歌，三元夫人弹着云璈答着歌，其余真仙也都各自唱着歌，不一会儿，司命神仙统辖的众吏，以及南岳迎接的官员同时来到。虎旗龙辇，光彩鲜明照耀方圆百里，王母等众真人，就一同与夫人向着东南前行，一起到达天台霍山台，又在途中顺道拜访句由金坛的茅叔申，宴会初，王君告夫人曰："学者当去疾除病。"因授甘草谷仙方，夫人服之。夫人能隶书小有王君并传，事甚详悉，又述《黄庭内景注》，叙青精健饭方。后屡降茅山。子璞后至侍中，夫人令璞传法于司徒瑯邪王舍人杨羲、护军长史许穆、穆子玉斧，并皆升仙。陶贞白《真诰》所呼南真，即夫人也。以晋兴宁三年乙丑，降杨家，谓杨君曰："修道之士，不欲见血肉，见虽避之，不如不见。"又云："向过东海中，波声如雷。"又云："裴清灵真人锦囊中有宝神经，昔从紫微夫人所受，吾亦有是西宫定本，即是玄圃北坛西瑶之上台，天真珍文尽藏其中也。"因授书云："若夫仰掷云轮，总辔太空，手携宵烟，足陟王庭。身升帝阙，披宝噏青，论九玄之逸度，沉万椿之长生，真言玄朗，高谭玉清。今则回灵尘埃，训我弟子，周目五浊，劳神臭腥。子所营者道，研咏者妙。道妙既得，吾子加之，虑斯荡散，念且慎之。"仍云："河东桐柏山之西头，适崩二百余丈，吾昨与茅叔申诣清虚宫，授真仙之籍，得失之事。顿落四十七人，复上者三人耳。固当洗心虚迈，勤注理尽，心殚意竭，如履冰火，久久如此，仙道亦不隐矣。但在庄敬丹到，而绝淫色之念也。若抱淫欲之心，行上真之道者，清宫所落，皆此辈也。岂止落名生籍，方将被考于三官也。勉之慎之！宗道者贵无邪，栖真者安恬愉，至寂非引顺之主，淡然非教授之匠，故当困烦以领无耳。为道者精则可矣，有精而不勤，能而不专，无益也。要在吝心消豁，秽念疾开，可以数看东山，勤望三秀，差复益耳。言者性命之全败，信者得失之关籥。张良三期，可谓笃道而明心矣。"又曰："得道去世，或显或隐。托体遗迹者，道之隐也。昔有再酣琼液而叩棺，一服刀圭而尸烂。鹿皮公吞玉华而流虫出户；贾季子咽金液而臭闻百里；黄帝火九鼎于荆山，尚有乔岭之墓；李玉服云散举行了两天两夜，之后共同前往霍山。夫人平安抵达仙宫住下之后，众真人才各自离去。

当初，王褒告诉夫人："学道的人应当去除疾病。"于是就传授给她甘草谷仙方，夫人服下了。夫人能用隶书写下小有天和王褒的事迹一同流传，记载的事情很详细全面，又著述了《黄庭内景注》，叙述了青精健饭方。后来她多次降临茅山。她的儿子刘璞后来官至侍中，夫人命刘璞把修炼的方法传给司徒琅琊王的舍人杨羲，护军长史许穆以及许穆的儿子许玉斧，这三人都同时升仙。陶贞白的《真诰》中所称呼的南真，就是魏夫人啊。在晋哀帝兴宁三年乙丑，夫人降临到杨家，对杨君说："修道的人，不想看见血肉，见到了虽然会避开它，但还是不如不见。"又说："刚才我经过东海时，听到那里波涛声如雷鸣一样。"又说："裴清灵真人的锦囊中有《宝神经》，是他昔日从紫微夫人那里接受传授来的，我也有这本书的西宫定本，西宫就在玄圃北坛西瑶的上台，天仙的珍贵文书全部收藏在其中。"于是夫人传授给杨君说："驱赶云车，驻马天空，手持夜晚的烟雾，登上诸王的庭院。身临帝王的宫殿，披宝衣收青云，谈论九天超逸的风度，沉迷万年椿树的长生之道，真言高明旷达，高谈洁净高雅。如今则回灵来到尘世中，训导我的弟子，环视这五浊恶世，耗费心神于腥臭中。你所谋求的是'道'，所研咏的是'妙'。'道'和'妙'已经得到，我的弟子你要更加小心，忧虑就会散尽，意念要慎重啊。"又说："河东桐柏山的西头，刚巧崩塌了二百多丈，我昨天与茅叔申一同前往清虚宫，上奏真仙的名籍，因崩塌而有所得失的事情。一下子掉下去了四十七个人，爬上来逃生的仅有三个人。更加应当摒除杂念，言行谦虚，勤奋标注穷尽道理，竭尽心力思虑耗尽。就像履冰蹈火那样，长久如此，仙道也就不再隐晦了。只在庄严恭敬丹药达到，就断绝色欲的念头。如果抱着淫欲的心念，去修行上仙之道，那从清宫所掉落下去的，都是这一类人啊。何止是从登记投生的册子中除名，将来还要被三官考校。努力谨慎地去做吧。以道为宗的人贵在没有邪念，存养真性的人安于恬静快乐。静寂到极致并非引导和顺的主旨，淡然也不是能教授的造诣，所以应当用困烦来引领虚无。修道以潜升，犹头足异处；墨狄饮虹丹以没水；甯生服石脑而赴火；务光翦薤以入清冷之泉；柏成纳气而肠胃三腐。如此之比，不可胜纪。微乎得道，趣舍之迹，固无常矣。”

“保命君曰：‘所谓尸解者，假形而示死，非真死也。’南真曰：‘人死必视其形，如生人者，尸解也。足不青、皮不皱者，亦尸解也。目不落光，无异生人者，尸解也。发尽落而失形骨者，尸解也。白日尸解，自是仙矣。若非尸解之例，死经太阴，暂过三官者，肉脱脉散，血沉灰烂，而五脏自生，骨如玉，七魄营侍，三魂守宅者，或三十年、二十年、十年、三年，当血肉再生，复质成形，必胜于昔日未死之容者，此名炼形。太阴易貌，三官之仙也。’天帝云：‘太阴炼身形，胜服九转丹。形容端且严，面色似灵云。上登太极阙，受书为真人’是也。若暂游太阴者，太一守尸，三魂营骨，七魄侍肉，胎灵录气，皆数满再生而飞天。其用他药尸解，非是灵丸者，即不得返故乡，三官执之也。其死而更生者，未殓而失其尸，有形皮存而无者，有衣结不解，衣存而形去者，有发脱而形飞者，有头断已死，乃从一旁出者，皆尸解也。白日解者为上，夜半解者为下，向晚向暮去者，为地下主者。此得道之差降也。夫人之修道，或灾逼祸生，形坏气亡者，似由多言而守一，多端而期苟免的人心诚就可以了，有诚心而不勤加努力，有能力而不专一精诚，这对修道也是无益的。想要吝啬之心消除，污秽念头消散，可以多看东山，勤望三秀芝草，尚还能有益于道。说的人性命的圆满或败坏，是信的人得失其中的关键。张良三次约定日期，可以说是诚心于道而心思清明纯正了。”又说：“得道后离开人世，有的明显有的隐蔽。假托肉体留下痕迹，这就是得道之人隐蔽的方法。从前有人喝了两次琼液就进入棺材，服一刀圭药就尸体腐烂。鹿皮公吞服玉华就有蛆虫从身体内流出；贾季子咽下金液就有尸臭传遍百里；黄帝在荆山点火烧制九鼎，乔岭还有黄帝之墓；李玉服用云散之后有时显现有时隐蔽，还头足异处；墨狄喝了虹丹而潜入水中；宁生服用石脑而奔赴火中；务光剪断薤草而跳进清冷之泉；柏成纳气而导致肠胃三腐。这类的事情，多到不可全记录下来。隐秘地得道，取舍的迹象，本来就是变化无常的。”

“保命君说：‘所谓的尸解，就是托身假死给别人看，并非真的死亡。’南真说：‘一个人死了其他人一定会检视他的形体，像是活人那样的，就是尸解了。双脚不青、皮肤不皱的人，也是尸解了。眼睛不停眨动，与活人无异的人，是尸解。头发全部脱落而形体不见只剩骨架的，是尸解。在白天尸解的，自然是成仙了。如果不符合尸解的例子，死后经过太阴，暂过三官的人，肌肉脱落经脉散乱，血液沉淀灰化腐烂，而后五脏自然重生，骨头像玉，七魄护理侍奉，三魂安守躯体，有的三十年、二十年、十年、三年，当血肉再生完成，恢复形成原来的形体，一定胜过从前还未死时的体服，这就叫作炼形。经过太阴改换容貌，就一定是修成三官之仙了。’天帝说：‘太阴炼身形，胜服九转丹。形容端且严，面色似灵云，上登太极阙，受书为真人。’说的就是这种情况。如果是暂游太阴的人，就由神仙守护尸体，三魂造骨，七魄生肉，胎灵制气，都会时间到了重生而飞升上天。那些使用其他丹药尸解，而不是吃灵丸的，就不能返回故乡，三官会拘管他。那些死后又复活过来的，没有殡殓而丢失其尸体的，有形皮囊存在而人又没了的，有衣扣没解开，衣服存在而形体离去的，有头发脱落而形体飞走的，有头部断裂已死，而人又从旁边出现的，也。是以层巢颓枝而坠落，百胜失于一败，惜乎！通仙之才，安可为二竖子而致毙耶？智以无涯伤性，心以欲恶荡真，岂若守根静中，栖研三神，弥贯万物，而洞玄镜寂，混然与泥丸为一，而内外均福也。真人归心于一，任于永信。心归则正，神和信顺，利真之兆，自然之感，无假两际也。若外见察观之气，内有愠结之哂，有如此者，我见其败，未见其立。地下主者，乃下道之文官。地下鬼师，乃下道之武官。文解一百四年一进，武解倍之。世人勤心于嗜欲，兼味于清正，华目以随世。畏死而希仙者，皆多武解，尸之最下也。”

夫人与众真吟诗曰：“玄感妙象外，和声自相招。灵云郁紫晨，兰风扇绿轺。上真宴琼台，邈为地仙标。所期贵远迈，故能秀颖翘。玩彼八素翰，道成初不辽。人事胡可预，使尔形气消。”夫人既游江南，遂于抚州并山立静室，又于临汝水西置坛宇。岁久芜梗，踪迹殆平。有女道士黄灵徽，年迈八十，貌若婴孺，号为花姑，特加修饰，累有灵应。夫人亦寓梦以示之，后亦升天。玄宗敕道士蔡伟编入《后仙传》。大历三年戊申，鲁国公颜真卿重加修葺，立碑以纪其事焉。（出《集仙录》及《本传》）

这都是尸解。在白天尸解的为上品；半夜尸解的为下品；天色将暮将晚仙去了的，就化为地下的主宰。这是得道的等级差异。有的人修行道术，却落得灾祸来临，形体损坏而气息断绝，这都是因为多言而固执，面临灾祸又存在侥幸心理。因此，正如在秃枝上垒造层巢而掉落下来，百胜最终失于一败，可惜呀！通仙的人才，怎么可以被两名童子就弄死了呢？智因为无穷无尽而伤性，心因为欲念邪恶而荡真，哪如存思心神静下心来，内养丹田三神，全部贯通万物，而洞悉玄寂，与脑神泥丸浑然合为一体，而身体内外都获得福报。真人安心于一处，保持永久的信仰。心归道则行为端正，精神融和顺应天理，这是有利修真的征兆，自然的感应。不要内外两端虚假，如果在外出现察观之气，而内心又有喜怒郁结，有这种情况的，我预见他一定会失败，从未见过这种情况下能成功的。地下主宰，就是下品得道者中的文官。地下鬼师，就是下品得道者中的武官。文解一百零四年才能晋升一次，武解的时间是文解的一倍。世人专心于追求肉体感官上的刺激，再加上世道昏乱而不清正，花了双眼而跟随世间俗人。因为怕死而希望成仙的人，多数都是武解，这是尸解之中最下等的了。”

夫人和众真人吟诗道：“玄感妙象外，和声自相招。灵云郁紫晨，兰风扇绿轺。上真宴琼台，邈为地仙标。所期贵远迈，故能秀颖翘。玩彼八素翰，道成初不辽。人事胡可预，使尔形气消。”夫人游览江南之后，就在抚州并山建立静室，又在临汝水西设置坛宇。后来年久荒芜阻塞，痕迹几乎消失了。有个女道士名叫黄灵微，年纪老迈，已经八十岁了，但容貌好似婴孩。她的道号叫作花姑，她特意把魏夫人建造的静室、坛宇加以修缮装饰，多次都有神灵回应。魏夫人也托梦给她指明修道的方法，后来她也飞升上天。唐玄宗敕令道士蔡伟把她编入《后仙传》。唐代宗大历三年戊申，鲁国公颜真卿把魏夫人的静室和坛宇重新加以修缮，立碑来纪念有关她的事。（出《集仙录》及《本传》）

卷第五十九　女仙四

明星玉女

明星玉女者，居华山。服玉浆，白日升天。山顶石龟，其广数亩，高三仞。其侧有梯磴，远皆见。玉女祠前有五石臼，号曰玉女洗头盆。其中水色，碧绿澄澈，雨不加溢，旱不减耗。祠内有玉石马一匹焉。（出《集仙录》）

昌　容

昌容者，商王女也，修道于常山，食蓬虆根二百余年，颜如二十许。能致紫草，鬻与染工，得钱以与贫病者，往来城市，世世见之。远近之人，奉事者千余家，竟不知其所修之道。常行日中，不见其影。或云：“昌容能炼形者也。”忽冲天而去。（出《女仙传》）

园客妻

园客妻，神女也。园客者，济阴人也，美姿貌而良，邑人多欲以女妻之，客终不娶。常种五色香草，积数十年，服食其实。忽有五色蛾集香草上，客收而荐之以布，生华蚕焉。至蚕出时，有一女自来助客养蚕，亦以香草饲之。蚕壮，得茧百三十枚。茧大如瓮，每一茧，缫六七日乃尽。缫讫，此女与园客俱去。济阴今有华蚕祠焉。（出《女仙传》）

明星玉女

明星玉女居住在华山，服用玉浆，从而白日升天。华山之顶有一只石龟，有几亩地那么宽，高三仞。石龟的侧面有台阶，从远处都能看见。玉女祠的前面有五个石臼，称作“玉女洗头盆”。石臼中，水色碧绿，清澈见底，下雨时不溢出，天旱时也不减少。玉女祠内还有一匹玉石制成的马。（出《集仙录》）

昌　容

昌容是商王的女儿，在常山中修道，服用蓬蔂根已经二百多年了，容貌还像二十多岁时一样。她能弄到紫草，卖给染工，得到钱财就送给贫穷患病的人，她往来于城市之间，世世代代都有人见过她。常山远近的人们，供奉她的有一千多家。人们竟然还不知道她所修之道。她常在日光下行走，却看不见她的影子。有人说：“昌容是能炼形的神仙。”后来，她忽然冲天离去。（出《女仙传》）

园客妻

园客的妻子是位神女。园客是济阴县人，相貌俊美人又善良，县里很多人想把女儿嫁给他做妻子，园客却始终不娶。他经常种植五色香草，种了有几十年，服用香草的果实。一天，忽然有五色飞蛾落在香草之上。园客就把五色飞蛾收集起来，又用布把五色飞蛾给垫起来。五色飞蛾就在布垫上生出华蚕。到蚕孵出的时候，有一个女子前来帮助园客养蚕，也用无色香草喂养它。蚕长大了，收获了一百三十枚蚕茧。蚕茧像瓮一样大，每一个蚕茧需要缫丝六七天才抽

太玄女

太玄女，姓颛，名和，少丧父。或相其母子，皆曰不寿。恻然以为忧。常曰：“人之处世，一失不可复生。况闻寿限之促，非修道不可以延生也。”遂行访明师，洗心求道，得王子之术。行之累年，遂能入水不濡。盛雪寒时，单衣冰上，而颜色不变，身体温暖，可至积日。又能徙官府宫殿城市屋宅于他处，视之无异，指之即失其所在。门户椟柜有关钥者，指之即开，指山山摧，指树树拆，更指之，即复如故。将弟子行山间，日暮，以杖叩石，即开门户。入其中，屋宇床褥帏帐，廪供酒食如常。虽行万里，所在常尔。能令小物忽大如屋，大物忽小如毫芒。或吐火张天，嘘之即灭。又能坐炎火之中，衣履不燃。须臾之间，或化老翁，或为小儿，或为车马，无所不为。行三十六术甚效，起死回生，救人无数。不知其何所服食，亦无得其术者。颜色益少，鬓发如鸦，忽白日升天而去。（出《女仙传》）

西河少女

西河少女者，神仙伯山甫外甥也。山甫，雍州人，入华山学道，精思服食，时还乡里省亲族。二百余年，容状益少。入人家，即知其家先世已来善恶功过，有如目击。又知将来吉凶，言无不效。

完。全部缫丝完之后，这名女子就和园客一起走了。济阴县如今还存有华蚕祠。（出《女仙传》）

太玄女

太玄女姓颛，名和，年少时父亲就去世了。有人给她们母子看相，都说她无法长寿，她悲悲切切地因为这事而发愁。她常说："人活在世上，一旦失去生命就不能复生。更何况听说寿限短促，不修道就不能延长寿命啊。"于是她就走访贤明的老师，摒除杂念专心求道，学到了王子之术。修行了几年，她就能做到进入水中而不沾湿。下大雪寒冷时，她穿着单衣在冰面之上，而脸色不变，身体温暖，可以坚持好几天。她又能把官府、宫殿、城中屋宅移到别处，看起来和原来没有差异，用手一指就又消失了。门户箱柜有锁的，她用手一指就能打开。指山山崩，指树树折，再一指这些，马上就又恢复如故。她领着弟子在山里行走，日落的时候，她用手杖敲一敲石头，石头就立即打开门户。进入里面，屋舍床褥帏帐，米仓里贮存的美酒粮食像平常一样。虽然她行走万里，但所到之处总是这样。她还能让小的物品忽然间变得像房子那么大，让大的物品忽然间变得像毫毛那么微小。有时她吐出火焰弥漫天空，吹一口气火就熄灭了。她还能坐在烈火之中，而衣服鞋子却不燃烧。能在须臾之间，或是变成老翁，或是变成小孩，或是变成车马，没有什么东西是她不能变的。她施行的三十六样法术都很有效果，起死回生，救人无数。但人们不知道她服食的是什么东西，也没有学到她的道术的人。她的容貌越来越年轻，鬓发乌黑。忽然有一天，她白日升天离去了。（出《女仙传》）

西河少女

西河少女，是神仙伯山甫的外甥女。伯山甫是雍州人，进入华山学习修道，精心思道服食丹药，有时他回到家乡探望亲戚。二百多年了，伯山甫的容貌变得越来越年轻。他走进别人的家里，就知道那见其外甥女年少多病，与之药。女服药时，年已七十，稍稍还少，色如婴儿。汉遣使行经西河，于城东见一女子，笞一老翁。头白如雪，跪而受杖。使者怪而问之，女子答曰："此是妾儿也。昔妾舅伯山甫得神仙之道，隐居华山中。愍妾多病，以神药授妾，渐复少壮。今此儿，妾令服药不肯，致此衰老，行不及妾，妾恚之，故因杖耳。"使者问女及儿年各几许，女子答云："妾年一百三十岁，儿年七十一矣。"此女亦入华山而去。（出《女仙传》）

梁玉清

《东方朔内传》云：秦并六国，太白星窃织女侍儿梁玉清、卫承庄，逃入卫城少仙洞，四十六日不出。天帝怒，命五岳搜捕焉。太白归位，卫承庄逃焉。梁玉清有子名休，玉清谪于北斗下，常春。其子乃配于河伯，骖乘行雨。子休每至少仙洞，耻其母淫奔之所，辄回驭，故此地常少雨焉。（出《独异志》）

江 妃

郑交甫常游汉江，见二女，皆丽服华装，佩两明珠，大如鸡卵。交甫见而悦之，不知其神人也。谓其仆曰："我欲下请其佩。"仆曰："此间之人，皆习于辞，不得恐罹悔焉。"交甫不听，遂下与之言曰："二女劳矣。"二女答曰："客子有劳，妾何劳之有？"交甫家人从祖先以来的善恶功过，就像他亲眼见到一样。又知道那家人将来是吉是凶，他说的话没有不灵验的。他看见他的外甥女从小就体弱多病，就给她仙药。他的外甥女服下仙药时，年龄已经七十了，吃下仙药后渐渐恢复青春，脸色像婴儿一样红润。汉朝派遣使者行经西河，在城东看到一名女子正鞭打一名老翁。这名老翁头白如雪，跪伏在地上接受杖打。使者觉得奇怪就上前问那女子，女子回答说："这是我的儿子。昔日，我的舅舅伯山甫得了神仙之道，就隐居在华山中。他可怜我体弱多病，就将神药授予我，我服了药后就渐渐恢复年少健壮。如今这个儿子，我让他服下仙药他不肯，以致变得这般衰老，步行连我都赶不上，我因此很生他的气，所以就用木杖鞭打他。"使者就问女子和她的儿子年龄各是多少，女子回答说："妾身我今年一百三十岁，儿子今年七十一岁。"后来，这名女子也进入了华山。（出《女仙传》）

梁玉清

据《东方朔内传》记载，秦始皇吞并六国的时候，太白星把织女的侍女梁玉清和卫承庄二人拐走，逃进卫城的少仙洞中，四十六天都不出来。天帝得知大怒，下令五岳之神前去搜捕他们。太白星被抓，回到原来的位置，卫承庄却逃走了。梁玉清有个儿子名叫休，梁玉清被贬谪到北斗之下。她因罪长久地服劳役。梁玉清的儿子就被遣放给河伯，负责驾车行雨。梁玉清的儿子休每次来到少仙洞，就觉得羞耻，因为那里是他母亲私奔的地方。休就把雨车赶回去，所以这个地方平时很少下雨。（出《独异志》）

江 妃

郑交甫曾经在汉江游玩，见到两名女子，她们都穿着华丽的服装，佩戴着两颗明珠，足足有鸡蛋那么大。郑交甫看到了很喜欢，不知道她们二人是神仙，就对他的仆人说："我想要下去请求她们赠给我佩戴的明珠。"仆人说："这里的人，都善于言辞，你得不到曰："橘是橙也，我盛之以笥。令附汉水，将流而下。我遵其旁搴之，知吾为不逊也。愿请子佩。"二女曰："橘是橙也，盛之以莒。令附汉水，将流而下。我遵其旁，卷其芝而茹之。"手解佩以与交甫。交甫受而怀之，即趋而去，行数十步，视怀空无珠，二女忽不见。《诗》云："汉有游女，不可求思。"言其以礼自防，人莫敢犯，况神仙之变化乎？（出《列仙传》）

毛 女

毛女，字玉姜，在华阴山中。山客猎师，世世见之。形体生毛，自言秦始皇宫人也。秦亡，流亡入山，道士教食松叶，遂不饥寒，身轻如此。至西汉时，已百七十余年矣。（出《列仙传》）

秦宫人

汉成帝时，猎者于终南山中见一人，无衣服，身生黑毛。猎人欲取之，而其人逾坑越谷，有如飞腾，不可追及。于是乃密伺其所在，合围而得之。问之，言："我本秦之宫人，闻关东贼至，秦王出降，宫室烧燔，惊走入山。饥无所餐，当饿死。有一老翁，教我食松叶松实。当时苦涩，后稍便之，遂不饥渴，冬不寒，夏不热。"计此女定是秦王子婴宫人，至成帝时，一百许岁。猎人将归，以谷食之。初时闻谷臭，呕吐，累日乃安。如是一年许，身毛稍脱落，转老而死。向使不为人所得，便成仙人也。（出《抱朴子》）

恐怕还会遭到羞辱啊。”郑交甫不听，就下去跟她们说：“二位女子辛苦了。”二女回答说：“旅居异乡的人辛苦了，我们二人有什么辛苦的？”郑交甫说：“桔子就是橙子啊，我用方筐盛着它，令它浮于汉水上，它们将顺流而下。我跟在它的旁边一路采摘，我也知道这是不礼貌的，希望能请求得到您佩戴的明珠。”二位女子说：“桔子就是橙子啊，我用圆筐盛着它，令它浮于汉水上，它将顺流而下，我跟在它的旁边，采集芝草而吃下。”两名女子就亲手解下佩珠把它交给了郑交甫。郑交甫接过明珠就揣在了怀中，快步离开了，走了几十步后，看到怀中的明珠不见了，二女也忽然间不见了。《诗经》上说：“汉有游女，不可求思。”说的是她们用礼自防，没有人敢冒犯她们，况且她们是神仙变化的呢？（出《列仙传》）

毛女

毛女，字玉姜，住在华阴山中。山中隐士和猎人，世世代代都有人见过她。她浑身长满了毛发，自称是秦始皇的宫女。秦朝灭亡时，逃亡进入山中，有位道士教她吃松树叶，于是不感饥寒，身体轻盈。到了西汉时，已经过了一百七十多年了。（出《列仙传》）

秦宫人

汉成帝时期，打猎的人在终南山中见到了一个人。这个人没穿衣服，身上长满了黑毛。猎人想要捕获她，而那个人跳过沟壑越过山谷，就像飞腾一般，不能够追上她。于是猎人就在暗中秘密窥伺她所在之处，合围抓到了她。并且追问她的来历，她说：“我本来是秦朝的宫女，听说函谷关以东有叛贼来到，秦王出城投降，宫室都被烧毁，我就惊慌逃走进了此山。山中饿了没有可以吃的东西，快要饿死的时候，有一位老翁教我吃松叶松子。当时吃起来觉得苦涩，后来逐渐适应了，就不再感到饥渴了，冬天不觉得寒冷，夏天不觉得炎热。”猎人估计这名女子一定是秦王子婴的宫女，到了汉成帝时，已经有一百多岁了，猎人就把她带回家，拿来五谷给她吃。开始时她闻

钩翼夫人

钩翼夫人，齐人也，姓赵，少好清净。病卧六年，右手卷，饮食少。汉武帝时，望气者云东北有贵人气，推而得之。召到，姿色甚伟，武帝发其手而得玉钩，手得展。幸之，生昭帝。武帝寻害之，殡尸不冷而香。一月后，昭帝即位，更葬之，棺空，但有丝履，故名其宫曰钩翼，后避讳改为弋。（出《列仙传》）

南阳公主

汉南阳公主，出降王咸。属王莽秉政，公主夙慕空虚，崇尚至道。每追文景之为理世，又知武帝之世，累降神仙，谓咸曰："国危世乱，非女子可以扶持。但当自保恬和，退身修道，稍远嚣竞，必可延生。若碌碌随时进退，恐不可免于支离之苦，奔迫之患也。"咸曰黾俛世禄，未从其言。公主遂于华山结庐，栖止岁余。精思苦切，真灵感应，遂舍庐室而去。人或见之，徐徐绝壑，乘云气冉冉而去。咸入山追之，越巨壑，升层巅，涕泗追望，漠然无迹。忽于岭上见遗朱履一双，前而取之，已化为石。因谓为公主峰，潘安仁为记，行于世。（出《集仙录》）

到谷子觉得有臭味，闻到就呕吐，多日之后就适应了。如此过了一年多，女子身上的黑毛渐渐脱落，渐渐变得老迈而死。假使先前她不被捕获，她就能成为仙人了。（出《抱朴子》）

钩翼夫人

钩翼夫人是齐人，姓赵，年轻时就喜好清净。她病卧在床六年，右手卷曲握拳，饮食较少。汉武帝时期，占卜的方士说东北方有贵人的气息，经过推算而找到她，召她进宫。她的姿色很美，汉武帝打开她握拳的右手而得到玉钩，她的手就能展开了。汉武帝很宠幸她，后来生下了儿子，是为汉昭帝。武帝后来杀害了她，殡殓的时候，她的尸体不变冷还散发出香味。一个月后，汉昭帝即位，为她改葬，发现棺木中已经空了，只剩丝织的鞋履，所以给她的宫室命名为“钩翼”，后来因为避讳而改为“弋”。（出《列仙传》）

南阳公主

汉朝的南阳公主，下嫁给王咸。当时由王咸的同族王莽执掌政务。公主向来仰慕空虚，崇尚至道。常常追忆怀念文帝、景帝治理下的盛世，又知道武帝那一时期，多有神仙降临，就对王咸说：“国家危难，世道混乱，并非女子可以扶持的。只应当自己保全自己，追求安然平和，隐居修道，稍微远离喧闹奔竞，一定可以延长寿命。如果平庸无能地跟随着时势一起进退，恐怕避免不了流离之苦和奔波之祸。”王咸说他世代享有朝廷的俸禄，没有听从公主的话。公主于是就在华山建造了一间草屋，居住了一年多。由于她精心思考，态度恳切，果然有神灵回应她，于是就舍弃屋室而离去。有的人看到她在山崖绝壁上慢慢地乘着云气离去。王咸入山去追寻她，越过巨大的沟壑，登上一层又一层的山巅，涕泪交流地追赶，但终究找不到公主的踪迹。忽然王咸在山岭上见到公主遗留的一双红鞋，就上前去取下它，发现红鞋已经化为石头了。于是人们就称那里为“公主峰”。潘安仁为此事写下传记，流传于世。（出《集仙录》）

程伟妻

汉期门郎程伟妻，得道者也。能通神变化，伟不甚异之。伟当从驾出行，而服饰不备，甚以为忧。妻曰：“止阙衣耳，何愁之甚耶？”即致两匹缣，忽然自至。伟亦好黄白之术，炼时即不成。妻乃出囊中药少许，以器盛水银，投药而煎之，须臾成银矣。伟欲从之受方，终不能得，云伟骨相不应得。逼之不已，妻遂蹶然而死，尸解而去。（出《集仙录》）

梁 母

梁母者，盱眙人也，寡居无子，舍逆旅于平原亭。客来投憩，咸若还家。客还钱多少，未尝有言。客住经月，亦无所厌。自家衣食之外，所得施诸贫寒。常有少年住经日，举动异常，临去曰：“我东海小童也。”母亦不知小童何人也。宋元徽四年丙辰，马耳山道士徐道盛暂至蒙阴，于蜂城西遇一青牛车，车自行。见一童呼为徐道士前，道盛行进，去车三步许止。又见二童子，年并十二三许，齐着黄衣，绛裹头上髻，容服端整，世所无也。车中人遣一童子传语曰：“我平原客舍梁母也，今被太上召还，应过蓬莱寻子乔。经太山考召，意欲相见，果得子来。灵辔飘飘，岗崄巇津驿有限，日程三千，侍对在近，我心忧劳，便当乘烟三清，此三子见送到玄都国。汝为我谢东方诸清信士女，太平在近，十有余一，好相开度，过此忧危。”举手谢云：“太平相见。”驰车腾逝，极目乃没。道盛还逆旅访之，正梁母度世日相见也。（出《集仙录》）

程伟妻

汉代期门郎程伟的妻子，是个得道的人。她能感通神灵千变万化，程伟也不觉得很稀奇。有一次，程伟随着皇帝出行，然而服饰却没有准备，他很为此事担忧。他的妻子说："只不过是缺少衣服而已，何必忧愁得那么厉害呢？"就弄来两匹细绢，这两匹绢是忽然间自己到来的。程伟也喜好烧炼丹药点化金银的法术，炼制的时候没有成功，他的妻子就从药囊中拿出少许药，用容器装上水银，把药投进去煎熬炼制，不一会儿就变成银子了。程伟想要跟她学习这个药方，却始终没能得到。他的妻子说，从程伟的骨相上看，他不应该得到点化金银的道术。程伟不断地逼她，她就突然间去世，尸解离去了。（出《集仙录》）

梁　母

梁母是盱眙人，丧偶独居没有儿子，在平原亭开了一家旅店。客人前来投宿休息，都像回到家里一样。客人不论给多少钱，她从来都不说什么。客人住上几个月，她也没有什么厌烦的神色。挣到的钱，除了自家的衣食用度之外，就把它施舍给其他贫寒的人。曾经有名年轻人在这里住了几天，举动异常，临走时说："我是东海小童。"梁母也不知道东海小童是什么人。南朝刘宋元徽四年丙辰，马耳山道士徐道盛临时要到蒙阴去，在蜂城城西遇见一辆青牛拉的车，牛车自己往前走。只见一名小童招呼徐道士前去，徐道盛就往前走去，在离车还有三步的地方站住了。他又看到两名童子，年龄都在十二三岁左右，都整齐地穿着黄色衣服，用大红色的布帛裹着头上的发髻，而且仪容服饰端庄整齐，是人世上所没有的。车里的人派一名小童传话说："我是开平原旅店的梁母，如今被天帝召回，应当经过蓬莱仙山寻访子乔，经泰山考召，想要见你一面，你果然来了。神灵的灵辔飘飘，山脊上艰险崎岖，渡口和驿站数量有限，每日行程三千。陪同尊长回答应对的日子将近，我的心里很忧愁劳苦，只得乘上烟霞直上三清，这三名童子送我到玄都国去。你替我向东方各位

董永妻

董永父亡，无以葬，乃自卖为奴。主知其贤，与钱千万遣之。永行三年丧毕，欲还诣主，供其奴职。道逢一妇人曰：“愿为子妻。”遂与之俱。主谓永曰：“以钱丐君矣。”永曰：“蒙君之恩，父丧收藏，永虽小人，必欲服勤致力，以报厚德。”主曰：“妇人何能？”永曰：“能织。”主曰：“必尔者，但令君妇为我织缣百匹。”于是永妻为主人家织，十日而百匹具焉。（出《搜神记》）

酒 母

酒母，阙下酒妇。遇师呼于老者，不知何许人也，年五十余，云已数百岁。酒妇异之，每加礼敬。忽来谓妇曰：“急装束，与汝共应中陵王去。”是夜果有异人来，持二茅狗，一与于老，一与酒妇，俱令骑之，乃龙也。相随上华阴山上，常大呼云：“于老、酒母在此。”（出《女仙传》）

男女信众辞谢。太平就在近期，十一年后，我好度引你，度过这个忧患危难。”梁母又举手致谢告辞说：“等到太平时再相见。”就驱车腾飞离去，徐道盛极力眺望也看不到踪影了。徐道盛回到平原旅店探问梁母的事，发现正是在梁母超脱尘世的那天见到她的。（出《集仙录》）

董永妻

董永的父亲去世了，董永没有钱安葬父亲，他就自卖为奴仆。主人知道他贤良有才能后，给了他一千万钱打发他回家了。董永举办丧事三年守孝完毕，就想回到主人那里，供他奴役差遣。在路上，董永遇到一名女子，这名女子说：“我愿意做您的妻子。”她就和董永一起来到主人家。主人对董永说：“我已经把钱给予你了。”董永说：“我承蒙您的恩德，父亲去世了还使他的尸骨有地方保存，我董永虽然是地位低贱的人，但也懂得一定要尽心尽力地勤劳服侍您，以报答您对我的大恩大德。”主人问：“这名女子能做什么？”董永说：“她能够织布。”主人说：“你一定要报恩的话，只要让你的妻子给我织一百匹细绢就可以了。”于是董永的妻子就给主人家织布，只用了十天时间就把一百匹细绢全都织成了。（出《搜神记》）

酒　母

酒母，是京城里卖酒的妇女。她遇到一位师父名叫于老，不知他是哪里人。这个于老的容貌看起来有五十多岁，他自己却说已经有几百岁了。卖酒的妇女觉得他十分奇异，常常加以礼敬尊重。有一天，于老忽然到来对妇女说：“赶快打扮一下，你和我一起接应中陵王去。”这天晚上果然有异人前来，那人手里牵着两只茅狗，一只给了于老，另一只给了卖酒的妇女，让他们都骑上，这茅狗原来是龙啊。他们就随着那名异人上了华阴山。山上有人经常大声呼喊道：“于老、酒母在此。”（出《女仙传》）

女 几

女几者，陈市上酒妇也，作酒常美。仙人过其家饮酒，即以《素书》五卷质酒钱。几开视之，乃仙方养性长生之术也。几私写其要诀，依而修之。三年，颜色更少，如二十许人。数岁，质酒仙人复来，笑谓之曰："盗道无师，有翅不飞。"女几随仙人去，居山历年，人常见之。其后不知所适，今所居即女几山也。（出《女仙传》）

女 几

女几是陈市上卖酒的女子，她酿造的酒很美味。有一次，仙人路过她家饮酒，就用五卷《素书》来抵酒钱。女几打开书一看，原来是仙方里面记载着涵养天性长生的法术。她就偷偷地把书中的要诀抄写下来，依照要诀修炼。三年后，女几的容貌更加年轻了，看起来像二十岁左右的人。几年后，用书抵酒钱的那名仙人又来了，他笑着对女几说："偷来的道没有老师，好比有翅膀也不能飞翔。"女几就跟着仙人离去了，在山上居住了很多年，人们常常能见到她。之后不知道她到哪里去了，如今，她居住过的山就被称作"女几山"。（出《女仙传》）

卷第六十　女仙五

麻姑

汉孝桓帝时，神仙王远，字方平，降于蔡经家。将至一时顷，闻金鼓箫管人马之声。及举家皆见，王方平戴远游冠，着朱衣，虎头鞶囊，五色之绶，带剑，少须，黄色，中形人也。乘羽车，驾五龙，龙各异色，麾节幡旗，前后导从，威仪奕奕，如大将军。鼓吹皆乘麟，从天而下，悬集于庭，从官皆长丈余，不从道行。既至，从官皆隐，不知所在，唯见方平，与经父母兄弟相见。独坐久之，即令人相访。经家亦不知麻姑何人也。言曰："王方平敬报姑，余久不在人间，今集在此，想姑能暂来语乎？"有顷，使者还。不见其使，但闻其语云："麻姑再拜，不见忽已五百余年。尊卑有叙，修敬无阶，烦信来，承在彼。登山颠倒，而先受命，当按行蓬莱，今便暂往。如是当还，还便亲觐，愿来即去。"如此两时间，麻姑至矣。来时亦先闻人马箫鼓声。既至，从官半于方平。

麻姑至，蔡经亦举家见之。是好女子，年十八九许，于顶中作髻，余发垂至腰。其衣有文章，而非锦绮，光彩耀目，不可名状。入拜方平，方平为之起立。坐定，召进行厨，皆金盘玉杯，肴膳多

麻 姑

汉孝桓帝时期，有位神仙名叫王远，字方平，降临到蔡经家。距离王远到来还有一会儿的时候，就听到金鼓箫管以及人马嘈杂的声音，蔡经全家人都看见，王远头戴远游冠，身穿红色衣服，腰挂虎头皮囊，披挂五色绶带，佩戴着宝剑。他胡须少，黄皮肤，是个中等身材的人。他乘着神仙的羽车，驾着五条龙，每条龙的颜色都不相同，旌旗招展，前有驱者后有随者，容止仪态十分庄严，像个大将军一样。弹奏仙乐的仪仗乐队都骑着麒麟，他们从天而降，都在蔡经家的院子上空悬浮聚集，随行的官员都身高一丈多，不从道路上行走。王远到了以后，随行的官员都隐去身形，不知到哪里了，只见王远一人与蔡经的父母兄弟相见。王远独坐了很久，就派人去拜访麻姑，蔡经家里的人也不知道麻姑是什么人。王远让使者转达说："王方平敬告麻姑，我很长时间不曾降临人间，今天在此处聚会，想必麻姑能暂且来此叙话吧？"过了一会儿，使者回来了。人们都看不见使者，只能听他转告王远说："麻姑在此再次拜见，忽然发现已经有五百多年没有见面了，但是尊卑有序，想要敬奉却没有机会，还劳烦您派遣使者到我这里，我大约一顿饭的工夫就会到来。我先前已接受命令，应当按照顺序先去巡查蓬莱，现在暂且前去，不久应当返回，回来后我就亲自前往拜见，希望到时候您还未离去。"就这样两个时辰后，麻姑来了。来的时候人们也是先听到人马箫鼓的声音。麻姑到达以后，大家看到她的随行官员是王远的一半。

麻姑到时，蔡经也全家都出来相见。只见麻姑是个美貌女子，年龄十八九岁左右，在头顶当中梳了一个发髻，其余的头发都垂到腰间。她的衣服有斑斓美丽的花纹，但却不是锦缎，光彩耀眼，不可用语言来形容。麻姑进屋拜见王远，王远也为她起立致意。都坐下以是诸花果，而香气达于内外。擘脯行之，如柏灵，云是麟脯也。麻姑自说云："接侍以来，已见东海三为桑田。向到蓬莱，水又浅于往者会时略半也，岂将复还为陵陆乎？"方平笑曰："圣人皆言海中复扬尘也。"

姑欲见蔡经母及妇侄，时弟妇新产数十日，麻姑望见乃知之，曰："噫！且止勿前。"即求少许米，得米便撒之掷地，视其米，皆成真珠矣。方平笑曰："姑故年少，吾老矣，了不喜复作此狡狯变化也。"方平语经家人曰："吾欲赐汝辈酒。此酒乃出天厨，其味醇醲，非世人所宜饮，饮之或能烂肠。今当以水和之，汝辈勿怪也。"乃以一升酒，合水一斗搅之，赐经家饮一升许。良久酒尽，方平语左右曰："不足远取也，以千钱与余杭姥相闻，求其沽酒。"须臾信还，得一油囊酒，五斗许。信传余杭姥答言："恐地上酒不中尊饮耳。"

又麻姑鸟爪，蔡经见之，心中念言："背大痒时，得此爪以爬背，当佳。"方平已知经心中所念，即使人牵经鞭之。谓曰："麻姑神人也，汝何思谓爪可以爬背耶？"但见鞭着经背，亦不见有人持鞭者。方平告经曰："吾鞭不可妄得也。"

是日，又以一符传授蔡经邻人陈尉，能檄召鬼魔，救人治疾。蔡经亦得解蜕之道，如蜕蝉耳，经常从王君游山海。或暂归家，王君亦有书与陈尉，多是篆文，或真书字，廓落而大，陈尉世世宝之。宴毕，方平、麻姑命驾升天而去，箫鼓道从如初焉。（出《神后，王远召来厨师烹煮食物，用的都是金盘玉杯，饭菜大多是各种花果，散发的香气传遍室内室外。切开肉干分给大家吃，这肉干尝起来像是炙烤过的猪肉，仙人说是麒麟脯。麻姑自己说道：“从我亲身侍奉您以来，已经看到东海三次变成桑田了。刚才去到蓬莱，海水又比昔日你我聚会时浅了几乎一半。难道将要再变回山陵陆地吗？”王远笑着说：“圣人都说海中又要变迁，扬起尘土了。”

麻姑想要见一见蔡经的母亲和妻子侄女等女眷，当时蔡经的弟媳刚生完孩子几十天，麻姑看到她就知道了，她说：“唉！暂且停步。”然后要来少许米，麻姑得到米就把它扔到地上，一看地上的米，全都变成珍珠了。王远笑着说：“麻姑还年轻，我已经老了。不再喜欢做这种开玩笑般的法术了。”王远告诉蔡经的家人们说：“我想要赏给你们一些酒。这种酒乃是由天上的厨师酿出，它的味道甘美浓厚，不适宜世人所饮用，喝了它或许会烧烂肠胃。今天得用水来调和它，你们千万不要责怪啊。”就拿来一升酒，兑入一斗水中搅拌，然后赐给蔡经家人每人喝了一升左右。过了许久，酒都喝光了，王远告诉左右的侍从说：“不够的话就到远处去取，拿着一千钱给余杭姥，告诉她求她打些酒。”不一会儿，使者回来了，买到一油囊酒，大约有五斗。信使转述了余杭姥的话：“只恐怕地上凡间的酒不适合您的口味。”

另外，麻姑手似鸟爪，被蔡经看到了，他就在心里默默想道：“当脊背十分痒时，能用此爪来抓痒的话，应该很舒服。”王远已经知道了蔡经心里想的是什么，就派人把蔡经拉走用鞭子抽打他。王远对他说：“麻姑是神仙，你怎么能想着麻姑的爪子可以抓痒呢？”只见鞭子落在蔡经的背上，也看不见有人拿着鞭子。王远告诉蔡经说：“我的鞭打也不是随便就可以得到的。”

这一天，王远又把一道符传授给蔡经的邻居陈尉，这道符能征召妖魔鬼怪，救人治病。蔡经也获得了解蜕的方法，就像蝉蜕一样，他经常跟随着王君游历于山海间。偶尔回到家，王远也有书信写给陈尉，大多是用篆文写的，有的是用楷书写的，字写得空阔巨大，陈尉家里世世代代都把它当作宝贝一样珍视。那次宴会结束后，王

仙传》）

玄俗妻

河间王女者，玄俗妻也。玄俗得神仙之道，住河间已数百年。乡人言常见之，日中无影。唯饵巴豆云母，亦卖之于都市，七丸一钱，可愈百病。河间王有病，买服之，下蛇十余头。问其药意，答言："王之所以病，乃六世余殃所致，非王所招也。王尝放乳鹿，即麟母也。仁心感天，固当遇我耳。"王家老舍人云："尝见父母说，玄俗日中无影。"王召而视之，果验。王女幼绝荤血，洁净好道，王以此女妻之。居数年，与女俱入常山，时有见者。（出《女仙传》）

阳都女

阳都女，阳都市酒家女也。生有异相，眉连，耳细长。众以为异，疑其天人也。时有黑山仙人犊子者，邺人也。常居黑山，采松子茯苓饵之，已数百年，莫知其姓名。常乘犊，时人号为犊子。时壮时老，时丑时美。来往阳都，酒家女悦之，遂相奉侍。一旦女随犊子出取桃，一宿而返，得桃甚多，连叶甘美，异于常桃。邑人俟其去时，既出门，二人共牵犊耳而走，其速如飞，人不能追。如是且还，复在市中数十年，夫妇俱去。后有见在潘山之下，冬卖桃枣焉。（出《墉城集仙录》）

远、麻姑命人驾着车马升天而去，吹奏箫鼓等乐器的仪仗乐队就像当初来时一样随从他们离去。（出《神仙传》）

玄俗妻

河间王的女儿，就是玄俗的妻子。玄俗得到神仙之道，住在河间已经有几百年了。乡民说经常见到他，他在太阳底下都没有影子。他只吃巴豆云母，也到都市中去贩卖这些，七丸药丹只卖一钱，可以治愈百病。河间王患病，买了他的药并服下了，打下十多条蛇。河间王询问他用药的含义，他回答说："大王之所以患病，是六世遗留的灾祸所导致的，并非大王招致而来的。大王曾经释放过一头哺乳期的母鹿，这头母鹿就是麒麟之母。大王你的仁慈之心感动了上天，所以才应当遇到我。"王家一位年老的舍人说："我曾听父母说过，玄俗在日光中没有影子。"河间王就把玄俗召来，在日光下一看果然应验。河间王的女儿小时候就断绝了荤腥，心境洁净喜好道术。河间王就把这个女儿嫁给了玄俗。居住了几年后，玄俗与河间王的女儿一起进入了常山，时而还有人见到过他们。（出《女仙传》）

阳都女

阳都女，是阳都市中卖酒人家的女儿。她天生长有奇异的相貌：两边眉毛相连，耳朵细长。众人都因此觉得奇异，怀疑她是仙人。当时有位黑山仙人名叫"犊子"的，是邺县人。他常居住在黑山，采集松子、茯苓并服食这些药材，已经有几百年了，没有人知道他的姓名。因为他经常骑着一头牛犊，当时的人都称他为"犊子"。"犊子"时而强壮时而衰老，时而丑陋时而俊美。"犊子"来往阳都，酒家女很喜欢他，于是就侍奉他。有一天，酒家女跟着犊子外出去采摘桃子，过了一夜才回来，摘得桃子很多，异枝的叶子都连生在一起，而且十分甜美，与普通的桃子不同。县里的人等到他们出去的时候，才出门跟着他们，只见他们两个人一起牵着牛犊的耳朵行走，速度快得像飞一样，人们都不能追上，返回时也是如此。二人又在市中

孙夫人

孙夫人，三天法师张道陵之妻也。同隐龙虎山，修三元默朝之道积年，累有感应。时天师得黄帝龙虎中丹之术，丹成服之，能分形散影，坐在立亡。天师自鄱阳入嵩高山，得隐书制命之术，能策召鬼神。时海内纷扰，在位多危。又大道凋丧，不足以拯危佐世。年五十方修道，及丹成，又二十余年。既术用精妙，遂入蜀，游诸名山，率身行教。夫人栖真江表，道化甚行。以汉桓帝永嘉元年乙酉到蜀，居阳平化，炼金液还丹。依太乙元君所授黄帝之法，积年丹成，变形飞化，无所不能。以桓帝永寿二年丙申九月九日，与天师于阆中云台化白日升天，位至上真东岳夫人。

子衡，字灵真，继志修炼，世号嗣师，以灵帝光和二年，岁在己未，正月二十三日，于阳平化白日升天。孙鲁，字公期，世号嗣师，当汉祚陵夷，中土纷乱，为梁益二州牧、镇南将军，理于汉中。魏祖行灵帝之命，就加爵秩。旋以刘璋失蜀，蜀先主举兵，公期托化归真，隐影而去。

初，夫人居化中，远近钦奉，礼谒如市。遂于山趾化一泉，使礼奉之人，以其水盥沐，然后方诣道静，号曰解秽水，至今在焉。山有三重，以象三境。其前有白阳池，即太上老君游宴之所，后有登真洞，与青城、峨眉、青衣山、西玄山洞府相通，故为二十四化之首也。（出《女仙传》）

住了几十年，后来夫妻二人一起离去了。之后有人在潘山之下见到过他们，冬天在那里卖桃卖枣。（出《墉城集仙录》）

孙夫人

孙夫人，是三天法师张道陵的妻子。夫妻二人共同隐居于龙虎山，修炼三元默朝之道多年，多次得到神明的回应。当时张天师得到了黄帝龙虎中丹的道术，丹药炼成服用后，能够分形散影，坐下又站起后消失无踪。天师从鄱阳进入嵩高山，得到道家隐秘的书籍《制命之术》，能够用拐杖召来鬼神。当时国内纷扰混乱，朝政的危机有很多。再加上天道丧亡，不能够拯救危难辅佐盛世。张天师已经五十岁了才去修行道术。等到丹药炼成了，又过了二十多年。他法术运用精妙以后，就进入蜀地，游历各处名山，亲身教学。而夫人住在江东存养真性，返其本元，道德风化很是盛行。汉桓帝永嘉元年乙酉到达蜀地，天师在阳平化居住，制炼金液还丹。他依照太乙元君所传授的黄帝炼丹之法，过了几年后丹药炼成了，就能够改变身形飞升化仙，无所不能。在汉桓帝永寿二年丙申九月九日，夫人与天师在阆中的云台成仙，白日飞升上天，位阶达到上真东岳夫人。

他们的儿子张衡，字灵真，继承了他们的志向进行修炼，世人称他为“嗣师”，在汉灵帝光和二年，也就是己未年，正月二十三日，在阳平成仙，白日飞升上天。他们的孙子张鲁，字公期，世人称他为“嗣师”，正当汉朝国祚衰颓，中原纷乱不堪，他担任梁州、益州两州的州牧、镇南将军，在汉中管理军政。曹操遵守灵帝的命令，又给他加爵进禄。不久，因为刘璋丢失了蜀地，刘备起兵，张鲁假托身死而归真，隐去踪影消失了。

起初，夫人居住在化中，远近之人都恭敬信奉她，前来礼谒的人多得像赶集一样。夫人就在山脚下化出一眼泉水，使礼敬供奉她的人，能用这泉水洗浴，然后才能入道静修。那眼泉水称作“解秽水”，到现在还在那里。夫人居住的山有三层，用来象征三境。山前有白阳池，就是太上老君交游宴饮的地方，山后有登真洞，与青城、峨眉、青衣山、西玄山中的洞府相通，所以这里才被称作是二十四化

樊夫人

樊夫人者，刘纲妻也。纲仕为上虞令，有道术，能檄召鬼神，禁制变化之事。亦潜修密证，人莫能知。为理尚清静简易，而政令宣行，民受其惠，无水旱疫毒鸷暴之伤，岁岁大丰。暇日，常与夫人较其术用。俱坐堂上，纲作火烧客碓屋，从东起，夫人禁之即灭。庭中两株桃，夫妻各咒一株，使相斗击。良久，纲所咒者不如，数走出篱外。纲唾盘中，即成鲤鱼。夫人唾盘中成獭，食鱼。纲与夫人入四明山，路阻虎，纲禁之，虎伏不敢动，适欲往，虎即灭之。夫人径前，虎即面向地，不敢仰视，夫人以绳系虎于床脚下。纲每共试术，事事不胜。将升天，县厅侧先有大皂荚树，纲升树数丈，方能飞举。夫人平坐，冉冉如云气之升，同升天而去。

后至唐贞元中，湘潭有一媪，不云姓字，但称湘媪。常居止人舍，十有余载矣。常以丹篆文字救疾于闾里，莫不响应。乡人敬之，为结构华屋数间而奉媪。媪曰："不然，但土木其宇，是所愿也。"媪鬓翠如云，肥洁如雪。策杖曳履，日可数百里。

忽遇里人女，名曰逍遥。年二八，艳美，携筐采菊。遇媪瞪

之首。（出《女仙传》）

樊夫人

樊夫人，是刘纲的妻子。刘纲担任过上虞县县令，身怀道术，能传檄文征召鬼神，以及会禁制变化之类的道术。樊夫人也是悄悄地修炼学成的，没有人知道。刘纲处理政事崇尚清静无为、简单易行，而政令普遍施行，老百姓受到了他的恩惠。他管辖的地方没有水灾旱灾、瘟疫猛兽的伤害，年年都大丰收。在闲暇的日子，刘纲经常和夫人较量法术。他们夫妻二人都坐在堂上，刘纲作法召出火焰去烧舂米作坊，火刚从东面烧起，夫人念起禁止的咒语火焰就熄灭了。庭院中有两株桃树，夫妻二人各自念起咒语催动一株，使两株桃树互相争斗击打。过了很久，刘纲咒语所驱动的桃树不及夫人的，好几次都退到篱笆之外。刘纲向盘子中唾了一口唾沫，就变成了一条鲤鱼。夫人也向盘子中唾了一口唾沫，就变成了水獭，要去吃那条鲤鱼。刘纲与夫人一起进入四明山，路上遇到老虎阻拦，刘纲用咒禁制住它，老虎就趴在地上不敢动弹，刘纲刚要走到老虎的面前，老虎就起来想要吃掉他。而夫人则径直向前走，老虎就又面向地面趴着，不敢仰视她，夫人就用绳索把老虎拴在床脚下。刘纲和夫人一起比试法术，次次都不能获胜。将要飞升上天，县衙正厅旁边先前有一棵大皂荚树，刘纲爬到树上几丈高的地方，才能乘风升天飞升。而夫人平坐在地上，冉冉如云气一般升起，和刘纲一同升上天空离去了。

后来到了唐德宗贞元年间，湘潭县有位老妇人，不说自己的姓名表字，只是自称湘老太。她平常居住在人家的房舍里，已经有十多年了。她常常用丹砂写下篆字在闾里乡间治病救人，没有不灵验的。乡里人都很敬重她，给她盖了好几间华丽的房屋来奉养她。湘老太说："不用这样，只要有间土木搭的房屋即可，这就是我的愿望了。"湘老太的鬓发浓密得像云一样，皮肤洁白得像雪一样。她拄着拐杖拖着鞋子，每天可以走几百里。

忽然有一天，她遇见一名同乡的女子，名叫逍遥。她十六岁，长视，足不能移。媪目之曰："汝乃爱我，而同之所止否？"逍遥欣然掷筐，敛衽称弟子，从媪归室。父母奔追及，以杖击之，叱而返舍。逍遥操益坚，窃索自缢，亲党敦喻其父母，请纵之。度不可制，遂舍之。复诣媪，但帚尘易水，焚香读道经而已。后月余，媪白乡人曰："某暂之罗浮，扃其户，慎勿开也。"乡人问逍遥何之，曰："前往。"如是三稔，人但于户外窥见，小松迸笋而丛生阶砌。及媪归，召乡人同开锁，见逍遥懵坐于室，貌若平日，唯蒲履为竹稍串于栋宇间。媪遂以杖叩地曰："吾至，汝可觉。"逍遥如寐醒，方起，将欲拜，忽遗左足，如刖于地。媪遽令无动，拾足勘膝，噀之以水，乃如故。乡人大骇，敬之如神，相率数百里皆归之。

媪貌甚闲暇，不喜人之多相识。忽告乡人曰："吾欲往洞庭救百余人性命，谁有心为我设船一只？一两日可同观之。"有里人张拱家富，请具舟楫，自驾而送之。欲至洞庭前一日，有大风涛，蹙一巨舟，没于君山岛上而碎。载数十家，近百余人，然不至损，未有舟楫来救，各星居于岛上。忽有一白鼍，长丈余，游于沙上。数十人拦之挝杀，分食其肉。明日，有城如雪，围绕岛上，人家莫能辨。其城渐窄狭束，岛上人忙怖号叫，囊橐皆为齑粉，束其人为簇。其广不三数丈，又不可攀援，势已紧急。岳阳之人，亦遥睹雪城，莫能晓也。时媪舟已至岸，媪遂登岛，攘剑步罡，噀水飞剑而相艳丽柔美，拿着篮筐采摘菊花。她遇到湘老太就瞪大双眼看着，脚步都不能移动。湘老太看到她这样，对她说：“你要是喜欢我，可以同我一起回到我住的地方吗？”逍遥听后高兴得把篮筐都扔了，整理衣襟恭敬地给湘老太行礼并自称弟子，就跟着湘老太回家了。逍遥的父母奔跑着追上了她，用木棒抽打她，大声斥责着要把她领回家。谁知逍遥的志向更加坚定了，偷来一根绳子想上吊自尽，亲戚乡邻都诚恳地开导她的父母，请求他们让逍遥想干什么就去干什么。她的父母也考虑到管不住女儿，就放她出来。逍遥出来后又到湘老太那里去了，开始只是扫地打水，烧香诵读道经而已。过了一个多月，湘老太告诉乡里人说：“我暂时要前往罗浮山，已经把门锁好了，你们千万不要打开。”乡里人问逍遥该怎么办，湘老太说：“她和我一同前往。”就这样过了三年，人们只能从门外偷偷观察，只见小松、竹笋丛生于台阶之上。等到湘老太回来，她就召集乡里人一同开锁，看见逍遥在屋内迷迷糊糊地坐着，容貌好像平时一样，只有草鞋被长出的竹梢串到房梁之上。湘老太就用拐杖敲敲地面，说：“我回来了，你可以醒了。”逍遥这才像从睡梦中醒来，刚起身，想要下拜行礼，忽然她的左脚掉了，就像被砍落在地上一样。湘老太急忙让逍遥不要动，她捡起断脚对准膝盖安上，口中含上水喷向左脚，左腿竟然恢复如初。乡里人都大吃一惊，像敬神一样敬畏她，人们接连不断地从几百里之外前来拜服她。

湘老太的神情很悠闲从容，不喜欢相识的人太多。有一天，湘老太忽然告诉乡里人：“我想要前往洞庭湖去救一百多人的性命，谁有心能为我准备一艘船？一两天可以一同去观看。”有个村民名叫张拱，家中富裕，请求让他来准备船只，自己驾着船去送她。要到洞庭湖的前一天，有一阵大风浪，拍打着一只大船，沉没在君山岛上，船体都碎裂了。船上载着几十家共有一百多人，却没有什么损伤，也没有船只前来救援，他们各自散居于岛上。忽然有一条白色的扬子鳄，长有一丈多，游到沙滩上。几十个人拦住它把它打死了，还把它的肉分着吃了。第二天，有一座白色城墙像雪似的围绕岛上，人们没能辨识出是怎么回事。那座城却逐渐变得狭窄，岛上的人恐惧得大声哭刺之，白城一声如霹雳，城遂崩。乃一大白鼍，长十余丈，蜿蜒而毙，剑立其胸。遂救百余人之性命，不然，顷刻即拘束为血肉矣。岛上之人，感号泣礼谢。

命拱之舟返湘潭，拱不忍便去。忽有道士与媪相遇曰：“樊姑尔许时何处来？”甚相慰悦。拱诘之，道士曰：“刘纲真君之妻，樊夫人也。”后人方知媪即樊夫人也。拱遂归湘潭。后媪与逍遥一时返真。（出《女仙传》）

东陵圣母

东陵圣母，广陵海陵人也，适杜氏，师刘纲学道，能易形变化，隐见无方。杜不信道，常怒之。圣母理疾救人，或有所诣，杜恚之愈甚，讼之官，云：“圣母奸妖，不理家务。”官收圣母付狱。顷之，已从狱窗中飞去，众望见之，转高入云中，留所着履一双在窗下。于是远近立庙祠之，民所奉事，祷之立效。常有一青鸟在祭所，人有失物者，乞问所在，青鸟即飞集盗物人之上。路不拾遗，岁月稍久，亦不复尔。至今海陵县中不得为奸盗之事。大者即风波没溺，虎狼杀之，小者即复病也。（出《女仙传》）

叫，行装包裹都碎成粉末，岛上的人也都被捆成一簇。那里面的宽度不到数丈，又不能够攀缘而上，情势已经十分紧急了。岳阳城里的人也远远地望见了雪城，但没有人能明白这是怎么一回事。这时，湘老太的船已经靠岸，湘老太就登上君山岛，高举宝剑脚踏罡步，嘴里喷出一口水，宝剑也飞出去刺它，白城发出一声如霹雳的巨响，接着就崩塌了。原来是一只巨大的扬子鳄，长有十多丈，曲折蜿蜒而死，宝剑插在它的胸上。湘老太这样救了一百多人的性命，否则的话，顷刻之间这些人就被挤压成一摊血肉了。岛上的人都放声哭泣着向湘老太行礼道谢。

湘老太就让张拱驾的船返回湘潭，张拱不忍心马上离去。这时忽然有位道士与湘老太相遇，说道："樊姑你这时候是从什么地方来的？"感到特别快慰喜悦。张拱追问道士，道士说："这位湘老太就是刘纲真君的妻子樊夫人啊。"在此之后人们才知道湘老太就是樊夫人。张拱就驾船回到了湘潭。后来湘老太与逍遥一同返回了仙境。（出《女仙传》）

东陵圣母

东陵圣母，是广陵府海陵县人，嫁给一位姓杜的人，拜刘纲为师学习道术，能够改易形体千变万化，时隐时现没有定则。然而她的丈夫不信道，常常因此生她的气。圣母治病救人，有时会前往患病的人家里，她的丈夫更加感到气愤，就把她告到官府，说道："圣母是阴险狡诈的妖人，不理会家中的事务。"官府就把圣母抓起来关进监狱。不久，圣母就从监狱的窗户中飞出去，众人都看见了。她越飞越高直入云中，只留下她穿过的一双鞋在监狱窗下。于是远近的人都为她建立庙宇祭祀她，老百姓都很信奉她。只要向她祷告立刻就会见效。经常有一只青色的鸟待在祭祀的庙宇，有人丢失了东西，向圣母乞求询问失物在哪里，青鸟就飞起落到那个偷东西的人的头上。因此，那里路不拾遗。时间稍长，偷东西的人也就不再这样了。至今在海陵县中不能做为非作歹、劫盗财物之事。如果做了，罪过大的人就会被风浪吞没淹死，或者被虎狼杀死，罪过小的人就会一再

郝姑

郝姑祠在莫州莫县西北四十五里。俗传云，郝姑字女君，本太原人，后居此邑。魏青龙年中，与邻女十人，于沤洟泄水边挑蔬。忽有三青衣童子，至女君前云：“东海公娶女君为妇。”言讫，敷茵褥于水上，行坐往来，有若陆地。其青衣童子便在侍侧，沿流而下。邻女走告之，家人往看，莫能得也。女君遥语云：“幸得为水仙，愿勿忧怖。”仍言每至四月，送刀鱼为信。自古至今，每年四月内，多有刀鱼上来。乡人每到四月祈祷，州县长吏若谒此祠，先拜然后得入。于祠前忽生青石一所，纵横可三尺余，高二尺余，有旧题云：“此是姑夫上马石”。至今存焉。（出《莫州图经》）

张玉兰

张玉兰者，天师之孙，灵真之女也。幼而洁素，不茹荤血。年十七岁，梦赤光自天而下，光中金字篆文，缭绕数十尺，随光入其口中，觉不自安，因遂有孕。母氏责之，终不言所梦，唯侍婢知之。一旦谓侍婢曰：“吾不能忍耻而生，死而剖腹，以明我心。”其夕无疾而终。侍婢以白其事，母不欲违，冀雪其疑。忽有一物如莲花，自齱其腹而出。开其中，得素金书《本际经》十卷。素长二丈许，幅六七寸，文明甚妙，将非人功。玉兰死旬月，常有异香。乃传写其经而葬玉兰。百余日，大风雷雨，天地晦暝，失经，其玉兰所在坟圹自开，棺盖飞在巨木之上，视之，空棺而已。今墓在，益州温江县女郎观是也。三月九日是玉兰飞升之日，至今乡里常设斋祭

生病不止。（出《女仙传》）

郝姑

郝姑祠在莫州莫县西北四十五里。民间相传说，郝姑，字女君。原本是太原人，后来居住在这个县。曹魏明帝青龙年间，郝姑与邻家女子十人，在沤洟泄水边挑拣蔬菜。忽然有三名青衣童子来到女君的面前，说：“东海公迎娶女君为媳妇。”说完，就把垫子、褥子铺在水面上，或行或坐来来往往，就像在陆地上一样。那三名青衣童子就在女君旁边陪侍着，顺着水流而下。邻家女子跑回去告诉女君的家人，她家里人就前往察看，没有办法找到她。女君从远处告诉家人说：“我有幸能够成为水中的神仙，希望你们不要忧愁害怕。”还说每到四月，就送来刀鱼作为凭证。从古至今，每年的四月里，多有刀鱼送上岸来。乡里人每到四月就向她祈祷。州县官吏如果拜谒郝姑祠，要先行礼拜后才能进去。在郝姑祠前忽然出现一块青白石，长宽都约三尺多，高二尺多，上有旧题词，写道：“此是姑夫上马石”。至今还保存在那里。（出《莫州图经》）

张玉兰

张玉兰是张天师的孙女，张灵真的女儿。她小时候就喜欢洁白素雅，不吃荤腥。她十七岁那年，梦见有红光从天而降，红光中有金色篆字，缭绕盘旋几十尺，随着红光进入她的口中。玉兰自己觉得难受，接着就有了身孕。她的母亲责问她，她始终没告诉母亲梦中发生的事，这件事唯有她的侍女知道。有一天早上，她对侍女说：“我不能忍受耻辱而活着，我死后就剖开我的腹部，用来证明我的真心。”当天晚上，张玉兰就无病而死。侍女把这事告诉了张玉兰的母亲，母亲不想违背女儿的遗愿，也希望能够解开心中的疑惑。这时，忽然有一件物品像莲花一样，自己剖开张玉兰的腹部而出。打开那件物品，得到白绢金字写的《本际经》十卷，白绢长二丈左右，幅宽六七寸，文字闪烁，内容甚妙，不是人工能写成的。玉兰死后一个月，经常之。灵真即天师之子，名衡，号曰嗣师。自汉灵帝光和二年己未正月二十三日，于阳平化白日升天。玉兰产经得道，当在灵真上升之后，三国纷竞之时也。（出《传仙录》）

有异香散发。于是家人就传写那些经书，又好好安葬了张玉兰。一百多天过去了，有一天忽然刮起狂风响起惊雷下起暴雨，天地昏暗阴沉，《本际经》不见了，埋葬张玉兰的坟墓自己打开，棺盖飞到大树之上，人们一看，只是一口空棺而已。如今张玉兰的墓位于益州，温江县女郎观那里就是。三月九日是张玉兰飞升上天的日子，至今乡里的人们还常常设斋祭祀她。张灵真就是张天师的儿子，名叫张衡，号称“嗣师”。汉灵帝光和二年己未正月二十三日，在阳平化白日飞升上天。张玉兰生产出经书而得道，当在张灵真飞升之后，三国纷争的时候。（出《传仙录》）

卷第六十一　女仙六

王妙想　成公智琼　庞女　褒女　李真多　班孟　天台二女

王妙想

王妙想，苍梧女道士也。辟谷服气，住黄庭观边之水傍。朝谒精诚，想念丹府，由是感通。每至月旦，常有光景云物之异，重嶂幽壑，人所罕到。妙想未尝言之于人。如是岁余，朔旦忽有音乐，遥在半空，虚徐不下，稍久散去。又岁余，忽有灵香郁烈，祥云满庭，天乐之音，震动林壑，光烛坛殿，如十日之明。空中作金碧之色，烜爚乱眼，不可相视。须臾，千乘万骑，悬空而下，皆乘麒麟凤凰、龙鹤天马。人物仪卫数千，人皆长丈余，持戈戟兵杖，旌幡幢盖。良久，乃鹤盖凤车，导九龙之辇，下降坛前。有一人羽衣宝冠，佩剑曳履，升殿而坐。身有五色光赫然，群仙拥从亦数百人。

妙想即往视谒。大仙谓妙想曰："吾乃帝舜耳。昔劳厌万国，养道此山。每欲诱教后进，使世人知道无不可教授者。且大道在于内，不在于外；道在身，不在他人。《玄经》所谓修之于身，其德乃真，此盖修之自己，证仙成真，非他人所能致也。吾睹地司奏，汝于此山三十余岁，始终如一，守道不邪，存念贞神，遵禀玄戒，汝亦至矣。若无所成证，此乃道之弃人也。《玄经》云：'常善救物，而无弃物。'道之布惠周普，念物物皆欲成之，人人皆欲度之。但是世人福果单微，道气浮浅，不能精专于道，既有所修，又不勤久，道气未应，而已中怠，是人自弃道，非道之弃人也。汝精诚一至，将以百生千生。望于所诚，不怠不退，深可悲愍。

吾昔遇太上老君，示以《道德真经》，理国理身，度人行教，

王妙想

王妙想是苍梧女道士。她辟谷行气，住在黄庭观水边，修行研精竭虑，披沥赤忱，进而有所感悟。每月初一，常有奇幻的光影云气萦绕在重峦深谷间，人迹罕至，妙想不曾将此情景告诉他人。如此一年多后，在某月初一，远处空中忽然传来乐声，舒缓悠扬，很久才消散。又过了一年多，四周忽然弥散起馥郁浓烈的异香，祥云满盈庭院，天乐之声震撼山谷，光映坛殿，明亮得有如十个太阳。天空一片金碧色，光焰刺目，无法直视。不一会儿，千乘万骑凌空而至，都驾着麒麟、凤凰、龙鹤、天马。此行仪仗护卫等人物数千，人身长一丈多。手持戈戟兵杖，飘扬着旗幡伞盖。过了很久，鹤盖凤车引着九龙牵拉的辇，降在坛前。有一人身着羽衣，头戴宝冠，腰佩剑，悠然走近，登殿坐下，周身五色神光显耀，伴驾群仙有几百人。

妙想当即上前拜谒。大仙对妙想说："我是舜帝。过去劳烦于国事，在此山养生修道。总想引导教化后进修习之人，使世人明白没有不能教化的人。而且得道在于修己，不在于外物；道在自身，不在他人。正如《玄经》所言独善自养，他的道德就会逐渐完善，就是说修道在于修己，证明得道成仙不是借助他人能做到的。我看了地司奏章，你在此山三十多年，道心始终如一，守德无邪，心念贞神，谨遵道戒，一片至诚。若是如此都不能得道，就是天道不仁辜负世人了。《玄经》云，：'以道义行善救扶万物，就没有被丢弃的东西。'天道博施恩惠，意在成全万物，普度众生。只是世人福果微弱，道气浅薄，不能一心修道。哪怕开始修行，又难以坚持，道气无法成长，自身逐渐懈怠，这是人背弃道，而不是道辜负人。你精诚所至，道气借赤诚之心由百生千源源不断，令我深有感触。

我之前遇太上老君，他给我看《道德真经》，治国修身，教化世此亦可以亘天地、塞圪坤、通九天、贯万物，为行化之要、修证之本，不可譬论而言也。吾常铭之于心，布之于物，弘化济俗，不敢斯须辄有怠替。至今禀奉师匠，终劫之宝也。但世俗浮诈迷妄者多，嗤谦光之人，以为懦怯；轻退身之道，以为迂劣；笑绝圣弃智之旨，以为荒唐；鄙绝仁弃义之词，以为劲捷。此盖迷俗之不知也。玄圣之意，将欲还淳复朴，崇道黜邪。斜径既除，至道自显；淳朴已立，浇兢自祛。此则裁制之义无所施，兼爱之慈无所措，昭灼之圣无所用，机谲之智无所行。天下混然，归乎大顺，此玄圣之大旨也。奈何世俗浮伪，人奔奢巧，帝王不得以静理，则万绪交驰矣；道化不得以坦行，则百家纷竞矣。故曰：人之自迷，其日固久。若洗心洁己，独善其身，能以至道为师资，长生为归趣，亦难得其人也。吾以汝修学勤笃，暂来省视。尔天骨宿禀，复何疑乎？汝必得之也。

吾昔于民间，年尚冲幼，忽感太上大道君降于曲室之中，教以修身之道，理国之要，使吾瞑目安坐，冉冉乘空，至南方之国曰扬州。上直牛斗，下瞰淮泽，入十龙之门，泛昭回之河，瓠瓜之津，得水源号方山，四面各阔千里。中有玉城瑶阙，云九疑之山。山有九峰，峰有一水，九江分流其下，以注六合，周而复始，溯上于此，以灌天河，故九水源出此山也。上下流注，周于四海，使我导九州、开八域，而归功此山。山有三宫，一名天帝宫，二名紫微宫，三名清源宫。吾以历数既往，归理此山，上居紫微，下镇于此。常以久视无为之道，分命仙官，下教于人。夫诸天上圣，高真大仙，愍劫历不常，代运流转，阴阳倚伏，生死推迁。俄尔之间，人及阳九百六之会，孜孜下教，以救于人，愈切于世人之求道也。世人求道，若存若亡，系念存心，百万中无一人勤久者。天真悯俗，常在人间，隐景化形，随方开悟，而千万人中无一人可教者。古有言曰：

人，这能用来接连天地、震慑乾坤、沟通九天、贯通万物，亦可作为施行教化的要旨、修仙证果的根本，不可类比言说。我时常将其铭记于心，施行于物，弘扬于世，感化众生，不敢有丝毫怠慢。至今谨遵师训，以作终结劫难的法宝。但俗世间沉迷浮华虚妄的人多，讥笑谦和之人以为怯懦；蔑视退身之道以为迂劣；揶揄至圣守愚以为荒唐；鄙视至仁弃义以为取巧。这是由于痴迷俗世心智未开。玄圣意在，返璞归真，推崇道义，驱除邪恶。邪恶消散后，至道自然显现；淳朴成风，纷争自然退却。只有如此，才无需正义的制裁、悲悯慈爱的举措、昭灼的圣人，而诡谲的权术也无处施行了。天下浑然一体趋向和顺，这就是玄圣所追求的。可惜世俗肤浅虚伪，世人埋首于奢靡伪诈，帝王不能专心处理政务，就会焦头烂额没有头绪；道化不能顺利施行，就会百家纷争。所以说：世人迷失方向已经很久了。如果洗心涤虑，独善其身，便可凭借至道做师表，将长生作为志趣，这样的人很难得。我因你修习道术，辛勤专一，暂来审查。你仙骨命中注定，还迟疑什么？你势必得道。

我之前在民间，少不更事，忽然感应太上道君降临曲室之中，教我修身之道、治国之策，让我闭目静坐，徐徐升空，到了南方叫扬州的国度。向上直抵斗牛星，向下俯瞰淮泽。飞入十龙门，泛舟昭回河、瓠瓜津，找到名为方山的水源，四面宽广千里。当中是玉城瑶宫，名叫九疑山。此山有九座山峰，每峰都有水源，九江奔流而下，注入六合，循环往复，逆流而上汇入天河。所以九水从此山发源，上下汇注，流经四海，我疏导九州、开辟八荒，都归功此山。此山有三宫，第一宫名天帝宫，第二宫名紫微宫，第三宫名清源宫。我历数此前种种，治理此山，住在紫微宫，镇守其下地方也就是此处。我曾考量无为之道，分派仙官下凡教化世人。九天之上的上圣、高真、大仙，悲悯于劫历无常、时运流转、阴阳转换、生死变幻。顷刻间，人就到了阳九百六的大限，我孜孜不倦教化世人，以期解救世人。对世人布道之心愈发迫切。世人求道之心时有时无，心中有道的，百万人中无一人能勤奋长久。天神怜悯俗人，常化形隐于人间，随时随地引导世人开化觉悟，而千万人中无一人可教化。古语有云：“修道能始终如

‘修道如初，得道有余。’多是初勤中惰，前功并弃耳。道岂负于人哉？汝布宣我意，广令开晓也。

此山九峰者，皆有宫室，命真官主之。其下有宝玉五金、灵芝神草、三天所镇之药、太上所藏之经，或在石室洞台、云崖嵌谷。故亦有灵司主掌，巨虬猛兽，螣蛇毒龙，以为备卫。一曰长安峰，二曰万年峰，三曰宗正峰，四曰大理峰，五曰天宝峰，六曰广得峰，七曰宜春峰，八曰宜城峰，九曰行化峰。下有宫阙，各为理所。九水者，一曰银花水，二曰复淑水，三曰巢水，四曰许泉，五曰归水，六曰沙水，七曰金花水，八曰永安水，九曰晋水。此九水支流四海，周灌无穷。山中异兽珍禽，无所不有，无毒螫鸷玃之物，可以度世，可以养生，可以修道，可以登真也。汝居山以来，未尝游览四表，拂衣尘外，遐眺空碧，俯睇岑峦，固不可得而知也。吾为汝导之，得不勉之、修之！伫驾景策空，然后倒景而研其本末也。”

于是命侍臣，以《道德》二经及驻景灵丸授之而去。如是一年或三五降于黄庭观。十年后，妙想白日升天。兹山以舜修道之所，故曰道州营道县。（出《集仙录》）

成公智琼

魏济北郡从事掾弦超，字义起。以嘉平中夕独宿，梦有神女来从之，自称天上玉女，东郡人，姓成公，字智琼，早失父母。上帝哀其孤苦，令得下嫁。超当其梦也，精爽感悟，美其非常人之容，觉而钦想。如此三四夕。

一旦显然来，驾辎軿车，从八婢。服罗绮之衣，姿颜容色，状若飞仙。自言年七十，视之如十五六。车上有壶榼，清白琉璃，饮啖奇异，馔具醴酒，与超共饮食。谓超曰：“我天上玉女，见遣一，得道便就绰绰有余。多数人起始勤勉，中途懈怠，前功尽弃。难道是天道辜负世人？你广传我的意见，让世人明白这道理。

此山九峰都有宫殿，有专职管理的真官。其下有宝玉五金、灵芝神草、三天镇守的仙药，以及太上老君收藏的经文。有的在石室洞台、云崖峭谷间，当然也有灵司主管，并有巨虬猛兽、螣蛇毒龙守护。第一峰名为长安峰，第二峰名为万年峰，第三峰名为宗正峰，第四峰名为大理峰，第五峰名为天宝峰，第六峰名为广得峰，第七峰名为宜春峰，第八峰名为宜城峰，第九峰名为行化峰。其下有宫阙，为各地衙署。九水为：第一水名为银花水，第二水名为复淑水，第三水名为巢水，第四水名为许泉，第五水名为归水，第六水名为沙水，第七水名为金花水，第八水名为永安水，第九水名为晋水。这九水分流四海，灌溉疆土，无穷无尽。山中奇珍异兽无所不有，没有毒螫鸷玃等物，可以安稳度世，休养生息，修习道术，飞升成仙。你居于山间以来，未曾游览四海、抛却世俗，寄情碧空，俯视层峦，所以不能得知这些。我为你指点一二，你自当勉力修行。待他日你能驾影策空，便能反观其本末了。”

于是舜帝命侍臣将《道德》二经以及驻景灵丸授与妙想后离去。此后一年或三五年，舜帝就降临黄庭观一次。十年后，妙想白日飞升。这山因是舜修行之所，故得名道州营道县。（出《集仙录》）

成公智琼

曹魏时，济北郡从事掾弦超，字义起。嘉平年间某日夜间独宿，梦中有神女前来侍奉。神女自称天上玉女，东郡人，姓成公，字智琼，早年丧失双亲。上天怜悯她孤苦无依，令她下界嫁人。弦超在梦中，神清气爽，心有所感，赞叹神女仙姿非凡，钦慕不已。他一连三四夜都做了此梦。

某日智琼真的来了，乘着有帷幕的车子，带着八个婢女。她身着罗绮裁制的衣衫，貌若天仙。她说自己七十岁了，但看起来宛如十五六岁。车上有酒器，洁白的琉璃，各种奇异食物，餐具美酒，与弦下嫁，故来从君。盖宿时感运，宜为夫妇，不能有益，亦不能为损。然常可得驾轻车肥马，饮食常可得远味异膳，缯素可得充用不乏。然我神人，不能为君生子，亦无妒忌之性，不害君婚姻之义。”遂为夫妇。赠诗一篇曰：“飘摇浮勃逢，敖曹云石滋。芝英不须润，至德与时期。神仙岂虚降？应运来相之。纳我荣五族，逆我致祸灾。”此其诗之大较，其文二百余言，不能悉举。又著《易》七卷，有卦有象，以彖为属。故其文言，既有义理，又可以占吉凶，犹杨子之《太玄》，薛氏之《中经》也。超皆能通其旨意，用之占候。经七八年，父母为超取妇之后，分日而燕，分夕而寝。夜来晨去，倏忽若飞，唯超见之，他人不见也。每超当有行来，智琼已严驾于门。百里不移两时，千里不过半日。

超后为济北王门下掾。文钦作乱，魏明帝东征，诸王见移于邺宫，宫属亦随监国西徙。邺下狭窄，四吏共一小屋。超独卧，智琼常得往来。同室之人，颇疑非常。智琼止能隐其形，不能藏其声；且芬香之气，达于室宇，遂为伴吏所疑。后超尝使至京师，空手入市。智琼给其五匣弱绯、五端细贮，采色光泽，非邺市所有。同房吏问意状，超性疏辞拙，遂具言之。吏以白监国，委曲问之，亦恐天下有此妖幻，不咎责也。后夕归，玉女已求去，曰：“我神仙人也，虽与君交，不愿人知。而君性疏漏，我今本末已露，不复与君通接。积年交结，恩义不轻，一旦分别，岂不怆恨？势不得不尔，各自努力矣。”呼侍御下酒啖，发簏，取织成裙衫两裆遗超，又赠诗一首，把臂告辞，涕零溜漓，肃然升车，去若飞流。超忧感积日，殆至委顿。

去后积五年，超奉郡使至洛，到济北鱼山下，陌上西行。遥望超一同饮食。她对弦超说："我是天上玉女，被遣下嫁，之所以依从您，大抵由于梦中所感，宜结连理，我虽无益于君，但也没有损害。唯独能让您乘轻车肥马，尝远方风味奇异珍馐，丝绸锦缎用之不尽。然而我是神人，不能为您延绵子嗣，也没有妒忌的情感，不会违背婚姻的意义。"于是，二人结为夫妇。智琼赠弦超一首诗："飘遥浮勃蓬，敖曹云石滋。芝英不须润，至德与时期。神仙岂虚降？应运来相之。纳我荣五族，逆我致祸灾。"这是诗的大致内容。全文二百多字，无法悉数列举。智琼著书注解《易经》共七卷，有卦名有卦象，算解释卦意一类的书籍。观其内容，既有义理，又可占卜吉凶，如杨雄《太玄经》、薛氏《中经》。弦超精通其中的道理，用来占卜。七八年后，弦超父母为他娶妻，他与智琼分日宴乐，分夕共寝，智琼夜间来早晨去，身影迅捷如飞，只弦超能看到她，他人都看不到她。每当弦超远行，智琼早早将车马行装安排妥当等在门前，行百里路不超两个时辰，千里路不超半日。

弦超后任济北王门下掾，当时文官作乱，魏明帝东征，诸王被迁至邺宫，各宫属吏随监国西迁。邺下狭窄，四名吏员同住一间房屋。弦超独卧，智琼得以时常往来。同住的人疑心弦超不正常。智琼只能隐匿身形，但不能掩盖声音；且芳香之气，满屋弥散，招致同室官吏怀疑。之后弦超曾被派至京师，他空手进集市，智琼给他五匣弱红颜料、五块光泽绚烂的布料，都不是邺城集市上所能买到的。同室官吏盘问他这些货物从何而来，弦超性格马虎，不善言辞，就一五一十地交代了。同室官吏将事情转告监国，监国讯问他事情原委，担心天下有妖物出现，并没有责难他。之后弦超夜间回来，玉女自己请求离去："我是神仙，虽与您结为夫妻，但不愿外人知晓。而您性情疏忽大意，我如今身份彻底暴露，无法再与您接触。多年相交，情深义重，如今分别，怎能不悲痛？但情势所逼，不得不如此，我们各自安好吧。"智琼唤侍者摆下酒水，打开竹箱，拿出织好的裙衫和两条裤子留给弦超，又赠诗一首，握着弦超手臂告辞，涕泗连连，表情凝重地上了车，如流水般离去。弦超日益忧伤感念，几近颓靡不振。

智琼离去后五年，弦超奉郡令到洛阳，在济北鱼山下，沿小路西曲道头，有一马车，似智琼。驱驰前至，视之果是，遂披帷相见，悲喜交至，授绥同乘至洛，克复旧好。至太康中犹在，但不日月往来。三月三日，五月五日，七月七日，九月九日，月旦十五。每来，来辄经宿而去。

张茂先为之赋《神女》，其序曰："世之言神仙者多矣，然未之或验。如弦氏之归，则近信而有征者。甘露中，河济间往来京师者，颇说其事，闻之常以鬼魅之妖耳。及游东土，论者洋洋，异人同辞，犹以流俗小人好传浮伪之事，直谓讹谣，未遑考核。会见济北刘长史，其人明察清信之士也。亲见义起，受其所言，读其文章，见其衣服赠遗之物，自非义起凡下陋才所能构合也。又推问左右知识之者，云：'当神女之来，咸闻香薰之气、言语之声。'此即非义起淫惑梦想明矣。又人见义起强甚，雨行大泽中而不沾濡，益怪之。鬼魅之近人也，无不羸病损瘦。今义起平安无恙，而与神人饮燕寝处，纵情兼欲，岂不异哉！"（出《集仙录》）

庞女

庞女者，幼而不食，常慕清虚，每云："我当升天，不愿住世。"父母以为戏言耳。因行经东武山下，忽见神仙飞空而来，自南向北，将逾千里。女即端立，不敢前进。仙人亦至山顶不散，即便化出金城玉楼、璚宫珠殿，弥满山顶。有一人自山而下，身光五色，来至女前，召女升宫阙之内。众仙罗列，仪仗肃然。谓曰："汝有骨箓，当为上真。太上命我授汝以《灵宝赤书》五篇真文，按而行之，飞升有期矣。昔阿丘曾皇妃皆奉行于此，证位高真，可不勤耶？"既受真文，群仙亦隐。十年之后，白日升天。其所遇天真处东武山者，即今庚除化也。其后，道士张方亦居此山，于石室中栖行，远望小路尽头有辆马车，车中人好似智琼，便疾驰追去，一看果然没有认错，掀起帷幕相见，二人悲喜交加，智琼让他上车拉住绳索，同乘至洛阳，重修旧好。到太康年间依旧如初，智琼只是不再天天往来。只在三月三日、五月五日、七月七日、九月九日和每月初一、十五与弦超相见。智琼每次前来，过夜返回。

张茂先为她作《神女赋》，其序文说："世上谈论神仙的人很多，但大多不可信。弦超妻子的到来，则是可靠有验证的。甘露年间，河济一带来往京城的人常议论这事，道听途说误以为智琼是鬼魅之类的妖孽。游历东方时，议论者滔滔不绝，大家的说辞也没有出入，但我仍认为这都只是些流俗小人宣传的荒无虚诞的事，不值得相信，而我也没去详细考核。直到见到济北刘长史，他是个明察可信的人。他见过弦超，听弦超亲口讲述，读过智琼的文章，亲眼见过智琼所赠的衣服物件，显然不是弦超这等凡人庸才能制造的。又推究查问左右知道这事的人，他们说：'神女来时，大家都闻到了香味，听到言语声。'这就可以证明神女不是弦超的意淫幻想了。又有人看到弦超身体强健，雨天在大泽中行走也不会沾湿，这就愈发奇异了。鬼魅靠近人，无不使人身体羸弱消瘦。如今弦超安然无恙，与神人一同起居饮食，纵情恣欲，这真是奇异啊！"（出《集仙录》）

庞女

庞女，幼年时就不吃东西，仰慕清虚之道，常说："我应当升天成仙，不再逗留人世间。"她父母当是小孩子的玩笑话。一日庞女行经东武山下，忽然看到神仙凌空飞来，自南向北，已飞过千里。庞女立即端正站好，不敢再往前走。仙人飞至山顶，聚在一起，顷刻幻化出金城玉阙、琼宫珠殿，覆满山顶。有一人从山顶下来，周身散发五色神光，来到庞女面前，带她到宫殿。群仙在内，仪仗俨然，仙人对她说："你仙骨天成，已收录仙籍，应为真仙。太上老君命我传授你《灵宝赤书》五篇真文，按经文修行，不久将飞升成仙。从前阿丘曾皇妃，都是遵照这些经书符箓修行后位列高真的，你自当勤修苦炼。"庞女接受经文后，群仙隐去。十年后，庞女白日飞升成仙。她遇

止。常有赤虎来往室外，方不为惧，亦得道升天。庞女一本作逢字。（出《集仙录》）

褒女

褒女者，汉中人也。褒君之后，因以为姓。居汉、沔二水之间。幼而好道，冲静无营。既笄，浣纱于浕水上，云雨晦冥，若有所感而孕。父母责之，忧恚而疾。临终谓其母曰："死后见葬，愿以牛车载送西山之上。"言讫而终。父母置之车中，未及驾牛，其车自行，逾沔、汉二水，横流而渡，直上浕口平元山顶。平元即浕口化也。家人追之，但见五云如盖，天乐骇空，幢节导从，见女升天而去。及视车中，空棺而已。邑人立祠祭之，水旱祈祷俱验。今浕口山顶有双辙迹犹存。其后，陈世安亦于此山得道，白日升天。（出《集仙录》）

李真多

李真多，神仙李脱妹也。脱居蜀金堂山龙桥峰下修道，蜀人历代见之。约其往来八百余年，因号曰李八百焉。初以周穆王时，居来广汉栖玄山，合九华丹成，云游五岳十洞。二百余年，于海上遇飞阳君，授水木之道，还归此山，炼药成。又去数百年，或隐或显，游于市朝，又登龙桥峰，作九鼎金丹，丹成已八百年。三于此山学道，故世人号此山为三学山，亦号为贤山，盖因八百为号。丹成试之，抹于崖石上，顽石化玉，光彩莹润。试药处于今犹在。人或凿崖取之，即风雷为变。

真多随兄修道，居绵竹中，今有真多古迹犹在。或来往浮山到神仙的地方是东武山，就是现在的庚除化。后来有个叫张方的道士，也在那座山上居住，就在石室中休息。常有红毛老虎在室外来往，张方不曾畏惧，后也得道升天。“庞”在其他版本中写作“逄”。（出《集仙录》）

褒女

褒女，汉中人。褒君后代，所以姓褒。她住在汉水、沔水之间。她幼时好道，淡泊宁静。年十五，一日，在浕水上浣纱。忽然天色晦暗云密雨落，褒女深有所感而受孕。父母因此指责她，她郁郁寡欢，重病难医。临终时她对父母说：“死后下葬时，请用牛车送我到西山上。”言罢辞世。她的父母将她的尸身装到车上，还没来得及套牛，车自己就走了，越过汉水和沔水，横跨渡江，径直登上浕口平元山顶。平元山就是浕口化。家中人追车时，看到五彩祥云犹如车盖，空中传来仙乐，旌旗仪仗开路，褒女飞升而去。再看车中，棺椁已空。乡中人立祠庙祭祀她，无论旱涝向她祈祷，都能应验。现在浕口山顶仍有车辙印留存。其后陈世安也在此山得道，白日飞升成仙。（出《集仙录》）

李真多

李真多，是神仙李脱的妹妹。李脱住蜀地金堂山龙桥峰下修习道法。历代蜀人都见过他，他在世间往来有八百多年，因此被称为李八百。起初在周穆王时，他移居广汉栖玄山，炼成九华丹，在五岳十洞游历二百多年。在海上遇飞阳君，教给他水木之道，又返回此山。药炼成后，李脱离去几百年，时隐时现，游历世间人群集聚处。再登龙桥峰，制成九鼎金丹，丹成后八百年，三次在此山修习道法，所以世人称此山为三学山，又称贤山，大致取自李八百。丹成后试验，李八百将丹药抹在崖石上，顽石化作美玉，晶莹润泽。试药处如今仍在。有人凿崖取玉，天色骤变风雷交加。

李真多追随哥哥修习道法，住在绵竹中，现今仍有真多古迹留之侧，今号真多化，即古浮山化也。亦如地肺得水而浮，真多幼挺仙姿，耽尚玄理。八百授其朝元默贞之要，行之数百年，状如二十许人耳，神气庄肃，风骨英伟，异于弱女之态。人或见之，不敢正视。其后，太上老君与玄古三师降而度之，授以飞升之道，先于八百白日升天。化侧有潭，其水常赤，乃古之神仙炼丹砂之泉。浮山亦名万安山，上有二师井，饮之愈疾。今以真多之名，故为真多化也。八百又于什邡仙居山，三月八日白日升天。（出《集仙录》）

班 孟

班孟者，不知何许人也，或云女子也。能飞行经日，又能坐空虚中与人语，又能入地中，初去时没足至胸，渐入，但余冠帻，良久而尽没不见。以指刺地，即成井可吸。吹人屋上瓦，瓦飞入人家间。桑果数千株，孟皆拔聚之成一，积如山。如此十余日，吹之各还其故处如常。又能含墨一口中，舒纸着前，嚼墨喷之，皆成文字，竟纸，各有意义。服酒丹，年四百岁更少，入大治山中。（出《神仙传》）

天台二女

刘晨、阮肇，入天台采药，远不得返，经十三日饥。遥望山上有桃树子熟，遂跻险援葛至其下，啖数枚，饥止体充。欲下山，以杯取水，见芜菁叶流下，甚鲜妍。复有一杯流下，有胡麻饭焉。乃相谓曰："此近人矣。"遂渡山。出一大溪，溪边有二女子，色甚美，见二人持杯，便笑曰："刘、阮二郎捉向杯来。"刘、阮惊。二女遂忻然如旧相识，曰："来何晚耶？"因邀还家。南东二壁各有绛罗帐，帐角悬铃，上有金银交错。各有数侍婢使令。其馔有胡麻存。她有时来往于浮山边，现称真多化，就是古时的浮山化，有如地肺山有水上浮。李真多幼时仙姿已成，沉迷玄理。李八百教她朝元默贞的要诀，她修行百年，样貌宛若二十多岁的人，神情矜重，风骨俊朗，不同于娇弱女子，人们有时见到她，不敢直视。之后太上老君与玄古三师降临指引，教她飞升成仙之道，在李八百之前白日飞升成仙。真多化旁有潭，潭水常呈红色，是上古神仙炼丹砂的泉源。浮山又名万安山，山上有二师井，饮井水可疗愈疾病。现用真多的名字，所以称真多化。李八百又到什邡仙居山修习，于三月八日白日飞升成仙。（出《集仙录》）

班孟

班孟，不知何许人，有人说她是女子。她能凌空飞行几天，还能坐在虚空中与人交谈，又能遁入地中，刚进去时，土地埋至胸前，之后渐渐遁入，只留帽子头巾在外。很久后，全部没入不见。她用手指地，顷刻平地成井便可汲水。她对着别人屋上瓦片吹气，瓦便飞入别人家中。数千棵桑果树，班孟将其尽数拔出聚在一起，堆积成山。这样放十几天后，她吹一口气，这几千棵桑果树各归各位，恢复如初。她在口中含一口墨，将纸铺开，嚼几口墨喷出，墨汁洋洋洒洒铺满纸上变成文字，各有深意。她服用酒和丹药，年至四百岁越发年轻。后来隐入大治山中。（出《神仙传》）

天台二女

刘晨、阮肇进天台山采药，由于路远无法回家，忍饥挨饿十三天了。二人远望山上桃子成熟，就涉险攀着葛藤到桃树下。二人吃了几个桃子，感到饥饿消退，身体充实。打算下山，用杯接水时，看见芜菁叶流下，十分新鲜。又流出一杯，装着胡麻饭。于是两人讨论：“这里靠近人家。”越过山，出现一条大溪，溪边有两名女子，颇有姿色。看见两人拿着杯子，两名女子笑说：“刘、阮二位郎君将杯子带回来了。”刘晨、阮肇惊异。两名女子欢欣如旧识，对他们说：“怎么这么饭、山羊脯、牛肉，甚美。食毕行酒。俄有群女持桃子，笑曰："贺汝婿来。"酒酣作乐。夜后各就一帐宿，婉态殊绝。至十日求还，苦留半年，气候草木，常是春时，百鸟啼鸣，更怀乡，归思甚苦。女遂相送，指示还路。乡邑零落，已十世矣。（出《神仙记》）

晚才到?”邀请二人跟她们回家。南边东边两面墙壁各铺大红罗织床帐,帐角挂着金铃,顶上金银交错。两名女子各有数名侍婢。吃食有胡麻饭、山羊脯、牛肉,齿颊留香。饭后饮酒。忽然一群女子捧着桃子笑说:“祝贺你们等来夫婿。”酒喝得尽兴奏起音乐。夜间二人各宿在一女子帐内,女子娇婉绝妙。逗留十天,二人请求归家,两女苦苦相留,延期至半年。这里的气候植物一直都是春季,百鸟啼鸣,二人思乡情切,内心困苦。两名女子最终送他们回去,指点归途。二人回乡后,看到家乡凋敝,才知道已经过了十代了。(出《神仙记》)

卷第六十二　女仙七

鲁妙典

鲁妙典者，九嶷山女官也。生即敏慧高洁，不食荤饮酒。十余岁，即谓其母曰："旦夕闻食物臭浊，往往鼻脑疼痛，愿求不食。"举家怜之。复知服气饵药之法。居十年，常悒悒不乐。因谓母曰："人之上寿，不过百二十年，哀乐日以相害；况女子之身，岂可复埋没贞性，混于凡俗乎？"有麓床道士过之，授以《大洞黄庭经》，谓曰："《黄庭经》，扶桑大帝君宫中金书，诵咏万遍者，得为神仙；但在劳心不倦耳。《经》云：'咏之万遍升三天，千灾已消百病痊。不惮虎狼之凶残，亦已却老年永延。'居山独处，咏之一遍，如与十人为侣，辄无怖畏。何者？此经召集身中诸神，澄正神气。神气正则外邪不能干，诸神集则怖畏不能及。若形全神集，气正心清，则彻见千里之外，纤毫无隐矣。所患人不能知，知之而不能修，修之而不能精，精之而不能久。中道而丧，自弃前功，不惟有玄科之责，亦将流荡生死，苦报无穷也。"妙典奉戒受《经》，入九嶷山，岩栖静默。累有魔试，而贞介不挠。积十余年，有神人语之曰："此山大舜所理，天地之总司、九州之宗主也。古有高道之士，作三处麓床，可以栖庇风雨，宅形念贞。岁月即久，旋皆朽败。今为制之，可以遂性宴息也。"又十年，真仙下降，授以灵药，白日升天。

初，妙典居山，峰上无水。神人化一石盆，大三尺，长四尺，盆中常自然有水，用之不竭。又有大铁臼，亦神人所送，不知何用，

鲁妙典

鲁妙典，是九嶷山女仙官。她生性聪慧高洁，不吃荤腥饮酒。十多岁时，就对她母亲说："从早到晚闻着食物的气味就觉得恶臭，时常闻得头疼，希望可以让我不再吃饭。"全家都对她非常怜爱。后来她学会行气服药的法术。十年后，她常闷闷不乐，对她母亲说："人寿命的极限，不过一百二十岁，喜怒哀乐时时影响寿数，何况女子之身，怎能丧失贞性，流于凡俗？"有个麓床道士拜访她，将大洞《黄庭经》传授给她，对她说："《黄庭经》是扶桑大帝君宫中的金书，诵咏万次，便可得道成仙；但要专心不倦。经上说：'诵读万遍便可飞升三天，化解千灾疗愈疾病，不惧虎狼凶残，又能延年益寿。'独居山中，将其诵读一遍，如与十个人相伴，便无忧惧。为什么呢？这经文汇集体内众神，澄清神气。神气端正则邪恶无法干扰，众神汇集，忧惧便不能靠近。如果形全神集、气正心清，就可看清千里之外的事物，就连纤细毫毛也清清楚楚。真正担心的是世人不明白这些，了解后却不能修行，修行却不精通，精通却不能持久。中道而止，前功尽弃，不仅将遭受玄法责罚，也使得生命流逝，报应无穷。"妙典遵奉戒律接受经书，归隐九嶷山，栖居岩石上，静心修行。屡次有妖魔打扰，妙典道心坚定，不受影响。如此十多年，有神人告诉她："这山归大舜管辖，他是天地总司、九州宗主。古时有得道高人，作三处麓床，能遮风避雨，守护形体、坚定道心。岁月流逝麓床朽烂。如今我再做一张给你，你便可安心休息。"又过十年，真仙降临，给她灵药，她就白日飞升成仙了。

起初，妙典隐居山中，山峰上没有水源，神人点化一石盆。石盆宽三尺，长四尺，盆中常常自然而然有水，用之不竭。又有一大铁臼，今并在上。仙坛石上，宛然有仙人履迹；及古镜一面，大三尺；钟一口，形如偃月。皆神人送来，并妙典升天所留之物，今在无为观。（出《集仙录》）

谌母

婴母者，姓谌氏，字曰婴，不知何许人也。西晋之时，丹阳郡黄堂观居焉，潜修至道。时人自童幼逮衰老见之，颜状无改，众号为婴母。

因入吴市，见一童子，年可十四五。前拜于母云："合为母儿。"母曰："年少自何而来？拜吾为母，既非其类，不合大道。"童子乃去。月余，又吴市逢有三岁孩子，悲啼呼叫。倏遇谌母，执母衣裾曰："我母何来？"母哀而收育之，逾于所生。既长，明颖孝敬，异于常人。冠岁以来，风神挺迈，所居常有异云气，光景仿佛，时说蓬莱阆苑之事。母异之，谓曰："吾与汝暂此相因，汝以何为号也？"子曰："昔蒙天真盟授灵章，锡以名品，约为孝道明王，今宜称而呼之矣。"遂告母修真之诀曰："每须高处玄台，疏绝异党，修闲丘阜，饵顺阳和，静夷玄圃，委鉴前非。无英公子、黄老玉书、大洞真经、豁落七元、太上隐玄之道可致。晏息以流霞之障，睠眄乎文昌之台，得此道者，九凤齐唱，天籍骇虚，竦身御节，入景浮空，龙车虎旗，游遍八方矣。母宜宝之。"一旦，孝道明王漠然隐去，母密修道法，积数十年，人莫知也。

其后吴猛、许逊自高阳南游，诣母，请传所得之道，因盟而授之。孝道之法，遂行江表。闲日每告二子曰："世云昔为逊师，今玉皇玄谱之中，猛为御史，而逊为高明大使，总领仙籍五品已迁。又也是神人所赠，不知干什么用的。如今两件事物一并在山峰上。仙坛石头上，清楚留有仙人足迹。还有古镜一面，大三尺；钟一口，形状如月牙。上述神器都是神人相送，而妙典升天后遗留人间的，如今存放在无为观。（出《集仙录》）

谌母

婴母，姓谌，字婴，不知何许人。西晋时，她住丹阳郡黄堂观，潜心修行。当时人自幼年到衰老都能见到她，而她容貌、状态却无改变。众人称她婴母。

某次，她进吴市，见一孩童，年龄大约十四五岁。这孩童行至谌母面前下拜行礼说："我应当做您的孩子。"谌母说："小孩你是哪来的？拜我为母，伦理不合，有违大道。"那孩童便走了。一个多月后，谌母又在吴市遇到一个三岁孩童，这孩童呼号啼哭。忽然遇见谌母，拉住谌母衣袖说："我的母亲，您从哪来？"谌母悲悯，将他收养抚育，疼爱胜于自己亲生儿子。这孩童长大后，聪明孝顺，不同凡俗。成年后，风姿豪迈，居所常聚集着奇异云气，光影明灭。他时常谈及蓬莱阆苑之事。谌母觉得奇异，对他说："你我暂时在此互相依托，怎么称呼你呢？"那孩童说："过去承蒙天真让我盟誓，传授我灵章，赐我名号品级，称我为孝道明王。如今当用这个名号称呼我。"又告诉谌母修真要诀："须在高处玄台上，远离不同道的人，在山丘上修习，引顺阳和，在玄圃静心清修，明辨往日错漏引以为鉴。无英公子、黄老《玉书》、大洞《真经》、豁落七元、大上隐玄之道便可得。夜间休息时用流霞做屏障，心念文昌之台，修得此道，九凤齐鸣，天籍骇虚，纵身持节，凌空入云，驾龙擎旗通游八方。您应珍惜它。"某日，孝道明王无声隐去，谌母私下按嘱咐修行道法，坚持几十年，无人知道这事。

其后吴猛、许逊从高阳南游，拜访谌母，请谌母传授所得道法，盟誓后传授，孝道之行于是在江东流传。谌母闲暇时常嘱咐两人："世云曾是许逊之师，现在玉皇玄谱中，吴猛为御史，而许逊为高明所主十二辰，配十二国之分野。逊领玄枵之野，于辰为子；猛统星纪之邦，于辰为丑。许当居吴之上，以从仙阶之等降也。”

又数年，有云龙之驾，千乘万骑，来迎谌母，白日升天。今洪州高安县东四十里，有黄堂坛静，即许君立祠朝拜圣母之所。其升天事迹，在丹阳郡中，后避唐宣宗庙讳，钟陵祠号为谌母。其孝道之法，与灵宝小异，豫章人世世行之。（出《墉城集仙录》）

盱 母

盱母者，豫章人也。外混世俗，而内修真要。常云：“我千年之前，曾居西山，世累稍息，当归真于彼。”其子名烈，字道微。少丧父，事母以孝闻。家贫，而营侍甘旨，未尝有阙，乡里推之。

西晋武帝时，同郡吴猛、许逊，精修通感，道化宣行。居洪崖山，筑坛立静。猛既去世，逊即以宝符真箓，拯俗救民，远近宗之。逊仕□州为记室，后每朔望还家朝拜。人或见其乘龙，往来径速，如咫尺耳。盱君淳笃忠厚，逊委用之，即与母结草于逊宅东北八十余步，旦夕侍奉，谨愿恭肃，未尝有怠。母常于山下采撷花果，以奉许君。君惜其诚志，常欲拯度之。元康二年壬子八月十五日，太上命玉真上公崔文子、太玄真乡瑕丘仲，册命征拜许君为九州都仙大使高明主者，白日升天。许谓道微及母曰：“我承太帝之命，不得久留。汝可后随仙轝，期于异日。”母子悲不自胜，再拜告请，愿侍云辇。君许之，即赐灵药服之，躬禀真诀，于是午时从许君升天。今坛井存焉。乡人不敢华缮，盖盱君母子俭约故也。世号为盱母井焉。（出《集仙录》）

大使，总领仙籍五品以下仙人。又主管十二时辰，分配十二国国力。许逊分领玄枵之野，以辰为子；吴猛统率星纪之邦，以辰为丑。许逊理当位居吴猛之上，来顺应仙阶等级。”

又过几年，有云龙车驾、千乘万骑来迎接谌母，谌母白日飞升成仙。现今洪州高安县东四十里，有座黄堂观，就是许逊建祠朝拜圣母的地方。她飞升之事，在丹阳郡流传，后来为了避唐宣宗的庙讳，钟陵祠改为谌母祠。其孝道之法，与灵宝有细微差异，豫章人世代修行。（出《墉城集仙录》）

盱母

盱母，豫章人。她身处世俗，私下却修习玄真要诀。她常说：“我千年前曾住在西山，当世俗因缘已尽，我就该回到那里了。”她儿子叫盱烈，字道微。道微幼时丧父，对待母亲以孝顺闻名。他家境贫穷，但置备孝顺母亲的美食，从未有缺，同乡人很推重他。

西晋武帝时，与他同郡的吴猛、许逊精诚修行，感化上天，道学盛行。他住在洪崖山，修造玄坛，设立静室。吴猛去世后，许逊就用宝符、真箓解救黎民百姓，深受远近尊崇。许逊任某州记室，每月初一、十五回家朝拜。有人看见他乘龙来往，径直迅速，仿佛近在咫尺。盱君敦厚诚实忠义，许逊雇用他。他便与母亲在许逊宅院东北八十余步的地方建了间茅屋居住，以便朝夕侍奉许逊，谨慎郑重，不曾倦怠。盱母常在山下采摘花果奉送许逊。许逊怜惜她虔诚，常想拯救度引她。元康二年壬子八月十五日，太上老君派玉真上公崔文子、太玄真乡瑕丘仲，携册书拜许君为九州都仙大使高明主者，白日飞升成仙。许逊对道微及盱母说：“我奉太帝之命，无法久留。你们可随这仙车，希望来日在仙界再见。”母子悲伤不已，再三行礼，请求留在身边侍奉。许逊答应了，赐给母子二人灵药让他们服下，亲自传授真诀，于是在午时随许逊一道升天。如今坛井仍在，乡人不敢大肆修缮，因为盱君母子俭朴。世人称坛井为盱母井。（出《集仙录》）

杜兰香

杜兰香者，有渔父于湘江洞庭之岸，闻儿啼声，四顾无人，惟三岁女子在岸侧，渔父怜而举之。十余岁，天姿奇伟，灵颜姝莹，迨天人也。忽有青童灵人自空而下，来集其家，携女而去。临升天，谓其父曰："我仙女杜兰香也，有过谪于人间。玄期有限，今去矣。"自后时亦还家。其后于洞庭包山降张硕家，盖修道者也。兰香降之三年，授以举形飞化之道，硕亦得仙。初降时，留玉简、玉唾盂、红火浣布，以为登真之信焉。又一夕，命侍女赍黄麟羽帔、绛履玄冠、鹤氅之服、丹玉珮挥剑以授于硕，曰："此上仙之所服，非洞天之所有也。"不知张硕仙官定何班品。渔父亦老，因益少，往往不食。亦学道江湖，不知所之。（出《墉城集仙录》）

白水素女

谢端，晋安侯官人也。少丧父母，无有亲属，为邻人所养。至年十七八，恭谨自守，不履非法，始出作居。未有妻，乡人共愍念之，规为娶妇，未得。端夜卧早起，躬耕力作，不舍昼夜。后于邑下得一大螺，如三升壶。以为异物，取以归，贮瓮中畜之。十数日，端每早至野，还，见其户中有饭饮汤火，如有人为者。端谓是邻人为之惠也。数日如此，端便往谢邻人。邻人皆曰："吾初不为是，何见谢也？"端又以为邻人不喻其意，然数尔不止。后更实问，邻人笑曰："卿以自取妇，密着室中炊爨，而言吾为人炊耶！"端默然心疑，不知其故。后方以鸡初鸣出去，平早潜归，于篱外窃窥其家，见一少女从瓮中出，至灶下燃火。端便入门，径造瓮所视螺，但见壳。仍到灶下问之曰："新妇从何所来，而相为炊？"女人惶惑，欲还瓮中，不能得，答曰："我天汉中白水素女也。天帝哀卿

杜兰香

一渔夫在湘江洞庭岸边，听到婴孩啼哭声，四顾无人，只有个三岁女孩儿在岸边，渔夫心疼她就将她抱走了。女孩儿十几岁时，天姿雄伟不凡，冰肌玉骨，宛如仙女。一日，突然有个青童灵人凌空降至他家中，将女孩儿带走。即将升天时，女孩儿对渔夫说："我是仙女杜兰香，因犯错被贬谪人间。时限已至，现今即将归去。"她登天后，偶尔会回家。之后，她又降临洞庭包山张硕家中，大抵也因为张硕是同道中人。杜兰香降临三年，教张硕化形飞升成仙的道术，张硕也得道成仙。杜兰香刚降临时，留下玉简、玉唾盂、红火衣衫，用这些仙器作为她成仙的凭证。又在某夜，她差侍女带黄麟羽帔、赤色鞋子、黑色帽子、鹤羽大氅等服饰，以及珠玉嵌合宝剑，一并赠予张硕，说："这都是上仙服饰，绝非凡俗所有。"不知张硕位列仙班几级几品。渔夫年与岁长，却因杜兰香日益年轻，平素无需饮食，学道四方，不知所终。（出《墉城集仙录》）

白水素女

谢端，是晋安帝时侯官县人。他幼年父母双亡，再无其他亲属，被邻居收养。他十七八岁时，恭谨自爱，从未涉足违法之事，开始独立生活。他尚未娶妻，乡里人怜悯他，计划帮他安排婚事，却一直没办成。谢端晚睡早起，种田勤苦卖力，不舍昼夜。后来他在乡间发现一只大螺，宛如三升壶大小，觉得是个稀罕物件，就带回家去，放在瓮中养着。养了十多天，谢端清晨到野外种田，回家后，见家中汤饭饮食都已备好，像是有人专门为他准备的。谢端以为是乡邻的恩惠。一连几天都这样，谢端向乡邻道谢，乡邻都说："我们当初帮你不图回报，不必言谢。"谢端觉得乡邻没理解他的意思，趁他外出准备餐饭未曾停止。谢端详实描述发生的事又询问乡邻。邻人笑道："你这是给自己娶了媳妇，私藏屋内烧火做饭，怎么反而说我们为你做的？"谢端无言以对，内心对此事疑虑丛生，想不通是何缘故。后来鸡一打鸣他就出门，天明时悄悄回来，在篱笆外暗中观察自己家，看少孤，恭慎自守，故使我权相为守舍炊烹。十年之中，使卿居富，得妇自当还去。而卿无故窃相同掩，吾形已见，不宜复留，当相委去。虽尔后自当少差，勤于田作，渔采治生。留此壳去，以贮米谷，常可不乏。”端请留，终不肯。时天忽风雨，翕然而去。端为立神座，时节祭祀，居常饶足，不致大富耳。于是乡人以女妻端。端后仕至令长云。今道中素女是也。（出《搜神记》）

蔡女仙

蔡女仙者，襄阳人也。幼而巧慧，善刺绣，邻里称之。忽有老父诣其门，请绣凤。眼，毕功之日，自当指点。既而绣成，五彩光焕。老父观之，指视安眼。俄而功毕，双凤腾跃飞舞。老父与仙女各乘一凤，升天而去。时降于襄阳南山林木之上，时人名为凤林山。后于其地置凤林关，南山侧有凤台。敕于其宅置静贞观，有女仙真像存焉。云晋时人也。（出《仙传拾遗》）

蓬球

贝丘西有玉女山。传云，晋太始中，北海蓬球，字伯坚，入山伐木，忽觉异香，遂溯风寻至北山。廓然宫殿盘郁，楼台博敞。球入门窥之，见五株玉树；复稍前，有四妇人，端妙绝世，共弹棋于堂上。见球俱惊起，谓球曰：“蓬君何故得来？”球曰：“寻香而见一少女从瓮中出来，在灶前烧火。谢端就进了门，直奔瓮前看螺，却只见一个空壳。又到灶前问那少女："夫人从何而来？为何为我烧火做饭？"少女很是惶惑，企图躲回瓮中，被谢端阻止而不能，回答说："我是天河中的白水素女。天帝哀怜你年少孤苦，仍能恭谨自守，所以派我暂为你看守屋舍，烧火做饭。十年之内，帮你富足，等你娶了媳妇，我自当归去。而你偷窥得知了我的原形，挡着我让我无处可躲。我原形和使命都已暴露，不宜再逗留，你该放我回去。虽然此后你又要自己做饭，不比我在时，但你勤于耕作，打鱼采药，自己营生。留着这个壳子来贮藏米谷，寻常可不缺粮食。"谢端请求她留下，她始终不肯。一时间天上风雨大作，白水素女飞天离去。谢端为她立了神像座位，逢年过节祭祀她，家中平素丰足，只是不至大富。于是乡里有人将女儿嫁给谢端。谢端后来出仕官至县令。现在道教中的素女就是白水素女。（出《搜神记》）

蔡女仙

蔡女仙，襄阳人。她幼时灵巧聪慧，善于刺绣，乡邻多有称赞。一日，忽然有一位老者到她家拜访，请她绣凤。老者与她约定，凤眼在完工当日，老者亲自指点她怎么绣。不久绣成，光艳绚烂。老者验收她绣的凤凰，指点她绣上凤眼。不多时凤眼绣成，一对凤凰腾跃飞舞。老者与蔡女仙各乘一凤，升天离去。凤凰曾降在襄阳南山林中树上，当时世人将那山命名凤林山。后又在那个地方设置凤林关，南山旁边还有凤台。朝廷敕令在蔡女仙故居立静贞观，有女仙画像存留在内。相传蔡女仙是晋朝时人。（出《仙传拾遗》）

蓬　球

贝丘的西边有一座玉女山。相传，晋太始年间，有一北海人名蓬球，字伯坚，进山伐木，忽然闻到异香，一路逆风寻到北山。看到那里广袤无垠，宫殿层叠，楼台开阔。蓬球进门偷看，看到五棵玉树；又稍往前，看见四名女子，端庄秀美，她们正在堂上玩弹棋。看至。”遂复还戏。一小者便上楼弹琴，留戏者呼之曰：“元晖何为独升楼？”球树下立，觉少饥，乃以舌舐叶上垂露。俄然有一女乘鹤而至，迎恚曰：“玉华，汝等何故有此俗人？王母即令王方平行诸仙室。”球惧而出门，回顾，忽然不见。至家乃是建平中，其旧居闾舍皆为墟矣。（出《酉阳杂俎》）

紫云观女道士

唐开元二十四年春二月，驾在东京，以李适之为河南尹。其日大风，有女冠乘风而至玉贞观，集于钟楼，人观者如堵。以闻于尹。尹率略人也，怒其聚众，袒而笞之。至十，而乘风者即不哀祈，亦无伤损，颜色不变。于是适之大骇，方礼请奏闻。敕召入内殿，访其故，乃蒲州紫云观女道士也，辟谷久，轻身，因风遂飞至此。玄宗大加敬畏，锡金帛，送还蒲州。数年后，又因大风，遂飞去不返。（出《纪闻》）

秦时妇人

唐开元中，代州都督以五台多客僧，恐妖伪事起，非有住持者，悉逐之。客僧惧逐，多权窜山谷。有法朗者，深入雁门山。幽涧之中有石洞，容人出入。朗多赍干粮，欲住此山，遂寻洞入。数百步渐阔，至平地，涉流水，渡一岸，日月甚明。更行二里，至草屋中，有妇人，并衣草叶，容色端丽。见僧惧愕，问云：“汝乃何人？”僧曰：“我人也。”妇人笑云：“宁有人形骸如此？”僧曰：“我事佛，佛须摈落形骸，故尔。”因问：“佛是何者？”僧具言之。相顾笑曰：“语甚有理。”复问：“宗旨如何？”僧为讲《金刚经》，称善到蓬球，四名女子都惊讶起身，问蓬球说："蓬君为何来此？"蓬球答："我随着异香寻找到此处。"四人又继续玩乐。其中一年轻女子上楼弹琴，剩下的打趣道："元晖，你为何独自上楼？"蓬球站在树下，觉得有点饿了，用舌头舔树叶上垂下的露珠。忽然有一女子驾鹤前来，冲着她们气愤地喊："玉华，你们为何留这俗人？王母已令王方平巡视各仙室。"蓬球惊惧，溜出门外。回头再看，忽然宫殿、仙女都消失不见。回家里后，竟已是建平年间，他过去居住的屋舍，都化为废墟了。（出《酉阳杂俎》）

紫云观女道士

唐朝开元二十四年春二月，唐玄宗巡幸东京洛阳，任李适之为河南府尹。某日狂风大作，女道士乘风降至玉贞观，落在钟楼上，观者围得一堵墙似的。有人将此事报告府尹。府尹李适之性情率直粗略，怒于那女道士聚众，将她衣物脱下打板子。打到十下，乘风而来的女道士既没哀告，也无伤损，面不改色。李适之颇为吃惊，才以礼相待，又将此事上奏皇帝。皇帝召女道士入内殿，询问她何故来此。原来她是蒲州紫云观女道士，辟谷已久，身体轻盈，随风飞至此处。玄宗对她敬畏有加，赐她金帛，将她送回蒲州。几年后，又遇大风，这女道士随风一去不返。（出《纪闻》）

秦时妇人

唐朝开元年间，代州都督因五台山客僧多，恐横生妖讹祸事，下令驱逐没有组织的和尚。客僧害怕被驱逐，大多暂避山谷。有个叫法朗的和尚，远逃雁门山深处。深山溪涧中有个石洞，人能出进。法朗带了很多粮食，打算在山中住下，就进了洞中。走了数百步逐渐开阔，走过平地，踏过流水，渡至彼岸，日月光亮。又走二里，到一草屋中，草屋里有女人，身穿草叶，容貌端庄秀丽。她们看见和尚惊惧错愕，问道："你是何物？"和尚说："我是人。"女人笑道："怎么有人身形如此？"和尚说："我侍奉佛，须得摈弃身形，所以如此。"她数四。僧因问："此处是何世界？"妇人云："我自秦人，随蒙恬筑长城。恬多使妇人，我等不胜其弊，逃窜至此。初食草根，得以不死。此来亦不知年岁，不复至人间。"遂留僧，以草根哺之，涩不可食。僧住此四十余日，暂辞，出人间求食。及至代州，备粮更去，则迷不知其所矣。（出《广异记》）

何二娘

广州有何二娘者，以织鞋子为业，年二十，与母居。素不修仙术，忽谓母曰："住此闷，意欲行游。"后一日便飞去，上罗浮山寺。山僧问其来由，答云："愿事和尚。"自尔恒留居止。初不饮食，每为寺众采山果充斋，亦不知其所取。罗浮山北是循州，去南海四百里。循州山寺有杨梅树，大数十围。何氏每采其实，及斋而返。后循州山寺僧至罗浮山，说云："某月日有仙女来采杨梅。"验之，果是何氏所采之日也。由此远近知其得仙。后乃不复居寺，或旬月则一来耳。

唐开元中，敕令黄门使往广州求何氏，得之，与使俱入京。中途，黄门使悦其色，意欲挑之而未言。忽云："中使有如此心，不可留矣。"言毕，踊身而去，不知所之。其后绝迹不至人间矣。（出《广异记》）

们又跟着问："佛是何人？"法朗详细解释给她们听。女人相视而笑说："他说得有理。"又问："佛教宗旨是什么？"法朗将《金刚经》讲解给她们听。她们听后反复称赞叫好。法朗问："此处是怎样的存在？"女子答："我们是秦时人，随蒙恬修筑长城。蒙恬奴役大量妇女，我们不堪其苦，逃至此处。起初以草根为食，保住性命。后来也不知是何年月，没有重返人间。"她们将法朗留下，用草根喂养。草根苦涩无法下咽。法朗住了四十多天，暂时告辞，外出人间寻找粮食。他到了代州，准备好粮食打算回去，却迷路找不到那地方了。（出《广异记》）

何二娘

广州有个何二娘，以制造鞋子为业，她年纪二十岁，与母亲同住。她向来不修仙术，一日，忽然对她母亲说："这里住得憋闷，我想外出云游。"后来某日飞去，飞上罗浮山禅寺。山上僧人问她为何而来，她答道："我愿侍奉和尚。"此后，她便留下定居。起初不吃不喝，常为寺中采山果充作斋饭，和尚们也不知果子从何而来。罗浮山北面是循州，离南海四百里。循州山寺有杨梅树，有数十人合抱那么粗。何氏常采它的果实，到用斋时就返回。后来循州山寺僧人到罗浮山，说某月某日有仙女来寺中采摘杨梅。罗浮山寺僧人验证此事，那日果然是何氏采杨梅的日子。因此远近的人都知晓何氏得道成仙。后来何氏不再住在寺中，有时十天到一个月来一次。

唐朝开元年间，皇帝下令黄门使前往广州寻找何氏。黄门使找到后，二人一并入京。途中，黄门使贪慕何氏姿色，心存邪念还未表露。何氏忽然说："中使有如此邪念，我不可再留。"说罢，腾空而去，不知所终。此后她的行迹没在人间出现过。（出《广异记》）

卷第六十三　女仙八

玉　女　边洞玄　崔书生　骊山姥　黄观福

玉　女

唐开元中，华山云台观有婢玉女，年四十五，大疾，遍身溃烂臭秽。观中人惧其污染，即共送于山涧幽僻之处。玉女痛楚呻吟。忽有道士过前，遥掷青草三四株，其草如菜，谓之曰："勉食此，不久当愈。"玉女即茹之。自是疾渐痊，不旬日复旧。初忘饮食，惟恣游览，但意中飘飘，不喜人间，及观之前后左右亦不愿过。此观中人谓其消散久矣，亦无复有访之者。玉女周旋山中，酌泉水，食木实而已。后于岩下忽逢前道士谓曰："汝疾即瘥，不用更在人间。云台观西二里有石池，汝可日至辰时，投以小石，当有水芝一本自出，汝可掇之而食，久久当自有益。"玉女即依其教，自后筋骸轻健，翱翔自若，虽屡为观中人逢见，亦不知为玉女耳。如此数十年，发长六七尺，体生绿毛，面如白花。往往山中之人过之，则叩头遥礼而已。

大历中，有书生班行达者，性气粗疏，诽毁释道，为学于观西序。而玉女日日往来石池，因以为常。行达伺候窥觇，又熟见投石采芝，时节有准。于一日，稍先至池上，及其玉女投小石，水芝果出，行达乃搴取。玉女远在山岩，或栖树杪，既在采去，则呼叹而还。明日，行达复如此。积旬之外，玉女稍稍与行达争先，步武相接。欻然遽捉其发，而玉女腾去不得，因以勇力挈其肤体，仍加逼迫。玉女号呼求救，誓死不从，而气力困惫，终为行达所辱，扃之一室。翌日行达就观，乃见皤然一媪，尪瘵异常，起止殊艰，视听甚昧。行达惊异，遽召观中人，细话其事，即共伺问玉女，玉女备

玉女

唐朝开元年间，华山云台观有婢女名玉女，四十五岁时身患重病，全身溃烂污臭。观中人担心她传染，便共同将她送至山涧幽僻处。玉女疼痛呻吟。忽然有个道士从她面前经过，远远抛给她青草三四棵，那草像菜，道士对她说："你尽量吃下，不久便能痊愈。"玉女就吃了。此后疾病逐渐好转，不到十天恢复如初。她开始忘记饮食，只恣意游历，但心意飘摇，厌恶人间，连云台观四周都不愿经过。观中人以为玉女去世很久了，也不再有人探访她。玉女周游山中，饮泉水，吃树籽花果。后在山岩下，玉女偶遇先前那个道士，道士对她说："你既然已经痊愈，不必在人间多做停留。云台观往西二里，有个石池，你可每日在辰时，投入小石子，便有一棵水芝浮出，你可将它摘下吃掉，长此以往自然大有益处。"玉女依照道士教导行事，此后筋骨轻健，飞行自如。虽多次被观中人碰到，但无人知道这就是玉女。就这样过了几十年，玉女头发长至六七尺，身上长出绿毛，面容好似一朵白花。山中人遇见她，远远地就叩头行礼。

大历年间，有个书生叫班行达，性情粗俗疏慢，诋毁佛、道二教。他在云台观西厢房读书。玉女每日都会往来石池，自己习以为常。班行达则伺机偷看，常见玉女投石采芝，都有定时。一日，班行达稍稍在玉女之前来到石池，等玉女投出小石头，水芝果然浮出，班行达竟将水芝拔出。玉女远在山岩处，有时停在树梢上，既然水芝已被采去，玉女就只能叹息返回。第二日，班行达如法炮制。如此十天后，玉女稍与班行达竞争，脚步相接。班行达瞬间抓住玉女头发，玉女无法腾空离去，班行达凭武力挟制玉女，不停逼迫。玉女呼号求救，抵死不从，但气力殆尽，最终被班行达玷污。班行达将她囚禁屋内。第二日，班行达返回屋内，只见一满头白发的老太太，异

述始终。观中人固有闻知其故者，计其年盖百有余矣。众哀之，因共放去，不经月而殁。（出《集异记》）

边洞玄

唐开元末，冀州枣强县女道士边洞玄，学道服饵四十年，年八十四岁。忽有老人，持一器汤饼，来诣洞玄曰："吾是三山仙人，以汝得道，故来相取。此汤饼是玉英之粉，神仙所贵，顷来得道者多服之。尔但服无疑，后七日必当羽化。"洞玄食毕，老人曰："吾今先行，汝后来也。"言讫不见。后日，洞玄忽觉身轻，齿发尽换，谓弟子曰："上清见召，不久当往。顾念汝等，能不悢悢？善修吾道，无为乐人间事，为土棺散魂耳。"满七日，弟子等晨往问讯动止，已见紫云昏凝，遍满庭户；又闻空中有数人语，乃不敢入，悉止门外。须臾门开，洞玄乃乘紫云，竦身空中立，去地百余尺，与诸弟子及法侣等辞诀。时刺史源复与官吏、百姓等数万人，皆遥瞻礼。有顷日出，紫气化为五色云，洞玄冉冉而上，久之方灭。（出《广异记》）

崔书生

唐开元天宝中，有崔书生于东州逻谷口居，好植名花。暮春之中，英蕊芬郁，远闻百步。书生每初晨，必盥漱看之。忽有一女，自西乘马而来，青衣老少数人随后。女有殊色，所乘骏马极佳。崔生未及细视，则已过矣。明日又过，崔生乃于花下，先致酒茗樽杓，铺陈茵席，乃迎马首拜曰："某性好花木，此园无非手植。今正值香茂，颇堪流眄。女郎频日而过，计仆驭当疲。敢具单醪，以俟憩息。"女不顾而过。其后青衣曰："但具酒馔，何忧不至？"女顾常病弱，起坐艰难，视听模糊不清。班行达感到惊异，慌忙召来观中人，详述事情原委，众人又一同探问玉女，玉女详述始末。观中本来就有听说过的人，估计玉女年龄百岁有余。众人可怜她，共同放她离去，后来不出一月玉女就亡故了。（出《集异记》）

边洞玄

唐代开元末年，冀州枣强县有女道士名边洞玄，修道服仙药四十年。边洞玄八十四岁时，忽然有一老者手持一食器汤饼，来拜访她，他说："我是三山仙人，因你得道，特来相迎。这汤饼由玉英粉制成，是神仙珍视的东西，近来得道者大多都吃。你尽管服食，不要多疑，服后七天定能羽化升仙。"洞玄吃完，老者说："我现在先去，你随后跟上。"言罢消失不见。两天后，洞玄忽然感觉身体轻盈，牙齿和头发重新更换，她对弟子说："上清召见我，不久将前往。但挂念尔等，怎能心无遗憾？你们自当潜心修行我道，不要沉迷人间的快乐，沦为土棺亡魂。"七天已到，众弟子清晨前往问讯动身安排时，已见紫云凝聚布满庭院。又听到空中多人言语，众弟子不敢上前，都站在门外。不久，门开，洞玄乘着紫云，纵身立于空中，离地百余尺，与众弟子及道侣辞别。当时刺史源复与官吏百姓数万人，都远望瞻仰行礼。一会儿太阳出来，紫气化为五色祥云，洞玄冉冉升空，紫气很久才消散。（出《广异记》）

崔书生

唐朝开元天宝年间，有个书生姓崔，住在东州逻谷口，好种名花。每至暮春，花蕊芬郁，远于百步外就能闻到花香。崔生每日清晨，都要洗漱看花。一日，忽然有一女子从西边驾马而来，身着青衣，随行老少数人。女子姿色非凡，所驾骏马也是极品。崔生未来得及细看，女子就已走过。第二日女子又经过，崔生早在花下备了茶酒饮具，铺好草席，迎着马首行礼说："我生性喜欢花木，这园中花木无不栽自我手。如今正是花繁香浓的时节，正应当流连观赏。您近日叱曰："何故轻与人言！"

崔生明日又先及，鞭马随之，到别墅之前，又下马，拜请良久。一老青衣谓女曰："马大疲，暂歇无爽。"因自控马，至当寝下。老青衣谓崔生曰："君既未婚，予为媒妁可乎？"崔生大悦，载拜跪请。青衣曰："事亦必定。后十五六日，大是吉辰，君于此时，但具婚礼所要，并于此备酒肴。今小娘子阿姊在逻谷中，有小疾，故日往看省。向某去后，便当咨启，期到皆至此矣。"于是俱行，崔生在后，即依言营备吉日所要。至期，女及姊皆到。其姊亦仪质极丽，送留女归于崔生。

崔生母在故居，殊不知崔生纳室。崔生以不告而娶，但启以婢媵。母见新妇之姿甚美。经月余，忽有人送食于女，甘香殊异。后崔生觉母慈颜衰悴，因伏问几下。母曰："有汝一子，冀得求全。今汝所纳新妇，妖媚无双，吾于土塑图画之中，未曾见此。必是狐魅之辈，伤害于汝，故致吾忧。"崔生入室，见女泪涕交下曰："本侍箕帚，望以终天；不知尊夫人待以狐魅辈，明晨即别。"崔生亦挥涕不能言。

明日，女车骑复至，女乘一马，崔生亦乘一马从送之。入逻谷三十里，山间有一川，川中有异花珍果，不可言纪；馆宇屋室，侈于王者。青衣百许迎拜曰："无行崔郎，何必将来？"于是捧入，留崔生于门外。未几，一青衣女传姊言曰："崔郎遗行，太夫人疑阻，事宜便绝，不合相见；然小妹曾奉周旋，亦当奉屈。"俄而召崔生频繁经过，我想随行众人马多有倦意。我斗胆备上薄酒，等您在此暂歇。”女子不屑一顾径直走过。她身后青衣婢女说：“只管备下酒菜，何愁不至？”女子回头呵斥：“为何轻易与人交谈！”

崔生第二日先到一步，扬鞭策马追随女子身后，在一座别墅前下马，行礼请求良久。一年长的青衣婢女对女子说：“马匹实在疲乏，稍作歇息也无不可。”于是女子自行驾马，行至寝室门前。年长婢女对崔生说：“您既然尚未婚配，我为你们二人做媒，你可同意？”崔生欣喜非常，跪拜请求。年长婢女说：“这婚事一定能成。再过十五六日，就是良辰吉日，您在那时，备齐婚礼所需之物，并办好酒席。如今小娘子的姐姐在逻谷中，得了点小病，所以日日探病。你离去后，我就提议，日子一到我们都会如期而来。”言罢一同离去，崔生跟在后边。崔生回家，依照年长婢女所言，吉日所需一应俱全。到了约定之日，女子和她的姐姐都来了。她姐姐的姿容风度无比俏丽，将女子托付崔生。

崔生母亲仍在故居，丝毫不知崔生娶妻之事。崔生由于未先请示私自娶妻，只得向母亲撒谎女子只是婢妾。他母亲看到新娘，觉得她姿色非凡。一个多月后，忽然有人送来吃食给女子，那食品甚是香甜，绝非凡俗。后来崔生觉得母亲面容憔悴，跪伏在案下给母亲问安。他母亲说：“我只有你一个儿子，希望你能得以保全。如今你新娶的媳妇，妖媚无双，我在泥塑图画中，也未见过如此美貌的女子，定是狐妖之类的邪祟，只怕对你有害，以致我忧虑不已。”崔生进入自己房间，只见女子涕泪交下地说：“我照顾你，操持家务，盼着与你厮守一生；想不到令堂觉得我是狐妖，明日一早我就离去。”崔生也泪流满面，不能言语。

第二日，女子车马又来了，女子驾一匹马，崔生也驾一匹马相随送行。进入逻谷三十里，山间有片平原，遍布奇花异果，其中景致无以言表，馆宇屋舍奢华胜过王室。青衣仆人数百人迎接行礼说：“这德行败坏的崔郎，何必同来！”于是簇拥着女子将她请入，独留崔生在门外。不一会儿，一青衣婢女转达女子姐姐的话：“崔郎德行缺失，太夫人心有疑虑从中阻挠，婚事自当即刻断绝，无需再见；但小入，责诮再三，词辨清婉。崔生但拜伏受谴而已，后遂坐于中寝对食。食讫命酒，召女乐洽奏，铿锵万变。乐阕，其姊谓女曰："须令崔郎却回，汝有何物赠送？"女遂袖中取白玉盒子遗崔生，生亦留别，于是各呜咽而出门。至逻谷口回望，千岩万壑，无有远路。因恸哭归家，常持玉盒子，郁郁不乐。

忽有胡僧扣门求食曰："君有至宝，乞相示也。"崔生曰："某贫士，何有是请？"僧曰："君岂不有异人奉赠乎？贫道望气知之。"崔生试出玉盒子示僧。僧起，请以百万市之，遂往。崔生问僧曰："女郎谁耶？"曰："君所纳妻，西王母第三女玉卮娘子也。姊亦负美名于仙都，况复人间！所惜君纳之不得久远，若住得一年，君举家不死矣！"（出《玄怪录》）

骊山姥

骊山姥，不知何代人也。李筌好神仙之道，常历名山，博采方术。至嵩山虎口岩石室中，得黄帝《阴符》本，绢素书，缄之甚密。题云："大魏真君二年七月七日，道士寇谦之藏之名山，用传同好。"以糜烂，筌抄读数千遍，竟不晓其义理。

因入秦，至骊山下，逢一老母，鬟髻当顶，余发半垂，弊衣扶杖，神状甚异。路旁见遗火烧树，因自言曰："火生于木，祸发必克。"筌闻之惊，前问曰："此黄帝《阴符》秘文，母何得而言之？"母曰："吾受此符已三元六周甲子矣。三元一周，计一百八十年，六周共计一千八十年矣，少年从何而知？"筌稽首载拜，具告得符之所，因请问玄义。使筌正立，向明视之曰："受此符者，当须名列仙籍，骨相应仙，而后可以语至道之幽妙，启玄关之锁钥耳。不然者，反受其咎也。少年颧骨贯于生门，命轮齐于日角，血脉未减，妹曾在崔郎身边照顾，稍作周旋，委屈些让他进来吧！”不久，召入崔生，将他反复责骂，言辞清晰。崔生只能拜伏接受谴责，之后一同在屋内用餐。吃完传令摆酒，召艺女合奏，乐声铿锵万变。乐声停后，女子姐姐对女子说：“该让崔郎返回了，你可有东西送他？”女子就从袖间取出一白玉盒赠给崔生，崔生也留下东西告别，各自哽咽告别后崔生出门离去。崔生行至逻谷口回头望去，千山万壑，不见归途。心中悲凄痛哭着回家，此后，他时常手持玉盒郁郁寡欢。

一日，忽然有一胡僧敲门化缘说：“您有世间至宝，能否给我看看？”崔生说：“我只是一个穷书生，你怎会有这种请求？”胡僧说：“您难道没有受异人相赠？贫道观您周身气息便知晓此事。”崔生试探地拿出玉盒给胡僧看。胡僧起身，用一百万两银子求购。买到后，崔生问胡僧：“那女子是谁？”胡僧说：“您的妻子，是西王母三女儿玉卮娘子。她姐姐在仙界极负盛名，何况是人间！只可惜您娶她时间不长，若能同住一年，您全家将长生不死！”（出《玄怪录》）

骊山姥

骊山姥，不知她是哪朝人。李筌好神仙之道，常漫游名山，广纳方术，在嵩山虎口岩洞内，得到黄帝所著《阴符》绢素书。素书包装严密。上面写着：大魏真君二年七月七日，道士寇谦之藏于名山，以传道友。由于书已糜烂，李筌将其誊读数千遍，但仍不解其意。

因而他到陕西去，行至骊山脚下，偶遇一老妇人，头顶发髻，其余的头发半垂着，身着破衣服，拄着拐杖，神态怪异，她看到路边的野火烧树，就自言自语道：“火生于木，祸发必克。”李筌听后诧异，上前询问：“这话是黄帝所著《阴符》中的密文，您从何得知？”老妇说：“我掌握此符，已三元六周甲子了。三元一周，共一百八十年，六周共一千零八十年。年轻人，你从何得知？”李筌稽首行礼，详述得到此符的地方，进而请教《阴符》的玄义。老妇人让李筌站直，对着光仔细打量他说：“接受这符的人，需要名列仙籍，有仙骨，然后可将至道玄妙奥义讲授给他，这是启发玄关之锁的钥匙。如果不是这心影不偏，性贤而好法，神勇而乐智，真吾弟子也！然四十五岁，当有大厄。”因出丹书符一通，贯于杖端，令筌跪而吞之，曰：“天地相保。”

于是命坐，为说《阴符》之义曰：“阴符者，上清所秘，玄台所尊，理国则太平，理身则得道。非独机权制胜之用，乃至道之要枢，岂人间常典耶？昔虽有暴横，黄帝举贤用能，诛强伐叛，以佐神农之理。三年百战，而功用未成。斋心告天，罪己请命。九灵金母命蒙狐之使，授以玉符，然后能通天达诚，感动天帝。命玄女教其兵机，赐帝九天六甲兵信之符，此书乃行于世。凡三百余言，一百言演道，一百言演法，一百言演术。上有神仙抱一之道，中有富国安民之法，下有强兵战胜之术。皆出自天机，合乎神智。观其精妙，则《黄庭》《八景》，不足以为玄；察其至要，则经传子史，不足以为文；较其巧智，则孙吴韩白，不足以为奇。一名《黄帝天机之书》，非奇人不可妄传，九窍四肢不具、悭贪愚痴、骄奢淫佚者，必不可使闻之。凡传同好，当斋而传之。有本者为师，受书者为弟子。不得以富贵为重、贫贱为轻，违之者夺纪二十。每年七月七日写一本，藏名山石岩中，得加算。本命日诵七遍，益心机，加年寿，出三尸，下九虫，秘而重之，当传同好耳。此书至人学之得其道，贤人学之得其法，凡人学之得其殃，职分不同也。经言君子得之固躬，小人得之轻命，盖泄天机也。泄天机者沉三劫，得不戒哉！”

言讫，谓筌曰：“日已晡矣，吾有麦饭，相与为食。”袖中出一瓠，命筌于谷中取水。既满，瓠忽重百余斤，力不能制而沉泉中。却至树下，失姥所在，惟于石上留麦饭数升。怅望至夕，不复见姥，筌食麦饭。自此不食，因绝粒求道，注《阴符》，述二十四机，样的人，反会遭受责罚。你颧骨贯通生门，命轮与月角平齐，血脉未衰，心影不偏，生性贤德，爱好道法，勇猛机智，真乃我命定的弟子啊！但在四十五岁时，你将有大难。”于是她拿出朱砂写了一道符，悬于拐杖顶端，让李筌跪着将它吞入，说：“天地相保。”

接着命季筌坐下，为他讲解《阴符》奥义。她说：“阴符，上清秘卷，玄台典藏，用它理政则太平，用它修身则得道。不仅可用来在权谋诡谲中取胜，而且是至道的关键核心，岂是人间寻常的书籍？从前蚩尤暴虐，黄帝选贤举能，诛杀穷凶讨伐逆党辅佐神农氏治国。三年百场战争，但大业未成。他斋戒祭告，自省请命。九灵金母派蒙狐使者授黄帝玉符，此后便可向上天传达诚意，触动天帝。天帝派玄女传授他用兵机要，赐黄帝九天六甲兵信之符，这书便流于世上。《阴符》共三百多字，一百字释道，一百字释法，一百字释术。上有神仙抱元守一之道，中有国泰民安之法，下有养兵作战之术。这些内容都是天机，与神仙心智吻合。参悟其中精妙，黄庭八景就算不上玄妙；洞察其中关窍，经传子史就算不上文章；掌握其中巧智，孙吴韩白就算不上奇人。这书别名《黄帝天机之书》，不是奇人不可胡乱传授。九窍四肢不健全，吝啬贪婪愚昧痴谗，骄奢淫逸的人，一定不可令他们知晓。凡是传给同道之人，应当斋戒后传授，有本的人是师父，受书的人是弟子。不能以贫富区分，违者减寿二十年。每年七月七日誊写一本，藏于名山石岩内，便可增寿，本命日诵读七遍，则增益心机、延长寿命、抵御三尸、降服九虫，保密珍视，传予同道之人。至人掌握后可得其道，贤人掌握后可得其法，凡人掌握却会受惩罚，是因为人资质各异。经上说君子习得可固身，小人习得会丧命，这是因为人的职分不同啊。泄露天机的人将遭受三劫，不得不谨慎。”

说罢，对李筌说：“已到吃饭的时候了，我有麦饭，一同吃饭吧。”从袖中拿出一瓢，令李筌到谷中取水。瓢里盛满水后，竟有百余斤重，李筌无力控制，瓢沉入泉底。李筌回到树下，老妇不见踪迹，石头上独留几升麦饭。他惆怅地等至夜间，没再见到老妇，便吃了麦饭。此后李筌不再饮食，辟谷修道，注解《阴符》，讲述二十四

著《太白阴经》，述《中台志阃外春秋》，以行于世。仕为荆南节度副使、仙州刺史。（出《集仙传》）

黄观福

黄观福者，雅州百丈县民之女也。幼不茹荤血，好清静，家贫无香，以柏叶、柏子焚之。每凝然静坐，无所营为，经日不倦。或食柏叶，饮水自给，不嗜五谷。父母怜之，率任其意。既笄，欲嫁之，忽谓父母曰："门前水中极有异物。"女常时多与父母说奇事先兆，往往信验。闻之，因以为然，随往看之。水果来汹涌，乃自投水中，良久不出。漉之，得一古木天尊像，金彩已驳，状貌与女无异。水即澄静，便以木像置路上，号泣而归。其母时来视之，忆念不已。忽有彩云仙乐，引卫甚多，与女子三人，下其庭中，谓父母曰："女本上清仙人也，有小过，谪在人间。年限既毕，复归天上，无至忧念也。同来三人，一是玉皇侍女，一是天帝侍辰女，一是上清侍书。此去不复来矣。今来此地疾疫死者甚多，以金遗父母，使移家益州，以避凶岁。"即留金数饼，升天而去。父母如其言，移家蜀郡。其岁疫毒，黎雅尤甚，十丧三四，即唐麟德年也。今俗呼为黄冠佛，盖以不识天尊道像，仍是相传语讹，以黄冠福为黄冠佛也。（出《集仙传》）

机，著《太白阴经》《中台志阃外春秋》流行于世。李筌出任过荆南节度副使、仙州刺史。（出《集仙传》）

黄观福

黄观福，是雅州百丈县一普通百姓家的女儿。她幼时不沾荤腥，好清静，家境贫寒没有香料，就焚烧柏叶、柏子代替。每当她凝神静坐，不管其他，几日不觉疲累。她有时以柏叶为食、饮水自己提供，不爱吃五谷。父母怜爱她，循其本性。十五岁后，父母想将她嫁出，她忽然对父母说："门前水中有极灵异之物。"女儿平时常告诉父母奇异之事的先兆，往往得到验证，所言非虚。所以父母听后，信以为真，随女儿去看灵物。河水果真汹涌澎湃，黄观福自己投河，许久未出。人们捞她，只捞得一古木天尊像，像上金彩斑驳，像的体貌与黄观福相同，此时河水平静。她父母将木像放在路上，哀泣而归。她母亲时常来看她，思念不已。一日，忽然出现彩云仙乐，黄观福带领众多护卫，与三女子从天降至黄院中，对她父母说："女儿本是上清境仙人，犯小错被贬人间。现今期限已到，返回天上，你们无需忧虑挂念。同行三人，一位是玉皇侍女，一位是天帝侍辰女，一位是上清侍书。此去不复相见。近来此地疫病横行，死者众多，我将金子留给你们，你们搬到益州，躲避凶年。"她留下几块金子，升天而去。父母按照她所说，搬到蜀郡。那年疫病在黎、雅二州尤其严重，十人中就有三四人死于疫病，这事发生在唐代麟德年间。如今世人称她为黄冠佛，世人不认识天尊道像，口耳相传时误将黄冠福当作黄冠佛。（出《集仙传》）

卷第六十四　女仙九

杨正见　董上仙　张连翘　张镐妻　太阴夫人

杨正见

杨正见者，眉州通义县民杨宠女也。幼而聪悟仁悯，雅尚清虚。既笄，父母娉同郡王生。王亦巨富，好宾客。一旦，舅姑会亲故，市鱼，使正见为脍。宾客博戏于厅中，日昃而盘食未备。正见怜鱼之生，盆中戏弄之，竟不忍杀。既晡矣，舅姑促责食迟，正见惧，窜于邻里，但行野径中，已数十里，不觉疲倦。见夹道花木，异于人世。至一山舍，有女冠在焉，具以其由白之。女冠曰："子有愍人好生之心，可以教也。"因留止焉。

山舍在蒲江县主簿化侧，其居无水，常使正见汲涧泉。女冠素不食，为正见故，时出山外求粮以赡之，如此数年。正见恭慎勤恪，执弟子之礼，未尝亏怠。忽于汲泉之所有一小儿，洁白可爱，才及年余，见人喜且笑。正见抱而抚怜之，以为常矣，由此汲水归迟者数四。女冠疑怪而问之，正见以事白。女冠曰："若复见，必抱儿径来，吾欲一见耳。"自是月余，正见汲泉，此儿复出，因抱之而归。渐近家，儿已僵矣，视之尤如草树之根，重数斤。女冠见而识之，乃茯苓也，命洁甑以蒸之。会山中粮尽，女冠出山求粮，给正见一日食、柴三小束，谕之曰："甑中之物，但尽此三束柴，止火可也，勿辄视之。"女冠出山，期一夕而回。此夕大风雨，山水溢，道阻，十日不归。正见食尽饥甚，闻甑中物香，因窃食之，数日俱尽，女冠方归。闻之叹曰："神仙固当有定分！向不遇雨水坏道，汝岂得尽食灵药乎？吾师常云：'此山有人形茯苓，得食之者白日

杨正见

杨正见，是眉州通义县杨姓百姓宠爱的女儿。她幼时聪慧仁慈，崇尚清虚之道。成年后，父母将她嫁给同郡的王生。王生家富甲一方，喜迎宾客。一日早晨，公婆聚合亲友相会，买了鱼，让正见做成鱼脍。宾客在厅堂下棋赌博，直到太阳西斜，饭菜还未做好。因为正见见鱼可怜不忍杀害，将它放在盆中逗弄，一直没有动手。晡时已到，公婆催促，责怪她延误晚膳。正见受惊，逃到邻居家，又逃到荒野，走出几十里，不觉疲倦。这时她看到路边花木，与世间寻常花木不同。她走到一山舍中，里面有位女道士，杨正见将她出逃至此的原委据实相告。女道士说："你有慈悲好生的心肠，值得教化。"就将她留在山舍。

山舍在蒲江县主簿化旁，没有水源，女道士常让正见去山涧打水。女道士平时不吃饭，由于正见的缘故，不时出山寻求粮食，来养活正见，如此过了数年。正见恭顺审慎，勤勉谨守，秉持弟子之礼，从未怠慢。一日，她在打水处看到一小孩，这孩子洁白可爱，刚一岁多点，见到旁人欢欢喜喜地笑。正见抱起他爱抚，久而久之习以为常。因此正见多次打水晚归，女道士觉得奇怪，就问正见，正见将小孩的事一五一十禀告。女道士说："如若再见，一定要直接将小孩抱回，我想看看。"一个多月后，正见打水时，那小孩又出现，她将小孩宝抱起回家。快到家时，小孩已僵硬，看起来像树根，几斤重。女道士看后将它认出，原来是块茯苓，就让正见洗锅蒸它。正好山里粮食吃完了，女道士出山寻粮，留给正见一日的口粮与三捆柴，叮嘱说："锅内之物，烧尽这三捆柴，停火便可，切勿开锅查看。"女道士出山，约定一夜后回来。这夜风雨大作，流水漫溢，山路受阻，女道士十日未归。瓮尽杯干，正见饥火烧肠，闻到锅内之物甚是香甜，就偷升天。’吾伺之二十年矣。汝今遇而食之，真得道者也。”

自此正见容状益异，光彩射人，常有众仙降其室，与之论真宫天府之事。岁余，白日升天，即开元二十一年壬申十一月三日也。常谓其师曰：“得食灵药，即日便合登仙；所以迟回者，幼年之时，见父母拣税钱输官，有明净圆好者，窃藏二钱玩之。以此为隐藏官钱过，罚居人间更一年耳。”其升天处，即今邛州蒲江县主簿化也，有汲水之处存焉。昔广汉主簿王兴，上升于此。（出《集仙录》）

董上仙

董上仙，遂州方义女也。年十七，神姿艳冶，寡于饮膳，好静守和，不离于世。乡里以其容德，皆谓之上仙之人，故号曰“上仙”。忽一旦紫云垂布，并天乐下于其庭，青童子二人，引之升天。父母素愚，号哭呼之不已。去地数十丈，复下还家，紫云青童，旋不复见。居数月，又升天如初。父母又号泣，良久复下。唐开元中，天子好尚神仙，闻其事，诏使征入长安。月余，乞还乡里，许之。中使送还家。百余日复升天，父母又哭之。因蜕其皮于地，乃飞去。皮如其形，衣结不解，若蝉蜕耳。遂漆而留之，诏置上仙、唐兴两观于其居处。今在州北十余里，涪江之滨焉。（出《集仙录》）

偷吃了充饥，几天后吃完时女道士才回来。女道知道后叹道：“得道升仙自有定数，若非逢着大雨冲毁道路，你怎能将灵药吃光？我师父常说：‘这山中有人形茯苓，服用的人可白日升天。’我等这机会二十年了。你如今遇上并吃了，你注定是得道之人。”

从此，正见容光焕发，体态非凡，光彩照人。常有众仙降临她的居室，与她讨论真宫天府事宜。一年多后，正见白日飞升成仙，时值开元二十一年壬申十一月三日。她曾对她师父说：“服用灵药后，我即刻便应登上仙位。之所以迟迟不动身，是因为我幼时，看到父母检查送往官府的税钱，其中有两枚明亮圆润好看的，我便私藏起来把玩，从而犯了私藏官钱之错，被罚留居人间一年。”她升天之处，即现今邛州蒲江县主簿化，仍有汲水处留存。过去广汉主簿王兴也在此处升天。（出《集仙录》）

董上仙

董上仙，是遂州方义县女子。她年纪十七岁，神姿妖艳，很少吃饭饮水，喜好清静保持平和，不疏离世人。乡中人依照她品德容貌，说她是仙人，所以称她为“上仙”。一日，忽然紫云低垂密布，随着天中仙乐一同降至院内，两名青衣童子引领她升入天界。她父母素来愚钝，号哭呼喊不已。董上仙飞升离地几十丈，又下来回到家中，紫云及青衣童子旋即消失。她住了几月，又像之前那样飞升，父母又哭号不止，她飞升良久又返回了。唐朝开元年间，天子崇尚神仙，闻听此事，诏使者带上仙入长安。过了一个多月，上仙恳请回家，皇帝应允，派宫中使者送她回家。一百多天后，她再次飞升，父母哭号如旧，上仙将皮肤蜕在地上才得以飞升。皮肤与她身形一致，衣物丝结无法解开，宛如蝉蜕。她父母便将皮封漆存留。皇帝下令设置上仙、唐兴两座道观于其故居。现今这两座道观在州北十多里，涪江边上。（出《集仙录》）

张连翘

黄梅县女道士张连翘者，年八九岁。常持瓶汲水，忽见井中有莲花如小盘，渐渐出井口。往取便缩，不取又出，如是数四，遂入井。家人怪久不回，往视，见连翘立井水上。及出，忽得笑疾。问其故，云："有人自后以手触其腋，痒不可忍。"父母以为鬼魅所加，中夜潜移之舅族，方不笑。顷之，又还其家，云饥，求食，日食数斗米饭，虽夜置菹肴于卧所，觉即食之。如是六七日，乃闻食臭，自尔不复食，岁时或进三四颗枣，父母因命出家为道士。年十八，昼日于观中独坐，见天上堕两钱，连翘起就拾之。邻家妇人乃推篱倒，亦争拾，连翘以身据钱上。又与黄药三丸，遽起取之。妇人擘手，夺一丸去，因吞二丸，俄而皆死。连翘顷之醒，便觉力强神清，倍于常日。其妇人吞一丸，经日方苏，饮食如故。天宝末，连翘在观，忽悲思父母，如有所适之意。百姓邑官，皆见五色云拥一宝舆，自天而下。人谓连翘已去，争来看视。连翘初无所觉，云亦消散。谕者云："人众故不去。"连翘至今犹在，两肋相合，形体枯悴，而无所食矣。（出《广异记》）

张镐妻

张镐，南阳人也。少为业勤苦，隐王房山，未尝释卷。山下有酒家，镐执卷诣之，饮二三杯而归。一日，见美妇人在酒家，揖之与语，命以同饮。欣然无拒色，词旨明辨，容状佳丽。既晚告去，镐深念之，通夕不寐。未明，复往伺之，已在酒家矣。复召与饮，微词调之。妇人曰："君非常人，愿有所托，能终身，即所愿也。"镐许诺，与之归，山居十年。而镐勤于坟典，意渐疏薄，时或忿

张连翘

黄梅县女道士张连翘这个人，八九岁时，常拿瓶子打水。一日，她忽然看到井中有莲花，像个小盘子，渐渐探出井口。张连翘伸手摘它就缩回去，不摘它又长出。如此数次，连翘跳入井内。家人奇怪连翘这么长时间没有回去，到井台去看，见连翘立于井水之上。出来后，连翘忽然得了笑疾。问她缘由，她说有人从她身后用手挠她腋窝，奇痒难耐。父母以为鬼魅作祟，半夜悄悄将连翘送到舅舅家，连翘这才止住不笑。一段时间后，连翘又回到家中，说饿了想饭，每日能吃几斗米，即便夜里也要放置菜肴在她卧榻旁，等醒来吃。如此六七天，她闻到食物便觉得臭，从此不再吃饭，逢年过节有时吃三四颗枣，父母就让她出家当道士。十八岁时，张连翘白天独自坐在观中，看见天上掉下两枚钱，连翘起身捡起。邻居妇人竟将篱笆推倒，来争着拾钱，连翘将身体压在钱上。天上又掉下三丸黄药，连翘急忙取药。妇人掰开连翘的手，夺走一丸，连翘只得吞下两丸。不久，两人都死了。连翘很快醒来，觉得气力强健，神清气爽，比寻常强一倍。那女人吃了一丸，过了一日才苏醒，饮食如故。天宝末年，连翘在道观里，忽然悲伤地挂念父母，仿佛有即将远行的感觉。百姓和县官都看到五彩祥云拥簇着一宝车从天而降，人们以为连翘升仙而去，争相来看。连翘起初并没有觉察什么，云也逐渐消散。懂的人说："因为围观的人太多，所以她没有去成。"连翘至今还在人世，两胁相合，身形枯槁憔悴，却不进食。（出《广异记》）

张镐妻

张镐，南阳人。他年少时学习勤奋刻苦，隐居在王屋山，手不释卷。山下有个酒家，张镐常拿着书卷到酒家中，喝两三杯才回家。一日，他看到酒家内有一貌美女子，就上前作揖交谈，邀美人共饮。美人欣然同意，交谈中美人词句流畅，容貌美丽动人。天色渐晚，那女子辞去，张镐心中留念不舍，彻夜难眠。天未明，张镐又去酒家等她，美人已在酒家。张镐又邀她共饮，言词微妙挑逗。美人说："您恚。妇人曰："君情若此，我不可久住。但得鲤鱼脂一斗合药，即是矣。"镐未测所用，力求以授之。妇以鲤鱼脂投井中，身亦随下。须臾，乘一鲤自井跃出，凌空欲去，谓镐曰："吾比待子立功立事，同升太清。今既如斯，固子之薄福也。他日守位不终，悔亦何及！"镐拜谢悔过。于是乘鱼升天而去。镐后出山，历官位至宰辅。为河南都统，常心念不终之言，每自咎责。后贬辰州司户，复征用薨，时年方六十。每话于宾友，终身为恨矣。（出《神仙感遇传》）

太阴夫人

卢杞少时，穷居东都，于废宅内赁舍。邻有麻氏妪孤独。杞遇暴疾，卧月余，麻婆来作羹粥。疾愈后，晚从外归，见金犊车子在麻婆门外。卢公惊异，窥之，见一女年十四五，真神人。明日潜访麻婆，麻婆曰："莫要作婚姻否？试与商量。"杞曰："某贫贱，焉敢辄有此意？"麻曰："亦何妨！"既夜，麻婆曰："事谐矣。请斋三日，会于城东废观。"既至，见古木荒草，久无人居。逡巡，雷电风雨暴起，化出楼台，金殿玉帐，景物华丽。有辎軿降空，即前时女子也。与杞相见曰："某即天人，奉上帝命，遣人间自求匹偶耳。君有仙相，故遣麻婆传意。更七日清斋，当再奉见。"女子呼麻婆，付两丸药。须臾雷电黑云，女子已不见，古木荒草如旧。

麻婆与杞归，清斋七日，斸地种药，才种已蔓生；未顷刻，二葫芦生于蔓上，渐大如两斛瓮。麻婆以刀刳其中，麻婆与杞各不同寻常，我愿意托付，与您相伴终身，即我所愿。”张镐应允，带她一同回去，同居山中十年。而张镐埋首读书，对妻子感情逐渐疏淡，有时甚至动怒，言语激烈。美人说：“您的感情如果只是这样，我恐不能久留。只求得到一斗鲤鱼脂用来配药，我便满足。”张镐猜不出鲤鱼脂用来干什么，尽力找来给她。美人将鲤鱼脂投入井中，自己也随着跳入。不久，美人乘一鲤鱼自井中飞出，腾空临别时，对张镐说：“我原打算等您建功立业，一同飞升太清境成仙。如今事已至此，是您无福消受。来日，你守不住现在已有的一切，追悔莫及。”张镐下拜道歉悔过。美人乘鱼飞升。张镐后来出山，官拜宰相。他任河南都统时，常回想当初守位不终的话陷入自责。他被贬为辰州司户，重新征用时去世，年方六十。生前，他每与宾朋谈起旧事，都觉得抱憾终身。（出《神仙感遇传》）

太阴夫人

卢杞年少时家境贫寒，住在东都，在一废宅内租房。邻居有位姓麻的老妇，孤身独居。一次，卢杞突染重病，卧床一月有余，麻婆为他煮汤做粥。病愈后，有一天晚上，卢杞从外回家，看到麻婆门外停着一辆漂亮的牛车。卢杞诧异，偷偷地去看，只见一女子，十四五岁，貌若神人。第二日，卢杞悄悄问麻婆，麻婆说：“你想要我替你做媒吗？我可试着与她商量。”卢杞说：“我家境贫寒，怎敢妄想？”麻婆说：“有何妨！”至夜，麻婆说：“婚事商定了。请你斋戒三日，在城东的废弃道观相会。”斋戒三天后，卢杞到了废观，只见古树荒草，久无人烟。过了一会儿，风雨雷电骤起，幻化出亭台楼阁、金殿玉帐，景物华丽。有辆带帷幕的车子从天而降，车上所坐即是前些日子麻婆屋内女子。女郎见卢杞，说：“我是天人，奉上天之命，在人间自行寻得良配。您有仙姿，所以我派麻婆传递心意。请再斋戒七天，当再见面。”女子喊来麻婆，给了两丸药。不一会儿，又起雷电黑云，女子消失不见，依旧是满眼古树荒草。

麻婆与卢杞回去，清心斋戒七天，刨地种药，刚播种就生出藤蔓；不多时，两个葫芦从蔓上长出，逐渐长大，像装酒的大瓮一般。

处其一。仍令具油衣三领。风雷忽起，腾上碧霄，满耳只闻波涛之声。久之觉寒，令着油衫，如在冰雪中，复令着至三重，甚暖。麻婆曰："去洛已八万里。"长久，葫芦止息，遂见宫阙楼台，皆以水晶为墙垣，被甲伏戈者数百人。

麻婆引杞入见。紫殿从女百人，命杞坐，具酒馔。麻婆屏立于诸卫下。女子谓杞："君合得三事，任取一事：常留此宫，寿与天毕；次为地仙，常居人间，时得至此；下为中国宰相。"杞曰："在此处实为上愿。"女子喜曰："此水晶宫也。某为太阴夫人，仙格已高。足下便是白日升天，然须定，不得改移，以致相累也。"乃赍青纸为表，当庭拜奏，曰："须启上帝。"

少顷，闻东北间声云："上帝使至！"太阴夫人与诸仙趋降。俄有幢节香幡，引朱衣少年立阶下。朱衣宣帝命曰："卢杞，得太阴夫人状云，欲住水晶宫，如何？"杞无言。夫人但令疾应，又无言。夫人及左右大惧，驰入，取鲛绡五匹，以赂使者，欲其稽缓。食顷间又问："卢杞，欲水晶宫住？作地仙？及人间宰相？此度须决！"杞大呼曰："人间宰相！"朱衣趋去。太阴夫人失色曰："此麻婆之过，速领回！"推入葫芦。又闻风水之声，却至故居，尘榻宛然。时已夜半，葫芦与麻婆并不见矣。（出《逸史》）

麻婆用刀从中间剖开，麻婆卢杞各坐一只，又让卢杞准备雨衣三件。这时风雷骤起，二人乘葫芦飞到云天之上，满耳只听见波涛声。时间久了，觉得寒冷，麻婆让卢杞穿上雨衣，卢杞仿佛身处冰天雪地。麻婆又让他三件叠穿，这才觉得很是暖和。麻婆说："离洛阳已八万里。"又过了很久，葫芦停下，只见宫阙楼台，都用水晶做为墙垣，披甲持戈的卫兵有几百人。

麻婆领着卢杞进见。紫色宫殿上，几百女子随那女子走出，女子命卢杞坐下，下令准备酒筵。麻婆直立在众侍卫之下。女郎对卢杞说："您可从三件事中任选一件：永远留在这宫内，寿与天齐；二是任地仙，留在人间，有时也能来此；三是做一国宰相。"卢杞说："留在此处是我最大愿望。"女子笑言："这是水晶宫，我是太阴夫人，仙格颇高。留在此处，无异于白日飞升成仙。一旦决定，不得悔改，以免牵连我。"女子拿出青纸作表文，当庭拜奏说："须禀明上帝。"

过了一会儿，听到东北方向传来声音："上帝使者到！"太阴夫人与众仙忙起身相迎。一会儿，出现幢节香幡，引着一红衣少年立于阶下。红衣少年宣布上帝指令："卢杞，太阴夫人奏言，你愿长留水晶宫，你意下如何？"卢杞不说话。太阴夫人让他赶快回应，但卢杞仍旧不说话。夫人与左右仙官惶恐，进宫取出五匹鲛绡，贿赂使者，让他稍微等等。大约一顿饭的时间后，使者又问："卢杞，你想要定居水晶宫，做地仙，还是在人间做一国宰相？这次必须做出定夺。"卢杞大呼："我想回人间做宰相！"红衣少年听罢离去。太阴夫人大惊失色，说："这是麻婆的过错，快将他领回去！"就将他推入葫芦，又听到风声水声，便回到故居，一切照旧，灰尘遍布的床榻一如往常。这时已至半夜，葫芦与麻婆都消失不见了。（出《逸史》）

卷第六十五 女仙十

姚氏三子 赵 旭 虞卿女子 萧氏乳母

姚氏三子

唐御史姚生，罢官，居于蒲之左邑。有子一人，外甥二人，各一姓，年皆及壮，而顽驽不肖。姚之子稍长于二生。姚惜其不学，日以诲责，而怠游不悛。遂于条山之阳，结茅以居之，冀绝外事，得专艺学。林壑重深，嚣尘不到。将遣之日，姚诫之曰："每季一试汝之所能，学有不进，必槚楚及汝，汝其勉焉！"

及到山中，二子曾不开卷，但朴斫涂塈为务。居数月，其长谓二人曰："试期至矣，汝曹都不省书，吾为汝惧。"二子曾不介意，其长攻书甚勤。忽一夕，子夜临烛，凭几披书之次，觉所衣之裘后裾为物所牵，襟领渐下。亦不之异，徐引而袭焉。俄而复尔，如是数四。遂回视之，见一小豚，籍裘而伏，色甚洁白，光润如玉。因以压书界方击之，豚声骇而走。遽呼二子秉烛，索于堂中。牖户甚密，周视无隙，而莫知豚所往。

明日，有苍头骑扣门，搢笏而入，谓三人曰："夫人问讯，昨夜小儿无知，误入君衣裾，殊以为惭，然君击之过伤。今则平矣，君勿为虑。"三人俱逊词谢之，相视莫测其故。少顷，向来骑僮复至，兼抱持所伤之儿，并乳褓数人，衣襦皆绮纨，精丽非寻常所见。复传夫人语云："小儿无恙，故以相示。"逼而观之，自眉至鼻端，如丹缕焉，则界方棱所击之迹也。三子愈恐，使者及乳褓皆甘言慰安之，又云："少顷夫人自来。"言讫而去。

姚氏三子

唐朝有一姚姓御史，罢官后住蒲州左边小城。他有一儿子、两外甥，外甥两人各姓一个姓。二人长至壮年，顽劣愚笨没出息。姚生之子比两外甥稍大些。姚生痛惜他们不学无术，日日训诲指责，而他们却懒怠散漫不知悔改。于是姚生在条山南面，盖了几间茅屋，让他们居住，盼着通过与外界隔绝，让他们心无旁骛钻研学问。那里林壑幽深，喧嚣尘俗之事打扰不到。即将送他们去时，姚生警告说："我每季度考察一次你们所学到的才能，若学无长进，定鞭笞你们，你们各自努力吧！"

住到山中后，两个外甥从未打开书本，只将削砍树皮涂抹屋顶当正事。住了几月，年长的对两个小的说："考试期限已到，你们书都不看，我都替你们担心。"二人毫不在意，年长的读书勤勉。某晚，他夜半在灯烛前，伏案翻书时，忽然觉得穿的衣裳被拉扯，衣襟领口渐渐下滑。他也没觉得奇怪，只是慢慢拉起穿上。不久，又下滑了，如此数次。他便回头查看，只见一只小猪，趴在他衣服上，小猪肤色洁白，润泽如玉。他就用镇纸打它，小猪惊叫一声跑走了。他忙喊那二人秉烛，在堂中搜寻。门窗关得严密，环顾四周没有缝隙，却不知小猪跑去了哪里。

第二天，有个仆役骑马前来敲门，将笏板插入腰带走进屋内，对三人说："夫人问候三位公子：昨天夜里幼子无知，误入公子衣裙，很是惭愧。但您下手太重令他受伤。不过如今已恢复，切勿为此忧虑。"三人言辞恭顺地道歉，面面相觑疑惑不解。不久，骑马来的仆役又来了，还抱着被伤到的小孩，连同乳母数人，都穿着绫罗绸缎，精美非凡。他们又传夫人所言："幼子无恙，所以将他抱来给你们瞧瞧。"三人靠近一看，那孩子从眉头到鼻端，有道如红线般的伤痕，三子悉欲潜去避之，惶惑未决。有苍头及紫衣宫监数十，奔波而至，前施屏帏，茵席炳焕，香气殊异。旋见一油壁车，青牛丹毂，其疾如风，宝马数百，前后导从。及门下车，则夫人也。三子趋出拜，夫人微笑曰："不意小儿至此，君昨所伤，亦不至甚，恐为君忧，故来相慰耳。"夫人年可三十余，风姿闲整，俯仰如神，亦不知何人也。问三子曰："有家室未？"三子皆以未对。曰："吾有三女，殊姿淑德，可以配三君子。"三子拜谢。夫人因留不去，为三子各创一院，指顾之间，画堂延阁，造次而具。

翌日，有辎軿至焉，宾从粲丽，逾于戚里。车服炫晃，流光照地，香满山谷。三女自车而下，皆年十七八。夫人引三女升堂，又延三子就座。酒肴珍备，果实丰衍，非常世所有，多未之识。三子殊不自意。夫人指三女曰："各以配君。"三子避席拜谢。复有送女数十，若神仙焉。是夕合卺。夫人谓三子曰："人之所重者生也，所欲者贵也。但百日不泄于人，令君长生度世，位极人臣。"三子复拜谢，但以愚昧扞格为忧。夫人曰："君勿忧，斯易耳。"乃敕地上主者，令召孔宣父。须臾，孔子具冠剑而至。夫人临阶，宣父拜谒甚恭。夫人端立，微劳问之，谓曰："吾三婿欲学，君其引之。"宣父乃命三子，指六籍篇目以示之，莫不了然解悟、大义悉通，咸若素习。既而宣父谢去。夫人又命周尚父示以玄女符玉璜秘诀，三子又得之无遗。复坐与言，则皆文武全才，学究天人之际矣。三子相视，自觉风度夷旷，神用开爽，悉将相之具矣。

其后姚使家僮馈粮，至则大骇而走。姚问其故，具对以屋宇是镇纸棱打击的痕迹。三人越发恐慌，来使及乳母保姆都耐心安慰。又说：“等会儿夫人亲自前来。”言罢离去。

三人都想偷偷逃跑暂避，惶恐踌躇。正在此时，仆役与紫衣宫监数十人奔走而至，在前设下屏风帷幕，铺设草席，光艳夺目，异香扑鼻。顷刻一青牛拉着朱红车轮的油壁车，疾驰如风，骏马数百，前后导从，到门口后下车。车上之人就是夫人。三人急步出迎参拜，夫人微笑道：“没想到幼子在此处玩乐，昨日被公子所伤，不算严重，恐公子担忧，所以前来宽慰。”夫人大约三十多岁，风姿端庄娴静，言行举止有如神仙，也不知是何方神圣。夫人问三人：“你们可有家室？”三人都答没有。夫人说：“我有三个女儿，姿容绝美，德行贤淑，可与三位君子婚配。”三人拜谢。夫人就此留下没走，为三人各造一间院落，弹指间，画堂长廊，一应俱全。

第二日，有帷幕车前来，宾客随从都明艳美丽，三人亲朋望尘不及。车马服饰流光照地，香飘万里。三位少女从车上走下，年龄都在十七八岁。夫人带着三个女儿登上殿堂，又请三人就座。佳酿珍馐齐备，果实丰盛盈足，非寻常所有，多数不认识，完全超出三人想象。夫人指着三个女儿说：“我将女儿分别许配给各位。”三人离席拜谢。又有陪嫁女子数十人，都貌若天仙。当晚成婚，夫人对三人说：“世人最珍视的是生命，最渴求的是富贵。只要你们百日内不将此事泄露出去，我可让各位公子长命百岁、贵极人臣。”三人再拜谢，只是担心自己的愚昧与人家格格不入。夫人说：“你们无需烦忧，这事容易。”于是令主管人间事的官吏，传召孔宣父。一会儿，孔子束冠佩剑而来。夫人行至台阶前，孔子恭敬参拜。夫人端正站立，稍微寒暄后对他说：“我的三个女婿想读书学习，你好好教导。”孔子就命三人坐好，讲解六经篇目，三人无不明晰领悟，通晓奥义，像曾经学过一般。不久，孔子辞去。夫人又命周尚父，传授九天玄女施用符咒、玉璜等秘术，三人又尽数习得，毫无遗漏。再坐下交谈，三人皆是文武全才，学问渊博。三人对视，自己也觉得风度旷达气韵平和，神清气爽，具备出将入相的才能。

之后姚生派家仆送粮，到后见到这一切，惊惧离去。姚生问其帷帐之盛、人物艳丽之多。姚惊谓所亲曰："是必山鬼所魅也。"促召三子。三子将行，夫人戒之曰："慎勿泄露，纵加楚挞，亦勿言之。"三子至，姚亦讶其神气秀发，占对闲雅。姚曰："三子骤尔，皆有鬼物凭焉。"苦问其故，不言，遂鞭之数十。不胜其痛，具道本末，姚乃幽之别所。

姚素馆一硕儒，因召而与语。儒者惊曰："大异大异！君何用责三子乎？向使三子不泄其事，则必为公相，贵极人臣。今泄之，其命也夫！"姚问其故，而云："吾见织女、婺女、须女星皆无光，是三女星降下人间，将福三子。今泄天机，三子免祸幸矣。"其夜，儒者引姚视三星，星无光。姚乃释三子，遣之归山，至则三女邈然如不相识。夫人让之曰："子不用吾言，既泄天机，当于此诀。"因以汤饮三子。既饮，则昏顽如旧，一无所知。儒谓姚曰："三女星犹在人间，亦不远此地分。"密谓所亲言其处，或云河东张嘉真家。其后将相三代矣。（出《神仙感遇传》）

赵旭

天水赵旭，少孤介好学，有姿貌，善清言，习黄老之道。家于广陵，尝独葺幽居，唯二奴侍侧。尝梦一女子，衣青衣，挑笑牖间。及觉而异之，因祝曰："是何灵异？愿觌仙姿，幸赐神契。"夜半，忽闻窗外切切笑声。旭知其神，复祝之。乃言曰："吾上界仙女也。闻君累德清素，幸因寤寐，愿托清风。"旭惊喜，整衣而起曰："襄王巫山之梦，洞箫秦女之契，乃今知之。灵鉴忽临，忻欢交集。"乃回灯拂席以延之。

缘由，家仆将屋宇帷帐、仙人曼妙的盛景详细转述。姚生惊异对他亲近的人说："这定是被山鬼迷惑。"急召三人回家。三人临走时，夫人告诫说："切勿泄露，即便棍棒加身，也不要对他人说。"三人到家后，姚生也诧异他们神完气足、姿态娴雅。姚生说："你们三人突变，都是因为被鬼物附体。"苦苦追问其中缘由，三人都不说，于是姚生用鞭子抽打数十次，他们难以忍受，将事情原委据实相告，姚生就将他们幽禁在别处。

姚生设馆一向接待一位大儒，便将他请来告诉他。大儒震惊地说："非同小可！非同小可！您怎能责罚三位公子呢？如果三位公子不泄露那些事，那么将来定封王拜相贵极人臣。如今泄露了，大概是他们命里无缘吧。"姚生问其中缘由，他说："我观察织女、婺女、须女三星暗淡无光，是因为三女星降临人间，福泽三人。如今天机泄露，三人能不受责罚就很幸运了。"至夜，大儒带姚生夜观三星，三星暗淡无光。姚生放出三人，让他们回到山中，到后，三女子却如陌生人般疏远他们。夫人责备说："你们不听我的话，既然天机已经泄露，就当从此诀别。"于是拿汤水给三人喝。喝完后，三人又变得和曾经一样糊涂愚昧，冥顽不灵。大儒对姚生说："三女星仍在人间，距此地不远。"他还偷偷对亲近的人说三星所在，大概是河东张嘉真家。后来，张家三代为将相。（出《神仙感遇传》）

赵旭

天水的赵旭，年少时直爽方正，勤奋好学，仪表堂堂，言谈高雅，研习黄老之道。他家住广陵，曾于幽僻处修葺一处住所独居，只有两名仆役侍候。他曾梦到一女子，身着青衣，与他在窗边调笑。醒后他觉得这梦稀奇，祝告说："您究竟是何方神圣？愿拜会仙姿，请赐机会。"夜半时分，他忽然听窗外笑声切切。赵旭知道她是神人，又祝告。女子才说："我是天界仙女。听说你素来德行清雅，有幸在梦中结识，我愿托付终身。"赵旭惊讶欢欣，整理衣服起身说："襄王在巫山幽会神女之梦，萧史与弄玉鸾凤和鸣，我今日算是懂得了。"灵仙降临，赵旭喜不自胜，他点亮灯擦拭席子来恭候仙女。

忽有清香满室，有一女，年可十四五，容范旷代，衣六铢雾绡之衣，蹑五色连文之履，开帘而入。旭载拜。女笑曰：“吾天上青童，久居清禁。幽怀阻旷，位居末品，时有世念，帝罚我人间随所感配。以君气质虚爽，体洞玄默，幸托清音，愿谐神韵。”旭曰：“蜉蝣之质，假息刻漏，不意高真俯垂济度，岂敢妄兴俗怀？”女乃笑曰：“君宿世有道，骨法应仙，然已名在金格，相当与吹洞箫于红楼之上，抚云璈于碧落之中。”乃延坐，话玉皇内景之事。夜鼓，乃令施寝具，旭贫无可施。女笑曰：“无烦仙郎。”乃命备寝内。须臾雾暗，食顷方收。其室中施设珍奇，非所知也。遂携手于内，其瑰姿发越，希世罕传。

夜深，忽闻外一女呼“青夫人”。旭骇以问之，答曰：“同宫女子相寻尔，勿应。”乃扣柱歌曰：“月雾飘飘星汉斜，独行窈窕浮云车。仙郎独邀青童君，结情罗帐连心花……”歌甚长，旭唯记两韵。谓青童君曰：“可延入否？”答曰：“此女多言，虑泄吾事于上界耳。”旭曰：“设琴瑟者，由人调之，何患乎！”乃起迎之。见一神女在空中，去地丈余许，侍女六七人，建九明蟠龙之盖，戴金精舞凤之冠，长裙曳风，璀璨心目。旭载拜邀之，乃下曰：“吾嫦娥女也。闻君与青君集会，故捕逃耳。”便入室。青君笑曰：“卿何已知吾处也？”答曰：“佳期不相告，谁过耶？”相与笑乐。旭喜悦不知所栽，既同欢洽。将晓，侍女进曰：“鸡鸣矣，巡人案之。”女曰：“命车。”答曰：“备矣。”约以后期，答曰：“慎勿言之世人，吾不相弃也。”及出户，有五云车二乘浮于空中。遂各登车诀别，灵风飒然，凌虚而上，极目乃灭。旭不自意如此，喜悦交甚，但洒扫、焚名香、绝人事以待之。

忽然满室清香，一女郎，大概十四五岁，芳华绝代，身着轻薄六铢雾纱衣裳，脚踩五彩连纹鞋子，掀开门帘进来。赵旭再三行礼。女郎笑道："我是天界青童，久居上清宫受戒，深藏内心情感，位居末品，常心存世俗情感，于是天帝罚我在人间自由婚配。因你气质清爽，了解天界玄妙，所以托付于你，愿与你情投意合相携一生。"赵旭说："我不过蜉蝣之质，借时光缝隙喘息，未料高真屈尊下凡济度我，我又怎敢妄想世俗之事？"女子笑道："你前世得道，应有仙骨，已在仙籍，合该与您奏箫于红楼之上，击鼓于碧落之中。"于是女子请赵旭坐下，与他详谈玉皇内景中发生之事。夜鼓报更，女子让赵旭铺设寝具。赵旭贫穷无可铺设。女子笑道："不劳烦仙郎。"命仙仆置办寝具，不一会儿，室内云遮雾绕，一顿饭的功夫雾气收拢，室中陈设的尽是珍奇之物，赵旭都不知是什么。二人携手入内，她姿容绝世。

夜深，忽然听到窗外一女子呼喊："青夫人"。赵旭惊骇问询，仙女解释："是与我同宫的仙女在寻我，不要回应。"于是门外仙女敲着柱子唱道："月露飘遥星汉斜，独行窈窕浮云车。仙郎独邀青童君，结情罗帐连心花……"歌很长，赵旭只记得两韵。赵旭对青童君说："可请她进来吗？"青童君答："这女子话多，我担心她将我们的事泄露到天界。"赵旭说："摆设琴瑟，由人弹拨。担心什么？"起身相迎。见一神女凌空，离地一丈多，侍女六七人，架着九明蟠龙伞盖，戴着金精舞凤发冠，长裙随风摇曳，璀璨夺目。赵旭再三行礼邀请，她才从空中下来，说："我是嫦娥，听闻你与青童君聚会，我特意来抓捕叛逃之人。"嫦娥入室，青童君笑道："你怎知我身在何处？"嫦娥答："成婚不告诉我，这是谁的过错？"二人一同说笑。赵旭一时不明白情况，便与她们一同欢乐。天将明，侍女进来说："鸡已经打鸣，巡逻的人该盘查我们了。"女子说："备车。"回答说："已备好。"约好后会之期，女子答："切勿与世上之人提起，我不会辜负你的。"出了门，已有两辆五云车凌空飘浮，两仙女各自登车辞别，二人仙风飒爽，凌空而上，赵旭极目远眺，直到无影无踪。赵旭未料自己有如此际遇，喜不自胜。只管洒扫焚香，隔绝尘世等待仙女降临。

隔数夕复来，来时皆先有清风肃然，异香从之，其所从仙女益多，欢娱日洽。为旭致行厨珍膳，皆不可识，甘美殊常。每一食，经旬不饥，但觉体气冲爽。旭因求长生久视之道，密受隐诀。其大抵如《抱朴子·内篇》修行，旭亦精诚感通。又为旭致天乐，有仙妓飞奏檐楹而不下，谓旭曰："君未列仙品，不合正御，故不下也。"其乐唯笙箫琴瑟，略同人间，其余并不能识，声韵清锵。奏讫而云雾霏然，已不见矣。又为旭致珍宝奇丽之物，乃曰："此物不合令世人见，吾以卿宿世当仙，得肆所欲。然仙道密妙，与世殊途，君若泄之，吾不得来也。"旭言誓重叠。

后岁余，旭奴盗琉璃珠鬻于市，适值胡人，捧而礼之，酬价百万。奴惊不伏，胡人逼之而相击。官勘之，奴悉陈状，旭都未知。其夜女至，怆然无容曰："奴泄吾事，当逝矣。"旭方知失奴，而悲不自胜。女曰："甚知君心，然事亦不合长与君往来，运数然耳。自此诀别，努力修持，当速相见也。其大要以心死可以身生，保精可以致神。"遂留《仙枢龙席隐诀》五篇，内多隐语，亦指验于旭，旭洞晓之。将旦而去，旭悲哽执手。女曰："悲自何来？"旭曰："在心所牵耳。"女曰："身为心牵，鬼道至矣。"言讫，竦身而上，忽不见，室中帘帷器具悉无矣。旭恍然自失。其后寤寐，仿佛犹尚往来。

旭大历初犹在淮泗，或有人于益州见之，短小美容范，多在市肆商货，故时人莫得辨也。《仙枢》五篇，篇后有旭纪事，词甚详悉。（出《通幽记》）

隔了几夜仙女又来了，来时先有一阵清风吹拂，接着异香四散，她们带着更多仙女降临，一同欢乐嬉戏，日益融洽。女子亲自为赵旭招来厨师烹饪珍奇佳肴，赵旭都不知为何物，味道甘美非凡。每吃一顿几十天不觉得饿，只觉得身体充实，神清气爽。赵旭便求问长生不老之术，女子私下将秘诀传授给他，其方法与《抱朴子·内篇》大致相同。赵旭精诚修行获得感应。女子又为赵旭招来天乐，仙妓在屋檐梁柱间飞舞不下，她对赵旭说："您还没有位列仙班，不宜正式聆听天乐，所以仙子们就不下去了。"她们的乐器，只有笙箫琴瑟稍与人间相同，其余乐器赵旭并不认识。曲声清澈铿锵，奏罢云雾消散，天上空无一物。女子又为赵旭带来奇珍异宝，说道："这些事物不该让俗世之人看见，我因你前世应当成仙，所以满足你的欲望。然而仙道神秘绝妙，不同于世俗，你若泄露出去，我就不能再来了。"赵旭再三起誓。

一年多过后，赵旭的一个仆役盗走琉璃珠在集市贩卖，恰好遇到一胡人，这胡人捧着琉璃珠向他行礼，出价百万。那仆役不同意，胡人强买，二人撕扯起来。官府审问此事，仆役据实相告，而赵旭毫不知情。那天夜里女子来了，悲伤失色地说："你的仆役泄露我们的事，我该离去了。"赵旭方才知道丢了一个仆役。由于女子将去，赵旭悲痛不已。女子说："我知道您的心情，但按理不宜与您再有来往，这是命中的定数。从此诀别，您自当勉力修行，再见指日可待。修行的要旨在于心死可以身生，保精可以致神。"又留下《仙枢龙席隐诀》五篇，篇中多为隐语，加以指点例证，赵旭通晓其义。天将明，女子临行，赵旭悲痛哽咽，抓着女子的手。女郎问他："悲从何来？"赵旭说："心有牵绊，所以悲伤。"女郎说："身被心累，鬼道就会降临。"说罢，纵身而上，骤然消失，赵旭屋中帘帷器具一并消失。赵旭精神恍惚，若有所失。之后睡梦中，仿佛仍与女子往来。

赵旭大历初年仍在淮泗一带，也有人在益州见过他，身材矮小，样貌俊美，常在集市店铺中卖货，所以当时人认不出他。《仙枢》五篇，篇后有关于赵旭事迹的详细记载。（出《通幽记》）

虞卿女子

唐贞元初，虞卿里人女，年十余岁，临井治鱼。鱼跳堕井，逐之，亦堕其内。有老父接抱，入旁空百十步，见堂宇，甚妍洁明敞。老姥居中坐，左右极多。父曰：“汝可拜呼阿姑。”留连数日，珍食甘果，都不欲归。姥曰：“翁母意汝，不可留也。”老父捧至井上，赠金钱二枚。父母见，惊往接之。女乃瞑目拳手，疾呼索二盘。及至，嫌腥，令以灰洗，乃泻钱各于一盘，遂复旧。自此不食，唯饮汤茶。数日，嫌居处臭秽，请就观中修行。岁余，有过客避暑于院门，因而熟寐，忽梦金甲朱戈者叱曰：“仙官在此，安敢冲突？”惊觉流汗而走。后不知所之。（出《逸史》）

萧氏乳母

萧氏乳母，自言初生遭荒乱，父母度其必不全，遂将往南山，盛于被中，弃于石上，众迹罕及。俄有遇难者数人，见而怜之，相与将归土龛下，以泉水浸松叶点其口。数日，益康强。岁余能言，不复食余物，但食松柏耳。口鼻拂拂有毛出。至五六岁，觉身轻腾空，可及丈余。有少异儿，或三或五，引与游戏，不知所从。肘腋间亦渐出绿毛，近尺余。身稍能飞，与异儿群游海上，至王母宫，听天乐，食灵果。然每月一到所养翁母家，或以名花杂药献之。后十年，贼平，本父母来山中，将求其余骨葬之，见其所养者，具言始末。涕泣，累夕伺之，期得一见。顷之遂至，坐檐上，不肯下。父望之悲泣。所养者谓曰：“此是汝真父母，何不一下来看也？”掉头不答，飞空而去。父母回及家，忆之不已。及买果栗，揭粮复往，以俟其来。数日又至，遣所养姥招之，遂自空际而下。父母走前抱之，

虞卿女子

唐代贞元初年，虞卿县一普通百姓家的女儿，十多岁时，在井边洗鱼。鱼跳出掉落井中，女孩儿起身追鱼，也落入井中。井中有名老者接住女孩儿将她抱起，进入井壁旁边空处一百多步，女孩看到堂屋，甚是整洁敞亮。有老妇坐在中间，左右侍从众多。老者说："你可以参拜，叫她阿姑。"女孩儿逗留数天，每日吃珍奇饭菜、甘甜果品，乐不思归。老妇说："你父母惦念你，你不可再留。"老者将她捧到井上，送她两枚金钱。父母看到女儿，惊喜地跑去迎接。女孩儿闭眼握拳，急喊要两个盘子。父母拿来盘子，她嫌盘子腥臭，让父母用草灰清洗，将钱各自放入盘中，这才恢复原样。此后她不再吃饭，只喝茶饮汤。几日后，她嫌居所污秽，请求去道观中修行。一年多后，有过客在院门口避暑，不知不觉睡熟，忽然梦到身披金甲手持朱戈的人呵斥道："仙官在此，你怎敢冒犯？"那过客惊醒一身冷汗，仓皇离开。后来那女孩儿便不知所终。（出《逸史》）

萧氏乳母

萧氏乳母，自述刚出生正值乱世，父母考虑到无法保全她的性命，就将她带到南山，用被子包裹放在石头上。那里人迹罕至。偶然遇到几个逃难者，看到她心生怜悯，将她带到土窟下，用泉水浸泡松叶点入她口中。几日后，她逐渐强壮。一年多便可开口说话，此后不再饮食，只吃松柏叶。口鼻随呼吸生出毛来。到五六岁时，她觉得身体轻盈可凌空飞起几丈高。有些奇异的小孩，三个五个，带她一起游玩，不知那些孩童从何而来。她手肘腋下渐生出绿毛，一尺多长，身体稍微能飞起后，与那些奇异的小孩结伴到海上游玩，来到王母宫中，听仙乐，吃灵果。然而每月她都会回养父母家中一次，献上名花以及各种草药。十年后，战乱平息，生身父母来到山中，打算找到她的骨骸将她安葬。他们见到女儿养父母，养父母详述事情始末，二人感动流泪。亲生父母一连几天在山中等她，想见她一面。不久，她回来了，在房檐上坐着不肯下来。生父望着她悲伤流泪。养父号泣良久，喻以归还。曰：“某在此甚乐，不愿归也。”父母以所持果饲之。逡巡，异儿等十数至，息于檜树，呼曰：“同游去，天宫正作乐。”乃出，将奋身，复堕于地。诸儿齐声曰：“食俗物矣，苦哉！”遂散。父母挈之以归，嫁为人妻，生子二人，又属饥俭，乃为乳母。（出《逸史》）

母说："这是你的亲生父母啊，怎不下来相见？"她转头不答话，升入空中离开了。亲生父母回到家中，惦念不已，买好水果栗子，挑着粮食再次进山，等她回来。几日后，她又回来了，父母让她养母叫她，她便从空中飞下。亲生父母上前将她拥入怀中，悲泣许久，想将她带回去。她说："我在这儿很快乐，不愿回去。"父母将家中带来的水果给她吃。不一会儿，来了十几个奇异的小孩，停在房檐前的树梢，招呼她说："一同玩去，天宫正在奏乐。"她便出去，纵身腾飞，又落在地上，众奇儿齐声道："你吃俗世之物，苦啊。"说罢散去。生身父母将她带回家，嫁为人妇，生下两子，遭遇饥荒，家中穷苦，便给人做了乳母。（出《逸史》）

卷第六十六　女仙十一

谢自然　卢眉娘

谢自然

谢自然者，其先兖州人。父寰，居果州南充，举孝廉，乡里器重。建中初，刺史李端以试秘书省校书表为从事。母胥氏，亦邑中右族。自然性颖异，不食荤血。年七岁，母令随尼越惠，经年以疾归。又令随尼日朗，十月求还。常所言多道家事，词气高异。其家在大方山下，顶有古像老君。自然因拜礼，不愿却下。母从之，乃徙居山顶，自此常诵《道德经》《黄庭内篇》。年十四，其年九月，因食新稻米饭，云："尽是蛆虫。"自此绝粒。数取皂荚煎汤服之，即吐痢困剧，腹中诸虫悉出，体轻目明。其虫大小赤白，状类颇多。自此犹食柏叶，日进一枝，七年之后，柏亦不食；九年之外，仍不饮水。

贞元三年三月，于开元观诣绝粒道士程太虚，受五千文《紫灵宝箓》。六年四月，刺史韩佾至郡，疑其妄，延入州北堂东阁，闭之累月，方率长幼，开钥出之，肤体宛然，声气朗畅，佾即使女自明师事焉。先是，父寰旅游多年，及归，见自然修道不食，以为妖妄，曰："我家世儒风，五常之外，非先王之法，何得有此妖惑？"因锁闭堂中四十余日，益加爽秀，寰方惊骇焉。七年九月，韩佾轝于大方山，置坛，请程太虚具《三洞箓》。十一月，徙自然居于州郭。

贞元九年，刺史李坚至，自然告云："居城郭非便，愿依泉石。"坚即筑室于金泉山，移自然居之。山有石嵌窦，水灌其口中，

谢自然

谢自然，祖上是兖州人。她父亲谢寰，住在果州南充，被举孝廉，受乡里器重。建中初年，刺史李端以试秘书省校书表奏他为从事。谢自然的母亲胥氏，也出身乡中名门。谢自然生性聪颖非凡，不沾荤腥。七岁时，母亲让她跟随尼姑越惠，一年后，因病回家。之后又让她跟随尼姑日朗，十个月后她要求回家。谢自然平日常谈道家之事，言辞高超玄妙。她家住大方山下，山顶有老君古像，谢自然前去参拜行礼，不愿下山回家。母亲随她所愿，她便迁居山顶，从此常诵读《道德经》《黄庭内篇》。十四岁那年九月，她吃新稻米饭，却说都是蛆虫，此后断绝一切粮食。她多次服用皂荚煎成的汤，服下后上吐下泻困倦非常，腹中虫子悉数排出，身轻眼亮。那些虫子，有大有小有红有白，形态类别丰富。此后她只吃柏叶，每日一枝。七年后，柏叶也不吃了；九年后，水也不喝了。

贞元三年三月，谢自然到开元观拜访辟谷道士程太虚，接受了五千字的《紫灵宝箓》。贞元六年四月，刺史韩佾来此上任，怀疑她辟谷的真假，请她到州北堂东阁，将她监禁在内数月，后带领父老乡亲开锁将她放出。出来后她面色如故，声朗气畅。韩佾便让女儿韩自明拜谢自然为师。此前父亲谢寰游历多年，等返回家时，见谢自然修道辟谷，认为是妖邪。他说："我家世代儒风，三纲五常以外，皆非先王之法，怎能有这等妖孽祸世！"便将谢自然锁入堂中四十多日，谢自然却越发神清气爽，谢寰这才惊愕。贞元七年九月，韩佾乘车到大方山，设置灵坛，请程太虚准备《三洞箓》。十一月，请谢自然移居州郡城边。

贞元九年，刺史李坚上任，谢自然禀告说："我住城边多有不便，愿依山傍水。"李坚便在金泉山边搭建屋舍，请谢自然迁居。金可澡饰形神，挥斥氛泽。自然初驻山，有一人年可四十，自称头陀，衣服形貌，不类缁流，云："速访真人。"合门皆拒之，云："此无真人。"头陀但笑耳。举家拜之，独不受自然拜。施钱二百，竟亦不受；乃施手巾一条，受之，云："后会日当以此相示。"须臾出门，不知何在。久之，当午有一大蛇，围三尺，长丈余，有两小白角，以头枕房门，吐气满室。斯须云雾四合，及雾散，蛇亦不见。自然所居室，唯容一床，四边才通人行。白蛇去后，常有十余小蛇，或大如臂，或大如股，旦夕在床左右。或黑或白，或吐气，或有声，各各盘结，不相毒螫。又有两虎，出入必从，人至则隐伏不见。家犬吠虎凡八年，自迁居郭中，犬留方山，上升之后，犬不知所在。自然之室，父母亦不敢同坐其床，或辄诣其中，必有变异，自是呼为仙女之室。常昼夜独居，深山穷谷，无所畏怖。亦云："误踏蛇背，其冷如冰；虎在前后，异常腥臭。"兼言常有天使八人侍侧。二童子青衣戴冠，八使衣黄，又二天神卫其门屏。如今壁画诸神，手持枪钜，每行止，则诸使及神驱斥侍卫。又云："某山神姓陈名寿，魏晋时人。"并说真人位高，仙人位卑，言已将授东极真人之任。

贞元十年三月三日，移入金泉道场。其日云物明媚，异于常景。自然云："此日天真群仙皆会。"金泉林中长有鹿，未尝避人。士女虽众，亦驯扰。明日，上仙送白鞍一具，缕以宝钿。上仙曰："以此遗之，其地可安居也。"五月八日，金母元君命卢使降之，从午止亥；六月二十日闻使，从午至戌；七月一日，崔、张二使，从寅至午。多说神仙官府之事，言上界好弈棋，多音乐，语笑率论至道玄妙之理。又云："此山千百蛇虫，悉驱向西矣，尽以龙镇其山。"道场中常有二虎五麒麟两青鸾，或前或后，或飞或鸣。麟如泉山有一山洞，水漫洞口，可洗刷形神，以至芳香四溢光艳照人。谢自然刚隐居山中，有一人大约四十岁，自称头陀，但衣服形貌不像僧人。他说："可否拜访真人？"谢自然全家都拒绝说："此处没有真人。"头陀只是笑笑。全家人都下拜，他唯独不接受自然行礼。布施给他二百钱，竟也不接受，于是送他一条手巾，他接受说："来日会面当用这手巾为信物。"不一会儿，头陀出门，不知所终。过了很久，正当中午，有一大蛇，三尺粗，一丈多长，头顶有两只小白角，用头枕着谢自然的房门，吐出气雾弥散满室，刹那间云遮雾绕。雾散后，蛇也消失不见。谢自然的房间，只能容纳一张床，四边刚够人行走。白蛇离去后，常有十几条小蛇，有的胳膊粗细，有的大腿粗细，从早到晚伏在床侧，有黑有白，有的吐气，有的作声，各自盘绕，不相互挑衅或毒害他人。又有两虎，谢自然出入时必定相随，有人来时就隐形不出。她家养的犬，吠虎共计八年，自迁入城中后，犬留在方山。谢自然飞升成仙后，犬不知所终。谢自然的房间，父母也不敢在她的床上同坐。有时到她房中，必生变故，从此被称为仙女之室。谢自然曾昼夜独居，在深山僻谷间，无所畏惧。又说："误踩蛇背，凉如寒冰；虎在前后，腥臭异常。"她还说常有八位天帝使者在旁侍候，两童子青衣戴冠，八使者着黄衣，又有二天神看守门口。就像现在壁画上的诸神，手持枪钜，每当她行止坐卧，诸使者和天神在近前驱斥妖邪侍奉护卫。又说某山神姓陈名寿，乃魏晋时人。她说真人身居高位，仙人位卑，所以将授任东极真人。

贞元十年三月三日，谢自然移入金泉道场。那日天色明媚，异于往常。谢自然说："今天是天上神仙聚会的日子。"金泉林中常有鹿出现，不曾避人，士女虽成群结伴，它们也驯服温顺。第二日，上仙送来一副白鞍，点缀宝钿。上仙说："将此物送你，那个地方便可安居。"五月八日，金母元君命卢使降临，从午时到亥时；六月二十日闻使降临，从午时到戌时；七月一日崔、张二使降临，从寅时到午时。他们常谈神仙官府之事，说天界神仙喜欢下棋赏乐，还谈笑讨论至道玄要。又说："此山中千百蛇虫，尽数被驱至西方，只用龙镇守此山。"道场中常有二虎、五麒麟和两青鸾，或在前或在后，或飞或马形，五色有角，紫麟，鬃尾白者常在前，举尾苕帚。七月十一日，上仙杜使降石坛上，以符一道，丸如药丸，使自然服之。“十五日，可焚香五炉于坛上，五炉于室中，至时真人每来。”十五日五更，有青衣七人，内一人称中华，云：“食时上真至。”良久卢使至，云：“金母来。”须臾，金母降于庭，自然拜礼。母曰：“别汝两劫矣！”自将几案陈设，珍奇溢目，命自然坐。初，卢使侍立久，亦令坐。卢云：“暂诣紫极宫。看中元道场，官吏士庶咸在。”逡巡，卢使来云：“此一时全胜以前斋。”问其故，云：“此度不烧乳头香，乳头香天真恶之，唯可烧和香耳。”

七日，崔、张二使至，问自然：“能就长林居否？”答云：“不能。”二使色似不悦。二十二日午前，金母复降云：“为不肯居长林，被贬一阶。”长林，仙宫也。戌时，金母去，崔使方云：“上界最尊金母。”赐药一器，色黄白，味甘。自然饵不尽，却将去。又将衣一副，朱碧绿色相间，外素，内有文，其衣缥缈，执之不着手。“且却将去，已后即取汝来。”又将桃一枝，大于臂，上有三十桃，碧色，大如碗。云：“此犹是小者。”是日金母乘鸾，侍者悉乘龙及鹤，五色云雾，浮泛其下。金母云：“便向州中过群仙。”后去，望之皆在云中。其日州中马坊厨戟门皆报云：“长虹入州。”翌日李坚问于自然，方验之。紫极宫亦报虹入，远近共见。

八月九日、十日、十一日，群仙日来，传金母敕，速令披发四十日，金母当自来。所降使或言姓崔名某，将一板，阔二尺，长五尺，其上有九色。每群仙欲至，墙壁间悉荧煌似镜，群仙亦各自有几案随从。自然每被发，则黄云缭绕其身。又有七人，黄衣戴冠，侍于左右。自八月十九日已后，日诵《黄庭经》十遍。诵时有二童子侍立，丹一遍即抄录，至十遍，童子一人便将向上界去。九月一鸣。麒麟身形似马，五色有角，紫麒麟鬃尾纯白常在前，抬尾扫地。七月十一日，上仙杜使降临石坛，将一道符捏成丸药，让谢自然吞服下去。说十五日后，可燃五炉香放在坛上，五炉香放在屋内，到时真人自会到来。十五日五更，有七个青衣人到来，其中一人名中华，说："吃饭时上真将至。"许久卢使到了，他说："金母到。"不一会儿，金母降临院中，谢自然跪拜行礼。金母说："与你两劫未见了。"自己带着案几，陈设奇珍异宝，琳琅满目。金母让谢自然坐下，起初卢使站立侍奉良久，金母也让他坐下。卢使说："我暂到紫极宫一趟。"看到中元道场，官吏士庶都在。不一会儿卢使回来，说："这次比以前的斋供丰盛齐全。"问他缘由，他说："这回没用乳香，乳香是天上真人讨厌的，只算得上可以烧的香罢了。"

七日，崔、张二使到，问谢自然："可否迁居长林？"谢自然答："不可。"二使者面色不悦。二十二日午前，金母再次降临，说："由于你不肯迁居长林，被贬降一级。"长林乃是仙宫。戌时金母离去，崔使者才说："天界最尊重金母。"赐给谢自然一器皿药，色黄白，味甘。谢自然没有吃完，将剩下的拿了回去。崔使者又取出衣服一套，朱碧绿三色相间，外层白色，内有纹饰，那衣服隐隐绰绰，拿着好像不在手上。崔使者说："你先回去，日后再接你来。"又赠予一枝桃枝，比胳膊还粗，上有三十个桃子，绿色，像碗大小。说："这算是小的了。"那日金母乘鸾鸟，侍从都乘龙驾鹤，五彩云雾在身下浮动。金母说："顺便去州中拜访群仙。"离开后，群仙都在云中。那日州中马厩厨房和戟门都通报："长虹入州。"第二日，李坚询问谢自然，才验证此事。紫极宫也通报长虹入，周围人都看到了。

八月九日、十日、十一日，群仙每日都来。传金母令："速令谢自然披发四十日，金母将亲至。"降临传令的使者有人说姓崔名某，手持一板，二尺宽，五尺长，板上有九种颜色。每当群仙将至，谢自然居室的墙壁便荧光辉煌如明镜，群仙也各自带着案几随从。谢自然每次披发，身侧便黄云缭绕。又有七人，身着黄衣，头戴道冠，侍奉左右。自八月十九日后，谢自然每日诵读《黄庭经》十遍，诵读时有两童子侍立在侧，朱漆涂抹一遍即为抄录，十遍后，一童子将拿到日，群仙又至，将桃一枝，大如斗，半赤半黄半红，云：“乡里甚足此果。”割一窗食，余则侍者却收。九月五日，金母又至，持三道符，令吞之，不令着水，服之觉身心殊胜。金母云：“更一来则不来矣。”又指旁侧一仙云：“此即汝同类也。”十五日平明，一仙使至，不言姓名，将三道符，传金母敕，尽令服之。又将桃六窗令食；食三窗，又将去。其使至暮方还。

十月十一日，入静室之际，有仙人来召，即乘麒麟升天。将天衣来迎，自然所着衣留在绳床上，却回，着旧衣，置天衣于鹤背将去。云：“去时乘麟，回时乘鹤也。”十九日，卢仙使来，自辰至未方去。每天使降时，鸾鹤千万，众仙毕集。位高者乘鸾，次乘麒麟，次乘龙。鸾鹤每翅各大丈余。近有大鸟下长安，鸾之大小，几欲相类，但毛彩异耳。言下长安者名曰天雀，亦曰神雀，每降则国家当有大福。二十五日，满身毛发孔中出血，沾渍衣裳，皆作通帔山水横纹。就溪洗浊，转更分明，向日看似金色，手触之如金声。二十六日、二十七日，东岳夫人并来，劝令沐浴，兼用香汤，不得令有乳头香。又云：“天上自有神，非鬼神之神。上界无削发之人，若得道后，悉皆戴冠，功德则一。凡斋食，切忌尝之，尤宜洁净，器皿亦尔。上天诸神，每斋即降而视之，深恶不精洁，不唯无福，亦当获罪。”

李坚常与夫人于几上诵经，先读外篇，次读内篇，内即《魏夫人传》中本也。大都精思讲读者得福，粗行者招罪立验。自然绝粒，凡一十三年。昼夜寐，两膝上忽有印形，小于人间官印，四堧若有古篆六字，粲如白玉。今年正月，其印移在两膝内，并膝则两印相合，分毫无差。又有神力，日行二千里，或至千里，人莫知之。冥夜深室，纤微无不洞鉴。又不衣绵纩，寒不近火，暑不摇扇。人天界。九月一日，群仙又至，带一桃枝，大如斗，半红半黄半粉红，说："乡人对此果很是满足。"谢自然割一小块吃了，其余由侍从收好。九月五日，金母又至，拿三道符，令谢自然吞下，不让喝水，服下后谢自然觉得身心舒畅。金母说："我再来一次就不来了。"又指着身旁一仙人说："此仙子与你同属一类。"十五日天亮时，一仙使到来，不说姓名，拿着三道符，传达金母令，让谢自然尽数服下，又拿六小块桃令她吃下。谢自然吃了三块，剩下的带走了。那使者日落时分才回去。

十月十一日，谢自然进入静室时，有仙人传召，她乘着麒麟升天。仙人带天衣相迎，将谢自然所穿旧衣物留在绳床上，返回后，仍穿旧衣，将天衣整齐摆放在鹤背上带回，说："去时乘麒麟，回来时乘鹤。"十九日，卢仙使到，从辰时到未时才离去。每当天帝使者降临，千万鸾鹤相随，群仙聚集。仙位高的乘鸾鸟，其次乘麒麟，再次乘龙。鸾鹤的翅膀各有一丈多大。近来有只大鸟飞落长安，与鸾鸟大小相同，但羽毛色泽不同。据说飞落长安的大鸟名为天雀，也称神雀。每逢降临，国家必有大福。二十五日，谢自然全身毛孔出血，沾染衣裳，形成山水横纹披肩。把它拿到溪边洗涤，纹路越发明显，对着阳光看，好似金色，用手碰触，发出金属声。二十六日、二十七日，东岳夫人一并前来，令谢自然沐浴，须用香汤，汤中不能有乳香。又说："天上自然有神，但不是鬼神的神。天界没有削发的人，如果得道，都会戴道冠，功德一致。切勿品尝任何斋供的食物，要更加注重清洁，器皿也是如此。上天众神，每当斋供时就降临凡间察看，最厌恶不精整干净的供品，那样不但不被福佑，反会因此获罪。"

李坚常与夫人在案几上诵经，先读外篇，再读内篇，内篇是《魏夫人传》中的本子。大多是精心思索讲说诵读的人会被保佑，而敷衍修行的人会招来罪责。谢自然辟谷，已经十三年了，昼夜休眠，双膝上忽然出现印记，比人间官印小些，四框中好像有六个古篆字，光洁如白玉。今年正月，那印记移到两膝内侧，将双膝并拢，两印刚好相合，分毫无差。谢自然又获得神力，日行两千里，有时一千里，无人察觉。在深夜昏暗室内，她能洞察分毫。又可不穿丝棉，天冷时无需烤问吉凶善恶，无不知者。性严重深密，事不出口，虽父母亦不得知。以李坚崇尚至道，稍稍言及，云：“天上亦欲遣世间奉道人知之，俾其尊明道教。”又言：“凡礼尊像，四拜为重，三拜为轻。”又居金泉道场，每静坐则群鹿必至。又云：“凡人能清静一室，焚香讽《黄庭》《道德经》，或一遍，或七遍，全胜布施修斋。凡诵经在精心，不在遍数多。事之人，中路而退，所损尤多，不如元不会者。慎之慎之！人命至重，多杀人则损年夭寿，来往之报，永无休止矣。”又每行常闻天乐，皆先唱《步虚词》，多止三首，第一篇、第五篇、第八篇。《步虚》讫，即奏乐，先抚云璈。云璈形圆似镜，有弦。

凡传道法，必须至信之人。《魏夫人传》中，切约不许传教，但令秘密，亦恐乖于折中。夫药力只可益寿，若升天驾景，全在修道服药。修道事颇不同，服柏便可绝粒。若山谷难求侧柏，只寻常柏叶，但不近丘墓，便可服之，石上者尤好。曝干者难将息，旋采旋食，尚有津润，易清益人。大都柏叶、茯苓、枸杞、胡麻，俱能常年久视，可试验。修道要山林静居，不宜俯近村栅。若城郭不可，以其荤腥，灵仙不降，与道背矣。炼药饮水，宜用泉水，尤恶井水，仍须远家及血属，虑有恩情忽起，即非修持之行。凡食米体重，食麦体轻。辟谷入山，须依众方，除三虫伏尸。凡服气，先调气，次闭气，出入不由口鼻，令满身自由，则生死不能侵矣。

是年九月，霖雨甚，自然自金泉往南山省程君，凌晨到山，衣履不湿。诘之，云：“旦离金泉耳。”程君甚异之。十一月九日，诣州与李坚别，云：“中旬的去矣。”亦不更入静室。二十日辰时，于金泉道场白日升天，士女数千人，咸共瞻仰。祖母周氏、母胥氏、火，天热时无需摇扇。他人询问吉凶善恶，她无所不知。她性格严谨缜密，不泄露天机，即便是父母也无从得知。因为李坚崇尚至道，才稍稍透露些。她说："天界也想使世间信奉道教的人知道，以求更加崇尚道教，彰显道教风范。"又说一般礼拜尊像，以四拜为重，三拜为轻。她又隐居金泉道场，每当静坐，群鹿必来。又说："世人凡是能在一间清净房间内，焚香诵《黄庭经》《道德经》，或一遍，或七遍，胜过布施斋贡。凡是诵经，全在精心，不在次数。奉道者，半途而废，损耗更甚，不如本来不会的人，得慎之又慎。生命至关重要，谋害性命便会折损寿元，循环往复无休无止。"谢自然每次出行，常听到仙乐，都先唱《步虚词》，最多唱三首，第一篇、第五篇、第八篇。《步虚词》唱完，就奏乐，先抚云璈，云璈外形是圆的，像镜子，有弦。

凡是传授道法，必须是至诚之人，《魏夫人传》中严格规定不得传教，只能私密进行，也是担心不能折中适当。仙药之力只能增加寿命，至于升仙驾影，全在修道服药。修道之事大有不同，服食柏叶便能辟谷，若山谷中难寻倾斜的柏树，只有寻常柏叶，只要不靠近坟墓便可服食，岩石上的柏叶更好。晒干的难有养生功效，边采边吃，柏叶尚有汁液，易使人清爽获益，一般而言，柏叶、茯苓、枸杞、胡麻，都是常年可见的植物，都能尝试。修道要隐居山林，不宜靠近村寨，至于城郊更不可以，因为那些地方荤腥污浊，灵仙不会降临，与道相离。炼药饮水，最好用山泉水，最忌井水，还须远离家与血亲，思绪中忽起恩情，绝非坚守道心的行为。一般吃米的人身体重，吃麦的人身体轻。辟谷隐居深山，必须按照一众方子，除去三虫伏尸。一般行气，首先调气，接着闭气，气的进出不经由口鼻，使得周身行气自由，便可免受生死侵扰。

这年九月，阴雨连绵，谢自然从金泉行至南山探望程君，凌晨抵达，衣鞋并未沾湿。程君细问，答："我早晨离开金泉。"程君惊异。十一月九日，谢自然到州里与李坚告别，说："我月中将离去。"也不再进入静室。二十日辰时，谢自然在金泉道场白日飞升成仙，数千士女共同瞻仰。她祖母周氏、母亲胥氏、妹妹自柔、弟子李生，听到她妹自柔、弟子李生，闻其诀别之语曰："勤修至道。"须臾五色云遮亘一川，天乐异香，散漫弥久。所着衣冠簪帔一十事，脱留小绳床上，结系如旧。刺史李坚表闻，诏褒美之。李坚述《金泉道场碑》，立本末为传云："天上有白玉堂，老君居之。殿壁上高列真仙之名，如人间壁记。时有朱书注其下云降世为帝王或为宰辅者。"又自然当升天时，有堂内东壁上书记五十二字，云：寄语主人及诸眷属：但当全身，莫生悲苦，自可勤修功德，并诸善心，修立福田，清斋念道，百劫之后，冀有善缘，早会清原之乡，即与相见。"其书迹存焉。（出《集仙录》）

卢眉娘

唐永贞年，南海贡奇女卢眉娘，年十四岁。眉娘生，眉如线且长，故有是名。本北祖帝师之裔，自大定中流落岭表。后汉卢景裕、景祚、景宣、景融兄弟四人皆为皇王之师，因号帝师。眉娘幼而惠悟，工巧无比，能于一尺绢上，绣《法华经》七卷，字之大小，不逾粟粒，而点画分明，细如毛发，其品题章句，无不具矣。更善作飞仙盖，以丝一钩，分为三段，染成五色，结为金盖五重。其中有十洲三岛、天人玉女、台殿麟凤之像，而持幢捧节童子，亦不啻千数。其盖阔一丈，秤无三两，煎灵香膏傅之，则坚硬不断。唐顺宗皇帝嘉其工，谓之神姑，因令止于宫中。每日止饮酒二三合。至元和中，宪宗嘉其聪慧而又奇巧，遂赐金凤环，以束其腕。眉娘不愿在禁中，遂度为道士，放归南海，仍赐号曰逍遥。及后神迁，香气满堂，弟子将葬，举棺觉轻，即彻其盖，惟见之旧履而已。后人见往往乘紫云游于海上。罗浮处士李象先作《罗逍遥传》，而象先之名无闻，故不为时人传焉。（出《杜阳杂编》）

道别："你们要勤恳地修行至道。"不一会儿，五彩祥云绵延遮蔽整个山川，仙乐异香散布弥漫了很久。谢自然平时所穿戴衣冠簪帔十一件，脱下留在小绳床上，结扣如常。刺史李坚将此事上奏，皇帝下诏书褒奖她。李坚在金泉道场立碑，叙述谢自然得道升天始末："天上有座白玉殿堂，老君居住在那里。殿堂墙壁上排列真仙名字，就如人间壁记，不时有朱笔在仙人名字下标注：降世为帝王或为宰辅。谢自然升天时，堂内东墙上记载五十二字：寄语主人，及诸眷属：但当全身，莫生悲苦，自可勤修功德，并诸善心，修立福田，清斋念道，百劫之后，冀有善缘，早会清原之乡，即与相见。"这些字迹犹存。（出《集仙录》）

卢眉娘

唐代永贞年间，南海纳贡名为卢眉娘的奇女，她年方十四岁。眉娘出生时，双眉如线细长，因此得名。她原是北祖帝王老师之后，大定年间流落岭南。后汉卢景裕、景祚、景富、景融兄弟四人，都是帝王之师，故称帝师。眉娘幼时聪慧颖悟，灵巧绝伦，能在长一尺的绢上，绣七卷《法华经》，字体还没米粒那么大，点画分明，细如发丝，其间评说注解和句读符号俱全。她更擅长制作飞仙盖，将一钩丝线，分为三段，染成五色，联结五层金盖，其上有十洲三岛、天人玉女、宫殿麟凤的绣像。且擎伞盖捧旌节的童子，不止千人。飞仙盖宽一丈，重不足三两；再将灵药煎熬至膏状涂在上面，便可坚韧不折。唐顺宗皇帝赞赏她手艺精湛，称她为神姑，下令将她留在宫中，她每日只饮酒二三合。元和年间，唐宪宗赞赏她聪慧灵巧，赐她金凤环，戴在腕上。眉娘不愿久居宫中，便做道士，皇帝放她回南海，赐号逍遥。日后她飞升成仙，奇香四溢，弟子准备将她下葬，抬起棺椁觉得很轻，就开棺探查，只见到一双旧鞋。后人见她常乘紫云遨游海上。罗浮山处士李象先著《罗逍遥传》，但李象先没啥名气，所以这篇传记未在世间流传。（出《杜阳杂编》）

卷第六十七 女仙十二

崔少玄 妙 女 吴清妻

崔少玄

崔少玄者，唐汾州刺史崔恭之小女也。其母梦神人，衣绡衣，驾红龙，持紫函，受于碧云之际，乃孕，十四月而生少玄。既生而异香袭人，端丽殊绝，绀发覆目，耳珰及颐，右手有文曰“卢自列妻”，后十八年归于卢陲，陲小字自列。

岁余，陲从事闽中，道过建溪，远望武夷山，忽见碧云自东峰来，中有神人，翠冠绯裳，告陲曰：“玉华君来乎？”陲怪其言曰：“谁为玉华君？”曰：“君妻即玉华君也。”因是反告之。妻曰：“扶桑夫人、紫霄元君果来迎我！事已明矣，难复隐讳。”遂整衣出见神人。对语久之，然夫人之音，陲莫能辨。逡巡，揖而退。陲拜而问之，曰：“少玄虽胎育之人，非阴骘所积。昔居无欲天，为玉皇左侍书，谥曰玉华君，主下界三十六洞学道之流。每至秋分日，即持簿书来访志道之士。尝贬落，所犯为与同宫四人，退居静室，嗟叹其事，恍惚如有欲想。太上责之，谪居人世，为君之妻，二十三年矣。又遇紫霄元君已前至此，今不复近附于君矣。”

至闽中，日独居静室。陲既骇异，不敢辄践其间。往往有女真，或二或四。衣长绡衣，作古鬟髻，周身光明，烛耀如昼，来诣其室，升堂连榻，笑语通夕。陲至而看之，亦皆天人语言，不可明辨。试问之，曰：“神仙秘密，难复漏泄，沉累至重，不可不隐。”陲守其言诫，亦常隐讳。洎陲罢府，恭又解印组，得家于洛阳。陲以妻之誓，不敢陈泄于恭。

崔少玄

崔少玄，是唐代汾州刺史崔恭的小女儿。她的母亲夜梦神人，身着丝衣，驾红龙，手持紫色匣子，在碧云边将它交给自己，之后便怀孕了，十四个月后生下少玄。少玄一出生就异香袭人，容貌端秀非凡，绀色头发遮盖双眼，耳坠长及面颊，右手有字写着“卢自列妻”。十八年后，她嫁与卢陲，卢陲小字自列。

一年多后，卢陲去闽中任从事，途经建溪，遥望武夷山。忽见一片碧云从东山峰飘来，其间有位神人，头戴翠冠，身着红衣，问卢陲：“玉华君来了吗？”卢陲觉得奇怪，反问：“谁是玉华君？”神人说：“您妻子就是玉华君。”卢陲回去后告诉妻子，他妻子说：“扶桑夫人、紫霄元君果然来迎接我。事情既已公开，再难隐瞒。”于是她整顿衣衫出门会见神人。交谈良久，卢陲无法听清夫人说了什么，待了一会儿作揖告退。卢陲给妻子下拜询问，少玄说：“我在娘胎已发育完全，但并非父母广积阴德所致。过去我住在无欲天，是玉皇大帝的左侍书，称号是玉华君，主管下界三十六洞天中各道学流派。每到秋分之日，就带簿书寻访有志求道之人。我曾被贬落凡尘，所犯之过是与同宫四人，退居静室时，感叹赞赏寻访学道之人，恍惚间萌生欲想。太上老君处罚我，将我贬下凡间做您的妻子。如今已二十三年，又遇到紫霄元君来此寻我，再不能亲近依附您了。”

到了闽中，少玄每日独居静室。卢陲惊异，不敢轻易踏进她的房间。常有女真人到来，两位或四位，身着飘逸的丝绸衣裙，梳着古典鬟髻，周身神光闪耀如同白昼，来到少玄静室中，同室并榻关系亲密，通宵谈笑。卢陲到静室看，众人都用天界语言，无法听懂。他试着问少玄，少玄说：“神仙机密，不可泄露，牵扯太多，不得不隐。”卢陲谨遵妻子告诫，也常隐瞒着这些事。等到卢陲罢官，崔恭也辞免官后二年，谓陲曰："少玄之父，寿算止于二月十七日。某虽神仙中人，生于人世，为有抚养之恩，若不救之，枉其报矣。"乃请其父曰："大人之命，将极于二月十七日。少玄受劬劳之恩，不可不护。"遂发绛箱，取扶桑大帝金书《黄庭内景》之书，致于其父曰："大人之寿，常数极矣，若非此书，不可救免。今将授父，可读万遍，以延一纪。"乃令恭沐浴南向而跪，少玄当几，授以功章，写于青纸，封以素函，奏之上帝。又召南斗注生真君，附奏上帝。须臾，有三朱衣人自空而来，跪少玄前，进脯羞，噏酒三爵，手持功章而去。恭大异之，私讯于陲，陲讳之。

经月余，遂命陲语曰："玉清真侣，将雪予于太上，今复召为玉皇左侍书玉华君，主化元精炁，施布仙品。将欲反神，还于无形，复侍玉皇，归彼玉清。君莫泄是言，遗予父母之念，又以救父之事，泄露神仙之术，不可久留。人世之情，毕于此矣。"陲跪其前，呜呼流涕曰："下界蚁虱，黩污仙上，永沦秽浊，不得升举。乞赐指喻，以救沉痼，久永不忘其恩。"少玄曰："予留诗一首以遗子。予上界天人之书，皆云龙之篆，下界见之，或损或益，亦无会者，予当执管记之。"其词曰："得之一元，匪受自天。太老之真，无上之仙。光含影藏，形于自然。真安匪求，神之久留。淑美其真，体性刚柔。丹霄碧虚，上圣之俦。百岁之后，空余坟丘。"陲载拜受其辞，晦其义理，跪请讲贯，以为指明。少玄曰："君之于道，犹未熟习。上仙之韵，昭明有时。至景申年中，遇琅琊先生能达。其时与君开释，方见天路。未间但当保之。"言毕而卒。九日葬，举棺如空。发榇视之，留衣而蜕。处室十八，居闽三，归洛二，在人间二十三年。

职，在洛阳安家。卢陲因对妻子的誓言，不敢将事情透露给崔恭。

两年后，少玄对卢陲说："少玄的父亲，阳寿止于二月十七日。我虽为神仙，但生于人世，受抚养之恩，若见死不救，便枉费了父亲的一片苦心。"于是她便对父亲说："您的阳寿将在二月十七日终止，我受您辛勤养育之恩，一定要护您周全。"打开深红箱子，取出扶桑大帝金书《黄庭内景》，送给她父亲，说："您的寿命，寻常寿元已尽，若非此书，无法救您免于一死。今日我将它给您，您可读万遍，增寿十二年。"于是让崔恭沐浴后向南跪着，少玄对着案几，将功章给他，写在青纸上，封在素函中，禀明天帝。少玄又召来南斗注生真君，随她附奏天帝。不久，三位红衣人从天而降，跪在少玄面前，进献珍馐，饮酒三杯，手拿功章离去。崔恭甚是惊异，暗自问卢陲，卢陲隐瞒不说。

一个多月后，少玄把卢陲叫来告诉他："我在玉清宫的仙侣，将于太上老君处替我伸冤，再召我任玉皇左侍书玉华君，主管化元精气，布施仙品。我将重新为神，不拘泥于形态，再次侍奉玉皇左右，回归玉清。您莫要泄露我说的话，给父母留下念想，我又因为救父之事，泄露仙术，实在不可久留。人世情缘，就此了结。"卢陲跪在她身前，悲泣痛呼："我不过是下界蝼蚁，玷污上仙，永远在浊世沉沦，无法飞升。望您赐教点化，度我出苦难，我永世不忘您的恩德。"少玄说："我给你留首诗，用天界文字，都是云龙篆字，下界世人阅读，或损或益，没有领会它的，我将用笔把它记下。"她留下的诗句为："得之一元，匪受自天。太上之真，无上之仙。光含影藏，形于自然。真安匪求，神之久留。淑美其真，体性刚柔。丹霄碧虚，上圣之俦。百岁之后，空余坟丘。"卢陲再三行礼接受诗词，但不理解诗句内容，跪请少玄讲解梳理，为他指点迷津。少玄说："您对于道，还未熟知，上仙的诗词，时间到了你自然就明白了。到景申年间，你会偶遇琅琊先生，他能通达其意，到时再为您解惑，方可见到天路。未遇到他之前，只需保存便可。"言罢，少玄亡故。九日后下葬，抬棺时棺好似空的一般，开棺察看，金蝉脱壳般只剩衣服。少玄在家住了十八年，在闽中住了三年，回到洛阳二年，共在尘世二十三年。

后陲与恭皆保其诗，遇儒道适达者示之，竟不能会。至景申年中，九疑道士王方古，其先琅琊人也。游华岳回，道次于陕郊，时陲亦客于其郡，因诗酒夜话，论及神仙之事。时会中皆贵道尚德，各征其异。殿中侍御史郭固、左拾遗齐推、右司马韦宗卿、王建皆与崔恭有旧，因审少玄之事于陲。陲出涕泣，恨其妻所留之诗，绝无会者。方古请其辞，吟咏须臾，即得其旨，叹曰："太无之化，金华大仙，亦有传于后学哉！"时坐客耸听其辞，句句解释，流如贯珠，凡数千言，方尽其意。因命陲执笔，尽书先生之辞，目曰《少玄玄珠心镜》。好道之士，家多藏之。（出《少玄本传》）

妙女

唐贞元元年五月，宣州旌德县崔氏婢，名妙女，年可十三四。夕汲庭中，忽见一僧，以锡杖连击三下，惊怖而倒，便言心痛。须臾迷乱，针灸莫能知。数日稍间，而吐痢不息。及瘥，不复食，食辄呕吐，唯饵蜀葵花及盐茶。既而清瘦爽彻，颜色鲜华，方说初昏迷之际，见一人引乘白雾，至一处，宫殿甚严，悉如释门西方部。其中天仙，多是妙女之族。言本是提头赖吒天王小女，为泄天门间事，故谪堕人间，已两生矣。赖吒王姓韦名宽，弟大，号上尊。夫人姓李，号善伦。东王公是其季父，名括，第八。妙女自称小娘，言父与姻族同游世间寻索，今于此方得见。前所见僧打腰上，欲女吐泻藏中秽恶俗气，然后得升天。天上居处华盛，各有姻戚及奴婢，与人间不殊。所使奴名群角，婢名金霄、偏条、凤楼。其前生有一子，名遥，见并依然相识。昨来之日，于金桥上与儿别，赋诗，惟记两句曰："手攀桥柱立，滴泪天河满。"时自吟咏，悲不自胜。如此五六日病卧，叙先世事。

后来，卢陲与崔恭都保存着她的诗，遇到通晓儒学道学的人就拿给对方看，最终也无人能懂。到了景申年间，有个名叫王方古的九疑道士，他祖上是琅琊人，华山游历归来，途经陕郊停驻，当时卢陲也行经陕郊，夜间饮酒谈诗，说到神仙之事，当时与会之人都崇道尚德，各自征集奇闻异事。殿中侍御史郭固，左拾遗齐推，右司马韦宗卿、王建都是崔恭旧交，细问卢陲少玄之事。卢陲落泪，无奈他妻子留下的诗无人能懂。王方古请他将诗句拿出，吟咏片刻，便得其意，感叹道："太无之化，金华大仙，也有传给后学的吗？"在座的人敬听其言，王方古逐字逐句详解，串珠般流畅，共说数千言，道尽其中奥义。于是让卢陲执笔，记载先生所述，题名《少玄玄珠心镜》。好道之人，多数收藏此书。（出《少玄本传》）

妙女

唐代贞元元年五月，宣州旌德县崔家婢女，名妙女，大致十三四岁。夜间妙女在院中打水，忽然看到一僧人，这僧人用锡杖连打她三下。妙女惊慌倒地，说自己心痛，不久昏迷麻木，针灸也无法让她清醒。几日后稍好些，又上吐下泻不止。病愈后，妙女便不再吃饭，一吃就吐，只吃蜀葵花和盐茶。不久妙女身心清减舒畅，面色红润有光泽，这才说起刚昏迷时，看到一人带她乘白雾去到一个地方，那里宫宇俨然，好似佛教中的西方极乐世界。其中天仙，多是妙女的族人。说妙女本是提头赖吒天王的小女儿，由于泄露天界之事，所以被贬人间，已过了两世了。赖吒王姓韦名宽，地位显赫，号上尊。他的夫人姓李，号善伦。东王公是他叔父，名括，排行第八。妙女自称小娘，说她父亲与亲族同到世间找她，如今才在这儿将她寻到。之前看到的僧人击打她的腰部，是想让妙女吐泻体内的污浊俗气，如此才得以升天。天界住所奢华繁盛，各有姻亲和奴婢，与人间无异。听她差使的奴仆叫群角，婢女叫金霄、偏条、凤楼。她前世生有一子，名遥，相见仍认识。昨日来时，她在金桥上与儿子作别、赋诗，只记得两句："手攀桥柱立，滴泪天河满。"偶尔她独自吟咏，悲伤不已。如此五六日她便卧病在床，挂念前世之事。

一旦，忽言上尊及阿母并诸天仙及仆隶等悉来参谢，即托灵而言曰："小女愚昧，落在人间，久蒙存恤，相愧无极。"其家初甚惊惶，良久乃相与问答，仙者悉凭之叙言。又曰："暂借小女子之宅，与世人言语。"其上尊语，即是丈夫声气；善伦阿母语，即是妇人声，各变其语。如此或来或往，日月渐久，谈谐戏谑，一如平人。每来即香气满室，有时酒气，有时莲花香气。后妙女本状如故。忽一日，妙女吟唱。是时晴朗，空中忽有片云如席，徘徊其上。俄而云中有笙声，声调清锵。举家仰听，感动精神。妙女呼大郎复唱，其声转厉。妙女讴歌，神色自若，音韵奇妙清畅不可言，又曲名《桑柳条》。又言："阿母适在云中。"如此竟日方散。

旬时，忽言："家中二人欲有肿疾，吾代其患之。"数日后，妙女果背上胁下，各染一肿，并大如杯，楚痛异常。经日，其主母见此痛苦，令求免之，妙女遂冥冥如卧。忽语令添香，于钟楼上呼天仙忏念，其声清亮，悉与西方相应。如此移时，醒悟肿消，须臾平复。后有一婢卒染病甚困，妙女曰："我为尔白大郎请兵救。"女即如睡状。须臾却醒，言兵已到，急令洒扫，添香静室，遂起支分兵马，匹配几人于某处检校，几人于病人身上束缚邪鬼。其婢即瘥如故，言见兵马形像，如壁画神王，头上着胡帽子，悉金钿也。其家小女子见，良久乃灭。大将军姓许名光，小将曰陈万。每呼之驱使，部位甚多，来往如风雨声。更旬时，忽言织女欲嫁，须往看之。又睡醒而说："婚嫁礼一如人间。"言女名垂陵子，嫁薛氏，事多不备纪。

其家常令妙女绣，忽言今要暂去，请婢凤楼代绣，如此竟日便作凤楼姿容。精神时异，绣作巧妙，疾倍常时，而不与人言语，时时俯首笑。久之言却回，即复本态，无凤楼状也。言大郎欲与一日，她忽然说上尊与她母亲同诸天仙及仆隶等人，全来感谢妙女的主人。便附妙女之体说：“小女愚昧，流落人间，承蒙你们照料，自感惭愧。”起初崔家人甚是惶恐，过了许久才与对方搭话，仙者凭妙女之口说尽想说的话。又说：“此次是借小女身体，与世人交谈。”上尊说话，是男子的音色口吻；善伦阿母说话，是女子的音色口吻，各有不同。如此往来，时间渐长，众人交谈玩笑一如常人。仙人每次到来香气四溢，有时是酒气，有时是莲花香气。后来妙女恢复原状。忽然某日，妙女吟唱，那时天朗气清，忽然有云如席子，在空中徘徊。不久，云中传来笙声，声调清幽节奏顿挫，崔家人全部抬头倾听，振聋发聩。妙女唤大郎再唱，歌声越发惊天动地。妙女也随声歌唱，神情舒缓自然，音韵玄妙悠扬，无法言表。又唱一曲名《桑柳条》。又说她母亲刚才在云中。如此一整日才散去。

十多天后，妙女忽然说：“崔家将有两人患肿疾，我替他们患病。”几日后，果然妙女背上肋下各有一肿块，杯口大小，疼痛异常。几天后，她的女主人看她如此痛苦，请她设法消除此病，妙女便浑浑噩噩躺着，忽然让人添香，在钟楼上呼唤天仙忏悔，声音清澈嘹亮，完全与西方对应。如此过了一阵，妙女清醒肿块消散，不久就恢复如常。后来一婢女突然病重，妙女说：“我帮你告诉大郎请求援兵。”妙女状如入睡，不一会儿就醒来，说援兵已至，令人赶快洒扫，添香净室。于是妙女就起身安排人手，分配几人在某处检验，几人在患者身上束缚邪鬼，那婢女便病愈如初。她说看到兵马的样子，好似壁画上的神王，头戴胡人帽子，点缀金玉花钿。崔家小女儿也看到了，经久消失。大将军姓许名光，小将名陈万，常为妙女驱使，随从众多，来往好似风雨声。又十多天后，妙女忽然说织女的女儿即将出嫁，需要前去观礼。妙女睡下又醒来说：“天界婚嫁礼仪与人间无异。”说织女的女儿名叫垂陵子，嫁与薛氏，事多不能尽数记下。

崔家曾让妙女绣花，她忽然说要暂时离去，请她婢女凤楼暂代。此后终日呈凤楼面容，精神也不同往常，绣工精巧，速度是平日的一倍，又不与人交谈，常低头微笑。过了很久，妙女说她回来了，便恢复如常，没有凤楼的姿态了。她说大郎与僧伽和尚一同来看望僧伽和尚来看娘子，即扫室添香，煎茶待之。须臾遂至，传语问讯，妙女忽笑曰：“大郎何为与上人相扑？”此时举家俱闻床上踏蹴声甚厉，良久乃去。有时言向西方饮去，回遂吐酒，竟日醉卧。一夕，言将娘子一魂、小娘子一魂游看去，使与善伦友言笑。是夕，娘子等并梦向一处，与众人游乐。妙女至天明，便问娘子梦中事，一一皆同。如此月余绝食。忽一日悲咽而言：“大郎阿母唤某归。”甚凄怆。苦言：“久在世间，恋慕娘子，不忍舍去。”如此数日涕泣。又言：“不合与世人往来，汝意须住，如之奈何？”便向空中辞别，词颇郑重，从此渐无言语。告娘子曰：“某相恋不去，既在人间，还须饮食，但与某一红衫子着，及泻药。”如言与之，逐渐饮食。虽时说未来事，皆无应。

其有繁细，不能具录。其家纪事状尽如此，不知其婢后复如何。（出《通幽记》）

吴清妻

唐元和十二年，虢州湖城小里正吴清妻杨氏，号监真，居天仙乡车谷村。因头疼，乃不食。自春及夏，每静坐入定，皆数日。村邻等就看，三度见，得药共二十一丸，以水下；玉液浆两碗，令煎茶饮。四月十五日夜，更焚香端坐，忽不见。十七日，县令自焚香祝请。其夜四更，牛驴惊，见墙上棘中衫子；逡巡，牛屋上见杨氏裸坐，衣服在前，肌肉极冷。扶至院，与村舍焚香声磬，至辰时方醒。称十四日午时，见仙鹤语云：“洗头。”十五日沐浴，五更，有女冠二人并鹤驾五色云来，乃乘鹤去。到仙方台，见道士云：“华山有同行伴五人，煎茶汤相待。”汴州姓吕，名德真；同州姓张，名仙真；益州姓马，名辨真；宋州姓王，名信真。又到海东山头树木多处，及吐番界山上，五人皆相随。却至仙方台，见仙骨，有娘子，就洒扫屋室增添香料，煎茶等待。不久他们便到，传语问讯寒暄，妙女忽然笑道：“大郎为何与上人摔跤？”这时全家都听到床上踩踏脚步声很大，很久才离去。妙女有时说到西方饮酒，回来后吐酒，整天酒醉卧床。某夜，妙女说带着娘子魂魄和小娘子魂魄外出游乐，让二人与善伦尽情谈笑。是夜，娘子等人一同在梦中去往一个地方，与众人游乐。妙女直到天明，问娘子梦中事，件件相同。此后一个多月，妙女辟谷。一日，她忽然悲咽道：“大郎、阿母唤我回去。”她甚是哀伤，说：“久留人间，留恋钦慕娘子，不舍得离去。”一连哭泣数日。又说：“本不该与世人往来，你的意思是要我长久住下，这该如何是好？”她便向空中辞别，言词恳切。此后，妙女渐渐没有言语。她告诉娘子：“我留恋你不肯离去，既然还在人间，须得饮食。只需给我一件红衫与泻药。”娘子按她说的安排给她，妙女逐渐能吃饭饮水，虽偶尔说起未来的事，但不再灵验。

其中诸多细节，不能尽数记载。崔家记载此事的情况就是这样，不知那婢女后来究竟怎样了。（出《通幽记》）

吴清妻

唐代元和十二年，虢州湖城小里正吴清的妻子杨氏，号监真。他们住天仙乡车谷村。因头疼，杨氏不再吃饭。从春到夏，每次静坐入定都一连几日。村中邻居去她家看，三次见到她，共得药二十一丸，用水送服；琼浆玉液两碗，让他们煎茶喝。四月十五日夜，吴清妻子焚香端坐，忽然消失。十七日，县令亲自焚香祝告，那晚四更，牛驴受惊，只见墙上荆棘间有衣衫。不久，人们在牛棚上发现杨氏赤裸坐着，衣物在身前，体肤冰冷。众人将她扶到院中，在村舍焚香击磬，到辰时她才苏醒。她说十四日午时看到仙鹤对她说：“洗头。”十五日她沐浴，五更时分，有两女道士乘鹤驾五彩祥云而来，她便乘鹤同去。吴清妻子到仙方台，看到一道士，道士说：“华山有有五个同行的伙伴，煎好茶水相迎。”汴州人姓吕名德真，同州人姓张名仙真，益州人姓马名辨真，宋州人姓王名仙真。又到海东山头树木繁茂处，以及吐番界山上，五个人都跟着。回到仙方台，看到仙骨，一尊尊师云："此杨家三代仙骨。"令礼拜。却请归，云："有父在，年老。"遂还。

有一女冠乘鹤送来，云："得受仙诗一首又诗四。"并书于后云："道启真心觉渐清，天教绝粒应精诚。云外仙歌笙管合，花间风引步虚声。"其二曰："心清境静闻妙香，忆昔期君隐处当。一星莲花山头饭，黄精仙人掌上经。"其三曰："飞鸟莫到人莫攀，一隐十年不下山。袖中短书谁为达？华山道士卖药还。"其四曰："日落焚香坐醮坛，庭花露湿渐更阑。净水仙童调玉液，春霄羽客化金丹。"其五曰："摄念精思引彩霞，焚香虚室对烟花。道合云霄游紫府，湛然真境瑞皇家。"（出《逸史》）

师说："此乃杨家三代仙骨。"让他们礼拜。退下后，杨氏请辞回家，说："家中尚有年迈的父亲。"便回去了。

一女道士乘鹤送她回来，说："我得了首受仙诗，还有其他四首诗。"一并将五首诗写在后面：道启真心觉渐清，天教绝粒应精诚。云外仙歌笙管合，花间风引步虚声。第二首是：心清境静闻妙香，忆昔期君隐处当。一星莲花山头饭，黄精仙人掌上经。第三首是：飞鸟莫到人莫攀，一隐十年不下山。袖中短书谁为达？华山道士卖药还。第四首是：日落焚香坐醮坛，庭花露湿渐更阑。净水仙童调玉液，春宵羽客化金丹。第五首是："摄念精思引彩霞，焚香虚室对烟花。道合云霄游紫府，湛然真境瑞皇家。"（出《逸史》）

卷第六十八　女仙十三

郭　翰　杨敬真　封　陟

郭　翰

太原郭翰，少简贵，有清标。姿度美秀，善谈论，工草隶。早孤独处，当盛暑，乘月卧庭中。时有清风，稍闻香气渐浓。翰甚怪之，仰视空中，见有人冉冉而下，直至翰前，乃一少女也。明艳绝代，光彩溢目，衣玄绡之衣，曳霜罗之帔，戴翠翘凤凰之冠，蹑琼文九章之履。侍女二人，皆有殊色，感荡心神。翰整衣巾，下床拜谒曰："不意尊灵迴降，愿垂德音。"女微笑曰："吾天上织女也。久无主对，而佳期阻旷，幽态盈怀。上帝赐命游人间，仰慕清风，愿托神契。"翰曰："非敢望也，益深所感。"女为敕侍婢净扫室中，张霜雾丹縠之帏，施水晶玉华之簟，转会风之扇，宛若清秋。乃携手升堂，解衣共卧。其衬体轻红绡衣，似小香囊，气盈一室。有同心龙脑之枕，覆双缕鸳文之衾。柔肌腻体，深情密态，妍艳无匹。欲晓辞去，面粉如故。为试拭之，乃本质也。翰送出户，凌云而去。

自后夜夜皆来，情好转切。翰戏之曰："牵郎何在？那敢独行？"对曰："阴阳变化，关渠何事？且河汉隔绝，无可复知，纵复知之，不足为虑。"因抚翰心前曰："世人不明瞻瞩耳。"翰又曰："卿已托灵辰象，辰象之门，可得闻乎？"对曰："人间观之，只见是星，其中自有宫室居处，群仙皆游观焉。万物之精，各有象在天，成形在地。下人之变，必形于上也。吾今观之，皆了了自识。"因为翰指列宿分位，尽详纪度。时人不悟者，翰遂洞知之。后将至

郭翰

太原人郭翰，少时轻视权贵，有清誉，仪容秀美，善言谈，长于草书隶书。他年少失亲，孤身独居，时值盛夏，他在庭院中乘凉入睡。这时，清风徐来，有微香，香气逐渐浓郁。郭翰感到奇怪，仰视空中，看到有人冉冉飞落到自己面前，原来是一少女。这少女明艳绝代，光彩夺目。她身着黑色丝衣，披白纱帔肩，戴翠翘凤凰冠，踩琼文九章鞋。随行的两位侍女，都姿色非凡。郭翰心神荡漾，整顿衣巾，下床行礼说："未承想仙人屈尊降临，愿您赐下福音。"少女笑道："我是天界织女。长久未有夫婿相对，婚期遥远，满怀忧思，上帝恩赐我游历人间，仰慕您高风亮节，愿终身托付给您。"郭翰说："我不敢奢望，如此我已深有所感了。"织女命侍婢打扫房间，铺陈霜雾丹縠帏帐，摆设水晶玉华垫席，转动能生风的扇子，满室凉爽宛如清秋。二人携手走近内室，宽衣共寝。织女贴身淡红丝衣，宛如小香囊，满室香气。床上有同心龙脑枕，身盖双缕鸳鸯纹寝被。织女体肤滑腻，情深意切，容貌妙绝。天将亮时，织女辞别，面颊脂粉如故。郭翰试着轻轻擦拭，原是她的本色。郭翰将她送出，织女腾空而去。

此后织女每夜都来，两人感情日益密切。郭翰与她开玩笑："牛郎在何处？你怎敢私自出门？"织女答："阴阳转化，如今已与他无关？且银河阻绝，他无法得知此事。即便知道了，也无需忧虑。"她抚着郭翰胸前心脏处说："世人看不清原委。"郭翰又说："您在星象上托灵，星象的深意，能说给我听听吗？"织女答："世人观星，看到的只是星辰，其间还有宫室居所，群仙都在里面游玩观赏。万物精华，各有星象在空中，再成形在地上。下界世人的变化，必定会在天上显现。我现在观星，便可将万事看得一清二楚。"顺带给郭七夕，忽不复来，经数夕方至。翰问曰：“相见乐乎？”笑而对曰：“天上那比人间？正以感运当尔，非有他故也，君无相忌。”问曰：“卿来何迟？”答曰：“人中五日，彼一夕也。”又为翰致天厨，悉非世物。徐视其衣，并无缝。翰问之，谓翰曰：“天衣本非针线为也。”每去，辄以衣服自随。

经一年，忽于一夕，颜色凄恻，涕流交下，执翰手曰：“帝命有程，便可永诀。”遂呜咽不自胜。翰惊惋曰：“尚余几日在？”对曰：“只今夕耳。”遂悲泣，彻晓不眠。及旦，抚抱为别，以七宝碗一留赠，言明年某日，当有书相问。翰答以玉环一双，便履空而去，回顾招手，良久方灭。翰思之成疾，未尝暂忘。明年至期，果使前者侍女将书函致。翰遂开封，以青缣为纸，铅丹为字，言词清丽，情念重叠。书末有诗二首，诗曰：“河汉虽云阔，三秋尚有期。情人终已矣，良会更何时？”又曰：“朱阁临清汉，琼宫御紫房。佳期情在此，只是断人肠。”翰以香笺答书，意甚慊切。并有酬赠诗二首，诗曰：“人世将天上，由来不可期。谁知一回顾，交作两相思。”又曰：“赠枕犹香泽，啼衣尚泪痕。玉颜霄汉里，空有往来魂。”自此而绝。是年，太史奏织女星无光。翰思不已，凡人间丽色，不复措意。复以继嗣，大义须婚，强娶程氏女，所不称意，复以无嗣，遂成反目。翰后官至侍御史而卒。（出《灵怪集》）

杨敬真

杨敬真，虢州阌乡县长寿乡天仙村田家女也。年十八，嫁同村王清。其夫家贫力田，杨氏妇道甚谨，夫族目之勤力新妇。性沉静，不好戏笑，有暇必洒扫静室，闭门闲居，虽邻妇狎之，终不相翰指出众星宿的分布，详尽讲析天条法度。当时世人参不透的事，郭翰悉知。后来七夕将至，织女忽然不再来了，几夜后才来。郭翰问：“相见欢喜吗？”织女笑答：“天上哪比人间？只因天时安排才相见，并无他故，您莫要介意。”郭翰问：“您怎么来迟了？”织女答：“世间五日，是天界一夜。”织女又为郭翰弄来佳肴美味，食材皆非俗世之物。郭翰观察她衣物，发现没有接缝，问她原因，织女说：“天衣本就不是用针线做的。”织女每次来都自己带着衣服。

如此一年，忽然一日夜里，织女面色凄惨，涕泪横流，握着郭翰手说：“天帝命令有限期，此时该当永别。”言罢呜咽不已。郭翰惊讶而又惋惜道：“还剩几日？”织女答：“只剩今晚了。”二人彻夜悲泣无眠。等到天亮，二人拥抱相抚辞别，织女赠予郭翰一只七宝碗，说明年某日，自当来信问候。郭翰以一双玉环答谢，织女便腾空离去，频频回首告别，许久才离去。郭翰思念成疾，一刻也不曾淡忘。第二年约定之日，织女果然派先前来过的侍女，送来书信。郭翰打开信封，信纸是用青色丝绢做的，字体是用铅丹书写的，言语清丽，情意绵绵。信末附诗二首，一首写道：河汉虽云阔，三秋尚有期。情人终已矣，良会更何时？另一首写道：朱阁临清汉，琼宫御紫房。佳期情在此，只是断人肠。郭翰用香笺答复，词意凄婉，并赠诗二首。一首是：人世将天上，由来不可期。谁知一回顾，交作两相思。另一首是：赠枕犹香泽，啼衣尚泪痕。玉颜霄汉里，空有往来痕。从此两人断绝往来。这年，太史奏报说织女星暗淡。郭翰思念不已，所有人间绝色，他都不再留意。后因为延续宗嗣，必须成婚，他勉强娶了程氏女，本来就不称意了，又加上无子嗣，二人因此反目为仇。郭翰后官拜侍御史方才亡故。（出《灵怪集》）

杨敬真

杨敬真，是虢州阌乡县长寿乡天仙村农民家女儿。十八岁时，她嫁与同村王清。她夫家清贫，耕种勤苦，杨氏严守妇道，夫家视她为勤劳的新媳妇。她生性沉静，不喜欢说笑玩闹，闲暇时必定洒扫屋室，然后关上门独居房中。即便邻里妇人亲近她，她也从未与她们往来。生三男一女，年二十四岁。

元和十二年五月十二日夜，告其夫曰：“妾神识颇不安，恶闻人言，当于静室宁之，君宜与儿女暂居异室。”夫许之。杨氏遂沐浴，著新衣，焚香闭户而坐。及明，讶其起迟，开门视之，衣服委地床上，若蝉蜕然，身已去矣，但觉异香满室。其夫惊以告其父母，共叹之。数人来曰：“昨夜方半，有天乐从西而来，似若云中。下于君家，奏乐久之，稍稍上去。合村皆听之，君家闻否？”而异香酷烈，遍数十里。村吏以告县令李邯，遣吏民远近寻逐，皆无踪迹。因令不动其衣，闭其户，以棘环之，冀其或来也。

至十八日夜五更，村人复闻云中仙乐异香从东来，复下王氏宅，作乐久之而去。王氏亦无闻者。及明来视，其门棘封如故，房中仿佛若有人声。遽走告县令李邯，亲率僧道官吏共开其门，则妇宛在床矣。但觉面目光芒，有非常之色。

邯问曰：“向何所去？今何所来？”对曰：“昨十五日夜初，有仙骑来曰：‘夫人当上仙，云鹤即到，宜静室以伺之。’至三更，有仙乐彩仗，霓旌绛节，鸾鹤纷纭，五云来降，入于房中。报者前曰：‘夫人准籍合仙，仙师使使者来迎，将会于西岳。’于是彩童二人捧玉箱，箱中有奇服，非绮非罗，制若道人之衣，珍华香洁，不可名状。遂衣之毕，乐作三阕。青衣引白鹤曰：‘宜乘此。’初尚惧其危，试乘之，稳不可言。飞起而五云捧出，彩仗前引，至于华山云台峰。峰上有磐石，已有四女先在彼焉。一人云姓马，宋州人；一人姓徐，幽州人；一人姓郭，荆州人；一人姓夏，青州人。皆其夜成仙，同会于此。旁一小仙曰：‘并舍虚幻，得证真仙，今当定名，宜有真字。’于是马曰信真，徐曰湛真，郭曰修真，夏曰守真。其来往。她一共生了三儿一女，时年二十四岁。

元和十二年五月十二日夜间，她对丈夫说："我神识不安，厌恶听到他人言语，应在静室中寻得安宁，您当与儿女暂住在别的房间。"丈夫答应了。杨氏便沐浴，换新衣，关门焚香独坐。等到天明，家人诧异她很迟了还没醒，打开门查探，见衣物如蝉蜕般脱在地上，身体已经不在，只闻得异香满室。她丈夫震惊，将此事告诉她父母，众人为此叹息。这时，有几人来说："昨日半夜，西边有天乐传来，仿佛在云雾间。降至您家，乐声持续了很久，才缓慢升天离去。全村人都听到了，您家听到了吗？"且异香浓郁，弥散几十里。村中小吏将此事报告县令李邯。李邯派官吏、百姓在附近寻找，没有丝毫痕迹。县令下令不准动她的衣裳，将她房门紧闭，用刺棘围住，兴许她会回来。

到十八日夜间五更天，村中人又听到云间仙乐，闻到异香从东边飘来，又降至王家宅中，仙乐持续了很久才消散。王家又没人听到。等到天明来看，她房门刺棘如初，房中仿佛有人声。村民跑去报告县令，县令亲自带领和尚道士及官吏，一同打开她房门。看到杨氏仍在床上，只是看起来面目光艳，面色不同寻常。

李邯问她："前些日子你去哪了？今日又从何而来？"杨氏答："先前十五日夜初，有仙人驾马来说：'夫人当为上仙，云鹤即刻便至，您在静室等候便可。'等到三更，仙乐和彩色仪仗，紫红旌旗，赤色符节，鸾鹤纷纷，乘五彩祥云降落到房中。通报的人上前说：'夫人位列仙籍理应成仙，仙师派使者相迎，将在西岳集会。'两彩衣童子捧着玉箱，箱中服饰稀奇，不是绮不是罗，像是道士的衣服，珍奇华贵芳香洁净，不可名状。待到穿好衣服，仙乐奏完三段，青衣人引白鹤说：'当乘此鹤。'起初我还担心它危险，试乘了下，发现安稳无比。飞升后五彩祥云捧在下面，彩色仪仗在前引路。到了华山云台峰。峰上有磐石，已有四女子在那里了。一个人说姓马，是宋州人，一个人姓徐是幽州人，一个人姓郭是荆州人，一个姓夏是青州人，四人都在那夜成仙，会聚此处。旁边一小仙说："一同舍弃虚幻，飞升成真仙，如今该定名，名中要有'真'字。于是姓马者名信真，姓徐者时五云参差，遍覆崖谷，妙乐罗列，间作于前。五人相庆曰：‘同生浊界，并是凡身，一旦翛然，遂与尘隔。今夕何夕，欢会于斯，宜各赋诗，以道其意。’信真诗曰：‘几劫澄烦虑，思今身仅成。誓将云外隐，不向世间存。’湛真诗曰：‘绰约离尘世，从容上太清。云衣无绽日，鹤驾没遥程。’修真诗曰：‘华岳无三尺，东瀛仅一杯。入云骑彩凤，歌舞上蓬莱。’守真诗曰：‘共作云山侣，俱辞世界尘。静思前日事，抛却几年身。’敬真亦诗曰：‘人世徒纷扰，其生似梦华。谁言今夕里，俯首视云霞。’既而雕盘珍果，名不可知。妙乐铿锽，响动崖谷。俄而执节者曰：‘宜往蓬莱，谒大仙伯。’五真曰：‘大仙伯为谁？’曰：‘茅君也。’妓乐鸾鹤，复前引东去。倏然间已到蓬莱，其宫皆金银，花木楼殿，皆非人间之制作。大仙伯居金阙玉堂中，侍卫甚严。见五真喜曰：‘来何晚耶？’饮以玉杯，赐以金简、凤文之衣、玉华之冠，配居蓬莱华院。四人者出，敬真独前曰：‘王父年高，无人侍养，请回侍其残年。王父去世，然后从命，诚不忍得乐而忘王父也。惟仙伯哀之。’仙伯曰：‘汝村一千年方出一仙人，汝当其会，无自坠其道。’因敕四真送至其家，故得还也。”

邯问：“昔何修习？”曰：“村妇何以知？但性本虚静，闲即凝神而坐，不复俗虑得入胸中耳。此性也，非学也。”又问：“要去可否？”曰：“本无道术，何以能去？云鹤乘迎即去，不来亦无术可召。”

于是遂谢绝其夫，服黄冠。邯以状闻州，州闻廉使。时崔从按察陕辅，延之，舍于陕州紫极宫，请王父于别室，人不得升其阶，惟廉使从事及夫人得之，瞻拜者才及阶而已，亦不得升。廉使以闻，唐宪宗召见，舍于内殿。试道而无以对，罢之。今在陕州，终岁不食，食时啖果实，或饮酒二三杯，绝无所食，但容色转芳嫩耳。（出《续玄怪录》）

名湛真，姓郭者名修真，姓夏者名守真。那时五云错落，遮盖崖谷，奇妙的乐器俨然排列，挨个上前演奏。五人相互恭贺：‘我们同生于污浊尘世，都是凡身，一旦羽化升仙，便与尘世诀别。今夕何夕，欢会在此，当各自赋诗，抒发心意’。信真诗写道：‘几劫澄烦虑，思今身仅成。誓将云外隐，不向世间存。’湛真诗写道：‘绰约离尘世，从容上太清。云衣无绽日，鹤驾没遥程。’修真诗写道：‘华岳无三尺，东瀛仅一杯。入云骑彩凤，歌舞上蓬莱。’守真诗写道：‘共作云山侣，俱辞世界尘。静思前日事，抛却几年身。’敬真也作诗写道：‘人世徒纷扰，其生似梦华。谁言今夕里，俛首视云霞。’接着端上的雕盘珍果，都叫不上名来。仙乐铿锵，响彻山谷。不一会儿，持符节的人说：‘该到蓬莱，拜谒大仙伯。’五真问：‘大仙伯是谁？’答：‘是茅君。’艺伎乐人鸾鹤在前向东引路，转眼间已至蓬莱。那处宫殿尽是金银建造，花木楼宇皆非人力所为。大仙伯住金阙玉堂中，守卫很严。见到五真高兴地说：‘为何来得如此晚？’让四人用玉杯饮酒，赏赐金简、凤纹衣物、玉华冠，安排住蓬莱华院。四人出去，敬真独自上前说：‘我公公年事已高，无人侍奉在侧，请让我回去送他走完最后一程，他去世后，我便从命。我实在不忍沉迷欢乐忘却王家公公。恳请仙伯哀怜。’仙伯说：‘你们村中一千年才有一仙人，你恰逢机缘，莫要自坠其道。’下令四真将我送到家，所以我回来了。”

李邯问：“你过去修习什么？”她说：“我一个村妇哪里知道这些？只是天性清虚恬静，闲暇时便凝神静坐，没有俗念在心中。这是性情，不是修习来的。”李邯又问：“你还能再上天去吗？”她说：“我本不会道术，怎能去？云鹤相迎便去，不来我也没法将它招来。”

此后，她便与丈夫分居，戴着道冠。李邯将这些情况报告州里，州里又报告廉使。当时崔从按察陕辅，请杨敬真前去，安排她住紫极宫，请王家公公住另一间，他人不得登上她住处的台阶，只有廉使从事和夫人能进入。瞻仰拜见的人只能在台阶处而已，不能入室。廉使将这事奏闻皇上，唐宪宗召见杨敬真，安排她住内殿。试与她论道，杨敬真却对不上来。唐宪宗便让她回去了。如今杨敬真还在陕州，常

封陟

宝历中，有封陟孝廉者，居于少室。貌态洁朗，性颇贞端。志在典坟，僻于林薮，探义而星归腐草，阅经而月坠幽窗，兀兀孜孜，俾夜作昼，无非搜索隐奥，未尝暂纵揭时日也。书堂之畔，景像可窥，泉石清寒，桂兰雅淡，戏猱每窃其庭果，唳鹤频栖于涧松。虚籁时吟，纤埃昼阒。烟锁筜篁之翠节，露滋踯躅之红葩。薜蔓衣垣，苔茸毯砌。时夜将午，忽飘异香酷烈，渐布于庭际。俄有辎軿自空而降，画轮轧轧，直凑檐楹。见一仙姝，侍从华丽，玉珮敲磬，罗裙曳云，体欺皓雪之容光，脸夺芙蕖之艳冶，正容敛衽而揖陟曰："某籍本上仙，谪居下界，或游人间五岳，或止海面三峰。月到瑶阶，愁莫听其凤管；虫吟粉壁，恨不寐于鸯衾。燕浪语而徘徊，鸾虚歌而缥缈。宝瑟休泛，虬觥懒斟。红杏艳枝，激含嚬于绮殿；碧桃芳萼，引凝睇于琼楼。既厌晓妆，渐融春思。伏见郎君坤仪浚洁，襟量端明，学聚流萤，文含隐豹。所以慕其真朴，爱以孤标，特谒光容，愿持箕帚，又不知郎君雅旨如何？"陟摄衣朗烛，正色而坐，言曰："某家本贞廉，性唯孤介。贪古人之糟粕，究前圣之指归，编柳苦辛，燃粕幽暗，布被粝食，烧蒿茹藜。但自固穷，终不斯滥，必不敢当神仙降顾。断意如此，幸早回车。"姝曰："某乍造门墙，未申恳迫，辄有一诗奉留，后七日更来。"诗曰："谪居蓬岛别瑶池，春媚烟花有所思。为爱君心能洁白，愿操箕帚奉屏帏。"陟览之若不闻。云軿既去，窗户遗芳，然陟心中不可转也。

年辟谷，吃东西时只吃果实，或饮酒二三杯，绝不吃粮食，容颜反而变得芳嫩了。（出《续玄怪录》）

封陟

唐敬宗宝历年间，有孝廉名封陟，住少室山。他俊秀爽朗，性情坚贞端方。他立志研究古籍，隐居山野，探寻文义直至星辰滑落于腐草，阅览经书不顾月落幽窗，孜孜不倦，不舍昼夜，无时无刻不在探索隐奥，未曾放松片刻。他的书堂附近，景象雅致，泉清石寒，桂淡兰雅，顽皮小猴常窃取庭院瓜果，鸣鹤频频栖息于山涧松林。微风空寂无声，微尘缥缈，烟雾缭绕着嫩绿的竹枝，露珠凝结在鲜红的花瓣上。薜荔枝蔓掩盖墙垣，苔藓柔密铺盖地面。午夜将至，忽然异香浓郁，弥散满院，不久一辆帷幕车自空中降落，彩饰车轮轧轧作响，直向檐柱。封陟看到一位仙女，随行侍从衣着华丽，环珮叮当，罗裙飘曳，她肤白盛雪，容比芙蕖。仙女端正仪态整理衣襟给封陟作揖，对封陟说："我位居上仙，被贬谪下界，有时游历人间五岳，有时在海面三峰歇息。月光漫射瑶宫台阶，忧愁无心听箫管之音；飞虫在粉墙吟叫，恨不能睡卧鸳鸯被。双燕浪语枝头徘徊，鸾鸟悠鸣心思缥缈，宝瑟休奏，美酒懒斟。红杏绽放，绮殿间激起愁思；碧桃芳香，琼楼中引起凝望。我厌烦旧时晨起梳妆的生活，春情渐渐动容。再看您，丰神俊朗，气宇不凡，才华横溢，隐居此处，我钦慕您的纯真朴实，喜爱您的孤标傲世，所以特来拜见，愿托付终身，侍奉左右，不知郎君意下如何？"封陟整理衣襟挑亮灯烛，肃然危坐，说："我出身坚贞清廉的家庭，性情正直不流俗，贪恋古人书籍，探究先贤的奥义，刻苦读书，暗室中燃渣滓，盖布被吃粗粮，烧野蒿吃野菜。自己虽然贫寒，但绝不敢有二心，实在难当神仙眷顾。我决意如此，望您尽早返回。"仙女说："我初来您家，没能表明恳切之意，留诗一首，七日后再来。"诗云："谪居蓬岛别瑶池，春媚烟花有所思。为爱君心能洁白，愿操箕帚奉屏帏。"封陟看后无动于衷。云车离去，门窗余香，封陟心意坚定不移。

后七日夜，姝又至，骑从如前时，丽容洁服，艳媚巧言。入白陟曰：“某以业缘遽萦，魔障歘起。蓬山瀛岛，绣帐锦宫，恨起红茵，愁生翠被。难窥舞蝶于芳草，每妒流莺于绮丛，靡不双飞，俱能对跱，自矜孤寝，转懵空闺。秋却银缸，但凝眸于片月；春寻琼圃，空抒思于残花。所以激切前时，布露丹恳，幸垂采纳，无阻精诚，又不知郎君意竟如何？”陟又正色而言曰：“某身居山薮，志已颛蒙，不识铅华，岂知女色？幸垂速去，无相见尤。”姝曰：“愿不贮其深疑，幸望容其陋质，辄更有诗一章，后七日复来。”诗曰：“弄玉有夫皆得道，刘刚兼室尽登仙。君能仔细窥朝露，须逐云车拜洞天。”陟览又不回意。

后七日夜，姝又至，态柔容冶，靓衣明眸。又言曰：“逝波难驻，西日易颓，花木不停，薤露非久。轻沤泛水，只得逡巡；微烛当风，莫过瞬息。虚争意气，能得几时？恃顽韶颜，须臾槁木。所以君夸容鬓，尚未凋零，固止绮罗，贪穷典籍。及其衰老，何以任持？我有还丹，颇能驻命，许其依托，必写襟怀。能遣君寿例三松，瞳方两目，仙山灵府，任意追游。莫种槿花，使朝晨而骋艳；休敲石火，尚昏黑而流光。”陟乃怒目而言曰：“我居书斋，不欺暗室。下惠为证，叔子为师。是何妖精，苦相凌逼？心如铁石，无更多言。倘若迟回，必当窘辱。”侍卫谏曰：“小娘子回车，此木偶人，不足与语。况穷薄当为下鬼，岂神仙配偶耶？”姝长吁曰：“我所以恳恳者，为是青牛道士之苗裔；况此时一失，又须旷居六百年，不是细事。於戏此子，大是忍人。”又留诗曰：“萧郎不顾凤楼人，云涩回车泪脸新。愁想蓬瀛归去路，难窥旧苑碧桃春。”辎軿出户，珠翠响空，泠泠箫笙，杳杳云露。然陟意不易。

后三年，陟染疾而终，为太山所追，束以大锁，使者驱之，欲至幽府。忽遇神仙骑从，清道甚严。使者躬身于路左曰：“上元夫七日后的夜里，仙女又至，车骑随从如上次。她容颜倩丽，衣物整洁，身姿艳媚，甘言辞巧，进入房中对封陟说："我受孽缘缠绕，魔障丛生，蓬莱山东瀛岛上绣帐锦宫，红茵生恨，翠被生愁。见双蝶飞舞芳草间心生难过，看流莺嬉戏绮心藏妒意。世间物无不双飞，出双入对，可怜我孤寝难眠，空归寂寥。秋风抚动灯盏，痴望明月；春风沐浴琼圃，暗自痴恋残花。所以前次心绪激荡，吐露恳切心意，望您接纳，不要阻绝我的深情。又不知郎君心意究竟如何？"封陟正颜厉色道："我隐居山林，心志愚昧，不识铅华粉黛，哪懂儿女情长？望您速归，不必再来。"仙女说："望您不要心生疑虑，包容我平庸无能。仍有诗一章，七日后再来。"诗云："弄玉有夫皆得道，刘刚兼室尽登仙。君能仔细窥朝露，须逐云车拜洞天。"封陟看后心意如故。

七日后的夜间，仙女又至，温柔娇俏，明眸皓齿，又对封陟说："流水难停，落日易颓，花木生长，露水难留。轻沤漂浮，只得片刻；微烛迎风，不过瞬息。虚争意气，能得几时？俊秀容颜，稍纵即逝。您容颜尚未凋零，一心拒绝少女爱恋，沉溺典籍，等到年老色衰，如何生活？我有还丹，能留住青春，若能托付于您，定坦诚相待。我可使您寿列三松，瞳中两目，畅游仙山灵府。莫要痴迷槿花，它只在晨间绽放艳丽；不必苦敲石火，它不过昏暗一线流光。"封陟怒目相对："我隐居书斋，不欺暗室，柳下惠可以作证，叔子可以为师。你是何精怪，苦苦相逼？我心坚如磐石，你无需多言，倘若再留，必当窘辱。"侍卫劝谏："小娘子驱车返回吧，这是木偶人，不值得苦口婆心；况且穷困浅薄只能做泉下鬼，怎配做仙偶？"仙女长叹："我之所以虔诚相待，是因为他是青牛道士后代。况且错失这一时机，又须蹉跎六百年，绝非小事。哎！这人真是硬心肠。"又留诗一首，诗云："萧郎不顾凤楼人，云涩回车泪脸新。愁想蓬瀛归去路，难窥旧苑碧桃春。"云车出门，珠翠响彻云霄，箫笙清冷，云露昏暗。但封陟仍心意如初。

三年后，封陟病亡，被太山之神追寻，用大锁束缚，使者驱逐，欲将他送往地府。忽然遇见神仙随从骑马前来，清道开路，气派严人游太山耳。”俄有仙骑，召使者与囚俱来。陟至彼仰窥，乃昔日求偶仙姝也，但左右弹指悲嗟。仙姝遂索追状曰：“不能于此人无情。”遂索大笔判曰：“封陟往虽执迷，操惟坚洁，实由朴戆，难责风情。宜更延一纪。”左右令陟跪谢，使者遂解去铁镤曰：“仙官已释，则幽府无敢追摄。”使者却引归，良久苏息。后追悔昔日之事，恸哭自咎而已。（出《传奇》）

谨。使者躬身在路左侧道："上元夫人游太山。"不久仙人骑从，传召使者与囚犯。封陟上前仰面窥视，原来上元夫人就是旧时求婚的仙女，不禁反复悲叹。仙女将追捕状要来，说："不能对这人无情。"又要来大笔判道："封陟过去虽执迷不悟，但操守坚贞高洁，实在是由于朴实厚道，难用不解风情责备他。应再延寿十二年。"仙女左右随从令封陟下跪道谢。使者就解去绳索，说："仙官已将他释放，地府也没敢继续追捕。"使者将他送归，许久苏醒。追忆往昔，封陟痛哭自责。（出《传奇》）

卷第六十九　女仙十四

玉蕊院女仙　马士良　张云容　韦蒙妻　慈恩塔院女仙

玉蕊院女仙

长安安业唐昌观，旧有玉蕊花。其花每发，若琼林瑶树。唐元和中，春物方盛，车马寻玩者相继。忽一日，有女子年可十七八，衣绿绣衣，垂双髻，无簪珥之饰，容色婉娩，迥出于众。从以二女冠、三小仆，皆丱髻黄衫，端丽无比。既而下马，以白角扇障面，直造花所，异香芬馥，闻于数十步外。观者疑出自宫掖，莫敢逼而视之。伫立良久，令女仆取花数枝而出。将乘马，顾谓黄衫者曰："曩有玉峰之期，自此行矣。"时观者如堵，咸觉烟飞鹤唳，景物辉焕。举辔百余步，有轻风拥尘，随之而去。须臾尘灭，望之已在半空，方悟神仙之游。余香不散者经月余。时严休复、元稹、刘禹锡、白居易俱作《玉蕊院真人降》诗。严休复诗曰："终日斋心祷玉宸，魂销眼冷未逢真。不如一树琼瑶蕊，笑对藏花洞里人。"又曰："香车潜下玉龟山，尘世何由睹蕣颜。惟有无情枝上雪，好风吹缀绿云鬟。"元稹诗云："弄玉潜过玉树时，不教青鸟出花枝。的应未有诸人觉，只是严郎自得知。"刘禹锡诗云："玉女来看玉树花，异香先引七香车。攀枝弄雪时回首，惊怪人间日易斜。"又曰："雪蕊琼葩满院春，羽林轻步不生尘。君王帘下徒相问，长伴吹箫别有人。"白居易诗云："瀛女偷乘凤下时，洞中暂歇弄琼枝。不缘啼鸟春饶舌，青琐仙郎可得知。"（出《剧谈录》）

马士良

唐元和初，万年县有马士良者，犯事。时进士王爽为京尹，执法严酷，欲杀之。士良乃亡命入南山，至炭谷湫岸，潜于大柳树

玉蕊院女仙

长安安业唐昌观，昔时有玉蕊花。每当花开，景致好似琼林瑶树。唐代元和年间，春天万物繁盛，驾车骑马来赏玩的人相继不断。忽然一日，有女子约十七八岁，身着绿色绣花衣裙，双髻低垂，没点缀簪珥首饰，面色温婉柔顺，与众不同。跟随她的有两名女道士和三名小仆人，都将头发束成两角，身着黄衫，端秀明丽无比。不久女子下马，用白角扇遮掩面容，直往养花处，异香馥郁，飘散数十步外。围观者猜她们来自宫廷，不敢凑近打量。女子伫立许久，令女仆摘花数枝后出来。即将上马，女子回头对黄衫人说："曾定下玉峰之约，这就去吧。"当时观者如堵，全感到雾散鹤唳，景物绚烂。女子上马走出一百多步，随着一阵轻风带起尘埃离去。不久，尘土落地，再看她们已在半空中，这才想到是神仙出游。余香一个多月才消散。当时严休复、元稹、刘禹锡、白居易都作了玉蕊院真人降临的诗。严休复诗云：终日斋心祷玉宸，魂销眼冷未逢真。不如一树琼瑶蕊，笑对藏花洞里人。又一首云：香车潜下玉龟山，尘世何由睹蕣颜。惟有无情枝上雪，好风吹缀绿玉鬟。元稹诗云："弄玉潜过玉树时，不教青鸟出花枝。的应未有诸人觉，只是严郎自得知。"刘禹锡诗云："玉女来看玉树花，异香先引七香车。攀枝弄雪时回首，惊怪人间日易斜。"又一首云："雪蕊琼葩满院春，羽林轻步不生尘。君王帘下徒相问，长伴吹箫别有人。"白居易诗云："瀛女偷乘凤下时，洞中暂歇弄琼枝。不缘啼鸟春饶舌，青琐仙郎可得知。"（出《剧谈录》）

马士良

唐代元和初年，万年县有个名为马士良的人犯了法。当时进士王爽任京兆尹，他执法严苛，打算处死马士良。马士良逃命进了南山，下。才晓，见五色云下一仙女于水滨，有金槌玉板，连扣数下，青莲涌出，每蕊旋开。仙女取擘三四枚食之，乃乘云去。士良见金槌玉板尚在，跃下扣之。少顷复出，士良尽食之十数枚，顿觉身轻，即能飞举。遂扪萝寻向者五色云所。俄见大殿崇宫，食莲女子与群仙处于中。睹之大惊，趋下，以其竹杖连击，坠于洪崖涧边。涧水清洁，因惫熟睡。及觉，见双鬟小女磨刀，谓曰："君盗灵药，奉命来取君命。"士良大惧，俯伏求救解之。答曰："此应难免，唯有神液，可以救君。君当以我为妻。"遂去。逡巡持一小碧瓯，内有饭白色，士良尽食，复寝。须臾起，双鬟曰："药已成矣。"以示之，七颗光莹，如空青色。士良喜叹，看其腹有似红线处，乃刀痕也。女以药摩之，随手不见。戒曰："但自修学，慎勿语人。傥漏泄，腹疮必裂。"遂同住于湫侧。又曰："我谷神之女也，守护上仙灵药，故得救君耳。"至会昌初，往往人见。渔者于炭谷湫捕鱼不获，投一帖子，必随斤两数而得。（出《逸史》）

张云容

薛昭者，唐元和末为平陆尉。以气义自负，常慕郭代公、李北海之为人。因夜直宿，囚有为母复仇杀人者，与金而逸之。故县闻于廉使，廉使奏之，坐谪为民于海东。敕下之日，不问家产，但荷银铛而去。有客田山叟者，或云数百岁矣。素与昭洽，乃赍酒拦道而饮饯之。谓昭曰："君义士也，脱人之祸而自当之，真荆、聂之俦也！吾请从子。"昭不许。固请，乃许之。至三乡夜，山叟脱衣贳酒，大醉，屏左右谓昭曰："可遁矣。"与之携手出东郊，赠药一粒到炭谷湫岸，藏于一大柳树下。天刚亮，他看到五彩祥云上下来一仙女降至水边，拿出金槌玉板，连敲数下，水中涌出青莲，各花蕾忽然绽开。仙女将莲花摘下三四枚吃了，就乘祥云离去。马士良见金槌玉板还留在那里，就跳下去敲了几下。不一会儿，青莲再次涌出，马士良将十几枚青莲尽数吃下，顿时觉得身体轻盈，能凌空而起。于是他顺着藤萝寻找方才出现五彩祥云的地方。猛然见一高大宫殿，吃莲花的仙女和群仙都在殿内。众仙看到他大为吃惊，连忙下殿，相继用竹杖击打马士良，马士良坠落在洪崖涧边。涧水清澈，马士良由于疲乏便熟睡过去。等他醒来，看见一梳着双鬟的小姑娘磨着刀对他说："你盗取灵药，我奉令来取你性命。"马士良惊惧，跪伏求救。小姑娘答："死罪难免，怕是只有神液能救您，您须得让我做您妻子。"马士良同意后，小姑娘离去。她不久带来一小绿盆，里面装着白色的饭，马士良将饭吃尽，又睡下了。不久马士良起来，小姑娘说："药已制成。"将药给他看，七颗药丸光润晶莹，剔透如青空。马士良欣喜赞叹。马士良看到自己腹部有红线似的事物，原是刀痕，小姑娘用药涂抹按摩，刀痕随手消失。小姑娘告诫说："你只管修习道法，切勿告诉他人。倘若泄露，腹部刀痕必将开裂。"于是二人同住湫侧。小姑娘又说："我是谷神的女儿，守护上仙灵药，所以能救您性命。"到会昌初年，人们时常能见到二人。渔民在炭谷湫捕鱼没有收获时，将一张帖子投入水中，定能按帖子所求斤两得到鱼。（出《逸史》）

张云容

薛昭，唐朝元和末年任平陆县尉。因义气自负，他很是景仰郭代公、李北海的为人。某日夜里值宿，囚犯中有个替母亲报仇杀人的，薛昭给他银钱放他跑了。因此县长禀告廉使，廉使上奏皇上，薛昭被治罪贬到海东为民。下旨那日，薛昭不顾家产，只扛一只银锅遁走。有旅客名田山叟，有人说他已数百岁。他素来与薛昭交好，便带酒在道上拦住薛昭为他践行。田山叟对薛昭说："您是义士，为他人解难却自己承担罪责，真乃荆轲、聂政之类的英雄。请允许我追随您。"薛昭拒绝，田山叟请求再三薛昭才答应。抵达三乡那晚，田山叟将衣曰："非唯去疾，兼能绝谷。"又约曰："此去但遇道北有林薮繁翳处，可且暂匿，不独逃难，当获美姝。"昭辞行，过兰昌宫，古木修竹，四合其所。昭逾垣而入，追者但东西奔走，莫能知踪矣。

昭潜于古殿之西间，及夜，风清月皎，见阶前有三美女，笑语而至，揖让升于花茵，以犀杯酌酒而进之。居首女子酹之曰："吉利吉利，好人相逢，恶人相避。"其次曰："良宵宴会，虽有好人，岂易逢耶？"昭居窗隙间闻之，又志田生之言，遂跳出曰："适闻夫人云：'好人岂易逢耶？'昭虽不才，愿备好人之数。"三女愕然良久，曰："君是何人，而匿于此？"昭具以实对，乃设座于茵之南。昭询其姓字，长曰云容，张氏；次曰凤台，萧氏；次曰兰翘，刘氏。饮将酣，兰翘命骰子，谓三女曰："今夕佳宾相会，须有匹偶，请掷骰子，遇采强者，得荐枕席。"乃遍掷，云容采胜。翘遂命薛郎近云容姊坐，又持双杯而献曰："真所谓合卺矣！"昭拜谢之。遂问："夫人何许人？何以至此？"容曰："某乃开元中杨贵妃之侍儿也。妃甚爱惜，常令独舞《霓裳》于绣岭宫。妃赠我诗曰：'罗袖动香香不已，红蕖袅袅秋烟里。轻云岭上乍摇风，嫩柳池边初拂水。'诗成，明皇吟咏久之，亦有继和，但不记耳。遂赠双金扼臂，因此宠幸愈于群辈。此时多遇帝与申天师谈道，予独与贵妃得窃听，亦数侍天师茶药，颇获天师悯之。因闲处，叩头乞药。师云：'吾不惜，但汝无分，不久处世，如何？'我曰：'朝闻道，夕死可矣。'天师乃与绛雪丹一粒曰：'汝但服之，虽死不坏。但能大其棺，广其穴，含以真玉，疏而有风，使魂不荡空，魄不沉寂。有物拘制，陶出阴阳，后百年，得遇生人交精之气，或再生，便为地仙耳。'我没兰昌之时，具以白贵妃。贵妃恤之，命中贵人陈玄造受服脱下赊来酒，喝得大醉，屏退左右对薛昭说："你可以逃跑了。"便与薛昭携手出东郊，又赠予薛昭一粒药，说："此药不仅能治病，还能辟谷。"又约定："此行只要遇上路北山林泽薮繁盛可做遮蔽处，便可暂避，不仅可避难，还可获美人相伴。"薛昭辞去，路过兰昌宫，古树高竹，四面环绕。薛昭跳墙而入，追捕者尽管四处搜寻，却无法寻到他的踪迹。

薛昭潜藏于古殿西间，到了夜间，风清月朗，台阶前有三美人，说笑着走来，作揖谦让着升上花茵，用犀牛角做的酒杯斟酒喝。居首位的女子将酒洒在地上祝告："吉利吉利，好人相逢，恶人想避。"挨着她的女子说："良宵聚会，虽有好人，怎能轻易相逢？"薛昭在窗缝中听到这些对话，又想到田山叟所言，就跳出说："刚才听夫人说'好人怎能轻易相逢'，我薛昭不才，但愿算好人之数。"三美人惊诧异良久说："您是何人，竟藏匿此处？"薛昭将事情据实相告，女子在花茵南边为薛昭设座。薛昭问她们姓名，年长一点的名云容，姓张；其次名凤台，姓萧；再次名兰翘，姓刘。酒意正酣，兰翘命人拿骰子，对另外两人说："今晚佳宾在场，须得有人匹配，请掷骰子，彩头最好的，便能伴寝。"于是三人各掷一遍，云容彩头最大。兰翘就让薛昭靠近云容坐着，又献上双杯酒说："此正所谓交杯酒。"薛昭拜谢问："夫人是何人？为何在此？"云容说："我本是开元年间杨贵妃的侍儿。深得贵妃疼惜，常让我在绣岭宫独舞《霓裳》。贵妃曾赠诗一首：'罗袖动香香不已，红蕖袅袅秋烟里。轻云岭上乍摇风，嫩柳池边初拂水。'诗成后，唐明皇吟咏良久，相继赋诗，只是我没记住罢了。还赐我双金扼臂，因而我得到的荣宠胜于同辈。那时常遇皇帝与申天师论道，只我与贵妃有机会窃听，又数次侍奉天师茶药，颇得天师怜悯。某次，趁空闲之时，我叩头向天师求药。天师说：'我给你药没有丝毫不舍，但你与修道无缘，不能在人世久留，这该如何是好？'我说：'早晨闻道受教，晚上身死也没什么可惜的。'天师便给我一粒绛雪丹，说：'你只要服下，即便去世身体也不会腐败。只要能扩大棺材，拓宽墓穴，口含真玉，坟土疏松透气，魂不飘荡，魄不沉寂。以物拘制，遁出阴阳，后百年，得到活人交配精元，可能重生，转其事。送终之器，皆得如约。今已百年矣，仙师之兆，莫非今宵良会乎！此乃宿分，非偶然耳。”昭因诘申天师之貌，乃田山叟之魁梧也。昭大惊曰：“山叟即天师明矣！不然，何以委曲使予符曩日之事哉？”

又问兰、凤二子。容曰：“亦当时宫人有容者，为九仙媛所忌，毒而死之，藏吾穴侧。与之交游，非一朝一夕耳。”凤台请击席而歌，送昭、容酒歌曰：“脸花不绽几含幽，今夕阳春独换秋。我守孤灯无白日，寒云陇上更添愁。”兰翘和曰：“幽谷啼莺整羽翰，犀沉玉冷自长叹。月华不忍扃泉户，露滴松枝一夜寒。”云容和曰：“韶光不见分成尘，曾饵金丹忽有神。不意薛生携旧律，独开幽谷一枝春。”昭亦和曰：“误入宫垣漏网人，月华静洗玉阶尘。自疑飞到蓬莱顶，琼艳三枝半夜春。”诗毕，旋闻鸡鸣。三人曰：“可归室矣。”昭持其衣，超然而去。初觉门户至微，及经阈，亦无所妨。兰、凤亦告辞而他往矣。但灯烛荧荧，侍婢凝立，帐幄绮绣，如贵戚家焉。遂同寝处，昭甚慰喜。

如此数夕，但不知昏旦。容曰：“吾体已苏矣，但衣服破故，更得新衣，则可起矣。今有金扼臂，君可持往近县易衣服。”昭惧不敢去，曰：“恐为州邑所执。”容曰：“无惮，但将我白绡去，有急即蒙首，人无能见矣。”昭然之，遂出三乡货之，市其衣服。夜至穴，则容已迎门而笑。引入曰：“但启榇，当自起矣。”昭如其言，果见容体已生。及回顾帷帐，但一大穴，多冥器服玩金玉。唯取宝器而出，遂与容同归金陵幽栖。至今见在，容鬓不衰，岂非俱饵天师之灵药耳？申师名元也。（出《传奇》）

为地仙。'我在兰昌将死之时，将此事转告贵妃。贵妃体恤我，命中贵人陈玄造安排葬礼。送终器具，都按约定置办，至今已一百年。仙师所言预兆，莫非就是今宵良会？这是宿缘，不是偶然。"薛昭问她申天师外貌，原来就是身形魁梧的田山叟。薛昭恍然："山叟即为天师，否则，为何设法使我与昔日之事吻合？"

薛昭又问兰翘和凤台两人，云容说："她们也是当时宫中容貌秀丽的宫女，受皇室女子忌恨，被毒死，葬于坟旁。我与她们同游，不止一朝一夕了。"凤台请求击席唱歌，献给薛昭、云容，歌云："脸花不绽几含幽，今夕阳春独换秋。我守孤灯无白日，寒云陇上更添愁。"兰翘赋诗："幽谷啼莺整羽翰，犀沉玉冷自长叹。月华不忍扃泉户，露滴松枝一夜寒。"云容赋诗："韶光不见分成尘，曾饵金丹忽有神。不意薛生携旧律，独开幽谷一枝春。"薛昭也赋诗：误入宫垣漏网人，月华静洗玉阶尘。自疑飞到蓬莱顶，琼艳三枝半夜春。赋诗结束，便听鸡鸣，三女子说："可以到室内了。"薛昭抓着云容衣裳，飘然离去。起初觉得门户狭小，等过了门槛，再无妨碍。兰翘、凤台告辞前往别处。只见烛光闪烁，侍婢凝神站立，帐帷皆是绣花绸缎，如皇亲国戚宅邸。二人同居同寝，薛昭甚是欣喜。

如此几夜，不知黄昏天明。云容说："我肉身已复苏，但衣衫破旧，再换得新衣，便可起身。现今有金扼臂，您可拿着到附近县中去换些衣衫。"薛昭害怕不敢去，说："我怕被衙役抓获。"云容说："不必担心，只要拿着我的白绡去，危急时刻将它蒙在头上，便无人能看到你了。"薛昭答应，就到三乡以金扼臂换来云容的衣衫，夜间返回墓穴，云容迎门微笑，将他引进，说："只需打开棺材，我自己就能起来。"薛昭按她说的做，果然看到云容肉体已复活。回头再看帷帐，只是一座大坟墓，其中有很多陪葬的服饰器物金玉。二人只取了宝器就离开了，薛昭与云容一同回到金陵隐居。至今两人仍在，面容与头发都未衰老，怎能不是因为服用天仙灵药？申天师名申元。（出《传奇》）

韦蒙妻

韦蒙妻许氏，居东京翊善里。自云：“许氏世有神仙，皆上为高真，受天帝重任。”性洁净，熟《诗》《礼》二经，事舅姑以孝闻。蒙为尚书郎，早夭。许舅姑亦亡，唯一女，年十二岁，甚聪慧，已能记《易》及《诗》。忽无疾而卒。许甚怜之，不忍远葬，殡于堂侧。居数月，闻女于殡宫中语。许与侍婢总笄，发棺视之，已生矣。言初卒之状云：“忽见二青衣童子，可年十二三，持一红幡来庭中，呼某名曰：‘韦小真，天上召汝。’于是引之升天。可半日到天上，见宫阙崇丽，天人皆锦绣毛羽五色之衣，金冠玉笏。亦多玉童玉女，皆珠玉五色之衣。花木如琉璃宝玉之形，风动，有声如乐曲，铿锵和雅。既到宫中，见韩君司命曰：‘汝九世祖有功于国，有惠及人。近已擢为地下主者，即迁地仙之品。汝母心于至道，合陟仙阶，即令延汝于丹陵之阙。汝祖考三世，皆已生天矣。’遂使二童送归。母便可斋沐，太乙使者即当至矣。”许常持《妙真经》，往往感致异香。及殊常光色，众共异之，已十余年矣。及小真归后三日，果有仙乐之声下其庭中。许与小真、总笄一时升天，有龙虎兵骑三十余人，导从而去。乃长庆元年辛丑岁也。（出《仙传拾遗》）

慈恩塔院女仙

唐太和二年，长安城南韦曲慈恩寺塔院，月夕，忽见一美妇人，从三四青衣来，绕佛塔言笑，甚有风味。回顾侍婢曰：“白院主，借笔砚来。”乃于北廊柱上题诗曰：“黄子陂头好月明，忘却华筵到晓行。烟收山低翠黛横，折得荷花赠远生。”题讫，院主执烛将视之，悉变为白鹤，冲天而去。书迹至今尚存。（出《河东记》）

韦蒙妻

韦蒙妻子许氏，住东京翊善里。她自己说："许家世代有成仙者，都为上天高真，深受天帝器重。"她生性洁净，熟习《诗经》《礼记》二经。侍奉公婆，以孝顺闻名。韦蒙任尚书郎，英年早逝。许氏公婆相继亡故，独留一女儿，十二岁，极为聪慧，已能通篇背诵《易经》与《诗经》。但女儿没患任何病忽然就去世了。许氏爱女心切，不忍心将她葬到远处，就停殡侧室。几个月后，听到女儿在棺中讲话。许氏与侍婢总笄开棺查看，女儿已复活。她描述刚去世时所见："忽然看到二青衣童子，大致十二三岁，带一红幡到院中，喊我的名说：'韦小真，天界召见。'于是引着我凌空而上。大约半天飞抵天界，只见宫阙高大华丽，天人都身着锦绣羽毛五色衣衫，头戴金冠手持玉笏。还有许多玉童玉女，身着珠玉五色衣衫。花木形如琉璃宝玉，清风吹拂，声音如乐曲般，铿锵协和雅致。到宫中后，见到韩君司命说：'你的九世祖先对国有功，对民有恩。今日已提拔他为地界主宰，即将升为地仙品级。你母亲心向至道，理应登上仙阶，因此请你到丹陵之阙。你祖上三代，都已经升天成仙。'言罢派两童子将我送回。母亲您现在就可以斋戒沐浴了，太乙使者不久将至。"许氏平素修行《妙真经》，常感到异香飘来，以及异光四射。众人都觉得奇异，如此已十多年了。等到小真回来三天后，果真有仙乐声降到她家庭院，许氏与小真、总笄一并升天，前有龙虎骑兵三十多人开路引导。此事发生于长庆元年，那年是辛丑年。（出《仙传拾遗》）

慈恩塔院女仙

唐朝太和二年，在长安城南韦曲慈恩寺塔院，夜间，明月当空，忽然一貌美妇人出现，随行有三四个青衣婢女，绕着佛塔说笑，颇有风韵。美人回头对侍婢说："告诉院主，借笔砚一用。"在北侧廊柱题诗，诗云："黄子陂头好月明，忘却华筵到晓行。烟收山低翠黛横，折得荷花赠远生。"题罢，院主秉烛读诗时，美人与侍婢皆化作白鹤冲天而去。廊柱上字迹至今犹存。（出《河东记》）

卷第七十　女仙十五

许飞琼　裴玄静　戚玄符　徐仙姑　缑仙姑　王氏女　薛玄同
戚逍遥　茶　姥　张建章　周　宝

许飞琼

唐开成初，进士许瀍游河中，忽得大病，不知人事。亲友数人，环坐守之，至三日，蹶然而起，取笔大书于壁曰："晓入瑶台露气清，坐中唯有许飞琼。尘心未尽俗缘在，十里下山空月明。"书毕复寐。及明日，又惊起，取笔改其第二句曰"天风飞下步虚声"。书讫，兀然如醉，不复寐矣。良久，渐言曰："昨梦到瑶台，有仙女三百余人，皆处大屋。内一人云是许飞琼，遣赋诗。及成，又令改，曰：'不欲世间人知有我也。'既毕，甚被赏叹，令诸仙皆和，曰：'君终至此，且归。'若有人导引者，遂得回耳。"（出《逸史》）

裴玄静

裴玄静，缑氏县令升之女，鄠县尉李言妻也。幼而聪慧，母教以诗书，皆诵之不忘。及笄，以妇功容自饰。而好道，请于父母，置一静室披戴。父母亦好道，许之。日以香火瞻礼道像，女使侍之，必逐于外。独居，别有女伴言笑。父母看之，复不见人，诘之不言。洁思闲淡，虽骨肉常见，亦执礼，曾无慢容。及年二十，父母欲归于李言。闻之，固不可，唯愿入道，以求度世。父母抑之曰："女生有归是礼，妇时不可失，礼不可亏。傥入道不果，是无所归也。南岳魏夫人亦从人育嗣，后为上仙。"遂适李言，妇礼臻备。未一月，告于李言："以素修道，神人不许为君妻，请绝之。"李言亦慕道，从而许焉。乃独居静室焚修。夜中闻言笑声，李言稍

许飞琼

唐文宗开成初年，有个名为许瀍的进士游学河中，忽染大病，不省人事，亲友数人围坐照料。三天后，许瀍突然起身，取笔在墙壁上急书：“晓入瑶台露气清，坐中唯有许飞琼。尘心未尽俗缘在，十里下山空月明。”写罢，又倒下睡着。第二日，又惊坐起，取笔将第二句改为：天风飞下步虚声。写罢，无知无觉如醉酒般，但不再睡觉。许久逐渐能说话。他说：“昨日梦中到了瑶台，那里有三百多位仙女，都住一大屋中。其中有人说自己是许飞琼，让我赋诗。诗成，又让我修改，她说：‘不想世人知道我的存在。’改完后，大为赞赏，令群仙依韵和诗。许飞琼说：‘您此行就此结束吧，暂且回去。’便像有人指引似的回来了。”（出《逸史》）

裴玄静

裴玄静，是缑氏县令裴升之女，鄠县县尉李言之妻。玄静幼时聪慧，母亲教她诗书，她都能诵读后牢记不忘。成年后，她按妇功、妇容的标准要求自己。她好道，请示父母，设置一静室给她修道。她父母也好道，便答应了。她每日焚香礼敬道像，侍女服侍她，她必定将婢女赶走。玄静独居一室，另外有一女子伴她言笑。父母去探查，又看那人，问她也不说。她心思纯静，安闲淡泊，即便是骨肉至亲，也恪守礼节，毫无怠慢。到了二十岁，父母想将她嫁与李言。她听说后，坚决反对，一心求道，超脱俗世。父母劝解她说：“女子一生有个归宿才切合礼法，出嫁机不可失，礼法不得违背。倘若修道不成，那时便再无归宿了。南岳魏夫人也是在结婚生子后成为上仙的。”玄静于是嫁与李言，严格地恪守妇礼。可一个月不到，她告诉李言：“我一疑，未之敢惊，潜壁隙窥之。见光明满室，异香芬馥。有二女子，年十七八，凤髻霓衣，姿态婉丽。侍女数人，皆云髻绡服，绰约在侧。玄静与二女子言谈，李言异之而退。及旦问于玄静，答曰："有之，此昆仑仙侣相省。上仙已知君窥，以术止之，而君未觉。更来慎勿窥也，恐君为仙官所责。然玄静与君宿缘甚薄，非久在人间之道。念君后嗣未立，候上仙来，当为言之。"后一夕，有天女降李言之室。经年，复降，送一儿与李言："此君之子也，玄静即当去矣。"后三日，有五云盘旋，仙女奏乐，白凤载玄静升天，向西北而去。时大中八年八月十八日，在温县供道村李氏别业。（出《续仙传》）

戚玄符

戚玄符者，冀州民妻也。三岁得疾而卒，父母号恸方甚，有道士过其门曰："此可救也。"抱出示之曰："此必为神仙，适是气蹶耳。"衣带中解黑符以救之，良久遂活。父母致谢，道士曰："我北岳真君也。此女可名玄符，后得升天之道。"言讫不见。遂以为名。及为民妻，而舅姑严酷，侍奉益谨。常谓诸女曰："我得人身，生中国，尚为女子，此亦所阙也。父母早丧，唯舅姑为尊耳，虽被棰楚，亦无所怨。"夜有神仙降之，授以灵药。不知其所修何道，大中十年丙子八月十日升天。（出《墉城集仙录》）

心向道，神人不允许我做您妻子，你我夫妻关系就此断绝。”李言也慕道，便听从她的话。玄静独居静室焚香修行。夜间李言听到玄静屋中传出说笑声，有些疑惑，又不敢惊动玄静，便悄悄从墙缝窥探。李言看到满室光亮，闻到异香馥郁。有两女子，十七八岁，梳着凤髻，身着霓裳，姿态温婉娇俏。侍女数人，都挽着云髻，身着绡衣，站在一侧姿态柔美。玄静与两女子交谈。李言感到诧异便退回房间。等到天亮，李言问玄静，玄静回答：“确有此事，她们二人是昆仑山仙侣，前来看我。上仙已知您在外窥探，用法术制止但您没有觉察。往后切勿再偷看了，当心受仙官责罚。我与您尘缘淡泊，如此不是身处人间之法。念您还无子嗣，等上仙再来，我替您求情。”后来某夜，一仙女降至李言卧室。一年多后，那仙女再次降临，将一孩童送给李言，说：“这是您的儿子，玄静即将离去。”三日后，五彩祥云盘旋空中，仙女奏乐，玄静乘着白凤升天，向西北飞去。此事发生于大中八年八月十八日，地点在温县供道村李家别墅。（出《续仙传》）

戚玄符

戚玄符，是冀州一平民之妻。三岁时她曾患重病去世。正当她父母悲泣呼号，一道士从门前经过说：“这孩子还有救。”她父母将她抱出给道士看，道士说：“这孩子定能成仙，方才只是呼吸不畅而已。”从衣带中解下一黑符救她，许久才复活。她父母致谢，道士说：“我是北岳真君。这孩子可唤作玄符，日后必得道升仙。”说罢消失不见。父母便用玄符作为女儿名字。等到玄符嫁与平民为妻，公婆对她严苛，她侍奉愈加谨慎。她常对诸女说：“我生而为人，长在中国，且做了女子，实属缺憾。我父母早亡，能做尊长的只剩公婆了，即便被殴打，也并无怨恨。”一日夜间，神仙降临，给她灵药。不知她修的什么道，于大中十年丙子八月十日飞升成仙。（出《墉城集仙录》）

徐仙姑

徐仙姑者，北齐仆射徐之才女也。不知其师，已数百岁，状貌常如二十四五岁耳。善禁咒之术，独游海内，名山胜境，无不周遍。多宿岩麓林窟之中，亦寓止僧院。忽为豪僧十辈微词所嘲，姑骂之。群僧激怒，欲以力制，词色愈悖。姑笑曰："我女子也，而能弃家云水，不避蛟龙虎狼，岂惧汝鼠辈乎？"即解衣而卧，遽彻其烛。僧喜，以为得志。迟明，姑理策出山，诸僧一夕皆僵立尸坐，若被拘缚，口噤不能言。姑去数里，僧乃如故。来往江表，吴人见之四十余年，颜色如旧。其行若飞，所至之处，人畏敬若神明矣，无敢戏侮者。咸通初，谓剡县白鹤观道士陶蒉云曰："我先君仕北齐，以方术闻名，阴功及物，今亦得道。故我为福所及，亦延年长生耳。"以此推之，即之才女也。（出《墉城集仙录》）

缑仙姑

缑仙姑，长沙人也。入道，居衡山，年八十余，容色甚少。于魏夫人仙坛精修香火十余年，孑然无侣。坛侧多虎，游者须结队执兵而入，姑隐其间，曾无怖畏。数年后，有一青鸟，形如鸠鸽，红顶长尾，飞来所居，自语云："我南岳夫人使也。以姑修道精苦，独栖穷林，命我为伴。"他日又言："西王母姓缑，乃姑之祖也。闻姑修道勤至，将有真官降而授道，但时未至耳，宜勉于修励也。"每有人游山，必青鸟先言其姓字。又曰："河南缑氏，乃王母修道之故山也。"又一日，青鸟飞来曰："今夕有暴客，无害，勿以为怖也。"其夕，果有十余僧来毁魏夫人仙坛，乃一大石，方可丈余，其下空浮，寄他石之上，每一人推之则摇动，人多则屹然而震。是夕，群僧持火挺刃，将害仙姑。入其室，姑在床上而僧不见。僧既出门，

徐仙姑

徐仙姑是北齐仆射徐之才的女儿。不知道她师从何人，她已数百岁了，身姿样貌看起来如同二十四五岁。她擅长禁咒方术，独自云游四海，名山胜景悉数游历。徐仙姑常睡山脚岩洞中，也曾留宿禅寺。一次，她忽然被数十个粗俗和尚隐晦嘲讽，仙姑责骂了他们。这群和尚被激怒，企图以武力制服她，言词动作越发下流。仙姑笑道：“我一介女流，远离家云游天下，不畏蛟龙虎狼，难道还怕尔等鼠辈？”便宽衣躺下，立即熄灯。和尚欣喜，以为能满足邪念。黎明时，仙姑穿戴整齐出山，那些和尚整夜僵硬如尸体般站着或坐着一动不动，就像被束缚住，说不出话来。仙姑走出几里后，这些和尚才恢复如常。仙姑来往江东，吴人四十多年间时常见到她，年年容颜如初。她走路如飞，所到之处，众人敬如神明，无人敢戏弄侮辱。咸通初年，她对剡县白鹤观道士陶蒉云说：“先父在北齐做官，凭借方术闻名，阴功遍及万物，如今得道，连带我也被福佑，延年益寿。”根据这话推测，她是徐之才的女儿。（出《墉城集仙录》）

缑仙姑

缑仙姑是长沙人。她入道后住衡山，八十多岁了，容貌看起来却很年轻。她在魏夫人仙坛静修侍奉香火十多年，孤身一人没有道侣。仙坛附近老虎很多，游人须结队拿着武器才能进入，而仙姑隐居其间，没有丝毫恐惧。几年后，一只青鸟，外形如鸠和鸽子，红头顶长尾巴，飞到仙姑居所，自语说：“我是南岳夫人的使者，因你修道精诚刻苦，独居深林，命我与你做伴。”过了几日青鸟又说：“西王母姓缑，是你的先祖。听说你修道勤苦，将派真官降临传道，但时机还没到，你自当勉力修行。”每当有人游山，青鸟定先道出游人姓名。又说：“河南缑氏，乃是王母修道时的故居。”又一日，青鸟飞来说：“今晚有蛮狠之人游山，无害于人，切勿忧惧。”那日夜里，果然十多名和尚上山毁坏魏夫人仙坛。仙坛原是一块大石头，大小约一丈，下面悬浮，架空在其他石头上。一人推它会摇动，许多人推它就会耸即摧坏仙坛，轰然有声，山震谷裂。谓已颠坠矣，而终不能动，僧相率奔走。及明，有远村至者云："十僧中有九僧为虎所食，其一不共推，故免。"岁余，青鸟语姑迁居他所，因徙居湖南，鸟亦随之而往。人未尝会其语。郑畋自承旨学士左迁梧州，师事于姑。姑谓畋曰："此后四海多难，人间不可久居，吾将隐九疑矣。"一旦遂去。（出《墉城集仙录》）

王氏女

王氏女者，徽之侄也。父随兄入关，徽之时在翰林，王氏与所生母刘及嫡母裴寓居常州义兴县湖洑渚桂岩山，与洞灵观相近。王氏自幼不食酒肉，攻词翰，善琴，好无为清静之道。及长，誓志不嫁。常持《大洞三十九章》《道德章句》，户室之中，时有异香气。父母敬异之。

一旦小疾，裴与刘于洞灵观修斋祈福，是日稍愈，亦同诣洞灵佛像前，焚香祈祝。及晓归，坐于门右片石之上，题绝句曰："玩水登山无足时，诸仙频下听吟诗。此心不恋居人世，唯见天边双鹤飞。"此夕奄然而终。及明，有二鹤栖于庭树，有仙乐盈室，觉有异香。远近惊异，共奔看之。邻人以是白于湖洑镇吏详验，鹤已飞去，因囚所报者。裴及刘焚香告之曰："汝若得道，却为降鹤，以雪邻人，勿使其滥获罪也。"良久，双鹤降于庭，旬日又降。葬于桂岩之下，棺轻，但闻香气异常。发棺视之，止衣舄而已。今以桂岩所居为道室，即乾符元年也。（出《墉城集仙录》）

立着震动。夜里，群僧手持火把举着刀，打算谋害仙姑性命。他们进入仙姑居室，仙姑虽躺在床上他们却看不见。他们出门后，摧毁仙坛，发出轰鸣，山谷震裂。和尚们以为仙坛已坠落悬崖，细看却无分毫移动，只得仓皇逃窜。天亮后，远处村里来的人说："十个和尚中有九个被虎吃了，另一个没和其他人一起推仙坛，所以免去一死。"又过一年多，青鸟告诉仙姑迁移别处，于是仙姑移居湖南，青鸟相随，鸟语未曾有他人听懂。郑畋从翰林学士承旨降职梧州，以师道侍奉仙姑。仙姑对郑畋说："此后世间多难，人间不可久留，我将隐居九疑山。"一日清晨，仙姑便离去了。（出《墉城集仙录》）

王氏女

王氏女是王徽之的侄女。她父亲随兄长入关，王徽之当时任翰林，王氏与她生母刘氏及嫡母裴氏，寄居常州义兴县湖洑渚桂岩山，靠近洞灵观。王氏自幼不吃酒肉，研究辞章，擅长鼓琴，喜好清净无为之道。长大后，她立誓不嫁。常捧读《大洞三十九章》《道德章句》，屋室中常有异香。她父母礼敬她不同寻常。

一日，她身患小病，裴氏与刘氏到洞灵观汇集道徒供斋食，做法事祈求福佑，这日她病情稍有好转，也一同到洞灵观佛像前焚香祝告。到天亮后回家，坐在门右边石头上，题绝句云："玩水登山无足时，诸仙频下听吟诗。此心不恋居人世，唯见天边双鹤飞。"这日夜里，王氏女忽然去世。天亮后，两只仙鹤停在院中树上，仙乐响彻屋室，异香扑鼻。远近众人都感到诧异，一起跑去看。邻居将此事禀告湖洑镇吏，请他详查。镇吏到时，鹤已飞走，镇吏囚禁报事者。裴氏与刘氏烧香祝告："你若得道成仙，请再降下仙鹤，洗刷邻居冤屈，切勿让他因谎报获罪。"许久，双鹤降于庭院，十多天后双鹤再次降落。家人将她葬于桂岩下，棺椁轻便，异香散出，开棺查验，棺材中只有衣服鞋子而已。如今她在桂岩居住的屋子被改作道室。王氏女于乾符元年得道。（出《墉城集仙录》）

薛玄同

薛氏者，河中少尹冯徽妻也，自号玄同。适冯徽，二十年乃言素志，称疾独处，焚香诵《黄庭经》，日二三遍。又十三年，夜有青衣玉女二人降其室。将至，有光如月，照其庭庑，香风飒然。时秋初，残暑方甚，而清凉虚爽，飘若洞中。二女告曰："紫虚元君主领南方，下校文籍，命诸真大仙，于六合之内，名山大川，有志道者，必降而教之。玄同善功，地司累奏，简在紫虚之府；况闻女子立志，君尤嘉之，即日将亲降于此。"如此凡五夕，皆焚香严盛，以候元君。咸通十五年七月十四日，元君与侍女群真二十七人，降于其室，玄同拜迎于门。元君憩坐良久，示以《黄庭》澄神存修之旨，赐九华丹一粒，使八年后吞之，"当遣玉女飚车，迎汝于嵩岳矣。"言讫散去。玄同自是冥心静神，往往不食。虽真仙降眄，光景烛空，灵风异香，云璈钧乐，奏于其室，冯徽亦不知也，常复毁笑。

及黄巢犯关，冯与玄同寓晋陵。中和元年十月，舟行至渎口，欲抵别墅，忽见河滨有朱紫官吏及戈甲武士，立而序列，若迎候状。所在寇盗舟人见之，惊愕不进。玄同曰："无惧也。"即移舟及之，官吏皆拜。玄同曰："未也，犹在春中，但去，无速也。"遂各散去。同舟者莫测之。明年二月，玄同沐浴，饵紫灵所赐之丹，二仙女亦密降其室。十四日，称疾而卒，有仙鹤三十六只，翔集庭宇。形质柔缓，状若生人，额中有白光一点，良久化为紫气。沐浴之际，玄发重生，立长数寸。十五日夜，云彩满空，忽尔雷电，棺盖飞在庭中，失尸所在，空衣而已。异香群鹤，浃旬不休。时僖宗在蜀，浙西节度使周宝表其事，诏付史官。（出《墉城集仙录》）

薛玄同

薛氏，是河中府少尹冯徽妻子，自号玄同。嫁与冯徽二十年后说出她心中志向，假借患病独居，焚香诵读《黄庭经》，每天两三遍。十三年后，一日夜里两位青衣玉女降临玄同静室，二人即将到达时，屋内光亮如明月高悬，映射堂屋，香风浮动。时值初秋，残暑严酷，而玄同居室清爽凉快，身处其间如在山洞中。两位玉女告诉玄同："紫虚元君掌管南方，到下界勘正文籍，令诸位真人大仙，在天地四方间、名山大川中，探索有志修道的人，定要降临教化。玄同行善积德，地司多次陈奏，奏章现存紫虚的府邸；况且听说女子立志修道，紫虚元君更是赞许，不日将亲临此处。"此后一连五夜，玄同焚香，恭敬以待。咸通十五年七月十四日，紫虚元君携侍女群真二十七人，降临玄同静室，玄同在门前行礼迎接。紫虚元君坐下歇息许久，指点《黄庭经》静心修行的要旨，赐予玄同一粒九华丹，让她八年后服用，"那时将派玉女驾车，到嵩岳迎接你。"言罢众仙退散。玄同从此静心专注，辟谷修行。虽然真仙眷顾降临，光艳满室，灵风带香，云璈天乐响彻静室，冯徽一无所知，还时常讥笑玄同。

黄巢侵扰关中，冯徽与玄同寄居晋陵。中和元年十月，船行至渎口，抵达别墅，忽见河边站着身着朱衣紫衣的官吏和披甲持戈的武士，好似列阵相迎。那处寇盗船夫见到此景，惊愕不已，不敢上前。玄同说："莫要害怕。"将船划至岸边，官吏行礼。玄同说："时间未到，现在还是春天，你们先请离去，不要太过仓促。"那些官吏各自散去。同乘者无人猜出玄同说了什么。第二年二月，玄同沐浴，服用紫虚元君赐予的丹药，两位仙女又秘降临静室。十四日，玄同假称病亡，三十六只仙鹤飞至庭院。玄同尸身柔软，与活人无异，只是额心一点白光，许久，白色化作紫气。沐浴时，黑发重生，即刻生出数寸。十五日夜，云彩漫天，忽然雷电交加，棺盖飞到庭院中，尸体消失不见，空留衣物。异香随着群鹤盘旋，整整一旬未散。当时唐僖宗在蜀州，浙西节度使周宝上奏此事，唐僖宗诏史官记载。（出《墉城集仙录》）

戚逍遥

戚逍遥，冀州南宫人也。父以教授自资。逍遥十余岁，好道清淡，不为儿戏。父母亦好道，常行阴德。父以《女诫》授逍遥，逍遥曰："此常人之事耳。"遂取老子仙经诵之。年二十余，适同邑蒯浔。舅姑酷，责之以蚕衣怠惰。而逍遥旦夕以斋洁修行为事，殊不以生计在心，蒯浔亦屡责之。逍遥白舅姑，请返于父母。及父母家亦逼迫，终以不能为尘俗事，愿独居小室修道，以资舅姑。蒯浔及舅姑俱疑，乃弃之于室。而逍遥但以香水为资，绝食静想，自歌曰："笑看沧海欲成尘，王母花前别众真。千岁却归天上去，一心珍重世间人。"蒯氏及邻里悉以为妖。夜闻室内有人语声，及晓，见逍遥独坐，亦不惊。又三日晨起，举家闻屋裂声如雷，但见所服衣履在室内，仰视半天，有云雾鸾鹤，复有仙乐香軿，彩仗罗列，逍遥与仙众俱在云中，历历闻分别言语。蒯浔驰报逍遥父母，到犹见之。郭邑之人，咸奔观望，无不惊叹。（出《续仙传》）

茶 姥

广陵茶姥者，不知姓氏乡里。常如七十岁人，而轻健有力，耳聪目明，发鬓滋黑。耆旧相传云：晋元南渡后，见之数百年，颜状不改。每旦，将一器茶卖于市，市人争买。自旦至暮，而器中茶常如新熟，未尝减少。吏系之于狱，姥持所卖茶器，自牖中飞去。（出《墉城集仙录》）

张建章

张建章为幽州行军司马，尤好经史，聚书至万卷。所居有书

戚逍遥

戚逍遥，是冀州南宫人。她父亲靠教书营生。逍遥十多岁时，好道清静淡泊，不轻率戏耍。她父母也好道，常积德行善。父亲给逍遥《女诫》，逍遥说："这只是寻常人修习的。"自己取来老子《道德经》修习。二十岁时，逍遥嫁与同县的蒯浔。她的公婆暴虐，常责怪她懒怠农桑之事。逍遥整日以斋戒洁身修行为要务，丝毫不操心日常生计，蒯浔也数次责备她。逍遥对公婆直言，表示想返回父母家中。回到父母家也受到父母逼迫。她始终认为自己不能被俗事束缚，愿独居小屋中修道，省下财物帮助公婆。蒯浔与公婆都心怀疑虑，将她独留空室中。逍遥只凭供奉仙尊的水维持生命，辟谷沉思。自己作歌云："笑看沧海欲成尘，王母花前别众真。千岁却归天上去，一心珍重世间人。"蒯家和邻居，都将逍遥当妖孽。夜间听逍遥屋中有人说话声，天亮后只见逍遥一人在屋中，他们也不惊讶。三天后清晨起来，全家人听到惊雷般的房屋爆裂声，跑去看只看到逍遥的衣鞋，仰视天空，只见云雾鸾鸟仙鹤盘旋，又有仙乐和仙子乘帷幕香车，彩色仪仗罗列整齐，逍遥与众仙都在云雾中，道别的话清晰明白。蒯浔骑马飞驰禀报逍遥父母，二人赶到也见到逍遥升天景象。城里外的人都来观望，无不惊叹。（出《续仙传》）

茶姥

广陵有位卖茶老太，不知她姓甚，出生于何处。茶姥样貌一直看着像七十岁的人，身体轻便，强健有力，耳聪目明，鬓发浓黑。德高望重者相传，晋元帝南渡后她就一直在，几百年来常能见到她，容颜体态未曾改变。每日清晨，茶姥带一器皿茶到集市上卖，集市上人争相购买。从早到晚，器皿中一直是刚煮的新茶，不曾减少。官吏抓她入狱，老太太就带着她的茶具，从窗户飞走了。（出《墉城集仙录》）

张建章

张建章任幽州行军司马，博学经史，藏书达一万卷。他住所有藏楼，但以披阅清净为事。曾赍府帅命往渤海，遇风波泊舟，忽有青衣泛一叶舟而至，谓建章曰："奉大仙命请大夫。"建章应之。至一大岛，见楼台岿然，中有女仙处之，侍翼甚盛，器食皆建章故乡之常味也。食毕告退，女仙谓建章曰："子不欺暗室，所谓君子也。勿患风涛之苦，吾令此青衣往来导之。"及还，风波寂然，往来皆无所惧。及回至西岸，经太宗征辽碑，半没水中。建章以帛裹面，摸而读之，不失一字。其笃学如此，蓟门之人，皆能说之。（出《北梦琐言》）

周宝

周宝为浙西节度使，治城隍，至鹤林门得古冢，棺椟将腐。发之，有一女子面如生，铅粉衣服皆不败。掌役者以告，宝亲视之，或曰："此当时是尝饵灵药，待时而发，发则解化之期矣。"宝即命改葬之，具车轝声乐以送。宝与僚属登城望之。行数里，有紫云覆辆车之上。众咸见一女子，出自车中，坐于紫云，冉冉而上，久之乃没。开棺则空矣。（出《稽神录》）

书楼，他一心翻阅书籍、洒扫书楼。他曾奉府帅之命前往渤海，途中遭遇风浪不得不停船，忽然一青衣人驾一叶扁舟到他面前，对建章说：“我奉大仙之命请您。”建章答应同去。到一大岛上，只见楼台宏伟，其中有女仙居住，侍卫很多。用餐的菜式都是建章故乡风味。吃罢告退，女仙对建章说：“您不做亏心之事，有君子风范。不必担心风浪，我命青衣人引你往返。”回到船上，风平浪静，往来无所顾虑。等到他抵达西岸，途径太宗征辽碑，水没过碑的一半。建章以丝巾蒙面，用手摸索着将碑文读下，只字未漏。他如此好学，蓟门中人都能说出他的事迹。（出《北梦琐言》）

周宝

周宝任浙西节度使时，修葺城隍庙，在鹤林门掘出一座古墓，棺椁几近腐烂。将它打开，其中躺着一女子，面色如活人，粉黛衣物都无损坏。掌事者将此事报告周宝，周宝亲自查探，有人说：“此女去世前曾服用灵药，等待时机被掘出，掘出之日就是她尸解登仙之日。”周宝下令为女子改葬，安排车马音乐送行，周宝与同僚登上城楼观望。只见走出几里地后，一片紫色云气遮盖灵车，大家都看到一女子从车中出来，坐在紫云上冉冉升天，很久才消失不见。打开棺材查看已空无一物了。（出《稽神录》）

卷第七十一　道术一

赵 高　董仲君　葛 玄　窦玄德

赵 高

秦王子婴常寝于望夷宫，夜梦有人，身长十丈，鬓发绝伟，纳玉舄而乘丹车，驾朱马，至宫门云："欲见秦王婴。"阍者许进焉。子婴乃与之言。谓婴曰："予是天使也，从沙丘来。天下将乱，当有欲诛暴者，翌日乃起。"子婴既疑赵高，因囚高于咸阳狱。纳高于井中，七日不死；更以镬煮之，亦七日不沸。戮之。子婴问狱吏曰："高其神乎？"狱吏曰："初囚高之时，见高怀有一青丸，大如雀卵。"时方士说云："赵高先世受韩众丹法。受此丹者，冬日坐于冰，夏日卧于炉上，不觉寒热也。"及高戮，子婴弃尸于九逵之路，泣送者千家，咸见一青雀从高尸中出，直飞入云。九转之验，信于是乎！（出《王子年拾遗记》）

董仲君

汉武帝嬖李夫人。及夫人死后，帝欲见之，乃诏董仲君，与之语曰："朕思李氏，其可得见乎？"仲君曰："可远见而不可同于帷席。"帝曰："一见足矣，可致之。"仲君曰："黑河之北，有对野之都也。出潜英之石，其色青，质轻如毛羽，寒盛则石温，夏盛则石冷。刻之为人像，神语不异真人。使此石像往，则夫人至矣。此石人能传译人语，有声无气，故知神异也。"帝曰："此石可得乎？"仲君曰："愿得楼船百艘，巨力千人。"能浮水登木者，皆使明于道术，赍不死之药，乃至阇海。经十年而还，昔之去人，或升云不归，或托形假死，获反者四五人，得此石。即令工人，依先图

赵高

秦王子婴，曾在望夷宫就寝。一日夜里，他梦到一人，高十丈，鬓发飘逸，脚踩玉鞋，乘丹车，驾朱马，到宫门说："我要见秦王子婴。"守门人让那人进宫，子婴与那人交谈。那人对子婴说："我是天帝使者，从沙丘来。天下将乱，有人打算诛杀暴君，明日将起事。"子婴已怀疑赵高，便将赵高囚禁在咸阳监狱，放在井中，七天没死；再用锅煮，又是七天，锅中水不沸腾。杀死他。子婴问狱吏："难道赵高是神仙？"狱吏说："刚囚禁赵高时，见赵高怀中有一青色药丸，雀卵大小。当时方士说：'赵高前世修习韩众炼丹术法。服用此丹后，冬日坐在冰块上，夏日躺在炉火上，丝毫不觉寒冷或炎热。'"赵高被杀后，子婴抛尸于四通八达的大路上，流泪为赵高送终者上千家。人们都看见赵高尸身中飞出一青雀，直飞入云。九转灵丹的效用，是真实的存在啊！（出《王子年拾遗记》）

董仲君

汉武帝宠幸李夫人。李夫人死后，汉武帝想见她，于是下诏给董仲君，对他说："我思念李氏，能见见她吗？"仲君说："能在远处看看，不能同睡一床。"汉武帝说："见一面足矣，请你召唤她来。"仲君说："黑河北面，有对野之都，出产海石，石头呈青色，质地轻如羽毛，严寒时石头变得温热，酷暑时石头变得寒冷。将它雕成人像，神态言语与真人无异。让这石人前往，夫人就会回来。这石人能传递人的话语，有声音无气息，是种神奇的东西。"汉武帝说："能得到这石头吗？"仲君说："希望您给我楼船一百艘，大力士一千名。"汉武帝选派会游泳上树的人，董仲君传授他们道术，带着不死药，这才到达阍海。历时十年返回，过去前往海上的人，有的离世，有的遗下刻作李夫人形。俄而成，置于轻纱幕中，婉若生时。帝大悦，问仲君曰："可得近乎？"仲君曰："譬如中宵忽梦，而昼可得亲近乎？此石毒，特宜近望，不可迫也。勿轻万乘之尊，惑此精魅也。"帝乃从其谏。见夫人毕，仲君使人舂此石人为九段，不复思梦，乃筑梦灵台，时祀之。（出《王子年拾遗记》）

葛玄

葛玄，字孝先，从左元放受《九丹金液仙经》，未及合作，常服饵术。尤长于治病，鬼魅皆见形，或遣或杀。能绝谷，连年不饥。能积薪烈火而坐其上，薪尽而衣冠不灼。饮酒一斛，便入深泉涧中卧，酒解乃出，身不濡湿。玄备览《五经》，又好谈论。好事少年数十人，从玄游学。尝船行，见器中藏书札符数十枚，因问："此符之验，能为何事？可得见否？"玄曰："符亦何所为乎？"即取一符投江中，流而下。玄曰："何如？"客曰："吾投之亦能尔。"玄又取一符投江中，逆流而上。曰："何如？"客曰："异矣！"又取一符投江中，停立不动。须臾下符上，上符下，三符合一处，玄乃取之。又江边有一洗衣女，玄谓诸少年曰："吾为卿等走此女，何如？"客曰："善。"乃投一符于水中，女便惊走，数里许不止。玄曰："可以使止矣。"复以一符投水中，女即止还。人问女："何怖而走？"答曰："吾自不知何故也。"

玄常过主人，主人病，祭祀道精。精人使玄饮酒，精人言语不形骸，成仙而去，顺利返还的只有四五人，他们带回了石头。董仲君令工匠，按照先前画像刻画李夫人相貌。不久便刻成，放在轻纱帷幕间，宛如李夫人生前。汉武帝欣喜非常，问仲君：“我能靠近吗？”仲君说：“假如夜半忽然梦到一人，白天还能亲近梦中人吗？这石头有毒，只适合在近看，但不可靠近。您切勿因自己是万乘之尊就小看这石头的威力，受此精魅迷惑。”汉武帝听从他的劝谏。见过夫人后，董仲君派人将石人捣毁成九段，使汉武帝不再沉迷幻梦，然后修筑梦灵台，按时祭祀她。（出《王子年拾遗记》）

葛玄

葛玄，字孝先，从左元放处得到《九丹金液仙经》，没来得及炼制丹药，常服食苍术，特别擅长治病，能让鬼魅现出原形，有的放生，有的消除。葛玄长时间辟谷，几年不饿。他能坐在柴火堆燃起的火焰上，柴烧尽了他的衣帽都丝毫没点着。他有时喝一斛酒，就进入山涧深泉中躺着，酒劲过后出来，身上没有沾湿。葛玄通读《五经》，喜欢议论学术，数十名好事的年轻人追随他游学。某次乘船，那些年轻人见他器具中藏有手写符箓数十枚，便问他这些符箓是否灵验，能做何事，他们能见识一下吗。葛玄说：“符箓有什么可在乎的？”就取出一枚投入江中，符纸顺流而下。葛玄问：“如何？”年轻人问：“我投入也能如此。”葛玄又取一道符投入，符纸逆流而上。葛玄问：“如何？”年轻人感到惊异。葛玄又取一道符投入，这符在江中停住不动。不一会儿，往下流的符纸向上走，往上流的符纸向下走，三道符聚集一处，葛玄便将这些符纸取回。江边有一浣衣女子，葛玄对诸位年轻人说：“我让你们看这女子跑，如何？”答：“好。”葛玄将一道符纸投入水中，那女子仓皇跑走，跑了几里未能停止。葛玄说：“可以让她停下了。”又拿一道符纸投入水中，那女子便停下返回岸边。人们问那女子为何仓皇跑走，她答：“我自己也不知是何缘由。”

葛玄曾以客人身份拜访主人，那主人患病，祭祀道家巫人。巫逊。玄大怒曰：“奸鬼敢尔！”敕五伯曳精人，缚柱鞭脊。即见如有人牵精人出者，至庭抱柱，解衣投地，但闻鞭声，血出流漓，精人故作鬼语乞命。玄曰：“赦汝死罪。汝能令生人病愈否？”精人曰：“能。”玄曰：“与汝三日期，病者不愈，当治汝。”精人乃见放。

玄尝行过庙，此神常使往来之人，未至百步，乃下骑乘。中有大树数十株，上有众鸟，莫敢犯之。玄乘车过，不下，须臾有大风回逐玄车，尘埃漫天，从者皆辟易。玄乃大怒曰：“小邪敢尔！”即举手止风，风便止。玄还，以符投庙中，树上鸟皆堕地而死。后数日，庙树盛夏皆枯，寻庙屋火起，焚烧悉尽。

玄见买鱼者在水边，玄谓鱼主曰：“欲烦此鱼至河伯处，可乎？”鱼人曰：“鱼已死矣，何能为？”玄曰：“无苦也。”乃以鱼与玄。玄以丹书纸纳鱼腹，掷鱼水中。俄顷，鱼还跃上岸，吐墨书青色，如大叶而飞去。

玄常有宾后来者，出迎之，坐上又有一玄与客语，迎送亦然。时天寒，玄谓客曰：“贫居，不能人人得炉火，请作火，共使得暖。”玄因张口吐气，赫然火出，须臾满屋，客尽得如在日中，亦不甚热。

诸书生请玄作可以戏者。玄时患热，方仰卧，使人以粉粉身，未及结衣。答曰：“热甚，不能起作戏。”玄因徐徐以腹揩屋栋数十过，还复床上，及下，冉冉如云气。腹粉着屋栋，连日犹在。玄方与客对食，食毕漱口，口中饭尽成大蜂数百头，飞行作声。良久张口，群蜂还飞入口中，玄嚼之，故是饭也。玄手拍床，虾蟆及诸虫、飞鸟、燕、雀、鱼、鳖之属，使之舞，皆应弦节如人；玄止之即止。玄冬中能为客设生瓜，夏致冰雪。又能取数十钱，使人散投人让葛玄饮酒，且出言不逊，葛玄大怒说：“奸鬼竟敢如此！”命五伯抓住巫人，绑在柱子上鞭笞其脊背。人们只看到好像有人将巫人牵出去，在庭院巫人抱着柱子，将衣服脱在地上，只听到鞭打声，鲜血淋漓，巫人说着鬼话求饶，葛玄说：“免你死罪，你能让主人病愈？”巫人说：“能。”葛玄说：“限期三日，没治好病，拿你是问。”巫人这才被释放。

葛玄曾经过一座庙宇，庙神常不让过往行人走出百步，行人只得下马下车。庙中有大树几十棵，上面栖居一群鸟，无人敢触犯它们。葛玄乘车路过，没有下车。不一会儿刮起大风，驱逐葛玄的车返回，尘埃漫天，同行人都避退。葛玄大怒说：“小小妖邪竟敢作祟！”抬手止风，风就此停歇。葛玄回来，将符纸投入庙中，树上的鸟都坠地死了。几日后，庙中树在盛夏全部干枯，很快庙宇起火，将整个寺院化作灰烬。

葛玄看到一买鱼人在水边，葛玄对他说：“我想劳烦这鱼到河伯那一趟，可以吗？”买鱼人说：“鱼已死，怎能去得了？”葛玄说：“无碍。”买鱼人将鱼给葛玄，葛玄把丹书放在鱼肚中，把鱼扔回水中。不一会儿鱼跃到岸上，吐出青色墨书，如大树叶般飘走。

时常有宾客在其他宾客之后来，葛玄出门相迎，但座上仍有一葛玄与客人交谈，迎来送往皆是如此。每逢天寒，葛玄对客人说：“陋室，无法人人得到炉火，请允许我作火，让大家都暖和。”葛玄张口吐气，熊熊火苗赫然而出，一会儿遍布屋子，客人像沐浴在日光中，也不至于太热。

众书生请葛玄作法玩乐，葛玄正嫌热，仰卧在床，让人往身上搽粉，没来得及穿衣服，就答：“太热了，不能起来玩乐。”葛玄缓慢地将肚子上的粉搽在房梁上数十遍，又躺回床上。等他下来后，房梁上的粉冉冉如云气升腾，一连几天未散。葛玄与客人对坐吃饭，吃完漱口，口中饭全变成大蜂，有数百只，飞动时能发出声响。许久后，葛玄张嘴，群蜂又飞回口中，咀嚼如常，又变回饭了。葛玄用手拍床，蛤蟆及各种虫子、飞鸟、燕、雀、鱼、鳖一类就听命于他，让它们跳井中，玄徐徐以器于上呼钱出，于是一一飞从井中出，悉入器中。玄为客致酒，无人传杯，杯自至人前，或饮不尽，杯亦不去。画流水，即为逆流十丈许。

于时有一道士，颇能治病，从中国来，欺人，言我数百岁。玄知其诳，后会众坐。玄谓所亲曰：“欲知此公年否？”所亲曰：“善。”忽有人从天上下，举座瞩目。良久集地，着朱衣进贤冠，入至此道士前曰：“天帝诏问公之定年几许，而欺诳百姓！”道士大怖，下床长跪，答曰：“无状，实年七十三。”玄因抚手大笑。忽然失朱衣所在，道士大惭，遂不知所之。

吴大帝请玄相见，欲加荣位，玄不听，求去不得，以客待之。常共游宴，坐上见道间人民请雨，帝曰：“百姓请雨，安可得乎？”玄曰：“易得耳。”即便书符著社中，一时之间，天地晦冥，大雨流注，中庭平地水尺余。帝曰：“水宁可使有鱼乎？”玄曰：“可。”复书符水中。须臾，有大鱼百许头，亦各长一二尺，走水中。帝曰：“可食乎？”玄曰：“可。”遂使取治之，乃真鱼也。常从帝行舟，遇大风，百官船无大小多濡没，玄船亦沦失所在。帝叹曰：“葛公有道，亦不能免此乎！”乃登四望山，使人船钩，船没已经宿，忽见玄从水上来。既至，尚有酒色。谢帝曰：“昨因侍从，而伍子胥见强牵过，卒不得舍去。烦劳至尊，暴露水次。”

玄每行，卒逢所亲，要于道间树下，折草刺树，以杯器盛之，汁流如泉，杯满即止。饮之，皆如好酒。又取土石草木以下酒，入口皆是鹿脯。其所刺树，以杯承之，杯至即汁出，杯满即止。他人舞，都能像人一样跟着节拍舞蹈，葛玄让停就停。葛玄在隆冬时能为客人呈上现摘的瓜，夏天能招来冰雪。葛玄又能拿出数枚铜钱，让人散落井中，他缓缓将法器放于井上唤那些铜钱出来，那些铜钱便一一飞出，落到法器中。葛玄为客人备酒，无人传递酒杯，杯子能自己到人面前，如果谁没喝尽，杯子就不离开。葛玄在流水上随手一画，流水便逆流十丈多。

当时有一道士很会治病，从中原来的，谎称自己数百岁。葛玄知道他骗人，后来正巧有次众人聚会，葛玄问他交好的人："你们想知道这位先生的年龄吗？"交好的人说："好。"忽然有人从天而降，举座瞩目，许久落地，身着朱衣，头戴礼帽。那人径直走到道士面前说："天帝下诏问你真实年龄，你还敢诓骗百姓？"道士惶恐，下床直身而跪答："我所行丑恶无善状，实际年龄七十三岁。"葛玄于是拍手大笑，朱衣人忽然消失。那道士甚是羞愧，最后不知去了哪里。

吴大帝邀葛玄相见，想加封尊位，葛玄拒绝，请求离开不成，吴大帝以贵客之礼招待他，常邀他同游赴宴。一次，二人偶遇世人求雨，吴大帝问对葛玄："百姓求雨，怎能求得？"葛玄说："容易办到。"当下画符放到土地庙中，一时间，天地昏暗，大雨如注，院中平地积水一尺多。吴大帝问他："水中能有鱼吗？"葛玄说："能。"又画符投入水中。不一会儿，出现大鱼上百条，每条长一二尺，游在水中。吴大帝问："这鱼能吃吗？"葛玄说："能。"就派人抓鱼烹饪，原来是真鱼。一次，葛玄随吴大帝乘船，路遇大风，百官的船无论大小多数沉没，葛玄的船也被淹没找不到了。吴大帝叹息："葛公身怀术法，也难逃此劫。"便登上四望山，派人驾船打捞，船已沉没整宿，忽然看到葛玄从水上走来。行至吴大帝身边，面带酒气，向吴大帝道歉："昨日因伴驾，被伍子胥看见强行将我带走，仓促间没能躲过，劳您尊体，久留水边。"

葛玄每次出行，偶遇亲友，就邀至路边树下，折断草去刺树，用杯子接在下面，汁水泉涌，杯满即止。喝下，味道有如好酒。又取来土石草木下酒，入口便成了鹿脯。他刺过的树，用杯子接在下面，树上自动流出汁水，杯满即止。若他人去接，始终不会有东西流出。

取之，终不为出也。

或有请玄，玄意不欲往，主人强之，不得已随去。行数百步，玄腹痛，止而卧地，须臾死，举头头断，举四肢四肢断；更臭烂虫生，不可复近。请之者遽走告玄家，更见玄故在堂上。此人亦不敢言之，走还向玄死处，已失玄尸所在。与人俱行，能令去地三四尺，仍并而步。

又玄游会稽，有贾人从中国过神庙，庙神使主簿教语贾人曰："欲附一封书与葛公，可为致之。"主簿因以函书掷贾人船头，如钉着，不可取。及达会稽，即以报玄。玄自取之，即得。语弟子张大言曰："吾为天子所逼留，不遑作大药，今当尸解，八月十三日日中时当发。"至期，玄衣冠入室，卧而气绝，其色不变。弟子烧香守之三日，夜半忽大风起，发屋折木，声如雷，炬灭。良久风止，忽失玄所在，但见委衣床上，带无解者。旦问邻家，邻家人言了无大风。风止，止一宅，篱落树木，皆败拆也。（出《神仙传》）

窦玄德

窦玄德，河南人也。贞观中，任都水使者，时年五十七，奉使江西。发路上船，有一人附载。窦公每食余，恒啖附载者，如是数日，欲至扬州，附载辞去。公问曰："何速？"答曰："某是司命使者，因窦都水往扬州，司命遣某追之。"公曰："都水即是某也，何不早言？"答曰："某虽追公，公命合终于此地，此行未至，不可漏泄，可以随公至此。在路蒙公余食，常愧于怀，意望免公此难，以报长者深惠。"公曰："可禳否？"答曰："彼闻道士王知远乎？"公曰："闻之。"使者曰："今见居扬州府，幽冥间事甚机密，幸勿泄一次，有人邀请葛玄，葛玄心中不愿，主人勉强他去，不得已相随。走出数百步，葛玄腹痛不已，停下倒地，不一会儿就病逝了。抬他脑袋头却断了；举他四肢，四肢也断了；很快腐臭生虫，无法靠近。邀他的人慌忙跑回葛玄家报信，又见葛玄仍坐在堂上。这人也不敢多话，跑回刚才葛玄去世的地方，已找不到葛玄尸身。葛玄与人同行，能令同行人与自己腾空三四尺，仍是一并前行。

有一次，葛玄在会稽游玩，有商人从中原来，路过一神庙，庙神让主簿告诉商人："想带封信给葛公，你替我捎给他。"主簿将信封抛到商人船头，就如钉子钉着，无法取下。等到了会稽后，商人即刻将此事告知葛玄，葛玄亲自去取，就取下了。葛玄对弟子张大言说："我被天子所迫留在此处，来不及炼制灵药，如今即将尸解，八月十三日午时就要出发。"到了时间，葛玄穿戴好衣帽进入室内，躺下后没了呼吸，但气色如常。弟子焚香守了三天，夜半忽然狂风大作，掀了屋顶折断树木，声如惊雷，烛光熄灭。许久风停，忽然找不到葛玄尸身，只见衣物被扔在床上，衣带未解。清晨弟子问邻居，邻居说并没有起风。风起与停止都在一宅之间，篱笆被吹落树旁，都折损了。（出《神仙传》）

窦玄德

窦玄德是河南人。贞观年间，他任都水使者，当时五十七岁，奉命出使江西。启程登船时，有一人顺带上船。窦玄德每吃饭有剩余，总送给搭船的人吃，如此数日，快到扬州时，搭船的人辞别。窦玄德问："为何这么早离开？"那个人答："我是司命使者，因为窦都水去往扬州，司命派我跟随他。"窦玄德说："我就是窦都水，你怎不早说？"司命使者答："我虽跟着您，您终会命绝于此。但还没到地方，本不该泄露，我随您行至此地，一路承蒙您照料，给我饭吃，我心中有愧，希望您免受此难，以报您的恩德。"窦玄德说："此灾可免？"司命使者答："您可曾听闻道士王知远？"窦玄德说："听过。"

之。但某在船日，恒赖公赐食，怀愧甚深。今不拯公，遂成负德。王尊师行业幽显，众共尊敬。其所施为，人天钦尚。与人章醮，有厄难者，天曹皆救。公可屈节咨请，得度斯难。明晚当奉报灭否。”

公既奉敕，初到扬州，长史已下诸官皆来迎。公未论事，但问官僚：“见王尊师乎？”于时诸官莫测其意，催遣迎之。须臾，王尊师至，屏左右具陈情事。师曰：“比内修行正法，至于祭醮之业，皆所不为。公衔命既重，勉励为作，法之效验，未敢悬知。”于是命侍童写章，登坛拜奏。明晚，使者来报公曰：“不免矣。”公又求哀甚切。使者曰：“事已如此，更令奏之，明晚当报。仍买好白纸作钱，于净处咨白天曹吏，使即烧却；若不烧，还不得用。不尔，曹司稽留，行更得罪。”公然之，又白师，师甚不悦。公曰：“惟命是遵，愿垂拯济。”师哀之，又奏。明晚使者来，还报云：“不免。”公苦问其故，初不肯言，后俯首答曰：“道家章奏，犹人间上章表耳。前上之章，有字失体；次上之章，复草书‘仍乞’二字。表奏人主，犹须整肃，况天尊大道，其可忽诸？所上之章，咸被弃掷，既不闻彻，有何济乎？”公又重使令其请托，兼具以事白师。师甚悦，云：“审尔乎！比窃疑章表符奏，缪妄而已。如公所言，验若是乎？”乃于坛上取所奏之章，见字误书草，一如公言。师云：“今奏之章，贫道自写。”再三合格，如法奏之。明旦使者报公云：“事已谐矣。”师曰：“此更延十二年。”

公谓亲表曰：“比见道家法，未尝信之。今蒙济拔，其验如司命使者说：“他现居扬州府。冥间之事机密，切勿泄露。只是我在船上时，总仰仗您赐予饭食，深怀愧疚，若如今见死不救，便是忘恩负义。王尊师道行颇深，受众人敬仰，他行事，天人敬重。他为人拜表设祭，遇难者，天界地府都施援。请您虔诚地向他求解，平稳度过这场灾难。明晚我将禀告灾难消解与否。”

窦玄德奉命前来，生平第一次到扬州，长史以下各级官吏都来相迎。他未谈及政事，只问各位同僚见过王尊师没有。当时各位官员揣摩不透他的心思，只催促人快将王尊师迎接来。不一会儿，王尊师到了，窦玄德屏退左右，详细讲述事情始末。王尊师说：“近年来我修行正法，至于拜表设祭之事，我不再做了。您既身负重命，我勉强为您施法，术法效果，不敢预先断言。”言罢王尊师令侍童写文书，登坛跪拜奏表。第二日夜晚，司命使者禀告窦玄德说：“无法消灾。”窦玄德再次恳求，使者说：“事已至此，再求王尊师奏报一次，明晚我将禀告。再买好白纸当纸钱，在清净处向天曹官吏陈明原委求请，差人即刻将纸钱烧掉；如果不烧，做什么都没用。不烧纸的话，天曹官吏拖延，您罪责更深。”窦玄德觉得所言有理，又禀告王尊师，王尊师很是不快。窦玄德说：“我完全按您吩咐，望您开恩救我一命。”王尊师悲悯，再次奏报。第二日夜晚使者前来，仍然回禀：“未能消灾。”窦玄德苦苦问他缘由。使者起初不愿说，后低头回答：“道家奏章，与人间奏章无异。上次的奏章，有错别字；这次的奏章，‘仍乞’二字写得潦草。陈奏章给人间的皇帝，尚须严整，何况是天尊大道，怎能疏忽？这两次的奏章，都被丢弃，既然不能被天尊知道，又有何用？”窦玄德再次求王尊师托付天曹，同时向他说明事情始末，王尊师甚是喜悦：“原来如此！近来我怀疑上奏天界，只是无稽之谈。若真如您所言，竟能如此灵验？”王尊师到坛上拿起之前的奏章，看到书写错误与潦草，全如窦玄德所言。王尊师说：“这次的奏章，贫道亲自书写。”反复检查确认合格后，按道家术法上奏。第二日清晨，使者就禀告窦玄德：“事已办妥。”王尊师说：“此次延寿十二年。”

窦玄德对亲戚说：“以前我每次看到道家法术，从不相信。如今承蒙道法相救，才知其灵验。从今往后，我将终身奉道。”窦玄德使

兹。从今以往，请终身事之。”便就清都观尹尊师受法箓，举家奉道。春秋六十九而卒。（出《玄门灵妙记》）

在清都观尹尊师处学习法箓，全家奉道。窦玄德活到六十九岁才死。

（出《玄门灵妙记》）

卷第七十二　道术二

张山人

唐曹王贬衡州。时有张山人，技术之士。王常出猎，因得群鹿十余头，围已合，计必擒获，无何失之，不知其处。召山人问之，山人曰："此是术者所隐。"遂索水，以刀汤禁之。少顷，于水中见一道士，长才及寸，负囊拄杖，敝敝而行。众人视之，无不见者。山人乃取布针，就水中刺道士左足，遂见跛足而行。即告曰："此人易追，止十余里。"遂命走向北逐之，十余里，果见道士跛足而行，与水中见者状貌同，遂以王命邀之。道士笑而来。山人曰："不可责怒，但以礼求请之。"道士至，王问鹿何在。曰："鹿在矣。向见诸鹿无故即死，故哀之，所以禁隐；亦不敢放，今在山侧耳。"王遣左右视之，诸鹿隐于小坡而不动。王问其患足之由，曰："行数里，忽患之。"王召山人与之相视，乃旧识焉，其足寻亦平复。乃是郴州连山观侯生，即从容遣之。

未期，有一客过郴州，寄宿此观，缚马于观门，粪污颇甚，观主见而责之。客大怒，诟骂道士而去。未十日，客忽遇张山人。山人谓曰："君方有大厄，盖有所犯触。"客即说前日与道士争骂之由。山人曰："此异人也，为君致祸，却速往辞谢之，不然，不可脱也。此为震厄，君今夕所至，当截一柏木，长与身齐，致所卧处，以衣衾盖之；身别处一屋，以枣木作钉子七枚，钉地依北斗状，仍建

张山人

唐朝时曹王被贬至衡州。当时有个张山人，擅长道术。曹王常外出狩猎，一次，找到鹿群有十几头鹿，已经包围，按计划必定擒获，但鹿群无故消失了，不知它们藏于何处。传召张山人询问，张山人说：“这是会道术的人将其隐藏了。”言罢张山人要来水，用刀汤禁咒。过了一会儿，水中出现一道士，才一寸高，背着行囊，拄着拐杖，衣衫褴褛地行走。众人看水中，无人看不到他。张山人取出一缝衣服的针，在水中刺道士左脚，就看到道士跛足前行。张山人告诉曹王：“赶得上这人，只差十多里地。”曹王就命人向北追。追了十几里，果然看到一道士跛足前行，与水中所见之人姿态样貌相同，就以曹王之命相邀，道士笑着跟来。张山人对曹王说：“不可生气责备他，只能以礼相请。”道士到后，曹王问鹿在何处。道士答：“鹿还在原地。刚才看那些鹿将无端送命，所以哀怜它们，用咒语将其隐藏；也不敢放走，它们现在在山侧。”曹王派左右近臣查验，那些鹿藏在一小坡上不动。曹王问那道士腿脚不便的缘由，道士说：“走了几里，忽然患病。”曹王召出张山人，让二人相见，原是他们是旧相识，道士的脚不久恢复如常。原来他是郴州连山观侯生，曹王就心平气和地放他走了。

不久，一过客途经郴州，借宿连山观，将马拴在观门口，马粪弄脏观门，观主看到后责备那个过客。过客大怒，臭骂道士一通就离开了。未过十日，那过客偶遇张山人。张山人对他说：“您将大难临头，应该是因为您冒犯了什么人。”那过客就说出前些日子与道士争吵原由。张山人说：“那道士是位异人，可给您招致祸患，速速返回好言致歉，不然，灾祸难免。此灾是雷灾。您今夜所在之处，截一段柏木，与您的身高相当，放在您睡觉处，用衣被盖好；您自己待在另辰位，身居第二星下伏，当免矣。”客大惊，登时却回，求得柏木，来郴州，宿于山馆，如言设法。半夜，忽大风雨，雷电震于前屋。须臾，电光直入所止。客伏于星下，不敢动。电入屋数四，如有搜获之状，不得而止。比明前视，柏木已为粉矣。客益惧，奔谢观主，哀求生命，久而方解。谓客曰：“人不可轻也。毒蛇之辈，尚能害人，岂合无状相忤乎！今已舍子矣。”客首罪而去，遂求张山人厚报之也。（出《原化记》）

王旻

太和先生王旻，得道者也。常游名山五岳，貌如三十余人。其父亦道成，有姑亦得道，道高于父。旻常言：“姑年七百岁矣。”有人知其姑者，常在衡岳，或往来天台罗浮，貌如童婴。其行比陈夏姬，唯以房中术致不死，所在夫婿甚众。天宝初，有荐旻者，诏征之，至则于内道场安置。学通内外，长于佛教。帝与贵妃杨氏，旦夕礼谒，拜于床下，访以道术，旻随事教之。然大约在于修身俭约，慈心为本，以帝不好释典，旻每以释教引之，广陈报应，以开其志。帝亦雅信之。旻虽长于服饵，而常饮酒不止，其饮必小爵，移晷乃尽一杯。而与人言谈，随机应对，亦神者也，人退皆得所未得。其服饰随四时变改。或食鲫鱼，每饭稻米，然不过多，至葱韭荤辛之物，咸酢非养生者，未尝食也。好劝人食芦菔根叶，云：“久食功多力甚，养生之物也。”人有传世世见之，而貌皆如故，盖及千岁矣。在京多年。

一间屋内，用枣木制成七枚钉子，遵循北斗七星形态钉在地上，设立辰星的位置，您的身体伏在第二星下，如此可消除此灾。”那个客人震惊，即刻返回，寻到柏木，到了郴州，住在山间旅馆。依张山人所说施法。夜半，忽然风雨大作，雷电在前屋震荡，不一会儿，电光直劈那过客栖身之所。过客趴伏在第二星下，分毫不敢动。雷电数次劈入屋内，就像在搜寻什么一样，没有劈到他就停下了。等天亮到屋前一看，柏木已成齑粉。过客越发害怕，慌忙跑去向观主致歉，哀求饶他一死，求了良久才得以化解。观主对那过客说：“为人不可轻狂。毒蛇鼠辈，都能伤害人，怎可无缘无故冒犯他人？如今我饶过你。”那过客叩头谢罪后离去，然后找到张山人，重谢了他。（出《原化记》）

王旻

太和先生王旻乃得道之人。他常游历五岳名山，面容像三十多岁的人。他父亲也得道，一个姑姑也得道，道行高于他父亲。王旻常说：“我姑姑已七百岁了。”有人知道他姑姑，常在南岳衡山，有时往来于天台山和罗浮山，面容像孩童。她品行堪比陈夏姬，依仗房中术以达长生，所在之处夫婿众多。天宝初年，有人举荐王旻，唐玄宗召见他，进京后他被安置在内道场。他学贯内外，通晓佛教。唐玄宗与杨贵妃早晚拜谒他，在他榻下行礼，求问道术，王旻依循近况指点他们。大意是让他修身勤俭，慈悲为怀，但唐玄宗对佛学经典不感兴趣，王旻每次以佛学理论指引他，细致深远地讲解因果报应等事，启发皇帝心智。皇帝素来相信他。王旻虽擅长服用药饵，却贪恋饮酒。他常用小爵喝酒，一段时间才饮尽一杯，与人交谈，能临机应变，实乃神人。众人退去时都有前所未有的收获。他衣着随四季变迁而改变。有时吃鲫鱼，常吃稻米，吃得不多，至于大葱、韭菜、荤腥辛辣、咸酸一类不能养生的东西，他向来不吃。他喜欢劝人吃芦笋、萝卜等根茎类食物，他说：“常吃功用甚多，强身健体，乃是养生之物。”人们相传世代都见过他，而他面容如旧，大抵将近一千岁，在京城很多年。

天宝六年，南岳道者李遐周，恐其恋京不出，乃宣言曰：“吾将为帝师，授以秘箓。”帝因令所在求之。七年冬而遐周至，与旻相见，请曰：“王生恋世乐，不能出耶？可以行矣。”于是劝旻令出。旻乃请于高密牢山合炼，玄宗许之，因改牢山为辅唐山，许旻居之。旻尝言：“张果天仙也，在人间三千年矣；姜抚地仙也，寿九十三矣。抚好杀生命，以折己寿，是仙家所忌，此人终不能白日升天矣。”（出《纪闻》）

陆生

唐开元中，有吴人陆生，贡明经举在京。贫无仆从，常早就识，自驾其驴。驴忽惊跃，断缰而走。生追之，出启夏门，直至终南山下，见一径，登山，甚熟。此驴直上，生随之上，五六里至一处，甚平旷，有人家，门庭整肃。生窥之，见茅斋前有蒲萄架，其驴系在树下。生遂叩门。良久，见一老人开门，延生入，颜色甚异，颇修敬焉。遂命生曰：“坐。”生求驴而归。主人曰：“郎君止为驴乎？得至此，幸会也。某故取驴以召君，君且少留，当自悟矣。”又延客入宅，见华堂邃宇，林亭池沼，盖仙境也。留一宿，馈以珍味，饮酒欢乐，声技皆仙者。生心自惊骇，未测其故。

明日将辞，主人曰：“此实洞府。以君有道，吾是以相召。”指左右童隶数人曰：“此人本皆城市屠沽，皆吾所教，道成者能兴云致雨，坐在立亡，浮游世间，人不能识。君当处此，而寿与天地长久，岂若人间浮荣蛊菌之辈！子愿之乎？”生拜谢曰：“敬授教。”老人曰：“授学师资之礼，合献一女。度君无因而得，今授君一术求之。”遂令取一青竹，度如人长，授之曰：“君持此入城，城中朝官，五品已上、三品以下家人，见之，投竹于彼，而取其女来。但心天宝六年，南岳道士李遐周，担心他留恋京城不愿出京，就扬言说：“我将要当皇帝的老师，传他珍奇典册。”皇帝派他所在之处官吏寻他。天宝七年冬李遐周抵达京城，与王旻相见，恳求道：“王生心恋俗世欢愉，不愿出京了吗？该离开了。”就劝说王旻离京。王旻这才请求到层峦叠嶂的牢山炼丹，玄宗应允，将牢山改名辅唐山，特许王旻隐居其间。王旻曾说：“张果是天仙，留居人间三千年，姜抚是地仙，寿数九十三岁。姜抚好杀生，损折寿元，此乃仙家大忌，因而此人始终无法白日飞升。”（出《纪闻》）

陆　生

唐朝开元年间，吴郡有个陆生，被举荐为贡生上京参加科考。他家贫没有仆役随从，曾在清晨找旧识，自己骑着驴。驴突然受惊跃起，挣断缰绳跑走。陆生追驴，追出启夏门，一直追到终南山下，看到一条小路，沿路登上山，觉得这里很是熟悉。那驴径直上山，陆生跟着上山，走出五六里到了一处，平坦空旷，有户人家，门庭俨然。陆生窥视，看到茅草屋前有一葡萄架，他将驴拴于树下，轻叩门扉。许久，一老人开门，请陆生进去，老人面容非凡，陆生甚是恭敬，老人吩咐陆生：“你坐下。”陆生恳请将驴归还给他。主人说：“郎君来此只为驴而已？能到此处，实乃幸会。我故意用驴引君前来，君暂留，自当明白。”老人又请陆生进宅院，只见屋室奢华，造景考究，园林亭台池沼俱全，如同仙境一般。老人留陆生一宿，以珍馐招待，饮酒欢乐，歌舞艺伎都是仙人。陆生暗自惊异，猜不透其中缘由。

第二日临行，主人说：“此处实则为洞府仙居，因君有道，我召你前来。”指着左右几位仆隶说：“这些人原是城里集市上卖肉酒的，都是我教出来的。修行得道之人能兴云布雨，坐在立亡，漫游尘世，无人能识。你该留在此处，寿与天齐，不像俗世沉迷虚无，生命短暂的菌虫之辈。你可愿意？”陆生下拜道谢：“我谨遵您教诲。”老人说：“按拜师礼节，你应献上一女子。我估计你无法寻得，现在我教你一法术来求得。”就让人取来一根青竹，丈量与人一般长，交给陆生说：“你带着青竹进城，朝廷官员，五品以上、三品以下的人家，存吾约，无虑也；然慎勿入权贵家，力或能相制伏。”

生遂持杖入城。生不知公卿第宅，已入数家，皆无女，而人亦无见其形者。误入户部王侍郎宅，复入阁，正见一女临镜晨妆。生投杖于床，携女而去。比下阶，顾见竹已化作女形，僵卧在床。一家惊呼云：“小娘子卒亡！”生将女去，会侍郎下朝，时权要谒请盈街，宅门重邃，不得出，隐于中门侧。王闻女亡，入宅省视，左右奔走不绝。须臾，公卿以下，皆至门矣。时叶天师在朝，奔遣邀屈。生隐于户下半日矣。少顷，叶天师至，诊视之曰：“此非鬼魅，乃道术者为之尔。”遂取水喷咒死女，立变为竹。又曰：“此亦不远，搜尚在。”遂持刀禁咒，绕宅寻索，果于门侧得生。

生既被擒，遂被枷锁捶拷，讯其妖状，生遂述其本情。就南山同取老人，遂令錮项。领从人至山下，往时小径，都已无矣。所司益以为幻妄，将领生归。生向山恸哭曰：“老人岂杀我耶！”举头望见一径，见老人杖策而下。至山足，府吏即欲前逼。老人以杖画地，遂成一水，阔丈余。生叩头哀求，老人曰：“吾去日语汝，勿入权贵家。故违我命，患自掇也；然亦不可不救尔。”从人惊视之次，老人取水一口噀之，黑雾数里，白昼如暝，人不相见。食顷而散，已失陆生所在，而枷锁委地，山上小径与水，皆不见矣。（出《原化记》）

找到姑娘，将竹杖放在那里，便可带那姑娘过来。只要心中牢记我说的话，便无须顾虑；但切记不要进入权贵人家，他们或许有能力制约你。”

陆生就拿着竹杖进城。他也不清楚哪是公卿宅院，进入几家，都没寻得姑娘，但无人看到他的身形。陆生误入户部王侍郎宅院，又进入闺阁，正看见一女子对镜梳妆，陆生将竹杖扔到床上。带着女子离开。待到下台阶回头再看，只见那竹杖已化作女子形态，僵卧在床，全家人惊呼：“小娘子突然亡故。”陆生正带女子离去，时值王侍郎下朝，满街的权贵前来拜谒，王侍郎宅院幽深曲折，陆生没能出去，藏在中门附近。王侍郎听闻女儿去世，进宅查看，左右侍者奔忙不绝。不一会儿，公卿以下官吏，都聚集王府大门。当时叶天师在朝中，王侍郎迅速派人请他过来。陆生藏在门楼下已半日。不久，叶天师前来，察视病情后说：“此非鬼魅为之，乃身怀道术者的把戏。”于是取水作法对去世女子念咒，女子顷刻化成竹杖。叶天师又说：“作法之人尚未走远，搜得到。”说罢拿起刀念咒，环绕宅院搜寻，果然在门旁寻到陆生。

陆生被擒，披着枷锁受拷打，叶天师审讯他有关妖术的问题，他一五一十将事情原委道来。于是由他带路与众人一同往南山捉拿老人，一路上陆生被人锁着脖子，带人行至山下。曾经上山的小路，无影无踪。主管此事的长官越发以为陆生在耍伎俩，打算将陆生带回。陆生对着南山悲号：“老人难道坐视不理，看着我被杀吗？”说罢，抬头看到一条小路，老人拄着拐杖下山。走到山脚，官吏想逼近。老人用拐杖画地，前面出现一条河，一丈多宽。陆生磕头哀求，老人说：“我在你去时就告诫你，切勿进权贵人家，你违背我的命令，自取灾祸；但我也不能见死不救。”一同前来的人正为眼前事震惊，老人取水喝了一口喷出，黑雾弥散数里，白天暗如黑夜，众人相互看不见。一顿饭工夫雾散后，陆生消失不见，枷锁被丢在地上，山间小路与河水一并消失不见了。（出《原化记》）

辅神通

道士辅神通者，家在蜀州，幼而孤贫，恒为人牧牛以自给。神通牧所，恒见一道士往来，因尔致敬相识。数载，道士谓神通曰：“能为弟子否？”答曰：“甚快。”乃引神通入水中，谓通曰：“我入之时，汝宜随之，无惮为也。”既入，使至其居所，屋宇严洁，有药囊丹灶，床下悉大还丹。遂使神通看火，兼教黄白之术。经三年，神通已年二十余，思忆人间，会道士不在，乃盗还丹，别贮一处。道士归，问其丹何在，神通便推不见。道士叹息曰：“吾欲授汝道要，汝今若是，曷足授？我虽备解诸法，然无益长生也。”引至他道逐去。便出，神通甚悦，崎岖洞穴，以药自资，七十余日，方至人间。其后厌世事，追思道士，闻其往来在蜀州开元观，遂请配度，隶名于是。其后闻道士至，往候后，辄云已出。如是数十度，终不得见。神通私以金百斤与房中奴，令道士来可驰报。奴得金后，频来报，更不得见。蜀州刺史奏神通晓黄白，玄宗试之皆验。每先以土锅煮水银，随帝所请，以少药投之，应手而变。帝求得其术，会禄山之乱，乃止。（出《广异记》）

孙甑生

唐天宝中，有孙甑生者，深于道术。玄宗召至京师。甑生善辏石累卵，折草为人马，乘之东西驰走。太真妃特乐其术，数召入宫试之。及禄山之乱，不知所之。（出《明皇杂录》）

辅神通

道士辅神通，家住蜀州。他自幼贫寒无依，一直以替人放牛谋生。神通放牛之处，常看到一道士来往，因对道士心怀敬意，与道士结识。几年后，道士问神通："你愿做我弟子吗？"神通答："甚是乐意。"道士便引神通下水，对神通说："我下去时，你只管跟着我，无需害怕。"进入后，道士带神通到他住处，屋宇俨然，其中有药囊、丹炉，床下尽是大还丹。道士让神通盯着火候，顺便教他点化金银的道术。历经三年，神通已二十多岁，怀念人间事，趁道士不在，偷取大还丹，藏在某处。道士回来后，问他丹药何在，神通撒谎说没看见。道士叹息："我本想传授你道家要旨，你如今这般，怎值得相传？我虽尽数知晓各种道术，但对长生无益。"说罢将神通领到别的路上把他赶走了。神通出门，甚是高兴，洞穴崎岖，凭丹药补给，走了七十多天，才回到人间。此后神通厌世，挂念道士，听闻他往来蜀州开元观，请求出家修行，归属开元观。往后，神通听闻那道士要来，就去等候，他刚到人家就说道士已离开。如此数十次，始终未能得见。神通私下用百斤钱买通房中仆役，让他们在道士来时快速禀告他。仆役得到钱后，频繁禀报，但神通仍见不到道士。蜀州刺史奏报皇帝神通懂得点化金银的道术，唐玄宗试探他，都灵验。每次神通先用土锅煮水银，按照唐玄宗要求数量，将少许药投入锅中，金银应手而成。唐玄宗求问此道术，正逢安禄山叛乱，这事就不了了之了。（出《广异记》）

孙甑生

唐朝天宝年间，有个人叫孙甑生，道术高深，唐玄宗召他入京。甑生擅长聚石叠卵，折叠草变为人马，乘着那马可东奔西跑。杨贵妃特别喜欢他的道术，数次召他进宫中展示道术。等到安禄山叛乱，这个孙甑生不知跑哪儿去了。（出《明皇杂录》）

叶静能

唐汝阳王好饮，终日不乱，客有至者，莫不留连旦夕。时术士叶静能常过焉，王强之酒，不可，曰："某有一生徒，酒量可为王饮客矣。然虽侏儒，亦有过人者。明日使谒王，王试与之言也。"明旦，有投刺曰："道士常持蒲。"王引入，长二尺。既坐，谈胚浑至道，次三皇五帝、历代兴亡、天时人事、经传子史，历历如指诸掌焉。王呿口不能对。既而以王意未洽，更咨话浅近谐戏之事，王则欢然。谓曰："观师风度，亦常饮酒乎？"持蒲曰："唯所命耳。"王即令左右行酒。已数巡，持蒲曰："此不足为饮也，请移大器中，与王自挹而饮之，量止则已，不亦乐乎！"王又如其言，命醇酹数石，置大斛中，以巨觥取而饮之。王饮中醺然，而持蒲固不扰，风韵转高。良久，忽谓王曰："某止此一杯，醉矣。"王曰："观师量殊未可足，请更进之。"持蒲曰："王不知度量有限乎？何必见强。"乃复尽一杯，忽倒，视之，则一大酒榼，受五斗焉。（出《河东记》）

袁隐居

贞元中，有袁隐居者，家于湘楚间，善《阴阳占诀歌》一百二十章。时故相国李公吉甫，自尚书郎谪官东南。一日，隐居来谒公。公久闻其名，即延与语。公命算己之禄仕，隐居曰："公之禄真将相也！公之寿九十三矣。"李公曰："吾之先未尝有及七十者，吾何敢望九十三乎？"隐居曰："运算举数，乃九十三耳。"其后李公果相宪宗皇帝，节制淮南，再入相而薨，年五十六，时元和九年十月三日也。校其年月日，亦符九十三之数，岂非悬解之妙乎？隐居著《阳阴占诀歌》，李公序其首。（出《宣室志》）

叶静能

唐朝汝阳王喜好饮酒，喝一整天都不醉，一有客人来，无不从早喝到晚。当时有术士叫叶静能，常在王府做客，汝阳王强行劝酒，他拒绝说："我有一门生，论酒量能与王爷对饮。虽说他是侏儒，但也有过人之处。明日让他拜谒王爷，王爷可与他谈谈。"第二日清晨，有人投递名帖，上书"道士常持蒲"。汝阳王请他进来，这道士身长二尺。入座，道士从混沌初开谈到至道，又三皇五帝、历代兴亡、天时人事、经传子史，事事了如指掌。汝阳王张口结舌难以应付。不久，道士因与王爷话不投机，转换话题谈论些浅显的玩笑，汝阳王兴致高涨。汝阳王对小道士说："我观望您的风度，也常饮酒吗？"常持蒲说："愿听您吩咐。"汝阳王让左右行酒。酒过数巡，持蒲说："如此喝不过瘾，请将酒换到大酒器中，我与大王自己舀着喝，按自己酒量增减，更为欢畅淋漓。"汝阳王按他所说，命人上数石美酒，倒入大斛，用巨杯取酒对饮。汝阳王饮着已微醺，而常持蒲岿然不乱，风姿越发伟岸。又饮许久，常持蒲忽然对汝阳王说："我再喝一杯足矣，我醉了。"汝阳王说："我看您酒量离喝足还远，请再进几杯。"常持蒲说："王爷不知酒量有限吗？何必强求！"于是又饮一杯，忽然睡倒。再看那小道士，原是一大酒桶，里面已装了五斗酒了。（出《河东记》）

袁隐居

唐朝贞元年间，有个叫袁隐居的人，家住湘楚一带，通晓一百二十章《阴阳占诀歌》。当时往日的相国李吉甫，从尚书郎贬谪东南做官。一日，袁隐居拜谒李吉甫，李吉甫久闻袁隐居大名，请他进来交谈。李吉甫请他为自己算官运，袁隐居说："您实则可官拜丞相，您寿数为九十三。"李吉甫说："我先辈未曾有活到七十的，我怎敢指望活到九十三？"袁隐居说："我依法运算，就是九十三岁。"后来李吉甫果然在唐宪宗时担任相国，镇守淮南，再拜相时亡故，时年五十六，正逢元和九年十月三日，将年、月、日数字连在一起，恰好

骡鞭客

茅山黄尊师，法箓甚高。于茅山侧，修起天尊殿，讲说教化，日有数千人。时讲筵初合，忽有一人排闼叫呼，相貌粗黑，言辞鄙陋，腰插骡鞭，如随商客骡驮者。骂曰："道士，汝正熟睡邪！聚众作何物？不向深山学修道，还敢谩语邪！"黄尊师不测，下讲筵逊词。众人悉惧，不敢抵牾。良久，词色稍和，曰："岂不是修一殿，却用几钱？"曰："要五千贯。"曰："尽搬破甑釜及杂铁来。"约八九百斤，掘地为炉，以火销之。探怀中取葫芦，泻出两丸药，以物搅之。少顷去火，已成上银。曰："此合得万余贯，修观计用有余，讲则所获无多，但罢之。"黄生与徒弟皆相谢。问其所欲，笑出门去，不知所之。后十余年，黄生奉诏赴京，忽于长街西见插骡鞭者，肩一幞子，随骑驴老人行，全无茅山气色。黄生欲趋揖，乃摇手，指乘驴者，复连叩头。黄生但遥榼礼而已。老人发白如丝，颜若十四五女子也。（出《逸史》）

许 君

仙人许君，君世之时，尝因修观，动用既毕，欲刻石记之。因得古碑，文字刓缺，不可复识，因划去旧文，刊勒新记。自是恍惚不安，暇日徐步庭砌，闻空中言曰："许君许君，速诣水官求救，不然，即有不测之衅。"许愕然异之，又问其事，杳不复答。乃焚香虔祀，愿示求救之由。良久，复语曰："所刻碑旧文虽已磨没，而此时为文之人，见诣水官相讼，云：'夺我之名，显己之名。'由此

是九十三，难道不是破解深奥事理的微妙所在吗？袁隐居著《阴阳占诀歌》，李吉甫曾在卷首作序。（出《宣室志》）

骡鞭客

茅山黄尊师，符咒造诣高深，在茅山旁修筑天尊殿，讲解道义，教化民众，每日都有数千人听讲。一日，讲席刚开始，忽然有一人推门呼喊，这人外貌粗黑，言辞粗鄙，腰间插着赶骡的鞭子，好似替商队赶骡驮货物的工人。他骂道：“道士，你还没睡醒吗？聚众意欲何为？你不隐居深山修道，还敢用歪理邪说诓骗众人？”黄尊师未能预料，走下讲席言辞恭敬。众人畏惧，不敢顶撞。许久，那人辞色缓和，问黄尊师：“你不是想修一座殿？要多少钱？”黄尊师说：“需五千贯。”那个人说：“将破锅杂铁尽数搬来！”大约搬来八九百斤，在地上掘出坑做炉子，用火熔化铁。那人从怀中拿出葫芦，倒出两丸药，用物什搅拌。过一阵儿撤去炉火，铁变成上好银两。那人说：“这些银子差不多有一万多贯，修筑道观绰绰有余。讲道收获微薄，不讲也罢！”黄生与徒弟一齐道谢。问他有什么想要的，骡鞭客笑着出门离去，不知去往何处。十多年后，黄生奉旨进京，忽然在长街西见到骡鞭客，肩上搭一头巾，跟着一骑驴老人，全然没有茅山时的神气。黄生想上前作揖，他只摆手，指骑驴老人，又接连叩头。黄生只在远处行礼。那骑驴老人头发苍白如蚕丝，容颜却如十四五岁的少女。（出《逸史》）

许君

仙人许君，降临人世时，曾参与修筑道观，竣工后，想刻石碑记录此事。得到一块古碑，上面文字缺损，无法识别，他就将旧文削去，刻上新文。这样做后，许君内心恍惚难安，闲暇时院中漫步，听到空中有人说：“许君许君，快到水官处求救，否则，将有意外发生。”许君惊愕，心生好奇，又问事情原委，空中无形无声没人答话。他便焚香虔诚祭祀，望上苍明示他因何求救。许久，上苍答话：“你水官将有执对之命，速宜求之。”许君乃讶得旧文，立石刊纪。一夕，梦神人相谢：“再显名氏，无以相报，请作水陆大醮，普告山水万灵，得三官举名，可以证道。”许君依教修之，遂成道果。自此水陆醮法，传于人间。（出《录异记》）

杜巫

杜巫尚书年少未达时，曾于长白山遇道士，贻丹一丸，即令服讫，不欲食，容色悦怿，轻健无疾。后任商州刺史，自以既登太守，班位已崇，而不食，恐惊于众，于是欲去其丹，遇客无不问其法。岁余，有道士至，甚年少，巫询之。道士教以食猪肉，仍吃血。巫从之食吃，道士命挈罗。须臾，巫吐痰涎至多，有一块物如栗。道士取之，甚坚固。道士剖之，若新胶之未干者，丹在中。道士取以洗之，置于手中，其色绿莹。巫曰：“将来，吾自收之，暮年服也。”道士不与，曰：“长白吾师曰：‘杜巫悔服吾丹，今愿出之。汝可教之，收药归也。’今我奉师之命，欲去其神物，今既去矣，而又拟留至耄年，纵收得，亦不能用也。自宜息心。”遂吞之而去。巫后五十余年，罄产烧药，竟不成。（出《玄怪录》）

刻的石碑虽旧文已磨灭，而现在刻文的人，在水官处控告你说：‘改掉我的名字，换成你的名字。’因此事水官将下令对质，你应速速前去为自己求情。”许君求人寻得旧文，立碑刻文纪念。一夜，梦到神人答谢：“你再次扬我名姓，我无以为报，请你作水陆法事，昭告山水万灵，受三官举荐，得道成仙。”许君依照神人指点修行，终成道果。从此做水陆道场祭祀之法传到人间。（出《录异记》）

杜巫

尚书杜巫年少没做官时，曾于长白山偶遇一道士，给他一丸丹药，让他即刻服下，此后杜巫不思饭食，容颜光润悦目，身姿轻盈矫健没有病痛。后来他任商州刺史，自己想既已官拜太守，身居高位，平素不饮食，担心民众受惊，就想将丹药去除，向每位客人寻求除丹之法。一年多后，来了个道士，很是年轻，杜巫向他询问。道士教他吃猪肉饮猪血。杜巫依照指教吃喝，然后道士让他抚触腹部。不一会儿，杜巫吐出大量痰涎，当中有一块栗子似的东西。道士将那物取出，很是坚硬。将它剖开，好似没干的新胶，丹药就在其间。道士拿出丹药用水冲洗，放在手中，发出莹莹绿光。杜巫说：“拿来给我，我自己收留，年老时服下。”道士拒绝说：“长白山我师父说：‘杜巫后悔服下我的丹药，如今想把它取出。你可去指点他，将药收回。’今日我奉家师之命，你想除去的神物，现在已去除，却又想留到晚年，即便留着，也没什么用了，自当打消此念。”说罢将丹药吞下离去。五十多年后，杜巫变卖家财烧炼丹药，从未炼成。（出《玄怪录》）

卷第七十三　道术三

周贤者　王　常　叶虚中　郑　君　程逸人　李处士　骆玄素
赵　操　崔玄亮

周贤者

唐则天朝，相国裴炎第四弟为虢州司户。虢州有周贤者，居深山，不详其所自。与司户善，谓曰："公兄为相甚善，然不出三年，当身戮家破，宗族皆诛，可不惧乎！"司户具悉其行事，知非常人也，乃涕泣而请救。周生曰："事犹未萌，有得脱理。急至都，以吾言告兄，求取黄金五十镒将来，吾于弘农山中，为作章醮，可以移祸殃矣。"司户于是取急还都，谒兄河东侯炎。炎为人睦亲，于友悌甚至，每兄弟自远来，则同卧谈笑，虽弥历旬日，不归内寝焉。司户夜中以周贤语告之，且求其金。炎不信神鬼，至于邪俗镇厌，常呵怒之。闻弟言，大怒曰："汝何不知大方，而随俗幻惑！此愚辈何解，而欲以金与之？且世间巫觋，好托鬼神，取人财物，吾见之常切齿，今汝何故忽有此言？静而思之，深令人恨。"司户泣曰："周贤者，识非俗幻，每见发言，未尝不中。兄为宰相，家计温足，何惜少金？不令转灾为祥也？"炎滋怒不应。司户知兄志不可夺，惆怅辞归弘农。

时河东侯初立则天为皇后，专朝擅权，自谓有泰山之安，故不信周言，而却怒恨。及岁余，天皇崩，天后渐亲朝政，忌害大臣，嫌隙屡构。乃思周贤者语，即令人至弘农，召司户至都。炎馈具黄金，令求贤者于弘农诸山中，尽不得。寻至南阳、襄阳、江陵山中，乃得之，告以兄言。贤者因与还弘农，谓司户曰："往年祸害

周贤者

唐朝武则天掌权时，相国裴炎第四个弟弟任虢州司户。虢州有个周贤者，隐居深山，不知他是从何而来，与裴司户交好，他对司户说：“您兄长官拜宰相做得很好，但不出三年，定家破人亡，宗族连诛，你怎能不惧怕？”司户清楚他的行事，知道他绝非寻常人，就涕泗横流地求救。周生说：“祸事还未萌发，仍有破解之法。您迅速赶往都城，将我所言转告您哥哥，让他取五十镒黄金来，我在弘农山中，为他上奏作法，便可消灾解难。”司户于是告假急往都城，谒见兄长河东侯裴炎。裴炎为人和善，对兄弟甚是友爱，每逢兄弟从远方来，他都会与兄弟同榻谈笑，即便一连几日，他也不回寝室。司户在夜间，将周贤者的话转告裴炎，又问他要金子。裴炎不信鬼神，至于邪淫习俗驱魔作法等事，他常大怒驳斥。听到弟弟所言，裴炎大怒道：“你又不是不懂大学问，为什么却顺应世俗被迷乱心智？这等愚人能有什么高见，却想将金子给他？况且世间的巫师，好假托鬼神，骗人钱财，我见这类事常切齿痛恨，你今日怎能忽然说这种话？冷静思索，令人深恶痛绝。”司户哭着说：“周贤者，他的见识道行绝非那种装神弄鬼的，我看他每次预言都灵验。兄长官拜宰相，家产丰厚，何必吝惜一点金子！让他消灾祈福何乐而不为？”裴炎更是怒火中烧。司户知道兄长意志无法改变，哀愁地返回弘农。

当时河东侯裴炎刚奏请立武则天为皇后，大权独揽把持朝政，自以为官位稳如泰山，所以不相信周贤者所言，甚至发怒痛骂。一年多后，唐高宗驾崩，武则天皇后逐渐亲政，猜忌谋杀大臣，与裴炎多次产生嫌隙。此时，裴炎回想起周贤者所说，派人到弘农，诏司户进京。裴炎给他准备好黄金，请他去求周贤者，司户在弘农诸山中找周未成，故可坛场致请。今灾祥已构，不久灭门，何求之有？且吾前月中至洛，见裴令被戮，系其首于右足下。事已如此，且无免势，君勿更言。且吾与司户相知日久，不可令君与兄同祸，可求百两金，与君一房章醮请帝，可以得免。若言裴令，终无益也。”司户即市金与贤者，入弘农山中设坛场，奏章请命。法事毕，仍藏金于山中，谓司户曰：“君一房免祸矣。然急去官，移家襄阳。”

司户即迁家襄阳。月余而染风疾，十月而裴令下狱极刑，兄弟子侄皆从。而司户风疾，在襄州，有司奏请诛之。天后曰：“既染风疾，死在旦夕，不须问，此一房特宜免死。”由是得免。

初河东侯遇害之夕，而犬咬其首曳焉。及明，守者求得之，因以发系其首于左足下，竟如初言。（出《纪闻》）

王常

王常者，洛阳人，负气尚义，见人不平，必手刃之；见人饥寒，至于解衣推食，略无难色。

至德二年，常于终南山游，遇风雨，宿于中山。夜将半，雨晴云飞，月朗风恬。常慨然四望而叹曰：“我欲平天下乱，无一人之柄以佐我，无尺土之封以资我。我欲救天下之饥寒，而又衣食亦不自充。天地神祇福善，故不足信。”言讫，有一神人自空而下，谓常曰：“尔何此言？”常按剑沉吟良久，乃对曰：“我言者，平生之志也。是何神圣，降临此间？”神人曰：“我有术，黄金可成，水银可死。虽不足平祸乱，亦可少济人之饥寒。尔能授术于我，以救贤者，找遍了都未曾寻到。又到南阳、襄阳、江陵山中，才找到周贤者，转告兄长的请求。周贤者就与司户一同返回弘农，对司户说：“过去祸患还未萌生，可以设坛祭祀上奏请求。如今福祸已定，不久将灭门绝户，何必请求呢？而且我上个月在洛阳，看到裴相国被处死，他的脑袋被系在右足下。事已至此，无法挽回，您不必再说。我与司户相知已久，不能让您和兄长一同受难，只求百两黄金，为您这一房亲人作法请示天帝，以求免灾。若说裴相国的话，已无可奈何了。”司户就将钱给了周贤者，周贤者入弘农山中设祭坛，上奏为司户请命。法事结束，将金子藏在山中，对司户说：“您这一房亲人灾祸已免除。但须快速辞官，移居襄阳。”

司户就举家移居襄阳。一个多月后，司户感染风疾，十月后裴相国被下狱处以极刑，兄弟子侄都受牵连。而司户因患风疾，住在襄阳，主管官吏上奏建议将他一并诛杀。武则天说：“既然他已身患风疾，危在旦夕，无需追究，这一房特许免死。”如此司户一房幸免。

那时河东侯裴炎遇害当夜，一只狗将他脑袋叼着拽走。天亮后，看守找到他的脑袋，用他的头发把脑袋拴在脚下，与周贤者当初说的吻合。（出《纪闻》）

王　常

王常，洛阳人，有气节讲义气，遇见不平，必手刃歹人；见人贫寒，毫不为难解衣推食。

至德二年，他在终南山游历，遭遇风雨，宿于山中。夜半将至，雨过云散，月朗风清。王常心有所感环顾叹息：“我想安定乱世，却无一当权者能帮助我，没有寸土封赏资助我。我想挽救饥寒，但自己的衣食尚且不够。天地神明福佑行善者，实为不可信。”言罢，有一神人凌空而下，对王常说：“何出此言？”王常抚剑深思许久，答道：“我所言，乃是我平生之志。你是何方神圣，降临此处？”神人说：“我身怀道术，化水银可成金，虽不足以平定乱世，也可使部分人免受饥寒。你愿向我习得此仙术，来解救世人吗？”王常说：“我听闻世人饥寒乎？”常曰：“我闻此术是神仙之术，空有其名，未之见也。况载籍之内，备叙秦皇、汉武好此道，终无成，但为千载之讥诮。”神人曰：“秦皇、汉武，帝王也。帝王处救人之位，自有救人之术而不行，反求神仙之术则非。尔无救人之位，欲救天下之人，固可行此术。”常曰：“黄金成，水银死，真有之乎？”神人曰：“勿疑，有之哉。夫黄金生于山石，其始也是山石之精，而千年为水银；水银受太阴之气，固流荡而不凝定。微遇纯阳之气合，则化黄金于倏忽也。今若以水银欲化成黄金，必须在山即化，不在山即不化。但遇纯阴之石，气合即化也。我有书，君受之勿疑。”

常乃再拜神人。神人于袖中取一卷书授常，常跪受讫。神人戒之曰：“读此书，尽了黄白之道，异日当却付一人。勿轻授，勿终秘。勿授之以贵人，勿授之以道流僧徒，彼皆少有救人之术；勿授之以不义之辈，彼必不以饥寒为念。黄金成，济人之外，勿奢逸。珍重我术，珍重我言；如不然，天夺尔算。”常又再拜曰：“神人今授我圣术，固终身无忘也。但乞示我是何神圣，使我知大惠之处。”神仙曰：“我山神也。昔有道人藏此书于我山，今遇尔义烈之人，是以付尔。”言讫而灭。常得此书读之，遂成其术。尔后多游历天下，以黄金赈济乏绝。（出《奇事记》）

叶虚中

唐贞元初，丹阳令王琼，三年调集，皆黜落，甚惋愤。乃斋宿于茅山道士叶虚中，求奏章以问吉凶。虚中年九十余，强为奏之。其章随香烟飞上，缥缈不见。食顷复堕地，有朱书批其末云：“受金百两，折禄三年；枉杀二人，死后处分。”后一年，琼果得暴疾终。（出《独异志》）

此道术乃神仙术，只听说过，未曾见识过。况且书籍记载，其中细讲秦始皇、汉武帝喜好此道术，但终究未能练成，只为后人留下千载笑柄。”神人说：“秦始皇、汉武帝是帝王，身处帝王之位想救人，有自己的办法，他们却不施行，反而求神仙术，就是他们的不对了。你无救人的地位，却有救人之心，当然可行此道术。”王常说：“化水银成黄金，真有这等事？”神人说：“切勿疑虑，确有此事。黄金产于山石，最初也是山石精华，经千年变成水银；水银受太阴之气，就会流动不凝固。若遇纯阳之气相合，顷刻便可化为黄金。如今若想将水银化成黄金，须在山上炼化，不在山上就无法炼化。只要遇到纯阳之石，阴阳二气相合就能炼化成金。我有书，你将它拿去，莫要怀疑。”

王常向神人再三行礼。神人从袖中拿出一卷书交给王常，王常跪着接过，神人告诫：“读此书，通晓变化金银的道术，来日当再传他人。勿轻传，勿固守，勿授以显贵，勿授以僧道，这些人都略有救人之法，更勿授以不义之辈，他们必然不在意世人饥寒。黄金炼成后，救济穷苦外切勿奢淫。珍重我教你的道术，珍重我所言，否则，上苍将夺你寿元。”王常再三行礼说：“神人今日传我圣术，我当终身铭记。只求您告诉我您是何方神圣，使我明白圣恩由来。”神仙说：“我是山神。过去有道人将此书藏在我山中，今日遇到你这等义烈之士，所以托付给你。”说罢就消失不见了。王常得此书后，学成那道术，之后常游历天下，用黄金赈灾救济贫苦。（出《奇事记》）

叶虚中

唐朝贞元初年，丹阳县令王琼，三年的官位变迁，都是降级，很是怨恨愤懑。他就到茅山道士叶虚中处斋戒住宿，求叶虚中上奏卜问吉凶。叶虚中已九十多岁，勉强替他上奏。那奏章随香烟飞升，隐约不见。一顿饭工夫后，奏章又落在地上，朱红笔迹在奏章末尾书：“收受百两黄金，折损俸禄三年；冤死两人，死后再做处分。”一年后，王琼果然暴病身亡。（出《独异志》）

郑君

唐贞元末，郑君知盐铁信州院，常有顽夫，不察所从来，每于人吏处恐胁茶酒。郑君擒至笞脊，方庭炼矿次，计银数万两。杖讫曳去，色返扬扬，呼曰："且看此物得成否！"果竟不交。郑君怒，枷送盐铁使江西李公，公即棒杀之。旬日又至，复于炉处言曰："看更得成就否！"亦如前。郑公令捉倒，先折脚笞死，沃以豕血，埋狱中。明旦，摆拨复自门来至。使等惊异，皆迎接。曰："我本与汝作戏，矿但重炼，无虑也。"乃去。郑君视于瘗所，悉已无矣。银并成就，从不复见矣。（出《逸史》）

程逸人

上党有程逸人者，有符术。刘悟为泽潞节度，临沼县民萧季平，家甚富，忽一日无疾暴卒。逸人尝受平厚惠，闻其死，即驰往视之，语其子云："尔父未当死，盖为山神所召，治之尚可活。"于是朱书一符，向空掷之。仅食顷，季平果苏。其子问父："向安适乎？"季平曰："我今日方起，忽见一绿衣人云，霍山神召我，由是与使者俱行。约五十余里，适遇丈夫朱衣，仗剑怒目，从空而至。谓我曰：'程斩邪召汝，汝可即去。'于是绿衣者驰走，若有惧。朱衣人牵我复偕来，有顷，忽觉醒然。"其家惊异，因质问逸人曰："所谓程斩邪者谁邪？"逸人曰："吾学于师氏归氏龙虎斩邪符箓。"因解所佩箓囊以示之，人方信其不诬。逸人后游闽越，竟不知所在。（出《宣室志》）

郑君

唐朝贞元末年，郑君掌管盐铁信州院，有一人冥顽蛮横，不知从何而来，常威胁民众官吏要茶酒喝。郑君下令擒他来用荆条打他脊背。当时庭院中正在炼矿，估计值万两银子。打完将那人拖走，那人反倒扬扬得意，喊着："且看这东西炼得成不！"果然矿石炼完没有丝毫变化。郑君大怒，给那人套上枷锁押送到盐铁使江西李公处，李公下令用棒子将他打死。可十多天后那人又来了，在炉旁说："看看能炼成不！"结果如之前。郑公下令将他捉住扑倒，先折断双脚，再用荆条打死，用猪血漫灌，埋在狱中。第二日早晨，那人又大摇大摆从大门走来。官吏感到惊异，上前迎接。那人说："我本是与你们开玩笑，矿重炼就可，无需担心了。"说完离开。郑君到埋他之处探查，发现空空如也。最终银子炼成了，那人也没再出现了。（出《逸史》）

程逸人

上党有个叫程逸人的，身怀符术。刘悟任泽潞节度，临治县一县民叫萧季平，家境优渥，忽然一日无病猝死。程逸人曾受萧季平厚恩，听闻他的死讯，疾驰前往看望，对他儿子说："你父亲命不该绝，大概被山神召走，为他治疗还可复生。"于是他用朱笔画符，抛向空中。仅一顿饭工夫，萧季平果然苏醒。他儿子问父亲刚才去往何处，萧季平说："我今日刚起床，忽然看到一绿衣人，他说霍山神召我，我便与使者一同走了。走了大约五十多里，刚好遇到一朱衣男子，执剑怒目凌空而至。他对我说：'程斩邪召你，你即刻就去。'于是绿衣人急忙奔走，像是有所畏惧。那朱衣人带着我回来，很快我就惊醒了。"他家人觉得惊异，询问程逸人："他所说的程斩邪是谁呀？"程逸人说："我师从师氏归氏修习龙虎斩邪符箓。"说着解下随身佩带的符囊给他们看，人们才信他说得不假。程逸人后来在闽越一带游历，不知所终。（出《宣室志》）

李处士

李文公翱，自文昌宫出刺合肥郡。公性褊直方正，未尝信巫觋之事。郡客李处士者，自云能通神人之言，言事颇中，合郡肃敬，如事神明。公下车旬月，乃投刺候谒，礼容甚倨。公谓曰：“仲尼大圣也，而云‘未知生，焉知死’，子能贤于宣文邪？”生曰：“不然，独不见阮生著《无鬼论》，精辨宏赡，人不能屈，果至见鬼乎？且公骨肉间，旦夕当有遘疾沉困者，苟晏安鸩毒则已，或五常粗备，渍以七情，孰忍视溺而不援哉？”公愈怒，立命械系之。夫人背疽，明日内溃，果不食昏瞑，百刻不惨。遍召医药，曾无少瘳。爱女十人，既笄未嫁，环床呱呱而泣，自归咎于文公之桎梏李生也。公以殀央义重，息裔情牵，不得已，解缧绁而祈叩之。则曰：“若手翰一文，俟夜当祈之，宜留墨篆同焚，当可脱免。”仍诫曰：“慎勿笺易铅椠，他无所须矣。”公竟受教。即自草祝语，洁手书之。公性褊且疑，数纸皆误，不能爽约，则又再书。炬灺更深，疲于毫砚。克意一幅，缮札稍严，而官位之中，竟笺一字。既逾时刻，遂并符以焚。焚毕，呻吟顿减，合室相庆。黎明，李生候谒，公深德之。生曰：“祸则见免，犹谓迟迟。诫公无得漏略，何为复注一字？”公曰：“无之。”生曰：“祝词在斯。”因探怀以出示，则昨夕所烬之文也。公惊愕惭赧，避席而拜，酬之厚币。竟无所取，旬日告别，不知所往。疾亦渐间。（出《唐阙史》）

骆玄素

赵州昭庆民骆玄素者，为小吏，得罪于县令，遂遁迹而去。令

李处士

文公李翱，从文昌宫出任合肥刺史。他性情褊急孤直刚正不阿，从不相信巫蛊之事。合肥郡有一外乡人名李处士，自己说能与神人对话，料事很准，全郡民众对他很是礼敬，如敬奉神明一般。李翱上任将近一个月，李处士投名帖拜谒，李翱神情礼节很是倨傲，对他说："孔仲尼乃是大圣人，却说不能预知生死，你能比孔子强吗？"李处士说："非也，你难道没读过阮生所写的《无鬼论》吗？言辞精辟，分条析理，气势恢弘，内容丰富，无人能驳，结果见到鬼了吗？且你的亲人中，将有人病入膏肓，若你能漠视亲人受难就罢了，如果多少有点儿五常之念，还有些七情，怎能忍心眼见溺亡而不援助？"李翱越发愤怒，立即下令将李处士上刑关押。李翱夫人背上生了毒疮，第二日内里溃烂，无法饮食，昏沉迷离，整日粒米未进。四处寻医问药，丝毫不见好转。十位爱女，已成年未嫁，围在床边大哭，埋怨李翱关押李生。李翱因夫妻情义深重，子女感情牵绊，不得已，给李处士松绑磕头求救。李处士说："若你亲手写一篇文章，等入夜祈祷，将我留下的符一并焚烧，便可免除此难。"又告诫说："切勿在书札上添改，其他没什么了。"李翱受教，完全按他所言，净手亲自书写祝告辞，他性情褊急多疑，写了数张都有误，因不能失约，又重新写，在烛下写到深夜，疲倦不堪。精心写成一幅，抄写严整，但自己官位中竟漏写一字，已超约定时间，信札和符箓一并焚烧。烧完，夫人痛吟声即刻减少，全家欢庆。黎明，李生等候拜谒，李翱感激万分。李生说："祸患已除，但还是迟了。我告诫不可漏缺，为何补注一字？"李翱说："并无此事。"李生说："祝告的词句在这儿。"从怀中掏出给他看，正是昨夜烧成灰的文字。李翱惊愕惭愧，私下向李生行礼，以厚礼答谢。李生什么也不收，过了十几日，李生告辞，不知去往何处。夫人的病也渐渐痊愈。（出《唐阙史》）

骆玄素

赵州昭庆县有个叫骆玄素的人，担任小吏时得罪了县令，于是隐怒，分捕甚急，遂匿身山谷中。忽遇老翁，衣褐衣，质状凡陋，策杖立于长松之下。召玄素讯之曰："尔安得至此耶？"玄素对："得罪于县令，遁逃至此，幸翁见容。"翁引玄素入深山，仅行十余里，至一岩穴，见二茅斋东西相向，前临积水，珍木奇花，罗列左右。有侍童一人，年甚少，总角衣短褐，白衣纬带革舄，居于西斋。其东斋有药灶，命玄素候火。老翁自称东真君，命玄素以东真呼之。东真以药十余粒，令玄素饵之，且曰："可以治饥矣。"自是玄素绝粒。仅岁余，授符术及吸气之法，尽得其妙。一日，又谓玄素曰："子可归矣。"既而送玄素至县南数十里，执手而别。自此以符术行里中。常有孕妇，过期不产。玄素以符一道，令饵之，其夕即产，于儿手中得所吞之符。其他神效，不可具述。其后玄素犯法，刺史杖杀之。凡月余，其尸如生，曾无委坏之色，盖饵灵药所致。于是里人收瘗之。时宝历元年夏月也。（出《宣室志》）

赵操

赵操者，唐相国憬之孽子也，性疏狂不慎。相国屡加教戒，终莫改悔。有过惧罪，因盗小吏之驴，携私钱二缗，窜于旗亭下。不日钱尽，遂南出启夏门，恣意纵驴，从其所往。俄届南山，渐入深远，猿鸟一径，非畜乘所历。操即系驴山木，跻攀独往。行可二十里，忽遇人居，因即款门。既入，有二白发叟谓操曰："汝既至，可以少留。"操顾其室内，妻妾孤幼，不异俗世。操端无所执，但恣游山水，而甚安焉。

月余，二叟谓操曰："劳汝入都，为吾市山中所要。"操则应命。二叟曰："汝所乘驴，货之可得五千，汝用此，依吾所约买之而藏行踪逃走。县令愤怒，迅速派人分头搜捕，骆玄素藏身山谷中。一日，他偶遇一老翁，身着粗布衣，状貌平凡浅陋，拄拐杖站在长松下，叫骆玄素上前，问他："你怎能到这来呢？"骆玄素说自己得罪县令，逃到此处，希望老翁庇佑。老翁带骆玄素进深山，走了大概十多里，行至一岩洞，看到两茅屋东西相对，屋前有池水，珍奇花木罗列左右。有一侍童，很是年幼，束两个发髻，身着麻布短衣，白衣束腰脚穿兽皮鞋，住在西侧茅屋。东侧那间有炼药灶，老翁让骆玄素在那儿看火。老翁自称东真君，让骆玄素称他东真。东真给骆玄素十几粒药，让骆玄素服食，又说："这药可充饥。"此后玄素辟谷。将近一年多，老翁又传授骆玄素符术和吐纳法，骆玄素完全掌握其中奥妙。一日，老翁又对玄素说："你可以回去了。"然后送骆玄素到县南数十里处，握手辞别。此后骆玄素在乡间施行符术。曾有一孕妇，超出产期而没有产子，骆玄素给她一道符，让她服下，当晚就分娩了，在孩子手中拿到服下的那道符。其他神效事迹，不能一一详述。后来骆玄素犯法，刺史将他乱棍打死，一个多月过去了，他尸体如活着时一样，毫无腐坏，大概是由于服食了灵药。乡人替他收尸下葬。时为宝历元年夏季。（出《宣室志》）

赵操

赵操是唐朝相国赵憬逆子，性情粗劣狂傲不羁。相国屡次教训，他却从未悔改。一日他犯事怕被治罪，就偷走小吏的驴，带着二吊私房钱，逃到旗亭下。没几天钱花光了，就往南走出启夏门，放开缰绳，听任毛驴恣意前行。很快到南山，渐行渐远，走到一条只有猿猴飞鸟才能过去的小路，骑驴无法通过。赵操将驴拴在树上，独自攀缘。大约走出二十里，忽然看到房舍，前去敲门。进屋后，两位白发老翁对他说："你既然来了，可稍作停留。"赵操向那屋里一看，妻妾子女都有，与俗世无异。赵操无事可做，恣意游山玩水，很是安闲。

一个多月后，两位老翁对他说："劳驾你去趟都城，为我们买些山中所需。"赵操答应。两位老翁又说："你骑来的驴，卖掉值五千还。”操因曰：“操大人方为国相，今者入京，惧其收维。且驴非己畜，何容便货？况絷之山门，今已一月，其存亡不可知也。”二叟曰：“第依吾教，勿过忧苦。”操即出山，宛见其驴尚在。还乘之而驰，足力甚壮。货之，果得五千。因探怀中二叟所示之书，惟买水银耳。操即为交易，薄晚而归，终暝遂及二叟之舍。二叟即以杂药烧炼，俄而化为黄金。因以此术示之于操。自尔半年，二叟徐谓操曰：“汝可归宁，三年之后，当与汝会于茅庐。”操愿留不获，于是辞诀。及家，相国薨再宿矣。操过小祥，则又入山，歧路木石，峰峦树木，皆非向之所经也。操亟返，服阕，因告别昆仲，游于江湖，至今无羁于世。从学道者甚众，操终无传焉。（出《集异记》）

崔玄亮

唐太和中，崔玄亮为湖州牧。尝有僧道闲，善药术。崔曾求之，僧曰：“此术不难求，但利于此者，必及阴谴。可令君侯一见耳。”乃遣崔市汞一斤，入瓦锅，纳一紫丸，盖以方瓦，叠灰埋锅，鞴而焰起。谓崔曰：“只成银，无以取信。公宜虔心想一物，则自成矣。”食顷，僧夹锅于水盆中，笑曰：“公想何物？”崔曰：“想我之形。”僧取以示之，若范金焉，眉目巾笏，悉具之矣。此则神仙之术，不可厚诬，但罕遇其流，有自言者，皆妄焉耳。（出《唐年补录》）

钱，你用那些钱，按我们的约定将东西买来。”赵操说：“我父亲正是相国，如今我入京，担心他抓我回去。且驴不是我的，我怎能轻易卖掉？何况它被系在山下，一月之久，如今存亡与否尚不可知。”两老翁说：“你尽管按我们说的做，无需愁苦。”赵操便出山，见驴尚在，骑上疾驰，驴脚力健壮。赵操卖掉后果然得了五千钱，从怀中掏出老翁给的清单，只是买水银而已。赵操替二人买好，天将黑时往回走，天色完全暗下来才到。两位老翁用杂药烧炼水银，很快水银变成黄金。二人将这方术传给赵操。此后半年，二人徐徐对赵操说：“你可以回家了。三年后，与我们在茅庐相会。”赵操愿留下但被拒绝，于是辞别。赵操到家，相国已去世两天两夜。赵操等小祭过后，又进山，但一路崎岖，峰峦树木与之前完全不同。赵操慌忙返回家，守丧期满，拜别兄弟，游历江湖。他至今在世上放浪无羁。追随他修道的人很多，但赵操始终没传授道术。（出《集异记》）

崔玄亮

唐朝太和年间，崔玄亮任湖州州牧，曾有一僧人名道闲，擅长炼药道术。崔玄亮曾向他求教。僧人说：“此道术不难，但靠此道术获利益者，定遭惩处。只可为您稍作展示。”就让崔玄亮买来一斤水银，倒入瓦锅，放入一紫色药丸，盖上方瓦，堆聚木炭将锅掩埋，起火。僧人对崔玄亮说：“只炼银子，还不值得信服。您可诚心念着一物件，便可自然形成。”一顿饭工夫，僧人夹起锅放在水盆中，笑道：“您所想何物？”崔玄亮说：“想的是我自己的样子。”僧人从锅中取出展示，就像金子制成的模型，眉眼、头巾、笏板，细节完整精巧。这是神仙道术，不容置疑，很是罕见，只是很少遇到神仙一类的人，有标榜自己是神仙的人，大多是妄言。（出《唐年补录》）

卷第七十四　道术四

俞　叟　陈季卿　陈　生　张　定　石　旻　唐武宗朝术士

俞　叟

尚书王公潜节度荆南时，有吕氏子，衣敝举策，有饥寒之色，投刺来谒。公不为礼。甚怏怏，因寓于逆旅。月余，穷乏益甚，遂鬻所乘驴于荆州市。有市门监俞叟者，召吕生而语，且问其所由。吕生曰："吾家于渭北，家贫亲老，无以给旨甘之养。府帅公吾之重表丈也，吾不远而来，冀哀吾贫而周之。入谒而公不一顾，岂非命也？"叟曰："某虽贫，无资食以赒吾子之急。然向者见吾子有饥寒色，甚不平。今夕为吾子具食，幸宿我宇下。"生无以辞焉，吕生许诺。

于是延入一室，湫隘卑陋，摧檐坏垣，无床榻茵褥。致敝席于地，与吕生坐，语久命食，以陶器进脱粟饭而已。食讫，夜既深，谓吕生曰："吾早年好道，常隐居四明山，从道士学却老之术，有志未就，自晦迹于此，仅十年，而荆人未有知者。以吾子困于羁旅，得无动于心耶？今夕为吾子设一小术，以致归路裹粮之费，不亦可乎？"吕生虽疑诞妄，然甚觉其异。叟因取一缶合于地，仅食顷，举而视之，见一人长五寸许，紫绶金腰带，俯而拱焉。俞叟指曰："此乃尚书王公之魂也。"吕生熟视其状貌，果类王公，心默而异之。因戒曰："吕乃汝之表侄也，家苦贫，无以给旦夕之赡，故自渭北不远而来。汝宜厚给馆谷，尽亲亲之道。汝何自矜，曾不一顾，岂人心哉！今不罪汝，宜厚赀之，无使为留滞之客。"紫衣偻而揖，若受教之状。叟又曰："吕生无仆马，可致一匹一仆、缣二百匹以遗之。"紫衣又偻而揖。于是却以缶合于上，有顷再启之，已无见矣。

俞叟

尚书王潜任荆南节度使时，有个吕姓年轻人，衣衫褴褛，面露饥寒之色，递名帖拜谒王潜。王潜很不礼貌地待他。吕生心生不满，就寄宿旅店。一个多月后，吕生愈加穷困，在荆州集市上卖他骑的驴。有位市场大门监理俞叟，叫吕生过来说话，问他何故来此。吕生说："我家在渭北，家境贫穷，父母年迈，我无法很好地供养老人。府帅公是我重表丈，我不远万里前来，期望他悲悯我家境贫寒能周济我。可我谒见他时他不屑一顾，这是命不好吧？"俞叟说："我虽穷困，没有钱粮能够周济你。但刚才见你面带饥寒之色，替你不平。今晚为你准备一顿饭，希望你能来。"吕生没话推辞，便应允了。

于是俞叟请他进屋，房间低矮逼仄简陋，房檐墙壁都破败了，没有床榻垫褥。俞叟将破席放在地上，邀吕生就坐，交谈良久让他吃饭，用陶器盛来脱皮粟米饭。食罢，夜已深，俞叟对吕生说："我早年喜好道术，曾隐居四明山，跟随道士修习长生不老的道术，空有志向而未能成功，隐匿在此，近十年，荆州无人清楚我的过去。因见你受困他乡，我怎能无动于衷？今夜替你设法，弄到回去的盘缠干粮，不也行吗？"吕生虽疑心此事荒谬不实，但还是觉得奇异。俞叟拿出一缶扣在地上，仅一顿饭工夫，拿起缶看，只见里面有一身高大约五寸的小人，腰挂紫绶缠金腰带，低着拱手。俞叟指着小人说："这是尚书王公的魂灵。"吕生细看那小人动作样貌，果然与王潜很像，心中感到惊异。俞叟告诫小人说："吕生是你表侄，家境贫寒，无力供养父母，特意从渭北不远万里前来。你理当优待他，提供食宿，尽到亲人的职责。你为何倨傲无礼，不屑一顾，难道没长人心吗？今日我不责罚你，你当多资助他，不要让他再做滞留他乡之人了。"那紫衣人躬身作揖，一副恭敬受教的样子。俞叟又说："吕生没有仆役马匹，明旦，天将晓，叟谓吕生曰：“子可疾去，王公旦夕召子矣。”及归逆旅，王公果使召之，方见且谢曰：“吾子不远见访，属军府务殷，未果一日接言，深用为愧，幸吾子察之。”是日始馆吕生驿亭，与宴游累日。吕生告去，王公赠仆马及缣二百。吕生益奇之，然不敢言。及归渭北，后数年，因与友人数辈会宿，语及灵怪，始以其事说于人也。（出《宣室志》）

陈季卿

陈季卿者，家于江南。辞家十年，举进士，志不能无成归，羁栖辇下，鬻书判给衣食。

常访僧于青龙寺，遇僧他适，因息于暖阁中，以待僧还。有终南山翁，亦伺僧归，方拥炉而坐，揖季卿就炉。坐久，谓季卿曰：“日已晡矣，得无馁乎？”季卿曰：“实饥矣，僧且不在，为之奈何？”翁乃于肘后解一小囊，出药方寸，止煎一杯，与季卿曰：“粗可疗饥矣。”季卿啜讫，充然畅适，饥寒之苦，洗然而愈。

东壁有《寰瀛图》，季卿乃寻江南路，因长叹曰：“得自渭泛于河，游于洛，泳于淮，济于江，达于家，亦不悔无成而归。”翁笑曰：“此不难致。”乃命僧童折阶前一竹叶，作叶舟，置图中渭水之上，曰：“公但注目于此舟，则如公向来所愿耳。然至家，慎勿久留。”季卿熟视久之，稍觉渭水波浪，一叶渐大，席帆既张，恍然若登舟。始自渭及河，维舟于禅窟兰若，题诗于南楹云：“霜钟鸣时夕风急，乱鸦又望寒林集。此时辍棹悲且吟，独向莲花一峰立。”明日，次潼关，登岸，题句于关门东普通院门云：“度关悲失可为他安排一马一仆，细绢二百匹。”紫衣人又躬身作揖。于是俞叟又将缶扣在地上，过了一会儿掀开，那小人已消失。

第二日清晨，天快亮时，俞叟对吕生说：“你当快速返回，王公马上召见你。”等回到旅馆，王公果然派人召他，一见面王公道歉说：“你不远万里来访，我实在是军府事务繁杂，未能抽出时间招待，与你好生谈谈，甚是惭愧，望你能体谅。”当天就安排吕生住进驿亭，与他游乐了几天。吕生告辞，王公赠他仆役马匹和二百匹细绢。吕生愈发惊异，但不敢说。等返回渭北几年后，与几位友人聚会，谈及灵异之事，才将此事说与他人听。（出《宣室志》）

陈季卿

陈季卿，家住江南。他离家十年，考进士，立志不能一事无成便回去，所以滞留京城，靠卖书法文章谋生。

他常去青龙寺拜访僧人，一次，恰逢僧人外出，他就留在暖阁休息，等僧人回来。有位终南山老翁，也在等僧人回来，正围坐炉旁，他作揖请陈季卿在炉旁就坐。坐了许久，那老翁对陈季卿说：“日已西斜，你饿不饿？”陈季卿说：“确实饿了，但僧人不在，怎么办呢？”老翁就从肘后解下一小囊袋，拿出块一寸见方的药，只煎了一杯，交给陈季卿说：“饮下可暂时解除饥饿。”陈季卿喝完，感到腹中充实舒畅，饥寒困苦顷刻消失。

暖阁东墙上挂有《寰瀛图》，季卿就找寻江南之路，不觉长叹：“能从渭水泛舟到黄河，畅游洛阳，在淮河游泳，横渡长江，回到家乡，也不再因功名无成而回家后悔。”老翁笑着说：“这也不难。”就让僧童在阶前折一片竹叶，做成一叶小舟，放在图上渭水中，说：“您只需凝聚目光在这小舟上，便能如您刚才所说；但到家后，切勿久留。”陈季卿凝视小舟许久，逐渐感到渭水泛起波浪，竹叶渐渐扩展，席子似的帆已张开，恍惚间如在舟上。从渭水漂到黄河，系舟在禅院寺庙，题诗于南边楹柱云：“霜钟鸣时夕风急，乱鸦又望寒林集。此时辍棹悲且吟，独向莲花一峰立。”第二日，停驻潼关，上岸，志，万绪乱心机。下坂马无力，扫门尘满衣。计谋多不就，心口自相违。已作羞归计，还胜羞不归。”自陕东，凡所经历，一如前愿。

旬余至家，妻子兄弟，拜迎于门。夕有《江亭晚望》诗，题于书斋云：“立向江亭满目愁，十年前事信悠悠。田园已逐浮云散，乡里半随逝水流。川上莫逢诸钓叟，浦边难得旧沙鸥。不缘齿发未迟暮，吟对远山堪白头。”此夕谓其妻曰：“吾试期近，不可久留，即当进棹。”乃吟一章别其妻云：“月斜寒露白，此夕去留心。酒至添愁饮，诗成和泪吟。离歌栖凤管，别鹤怨瑶琴。明夜相思处，秋风吹半衾。”将登舟，又留一章别诸兄弟云：“谋身非不早，其奈命来迟。旧友皆霄汉，此身犹路歧。北风微雪后，晚景有云时。惆怅清江上，区区趁试期。”一更后，复登叶舟，泛江而逝。兄弟妻属，恸哭于滨，谓其鬼物矣。

一叶漾漾，遵旧途至于渭滨，乃赁乘，复游青龙寺，宛然见山翁拥褐而坐。季卿谢曰：“归则归矣，得非梦乎？”翁笑曰：“后六十日方自知。”而日将晚，僧尚不至。翁去，季卿还主人。后二月，季卿之妻子赍金帛自江南来，谓季卿厌世矣，故来访之。妻曰：“某月某日归，是夕作诗于西斋，并留别二章。”始知非梦。明年春，季卿下第东归，至禅窟及关门兰若，见所题两篇，翰墨尚新。后年季卿成名，遂绝粒，入终南山去。（出《纂异记》）

陈 生

茅山陈生者，休粮服气，所居草堂数间，偶至延陵，到佣作坊，求人负担药物，却归山居。以价贱，多不肯。有一夫壮力，然神少，颇若痴者，疥疮满身，前拜曰：“去得。”遂令挈囊而从行，其直多少，亦不问也。既至，因愿留采薪，都不计其价。与陈生约：日题诗于关门东寻常院门云："度关悲失志，万绪乱心机。下坂马无力，扫门尘满衣。计谋多不就，心口自相违。已作羞归计，还胜羞不归。"从陕西向东，一路上的经历，尽数如他所愿。

十几天后到家，妻子兄弟在门前拜迎。晚间又作《江亭晚望》诗，题于书斋，云："立向江亭满目愁，十年前事信悠悠。田园已逐浮云散，乡里半随逝水流。川上莫逢诸钓叟，浦边难得旧沙鸥。不缘齿发未迟暮，吟对远山堪白头。"这夜他对妻子说："我考试之日临近，无法久留，该乘舟离去了。"又吟诗一首赠别妻子，云："月斜寒露白，此夕去留心。酒至添愁饮，诗成和泪吟。离歌栖凤管，别鹤怨瑶琴。明夜相思处，秋风吹半衾。"临近登舟时，留诗一首赠别众兄弟，云："谋身非不早，其奈命来迟。旧友皆霄汉，此身犹路岐。北风微雪后，晚景有云时。惆怅清江上，区区趁试期。"一更后，又登上竹叶舟，泛舟远去。兄弟妻子一众人在江边悲泣，以为他变作鬼了。

他乘一叶扁舟飘荡，循旧路途径渭水之滨。上岸后，租马又回到青龙寺，清楚看到终南山老翁抱着粗布衣坐着。陈季卿向老翁道谢："我回去过，莫非是梦？"老头笑着说："六十天后你自己就知道了。"天色将晚，僧人未归，老翁离开了，陈季卿回到旅馆。两个月后，陈季卿妻子带钱物从江南来，说季卿厌弃人世，特意探访。他妻子说："某月某日陈季卿回家，当晚在西斋作诗，还有两首赠别诗。"陈季卿这才知道他回家不是梦。第二年春，陈季卿落榜回家，在禅院和潼关东门寺庙，看到自己题写的两首诗，笔墨还是新的。后两年陈季卿功成名就，辟谷，隐居终南山。（出《慕异记》）

陈　生

茅山陈生，辟谷行气，住在几间草堂。一日，他偶然到延陵，到雇用劳力的作坊，雇人帮他背药物，返回山中居所。因为出价低，多数人不肯。有一人身强力壮，但智力不足，宛如痴呆，满身癞疮，上前行礼说："我可以去。"陈生叫他拿着囊袋跟着走，多少工钱，那人五束。陈曰："吾辟谷，无饭与餐。"答曰："某是贫穷人，何处得食？但劚草根餐，亦可矣。"遂每日斫柴十束，五束留于房内自烧，五束供陈生。会山下有衣冠家妻患齿，诣陈生觅药，其家日求之，又令小婢送梨果饼子之类。陈生休粮，果食亦不食也，每至，则被佣者接而食之。仍笑谓曰："明日更送来，我当有药。"如此者数四。一日，佣者并送柴十束，纳陈生处，为两日用。夜后遂扃门炽火，携一小锅入。陈生密窥之，见于葫芦中泻水银数合，煎之。搅如稀饧，投一丸药，乃为金矣。佣者撚两丸，以纸裹置怀中，余作一金饼，密赍出门去。明日日高起，求药者已至，乃持丸者付之，令患齿者含之。一丸未半，乃平复矣，痛止，第出虫数十。陈生伺佣者出，于房内搜而观之，得书二卷，不喻其旨，遂藏之。佣者至，大怒，骂陈生。生不敢隐，却还之，曰："某今去矣。"遂出门，入水沐浴，乃变为美少年，无复疮疥也。拜讫，跳入深涧中，遂不知所之。（出《逸史》）

张定

张定者，广陵人也，童幼入学。天寒月晓，起早，街中无人。独行百余步，有一道士行甚急，顾见之，立而言曰："此可教也。"因问："汝何所好？"答曰："好长命耳。"道流曰："不难致。汝有仙骨，求道必成。且教汝变化之术，勿泄于人。十年外，吾自迎汝。"因以口诀教之。

定谨讷小心，于家甚孝。亦曾私为此术，召鬼神，化人物，无不能者。与父母往连水省亲，至县，有音乐戏剧，众皆观之，定独不往。父母曰："此戏甚盛，亲表皆去，汝何独不看邪？"对曰："恐尊长要看，儿不得去。"父母欲往，定曰："此有青州大设，可也不问。到后，那人想留下砍柴，完全不计较工钱，他与陈生约定，每日砍五捆柴，陈生说："我辟谷，不能提供餐食。"那人回答："我是穷苦人，在什么地方能吃到饭？只需斩草根吃，也能满足。"于是他每日砍十捆柴，五捆留房中自己烧，五捆供陈生用。恰逢山下有官宦人家的太太患了牙痛。寻陈生问药，那家人每天求药。又派小丫环送梨果饼子之类食物。陈生辟谷，果子也不吃，每次送来，都被雇来的那人接过吃掉。那人还笑着说："明天再送来，我肯定有药。"如此数次。一日，雇来的那人一并送来十捆柴，放在陈生住处，作为两日的柴火。入夜，那人从外锁门点火，带一小锅进去。陈生偷偷观察他，只见他从葫芦中倒出几盒水银，煎煮，搅稀，投进一丸药，水银化成金子。那人搓出两枚丸药，用纸包好放在怀中，剩余的制成金饼，悄悄带出门去。第二日太阳高升，求药人已至，那人交给来人丸药，让患者含着。患者含了一丸，还没用到一半时，就不痛了，打出几十条小虫。陈生等那人外出，在他房内搜寻查探，找到两卷书，看不明白书上所言，就藏起来了。那人回来，怒骂陈生。陈生不敢隐瞒，将书还回去。那人说："我现在要走了。"说罢出门，在水中沐浴，竟变成美少年，身上没有癞疮。拜别后，跳入深涧，便不知所终了。（出《逸史》）

张定

张定，广陵人，幼时入学。天寒明月当空，起早，街上无人。张定独行一百多步，路遇一道士行色匆匆，那道士回头看到他，站定说："值得教化。"就问他："你有什么爱好吗？"他答："好祛病延年。"道士说："这不难，你有仙骨，求道一定能成。我暂先教你变形术，不要泄露给他人。十年后，我亲自来迎你。"把口诀传给他。

张定谨慎讷言，孝顺亲长，也曾私下练习此道术。召鬼神、变人物，无所不能。一次，他与父母同去连水县探亲，到后，有音乐戏剧，众人都去观看，唯独张定不去。父母说："这戏很热闹，亲戚都去了，你为何不去？"张定答："恐怕尊长要去，儿不能去。"父母打算去，亦看也。”即提一水瓶可受二斗以来，空中无物，置于庭中，禹步绕三二匝，乃倾于庭院内，见人无数，皆长六七寸。官僚将吏、士女、看人，喧阗满庭。即见无比设厅戏场，局筵队仗，音乐百戏，楼阁车棚，无不精审。如此宴设一日，父母与看之。至夕，复侧瓶于庭，人物车马，千群万队，逦迤俱入瓶内。父母取瓶视之，亦复无一物。又能自以刀剑剪割手足，刳剔五藏，分挂四壁。良久，自复其身，晏然无苦。每见图障屏风，有人物音乐者，以手指之，皆能飞走歌舞，言笑趋动，与真无异。

父母问其从何学之，曰：“我师姓药，海陵山神仙也。已锡升天之道，约在十年，今七年矣。”辞家入天柱潜山，临去白父母曰：“若有意念，儿自归来，无深虑也。”如是父母念之，即便还家，寻复飞去。一日谓父母曰：“十六年后，广陵为瓦砾矣。可移家海州，以就福地。”留丹二粒与父母，曰：“服之百余年无疾。”自此不复归。父母服丹，神气轻爽，饮食嗜好，倍于少壮者。遂移居海州。乾符中，父母犹在。（出《仙传拾遗》）

石旻

有石旻者，不知何许人也。浪迹江湖之间，有年数矣。道术玄妙，殆不可测。长庆中，客于宛陵郡。有雷氏子，常为宣城部将。一日，与友人数辈会饮于郡南别墅，旻亦在座。其家童网得一鱼，长数尺，致于舍。是日，雷生与客俱深醉。诸客尽去，独旻宿雷氏别墅。时夏暑方甚，及明日视其鱼，已败烂不可食矣。家僮将弃之，旻谓之曰：“此鱼虽败，吾有良药，尚可活之，安可弃耶？”雷生笑曰：“先生妄矣！诚有良剂，安能活此鱼耶？”曰：“吾子幸观之。”于是衣中出一小囊，囊有药数粒，投于败鱼之上。仅食顷，其鱼鲜张定说："此处有青州大戏，我可去看这个。"就提一水瓶，可装二斗以上，里面空无一物。把它放在院中，像巫师道士作法迈步绕行二三圈，将瓶子倾倒在院中，出现许多人，六七寸高。其中有官僚、将吏、士女和观众，满院喧闹。马上又出现了无可比拟的厅堂戏台：宴席、仪仗队、楼宇车棚、音乐百戏，无不精细周密。这样设宴整日，父母与他一同观看。天黑时，又将水瓶倾倒在院中，成千上万人物车马曲折连绵地走进瓶中。父母拿瓶子看，其中还是空无一物。张定还能用刀剑剪割自己的手脚，挖出五脏，分别挂在四面墙上，很久后，自己又能恢复如初，泰然自若毫无痛苦。每次他看到绘图的屏风，上面有人物音乐，用手去点画，都能飞走歌舞、说笑走动，跟真人无异。

父母问他从哪学的道法，他说："我师父姓药，是海陵山神仙。已传授升天之道，约定十年后飞升，如今已过去七年了。"于是他辞别家人隐居天柱山，临走时告诉父母："倘若你们心中挂念我，我自会回来，无需忧虑。"如此每当父母想他，他就返回家中，不久再飞去。一日他对父母说："十六年后，广陵将变为废墟，可迁往海州，定居福地。"留下两粒丹药给父母说："服此药可保百余年康健无虞。"此后不再回来。父母服用丹药，神清气爽，寻常餐饮，强于青壮人几倍。于是移居海州。乾符年间，他的父母还健在。（出《仙传拾遗》）

石旻

有个人叫石旻，不知是哪里人。他浪迹江湖多年，道术玄奇，深不可测。长庆年间，他客居宛陵郡。有雷姓男子，曾担任宣城部将。一日他与几位友人在郡南别墅宴饮，石旻也在座。雷家仆役捕到一条鱼，几尺长，送到别墅。这日，雷生与客人都酩酊大醉。诸客散席离去，唯独石旻留宿雷家别墅。时值盛夏酷暑，第二日再看那鱼，已腐坏不能吃了。雷家仆役打算将鱼扔掉，石旻对他说："这鱼虽变质，我有良药，可让它复活，不用丢弃。"雷生笑道："先生妄言，即便真有良药，怎能让腐肉起死复生？"石旻说："您且看。"说罢他从衣服间拿出一小囊袋，囊袋中有几粒药，倒在烂鱼上。不过一顿饭工夫，润如初，俄摇鬣振鳞，若在洪流中。雷生惊异，再拜谢曰：“先生之术，可谓神矣！某辈尘俗聋瞽，望先生高踪，若井鲋之与云禽，焉得而为伍乎？”先是雷生有症疾积年，既而求旻衣中之丹饵，欲冀瘳其久苦。旻不可，且曰：“吾之丹至清至廉，尔曹俗人，嗜好无节。脏腑之内，腥膻委集。设使以吾丹饵求置其中，则脏腑之气与药力相攻，若水火之交战，宁有全人乎？慎不可食。”旻又言：“神仙不难得，但尘俗多累，若槛猿笼鸟，徒有骞翔超腾之心，安可致乎？”会昌中，卒于吴郡也。（出《宣室志》）

唐武宗朝术士

唐武宗皇帝好神仙异术，海内道流方士多至辇下。

赵归真探赜玄机，以制铅汞，见之者无不竦敬。请于禁中筑望仙台，高百尺，以为骖鸾驭鹤，可刻期而往。常云飞炼须得生银。诏使于乐平山收采，既而大役工徒，所出者皆顽石矿，无从而得。归真乃斋醮数朝，以御札致于岩穴。俄有老人杖策向至曰：“山川宝物，盖为有道而出；况明主以修真为念，是何感应不臻？尊师无复怀忧，明日当从请。”语罢而出，莫知所之。是夕有声如雷，山矿豁开数十丈，银液坌然而涌，与入用之数相符。禁中修炼至多，外人少知其术。

复有金陵人许元长、王琼者，善书符幻变，近于役使鬼神。会昌中，召至京国，出入宫闱。武皇谓之曰：“吾闻先朝有明崇俨，善于符箓，常取罗浮柑子，以资御果，万里往来，止于旬日。我师得不建先朝之术，比美崇俨乎！”元长起谢曰：“臣之受法，未臻玄妙。若涉越山海，恐诬圣德；但千里之间，可不日而至。”武宗曰：“东都常进石榴，时已熟矣。卿是今夕当致十颗。”元长奉诏而出。及旦，寝殿始开，以金盘贮石榴，置于御榻。俄有中使进奏，亦以所失之数上闻。灵验变通，皆此类也。王琼妙于祝物，无那鱼变得新鲜润泽如初，很快摇鳍振鳞，好似在汛流间激荡。雷生惊异，数次行礼拜谢：“先生道术，神乎其神！我等凡尘俗子宛若聋盲之人，难以望您项背，井底鱼与云中禽之别，怎能与我等为伍？”此前雷生患顽疾多年，于是向石旻求衣袋中丹药，指望着减少病痛。石旻拒绝，且说：“我的丹药最是清廉，尔等俗人嗜好欲望毫无节制，五脏间酒肉堆砌。假若服下我的丹药，五脏污浊之气与药力相克，有如水火交战，怎能保全身体？切勿服食。”石旻又说：“成仙不难，只是俗世牵绊太多，有如槛中猿、笼中鸟，徒有翱翔九天的奢望，又怎能做到？”会昌年间石旻死在吴郡。（出《宣室志》）

唐武宗朝术士

唐武宗喜好神仙道术，在全国招揽道流方士。

赵归真探究道家玄妙，能修炼铅汞，他人无不对其心生敬畏。他请皇帝在宫中筑造望仙台，百尺高，用来驾鸾驭鹤，在限期内可飞升上清。他曾说：“飞升修炼须得有生银。”皇帝派人开采乐平山，很快又大肆劳役劳工，采集的多是顽石矿，生银无处可得。赵归真一连几日设坛祝告，将皇帝亲笔书札送至岩洞。很快一老人拄杖上前道：“山川宝物，皆为心中有道之人出现；何况君主心念修行，怎会没有感应？尊师无需忧虑，明日定遵从请求。”说完离去，不知去往何处。这日夜间雷鸣般的声音在山间响起，山体裂开数十丈，银液喷涌，正符合皇帝所需数量。宫中修炼者甚多，宫外鲜少有人知道他的道术。

还有金陵人许元长、王琼，擅长画符变幻，驱策鬼神。会昌年间，皇帝下令把他们召到京城，让他们行走宫禁间。唐武宗对他们说：“我听闻前朝的明崇俨，善用符箓，曾采罗浮山柑子，贡奉皇帝。仅十多日，来回万里。您二位道术可与先朝法术媲美？我虽圣明不比先朝，难道二位道术也差明崇俨一等？”许元长起身辞谢说：“我等道术，未勘破玄妙境界，若跋山涉海，恐欺瞒圣德；但千里间，我等无需一日便可来回。”武宗说：“东都洛阳常进献石榴，现在已成熟。请今晚上送上十颗。”许元长奉旨前去。天亮时，寝宫刚开门，他用金所不能。方冬，以药封桃杏数株，一夕繁英尽发，芳芬秾艳，月余方谢。

及武皇厌代，归真与琼俱窜逐岭表，唯元长逸去，莫知所在。（出《列仙谭录》）

盘奉上石榴，放在御榻上。很快使者奏报丢失石榴数量。二人法术灵验变通，皆如此事。王琼擅长符咒变物，无所不能。正值冬日，他在几株桃树杏树下埋了药，一晚过后繁花尽放，芳香秾艳，一个多月才凋谢。

唐武宗驾崩后，赵归真与王琼被流放岭南，只有许元长逃走，不知所终。（出《列仙谭录》）

卷第七十五　道术五

杨居士

南海郡有杨居士，亡其名，以居士自目，往往游南海枝郡，常寄食于人，亦不知其所止。谓人曰：“我有奇术，汝辈庸人，固不得而识矣。”后常至郡，会太守好奇者，闻居士来，甚喜，且厚其礼，命饮之。每宴游，未尝不首召居士，居士亦以此自负。一日使酒忤太守，太守不能容。后又会宴于郡室，阅妓乐，而居士不得预。时有数客，亦不在太守召中，因谓居士曰：“先生尝自负有奇术，某向者仰望之不暇。一日遇先生于此，诚幸矣。虽然，今闻太守大宴客于郡斋，而先生不得预其间，即不能设一奇术以动之乎？必先生果无奇术耶？”居士笑曰：“此末术耳，君试观我。我为君召其妓，可以佐酒。”皆曰：“愿为之。”居士因命具酒，使诸客环席而坐，又命小童闭西庑空室，久之乃启之。有三四美人自庑下来，装饰华焕，携乐而至。居士曰：“某之术何如？”诸客人大异之，殆不可测。乃命列坐，奏乐且歌。客或讯其术，居士但笑而不答，时昏晦。至夜分，居士谓诸妓曰：“可归矣。”于是皆起，入西庑下空室中。客相目骇叹，然尚疑其鬼物妖惑。

明日，有郡中吏曰：“太守昨夕宴郡阁，妓乐列坐，无何皆仆地，瞬息暴风起，飘其乐器而去。迨至夜分，诸妓方寤，乐器亦归于旧所。太守质问众妓，皆云黑无所见，竟不穷其由。”诸客皆大惊，因尽以事对，或告于太守。太守叹异，即谢而遣之，不敢留于

杨居士

海南郡有位杨居士，不知名讳，自诩居士，常在南海郡各地游历，往往吃住在他人家中，也不知他去往何处。他对人说："我身怀奇术，尔等庸人，当然不得而知。"后来他常到郡中，恰好太守欣赏奇人，听闻居士前来，甚是高兴，厚礼相待，请他喝酒。每当宴饮游乐，从未不最先邀请居士，杨居士也因此自命不凡。一日，杨居士借酒劲冒犯了太守，太守不能容忍。后又在府衙内室举行宴会，观赏歌妓奏乐，但杨居士没能参加。那时有数人也是太守常客，此次也不在太守宾客之列，他们就对杨居士说："先生曾以奇术自命不凡，我们一直敬仰，但苦于没机会见识，今日在此遇见先生，实属荣幸。虽说如此，现在听闻太守在家中大宴宾客，但先生不能与会，您可否施展奇术干扰宴会？若是不可，定是先生并非真的身怀奇术。"杨居士笑道："那只是雕虫小技，大家且看我作法。我召来他的歌妓，为大家助酒兴。"众人说："愿意观看。"杨居士命人安排酒席，请诸位围坐筵席边，命小童关闭西廊空室，许久再打开。只见三四个貌美女子自西廊屋室走出，衣着光彩绚丽，带着乐器走近。杨居士说："我的术法怎样？"诸位惊异，困惑不解。杨居士请美人依次而坐，奏乐欢歌。客人求解他的法术，杨居士但笑而不语，这时已天色昏暗。夜半时分，杨居士对歌妓说："回去吧。"于是歌妓都起身，走进西廊空室。宾客面面相觑惊骇不已，还怀疑她们是鬼怪蛊惑世人。

第二日，郡中一官吏说："太守昨夜在府院设宴，歌妓拿着乐器落座，但无故都倒在地上，转眼间狂风暴起，乐器被卷起飘走。等到夜半，众歌妓才苏醒，乐器也回归原位。太守质问歌妓，她们都说漆黑一片，什么也看不见，最后也不知何故。"诸客惊讶，将事情经

郡中。时开成初也。(出《宣室志》)

张士平

唐寿州刺史张士平，中年以来，夫妇俱患瞽疾，历求方术，不能致。遂退居别墅，杜门自责。唯祷醮星辰，以祈神之佑。年久，家业渐虚，精诚不退。元和七年壬辰八月十七日，有书生诣门请谒，家人曰："主公夫妇抱疾，不接宾客久矣。"书生曰："吾虽书生，亦攻医术。闻使君有疾，故来此耳。"家人入白士平，士平忻然曰："久病不接宾客，脱有方药，愿垂相救。"书生曰："但一见使君，自有良药。"士平闻之，扶疾相见，谓使君曰："此疾不假药饵，明日倩丁夫十人，锹锸之属，为开一井，眼当自然立愈。"如其言而备焉，书生即选胜地，自晨穿井，至夕见水，士平眼疾顿轻，及得新水洗目，即时明净，平复如初，十年之疾，一旦豁然。夫妻感而谢之，厚遗金帛。书生曰："吾非世间人，太白星官也。以子抱疾数年，不忘于道，精心祷醮，上感星辰。五帝星君使我降受此术，以祛重疾，答子修奉之心。金帛之遗，非吾所要也。因留此法，令转教世人，以救疾苦，用增阴德。其要以子午之年五月戌酉、十一月卯辰为吉，丑未之年六月戌亥、十一月辰巳，寅申之年七月亥子、正月巳午，卯酉之年八月子丑、二月午未，辰戌之年九月申未、三月寅丑，巳亥之年十月申酉、四月寅卯。取其方位年月日时，即为福地，浚井及泉，必有良效矣。"士平再拜受之。言讫，升天而去。(出《神仙感遇传》)

冯 渐

河东冯渐，名家子。以明经入仕，性与俗背，后弃官隐居伊水上。有道士李君以道术闻，尤善视鬼，朝士皆慕其能。李君后退过尽数说与那官吏，又向太守禀报此事。太守惊异，就向居士行礼道歉，送他离开，不敢留他在郡中。时值开成初年。（出《宣室志》）

张士平

唐朝寿州刺史张士平，步入中年后，夫妻二人都患眼疾失明，四处寻求方术，未曾有结果，于是在别墅引退闲居。他闭门自省，只设坛向星辰祝告，祈求神佑。如此经年，坐吃山空，但诚心不减。元和七年壬辰八月十七日，一书生登门谒见，家仆说："主人夫妇患病，不接待宾客许久了。"书生说："我虽是书生，却也钻研医术。听闻使君染疾，特意来此。"家人回禀士平，士平高兴地说："我久病不接待宾客，若他有治病的方术丹药，望他垂怜相救。"书生说："只要见使君一面，自当有良药奉上。"士平闻后，带病与书生相见，书生对使君说："此病不必用药物，明日请派十位劳工，带铁锹一类的工具，掘一口井，眼疾不治而愈。"张士平按书生所言准备，书生挑好地方，从清晨打井，到晚上见到水，士平眼疾顿时好转，等到用井中新水清洗双目，士平恢复如初，十年顽疾，顷刻病愈。夫妻感激涕零，厚赠钱物。书生说："我非尘世中人，是太白星官。因你染疾多年，不忘修习，诚心作法祝告，感动星辰仙君。五帝星君命我下界传你此方术，来治愈重疾，酬谢你修道敬奉之心。你所赠财物，不是我所需。留下此方术，令你传与世人，救济人间疾苦，积攒阴德。它的要旨在子午年五月戌酉、十一月卯辰为吉，丑未年六月戌亥、十一月辰巳为吉，寅申年七月亥子、正月巳午为吉，卯酉年八月子丑、二月午未为吉，辰戌年九月申未、三月寅丑为吉，巳亥年十月申酉、四月寅卯为吉。取其方位年月日时即为福地，掘井取泉水，必有疗效。"士平再三行礼接受此方术。太白星官说罢，就飞升离去了。（出《神仙感遇传》）

冯　渐

河东冯渐是名门子弟。凭明经及第入仕，性情与世俗相悖，后来辞官隐居伊水上。道士李君以道术闻名，尤为擅长看鬼，朝臣都敬归汝颍，适遇渐于伊洛间，知渐有奇术，甚重之。大历中，有博陵崔公者，与李君为僚，甚善。李君寓书于崔曰："当今制鬼，无过渐耳。"是时朝士咸知渐有神术数，往往道其名。别后长安中人率以渐字题其门者，盖用此也。（出《宣室志》）

潘老人

嵩山少林寺，元和中，常因风歇，有一老人杖策扣门求宿。寺人以关门讫，更不可开，乃指寺外空室二间，请自止宿。亦无床席，老人即入屋。二更后，僧人因起，忽见寺门外大明，怪而视之，见老人所宿屋内，设茵褥翠幕，异常华盛。又见陈列殽馔，老人饮啖自若，左右亦无仆从。讶其所以，又不敢开门省问，俱众伺之。至五更后，老人睡起，自盥洗讫，怀中取一葫芦子，大如拳，遂取床席帐幕，凡是用度，悉纳其中，无所不受。收讫，以葫芦子内怀中，空屋如故。寺僧骇异，开门相与谒问，老人辞谢而已。僧固留之住，问其姓名，云姓潘氏，从南岳北游太原。其后时有见者。（出《原化记》）

王先生

有王先生者，家于乌江上，隐其迹，由是里人不能辨，或以为妖妄。一日里中火起，延烧庐舍，生即往视之，厉声呼曰："火且止！火且止！"于是火灭，里人始奇之。

长庆中，有弘农杨晦之，自长安东游吴楚，行至乌江，闻先生高躅，就门往谒。先生戴玄绡巾，衣褐衣，隐几而坐，风骨清美。晦之再拜备礼，先生拱揖而已，命晦之坐其侧。其议论玄畅，迥慕他的才能。李君后来隐居到汝颍，在伊水、洛河一带恰逢冯渐，知道冯渐身怀奇术，甚为崇敬。大历年间，博陵有位崔相公，与李君是同僚，甚是交好。李君寄信给崔相公说："当今会驱鬼的人，无人比得上冯渐。"当时朝臣都知道冯渐身怀奇术，时常称颂他大名。冯渐辞别离京后，长安城人都将渐字题在门上，大抵是借他大名挡灾。（出《宣室志》）

潘老人

嵩山少林寺，在元和年间，曾因狂风骤歇，一老人拄杖敲门求宿。寺中僧人以门已关上，不可再开为由，指出寺外两间空房，请老人自行留宿。里面也没有床褥，老人就这么住下了。二更后，僧人起夜，忽然看到寺门外明晃晃的，觉得奇怪就去查探，只见老人住的屋中，摆着褥垫、翠色帷幕，异常奢华绚烂，还陈列着佳肴珍馐。老人独自平静地吃喝，左右也没有仆役随从。僧人惊讶于所看到的一切，又不敢开门问询，就聚在一起等着看。到五更后，老人睡醒起床，自己洗漱完毕，从怀中取出一小葫芦，拳头大小，把床、席、帷幕，凡是日用品，都装在其中，没有装不下的。收拾完毕，又把葫芦放回怀中，空屋子一如往常。寺里僧人惊骇，开门行礼询问，老人只托辞道谢。僧人坚决留老人住下，问他姓名，他说姓潘，从南岳往北到太原游历。之后不时有人遇见这位老人。（出《原化记》）

王先生

有位王先生，家住乌江上游，平素隐藏踪迹，因此村民无法辨识，有人认为他会怪异妖术。一日村中失火，火势蔓延烧毁屋舍，王先生查探大火，厉声喊道："火停！火停！"火就熄灭了，村民开始感到奇异。

长庆年间，弘农有人叫杨晦之。他从长安向东去吴楚游历，行至乌江，听闻王先生品行崇高，登门拜谒。王先生头戴黑纱巾，身着粗布衣，靠着桌案坐着，仙风道骨清雅俊美。杨晦之再三行礼，礼节周出意表，晦之愈健慕，于是留宿。是日乃八月十二日也。先生召其女七娘者，乃一老妪也，年七十余，发尽白，扶杖而来。先生谓晦之曰："此我女也，惰而不好道，今且老矣。"既而谓七娘曰："汝为吾刻纸状今夕之月，置于室东垣上。"有顷，七娘以纸月施于垣上，夕有奇光自发，洞照一室，纤毫尽辨，晦之惊叹不测。及晓将去，先生以杖击之毕，俄有尘起，天地尽晦。久之尘敛，视其庭，则悬崖峻险，山谷重叠，前有积石尽目，晦之悸然背汗，毛发竖立。先生曰："陵谷速迁，吾子安所归乎？"晦之益恐，洒泣言曰："诚不知一旦有桑田之变，岂仙都瞬息，而尘世已千岁乎？"先生笑曰："子无惧也，所以为娱耳。"于是持彗扫其庭，又有尘起，有顷尘敛，门庭如旧。晦之喜，即驰马而去。（出《宣室志》）

一说：唐长庆初，山人杨隐之在郴州，常寻访道者。有唐居士，土人谓百岁人，杨谒之，因留杨宿。及夜，呼其女曰："可将一个弦月子来。"其女遂帖月于壁上，如片纸耳。唐即起祝之曰："今夕有客，可赐光明。"言讫，室朗若张烛。（出《酉阳杂俎》）

周生

唐太和中，有周生者，庐于洞庭山，时以道术济吴楚，人多敬之。后将抵洛谷之间，途次广陵，舍佛寺中，会有三四客皆来。时方中秋，其夕霁月澄莹，且吟且望。有说开元时明皇帝游月宫事，因相与叹曰："吾辈尘人，固不得至其所矣，奈何？"周生笑曰："某常学于师，亦得焉，且能挈月致之怀袂，子信乎？"或患其妄，或喜其奇，生曰："吾不为明，则妄矣。"因命虚一室，翳四到，先生仅拱手作揖，叫晦之坐在身旁。他的议论玄妙通达，远超意料，晦之钦慕之情愈发浓烈，于是留宿在那儿。那日是八月十二日。王先生叫他的女儿七娘来，是一老太太，七十多岁，头发雪白，扶着拐杖。王先生对杨晦之说：“这是我女儿，怠惰不好道，如今已垂垂老矣。”接着对七娘说：“你替我用纸剪出今晚月亮的模样，贴在屋中东墙上。”过了一会儿，七娘将纸月贴在东墙，夜里纸月自己散发奇异光芒，一室明亮，细如毫毛都可分辨，晦之惊叹，猜不出何故。破晓临行，王先生用拐杖敲击墙后，顷刻有尘埃飘扬，天地晦暗。许久尘埃散去，再看院中，已变作悬崖峭壁，重峦幽壑，前面遍地积石，晦之惊起一背冷汗，毛发倒竖。先生说：“山高谷深瞬息万变，你回何处呢？”晦之越发惶恐，洒泪说道：“实在不知一日间会有这么大的变化，难道是仙都的一瞬间便抵上人间的一千年？”先生笑道：“不必担心，这只是我开玩笑的道术。”于是拿扫把洒扫院落，又有尘埃飘扬，过了一会儿散去，门庭如初。杨晦之欣喜，策马扬鞭离去。（出《宣室志》）

另有说法：唐朝长庆初年，山人杨隐之在郴州，常寻访得道之人。有个唐居士，当地人传他已有上百岁，杨隐之前去拜谒，居士留杨隐之过夜。夜间，居士叫来女儿对她说：“你可拿一弦月来。”他女儿就将月亮贴在墙上，月亮像纸片一样。居士起身向月亮祝告：“今夜有客人，请赐予光明。”说罢，室内明亮得如同点了蜡烛。（出《酉阳杂俎》）

周　生

唐朝太和年间，有位周生，建房于洞庭山，常用道术救济百姓，世人对他多有敬意。后来他将去往达洛谷一带，途中停驻广陵，住在佛寺中，恰巧还来了三四位游客。时值中秋，那夜霁月清亮，众人吟诗赏乐。有人提起开元年间唐玄宗游览月宫之事，因而相互叹惋：“我等俗人，本就不能去往那里，又能怎样？”周生笑道：“我曾追随老师修习，将那道术学会了，而且能将月亮放在怀间或袖中，你们信吗？”有人觉得荒诞，有人心生好奇，周生说：“我若不证明，就是垣，不使有纤隙。又命以箸数百，呼其僮，绳而架之。且告客曰："我将梯此取月去，闻呼可来观。"乃闭户久之，数客步庭中，且伺焉。忽觉天地曛晦，仰而视之，即又无纤云。俄闻生呼曰："某至矣。"因开其室，生曰："月在某衣中耳，请客观焉。"因以举之。其衣中出月寸许，忽一室尽明，寒逼肌骨。生曰："子不信我，今信乎？"客再拜谢之，愿收其光。因又闭户，其外尚昏晦，食顷方如初。（出《宣室志》）

韩志和

韩志和者，本倭国人也，中国为飞龙卫士。善雕木为鸾鹤乌鹊之形，置机捩于腹中，发之则飞高三二百尺，数百步外方始却下。又作龙床为御榻，足一履之，则鳞鬣爪角皆动，夭矫如生。又于唐宪皇前，出蝇虎子五六十头，分立队，令舞《梁州曲》，皆中曲度；致词时，殷殷有声，曲毕则累累而退，若有尊卑等级焉。帝大悦，赐金帛加等。志和一出宫门，尽施散他人。后忽失之。（出《仙传拾遗》）

张 辞

咸通初，有进士张辞，下第后，多游淮海间，颇有道术。常养气绝粒，好酒耽棋。鄙人以炉火药术为事，一旦睹之，乃大哂，命笔题其壁云："争那金乌何，头上飞不住。红炉漫烧药，玉颜安可驻？今年花发枝，明年叶落树。不如且饮酒，朝暮复朝暮。"人咸异之。性不喜装饰，多历旗亭，好酒故也。或人召饮，若合意，则索纸剪蛱蝶二三十枚，以气吹之，成列而飞，如此累刻，以指收之，俄皆在手。见者求之，即以他事为阻。尝游监城，多为酒困，非类辈欲乘其酒而试之，相竞较力。邑令偶见，系之。既醒，乃课《述在胡言乱语。”于是命人空出一间屋子，遮盖四面墙，不露丝毫缝隙。又命人拿来数百支筷子，叫来仆役，用绳子捆住架高。周生告诉游客：“我将登此梯取月，你们听到我的呼唤就可以观看。”闭门许久，几位游客庭中闲逛，等待周生。忽然觉得天地昏暗，仰头一看，却无丝毫云彩。不一会儿听周生喊：“我回来了。”打开房门，周生说：“月亮在我衣服中，请诸位观赏。”说着便将衣服掀开。衣服中露出月亮一寸多，忽然一室通明，寒彻肌骨。周生说：“你们先前不信我，如今信了吧？”几位游客再三行礼答谢，请他收敛月光。于是又关上门，室外仍旧昏暗，大约过了一顿饭的时间才恢复如初。（出《宣室志》）

韩志和

韩志和，本是倭国人，在中国担任飞龙卫士。他擅长用木雕刻画鸾鹤乌鹊等形象，装置机关在腹部，发动可飞二三百尺高，数百步外才落地。他还制作龙床御榻，脚一踩上去，龙的鳞鬣爪角全活动起来，伸屈灵活气势磅礴，栩栩如生。他又在唐宪宗面前放出五六十头蝇虎子，分成几队，让它们随着《梁州曲》舞蹈，完全贴合节拍，到有唱词时，发出盛大的唱和，唱罢依次退场，像是懂尊卑等级一样。唐宪宗甚是高兴，重赏财物，志和一出宫门，尽数施与他人。后来忽然间便不知所终了。（出《仙传拾遗》）

张辞

咸通初年，有进士叫张辞，落榜后，常在淮海一带游历，颇有道行，平素行气辟谷，好饮酒下棋。有个人以丹炉炼丹为要务，一日被张辞看到，他狠狠嘲笑那人一通，提诗在人家墙上云：“争那金乌何，头上飞不住。红炉漫烧药，玉颜安可驻。今年花发枝，明年叶落树。不如且饮酒，朝暮复朝暮。”人们都觉得奇怪。张辞生性不喜修饰，由于好酒常光顾酒肆。有人请他饮酒，若合他意，就要来纸剪出二三十枚蝴蝶，用气一吹，蝴蝶列阵齐飞，如此许久，他用手指收回，顷刻都在掌上。见识过此道术的人向他求教，他用别的事推德陈情诗》二律以献令，令乃立释之。所记一篇云："门风常有蕙兰馨，鼎族家传霸国名。容貌静悬秋月彩，文章高振海涛声。讼堂无事调琴轸，郡阁何妨醉玉觥。今日东渐音尖。桥下水，一条从此镇常清。"自后邑宰多张之才，次求其道，日夕延接，欲传其术。张以明府勋贵家流，年少而宰剧邑，多声色狗马之求，未暇志味玄奥，因赠诗以开其意云："何用梯媒向外求，长生只合内中修。莫言大道人难得，自是行心不到头。"他日将欲离去，乃书琴堂而别。后人多云江南上升。初去日，乘酒醉，因求片楮，剪二鹤于厅前，以水噀之，俄而翔翥。乃曰："汝可先去，吾即后来。"时邑令亦醉，不暇拘留，张遂得去。其所题云："张辞张辞自不会，天下经书在腹内。身即腾腾处世间，心即逍遥出天外。"至今为江淮好事者所说。（出《桂苑丛谈》）

崔言

崔言者，隶职于左亲骑军。一旦得疾而目昏暗，咫尺不辨人物，眉发自落，鼻梁崩倒，肌肤生疮如疥。皆目为恶疾，势不可救。因为骆谷子午归寨使，遇一道流，自谷中出，不言姓名，受其方曰："皂荚刺采一二升，烧之为灰。大黄九蒸九曝，杵之为末。食上，浓煎大黄汤，以末七调而服之。"旬日，须发再生，肌肤充润，所疾顿愈，眼明倍于寻常。道流传此方讫，却入山去，不知所之。（出《神仙感遇传》）

托。他曾游经监城，多次醉酒，一伙宵小之辈企图趁他酒醉试探他，相互争着与他较量力气。县令偶然看到，将张辞等一并抓走。张辞酒醒后，写了两首《述德陈情诗》去献与县令，县令即刻将他释放。一篇云：“门风常有蕙兰馨，鼎族家传霸国名。容貌静悬秋月彩，文章高振海涛声。讼堂无事调琴轸，郡阁何妨醉玉觥。今日东渐桥下水，一条从此镇常清。”此后，县令欣赏张辞才华，想求得他的道术，早晚准备宴席接待他，以请他传授道术。张辞认为县令是贵家权贵，年纪轻轻身居县令之位，常沉溺声色犬马，顾不上专注修习道家奥妙，于是赠诗启发他的志趣，诗云：“何用梯媒向外求，长生只合内中修。莫言大道人难得，自是行心不到头。”后来他即将离去，在琴堂题诗赠别。后人多传张辞在江南飞升成仙。张辞离去那日，趁醉意要了一张纸，在厅前剪成两只鹤，喷水后不一会儿鹤飞翔起来。张辞对鹤说：“你们先行，我随后就到。”当时县令也醉酒了，顾不上挽留他，张辞得以脱身。他题诗云：“张辞张辞自不会，天下经书在腹内。身即腾腾处世间，心即逍遥出天外。”至今江淮一带的好事者仍在传说此事。（出《桂苑丛谈》）

崔言

崔言，在左亲骑军任职。一日他患病，眼前发黑，咫尺间辨认不请人和物，眉毛头发自动脱落，鼻梁塌陷，皮肤长出像疥似的疮。人们都看作是不治之症，无力回天。崔言任骆子午谷归寨使，偶遇一道士出谷，不告诉姓名，给崔言一药方说：“采一二升皂荚刺，烧成灰。把大黄蒸九次晒九次，捣成粉末。饭前少量水浓煎大黄成汤，粉末入汤中一并服下。”十天左右，崔言须发重生，肌肤充盈润泽，疾病顷刻痊愈，双眼比过去明亮数倍。那道士传授过药方后，回到山里，便不知所终了。（出《神仙感遇传》）

卷第七十六　方士一

子　韦　赵　廓　樊　英　杨　由　介　象　郭　璞　庾　诜
张子信　管　辂　筹禅师　李淳风　袁天纲　安禄山术士
桑道茂　乡校叟　相骨人　田良逸　蒋含弘

子　韦

子韦，宋景公之史。当景公之世，有善星文者，许以上大夫位，处于层楼延阁之上，以望气象，设以珍食，施以珍衣。食则有渠餐之凫，煎以桂醴；丛庭之鹩，承以蜜渠；淇漳之醴，脯以青茄；九江之珠穟，爨以兰苏；华清夏结，鹿以纤缟。华清，井水之澄华也。饔人视时而扣钟，伺食而击磬。悬四时之衣，春夏以金玉为饰，秋冬以翡翠为温。烧异香于坛台之上。忽有野人被草笈，扣关而进曰："闻君爱阴阳五行玄象经纬之秘，请见。"景公延之崇堂。语则及未来之兆，次及已往之事，万不失一。夜则观星望气，昼则执算披图，不服宝衣，不甘奇食。景公谢曰："今宋国丧乱，微君何以辅之？"野人曰："德之不均，乱将及矣，修德以乘仁，则天应之祥，人仰其化。"景公服其言，赐姓曰子氏，名之曰韦也。录曰："宋子韦世司天部，妙观星律，抑亦梓慎、裨灶之徒也。景公待之若神，礼以上列，服以绝世之衣，膳以殊方之味。虽复三清天厨之旨，华蕤龙衮之服，斯固为陋矣。春秋生以赐姓，亦缘事显族，乃号为司星氏。"至国之末，著阴阳之书，其事出班固《艺文志》也。（出《王子年拾遗记》）

赵　廓

武昌赵廓，齐人也。学道于吴永石公，三年，廓求归，公曰：

子 韦

子韦，是宋景公的史官。景公在位时，凡是擅长天文星相的方士，都封为上大夫，住在高楼阁道上观测天象，提供珍馐华服。吃的是桂花酒煎制的水鸟，淇漳名酒佐蜜汁甘露烹制的山禽，青茄果脯，九江出产的精米。烹饪时，炉灶焚香草，水用细丝自华清井取夏日澄澈精华。华清，是井水的精华。厨师依时辰敲钟，看菜品奏乐。旁边挂着可供四季穿着的服饰，春夏服饰配以金玉点缀，秋冬服饰增添翠羽保暖。还焚异香于占星台上。一日，忽见一平民，身背书箱，敲门进来对宋景公说：“听闻您喜欢阴阳五行天文地理等玄密，故来拜谒。”景公请他入高堂之上。此人谈到未来的预示，依次而及往事，丝毫不差。他夜观星相云气，白日手执历书测算，不穿戴华服，不吃珍馐。景公答谢道：“如今宋国动乱，敢问您打算如何辅佐？”此人说：“推行德政不彻底，祸乱将至，若能修养德行，推行仁政，就可天降祥瑞，教化万民。”景公佩服他所言，给他赐姓“子”，命名“韦”。史料记载，子韦在宋国世代掌管天文星相工作，能精准观察星相的变化规律，大概和梓慎、裨灶是一类人。景公奉他如神明，以高官尊位之礼相待，供给绝世华服、异域珍馐。即便遵照三清境天厨秘方，还有奢华垂缨龙纹上公服，仍是逊色简陋。春秋时期存活的氏族都赐姓，也因善观星成为世家大族，被称司星氏。宋国末年，他编撰阴阳五行方面的著作，相关事迹出自班固的《艺文志》。（出《王子年拾遗记》）

赵 廓

现住武昌的赵廓，是齐国人。他跟随吴国永石公修习道术，求

"子道未备，安可归哉？"乃遣之。及齐行极，方止息，同息吏以为法犯者，将收之。廓走百余步，变为青鹿。吏逐之，遂走入曲巷中。倦甚，乃蹲憩之。吏见而又逐之，复变为白虎，急奔，见聚粪，入其中，变为鼠。吏悟曰："此人能变，斯必是也。"遂取鼠缚之，则廓形复焉，遂以付狱。法应弃市，永石公闻之，叹曰："吾之咎也。"乃往见齐王曰："吾闻大国有囚，能变形者。"王乃召廓，勒兵围之。廓按前化为鼠，公从坐翻然为老鸱，攫鼠而去，遂飞入云中。（出《列仙传》）

樊英

汉樊英，善图纬，洞达幽微。永太中，见帝。因向西南噀之，诏问其故，对曰："成都今日火。"后蜀郡言火灾，正符其日。又云，时有雨从东北来，故火不大为害。英尝忽被发拔刀，斫击舍中，妻怪问其故，英曰："郗生遇贼。"郗生者名巡，是英弟子，时远行。后还说，于道中逢贼，赖一被发老人相救，故得全免。永建时，殿上钟自鸣，帝甚忧之，公卿莫能解，乃问英，英曰："蜀岷山崩，母崩子故鸣。非圣朝灾也。"寻奏蜀山崩。（出《英别传》）

杨由

后汉杨由，善占候，郡文学掾。曾从人饮，敕御者曰："酒若三行，便宜严驾。"既而趋去。后主人舍忽有斗相杀者。或问："何以先知之？"由曰："向者社木上鸠斗，此斗兵之象也。"其言多类学三年，赵廓恳求回国，永石公说："你道术还未学成，怎能回去？"说罢打发他走。赵廓回到齐地，走累了停下歇息，一同休息的官吏以为他是罪犯，要逮捕他。赵廓逃跑百余步远，化作青鹿。官吏追逐。赵廓逃入偏僻曲巷，疲累至极，于是蹲下休息。官吏见状连忙追上。赵廓又化作白虎，仓皇奔逃，看到前面有粪堆，钻进去化作老鼠。官吏顿悟道："这人会变幻，这老鼠必定是他。"他将老鼠捆住，赵廓恢复人形，官吏将他关进监狱。依律当斩，永石先生听闻后叹息："这是我的过错。"就去见齐王说："听闻贵国有一囚犯，就是能变幻身形那位。"齐王召见赵廓，令兵士围着他带进殿内。赵廓按之前方法化作老鼠，永石公在座位化作鹞鹰，捉起老鼠便飞入云端了。（出《列仙传》）

樊英

汉代的樊英，精通图谶纬书，其中玄妙掌握透彻。永太年间，他谒见皇帝。樊英喝口水冲西南方向喷去，皇帝问他这样做的缘由，他说："成都今日有火灾。"后来蜀郡太守禀报当地发生火灾，时间与喷水那日吻合。郡守还说，当时有大雨从东北袭来，所以火灾并没造成巨大损害。樊英曾突然披发拔刀，在家中击砍，妻子莫名其妙，问他原因，樊英说："郗生遭逢贼人。"郗生名巡，是樊英弟子，当时正出门远游。他回家后说，他半路遭遇贼人，仰仗一披发老先生搭救，才能全身而退。永建年间，宫殿上一架钟自己鸣响，皇帝为此甚是忧虑，公卿大臣无人能解，便询问樊英，樊英说："蜀岷一带发生山崩，母崩引发子鸣。并非朝政有难。"时隔不久有人奏报蜀地山崩的消息。（出《英别传》）

杨由

后汉杨由，擅长观天象占吉凶，任郡属文学掾。一次他随着别人外出饮酒。杨由命车夫道："酒过三巡时，定要将车马准备妥当。"等酒过三巡时他乘车跑了。他走后主人家中，忽然有人相互打斗砍

此。(出《后汉书》)

介象

吴介象,字元则。与吴王论脍何者最美,象曰:“海中鲻鱼为上。请于殿前作方坎,汲水满之。”象垂纶於坎中,食顷,得鲻鱼,作脍。(出《建康实录》)

郭璞

晋陈述字嗣祖,有美名,为大将军掾,甚见爱重。及亡,郭璞往哭之,甚哀,乃呼曰:“嗣祖,焉知非福。”俄而大将军作乱,如其言。(出《世说新语》)

庾诜

齐新野庾诜,少孤,以读书自业,玄象算数,皆所妙绝。武献公萧颖胄疾笃,谓诜曰:“推其历数,当无辜否?”答曰:“镇星在襄阳,荆州自少福,明府归终于乱代,齐名伊霍,足贵子孙,有何恨哉!”公曰:“君得之矣。但昏主狂虐,人思尧舜。恨不见清廓天下,息马华山也。”歔欷而终。果如其言。颖胄,赤斧之子。(出《谈薮》)

张子信

齐瑯琊王俨杀和士开也,武卫奚永洛与河内人张子信对坐,忽有鹊鸣,斗于庭而堕焉。子信曰:“鹊声不善,向夕若有风从西南来,历树间,拂堂角,必有口舌事。今夜若有人相召,慎不得往。”子信既去,果有风至,俨使召永洛,且云敕唤。永洛欲赴,其杀。有人问他为什么能够预先知道这件事，杨由说："事前社主祠堂大树上鸠鸟相斗，这是械斗的征兆。"他的话大多与此相似。(出《后汉书》)

介象

吴国人介象，字元则。他与吴王讨论哪种鱼最美味，介象说："海中鲻鱼最佳，请在殿前挖一方井，灌满水。"介象在方井边垂钓，一顿饭工夫，钓上一鲻鱼，制成鱼脍。(出《建康实录》)

郭璞

晋人陈述字嗣祖，名声很好，任大将军掾，颇受欣赏器重。他去世后，郭璞奔丧悲泣，甚是哀婉，呼告说："嗣祖，虽去怎知不是福分？"不久，大将军起兵作乱，果如郭璞所言。(出《世说新语》)

庾诜

北齐新野人庾诜，自幼父母双亡，以读书过日子，天象算术都造诣极深。武献公萧颖胄病重，对庾诜说："推算天运气数，我是否清白无罪？"庾诜答道："镇星在襄阳，荆州当然缺少福佑，您将在祸乱年代死去，但你可与伊尹、霍光齐名，尊贵延及子孙，还有什么可遗憾的？"武献公说："您说得有理，但当今昏君暴政，民众心念尧舜之治。我遗憾不能亲眼看到海晏河清、罢兵息战的天下。"最终抱憾病逝。后来果然如庾诜所说。萧颖胄，是赤斧的儿子。(出《谈薮》)

张子信

齐国琅琊王，名俨，杀害了和士开。一日武卫奚永洛与河内人张子信对坐，忽闻鹊鸣，相互争斗坠落庭院。张子信说："鹊声不祥，晚间若西南方向有风吹来，掠过树梢，吹拂堂角，必生口舌是非。今夜若有人召见，切勿前往。"张子信离去，果然起风，琅琊王派人召见

妻劝令勿出。因称马坠折腰，遂免于难。（出《三国典略》）

管 辂

魏管辂曾至郭恩家，忽有飞鸠来止梁上，鸣甚悲切。辂云：“当有客从东来相探候，携豕及酒，因有小故耳。”至晚，一如其言。恩令节酒慎燔。既而射鸡作食，箭发从篱间，误中数岁女子，流血惊怖。（出《魏志》）

筹禅师

隋炀帝宴秘书少监诸葛颖于观文殿，帝分御杯以赐颖。乃曰：“朕昔有筹禅师，为之合诸药，总纳一竹筒内，取以帽簪插筒药中，七日乃拔取。以对宾客饮酒，杯至，取簪以画酒，中断。饮一边尽，一边尚满，以劝宾客，观者皆以为大圣稀有之事。”（出《大业拾遗》）

李淳风

唐太史李淳风，校新历，太阳合朔，当蚀既，于占不吉。太宗不悦曰：“日或不食，卿将何以自处？”曰：“如有不蚀，臣请死之。”及期，帝候于庭，谓淳风曰：“吾放汝与妻子别之。”对曰：“尚早。”刻日指影于壁：“至此则蚀。”如言而蚀，不差毫发。太史与张率同侍帝，更有暴风自南至。李以为南五里当有哭者，张以为有音乐。左右驰马观之，则遇送葬者，有鼓吹。又尝奏曰：“北斗七星当化为人，明日至西市饮酒，宜令候取。”太宗从之，乃使人往候。有婆罗门僧七人，入自金光门，至西市酒肆，登楼，命取酒一石。持碗饮之，须臾酒尽，复添一石。使者登楼，宣敕曰：“今

永洛，使者还说这是皇帝的命令。永洛打算领命前去，妻子劝他勿去。他便谎称坠马腰部损伤，这才幸免于难。（出《三国典略》）

管　辂

魏人管辂曾到郭恩家，忽见一鸠鸟飞来停在房梁悲鸣。管辂说："定有从东方来探望您的客人，带着猪肉与酒，因此您家中将发生变故。"至夜，真如管辂所言。郭恩下令节制饮酒仔细烹饪。但他打算弯弓搭箭射鸡做菜，箭从篱墙间射出，误伤一几岁大的小女孩，鲜血横流，场面令人惊惧。（出《魏志》）

筹禅师

隋炀帝在观文殿宴请秘书少监诸葛颖。他分了一只御杯给诸葛颖，说："过去我有位筹禅师，为我混合多种药材，装入一竹筒内。取帽簪插在竹筒中，七日后拔出。我与宾客对饮，一杯酒端上来，我用簪子在酒中划线，杯中酒从中间分开。将一边饮尽，另一边仍是满的，拿簪子给宾客细看，观赏者都认为那是出自大圣皇朝的稀奇事。"（出《大业拾遗》）

李淳风

唐朝太史李淳风，校对新年历书时，发现朔日将出现日食，占卜中这是不吉祥的预兆。太宗不高兴说："日蚀若不出现，你该如何自处？"李淳风说："若无日食，臣自请死罪。"到了那日，皇帝在庭院等着看，并对李淳风说："我且放你回家与妻儿告别。"李淳风说："时辰尚早。"他在墙上标记日影的位置，说："日光照到这里时，就会出现日食。"日食如他所言出现了，不差分毫。李淳风与张率都侍奉皇帝左右，一次，南面刮来暴风，李淳风认为南面五里处定有人在哭，张率认为那处定有音乐。皇帝派近臣快马加鞭前往查验，遇上送葬队伍，吹奏着哀乐。李淳风曾奏报说："北斗七星将化为人，明日去往西市饮酒，可派人守着，伺机抓获。"太宗听从，派人守候。见七位请师等至宫。”胡僧相顾而笑曰：“必李淳风小儿言我也。”因谓曰：“待穷此酒，与子偕行。”饮毕下楼，使者先下，回顾已失胡僧。因奏闻，太宗异焉。初僧饮酒，未入其直，及收具，于座下得钱二千。（出《国史异纂》及《纪闻》）

袁天纲

唐则天之在襁褓也，益州人袁天纲能相。士彟令相妻杨氏，天纲曰：“夫人当生贵子。”乃尽召其子相之。谓元庆、元爽曰：“可至刺史，终亦屯否。”见韩国夫人曰：“此女大贵，不利其夫。”则天时在怀抱，衣男子衣服，乳母抱至。天纲举目一视，大惊曰：“龙睛凤颈，贵之极也。若是女，当为天下主。”（出《感定录》）

安禄山术士

唐安禄山多置道术人，谓术士曰：“我对天子亦无恐惧，唯见李相则神机悚战。”即李林甫。术士曰：“公有阴兵五百人，皆铜头铁额，常在左右，何得畏李相公？”又谓禄山曰：“吾安得见之？”禄山因表请宴宰相，令术士于帘下窥之。惊曰：“吾初见报相公来，有双鬟二青衣，捧香炉先入，仆射侍卫铜头铁额之类皆穿屋逾垣而走。某亦不知其故，当是仙官暂谪居人间也。”（出《逸史》）

桑道茂

唐盛唐令李鹏遇桑道茂，曰：“长官只此一邑而已，贤郎二婆罗门僧人，进金光门来到西市酒楼，登楼，点了一石酒，用碗豪饮，不久饮尽，又添一石。皇帝派使者上楼宣旨："今日请各位禅师到皇宫一趟。"胡僧相顾笑道："定是李淳风那小子说我们什么了。"便对使者说："等酒喝完，我们同你一起走。"喝完下楼，使者走在前，当使者再回头时胡僧已消失。使者据实奏禀，太宗听后甚是惊异。当初胡僧喝酒时，并未结账，但店主收拾酒器时，在胡僧座下发现两千钱。（出《国史异纂》及《纪闻》）

袁天纲

武则天还在襁褓中时，有一个益州人叫袁天纲，会相面。武则天的父亲武士彟请袁天纲给妻子杨氏相面，天纲说："夫人定生贵子。"于是叫来他所有儿子请袁天纲相面。袁天纲对元庆、元爽说："二位公子可官拜刺史，但结局会艰难困顿。"袁天纲见韩国夫人说："这女孩必为显贵，但对丈夫不利。"武则天当时年幼，身着男孩儿服饰，被乳母抱来。袁天纲抬眼一看，大为吃惊，说："这孩子龙睛凤颈，尊贵至极。如是女孩儿，定为天下君主。"（出《感定录》）

安禄山术士

唐代安禄山收揽方士，他对门下方士说："我不惧天子，唯独见到宰相李林甫就心神战栗。"方士说："您豢养私军五百，都勇猛强悍，刀枪不入，一直守卫在您左右，李相公又有何可怕？"又对安禄山说："我怎能见到他？"安禄山递帖宴请李林甫，让方士在帘后窥视。方士大惊，说："我刚听闻通报李相公到，便有两青衣婢女，手捧香炉先进门，其后仆射侍卫勇猛强悍，刀枪不入，都穿屋越墙而来。我也不知何故，也许是仙官暂时被贬谪到人间。"（出《逸史》）

桑道茂

唐代盛唐县令李鹏有一天偶遇桑道茂。桑道茂说："您只掌管人，大者位极人臣，次者殆于数镇，子孙百世。”后如其言。长子石，出入将相，子孙二世及第。至次子福，历七镇，终于使相。凡八男，三人及第至尚书给谏郡牧，诸孙皆朱紫。

建中元年，道茂请城奉天为王者居。列象龟别，内分六街，德宗素神道茂言，遂命京尹严郢发众数千，与六军士杂往城之。时属盛夏，而土功大起，人不知其故。至播迁都彼，乃验。朱泚之乱，德宗幸奉天，时沿边藩镇皆已举兵扈跸。泚自率凶渠，直至城下。有西明寺僧，陷在贼中，性甚机巧，教造攻城云梯，高九十余尺，上施板屋楼橹，可以下瞰城中。浑瑊、李晟奏曰：“贼锋既盛，云梯甚壮，若纵近城，恐不能御。及其尚远，请以锐兵挫之。”遂率王师五千，列阵而出，于时束蕴居后，约战酣而燎。风势不便，火莫能举。二公酹酒祝词曰：“贼泚包藏祸心，窃弄凶德，敢以狂孽，来犯乘舆。今拥众胁君，将逼城垒。某等誓输忠节，志殄妖氛。若社稷再安，威灵未泯，当使云梯就爇，逆党冰销。”于是词情慷慨，人百其勇。俄而风势遽回，鼓噪而进，火烈风猛，烟埃涨天，梯烬贼奔。德宗御城楼以观，中外咸称万岁。及克京国，二公勋绩为首，宠锡茅土。匡扶社稷，终始一致。李西平有子四人，皆分节制，忠崇荣显。

初，晟于左贲效职，久未迁超。闻桑道茂善相，赍绢一匹，凌晨而往。时倾信者甚众，造诣多不即见之。闻李在门，亲自迎接，施设殽醴，情意甚专。既而谓曰：“他日建立勋庸，贵甚无比。或事权在手，当以性命为托。”李莫测其言，但惭唯而已。请回所贶缣，换李公身上汗衫，仍请于衿上书名，云他日见此相忆。及泚叛，道茂陷贼庭。既克京师，从乱者悉皆就戮。时李受命斩决，道茂将欲就刑，请致词，遂以汗衫为请。李公奏以非罪，特原之。

一个县而已，您的两个儿子，年长的将来位极人臣，年纪小的将来镇守多地，子孙相衍，富贵百年。”后来果真如他所说，长子李石，出将入相，子孙两代及第。次子李福，镇守七镇，官至使相，八个儿子中三人及第官至尚书给谏郡牧。孙子们都是五品或三品大官。

建中元年，道茂请求在奉天城修筑君王住所。陈列龟象，分为六街，德宗素来奉桑道茂的话为神旨，便命京兆尹严郢发派劳工数千，跟六军士卒同去筑城。时值盛夏，大兴土木，工人不明缘由。迁都后，才知奉天城的用处。朱泚某乱时，德宗亲驾奉天，当时沿途各藩镇，都已派兵护驾，朱泚亲率叛军，直逼城下。西明寺有位僧人受叛军围困，他生性机巧，教人制造攻城云梯，梯高九十多尺，上搭板屋楼栏，向下鸟瞰城内情况。浑瑊、李晟上奏皇帝：“敌军来势汹汹，攻城云梯十分坚固，若纵容他们靠近城墙，恐无力抵御。趁他们还未靠近，请派精锐部队斩杀。”于是率五千王师，列阵出征，同时捆好乱麻放在队伍后，交战正激烈时点燃。风势不利，未能燃起。瑊、晟二公洒酒祝告：“逆贼朱泚包藏祸心，窃国弄权德行败坏，率狂徒侵犯帝驾。如今聚众胁迫君主，逼近城垒。我等誓死尽忠，立志除奸。如果社稷有知，威灵未泯，当让云梯起火，消灭逆党。”祝词如此慷慨激昂，士气百倍增长。即刻风势回转，王师击鼓进军，火烈风猛，烟雾冲天，云梯化为灰烬，叛军仓皇逃窜。德宗亲登城楼观战，城内外高呼万岁。等收复京都后，浑、李二公立首功，封侯万里，二人匡扶社稷，忠贞不渝。李西平有四子，各有官职，忠勇显赫。

当初，李晟在左贲任职，很久未能升迁。听闻桑道茂擅长相面，带一匹丝绢，凌晨拜谒，当时很多人信他，去拜谒的人多数不能当即见到他。他听闻李晟在门外，亲自相迎，准备酒菜，很是礼敬。他对李晟说：“他日您建功立业，尊贵无比。大权在握，我当以性命相托。”李晟猜不透他的深意，只惭愧称是。桑道茂请他收回所赠丝绢，换来李公身上的汗衫，请他在汗衫上写下自己名字，并在日后相见借此回忆今日事。等到朱泚叛乱，桑道茂受困于逆贼庭院，后来收复京师，乱党一律就地格杀。当时李晟受命掌管斩决一事，桑道茂将赴刑，请求与李晟说话，提起汗衫往事。李公奏报他无罪，桑道茂司徒杜佑曾为杨炎判官，故卢杞见忌，欲出之，杜见道茂曰：“年内出官，则福寿无疆。”既而自某官，九十余日出为某官。官名遗忘，福寿果然。（出《剧谈录》）

乡校叟

唐宰相窦易直，初名秘，家贫，就乡校授业。而叟有道术，人不之知。一日向暮，风雪暴至，学徒归不得，宿于漏屋下。寒争附火，惟窦寝于侧。夜分，叟自扶窦起曰：“窦秘，君后为人臣，贵寿之极，勉励自爱也。”及德宗幸奉天，方举进士，亦随驾而西，乘蹇驴至开远，人稠路隘。城扉将阖，公惧势不可进。忽一人叱驴，兼捶其后，得疾驰而出。顾见二黑衣卒，呼曰：“秀才已后莫忘闾情。”及升朝，访得其子，提挈于吏中甚达。（出《因话录》）

相骨人

唐贞元末，有相骨山人，瞽双目。人求相，以手扪之，必知贵贱。房次卿方勇于趋进，率先访之。及出户时，后谒者盈巷。睹次卿已出，迎问之曰：“如何？”答曰：“不足言，不足言，且道个瘦长杜秀才位极人臣，何必更云。”或有退者。后杜循果带相印镇西蜀也。（出《嘉语录》）

田良逸 蒋含弘

唐元和初，南岳道士田良逸、蒋含弘，皆道业绝高，远近钦被特恕。

司徒杜佑曾任杨炎判官，受卢杞忌恨，想出逃，司徒杜佑见到桑道茂后听他说："年内调任，可保福寿无疆。"后来，杜佑开始做某某官，九十余日出为某某官。官名已遗忘，福寿果如桑道茂所言。（出《剧谈录》）

乡校叟

唐朝宰相窦易直，原名秘，家境贫苦，就读于乡校。校内有身怀道术的老者，此事不为人知。一日傍晚，狂风暴雪骤起，学生无法回家，住在破漏的房间里。因为天寒，众人争着往火堆旁凑，唯独窦秘睡在外侧。夜深，老者亲自扶起窦秘说："窦秘，你日后位极人臣，尊贵长寿，你要勤奋自强。"等到德宗驾临奉天，窦秘刚进士及第，也伴驾西行，他乘跛驴到开远，人多路窄，城门马上关闭，窦公担心这种情况下难以进城。忽然有人大声呵叱他的驴，同时重捶驴的后背，窦公只得随驴飞驰而去。回头看到两位黑衣士卒，向他高呼："请秀才往后勿忘故乡旧时情谊。"等他任职上朝议事，打听到那两位士卒，在朝中大力提拔二人。（出《因话录》）

相骨人

唐朝贞元末年，有位擅长相骨的人，双目失明。世人求他相骨，他用手触摸，必知命运贵贱。有一人叫房次卿，追求上进以达显贵，率先拜访相骨人，等他结束出门后，后来的人已排满街巷。人们看到房次卿已出来，迎上前问道："怎么样？"他答道："不值一提，不值一提，他说有位身材高瘦的杜秀才位极人臣，何必再说别人？"有人听后就不再请他相骨。后来杜循果然带相印镇守西蜀。（出《嘉语录》）

田良逸　蒋含弘

唐朝元和初年，南岳道士田良逸、蒋含弘，都道业高深，远近的敬，时号田蒋君。以虚无为心，和煦待物。不事浮饰，而天格清峻，人见者褊吝尽去。

侍郎吕渭、杨凭，相继廉问湖南，皆北面师事。潭州大旱，祈雨不获，或请邀致。杨曰："田先生岂为人祈雨者耶？"不得已迎之。先生蓬首弊服，欣然就车，到郡亦终无言，即日雨降。所居岳观，建黄箓坛场。法具已陈列而天阴晦，弟子请祈晴，田亦无言，岸帻垂发而坐。及行斋，左右代整冠履，扶升坛，天即开霁。

常有村姥，持碧绡襦以奉，对众便服之，坐者窃笑，不以介意。杨常迎至潭州。田方跣足，使至，乘小舟便行，侍者以履袜追及于衙门，即坐阶砌着袜，傍若无人。杨再拜，亦不止之。

时喜饮酒，而言不及吉凶是非。及杨自京尹谪临贺尉，使候田，遗银器，受之，便悉付门人作法会。使还曰："报汝阿郎，勿深忧也。"未几量移杭州长史。

未尝干人，人至亦不逆，性不多记人官位姓第。与吕渭分最深，后郎中吕温刺衡州，因来谒之，左右先告以使君是侍郎之子，及温入，下床拊其背曰："你是吕渭儿子耶？"温泫然降阶，田亦不止。其真朴如此。

母为喜王寺尼，尼众皆呼先生为师。常日负薪两束奉母，或有故不及往，即弟子代送之。或传寺尼早起见一虎在田媪门外走，因以告媪。曰："止应是小师使送柴来，不足畏也。"

蒋君混元之器，虽不及田，而修持趣尚，亦相类。兄事于田，号为莫逆。蒋始善符术，自晦其道，人莫之知。后居九真观，曾命弟子至县市斋物，不及期还，诘其故，云于山口见一巨兽当路，良人都很敬佩，时人称他们为田蒋君。他们心境清静虚空，和煦待物。不在意浮华文饰，生性高洁峻朗，见到他们的人褊狭鄙吝之心尽数被涤荡。

侍郎吕渭、杨凭，相继察访湖南，将二人奉为老师。潭州大旱，祈雨不成，有人提议请田蒋二人前来。杨凭说："怎么能委屈田先生为大家祈雨？"不得已，只好去请来田先生，先生蓬头旧衣，欣然上车，到了潭州一路无言，当日就降下雨来。他住的岳观，修筑了黄箓坛场，法具已齐备天却转阴，弟子请他求天晴，田先生仍是无言，推起头巾披散头发坐定。到斋戒时，身边人替他整顿鞋帽，扶他登坛，天空即刻转晴。

常有村中老妇送他碧色丝织短衣，他当着众人面穿上，在座的人忍俊不禁，他不以为意。杨凭常派人接他到潭州。田良逸还赤着脚，使者一到，他登船就走，侍童提起鞋袜追到衙门，他旁若无人地坐在台阶上穿鞋袜。杨凭再三行礼，他也不阻止。

他好饮酒，无关祸福吉凶是非对错。杨凭自京尹贬至临贺尉，派使者拜访田良逸，送银器，他收下后，都留给门人做法会用。使者返回时，他说："告诉你家老爷，无须忧虑。"不久杨凭升任杭州长史。

田方逸从未干涉他人运数，不反对别人的想法，生性不在意他人官位门第。他与吕渭情谊最深，后来郎中吕温任衡州刺史，因故特来拜谒，身边人先知会他是侍郎吕渭之子来访，等吕温进门后，他下床抚着吕温后背说："你是吕渭之子。"吕温含泪走下台阶，他没有挽留。他生性就是如此直率朴实。

他母亲是喜王寺尼姑，众尼称田先生为师傅。他每日给母亲送两捆柴，有时因故来不及，就让弟子代送。传言寺中尼姑晨起看到一只老虎在他母亲门前，就去告诉她老人家。田老太太说："那是小师傅差人给我送柴，不必害怕。"

蒋混元之才虽不及田良逸，但修行操守志趣高尚，与田良逸相近。他待田良逸如长兄，二人是莫逆之交。他起初擅长符箓之术，但从不宣扬，无人知晓。后来住在九真观，曾命弟子到县城买斋物，久不去，以故迟滞。蒋曰：“我在此庇伊已多时，何敢如是？”即以一符置所见处。明日，兽踣符下。蒋闻之曰：“我本以符却之，使其不来，岂知不能自脱。既以害物，安用术为？”取符本焚之，自此绝不复留意。

有欧阳平者，行业亦高，又兄事蒋，于田君即邻入室。平一夕梦三金炉自天而下，若有所召。既寤，潜告人曰：“二先生不久去矣，我继之。”俄而田蜕去，蒋次之，平亦逝。

桐柏山陈寡言、徐灵府、冯云翼三人，皆田之弟子，衡山周混沌，蒋之门人。陈、徐在东南，品第比田蒋，而冯在欧阳之列。周自幼入道，利法清严，今为南岳首冠。（出《因话录》）

弟子没按时返回，他盘问原因，弟子说在山口遇到一巨兽挡路，巨兽很久没走，所以就回来晚了。他说："我在此庇护它多时，它怎敢如此？"放了一张符在遇见巨兽之处。第二日，巨兽倒在符下。他听闻后说："我本想用符赶跑它，让它不要再来，怎知它无力自救。符术竟害命，怎能再用？"他取出符本焚毁，此后绝心不再修习符术。

有人名欧阳平，道业高深，待蒋混元如同兄长，对田君算是接近入室。欧阳平在一日夜里梦到三只金炉从天而降，好像有所预示。欧阳平醒后，偷偷告诉他人："两位先生不久就要离开人世，我则相继逝去。"很快田良逸先去，蒋含弘次之，欧阳平也逝去了。

桐柏山陈寡言、徐灵府、冯云翼三人，都是田良逸弟子，衡山周混沌是蒋含弘门人。陈寡言与徐灵府在东南一带，声名可比田蒋，而冯云翼与欧阳平齐名。周混沌自幼入道，道心坚定，严谨自持，如今是南岳魁首。（出《因话录》）

卷第七十七 方士二

杜 生 泓 师 罗思远 张景藏 叶法善 钱知微 胡芦生

杜 生

唐先天中，许州杜生善卜筮，言走失官禄，皆验如神。有亡奴者，造杜问之，生曰："汝但寻驿路归，道逢驿使有好鞭者，叩头乞之，彼若不与，以情告云：'杜生教乞。'如是必得。"如其言，果遇驿使，以杜生语告乞鞭。其使异之曰："鞭吾不惜，然无以挝马，汝可道左折一枝见代，予与汝鞭。"遂往折之，乃见亡奴伏于树下，擒之。问其故，奴曰："适循道走，遥见郎，故潜于斯。"复有亡奴者见杜生，生曰："归取五百钱，于官道候之，见进鹞子使过，求买其一，必得奴矣。"如言候之，俄有鹞子使至。告以情，求市其一。使者异之，以副鹞子与焉。将至手，鹞忽飞集于灌莽，乃往取，奴果伏在其下，遂执之。言人禄位中者至多，兹不缕述。（出《纪闻》）

泓 师

唐张敬之在则天朝，每思唐德，谓子冠宗曰："吾今佩服，乃莽朝服耳。"累官至春官侍郎，当入三品，其子将道由历于天官。有僧泓师善阴阳算术，与敬之有旧，谓敬之曰："侍郎无烦求三品。"敬之曰："弟子无所求，此儿子意耳。"敬之弟讷之为司礼博士，时有疾，甚危殆。指讷之曰："八郎得三品。"敬之曰："忧其疾亟，岂望三品也。"曰："八朗今日如临万仞渊，必不坠矣。"皆

杜生

唐玄宗先天年间，许州人杜生擅长算卦，人们求他寻人寻物预测官运，他都能预料如神。有人丢了家奴，求问杜生，杜生说："你只管沿驿道回去，路遇爱好马鞭的信差就叩首求取他的马鞭，他若不给，你将详情告诉他，说'杜生教你问他要的'，这样做必能找到你的仆人。"如杜生所说，这人路上果然遇到信差，按杜生的话求取马鞭。信差惊异地说："我不是舍不得马鞭，但不能没东西赶马，你可在路边折一树枝代替，我就给你马鞭。"这人在路边折树枝，恰巧逃跑的仆人躲在树下，正好抓获。问他为何躲在此处，仆人说："刚才我沿着驿道走，远远看着你过来，就藏在此处。"又有人丢了家奴求问杜生，杜生说："你回去取五百钱，等在官道上，看到进贡鹞子给朝廷的差役路过，求买一只，定能找到家奴。"这人按杜生所说守在路旁，很快有个送鹞子的差役过来。这人告诉差役事情原委，恳求卖给他一只。差役诧异，挑了一只次的给他。即将拿到手时，鹞子忽然飞到灌木丛中，这人跑过去捉住，仆人果然藏在灌木下，于是将他捉住。杜生预言他人名利应验的很多，这里不做赘述。（出《纪闻》）

泓师

唐朝张敬之在武则天当政时，时常怀念李唐德政，对儿子冠宗说："我现在的穿戴佩挂，是王莽时的朝服。"他在朝多年，官拜春官侍郎，理当位列三品，他儿子便向吏部说理。僧人泓师擅长阴阳测算，是张敬之旧交，他跟张敬之说："侍郎您无需劳心奔走列入三品一事。"敬之说："这不是我想求，是我儿子的意思。"张敬之的弟弟纳之任司礼博士，当时正身染重病，有性命之忧。泓师指着纳之说：

如其言。

泓复与张燕公说置买永乐东南第一宅。有求土者，戒之曰："此宅西北隅最是王地，慎勿于此取土。"越月，泓又至，谓燕公："此宅气候忽然索漠甚，必恐有取土于西北隅者。"公与泓偕行，至宅西北隅，果有取土处三数坑，皆深丈余。泓大惊曰："祸事，令公富贵止一身而已，更二十年外，请郎君皆不得天年。"燕公大骇曰："填之可乎？"泓曰："客土无气，与地脉不相连，今总填之，亦犹人有疮痏，纵以他肉补之，终无益。"

燕公子均、垍皆为禄山委任，授贼大官，克复后，三司定罪。肃宗时以减死论，太上皇召肃宗谓曰："张均弟兄皆与逆贼作权要官，就中张垍更与贼毁阿奴家事，犬彘之不若也，其罪无赦！"肃宗下殿叩头再拜曰："臣比在东宫，被人诬谮，三度合死，皆张说保护，得全首领，以至今日。张说两男一度合死，臣不能力争。脱死者有知，臣将何面目见张说于地下。"呜咽俯伏。太上皇命左右曰："扶皇帝起。"乃曰："与阿奴处置。张垍宜长流远恶处；竟终于岭表。张均宜弃市，更不要苦救这个也。"肃宗掩泣奉诏，故均遇害。皆如其言。（出《大唐新语》及《戎幕闲谈》）

罗思远

唐罗思远多秘异术，最善隐形。明皇乐隐形之法，就思远勤求而学之。思远虽传授，不尽其要。帝每与思远同为之，则隐没人不能知。若自试，则或余衣带，或露幞头脚，宫中人每知帝所在也。帝多方赐赉，或惧以死，而求之，终不尽传。帝怒，命力士裹以油幞，置于油榨下，压杀而埋瘗之。不旬日，有中官自蜀道回，逢思远于路。乘驴而笑谓使者曰："上之为戏，一何虐也。"（出

“八郎能位列三品。”张敬之说：“忧心他的病还来不及，怎敢想他位列三品？”泓师说：“八郎现今如临万丈深渊，必定不会坠落。”结果果然如泓师所说。

一次，泓师告诉张燕公购置永乐宫东南一宅院。有人在宅中取土，泓师警告：“这宅院西北角是王地，切勿在此处挖土。”一个月后，泓师又到院中，对张燕公说：“宅院风水忽然萧索，恐怕是有人取了西北角的土。”张燕公与泓师同行到西北角，果然被挖了数个一丈多的深坑。泓师大惊道：“此乃灾祸。您的富贵只您一人享有，二十年后，您的子女都不得安度晚年。”张燕公恐慌地说：“填平坑可以吗？”泓师道：“其他地方的土无气，与地脉不相连，就算填平，也如人身上长了疮疡，即便用其他肉补上，也于事无补。”

张燕公的儿子张均、张垍都被逆贼安禄山委以重用，战乱平息后，被三司定罪。肃宗时以免死论处，太上皇召见肃宗，对他说：“张均兄弟同逆贼谋权篡位，其中张垍更与安禄山破坏你的家事，二人猪狗不如，罪无可恕。”肃宗下殿再三叩头求情说：“我在东宫时，受人诬陷，三次当死，都受张燕公庇护才保全性命。如今张燕公两子只这一次当受死罪，我若不力保二人，将来我在地下无颜面对张燕公。”说罢低伏哭泣。太上皇命左右侍臣扶起皇帝，说：“这两个交予你处置，张垍应长期流放偏远险恶之处，老死岭南；张均当斩首示众，莫要再苦苦替这人求情。”肃宗掩面泣涕领旨，所以兄弟俩都不得善终。一如泓师所言。（出《大唐新语》及《戎幕闲谈》）

罗思远

唐代的罗思远精通多种神秘法术，最擅长隐形术。唐明皇对隐形法感兴趣，向罗思远勤奋求学。罗思远虽教授，但不把要领全部教给他。皇帝每次同罗思远一起作法，隐形之后无人知道他在哪。若自己尝试，不是漏出衣带就是露出头巾边角，宫中人每次都知道皇帝在哪里。皇帝以各种方式送礼，或以死恐吓，百般央求，罗思远始终没有尽数相传。皇帝愤怒，命力士用油布把他裹住，放在榨油机下，压死后埋了。不出十天，有宫中官吏从四川回京，路上遇见罗

《开天传记》)

张景藏

中书令河东公裴光庭，开元中居相位。张景藏能言休咎。一日，忽诣公，以一幅纸大书“台”字授公，公曰：“余见居台司，此何意也？”数日，贬台州刺史。(出《尚书故实》)

叶法善

唐玄宗于正月望夜，上阳宫大陈影灯，设庭燎，自禁门望殿门，皆设蜡炬，连属不绝，洞照宫室，荧煌如昼。时尚方都匠毛顺心多巧思，结构缯采，为灯楼二十间，高百五十尺，悬以珠玉金银，每微风一至，锵然成韵，仍以灯为龙凤虎豹腾跃之状，似非人力。有道士叶法善在圣真观，上促命召来。既至，潜引法善观于楼下，人莫知者。法善谓上曰：“影灯之盛，天下固无与比，惟凉州信为亚匹。”上曰：“师顷尝游乎？”法善曰：“适自彼来，便蒙召。”上异其言，曰：“今欲一往，得否？”法善曰：“此易耳。”于是令上闭目，约曰：“必不得妄视，若有所视，必当惊骇。”上依其言，闭目距跃，身在霄汉，已而足及地。法善曰：“可以观览。”既视，灯烛连亘十数里，车马骈阗，士女纷杂，上称其善。久之，法善曰：“观览毕，可回矣。”复闭目，与法善腾虚而上，俄顷还故处，而楼下歌吹犹未终。法善至西凉州，将铁如意质酒肆。异日，上命中官托以他事使凉州，因求如意以还。法善又尝引上游于月宫，因聆其天乐，上自晓音律，默记其曲，而归传之，遂为《霓裳羽衣曲》。法善生隋大业丙子，终于开元壬申，凡一百七十年矣。

思远。罗思远骑驴笑着对他说："皇上的玩笑，未免太过凶残。"（出《开天传记》）

张景藏

河东公裴光庭任中书令，开元年间官拜宰相。有个叫张景藏的人，能预测吉凶。一日，张景藏突然拜访裴公，拿一幅书法作品，上面写着很大的"台"字送给裴公，裴公说："我现在位居台司位，你这是何意？"几日后，裴宰相被贬为台州刺史。（出《尚书故实》）

叶法善

唐玄宗在正月十五夜间，在上阳宫陈设众多彩灯，庭院中点起火炬，从禁门到殿门灯烛连绵不绝，宫室通明，辉煌如白昼。当时尚方都匠毛顺多有巧思，利用结构色彩，制成灯楼二十间，楼高一百五十尺，悬挂珠玉金银点缀，微风吹拂，锵然悦耳，又用灯光呈现龙凤虎豹飞腾跳跃的场景，奇幻绚烂好像不是人做的。道士叶法善在圣真观，皇上紧急召见他。叶法善到后，玄宗悄悄带他到楼下观看，别人都不知道。叶法善对皇上说："彩灯盛景，天下无双，只有凉州有幸排在第二位。"皇上说："法师游览过吗？"法善说："刚从那里回来，就被您召见。"皇上感到惊异，说："我现在想去看看，可以吗？"叶法善说："这容易做到。"于是让皇上闭眼，约定："切勿偷看，若看到什么，定让你害怕。"皇上按他所说，闭眼跃起，身体飞入云霄，过了一会儿双脚落地。叶法善说："可以睁眼观赏了。"放眼看去，灯烛连绵十几里，车水马龙，男女纷杂，皇上连连称赞。看了许久，法师说："观赏结束，可以返回了。"皇上又闭眼，与叶法善腾空而起，很快返回原处，楼下歌舞乐器声犹在。叶法善到西凉州，将铁如意抵押给酒肆换酒。又一日，皇上命宫中官吏假借办事出使西凉州，顺便取回如意还给叶法善。叶法善还曾带皇上游览月宫，聆听天乐，皇上本就通晓音律，心中记下天乐曲谱，回来后流传，制成《霓裳羽衣曲》。叶法善生于隋朝大业丙子年，死于唐代开元壬甲年，寿宁州有人，卧疾连年，求法善飞符以制之。令于居宅井南七步掘约五尺许，得一古曲几，几上有十八字歌曰：“岁年永悲，羽翼殆归。哀哉罹殃苦，令我不得飞。”疾者遂愈。案孔怿《会稽记》云：“葛玄得仙后，几遂化为三足兽。”至今上虞人往往于山中见此案几，盖欲飞腾之兆也。《金陵六朝记》曰：“吴帝赤乌七年八月十七日，葛玄于方山上得道，白日升天。”至今有煮药铛，山有洗药池，见在。又白：“仲都，葛玄弟子，亦白日升天。至今祠坛见在白都山下。”又：“姚光亦葛玄弟子，自言得为火仙，吴大帝积薪焚之，光安坐火中，手阅素书一卷。”

法善尽传符箓，尤能厌鬼神。先是高宗曾检校诸术士黄白之法，遂出九十余人，曾于东都凌空观设坛醮，士女往观之，俄有数十人自投火中，人大惊，师曰：“皆鬼魅，吾法摄之也。”卒谥越国公。（出《广德神异录》）

钱知微

唐天宝末，术士钱知微尝至洛，居天津桥卖卜，云：“一卦帛十匹。”历旬，人皆不诣之。一日，有贵公子意其必异，命取帛如数卜焉，钱命蓍而卦成。曰：“予筮可期一生，君何戏焉？”其人曰：“卜事甚切，先生岂误乎？”钱请为韵语曰：“两头点土，中心虚悬，人足踏跋，不肯下钱。”其人本意卖天津桥绐之。其精如此。（出《酉阳杂俎》）

胡芦生

唐刘阚初登第，诣卜者胡芦生筮卦以质官禄。生双瞽，卦成，谓阚曰：“自此二十年，禄在西南，然不得善终。”阚留束素与之。

高一百七十岁。

宁州有人卧病在床数年，请叶法善飞符治病。叶法善让他在住宅水井南面七步处挖大约五尺深的坑，得到一古曲木几，上有一十八字歌：“岁年永悲，羽翼殆归。哀哉罹殃苦，令我不得飞。”病患看过后痊愈了。据孔怿《会稽记》记载，葛玄成仙后，这只小几化为三脚兽。时至今日，上虞人常将在山中见到这案几，视作飞黄腾达的预兆。《金陵六朝记》记载：“吴帝赤乌七年八月十七日，葛玄于方山上得道，白天飞升成仙。”时至今日煮药锅仍在，山间还有洗药池。又载：“白仲都，葛玄弟子，也白天飞升成仙。至今白都山下尚存祠坛。”又载：“姚光也是葛玄弟子，他自己说将任火仙，吴大帝堆柴烧他，他安坐在中，手捧一卷道书。”

叶法善将符箓尽数传授，擅长降伏鬼神。此前唐高宗曾检验术士点化金银的道术，来了九十余人，在东都凌空观设坛打醮。许多男女前往观看，顷刻有数十人自己投入火中，观者大惊，叶法善法师说：“这些皆为鬼魅，我施法将他们抓来。”叶法善死后，谥号越国公。（出《广德神异录》）

钱知微

唐朝天宝末年，术士钱知微曾到洛阳，在天津桥算卦谋生，标价一卦十匹布。出摊十天，无人向他求卦。一日，有位贵公子心想此人定与寻常人不同，叫人拿十匹布找他算卦。钱知微列蓍占卜，说：“我算卦可预测一生，您为何如此儿戏？”那公子说：“我卜问的事甚是急切，先生是不是有什么误会？”钱知微为他做韵语：“两头点土，中心虚悬，人足踏跋，不肯下钱。”那公子求卦的本意是想骗他。钱知微的卜算就是如此精明。（出《酉阳杂俎》）

胡芦生

唐代刘阐刚及第，就找算命先生胡芦生卜问官运。胡芦生双目失明，卦成后，对刘阐说：“从今往后二十年间，你的官运在西南方，释褐，从韦皋于西川，至御史大夫军司马。既二十年，韦病，命阚入奏，请益东川，如开元初之制。诏未允，阚乃微服单骑复诣胡芦生筮之。生揲蓍成卦，谓阚曰："吾二十年前，尝为一人卜，乃得《无妄》之《随》。今复前卦，得非曩贤乎？"阚闻之，即依阿唯诺。生曰："若审其人，祸将至矣。"阚甚不信，乃归蜀。果叛，宪宗皇帝擒戮之。

宰相李蕃尝漂寓东洛，妻即庶子崔谦女。年近三十，未有名宦。多寄托崔氏，待之亦不甚尽礼。时胡芦生在中桥，李患足疮，欲挈家居扬州，甚闷，与崔氏兄弟同往候之。生好饮酒，诣者必携一壶。李与崔各携酒，赍钱三锾往焉。生方箕踞在幕屋，倚蒲团，已半酣矣。崔兄弟先至，生不为之起，但伸手请坐而已，曰："须臾当有贵人来。"顾小童曰："扫地。"方毕，李生至级下，芦生笑迎，执手而入曰："郎君贵人也，何问？"李公曰："某且老矣，复病，又欲以家往数千里外，何有如此贵人也？"曰："更远亦可，公在两纱笼中，岂畏此厄？"李公询"纱笼"之由，终不复言。遂往扬州，居参佐桥，而李公闲谈寡合。居之左近有高员外，素相善。时李疾不出，高已来谒。至晚，又报高至，李甚怪。及见云："朝来看公归，到家困甚就寝，梦有人召出城，荆棘中行，见旧使庄客，亡已十数年矣。谓某曰：'员外不合至此，为物所诱，且须臾急返，某送员外去。'遂即引至城门。某谓曰：'汝安得在此？'曰：'为阴吏，蒙差当直李三郎。'某曰：'何李三郎也？'曰：'住参佐桥。知员外与三郎往还，故此祗候。'某曰：'李三郎安得如此？'曰：'是纱笼中人。'诘之不肯言，因云：'饥甚，员外能赐少酒饭钱银否，此城不敢入，请于城外致之。'某曰：'就李三郎宅得否？'其人惊曰：'若如此，是杀某也。'遂觉，特奉报此好消息。"李公笑但不得善终。”刘阐送他一捆丝布。刘阐换下布衣走上仕途，随韦皋走马西川，官拜御史大夫军司马。任职二十年，韦皋患病，派刘阐入朝奏报，请求将东川纳入西川管辖，恢复开元初年的制度。皇帝没批准，刘阐着常服独自骑马又到胡芦生处求卦。胡芦生揲蓍成卦，对刘阐说：“我二十年前，曾为一人算过一卦，算得无妄卦。今日之卦与先前一样，莫非您就是之前那位？”刘阐听后，小声说是。胡芦生说：“若是那人，大祸就要临头。”刘阐甚是怀疑，返回蜀地。果然遭逢叛乱，宪宗皇帝将他擒获处死。

宰相李蕃曾漂泊东洛，妻子是庶子崔谦之女。李蕃年近三十，还未有名声官职。依靠崔家过活，崔家待他不甚礼敬。当时胡芦生在中桥，李蕃足上生疮，想携家眷迁居扬州，心情沉闷，与崔家兄弟同去拜访。胡芦生好饮酒，拜访他须带酒一壶，李蕃与崔氏兄弟各自带了酒及三鍰赏钱。胡芦生正箕踞在幕屋，倚着蒲团，已半醉。崔氏兄弟先到，胡芦生并未起身，只伸手请二人坐下，他说：“贵人将至。”命小童洒扫，刚结束。李蕃行至阶下，胡芦生笑脸相迎，拉着他的手进屋说：“您是贵人，有什么想问？”李蕃说：“我已年迈，又患着病，还想举家搬迁到数千里外，怎算得上是贵人？”胡芦生说：“再远也无碍，您在两纱笼间，难道还怕这点儿厄运？”李蕃询问“纱笼”是何意，胡芦生不再说话。李蕃迁居扬州，住在参佐桥。李蕃寡言淡泊，少与人来往。有位高员外，素来跟他交好。当时李蕃患病在家，高员外已来探望，到了晚间，家人又报员外到，李蕃觉得奇怪。见面后高员外说：“早间来探望后就回去了，到家后很是困倦便睡下了，梦中有人唤我出城，走在荆棘丛中，遇见曾经差使的庄客，他已去世十多年，他对我说：‘员外不应到此，定是被某物引诱，应马上返回，我来送您。’他便引我到城门。我问他：‘你怎在此处？’他说：‘我在阴间当差，蒙差当值李三郎。’我问：‘李三郎是哪位？’他说：‘家在参佐桥。我知员外与三郎交好，特来恭候。’我问：‘李三郎如何有这般际遇？’他说：‘因他是纱笼中人。’我再追问，他不肯多说，托辞道：‘饥肠辘辘，员外可否赏些酒饭钱？我不敢进城，请在城外给我。’我说：‘可否去李三郎家？’他惊慌道：‘若如此无异于取我性命。’

而谢之，心异纱笼之说。

后数年，张建封镇徐州，奏李为巡官校书郎。会有新罗僧能相人，言张公不得为宰相，甚不快，因令使院看诸判官有得为宰相否。及至曰："并无。"张尤不快，曰："某妙择宾僚，岂无一人至相座者？"因更问曰："莫有判官未入院否？"报李巡官，便令促召至。僧降阶迎，谓张公曰："判官是纱笼中人，仆射不及。"张大喜，因问纱笼事，曰："宰相冥司必潜以纱笼护之，恐为异物所扰，余官不得也。"方悟芦生及高公所说。李公竟为相。

荥阳郑子，少贫窭，有才学不遇，时年近四十，将献书策求禄仕。郑遂造之，请占后事。谓郑曰："此卦大吉，七日内婚禄皆达。"郑既欲干禄求婚，皆被摈斥，以卜者谬己，即告云："吾将死矣，请审之。"胡芦生曰："岂欺诳言哉，必无致疑也。"郑自度无因而致，请其由。生曰："君明日晚，自乘驴出永通门，信驴而行，不用将从者随，二十里内，的见其验。"郑依言，明日，信驴行十七八里，因倦下驴。驴忽惊走，南去至疾，郑逐一里余，驴入一庄中，顷闻庄内叫呼云："驴踏破酱瓮。"牵驴索主，忽见郑求驴，其家奴仆诉詈，郑子巽谢之。良久，日向暮，闻门内语云："莫辱衣冠。"即主人母也，遂问姓名，郑具对，因叙家族，乃郑之五从姑也，遂留宿。传语更无大子弟，姑即自出见郎君。延郑厅内，须臾，列灯火，备酒馔。夫人年五十余，郑拜谒，叙寒暄，兼言驴事，惭谢姑曰："小子隔阔，都不知闻，不因今日，何由相见！"遂与款洽，询问中外，无不识者，遂问婚姻，郑云："未婚。"初姑似喜，少顷惨容曰："姑事韦家，不幸，儿女幼小，偏露，一子才十余岁，一女去年事郑郎。选授江阴尉，将赴任，至此身亡。女子孤弱，更无所依。郎即未宦，若能就此亲，便赴官任，即亦姑之幸也。"郑私喜，然后我就醒了，特意奉上这好消息。”李蕃笑着答谢，心里好奇纱笼之说。

数年后，张建受封镇守徐州，奏报李蕃任巡官校书郎。正好有位新罗僧人会相面，说张公不可任宰相，张公听后很是不快。差官员审查各判官中可有当得起一国宰辅的，他说：“并没有。”张公更是不快，说：“我精心选拔官吏，怎能无一人有相才？”又问：“莫不是还有没进院的判官？”下人报李巡官未入院，张公差人急召他入院。新罗僧人下阶相迎，对张公说：“这位判官是纱笼中人，仆射难及。”张公大喜，问纱笼一事。僧人说：“身居相位须得阴司中有纱笼相护，以防异物侵扰，其他官员都没这待遇。”李蕃这才明白胡芦生与高员外所言。李蕃后来果官拜宰相。

荥阳有位郑姓少年，自幼贫寒，怀才不遇，年近四十岁，献书策求官。郑子拜访胡芦生，请他占卜未来。胡芦生对郑子说：“此卦大吉，七日内，姻缘官位都可如愿以偿。”郑子因过去求姻缘官运都被拒绝，以为算卦人骗他。他对胡芦生说：“我命不久矣，还请您审慎。”胡芦生说：“我怎会妄言？你不必怀疑。”郑子自己觉得无缘无故不会有如此际遇，就问自己该怎么办。胡芦生说：“您明晚独自骑驴出永通门，无需他人相随，任驴恣意行走，二十里内，必定验证我所言。”郑子依照胡芦生所言，第二日，任驴前行十七八里，因疲累下驴。驴突然惊跑，往南疾驰，郑子追赶一里多，驴跑进一村庄，突然听到庄中呼喊：“驴踏破酱缸。”有人牵驴寻找主人，忽然看道郑子找驴，被那家仆斥责，郑子恭敬地道歉。许久，黄昏将至，他听到门中人说：“莫辱贵客。”说话的人是这家主人的母亲，她问郑子名姓。郑子一一回答，接着说了族人，她原来是郑子的五堂姑，就留郑子在家中住下。仆人传话告诉郑子，因为家中无成年男子，堂姑亲自出来见他。郑子被请到厅内，很快，灯烛酒菜齐备。夫人五十多岁，郑子上前行礼拜见，寒暄后，谈及驴的事，郑子惭愧道歉说：“小侄与您久别，毫无音信，若不是今日事，都不知还有没有机会相见。”姑母听后跟他很亲近，问他家中远近亲人境况，他无不知晓，又问及他的婚事，郑子说尚未婚配。起初姑母很是欣喜，不一会儿面露愁又思卜者之神，遂谢诺之。姑曰：“赴官须及程限，五日内须成亲，郎君行李，一切我备。”果不出七日，婚宦两全。郑厚谢芦生，携妻赴任。（出《原化记》）

容，说："我嫁与韦家，命运多舛，儿女年幼丧父，幼子才十几岁，一女儿去年嫁与郑郎。走马上任江南尉，行至此处去世。女儿孤弱，失了依托。你正好无官位，若能联姻，便可赴任。这也是姑母之幸。"郑子暗自欢喜，想起那算卦人妙算如神，向姑母道谢后答应了。姑母说："上任须在期限内，五日内必须完婚，你的行李用度，一切由我准备。"果然不出七日，姻缘官运都圆满了。郑子厚礼答谢胡芦生，携妻子上任。（出《原化记》）

卷第七十八　方士三

李秀才　王山人　王 琼　王 固　符契元　白 皎　贾 耽
茅安道　骆山人　石 旻

李秀才

唐虞部郎中陆绍，元和中，尝谒表兄于定水寺。因为院僧具蜜饵时果，邻院僧亦陆所熟也，遂令左右邀之。良久，僧与李秀才偕至，环坐笑语颇剧。院僧顾弟子煮新茗，巡将匝而不及李。陆不平曰："茶初未及李秀才，何也？"僧笑曰："如此秀才，亦要知茶味，且以余茶饮之。"邻院僧曰："秀才乃术士，座主不可轻言。"其僧又言："不逞之子弟，何所惮！"秀才忽怒曰："我与上人，素未相识，焉知予不逞徒也？"僧复大言："望酒旗玩变场者，岂有佳者乎？"李乃白座客："某不免对贵客作造次矣。"因奉手袖中，据两膝，叱其僧曰："粗行阿师，争敢辄无礼，拄杖何在，可击之。"僧房门后有筇杖子，忽跳出，连击其僧。时众亦为蔽护，杖伺人隙捷中，若有物执持也。李复叱曰："捉此僧向墙。"僧乃负墙拱手，色青短气，唯言乞命。李又曰："阿师可下阶。"僧又趋下，自投无数，衄鼻败颡不已。众为请之，李徐曰："缘对衣冠，不能杀此为累。"因揖客而去。僧半日方能言，如中恶状，竟不之测矣。(出《酉阳杂俎》)

王山人

唐太尉卫公李德裕为并州从事，到任未旬月，有王山人诣门请谒。与之及席，乃曰："某善按冥数。"初未之奇。因请虚正寝，备几案纸笔香水而已，令垂帘静伺之。生与之偕坐于西庑下。顷

李秀才

唐朝虞部郎中陆绍，在元和年间，曾去定水寺探望表兄，由于常给院内僧人带蜜饯鲜果，邻院僧人也与陆绍相熟，他便命随从邀请大家。许久，僧人们与李秀才一同到了。众人围坐，谈笑风生。院僧吩咐弟子煮新茶，茶水将斟满一圈刚好没轮到李秀才，陆绍不满地说："第一壶茶为何没轮到李秀才？"僧人笑说："就这样一秀才，也想品茶？剩下的给他就行了。"邻院僧人说："秀才是位术士，主人切勿怠慢。"那僧人又说："失意之人，有何可怕！"秀才忽然愤怒地说："我与您未曾相识，怎知我是不逞之徒？"僧人又妄言道："辗转酒肆耽于玩乐，怎会是好人？"秀才对在座客人说："我恐怕要对诸位贵宾失礼了。"说罢两手揣在袖中，靠在膝上，呵斥那僧人道："狂悖师傅，竟敢如此无礼，拐杖在哪？替我痛击他！"僧房门后有竹杖，忽然跳出，接连击打那僧人。这时众人都上前庇护，竹杖见缝插针，就像被控制了似的。李秀才又怒斥："把这狂僧捉到墙边。"那僧人只得依墙拱手，面色青黑，呼吸短促，一直求着饶命。李秀才又道："那个师傅到阶下去吧。"僧人就摔下台阶，自己反复摔了数次，鼻子额头出血不止。众人替他求情，李秀才慢慢说道："看在诸位面上，我饶他一命，不连累大家。"作揖离去。那僧人半天后才能说出话来，像是中了邪，也不知后来怎样了。（出《酉阳杂俎》）

王山人

唐代太尉李德裕任并州从事时，到任不足一月，有位王山人登门拜谒。二人落座，王山人说："我擅长预测未来的事。"李德裕起初并不以为奇。王山人请他清空寝室，备好桌案纸笔香水等，命人之，王生曰："可验之矣。"纸上书八字甚大，且有楷注，曰："位极人臣，寿六十四。"生遽请归，竟亦不知所去。及会昌朝，三策至一品，薨于海南，果符王生所按之年。（出《松窗录》）

王琼

唐元和中，江淮术士王琼尝在段君秀家。令坐客取一瓦子，画作龟甲，怀之一食顷，取出乃一龟。放于庭中，循垣而行，经宿却成瓦子。又取花含，默封于密器中，一夕开花。（出《酉阳杂组》）

王固

唐于頔在襄州，尝有山人王固谒见。頔性快，见其拜伏迟钝，不甚礼之。别日游宴，复不得预。王殊怏怏，因至使院，造判官曾叔政。颇礼接之，王谓曾曰："予以相公好奇，故不远而来，今实乖望。予有一艺，自古无者，今将归，且荷公之厚，聊为一设。"遂诣曾所居，怀中出竹一节及小鼓，规才运寸。良久，去竹之塞，折枝击鼓。筒中有蝇虎子数十枚，列行而出，分为二队，如对阵势。击鼓或三或五，随鼓音变阵，天衡地轴，鱼丽鹤列，无不备也，进退离附，人所不及。凡变阵数十，复作队入筒中。曾睹之大骇，乃言于于公。王已潜去，于悔恨，令物色求之，不获。（出《酉阳杂组》）

符契元

唐上都昊天观道士符契元，闽人也，德行法术，为时所重。

放下帷帘静候。王山人与他一同坐在西侧围廊下。很快，王山人说：“可以检验了。”只见纸上写了八个大字，还有工整的批注：“位极人臣，寿六十四。”王山人便告辞，不知去往何处。等到会昌年间，李公三次加官，位列一品，逝于海南，果真符合王山人的预测。（出《松窗录》）

王 琼

唐朝元和年间，江淮术士王琼曾借住段君秀家。一日，他请一位坐在身边的客人取一瓦片，画成龟壳，放入怀中约一顿饭工夫，取出竟是一只活乌龟。把它放在庭院中，顺着墙脚爬行，过一宿后又变成瓦片。又拿花苞，密封在容器中，过了一晚花便开了。（出《酉阳杂俎》）

王 固

唐人于頔住在襄州，山人王固曾拜谒。于頔性情直率，见王固行礼迟钝，就不怎么礼待。一日交游宴饮，于頔没有邀请王固。王固不满，就到官署拜谒判官曾叔政，曾叔政接待有礼。王固对曾叔政说：“我因为相公好奇尚异，所以不远万里前来，如今实在失望。我有一技艺，古往今来无人掌握。如今我将归去，承蒙您的厚爱，姑且为您献丑。”于是王固到曾叔政住处，从怀中掏出一节竹子和小鼓，直径才一寸。许久，去除竹节的塞子，折树枝敲击。竹节中数十只蝇虎子，列队飞出，排成两队，宛如两军对阵。三五间隔着击鼓，蝇虎随鼓声变换阵型，天衡地轴，鱼丽鹤列，诸多阵型无不具备，进退离合，人不能及。共变换数十个阵型，又列队进入竹节。曾叔政看后惊异，给于頔描述所见情形。王固已悄然离去，于頔悔恨，派人想办法访求，但没有结果。（出《酉阳杂俎》）

符契元

唐朝上都昊天观有道士名符契元，是闽地人，他的德行和法长庆初，中夏，晨告门人曰：“吾习静片时，慎无喧动。”乃扃户昼寝。既而道流四人，邀延出门，心欲有诣，身即辄至。离乡三十余年，因思一到。俄造其居，室宇摧落，园圃荒芜，旧识故人，孑遗殆尽。时果未熟，乃有邻里小儿，攀缘采摘，契元护惜咄叱，曾无应者，契元愈怒。傍道流止之曰：“熟与未熟，同归摘拾，何苦挂意也？”又曾居条山炼药，乃亦思一游。忽已至矣，恣意历览，遍穷岩谷。道流曰：“日色晚，可归矣。”因同行入京。道上忽逢鸣驺，导引甚盛。契元遽即避路，道流曰：“阳官不宜避阴官，但遵路而行。”须臾，前导数辈，望契元即狼狈奔进。及官至，谛视之，乃仆射马总，时方为刑部尚书。素善契元，马亦无恙。与契元晤，心独异之。日已夕矣，迟明，即诣开化坊访马，而与兵部韩侍郎对奕，因留连竟日。而旁察辞气神色，曾无少异，私怪其故。有顷，闻中疾，不旬日而殁。又给事李忠敏云，此是陶天活，有道术者，中朝奉道者多归之。天活本安南人，非闽人也，能于入静日，多神游诸岳。马公事人皆知之。（出《集异》）

白　皎

河阳从事樊宗仁，长庆中，客游鄂渚，因抵江陵，途中颇为驾舟子王升所侮。宗仁方举进士，力不能制，每优容之。至江陵，具以事诉于在任，因得重笞之。宗仁以他舟上峡，发荆不旬日，而所乘之舟，泛然失缆，篙橹皆不能制。舟人曰：“此舟已为仇人之所禁矣，昨水行岂常有所忤哉？今无术以进，不五百里，当历石滩，险阻艰难，一江之最。计其奸心，度我船适至，则必触碎沉溺，不如先备焉。”宗仁方与仆登岸，以巨索絷舟，循岸随之而行。翌日至滩所，船果奔骇狂触，恣纵升沉，须臾瓦解。赖其有索，人虽无术，都被当时人所敬重。长庆初年盛夏，清晨符契元告诉守门人："我清修片刻，切勿喧闹。"于是关上门窗白日就寝。一会儿有四位道友邀他出门。他心中想去什么地方，身体即刻就到什么地方。离开家乡三十多年，想念故乡，即刻就能回家。只见屋宇凋敝，庭院荒芜，故人远去，徒留自己。树上果实还未成熟，邻居小孩攀爬采摘，符契元爱惜果子呵斥小孩，但无人回应，他更是恼火。旁边道友制止说："熟或不熟，都是要摘的，何必在意？"符契元曾隐居条山炼药，便想故地重游，顷刻便至。他恣意游览，踏遍山谷。道友说："天色已晚，该回去了。"便同行回京。路上忽遇显贵出行，声势浩大。符契元迅速避让，道友说："阳官不必回避阴官，只管沿路前行。"不一会儿，开路的一行人，看到符契元便仓皇逃散。等到后面官人近前时，细看，原是仆射马总，当时正任刑部尚书。他一向与符契元交好，身体康健无虞。他看到契元时便上前相见，符契元心生疑虑。这时已是傍晚，天将亮时，符契元就去开化坊探望马总，马总正与兵部韩侍郎下棋，便在那儿逗留了一天。他在一旁观察马总语气神色，并无丝毫诡异，越发觉得奇怪。不久，听闻他患病，不到十天病故。又据给事李忠敏说，符契元是陶天活，身怀道术，内朝多数奉道者与他相熟。陶天活本是安南人，不是闽地人，能在入静时神游四方山岳。马公的事人尽皆知。（出《集异》）

白皎

河阳从事樊宗仁，在长庆中年，游历鄂渚，沿路抵达江陵。途中樊宗仁受了船夫王升的侮辱。他刚举为进士，无所奈何，只好容忍。到江陵后，就将此事告诉在任官员，王升因此被狠狠鞭笞。他乘另一条船去三峡，从荆州出发不足十天，所乘船在漂浮中丢失缆绳，船篙、桨橹都无法控制船。船夫说："这船已被仇人用法术控制，否则昨日在水上怎会总出故障？如今无法前行，前路不出五百里，就有石滩，乃是一江中最为艰难险阻的地方。估计仇人是想我们的船行到那儿时，必然触礁破损沉水。我们不如事先做好准备。"樊宗仁与仆人上岸，用大锁链捆着船，沿岸顺流而下。第二日到了石滩，船果然伤，物则荡尽。峡路深僻，上下数百里，皆无居人，宗仁即与仆辈荫于林下，粮饩什具，绝无所有，羁危辛苦，忧闷备至。虽发人告于土官，去二日不见返，饥馁逮绝。

其夜，因积薪起火，宗仁洎僮仆皆环火假寝。夜深忽寤，见山獠五人列坐，态貌殊异，皆挟利兵，瞻顾睢盱，言语凶谩。假令挥刃，则宗仁辈束手延颈矣。睹其势逼，因大语曰："尔辈家业，应此山中，吾不幸舟船破碎，万物俱没，涸然古岸，俟为豺狼之饵。尔辈圆首横目，曾不伤急，而乃瞯然笑侮，幸人危祸，一至此哉！吾今绝粮已逾日矣，尔家近者，可遽归营饮食，以济吾之将死也。"山獠相视，遂令二人起，未晓，负米肉盐酪而至。宗仁赖之以候回信。因示舟破之由，山獠曰："峡中行此术者甚众，而遇此难者亦多。然他人或有以解，唯王升者，犯之非没溺不已，则不知果是此子否。南山白皎者，法术通神，可以延之，遣召行禁。我知皎处，试为一请。"宗仁因恳祈之，山獠一人遂行。

明日，皎果至，黄冠野服，杖策蹑履，姿状山野，禽兽为祖。宗仁则又示以穷寓之端。皎笑曰："琐事耳，为君召而斩之。"因薙草剪木，规地为坛，仍列刀水，而皎立中央。夜阑月晓，水碧山青，杉桂朦胧，溪声悄然，时闻皎引气呼叫召王升，发声清长，激响辽绝，达曙无至者。宗仁私语仆使曰："岂七百里王升而可一息致哉？"皎又询宗仁曰："物沉舟碎，果如所言，莫不自为风水所害耶？"宗仁暨舟子又实告。皎曰："果如是，王升安所逃形哉？"又谓宗仁所使曰："然请郎君三代名讳，方审其术耳。"仆人告之。皎遂入深远，别建坛蝉，暮夜而再召之，长呼之声，又若昨夕。良久，山中忽有应皎者，咽绝，因风始闻。久乃至皎处，则王升颠簸碰撞，随水沉浮，很快破损瓦解了。因为那条锁链，无人伤亡，但船上财物荡然无存。峡谷中道路曲折偏僻，前后数百里，荒无人烟。樊宗仁只得与仆从暂蔽林荫下，吃喝用度全无，受困荒野，性命垂危，愁苦备至。虽派人报告当地官员，去了两日未见返回，饥饿难耐，危在旦夕。

夜间，堆柴生火，樊宗仁与仆从围着火堆打盹。夜深他突然醒来，看到五位山獠列坐，体态相貌奇异，手持利器，仰头环顾，言语狂悖。倘若山獠向樊宗仁一行挥刀，他们只能束手等死。樊宗仁眼见山獠逼近，高声道："你们的家业就在此山之中，我不幸船只破碎，随行物品都沉没了，困在岸边，等着豺狼以我等为食。你们圆头横眼，定不为我等遭遇焦急，且旁观讥笑我等遇难，幸灾乐祸，冷漠至此。我如今断粮已经一天多了，你们家在附近的，可尽快返回做饭，拿来救济我等将死之人。"山獠相顾，让二人起身，未及天明，就带着米肉盐酪等回来了。樊宗仁借这些食物维持生命等待回信。他向山獠描述沉船原因，山獠说："峡中施此道术者众多，遇难者也多。他人兴许还可破解，唯独被王升施法，非沉船不可，不知给你们施法的是不是他。南山上有人名白皎，法术通神，可请他来，制服王升。我知道白皎住处，可试着替你们请他。"樊宗仁恳求他相助，那山獠便去了。

第二日，白皎果然到了，他头戴黄冠身着野服，手拄拐杖脚踩草鞋，样子像山野村夫，祖上是禽兽。樊宗仁又对他讲述这次遇难缘由。白皎笑道："小事一桩，我替你召他来杀了。"他清理草木，划地为坛，摆上刀和水，自己站在中间。夜深月明，水碧山青，树影朦胧，溪水静默，不时听到白皎引气传召王升，发声清晰悠长，激昂旷远，远传至曙光触不到的地方。樊宗仁悄悄对仆从说："难道相距七百里的王升能听到这一声召唤？"白皎又询问樊宗仁："物沉船毁，真如你所说？莫不是因为自然灾害？"樊宗仁与船夫又将经过据实相告。白皎说："果真如此，王升怎能逃得无影无踪？"又对樊宗仁手下说："既然这样，请将主人三代名讳告诉我，我才能推断王升的法术。"仆人告诉了他。白皎深入山林另建一坛台，晚上再召唤王升，呼声远之魄也。皎于是责其奸蠹，数以罪状。升求哀俯伏，稽颡流血。皎谓宗仁曰："已得甘伏，可以行戮矣。"宗仁曰："原其奸凶尤甚，实为难恕，便行诛斩，则又不可，宜加以他苦焉。"皎乃叱王升曰："全尔腰领，当百日血痢而死。"升号泣而去。皎告辞，宗仁解衣以赠皎，皎笑而不受。有顷，舟船至，宗仁得进发江陵。询访王升，是其日皎召致之夕，在家染血痢，十旬而死。（出《异闻集》）

贾 耽

唐宰相贾耽秉政，直道事君，有未萌之祸，必能制除。至于阴阳象纬，无不洞晓。有村人失牛，诣桑国师卜之，卦成，国师谓曰："尔之牛，是贾相国偷将置于巾帽笥中。尔但候朝时突前告之。"叟乃如其言所请。公诘之，具以卜者语告公。公于马上笑，为发巾笥，取式盘，据鞍运转以视之。良久，谓失牛者曰："相公不偷尔牛，要相公知牛去处，但可于安国观三门后大槐树之梢鹊巢探取之。"村叟径诣三门上，见槐树杪果有鹊巢，都无所获，乃下树。低头见失牛在树根，系之食草，草次是盗牛者家。（出《芝田录》）

茅安道

唐茅安道，庐山道士，能书符役鬼，幻化无端，从学者常数百人。曾授二弟子以隐形洞视之术，有顷，二子皆以归养为请。安道遣之，仍谓曰："吾术传示，尽资尔学道之用，即不得盗情而炫其术也。苟违吾教，吾能令尔之术临事不验耳。"二子授命而去。时韩晋公滉在润州，深嫉此辈。二子径往修谒，意者脱为晋公不扬如昨夜。许久，山中忽然有人回应白皎，低微呜咽，借风才能听到。许久才到白皎面前，原是王升的魂魄。白皎斥责他奸恶狠厉，历数罪状。王升低伏哀求，磕头磕到流血。白皎对樊宗仁说：“他已甘愿服罪，可将他杀死了。”樊宗仁说：“论他的奸诈凶残之严重，实在难以宽恕，但要是施行斩杀，则又不可，该给他增加诸般痛苦。”白皎呵斥王升道：“保全你的身躯，要你身染血痢百日而死。”王升哭号离去。白皎告辞，樊宗仁脱下自己的衣服送给白皎，白皎笑而不受。很快，船只到了，樊宗仁乘船行往江陵。打听王升下落，王升就在被白皎召去的那夜，在家染上血痢，百日后病故。（出《异闻集》）

贾　耽

唐朝宰相贾耽任职期间，辅佐皇上耿直中正，若有尚未萌发的灾祸，他定能在发生之前抑制根除。关于阴阳星象经纬，他无所不知。有一农民丢了牛，在桑国师处占卜，卦成后，国师对他说：“你的牛，是贾相国偷走放在巾帽盒中。你只需等到上朝时突然找他当面告诉他。”老农按国师所言。相国问他，他说了国师算出的卦象，相国在马上大笑，为他打开巾帽盒，取出式盘，在马鞍上运转给他看，过了许久，对丢牛的老农说：“我没偷你的牛，要想知道牛在哪儿，只需去安国观三门后的大槐树梢上的鹊巢中探寻。”老农径直去到三门，见槐树梢上果然有鹊巢，却没找到牛，便从树上下来。低头一看，丢失的那头牛正在树旁，拴着吃草，草旁是偷牛人的家。（出《芝田录》）

茅安道

唐人茅安道，是庐山道士，能写符驱鬼，变化莫测，随他修习的时常有数百人。他曾教两弟子隐身透视之术，教了一段时间，两弟子都以回家赡养老人的借口请求回家。茅安道打发二人上路，但仍对他们说：“我教你们道术，只为帮助你们学道，不可为了谋求声名炫耀道术。倘若违背我的教诲，我能让你们的道术遇事不再灵验。”两礼，则当遁形而去。及召入，不敬，二子因弛慢纵诞，摄衣登阶。韩大怒，即命吏卒缚之，于是二子乃行其术，而法果无验，皆被擒缚。将加诛戮，二子曰："我初不敢若是，盖师之见误也。"韩将并绝其源，即谓曰："尔但致尔师之姓名居处，吾或释汝之死。"二子方欲陈述，而安道已在门矣。卒报公，公大喜，谓得悉加戮焉。遽令召入，安道庞眉美髯，姿状高古。公望见，不觉离席，延之对坐。安道曰："闻弟子二人愚騃，干冒尊严。今者命之短长，悬于指顾，然我请诘而愧之，然后俟公之行刑也。"公即临以兵刀，械系甚坚，召致阶下，二子叩头求哀。安道语公之左右曰："请水一器。"公恐其得水遁术，因不与之。安道欣然，遽就公之砚水饮之，而噀二子。当时化为双黑鼠，乱走于庭前。安道奋迅，忽变为巨鸢，每足攫一鼠，冲飞而去。晋公惊骇良久，终无奈何。（出《集异记》）

骆山人

唐田弘正之领镇州，三军杀之而立王廷凑，即王武俊之支属也。廷凑生于别墅，尝有鸠数十，朝集庭树，暮集檐下，有里人骆德播异之。及长骈胁，喜《阴符》《鬼谷》之书，历军职，得士心。曾使河阳，回在中路，以酒困寝于路隅，忽有一人荷策而过，熟视之曰："贵当列土，非常人也。"仆者寤，以告廷凑。驰数里及之，致敬而问，自云："济源骆山人也，向见君鼻中之气，左如龙而右如虎，二气交王，应在今秋，子孙相继，满一百年。"又云："家之庭合有大树，树及于堂，是其兆也。"是年果为三军扶立。后归别墅，而庭树婆娑，暗庇舍矣。墅有飞龙山神，廷凑往祭之。将及祠人领命离去。当时晋公韩滉在润州，很憎恶道士之类的人。二人一心想去拜谒，谋划如果晋公不礼待，就直接遁形离去。等到召二人进见，晋公无礼，两人就散漫放肆，拿着衣服走上台阶。韩滉大怒，立即命吏卒将二人捆起，二人见状就想施术遁走，法术果然不灵验，二人都被擒获。晋公将诛杀二人，二人狡辩：“我们本不敢如此，这都是我们师父的过错。”晋公想根除这事的源头，就对二人说：“你们只需告诉我你们师父的姓名住处，我就能免你们死罪。”两人刚要说，茅安道已在门前。吏卒向晋公通传，晋公大喜，心想可以将他们一网打尽了。立即令人召茅安道进来，茅安道俊眉美髯，神情姿态高雅古朴。晋公见后，不由自主地离席，请他与自己对坐。茅安道说：“听闻二位弟子愚笨，冒犯您的尊严。如今二人死活，尽在您掌握中，但我想责备他们一番，让他们知错，然后再等您行刑。”晋公便令士兵带兵器，将其牢牢捆住，召到阶下，二人叩头哀求。茅安道对晋公身边人说：“请给我一杯水。”晋公害怕他施水遁术，坚决不肯给。茅安道并不在乎，当即喝了口晋公磨砚的水，喷向二人。二人即刻变成两只黑老鼠，在庭前乱跑。茅安道身手迅速，忽然变作巨鹰，一脚抓一只老鼠，冲天飞走。晋公惊讶许久，始终无可奈何。（出《集异记》）

骆山人

唐代田弘正统领镇州时，被三军杀害而拥立王廷凑上位，王廷凑就是王武俟的后代。王廷凑出生在别墅时，曾有数十只斑鸠晨间聚集庭院树上，傍晚栖息房檐下面，村人骆德便把此事当作异闻四处传扬。长大后，王廷凑喜爱《阴符》《鬼谷》一类书籍，在军队任职，深得军心。王廷凑曾出使河阳，归途因喝醉睡倒路旁，忽有一人手拿马鞭经过，仔细看后说：“尊贵之人，列土封疆，不同寻常。”仆人是醒着的，将此事转告王廷凑。王廷凑策马疾驰数里路追上那人，恭敬行礼后询问方才的事，那人自称济源骆山人，他说：“刚才观您鼻中气息，左侧如龙右侧如虎，二气相交为王，今秋就将应验，子孙世代传袭，延续一百年。”又说：“您家庭院中当有大树，枝叶笼百步，有人具冠冕，恭要于中路，廷湊及入庙，神像已侧坐，因而面东。庙宇至今尚存。廷湊清俭公正，勤于朝廷，惠于军民，子孙世嗣为镇帅。至朱梁时，王镕封赵王，为部将张文礼灭之。（出《北梦琐言》）

石旻

唐石旻有奇术，在扬州。段成式数年不隔旬必与之相见。至开成初，在城亲故间往往说石旻术不可测。盛传宝历中，石随尚书钱徽至湖州学院，子弟皆在，时暑月，猎者进一兔，钱命作汤。方共食，旻笑曰："可留兔皮，聊志一事。"遂钉皮于地，垒墼涂之，上朱书一符，独言曰："恨校迟，恨校迟。"钱氏兄弟诘之，石曰："欲共请君共记卯年也。"至太和九年，钱可复凤翔遇害，岁在乙卯也。（出《集异记》）

罩厅堂，这就是征兆。”这年果然王廷凑被三军扶立。后来王廷凑再返回别墅，庭院枝叶繁茂，掩映屋舍。别墅中有飞龙山神，王廷凑前去祭祀，离祠庙百步远时，有人冠冕齐整地在路上恭候，王廷凑进入庙后，神像已面向东侧坐。此庙存留至今。王廷凑为官清廉俭朴，公正不阿，勤于政务，惠及军民。子孙世代为镇州统帅。到朱氏建立后梁时，他的后代王镕受封赵王，后被部将张文礼杀害。（出《北梦琐言》）

石旻

唐代的石旻身怀奇术，居扬州。一连数年，间隔不到十天段成式定与他见面。开成初年，城中亲朋间都相传石旻法术深不可测。盛传宝历年间，石旻随尚书钱徽到湖州学院，弟子都在，正值暑季，猎户进献一只兔子，钱徽令人拿兔子煲汤。大家刚要坐下吃饭，石旻笑着说：“可留下兔皮，用它来简单标记一事。”他将兔皮钉在地上，砌砖涂抹，用朱砂在上面写符，只一句：“恨校迟，恨校迟。”钱氏兄弟求解，石旻说：“想与诸君共同记着卯年。”到了太和九年，钱徽便在凤翔遇难，这年正是乙卯年。（出《集异记》）

卷第七十九　方士四

慈恩僧　朱　悦　王　生　贾　笼　轩辕集　杜可筠　许建宗
向　隐　赵尊师　权　师

慈恩僧

唐王蒙与赵憬布衣之旧，知其吏才。及赵入相，自前吉州新淦令来谒，大喜，给恤甚厚。时宪府官颇阙，德宗每难其授，而赵将授之。一日偶诣慈恩，气色僧占之曰："观君色，殊无喜兆。他年当得一年边上御史矣。"蒙大笑而归。翌日，赵乘间奏御史府殊阙人，就中监察尤为急要，欲择三数人。德宗曰："非不欲补此官，须得孤直茂实者充，料卿只应取轻薄后生中朝子弟耳，不如不置。"赵曰："臣之愚见，正如圣虑，欲于录事参军县令中求。"上大喜曰："如此即是朕意，卿有人未？"遂举二人。既出，逢裴延龄，时以度支次对。曰："相公奏何事称意，喜色充溢？"赵不之对，延龄愠詈而去云："看此老兵所为得行否！"奏事毕，因问赵憬向论请何事。上曰："赵憬极公心。"因说御史事。延龄曰："此大不可，陛下何故信之？且赵憬身为宰相，岂谙州县官绩效？向二人又不为人所称说，憬何由自知之？必私也，陛下但诘其所自，即知矣。"他日果问云："卿何以知此二人？"曰："一是故人，一与臣微亲，知之。"上无言。他日延龄入，上曰："赵憬所请，果如卿料。"遂寝行。蒙却归故林，而赵薨于相位。后数年，边帅奏为从事，得假御史焉。（出《因话录》）

慈恩僧

唐朝的王蒙与赵憬是相识已久的布衣之交，知道赵憬有为官之才。等到赵憬入朝为相，王蒙便以吉州新淦县令身份前去拜谒，赵憬大喜，赠礼丰厚。当时，宪府缺乏官员，德宗皇帝一直找不到合适的人选，赵憬想推荐几位。一日，王蒙偶然来到僧人慈恩处，慈恩善观气色占卜，说："观您气色，实在没有喜兆。他年将任偏远边镇御史而已。"王蒙大笑归去。第二日，赵憬找机会上奏说御史府非常缺人，尤其缺监察，他想挑几人。德宗说："我并非不想补充官员，但必须是耿直务实的人才行，估计你只会挑些轻薄后生以及同僚子弟上任，如此不如空着。"赵憬说："臣的想法与皇上考虑的一致，臣打算在录事参军和县令中挑选。"皇上大喜道："如此甚合朕意，不知卿可有人选？"赵憬推荐两人。下朝后，赵憬碰到裴延龄，裴当时任度支次对。他说："相公上奏何事如此顺心，满面喜色？"赵憬没搭理他，裴延龄不满地念叨说："看这老兵想办的事能不能办成！"裴延龄上奏结束，问皇上赵憬刚才请示何事。皇上说："赵憬完全出于公心。"就说了补充御史府官员的事。裴延龄说："此事不可，皇上凭什么信他？且赵憬身为宰相，怎能了解州县官员政绩如何？这二人向来不为人称道，赵憬凭什么说自己了解他们？其中必有私情，皇上只需要盘问他为何如此，就明白了。"他日，皇上果然问赵憬道："卿怎么了解这二人情况？"赵憬说："一位是臣的旧交，一位与臣沾亲，所以了解。"皇上没再说话。此后某日，裴延龄入朝，皇上说："赵憬请示的那事，果真如卿所料。"于是这事没能实行。王蒙辞别赵憬返回故乡，赵憬在相位上去世。之后数年，边镇统帅奏报朝廷任王蒙为从事，王蒙便得一挂名御史职位。（出《因话录》）

朱悦

唐鄂州十将陈士明，幼而俊健，常斗鸡为事。多畜于家，始雏，知其后之勇怯，闻其鸣必辨其毛色。时里有道者朱翁悦，得缩地术，居于鄂，筑室穿池，环布果药，手种松桂，皆成十围，而未尝游于城市。与士明近邻为佑，因与之游。而士明亵狎于翁，多失敬。翁曰："尔孺子无赖，以吾为东家丘，吾戏试尔可否？"士明之居相去三二百步，翁以酒饮之，使其归取鸡斗。自辰而还，至酉不达家，度其所行，逾五十里，及顾视，不越百步。士明亟返，拜翁求恕，翁笑曰："孺子更侮于我乎？"士明云："适于中途已疲，讵敢复尔？"因垂涕，翁乃释之。后敬事翁之礼与童孙齿焉。士明至元和中，戍于巴丘，遂别朱翁。（出《广德神异记》）

王生

唐韩晋公滉镇润州，以京师米贵，进一百万石，且请敕陆路观察节度使发遣。时宰相以为盐铁使进奉，不合更烦累沿路州县，帝又难违滉请，遂下两省议。左补阙穆质曰："盐铁使自有官使勾当进奉，不合更烦累沿路州县。为节度使乱打杀二十万人犹得，何惜差一进奉官？"坐中人密闻，滉遂令军吏李栖华就谏院诘穆公。滉云："不曾相负，何得如此？"即到京与公廷辩。遂离镇，过汴州，挟刘玄佐俱行，势倾中外。

穆惧不自得，潜衣白衫，诣兴赵王生卜，与之束素，王谢曰："劳致重币，为公夜蓍占之。"穆乃留韩年命并自留年命。明日，令妹夫裴往请卦，王谓裴曰："此中一人，年命大盛，其间威势盛于王者，是谁？其次一命，与前相刻太甚，颇有相危害意。然前人

朱悦

唐朝鄂州将陈士明，自幼俊朗强健，常常斗鸡玩，家中养了许多鸡。在还是雏鸡时，他就知道长大后哪只勇敢哪只怯弱，听到鸡鸣就能判断鸡的毛色。当时，村中有修道老者叫朱悦，会缩地术，也住鄂州。他建造的房屋池塘，围绕着果树、药草，亲手栽培的松树和桂树已十抱粗，他未曾在城中游玩过。他与陈士明是近邻，想结伴一道进城游玩。陈士明轻慢无礼，老翁说："你小子无赖，因我是你东边邻居就不敬，我开玩笑考你行吗？"陈士明住处距此地二三百步远，朱翁给他酒喝，让他回去拿鸡来斗。从辰时他开始返回，到酉时还没到家，他自己估计走了五十多里，但回头看，却不足百步。陈士明急忙返回，拜倒在老翁面前求饶，老翁笑道："小子还侮辱我吗？"陈士明说："刚才在途中我已很是疲累，怎敢再犯？"说着流起泪来，老翁就不再追究。之后陈士明以子孙礼节对待老翁。元和中年，陈士明应征戍守巴丘，才与老翁告别。（出《广德神异记》）

王生

唐代晋公韩滉镇守润州，因京都米价昂贵，便进奉一百万石，还请皇上令陆路观察节度使押运。当时宰相认为应该让盐铁使进奉物资，不宜另外劳烦沿路州县，皇帝又不好驳回韩滉的请求，便将此事交给两省商议。左补阙穆质说："盐铁使自己有官使操办进奉等事宜，不应再劳烦沿途州县。身为节度使打杀二十万人的权力都有，何惜多派一进奉官？"在座有人将穆质的话秘传韩滉，韩滉令军吏李栖华到谏院责问穆公。韩滉说过去不曾与穆公有仇怨，何故这样做，自己即将进京与穆公当庭对质。于是韩滉离开镇守处，经汴州，挟持刘玄佐同去，势倾朝野。

穆质惶恐不已，偷换上白衫，到兴赵求王生占卜，他送王生一束绢帛，王生答谢道："劳您重金酬谢，我今夜就为您占卦。"穆质留下韩滉与自己的生辰。第二日，穆质让妹夫裴往前去请卦。王生对裴往说："这其中一人，命相旺盛，一生威势胜过王者，这人是谁？另外必不见明年三月。卦今已是十一月，纵相害，事亦不成。”韩十一月入京，穆曰：“韩爪距如此，犯著即碎，如何过得数月？”又质王生，终云不畏。

韩至京，威势愈盛，日以橘木棒杀人，判案郎官每候见皆奔走，公卿欲谒，逡巡莫敢进。穆愈惧，乃历谒韩诸子皋、群等求解，皆莫敢为出言者。时滉命三省官集中书视事，人皆谓与廷辩，或劝穆称疾，穆怀惧不决。及众官毕至，乃曰：“前日除张严常州刺史，昨日又除常州刺史。缘张严曾犯赃，所以除替。恐公等不谕，告公等知。”诸人皆贺穆，非是廷辩。

无何，穆有事见滉，未及通。闻阁中有大声曰：“穆质争敢如此！”赞者不觉走出，以告质，质惧。明日，度支员外齐抗五更走马谓质曰：“公以左降邵州邵阳尉，公好去。”无言握手留赠，促骑而去。质又令裴问王生，生曰：“韩命禄已绝，不过后日。明日且有国故，可万全无失矣。”至日晚，内宣出，王薨辍朝，明日制书不下。后日韩入班倒，床舁出，遂卒。时朝廷中有恶韩而好穆者，遂不放穆敕下，并以邵阳书与穆。（出《异闻集》）

贾笼

穆质初应举，试毕，与杨凭数人会。穆策云：“防贤甚于防奸。”杨曰：“公不得矣，今天子方礼贤，岂有防贤甚于防奸？”穆曰：“果如此是矣。”遂出谒鲜于弁，弁待穆甚厚。食未竟，仆报云：“尊师来。”弁奔走具靴笏，遂命彻食。及至，一眇道士尔。质一人的命相，与前面那人甚是相克，大有两败俱伤的预兆。但前面那人必定维持不到明年三月。卦上二人相见已是今年十一月，纵然相伤，事情也不会成。”韩滉十一月入京，穆质说：“韩滉心腹爪牙强盛，触及瞬间就粉身碎骨，如何拖延躲避数月？”他又求问王生，王生一直告诉他无需畏惧。

韩滉到京后，威势更盛，日日用橘木棒打人致死，判案官员一见他都逃跑，公卿大臣本想拜谒，却犹豫不敢登门。穆质越发忧惧，多次拜谒韩滉儿子韩皋、韩群等人以求和解，但他们没人敢替他讲情。当时韩滉命三省官员在中书省集合办公，人们都说韩滉要与穆质当庭对质，有人劝穆质称病躲避，穆质惶恐不定。等官员们都到后，韩滉说：“前日我罢免张严的常州刺史职务，昨日又罢免了一个常州刺史。因为张严曾贪赃，所以被剔除。恐诸位不知，今日特意告诉大家。”大家都为此次不是廷辩而祝贺穆质。

不久穆质有职务上的事情必须见韩滉，没来得及通报就听阁中传来大喊：“穆质竟敢如此！”一位赞官悄然不觉地走出，将这事告诉穆质，穆质忧惧。第二日，度支员外齐抗五更骑马来对穆质说：“您已降职为邵州邵阳尉，且好自为之。”再无多言握手告别，策马离去。穆质又让裴徃询问王生，王生说：“韩滉的寿命和官运已尽，不出后日。明日国事将有大变故，您可保万全无失。”至夜，宫内宣：皇上驾崩停朝。第二日穆质降职文书没有下发。第三日韩滉入朝倒在班内，被抬出，很快亡故。当时朝中有厌恶韩滉欣赏穆质的人，便不下发穆质的贬官令，并将降职邵阳尉的文书给了穆质。（出《异闻集》）

贾笼

穆质刚参加科举，考试结束，与杨凭等数人相会。穆质在策论中说：“防贤甚于防奸。”杨凭说：“你说得不对，当今天子礼贤下士，怎能说防贤甚于防奸？”穆说：“果真如此就好。”他们出门谒见鲜于弁，鲜于弁优待穆质。饭未吃完，仆人通报：“尊师到。”鲜于弁急忙准备朝靴笏板，命人撤掉饭菜。进屋后，原来是一盲眼道士来怒弁相待之薄，且来者是眇道士，不为礼，安坐如故。良久，道士谓质曰："岂非供奉官耶？"曰："非也。"又问："莫曾上封事进书策求名否？"质曰："见应制，已过试。"道士曰："面色大喜，兼合官在清近。是月十五日午后，当知之矣，策是第三等，官是左补阙，故先奉白。"质辞去。

至十五日，方过午，闻扣门声即甚厉，遣人应问。曰："五郎拜左补阙。"当时不先唱第三等便兼官，一时拜耳，故有此报。后鲜于弁诣质，质怒前不为毕馔，不与见。弁复来，质见之，乃曰："前者贾笼也，言事如神，不得不往谒之。"质遂与弁俱往。笼谓质曰："后三月至九月，勿食羊肉，当得兵部员外郎，知制诰。"德宗尝赏质曰："每爱卿对扬，言事多有行者。"质已贮不次之望，意甚薄知制诰，仍私谓人曰："人生自有，岂有不吃羊肉便得知制诰，此诚道士妖言也。"遂依前食羊。

至四月，给事赵憬忽召质云："同寻一异人。"及到，即前眇道士也。赵致敬如弟子礼，致谢而坐。道士谓质曰："前者勿令食羊肉，至九月得制诰，何不相取信？今否矣。""莫更有灾否？"曰："有厄。"质曰："莫至不全乎？"曰："初意过于不全，缘识圣上，得免死矣。"质曰："何计可免？"曰："今无计矣。"质又问："若迁贬，几时得归？"曰："少是十五年。补阙却回，贫道不见。"执手而别，遂不复言。

无何，宰相李泌奏，穆质、卢景亮于大会中，皆自言频有章奏谏。曰："国有善，即言自己出；有恶事，即言苦谏，上不纳。此足以惑众，合以大不敬论，请付京兆府决杀。"德宗曰："景亮不知，穆质曾识，不用如此。"又进决六十，流崖州，上御笔书令与一官，了。穆质恼火鲜于弁无礼薄待，且来人又只是个盲眼道士，所以并未行礼，仍安坐如旧。许久，道士对穆质说："您难道不是食俸禄的官人？"答："不是。"道士又问他可曾上密封的奏章进书策谋求官禄，穆质说："正在应举，已中第。"道士说："你面相大喜。及第后在天子身边任职。本月十五日午后，你就知道了，策论是三等，官拜左补阙，我先告诉你。"穆质告辞离去。

到了十五日，刚过午时，穆质听到急促的敲门声，派人接应问询。报说："五郎官拜左补阙。"当时没有先唱报"第三等"就是同时任用，要同时拜接，所以才有刚才那种报法。后来鲜于弁来见穆质，穆质生气那日没让他吃完饭，不与弁相见。弁又来，穆见他，弁说："前几日来我家那位是贾笼，他料事如神，我们该去拜谒。"穆与弁同去。贾笼对穆质说："此后三月至九月，切勿吃羊肉，你能升职至兵部员外郎，兼任知制诰。"德宗皇帝曾赏识穆质，说："爱卿每次献策，办法大多可行。"穆质心生破格的希望，看不起知制诰，私下对人说："人生做什么官靠自己争取，哪有不吃羊肉就能任知制诰的道理？这纯粹是道士的妖言。"于是他如往常吃起羊肉。

到了四月，给事赵憬忽然召穆质说："你我二人同去拜访一异人。"到那一看，就是先前那个盲眼道士。赵憬如弟子般礼敬他，致谢后才落座。道士对穆质说："之前不让你吃羊肉，到九月能任知制诰，为何不信？"穆质说："如今违背，莫不是还有灾祸吗？"道士说："是的，厄运将至！"穆质说："不至于危及生命吧？"道士说："本来很危险，因你与皇上结缘，可免于一死。"穆质问道："何以避免？"答："如今无计可施。"穆质又问："若遭贬迁，何时能回来？"道士说："至少十五年。补阙会回来，贫道不再相见。"二人执手告别，不再多说。

不久，宰相李泌上奏：穆质、卢景亮在大会中，都说自己都有章上奏，国有善政，他们都说是自己的功劳；有恶事，就说是自己苦谏不被皇上采纳。这种做法迷惑众人，应以大不敬论处，交付京兆府处决斩杀。德宗说："卢景亮我不了解，穆质我曾与他相识，不必如此对他。"再次裁决杖责六十，流放崖州，皇上御笔亲书授官，穆质被

遂远贬。后至十五年，宪宗方征入。贾笼即贾直言之父也。（出《异闻集》）

轩辕集

唐宣宗晚岁，酷好长年术。广州监军吴德鄘离京日，病足颇甚。及罢，已三载矣，而疾已平。宣宗诘之，且言罗浮山人轩辕集医之。遂驿诏赴京，既至，馆山亭院。后放归，拜朝散大夫广州司马，坚不受。临别，宣宗问："理天下当得几年？"集曰："五十年。"宣宗大悦。及至晏驾，春秋五十。（出《感定录》）

杜可筠

唐僖宗末，广陵贫人杜可筠年四十余，好饮不食，多云绝粒。每酒肆巡座求饮，亦不见醉。人有怜与之酒，又终不多饮，三两杯即止。有乐生旗亭在街西，常许或阴雨往他所不及，即约诣此，率以为常。一旦大雪，诣乐求饮，值典事者白乐云："既已啮损，即须据物赔前人。"乐不喜其说，杜问曰："何故？"乐曰："有人将衣服换酒，收藏不谨，致为鼠啮。"杜曰："此间屋院几何？"曰："若干。"杜曰："弱年曾记得一符，甚能却鼠，即不知今有验否，请以试之，或有征，当可尽此室宇，永无鼠矣。"乐得符，依法焚之，自此遂绝鼠迹。杜属秦彦、毕师铎重围际，容貌不改，皆为绝粮故也。后孙儒渡江，乃寓毗陵。犯夜禁，为刃死，传其剑解矣。（出《桂苑丛谈》）

许建宗

唐济阴郡东北六里左山龙兴古寺前，路西第一院井，其水至

贬谪远方。此后十五年，宪宗皇帝将他召回。贾笼就是贾直言的父亲。（出《异闻集》）

轩辕集

唐宣宗晚年，酷爱长生之术。广州监军吴德鄘离京赴任时，足部患重病。他卸任时，已是三年后，但足病已痊愈。宣宗盘问他，他说是罗浮山人轩辕集为他医治。皇上诏令轩辕集入京，到京后，轩辕集住在山亭院。后来皇上放他回去，授任朝散大夫广州司马，轩辕集坚决不接受。临别时，宣宗问："自己治理天下能有多久？"轩辕集说："五十年。"宣宗大悦。到宣宗驾崩，正好春秋五十载。（出《感定录》）

杜可筠

唐朝僖宗末年，广陵有个穷人名杜可筠，四十多岁，好饮酒不吃饭，许多人传他粒米不沾。他常在酒肆挨个座位向人要酒喝，未曾见他喝醉。有人垂怜送他酒喝，他不多喝，三两杯就停。有个叫乐生的人在街西开了酒亭，阴雨天无处去时常让他过去，逐渐习以为常。一日大雪，杜可筠又到乐生处饮酒，赶上一个做典当工作的人对乐生说："既已被咬坏，就应根据物价赔偿。"乐生不高兴他如此说，杜可筠问："发生何事？"乐生说："有人拿衣物换酒，因收藏不慎，被老鼠咬破。"杜可筠说："这处屋院多大？"乐生说有若干。杜可筠说："我儿时曾记得一符咒，除鼠甚是有效，不知如今能否灵验，请你一试，或许有用，那就可以将这宅院彻底清理，永无老鼠。"乐生拿到符后，照法焚烧，自此解决鼠患。秦彦、毕师铎等在叛乱围城之际，城中缺粮，而杜可筠体貌不变，都因辟谷。此后孙儒过江，他迁居毗陵，因犯宵禁，被处死，传说杀他的剑也破碎了。（出《桂苑丛谈》）

许建宗

唐朝济阴郡东北六里左山龙兴古寺前，路西侧第一处院子有口深，人不可食，腥秽甚，色如血。郑还古曰："可以同诣之。"及窥其井，曰："某与回此水味何如？"还古及院僧曰："幸甚。"遂命朱瓯纸笔，书符置井中，更无他法。遂宿此院，二更后，院风雨黯黑。还古于牖中窥之，电光间，有一力夫，自以钓索于井中，如有所钓，凡电三发光，洎四电光则失之矣。及旦，建宗封其井。三日后，甘美异于诸水，至今不变。还古意建宗得道者，遂求之，云："某非道者，偶得符术。"求终不获。后去太山，不知所在。（出《传异记》）

向隐

唐天复中，成汭镇江陵，监军使张特进元随温克修司药库，在坊郭税舍止焉。张之门人向隐北邻，隐攻历算，仍精射覆，无不中也。一日，白张曰："特进副监小判官已下，皆带灾色，何也？"张曰："人之年运不同，岂有一时受灾，吾不信矣。"于时城中多犬吠，隐谓克修曰："司马元戎，某年失守，此地化为丘墟，子其志之。"他日复谓克修曰："此地更变，且无定主。五年后，东北上有人，依稀国亲，一镇此邦，二十年不动，子志之。"他日又曰："东北来者二十年后，更有一人五行不管，此程更远，但请记之。"温以为凭虚，殊不介意。复谓温曰："子他时婚娶无男，但生一队女也。到老却作医人。"后果密敕诛北司，张特进与副监小判官同日就戮，方验其事。

成汭鄂渚失律不还，江陵为朗人雷满所据，襄州举军夺之，以赵匡明为留后。大梁伐襄州匡明弃城自固，为梁将贺环所据。而威望不著，朗蛮侵凌，不敢出城，自固而已。梁主署武信王高季昌自颍州刺史为荆南兵马留后。下车日，拥数骑至沙头，朗军井，井水很深，不能饮用，腥臭污浊，颜色如血。郑还古跟许建宗说：“我们一同去看看。”许建宗观察那井，说：“我来恢复井水的味道如何？”郑还古与院中僧人说：“甚好。”便差人拿来朱砂钵子和纸笔，写一道符放入井中，没有再用其他方法。二人住在院中，二更后，院中风雨交加，幽暗漆黑。郑还古从窗缝往外瞧，电光之中有一健壮男子，把钓索放在井中，像在钓什么东西，一连三道闪电，到第四道时那人消失了。天亮后，许建宗封住井口。三日后，井水甘甜异常，至今未变。郑还古认为许建宗是得道高人，就去求他，许建宗说：“我不是道士，偶然习得符术而已。”郑还古所求最终没能实现。许建宗后来隐居太山，不知所终。（出《传异记》）

向隐

唐昭宗天复年间，成汭镇守江陵，监军使张特进、元随温克修管理药库，住在城郭街市的旅馆。张特进的门生向隐住在他北邻，向隐专攻历算，还擅长射覆，都没有投不中的。一日，向隐对张特进说：“特进、副监小判官以下，一干人等面色都带着灾气，这是为何？”张说：“每个人的运数不同，哪有同时受难的道理？我不信。”这时城里有很多犬吠声，向隐对温克修说：“司马元戎，将于某年失守，此地被夷为废墟，你们记在心里。”另一日又对克修说：“此地变故，且无固定长官。五年后，东北向有一人，大抵是国亲，镇守此地，二十年不变。你记在心里。”一日又说：“东北来人镇守二十年后，接任的人不信五行，任期更久。请记在心上。”温克修觉得这些预言根本是无稽之谈，丝毫不放在心上。向隐又对他说：“你日后婚娶子嗣中没有男孩，只生了一群女孩。你上年纪后却改行从医了。”后来朝廷果然密令诛杀北司，张特进与副监小判官同日被杀，正好应验。

成汭在鄂渚失利未归，江陵被朗人雷满占据，襄州发兵夺回，任赵匡明为留后。大梁出兵襄州，赵匡明弃城自守，襄州被梁将贺环占据。但他在军中没有威望，朗州蛮人来犯，他不敢出城迎战，只得固守。大梁君主命武信王高季昌由颍州刺史改任荆南兵马留后。高季昌到任后，率大量骑兵军临沙头，朗军望而生畏，屡屡退却。此前武信慑惧，稍稍而退。先是武信王赐姓朱，后复本姓，果符“国亲”之说。

克修失主，流落渚宫，收得名方，仍善修合，卖药自给，亦便行医。娶妇后，唯生数女，尽如向言。唐明宗天成二年丁亥，天军围江陵，军府怀忧，温克修上城白文献王，具道此，文献未之全信。温以前事累验，必不我欺。俄而朝廷抽军。来年，武信薨，凡二十一年。而文献嗣位，亦二十一年。迨至南平王，即此程更远，果在兹乎！（出《北梦琐言》）

赵尊师

赵尊师者，本遂州人，飞符救人疾病，于乡里间年深矣。又善役使山魈，令挈书囊席帽，故所居前后百里内，绝有妖怪鬼物为人患者。有民阮琼女，为精怪所惑，每临夜别梳妆，似有所伺，必迎接忻喜，言笑自若。召人医疗，即先知姓名。琼乃奔请尊师救解，赵曰：“不劳亲去，但将吾符贴于户牖间，自有所验。”乃白绢朱书大符与之。琼贴于户，至一更，闻有巨物中击之声，如冰坠地，遂攒烛照之，乃一巨鼍，宛转在地，逡巡而死，符即不见。女乃醒然自悟，惊骇涕泣。琼遂碎鼍之首，弃于壑间，却诣尊师，备陈其事。赵慰劳之，又与小符，令女吞之，自后无恙。大符即却归于案上。（出《野人闲话》）

权 师

唐长道县山野间，有巫曰权师，善死卜。至于邪魅鬼怪，隐伏逃亡，地秘山藏，生期死限，罔不预知之。或人请命，则焚香呼请神，僵仆于茵褥上，奄然而逝，移时方喘息，瞑目而言其事。奏师王曾被梁主赐姓朱，后来恢复自己的姓氏。果然符合向隐“国亲”的说法。

温克修失去依附后流落渚宫，收集许多名方，精心修炼整合，卖药谋生，顺带行医。娶妻后，生了几个女孩，全都跟向隐所说的一致。唐明宗天成二年丁亥，天子军队围攻江陵，将帅忧虑，温克修登城将自己所经历的告诉文献王，文献王并未完全相信。温克修以为前事屡屡应验，向隐所言绝非欺人之谈。不久朝廷抽调军队。第二年，武信王高季昌去世，任期二十一年。文献王继位，也任期二十一年，直到南平王。正是向隐所言“任期更久”，果真如此。（出《北梦琐言》）

赵尊师

赵尊师是遂州人，能用飞符治病救人，在乡间深居多年。他又善于驱使山魈，令它们给自己提书袋席帽，所以在他居所方圆百里内，绝无妖怪鬼物伤人。百姓阮琼女儿被精怪迷惑，每临近夜晚就精心梳妆打扮，就像在等什么人，定有人来迎接道贺，谈笑自得。请人到家给她医治，她就事先知晓人家姓名。阮琼赶忙请赵尊师相救，赵尊师说：“不必我亲自去，只需将我的符贴在门上，自会得救。”他用朱笔在白绢上写了道大符给阮琼。阮琼回去贴在门上，到一更，听到有巨物被击中之声，如冰块坠地，他便秉烛去看，原是一只大鼍在地上翻滚，很快就死了，符也不见了，女儿像刚睡醒明白过来，惊惧啼哭。阮琼砸碎鼍头，扔进沟壑，再去拜访赵尊师，讲述事情经过。赵尊师慰问道贺后给他一道小符，让他女儿吞服，此后可安稳无虞。这时大符已经飞回桌上。（出《野人闲话》）

权　师

唐朝长道县山野间，有巫师名权师，擅长死卜。至于邪魅鬼怪，隐匿或是逃窜的，地下隐秘山间宝藏，世人生死期限，没有他不可预测的。有人请他占命，他焚香呼召神灵，僵直倒在席上，气绝去世，之亲曰郭九舅，豪侠强梁，积金甚广，妻卧病数年，将不济。召令卜之，闭目而言曰："君堂屋后有伏尸，其数九。"遂令劚之，依其尺寸，获之不差其一，旋遣去除之。妻立愈，赠钱百万，却而不受，强之，方受一二万，云神不令多取。又一日，卧于民家，瞑目轮十指云："算天下死簿，数其遐迩州县死数甚多，次及本州村乡，亦十余人合死者，内有豪士张夫子名行儒与焉。"人有急告行儒者，闻而惧，遂命之至。谓张曰："可以奉为，牒阎罪出免之。"于是闭目，于纸上书之，半如篆籀，祝焚之。既讫，张以含胎马奔奉之，巫曰："神只许其母，子即奉还，以俟异日。"所言本州十余人算尽者，应期而殁，惟张行儒免之。及牝诞驹，遂还其主。其牝呼为和尚，云："此马曾为僧不了，有是报。"自尔为人延算者不少，为人掘取地下隐伏者亦多，言人算尽者，不差晷刻。以至其家大富，取民家牛马资财，遍山盈室。（出《玉堂闲话》）

过一会儿才喘吸，闭眼解答所问之事。这人告诉权师他亲戚叫郭九舅，为人侠义豪横，家财优渥，妻子卧病数年，眼看没有救了，请权师卜算。权师闭眼说："这人堂屋后埋了九具尸体。"于是让人挖出，真如权师所说的数量，分毫不差，紧接着将尸体处理掉，他妻子立即痊愈。那人赠钱百万，权师推拒，硬要给他，不得已收下一二万，推辞说神灵不准多得。又一日，权师躺在一百姓家中，闭眼转动十指说："查天下生死簿，附近州县死者数目最多，其次是本州村乡，也有十多人将死，豪士张夫子名行儒也在其中。"有人急忙告诉张行儒，张行儒闻言惶恐，便请权师来。权师对张行儒说："我可为您解忧，写个文牒请阎王爷免您一死。"于是闭眼，在纸上写，字体有些像篆籀，写完就祝告焚烧。结束后，张行儒将一匹怀胎的奔马送给他，权师说："神只允许我收下其母，马仔降生后会尽快奉还。"过了几日，权师所说本州十多位寿数已尽之人，都应期身亡，只有张行儒幸免。等到母马生下马驹，便送还主人。他唤那母马为"和尚"，说："此马曾出家未能善终，所以遭此报应。"此后权师在家常为人算卦，也常替人挖取地下隐秘之物，说谁命数已尽，时间不差分毫。如此一来他家很是富足，从百姓家挣的牛羊资财，充满房屋。（出《玉堂闲话》）

卷第八十　方士五

周隐克

唐道士周隐克，有术数，将相大僚咸敬如神明，宰相李宗闵修弟子礼，手状皆云然。前宰相段文昌镇淮南，染疾，曰："尊师去年云我有疾，须卧六日。"段公与宾客博戏饮茶，周生连吃数碗，段起旋溺不已。良久，惊语尊师曰："乞且放，虚惫交下不自持。"笑曰："与相公为戏也，盖饮茶慵起，遣段公代之。"（出《逸史》）

张士政

唐王潜在荆州，百姓张士政善治伤折。有军人损胫，求张治之。张饮以一药酒，破肉，取碎骨一片，大如两指，涂膏封之，数日如旧。经二年余，胫忽痛，复问于张。张曰："前君所出骨寒则痛，可遽觅也。"果获于床下，令以汤洗，贮于絮中，其痛即愈。王子弟与之狎，尝祈其戏术。张取草一掬，再三揉之，悉成灯蛾飞去。又画一妇女于壁，酌满杯饮之，酒无遗滴。逡巡，画妇人面赤半日许。其术终不传人。（出《逸史》）

周隐克

唐朝有个道士叫周隐克，身怀术数，大臣将相对他敬若神明，宰相李宗闵以师徒之礼待他，举手投足间礼节周全。前宰相段文昌镇守淮南，得了病说：“尊师去年预言我将患病，须卧床六日。”段公与宾客以喝茶做赌，周隐克连喝数碗，段公不停地起身方便。许久，段公才明白过来，吃惊地对尊师说：“您且饶了我吧，我已疲弱交加难以自持了。”周隐克笑道：“只是与相公开玩笑罢了。茶喝多了又懒得起身，所以差您替我方便。”（出《逸史》）

张士政

唐朝的王潜驻扎在荆州，一个老百姓叫张士政，擅长医治外伤骨折。有位军人小腿受损，请张士政医治。张士政先给他一种药酒，然后剖开皮肉，取出一片碎骨，两个手指大小，再用药膏涂抹伤口，几日后这位军人的腿便恢复如初了。过了两年多，这位军人曾受伤的小腿忽然疼痛，又咨询张士政。张士政说：“这是先前帮你取出的骨头受寒导致的疼痛，你快找到它。”果然在床下寻得，让他用热水泡洗，储藏在棉絮中，腿痛便痊愈了。王潜的子弟常与张士政玩乐，曾请他表演法术。张士政取来一把草，反复揉搓，全都在指尖化作灯蛾飞去。他又画一女子在墙上，为她斟满酒杯，女子尽数饮下。过了一会儿，画中女子面色潮红。张士政的法术终究没有外传。（出《逸史》）

陈休复

唐李当镇兴元，褒城县处士陈休复号陈七子，狎于博徒，行止非常。李以其妖诞械之，而市井中又有一休复。无何，殒于狴牢，遽都腐败，所司收而瘗之。尔后宛在褒城，李惊异不敢复问。一旦爱女暴亡，妻追悼成疾，无能疗者。幕客白曰："陈处士真道者，必有少君之术，能祈之乎？"李然之，因敬而延召，陈曰："此小事尔。"于初夜，帷裳设灯炬，画作一门，请夫人下帘屏气。至夜分，亡者自画门入堂中，行数遭，夫人幅忆，失声而哭，亡魂倏然灭矣。然后戒勉，令其抑割。李由是敬之。（出《北梦琐言》）

费鸡师

唐蜀有费鸡师，目赤无黑睛，本濮人，段成式长庆初见之，已年七十余。或为人解疾，必用一鸡设祭于庭，又取江石如鸡卵，令疾者握之，乃踏步作气嘘叱，鸡旋转而死，石亦四破。成式旧家人永安初不信，尝谓曰："尔有大厄。"因丸符逼令吞之，复去其左足鞋及袜，符展在足心矣。又谓奴沧海："尔将病。"令袒而负户，以笔再三画于外，大言曰："过！过！"墨迹遂透著背焉。（出《酉阳杂俎》）

岳麓僧

唐广南节度下元随军将锺大夫，忘其名，晚年流落，旅寓陵州，多止佛寺。仁寿县主簿欧阳衎愍其衰老，常延待之，三伏间患腹疾，卧于欧阳舍，逾月不食。虑其旦夕溘然，欲陈牒州衙，希取锺公一状，以明行止。锺曰："病即病矣，死即未也。既此奉烦，何

陈休复

唐朝李当镇守兴元，褒城县有位处士叫陈休复，人称陈七子，整日与赌徒厮混，行为举止异常。李当因他怪异荒诞就将他拷了起来，但市井间又出现一个陈休复。不久，被关押的陈休复死在狱中，尸身很快腐烂，处理尸首的人将他埋葬。此后，陈休复仍在褒城，李当惊异不敢再提。一日，李当爱女猝死，妻子哀痛成疾，无人能医。有位幕客对李当说："陈处士乃真的得道之人，定有救治夫人的法术，您肯去请他吗？"李当同意，恭敬地将陈休复请来，陈休复说："小事而已。"当晚，在帷帐内设灯，画了一扇门，请夫人放下帘幕凝息。夜半，过世的女儿从画的门走进堂屋，走了几圈，夫人郁结悲怆，失声痛哭，亡魂骤然消失，此后一番劝慰，让她切勿忧思伤身，夫人便痊愈了。李当因此对陈休复敬重有加。（出《北梦琐言》）

费鸡师

唐朝蜀地有位费鸡师，双目赤红无黑眼仁，本是濮人，段成式在长庆第一次见到他，已七十多岁。他为人治病，必用一只鸡，在院中设坛祭祀，又从江中找鹅卵般的石子，让患者握在手中，他踏步运气嘘声呵斥，鸡扑腾挣扎而死，病人握住的石头也破碎。段成式旧时家仆永安起初并不相信。费鸡师曾对永安说："你将有大难。"于是将一道符做成丸状逼他吞服，再脱掉他左脚的鞋袜，那符已在脚心上。费鸡师又对家仆沧海说："你将生病。"让他脱去上衣倚门站立着，费鸡师用毛笔反复画门另一侧，大呵："过！过！"墨迹就透过门到了沧海背上。（出《酉阳杂俎》）

岳麓僧

唐朝广南节度使下属元随军将锺大夫，忘其名字，晚年流落在外，旅居陵州，常借住佛寺。仁寿县主簿欧阳衎怜悯他衰老，常设宴招待他。锺大夫在三伏天患腹疾，躺在欧阳衎家中，一个多月不吃东西。欧阳衎担心他命不久矣，想陈报州衙，希望得到一份钟公的行妨申报。”于是闻官，尔后疾愈。孙光宪时为郡倅，锺惠然来访，因问所苦之由，乃曰：“曾在湘潭，遇干戈不进，与同行商人数辈就岳麓寺设斋，寺僧有新合知命丹者，且云：‘服此药后，要退，即饮海藻汤，或大期将至，即肋下微痛，此丹自下，便须指挥家事，以俟终焉。’遂各与一缗，吞一丸。他日入蜀，至乐温县，遇同服丹者商人，寄寓乐温，得与话旧，且说所服之效。无何，此公来报肋下痛，不日其药果下。急区分家事，后凡二十日卒。某方神其药，用海藻汤下之，香水洗沐，却吞之。昨来所苦，药且未下，所以知未死。”兼出药相示。然锺公面色红润，强饮啖，似得药力也，他日不知其所终，以其知命有验，故记之焉。（出《北梦琐言》）

强绅

唐凤州东谷有山人强绅，妙于三戒，尤精云气。属王氏初并秦凤，张黄于通衢，强公指而谓孙光宪曰：“更十年，天子数员。”又曰：“并汾而来悠悠，梁蜀后何为哉。”于时蜀兵初攻岐山，谓其旦夕屠之。强曰：“秦王久思妄动，非四海之主，虽然，死于牖下，乃其分也。蜀人终不能克秦，而秦川亦成丘墟矣。”尔后大卤与王凤翔不羁，秦王令终，王氏绝祚，果叶强生言。有鹿卢跻术，自云老夫耄矣，无人可传，其书藏在深隐处古杉树中。因与孙光宪偕诣，开树皮，发蜡缄，取出一通绢书，选吉辰以授，为强妪止之。谓孙少年矣，虑致发狂，俾服膺三年，方议可否。（出《北梦琐言》）

状，以记录他的生平。锺大夫说："病了就是病了，死却还没死成。这件事既然又要麻烦你，那就由你直接申报吧。"于是欧阳衎申报官府。后来锺大夫病愈，孙光宪任郡守的副职，锺大夫善意来访，问他因何苦恼，孙光宪说："我曾在湘潭，遭逢战争无法前进，与同行的几位商人到岳麓寺斋祭，寺僧有新炼的知命丹，对我们说：'服下知命丹，若想去除，须得服用海藻汤，或者到寿命快完结时，肋下就会隐隐作痛，此丹自会排出，就得安排后事，等着送终。'我们每人给他十串钱，各自服下一丸。日后入蜀地，到了乐温县，偶遇一同服丹的商人，与他叙旧，说起服丹功效。很快，那人传信说肋下隐痛，没几天丹药果然排出。他急忙安排家事，二十日后亡故。我正感此药神奇，想用海藻汤将它去除，用供奉天尊的水沐浴，再吞下。前几日之所以苦恼，是因为药未能去除，知道大限未至。"他同时拿出药给锺大夫看。但锺大夫面色红润，服下后，应该是受了药效，他日不知所终，因这知命丹灵验，所以记录在此。（出《北梦琐言》）

强绅

唐朝凤州东谷有位山人叫强绅，精通三戒之道，尤其是云气之术。时值王氏刚兼并秦凤一带，正在大街上张狂，强绅指着他们跟孙光宪说："再过十年，就会出现多个天子。"又说："兼并汾地许久，此后梁蜀做何打算。"当时蜀兵开始攻打岐山，声称一日即可荡平秦地。强绅说："秦王久谋动乱，企图除掉各方霸主，即便战亡，也是定数。蜀人最终不能攻下秦地，而秦川逐渐夷为荒丘。"后来大卤与王凤翔放浪不羁，秦王法令施行无果，王氏帝运断绝，果然符合强绅所言。有一种鹿卢跷术，强绅自己说年迈无人可传，把那本书藏在了深山隐蔽处的古杉树里。他与孙光宪一同到山中，开树皮起蜡封，取出一绢书，择吉时相授，被强绅夫人制止。她说孙光宪太过年少，恐他因修习此术发狂，待他修行三年，再考虑相授。（出《北梦琐言》）

彭钉筋

唐彭濮间，有相者彭克明，号彭钉筋。言事多验，人以其必中，是有钉筋之名。九陇村民唐氏子，家富谷食。彭谓曰：“唐郎即世，不挂一缕。”唐氏曰：“我家粗有田陇，衣食且丰，可能裸露而终哉？”后一日，江水泛涨。潭上有一兔，在水中央，唐谓必致之。乃脱衣泅水，无何，为泛波漂没而卒。所谓一缕不挂也。其他皆此类，繁而不载。（出《北梦琐言》）

崔无斁

伪王蜀先主时，有道士李暠，亦唐之宗室，生于徐州，而游三蜀，词辩敏捷，粗有文章。因栖阳平化，为妖人扶持，上有紫气，乃聚众举事而败，妖辈星散，而暠独罹其祸。先是李暠有书，召玉局仙杨德辉赴斋。有老道士崔无斁自言患聋，有道而托算术，往往预知吉凶。杨德辉问曰：“将欲北行，如何？”令崔书地作字，乃书“北、千”两割字，崔公以“千”插“北”成“乖”字，曰：“去即乖觉。”杨坐不果去，而暠斋日就擒，道士多罹其祸。杨之幸免，由崔之力也。（出《北梦琐言》）

蜀 士

伪王蜀有王氏子承协，幼承荫，有文武才，性聪明，通于音律。门下常养一术士，潜授战阵之法，人莫知之。术士繿缕弊衣，亦不受承协之资镪。承协后因蜀主讲武于星宿山下，忽于主前呈一铁枪，重三十余斤，请试之。由是介马盘枪，星飞电转，万人观之，咸服其神异。及入城，又请盘城门下铁关，五十余斤。两人舁致马上，当街驰之，亦如电闪。大赏之，擢为龙捷指挥使。其诸家兵法，三令五甲，悬之口吻。以其年幼，终不付大兵柄。奇异之术，

彭钉筋

唐朝，在彭濮一带，有位相命人叫彭克明，又号彭钉筋。他预言之事多数应验。因他预言准确，所以才有“钉筋”的称号。九陇村民唐氏的儿子，家境富足，彭钉筋对唐氏说：“您儿子死去时会一丝不挂。”唐氏说：“我家有大量田地，衣食丰足，他怎会裸露离世？”后来，江水漫溢，潭中有一兔子，在水中央，唐家儿子说自己定能捉到它。于是脱衣游水，很快被泛滥的江水淹没溺亡。正是所说的一丝不挂离世。彭钉筋的其他事迹都与此事相似，此处不再赘述。（出《北梦琐言》）

崔无斁

伪王蜀先主时，有位道士叫李暠，也是唐朝皇室中人，生于徐州，周游三蜀，能言善辩，文采斐然。他的居所阳平化被妖人控制，紫气笼罩，他聚众起兵造反不成，妖人四散，唯独李暠受难。事先李暠曾写信召玉局仙杨德赴斋会。有位老道士崔无斁自称失聪推脱，他道业高深，常预知吉凶。杨德辉问：“我将北行，吉凶如何？”他请崔无斁写在地上，崔无斁分开写下“北”和“千”，将“千”插入“北”中成“乖”字，叮嘱：“此行须得机警灵敏。”杨德辉便没有去，李暠在斋会那日被捕，其他赴会道士多数蒙难。杨德辉得以幸免，多亏崔无斁相助。（出《北梦琐言》）

蜀士

伪王蜀有王氏子承协，自幼承荫授官，文武兼备，天资聪颖，精通音律。他门下常供养一位术士，私下教他战术阵法，外人不知此事。这位术士衣衫褴褛，也不接受承协资助。后来承协听蜀主在星宿山下讲武，突然在蜀主前呈上一铁枪，重三十多斤，请求试练。承协驾马持枪，星飞电转，万人观赏，人人称奇。等到进城，又请他舞城门下的铁门栓，重五十多斤。两人抬到马上，承协当街驾马，仍势如闪电。蜀主很是赏识，任命他为龙捷指挥使。此外诸家兵法，三令

信而有之。（出《王氏见闻录》）

陈岷

后唐庄宗世子魏王继岌伐蜀，回军在道，而有邺都之变。庄宗与刘后命内臣张汉宾赍急诏，所在催魏王归阙。张汉宾乘驿，倍道急行，至兴元西县逢魏王，宣传诏旨。王以本军方讨汉州，康延孝相次继来，欲候之出山，以陈凯歌，汉宾督之。有军谋陈岷，比事梁，与汉宾熟，密问张曰："天子改换，且是何人？"张色庄曰："我当面奉宣诏魏王，况大军在行，谈何容易。"陈岷曰："久忝知闻，故敢谘问。两日来有一信风，新人已即位矣，复何形迹？"张乃说："来时闻李嗣元过河，未知近事。"岷曰："魏王且请盘桓，以观其势，未可前迈。"张以庄宗命严，不敢迁延，督令进发。魏王至渭南遇害。（出《王氏见闻录》）

郑山古

伪蜀王先主时，有军校黄承真就粮于广汉绵竹县，遇一叟曰郑山古，谓黄曰："此国于五行中少金气，有剥金之号，曰金炀鬼。此年蜀宫大火，至甲申、乙酉，则杀人无数，我授汝秘术，诣朝堂陈之。傥行吾教以禳镇，庶几减于杀伐。救活之功，道家所重，延生试于我而取之。然三陈此术，如不允行，则止亦不免。盖泄于阴机也，子能从我乎？"黄亦好奇，乃曰："苟禀至言，死生以之。"乃赍秘文诣蜀。三上不达，乃呕血而死。其大火与乙酉亡国杀戮之事果验。孙光宪与承真相识，窃得窥其秘纬，题云《黄帝阴符》，与今《阴符》不同，凡五六千言。黄云受于郑叟，一画一点，皆以五行属配，通畅亹亹，实奇书也。然汉代数贤生于绵竹，妙于

五甲，他都精通。因他年幼，所以没把兵权重任交付给他。其他奇异法术，他应该也通晓。（出《王氏见闻录》）

陈岷

后唐庄宗世子魏王继岌讨伐蜀地，班师回朝途中，遭逢邺都之变。庄宗与刘后命内臣张汉宾带急诏，到魏王处召他回朝。张汉宾驾驿马疾驰，到兴元西县遇上魏王，向他宣旨。魏王说自己正率军讨伐汉州，康延孝随后跟来，要等他出山，上奏捷报。张汉宾督促他回朝。有位军谋陈岷正在勾结投降大梁兵力，与张汉宾熟识，私下问张汉宾："天子已变，何人继位？"张汉宾神色严肃地说："我奉皇命当魏王面宣旨召他回京，且正在行军，此事谈何容易！"陈岷说："因与您有故，所以斗胆打听。这两日听闻新皇继位，还有其他情况吗？"张汉宾便说："来时听闻李嗣元已过河，近几日的事我也不知。"陈岷说："请魏王暂且停兵不动，静观其变，不要再前进了。"张汉宾谨遵庄宗皇帝谕旨，不敢耽误，督令魏王即刻进发。魏王行至渭南时遇害。（出《王氏见闻录》）

郑山古

伪蜀王建时，有位军校叫黄承真，运粮到广汉绵竹县，路遇一老翁叫郑山古，他对黄承真说："此国五行缺金，有人有剥金之名，叫金炀鬼。这年蜀国王宫发生火灾，到甲申年和乙酉年生灵涂炭，我传你秘术，在朝堂上陈述。倘若施行我传授的法术消灾解难，就能减少死伤。济世救人乃道家所重，请您帮我成全此事。如果再三陈述，朝中仍不允施行，灾祸难免，也是冥中注定，您能按我说的帮我吗？"黄承真觉得好奇，便说："我会按你所说的做的，至死不渝。"他便带秘文到蜀国。黄承真多次上奏不成，吐血而死。最终宫中火灾与乙酉亡国杀戮等事一一应验。孙光宪与黄承真相识，得以看到那本秘术，标题是《黄帝阴符》，不同于如今的阴符，共五六千字。黄承真从郑翁处得到这秘术，其上一画一点，全是阴阳五行对应搭

谶记之学，所云郑叟，岂黄扶之流乎？（出《北梦琐言》）

马处谦

伪王蜀叶逢，少明悟，以词笔求知，常与孙光宪偕诣术士马处谦，问命通塞。马曰："四十已后，方可图之，未间，苟或先得，于寿不永。"于时州府交辟，以多故参差，不成其事。后充湖南通判官。未除官之前，梦见乘船赴任，江上候吏，旁午而至，迎入石窟。觉后，话于广成先生杜光庭次。忽报敕下，授检校水部员外郎。广成曰："昨宵之梦，岂小川之谓乎？"自是解维，覆舟于犍为郡青衣滩而死，即处谦之生知。叶逢之凶梦，何其效哉！光宪自蜀沿流，一夕梦叶生云："子于青衣亦不得免。"觉而异之，泊发嘉州，取阳山路，乘小舟以避青衣之险。无何篙折，为泛流吸入青衣，幸而获济。岂鬼神尚能相戏哉！（出《北梦琐言》）

赵圣人

伪蜀有赵温圭，善袁许术，占人灾祥，无不神中，蜀谓之赵圣人。武将王晖事蜀先主，累有军功，为性凶悍。至后主时，为一二贵人挤抑，久沉下位，王深衔之。尝一日，于朝门逢赵公，见之惊愕，乃屏人告之曰："今日见君面有杀气，怀兵刃，欲行阴谋。但君将来当为三任郡守，一任节制，自是晚达，不宜害人以取殃祸。"王大骇，乃于怀中探一匕首掷于地，泣而言曰："今日比欲刺杀此子，便自引决，不期逢君为开释，请从此而止。"勤勤拜谢而退。王寻为郡，迁秦州节度。蜀亡，老于咸阳。宰相范质亲见王，话其事。（出《玉堂闲话》）

配。通畅流利，实乃奇书。但汉代众多大贤生于绵竹，精通谶记之学，黄承真所言郑翁，莫非是黄扶之流？（出《北梦琐言》）

马处谦

伪蜀王建时有人名叶逢，自幼聪慧，以诗词文章著名，常与孙光宪一道拜谒术士马处谦，卜问运途吉凶。马处谦说：“四十岁后，官运初始；时候未到，如先得了官位，寿数将受损。”当时州府竞相征请，但因种种缘由没成。后来叶逢任湖南通判官。未授任前，他梦到乘船赴任，在江上等候差使，近午时等到，迎差使进石洞。睡醒后，叶逢在广成先生杜光庭家中说起此事，忽然通传谕旨到，任他为检校水部员外郎。广成先生说：“昨夜之梦，指的是小川吗？”叶逢解开缆索发船，行至犍为郡青衣滩时船翻身亡，这便符合马处谦的预言。叶逢的凶梦，何等灵验！孙光宪从蜀地沿江顺流而下，一日夜间梦到叶生说：“你在青衣滩也不得幸免。”孙光宪醒后觉得怪异，停船改往嘉州，取道阳山旱路，再乘小船避开青衣滩之难。无奈船篙折断，被激荡的水流卷进青衣滩，幸而得救。难道鬼神也会相互开玩笑？（出《北梦琐言》）

赵圣人

伪蜀赵温圭，擅长袁许术，他为人占卜吉凶，无不应验，蜀人称他为“赵圣人”。武将王晖效力于蜀国先主，战功赫赫，他生性凶悍，后主登机后，王晖被一两个权贵排挤，久居低位，怀恨在心。一日，王晖在朝门遇上赵公，赵公见到他很是惊愕，屏退身边人对他说：“今日见您面带杀气，怀中藏着兵刃，企图行不轨之事。但是您将三次担任郡守，一次担任节制，只是时辰未到，您实在不应害人而招来灾祸。”王晖惊骇，从怀中拿出一匕首扔在地上，悲泣道：“今日本想刺杀那人，再自尽，不料遇到您开导我，我自此停手。”王晖再三拜谢告辞。王晖很快任郡守，又升任秦州节度使。伪蜀灭亡后，他在咸阳养老。宰相范质亲眼见过王晖，王晖告诉了他自己的经历。（出《玉堂闲话》）

黄万户

伪王蜀时，巫山高唐观道士黄万户本巴东万户村民，学白虎七变术，又云学六丁法于道士张君。常持一铁鞭疗疾，不以财物介怀。然好与乡人争讼，州县不之重也。戎州刺史文思辂亦有戏术，曾剪纸鱼投于盆内而活，万户投符化獭而食之。其铁鞭为文思辂收之，归至涪州亡其鞭，而却归黄矣。有杨希古，欲传其术，坐未安，忽云："子家中已有丧秽。"不果传，俄得家讣母亡。又蜀先主召入宫，列示诸子，俾认储后，万户乃指后主。其术他皆仿此。唯一女为巫山民妻，有男传授秘诀，将卒，戒家人勿殓，经七八日再活，不久却殒也。青城县旧有马和尚，宴坐三十五年，道德甚高。万户将卒，谓家人曰："青城马和尚来，我遂长逝也。"是年，马师亦迁化。（出《北梦琐言》）

何奎

伪王蜀时，阆州人何奎，不知何术，而言事甚效，既非卜相，人号何见鬼，蜀之近贵咸神之。鬻银肆有患白癞者，传于两世矣，何见之谓曰："尔所苦，我知之矣，我为嫁聘，少镮钏钗篦之属，尔能致之乎？即所苦立愈矣。"癞者欣然许之，因谓曰："尔家必有他人旧功德，或供养之具在焉，亡者之魂所依，故遣为此祟，但去之必瘳也。"患者归视功德堂内，本无他物，忖思久之，老母曰："佛前纱窗，乃重围时他人之物，曾取而置之，得非此乎？"遽彻去，仍修斋忏，疾遂痊。竟受其镮钏之赠。何生未遇，不汲汲于官宦，末年祈于大官，自布衣除兴元小尹，金紫，兼妻邑号，子亦赐绯，不之任，便归阆州而卒，显知死期也。虽术数通神，而名器逾分，识者知后主政悉此类也。（出《北梦琐言》）

黄万户

伪蜀王建时，巫山高唐观道士黄万户，本是巴东万户村民，习得白虎七变术，又随道士张君习得六丁法。他常持一铁鞭为人治病，不在意酬金，但他好与乡邻起争执，州县衙门并不重用他。戎州刺史文思辂也身怀法术，他曾剪出纸鱼放到盆中，纸鱼变成活鱼，黄万户扔出一道符化成一只獭将鱼吃了，黄万户的铁鞭被文思辂收走，在返回涪州时丢失，结果却回到黄万户手中。有人名杨希古，想传授黄万户法术，还未坐好，黄万户忽然说："你家中有丧事。"杨希古没能传授，很快收到母亲的讣告。黄万户又被蜀先主召入宫，先主向他展示自己的儿子，请他认谁是储君，黄万户指定后主。其他法术应验的事情与这些相仿。黄万户的独女，是巫山一平民的妻子，二人育有一子，黄万户将法术传给此子，他告诫家人自己死后无需入殓，七八日后便可复活，没过多久就去世了。青城县曾有位马和尚，静坐三十五年，道行高深。黄万户临死前对家人说："青城马和尚即将来此，我将辞世。"同年，马和尚圆寂。（出《北梦琐言》）

何奎

伪蜀王建时，阆州人何奎，不知是什么法术，预言事情很是灵验，并没有用占卜相面之术，人称他为"何见鬼"，蜀国权贵都很信奉他。一户开银铺的人家患有白癞病，遗传了两代人，何奎见后对那户人家说："你们的苦痛我了解，我娶妻正缺镮钏钗篦等物，你们能为我备齐吗？若能即刻便可痊愈。"患者欣然应允，何奎便说："你家定有其他人旧日积攒了功德，或有供奉的器具留存，亡灵依附在上面，作祟害人，将其去除便可无虞。"患者回家察看功德堂，并无他物，思量许久，老母亲说："佛像前的纱窗，原是他人之物，我曾拿来放在那里，莫非是这纱窗？"于是患者即刻将纱窗撤掉，修缮斋戒忏悔，很快病愈，将钚钏赠予何奎。何奎生不逢时，他于仕途一事并不迫切，晚年才祈求任大官，由平民百姓任职兴元小尹，佩金印紫绶，妻子也受封号，子嗣也赐绯色官服，他并未上任，返回阆州后去世，

孙雄

嘉州夹江县人孙雄，号孙卯斋，其言事亦何奎之流。伪蜀主归命时，内官宋愈昭将军数员，旧与孙相善，亦神其术。将赴洛都，咸问将来升沉。孙俯首曰："诸官记之，此去无灾无福，但行及野狐泉已来税驾处，曰：'孙雄非圣人耶，此际新旧使头皆不见矣。'"诸官咸疑之。尔后量其行迈，合在咸京左右。后主罹伪诏之祸，庄宗遇邺都之变，所谓新旧使头皆不得见之验也。（出《北梦琐言》）

李汉雄

李汉雄者，尝为钦州刺史，罢郡，居池州。善风角推步之奇术，自言当以兵死。天祐丙子岁，游浙西，始入府而叹曰："府中气候甚恶，当有兵乱，期不远矣，吾必速回。"既见，府公厚待之，留旬日，未得遽去。一日晚出逆旅，四顾而叹曰："祸在明日，吾不可留。"翌日晨，入府辞，坐客位中，良久曰："祸即今至，速出犹或可。"遂出至府门，遇军将周交作乱，遂遇杀害于门下。（出《稽神录》）

显然他早知死期将至。他虽法术通神，但晚年的名号与车服仪制已超过了他的福分，识者了解的蜀后主为政便与此事相似。（出《北梦琐言》）

孙 雄

嘉州夹江县人孙雄，号孙卯斋，他预事与何奎一样灵验。伪蜀皇帝归顺唐朝前，内官宋愈将此事透露给几位将军，这几人与孙雄有旧，也敬奉他的术法。他们将到洛阳，前去求问孙雄来日的官运。孙雄俯首道："诸位官人切记，此去洛阳，无灾无福，但行至野狐泉便停车，说'孙雄并非圣人，此时新旧两位帝王都不能见。'"诸位官人都很费解。此后官人估量了行程，该是在咸京前后，蜀后主犯假传圣旨罪，唐庄宗遇邺都兵变，正是他说的"新旧使头皆不得见"的应验。（出《北梦琐言》）

李汉雄

李汉雄曾任钦州刺史，辞职后居池州。他擅长风角推步的奇术，自言自己将死于兵乱。唐昭宗天佑丙子年，李汉雄游赏浙西，他刚走进府衙就惊叹道："府中气息恶劣，将发生兵乱，为时不远，我须迅速回避。"见到府公后，府公厚礼招待，留他住了十日，他没能尽快离开。一日夜间，他走出客店，环顾后叹道："灾祸就在明日，我不能再留。"第二日清晨，他入府辞行，坐在客位上，许久后说："灾祸将至，现在抽身还有一线生机。"随后走到府门，遇上军将周交作乱，于是在府衙门前被杀了。（出《稽神录》）

卷第八十一　异人一

韩稚　幸灵　赵逸　梁四公

韩稚

汉惠帝时，天下太平，干戈偃息，远国殊乡，重译来贡。时有道士韩稚者，终之裔也，越海而来，云是东海神君之使，闻圣德洽于区宇，故悦服而来庭。时东极扶桑之外，有泥离国，亦来朝于汉。其人长四尺，两角如茧，牙出于唇，自腰已下有垂毛自蔽。居于深穴，其寿不可测也。帝云："方士韩稚解绝国言，问人寿几何，经见几代之事。"答云："五运相因，递生递死，如飞尘细雨，存殁不可论算。"问："女娲已前可问乎？"对曰："蛇身已上，八风均，四时序。不以威悦，搅乎精运。"又问燧人以前，答曰："自钻火变腥以来，父老而慈，子寿而孝。牺轩以往，屑屑焉以相诛灭，浮靡嚣薄，淫于礼，乱于乐，世欲浇伪，淳风坠矣。"稚具以闻，帝曰："悠哉杳昧，非通神达理者难可语乎斯道矣。"稚亦以斯而退，莫知所之。（出《王子年拾遗记》）

幸灵

晋幸灵者，豫章建昌人也，立性少言。与人群居，被人侵辱，而无愠色，邑里皆号为痴，父兄亦以为痴。常使守稻，有牛食稻，灵见而不驱，待牛去，乃整理其残乱者。父见而怒之，灵曰："夫万物生天地之间，各得其意，牛方食禾，奈何驱之？"父愈怒曰："即如汝言，复用理坏者何为？"灵曰："此稻又得终其性矣。"时顺阳樊长宾为建昌令，发百姓作官船，令人作楫一双。灵作讫而未

韩稚

汉惠帝时，天下太平，止戈散马，远国异乡，辗转通过翻译前来朝贡。当时有位道士叫韩稚，是韩终的后代，越海前来，自称是东海神君的使者，听闻汉惠帝道德至高无上遍施于环宇，故心怀敬意前来朝拜。同时极东之地扶桑之外的泥离国，也派使臣朝拜，那使臣身长四尺，头顶两角如犀牛，长牙露出唇外，腰部以下长有长毛可自行遮盖，隐居深洞中，不知寿数几何。汉惠帝说："方士韩稚精通偏远国度的语言，问问那人寿数几何，经历几代兴衰。"那人答："五行运气相辅相成，相互转化，如自然万物，生死难以计算。"问他是否知道女娲以前的事，他说："在蛇身人以前，八方的风就有规律地吹着，四个季节就有序地变化着。人们不分强弱，都可掌握万物成长规律。"又问燧人氏以前的事情，答："自钻木取火变腥膻为熟食后，父辈年老后愈发慈祥，子辈健壮后逐渐孝敬。自轩辕、伏羲后，因各种琐碎之事互相杀伐，浮华不实，浸淫礼乐，世俗浅薄虚伪，淳朴之风渐逝。"韩稚将那人所言全部转述，皇帝说："远古时代的事悠远渺茫，若非通神达理者难以讲清这些道理。"韩稚也因此告退，不知所终。（出《王子年拾遗记》）

幸灵

晋代有个人叫幸灵，是豫章建昌县人，生性寡言少语。他与别人同居，受侮辱也不生气，同乡都称他傻子，父亲和兄长也觉得他痴傻。常年负责看守稻田，有牛吃稻草，他看见也不驱赶，等牛走后，就整理杂乱的稻草。父亲看后很生气，幸灵却说："万物在天地间生长，各得其所，牛吃稻草，为什么要驱逐？"父亲越发愤怒："若依你所言，还用得着打理这杂乱的稻草？"幸灵说："这稻草也应得到输，俄而被人窃。窃者心痛欲死，灵曰："尔无窃吾楫子乎？"窃者不应，须臾痛甚。灵曰："尔不以情告我者死。"窃者急，乃首应。灵于是以水饮之，病乃愈。船成，以数十人引一艘，不动。灵助之，船乃行。从此人皆畏之，或称其神。有龚仲儒女，病积年，气息才属，灵以水噀之，应时大愈。又吕猗母黄氏，痿痹一十余年。灵去黄氏数尺而坐，瞑目寂然，有顷，谓猗曰："扶夫人起。"猗曰："得疾累年，不可卒起。"灵曰："试扶起。"于是两人扶以立，又令去扶人，即能自行，乃留水一器令饮之。高悝家内有鬼怪言语，器物自行，大以巫祝厌之，而不能绝。灵至门，见符甚多，曰："以邪救邪，岂得已乎？"并使焚之，其鬼怪遂绝。从尔已后，百姓奔赴如云。灵救愈者，多不敢报谢。立性至柔，见人即先拜，辄自称名。凡草木之夭伤于山林者必起埋之，器物倾覆于途路者必举正之。（出《豫章记》）

赵逸

后魏崇义里有杜子休宅，地形显敞，门临御路。时有隐士赵逸者，云是晋武时人，晋朝旧事，多所记录。正光初，来至京师，见子休宅，叹息曰："此是晋朝太康寺也。"时人未之信，问其由，答曰："龙骧将军王濬平吴后，立此寺，本有三层浮图，用砖为之。"指子休园曰："此是故处。"子休掘而验之，果得砖数万，并有石铭云："晋太康六年，岁次乙巳，九月甲戌朔，八日辛巳，仪同三司襄阳侯王濬敬造。"时园中果菜丰蔚，林木扶疏，乃服逸言，号为圣人。子休遂拾宅为灵应寺，所得之砖，造三层浮图。

善终。”当时顺阳人樊长宾任建昌县令，征发百姓建造官船，令每人做一对船桨。幸灵做完还没上交，就被人偷了。偷桨人心痛欲绝，幸灵说：“你没偷我的桨吗？”偷桨人并未回话，顿时疼痛更甚。幸灵说：“你不说实话便命不久矣。”偷桨人慌了，点头承认。幸灵拿水给他喝，他的心痛才痊愈。船造成后，数十人拉一艘，拉不动；幸灵相助，船才前行。从此别人对他敬畏有加，更有甚者称他为神。龚仲儒的女儿，久病多年，气息奄奄，幸灵用水喷她，即刻病愈。吕猗的母亲黄氏，瘫痪十多年，幸灵坐在离黄氏几尺远的地方，闭眼无言，一会儿后，对吕猗说：“扶夫人起来。”吕猗说：“患病多年，无法即刻起身。”幸灵说：“试着扶起。”于是两人扶夫人站立，幸灵又让扶着的人离开，夫人能自己行走，幸灵留下一杯水让夫人服下。高悝家中有鬼怪说话，屋里器物自己移动，他请巫祝镇压无效。幸灵到他家门前看到很多符箓，说：“以邪治邪，怎会有效？”让他将符烧掉，家中鬼怪便消失了。从那以后，往幸灵家拜访求助的百姓络绎不绝，他治愈帮助的人大多不敢报答。幸灵生性温柔，遇人先一步行礼，常以姓名自称。凡山林间有草木损伤他碰上定扶起或埋藏，凡器物倒在路上他见了定会扶正。（出《豫章记》）

赵逸

后魏的时候，崇义里有一处杜子休的宅院，地形显耀宽敞，门前临近御道。当时有位隐士叫赵逸，自称晋武帝时人，晋朝旧事，他多数记得。后魏正光初年，他来到京师，看到杜子休的宅院感叹道：“这原是晋朝的太康寺。”当时人们都不信，问他缘故，他答：“当年龙骧将军王浚平定吴国后，建造此寺，本有三层佛塔，用砖砌成的。”他指着杜子休的宅院说：“这是遗址。”杜子休掘地检验，果然挖出数万块砖，还有块石头，上有铭文：“晋太康六年，岁次乙巳，九月甲戌朔，八月辛巳，仪同三司襄阳侯王浚敬造。”当时园中蔬果丰茂，林木葱郁，人们便信服赵逸所言，称他为圣人。杜子休捐出宅院为灵应寺，挖出的砖建成三层佛塔。

好事者问晋朝京师何如今日，逸曰：“晋朝民少于今日，王侯第宅与今日相似。”又云：“自永嘉已来，二百余年，建国称王者，十有六君，吾皆游其都鄙，目见其事。国灭之后，观其史书，皆非实录，莫不推过于人，引善自向。苻生虽好勇嗜酒，亦仁而不杀，观其治典，未为凶暴。及详其史，天下之恶皆归焉。苻坚自是贤主，贼君取位，妄书生恶，凡诸史官，皆此类也。人皆贵远贱近，以为信然。当今之人，亦生愚死智，惑已甚矣。”问其故。逸曰：“生时中庸之人耳，及其死也，碑文墓志，莫不穷天地之大德，生民之能事。为君共尧舜连衡，为臣与伊尹等迹。牧民之官，浮虎慕其清尘；执法之吏，埋轮谢其梗直。所谓生为盗跖，死为夷齐。妄言伤正，华词损实。”当时作文之士，惭逸此言。步兵校尉李登问曰：“太尉府前砖浮图，形制甚古，未知何年所造。”逸云：“晋义熙十二年，刘裕伐姚泓军人所作。”

汝南王闻而异之，因问何所服饵以致延年。逸云：“吾不闲养生，自然长寿。郭璞常为吾筮云：‘寿年五百岁。’今始余半。”帝给步挽车一乘，游于市里，所经之处，多说旧迹，三年已后遁去，莫知所在。（出《洛阳伽蓝记》）

梁四公

梁天监中，有蜀闯、上音携，下琛去。䴗杰、上万，下杰。㦸䵛、上蜀，下湍。仉睯上掌，下睹。四公谒武帝，帝见之甚悦，因命沈隐侯约作覆，将与百僚共射之。时太史适获一鼠，约匣而缄之以献。帝筮之，遇《蹇》䷦艮下，坎上。之《噬嗑》䷔。震下，离上。帝占成，群臣受命献卦者八人，有命待成俱出。帝占决，置诸青蒲，申命闯公揲蓍，对曰：“圣人布卦，其象吉矣，依象辩物，何取异好事者问赵逸晋朝京都与现今对比如何，赵逸说：“晋时居民比现今少，王侯府邸与现今相似。”又说：“自永嘉年以来，二百多年间，共十六位君主建国称王，我游历各朝京都，亲眼看见此间事。各国灭亡后，读它们的史书，发现都与事实不符，无非将过失推卸他人，将功业引向自身。苻生虽勇武嗜酒，但仁慈从未草菅人命，看他治国理政，并无凶暴酷刑。但详看有关他的史书记载，天下间所有过错都归咎在他身上。苻坚当然是贤主，但他篡权谋位，枉加恶名，凡是史官，都是这种行径。世人都厚古薄今，以史官所言为真。当今世人，也以为还在世的愚钝，故去的明智，受迷惑实在太深。”问他何出此言，赵逸说：“人活着时，不过平庸之辈，及其死后，碑文墓志上无不是写他道德高尚、能力突出。若是帝君则与尧舜匹敌；若是臣子则与伊尹同功；若是州牧则仁德浮虎难及；若是执法官吏则张纲埋轮也得赞其衷正。所谓在世时为盗跖，死后却成伯夷叔齐，虚妄之言损害公正，浮华辞藻损害事实。”当时的文士，听赵逸所言深感惭愧，步兵校尉李登问：“太尉府前砖建佛塔，形制古典，不知是何年月所建？”赵逸说：“东晋义熙十二年，刘裕讨伐姚泓军队所建。”

汝南王听赵逸所言觉得奇异，问他服何药才得以延年益寿。赵逸说：“我不懂善生之道，天生寿数长。郭璞当年为我占卦，说我‘寿长五百年。’如今剩下一半。”皇帝赐他拉车一架，他乘车在市区游逛，所到之处，大多能讲出旧迹，三年之后隐遁，不知所在。（出《洛阳伽蓝记》）

梁四公

梁武帝天监年间，蜀闯、上音携，下音琛去声。䵣杰、上音万，下音杰。𧣾䵵、上音蜀，下音湍。与仉督上音掌，下音睹。四公拜谒武帝，武帝见这四人甚是高兴，命沈约与四人对答，邀百官一同射覆。当时太史恰好捉到一只老鼠，沈约将老鼠装在匣中封好献给武帝。武帝占得蹇卦䷦下卦为艮，上卦为坎。变成噬嗑卦䷔。下卦为震，上卦为离。武帝占成后，在群臣中命八人献卦，授命大臣待占成将卦呈上，放在青蒲垫上，又请闯公揲蓍，闯公说：“圣人设卦，卦象吉祥，依卦象辨之，请从帝命卦。”时八月庚子日巳时，闯公奏请沈约举帝卦上一蓍以授臣，既撰占成，置于青蒲而退。读帝占曰：“先蹇后噬嗑是其时，内艮外坎是其象。坎为盗，其鼠也。居蹇之时，动其见嗑，其拘系矣。噬嗑六爻，四无咎，一利艰贞，非盗之事，上九荷校灭耳凶，是因盗获戾，必死鼠也。”群臣蹈舞呼万岁。帝自矜其中，颇有喜色。次读八臣占词，或辩于色，或推于气，或取于象，或演于爻，或依鸟兽龟龙，阴阳飞伏，其文虽玄远，然皆无中者。末启闯公占曰：“时日王相，必生鼠矣。且阴阳晦而入文明，从静止而之震动，失其性必就擒矣。金盛之月，制之必金。子为鼠，辰与艮合体，坎为盗，又为隐伏，隐伏为盗，是必生鼠也。金数于四，其鼠必四。离为文明，南方之卦，日中则昃，况阴类乎？晋之繇曰，死如弃如，实其事也，日敛必死。”既见生鼠，百僚失色，而尤闯公曰：“占辞有四，今者唯一，何也？”公曰：“请剖之。”帝性不好杀，自恨不中。及至日昃，鼠且死矣，因令剖之，果妊三子。是日，帝移四公于五明殿西阁，示更亲近，其实囚之，唯朔望伏腊，得于义贤堂见诸学士。然有军国疑议，莫不参预焉。

大同中，盘盘国、丹丹国、扶昌国、高昌国遣使献方物，帝令有司设充庭法驾，雅乐九阕，百僚具朝服如元正之仪。帝问四公：“异国来廷，爵命高下，欲以上公秩加之。”鬗公曰：“成王太平，周公辅政，越裳氏重译来贡，不闻爵命及之。春秋郝楚之君，爵不加子。设使其君躬聘，依《礼经》，位止子男。若加以上公，恐非稽古。”帝固谓鬗公更详定之。俄属暴风如旋轮，曳帝裙带。帝又问别，怎能与之不同？请允许我随皇上占卦。”当时正是八月庚子日巳时，闯公上奏请沈约取武帝卦上的一蓍草给自己，占后，放蓍草在青蒲垫上退回。闯公看着武帝占的卦说：“先蹇后噬嗑是时辰，内艮外坎是卦象。坎为盗，是老鼠。处在蹇时，动辄见嗑，是鼠被捕。噬嗑六爻中，其中四爻无咎，有一爻为利艰贞，说明五爻与盗无关；还有一爻是上九，爻辞是荷校灭耳，这是因盗窃获罪，老鼠必死无疑。”群臣手舞足蹈欢呼万岁，武帝自觉得意，面露喜色。依次看八位大臣的占辞，有的辨于颜色，有的推断气运，有的取于象，有的演于爻，有的依据鸟兽龟龙的阴阳飞伏，他们卦辞虽玄妙幽远，然而都没有猜中。最后，展示闯公的卦，他说：“这时辰属王相，定要生鼠。且阴阳晦明而文明将入，从静止变为震动，老鼠丢失其属性必定被捉。八月为金，乃是金盛之月，需以金相克。子为鼠，子时与艮卦相对，坎为盗，也为隐伏，隐伏也为盗，便知老鼠定是活着的。金在五行中位于第四，便知老鼠有四只。离为文明，此乃南方的卦，太阳正午后将偏西，老鼠又是阴类。晋卦的卦辞是日，晋为进，便是日进，太阳向西，将会消散，指的便是此事，太阳西落老鼠必死无疑。”文武百官听闻老鼠是活物，惊慌失措，责问闯公：“你卦辞说老鼠有四只，如今匣中仅一只，这是为何？”闯公说：“请将此鼠解剖。”武帝天性不好杀生，又遗憾自己未能猜中。等到太阳偏西，老鼠奄奄一息时，才命人将它剖开，果然发现此鼠腹中还有三鼠。这日，武帝令四公搬至五明殿西楼阁，以示亲近，实则是将其拘禁在此，唯有每月初一、十五及伏腊等祭祀之日，四人才能在义贤堂与学生会面。当然凡有关军政大事等疑难需决议时，四人都会参与。

大同年间，盘盘国、丹丹国、扶昌国、高昌国派使者进贡地方特产，武帝令专司在庭内设法驾，排演雅乐九阕，文武百官皆穿服朝，犹如正月祭典，在朝堂接见外宾。武帝询问四公道：“异国使臣拜谒，接待的官员讲究爵位高低，朕想为接待的官员加公爵。”黔公说：“成王时海晏河清，周公辅政，越裳通过翻译前来进贡，成王也未曾加爵。春秋时郏楚君，连子爵都没有。倘若有官员亲自接待外宾，依《礼》，爵位也只是子或男。若加公爵，怕是有违先例。”武帝其事，公曰："明日亦未果，请他日议之。"帝不怿，学士群诽之。向夕，帝女坠阁而死，礼竟不行。后诘之，对曰："旋风袭衣，爱子暴殒，更何疑焉？"

高昌国遣使贡盐二颗，颗如大斗，状白似玉。干蒲桃、刺蜜、冻酒、白麦面，王公士庶皆不之识。帝以其自万里绝域而来献，数年方达。文字言语，与梁国略同。经三日，朝廷无祇对者，帝命杰公迓之。谓其使曰："盐一颗是南烧羊山月望收之者，一是北烧羊山非月望收之者。蒲桃七是洿林，三是无半。冻酒非八风谷所冻者，又以高宁酒和之。刺蜜是盐城所生，非南平城者。白麦面是宕昌者，非昌垒真物。"使者具陈实情："面为经年色败，至宕昌贸易填之；其年风灾，蒲桃、刺蜜不熟，故驳杂；盐及冻酒，奉王急命，故非时尔。"因又问紫盐医珀，云自中路遭北凉所夺，不敢言之。帝问杰公群物之异，对曰："南烧羊山盐文理粗，北烧羊山盐文理密。月望收之者，明彻如冰，以毡橐煮之可验。蒲桃洿林者皮薄味美，无半者皮厚味苦。酒是八风谷冻成者，终年不坏，今臭其气酸，洿林酒滑而色浅，故云然。南平城羊刺无叶，其蜜色明白而味甘；盐城羊刺叶大，其蜜色青而味薄。昌垒白麦面烹之将熟，洁白如新，今面如泥且烂。由是知蜜麦之伪耳。交河之间平碛中，掘深数尺，有末盐，如红如紫，色鲜味甘，食之止痛。更深一丈，下有瞖珀，黑逾纯漆，或大如车轮，末而服之，攻妇人小肠症瘕诸疾。彼国珍异，必当致贡，是以知之。"

杰公尝与诸儒语及方域云："东至扶桑。扶桑之蚕长七尺，围七寸，色如金，四时不死。五月八日呕黄丝，布于条枝，而不为坚持请鱎公再做考量。不久旋风骤起，吹起武帝的裙带，武帝又问这是为何，鱎公说：“此事明日也无法确定，请他日再议。”武帝不满，学士们也非难他。入夜，武帝的女儿坠楼去世，鱎公第二日并未参与吊唁。事后武帝追问，他说：“旋风吹拉您的衣服，便说明您的爱女即将去世，此事绝无异议。”

高昌国派使臣进贡两粒盐，每粒斗大，洁白如玉。还有葡萄干、刺蜜、冻酒、白麦面等贡品。王公大臣、士庶百姓都不认这些东西。武帝认为使臣是从万里外的偏远地区来朝，途经数年。来者语言文字与梁国略同。整整三日，朝中人礼敬招待，武帝令杰公相迎。杰公对使者说：“两粒盐中一粒收于南烧羊山于十五日，一粒收于北烧羊山十五日之外。葡萄七成产自洿林，三成产自无半。冻酒不是八风谷冻制的，而是掺进了高宁酒。刺蜜产自盐城，非南平城。白麦面产自宕昌，非昌垒真货。”使者详细解释实情：“面粉经年累月腐坏色变，路过宕昌买了当地面粉充填；那年闹风灾，葡萄与刺蜜没有熟透，所以成色混杂；盐与冻酒，授命紧急，来不及寻得好货。”杰公又问紫盐与药用琥珀，使者说途中遭逢北凉人掠夺，不敢告诉你们。武帝问杰公这些东西的区别，杰公答：“南烧羊山盐文理粗，北烧羊山盐文理细。十五日收的盐明彻如冰，用毡加水煮可检验。洿林的葡萄皮薄味美，无半的葡萄皮厚味苦。酒若是八风谷冻制的，终年不坏；如今送来的酒已馊有酸味，洿林的酒绵滑色浅，所以我才如此说。南平城的羊刺树无叶，结出刺蜜色泽洁白味道甘甜；盐城的羊刺树叶大，结出刺蜜颜色发青且寡淡。昌垒的白麦面蒸到快熟时，洁白新鲜；现今送来的面粉像泥一样软烂。由此可知刺蜜、白麦面是假的。交河间泥沙中，下挖数尺，有粉末状盐粒，色泽有紫有红，鲜艳甘美，食用能止痛。再深一丈，有药用琥珀，黑比纯漆，有的大如车轮，研成粉末服下，能治妇人腹中结块等病。这都是此国珍奇物品，定是贡品，因此说他们定带了这两样。”

杰公曾与诸位儒生谈及四方：“东到扶桑，扶桑的蚕七尺长，七寸粗，金黄色，四季不死。五月八日吐黄丝，蚕丝铺散枝条，不结茧。如线脆弱，用扶桑木焚烧后的灰烬熬煮，就会变得坚韧，四丝相结，茧。脆如綖，烧扶桑木灰汁煮之，其丝坚韧，四丝为系，足胜一钧。蚕卵大如燕雀卵，产于扶桑下。赍卵至句丽国，蚕变小，如中国蚕耳。其王宫内有水精城，可方一里，天未晓而明如昼，城忽不见，其月便蚀。西至西海，海中有岛，方二百里，岛上有大林，林皆宝树。中有万余家，其人皆巧，能造宝器，所谓拂林国也。岛西北有坑，盘坳深千余尺，以肉投之，鸟衔宝出，大者重五斤，彼云是色界天王之宝藏。四海西北，无虑万里，有女国，以蛇为夫，男则为蛇，不噬人而穴处。女为臣妾官长，而居宫室。俗无书契，而信咒诅，直者无他，曲者立死。神道设教，人莫敢犯。南至火洲之南，炎昆山之上，其土人食蝑蟹髯蛇以辟热毒。洲中有火木，其皮可以为布；炎丘有火鼠，其毛可以为褐，皆焚之不灼，污以火浣。北至黑谷之北，有山极峻造天，四时冰雪，意烛龙所居。昼无日，北向更明。夜直上观北极。西有酒泉，其水味如酒，饮之醉人。北有漆海，毛羽染之皆黑，西有乳海，其水白滑如乳。三海间方七百里，水土肥沃，大鸭生骏马，大鸟生人，男死女活，鸟自衔其女，飞行哺之，衔不胜则负之，女能跬步，则为酋豪所养。女皆殊丽，美而少寿，为人姬媵，未三十而死。有兔大如马，毛洁白，长尺余。有貂大如狼，毛纯黑，亦长尺余，服之御寒。”

朝廷闻其言，拊掌笑谑，以为诞妄，曰：“邹衍《九州》、王嘉《拾遗》之谈耳。”司徒左长史王筠难之曰：“书传所载，女国之东，蚕崖之西，狗国之南，羌夷之别种，一女为君，无夫蛇之理，与公说不同，何也？”公曰：“以今所知，女国有六，何者？北海之东，方夷之北，有女国，天女下降为其君，国中有男女，如他恒俗。西南夷板楯之西，有女国，其女悍而男恭，女为人君，以贵男为夫，置男为妾媵，多者百人，少者匹夫。昆明东南，绝徼之外，有女国，足以提起一钧重物。蚕卵有燕雀蛋大小，产在扶桑树下。带蚕卵到句丽国，长出的蚕会变小，与中国的蚕一般大小。扶桑国王宫内有座水晶城，方圆一里，天未明而水晶城亮如白昼，水晶城若是突然消失，就会出现月食。西至西海，海中有岛，方圆二百里，岛上有大片森林，林中尽是宝树。岛民万余户，心灵手巧，会制造宝器，这就是传闻中的拂林国。海岛西北处有大坑，坑底深千尺，投进肉，就有鸟衔宝石飞出，大的宝石五斤重，那个地方的人说这是色界天王的宝藏。西海西北方，大约万里处，有个女儿国，国民将蛇当丈夫，男子就是蛇，不咬人，住在洞穴里。女子当官为臣，住在宫殿。这里的习俗是不订立契约，而是依靠诅咒，刚正之人无所畏惧，奸佞之人即刻身死。神道设立教义，无人敢违。南至火洲之南，炎昆山上，当地人吃蟹胥、髯蛇避暑毒。火洲中有火树，树皮可做布；炎丘有火鼠，鼠毛可做短衣，两样都不能被烧毁，脏了后用火洗涤。北至黑谷之北，有山高耸入云，四季冰雪覆盖，猜是烛龙居所。白日无太阳，北侧相较南侧更亮。夜间正上方能望到北极星。西有酒泉，泉水味道如酒，饮后醉人；北边有漆海，兽毛、鸟羽沾染后都变成黑色；南有乳海，海水洁白润泽如牛乳。此三海间方圆七百里，水土肥沃，大鸭生骏马，大鸟生人，诞生的男子死女子活，鸟衔着它所生女子，飞行喂养，衔不动就背着，女子刚能走路，就被首领养育。女子都极美，貌美但短命，做人妻妾，不满三十就会去世。有兔子大小如马，兔毛洁白，长一尺有余。有貂大小如狼，毛色纯黑，也长一尺有余，做衣服穿在身上能御寒。”

百官听后，拍手讥笑，觉得他信口雌黄，说是邹衍《九州》、王嘉《拾遗》一类的奇闻而已。司徒左长史王筠质疑道：“根据史书传记记载，女儿国之东，蚕崖之西，狗国之南，有羌夷族分支，那处由一女子为君，但并无以蛇为夫的说法，与您所说不同，这是为何？”杰公说：“现今已知，女儿国有六个，分别是哪六个？北海之东，方夷之北，有女儿国，天女下凡任君主，国内有男有女，习俗与别国无差。西南夷板楯之西，有女儿国，那里女子悍勇男子恭顺，女子为国君，纳显赫贵男为夫，豢养男子为妾，豢养数量多的有上百人，少的只以猿为夫，生男类父，而入山谷，昼伏夜游，生女则巢居穴处。南海东南有女国，举国惟以鬼为夫，夫致饮食禽兽以养之。勃律山之西，有女国，方百里，山出石虺之水，女子浴之而有孕，其女举国无夫，并蛇六矣。昔狗国之南有女国，当汉章帝时，其国王死，妻代知国，近百年，时称女国，后子孙还为君。若犬夫猿夫鬼夫水之国，博知者已知之矣，故略而不论。”

俄而扶桑国使使贡方物，有黄丝三百斤，即扶桑蚕所吐，扶桑灰汁所煮之丝也。帝有金炉，重五十斤，系六丝以悬炉，丝有余力。又贡观日玉，大如镜，方圆尺余，明彻如琉璃，映日以观，见日中宫殿，皎然分明。帝令杰公与使者论其风俗土地物产，城邑山川，并访往昔存亡。又识使者祖父伯叔兄弟，使者流涕拜首，具言情实。

间岁，南海商人赍火浣布三端，帝以杂布积之。令杰公以他事召，至于市所，杰公遥识曰：“此火浣布也，二是缉木皮所作，一是续鼠毛所作。”以诘商人，具如杰公所说。因问木鼠之异，公曰：“木坚毛柔，是何别也？以阳燧火山阴柘木熟之，木皮改常。”试之果验。

明年冬，扶南大舶从西天竺国来，卖碧玻黎镜，面广一尺五寸，重四十斤，内外皎洁，置五色物于其上，向明视之，不见其质。问其价，约钱百万贯文。帝令有司算之，倾府库偿之不足。其商人言，此色界天王有福乐事，天澍大雨，众宝如山，纳之山藏，取之难得，以大兽肉投之藏中，肉烂黏宝，一鸟衔出，而即此宝焉，举国不识，无敢酬其价者。以示杰公，公曰：“上界之宝信矣。昔一人。昆明东南，边境外有女儿国，女子以猿为夫，诞下男孩与父亲一样，住进山谷，昼伏夜出，诞下女孩则隐居洞穴。南海东南有女儿国，举国以鬼为夫，丈夫猎捕禽兽作为饮食供养她们。勃律山之西有女儿国，方圆百里，山间涌出台虺之水，女子沐浴其中就会怀孕，举国女子无丈夫。加上刚才所说以蛇为夫的女儿国，共六个。从前狗国之南有女儿国，汉章帝时，国王去世，国王妻子代为治国，历时近百年，当时称为女儿国，后来还政子孙。诸如以狗、猿、鬼为夫以及河中沐浴怀孕的这几个女儿国，博识的人都已熟知，所以我之前没提。”

很快扶桑国派使臣进贡地方物产，有黄丝三百斤，即扶桑蚕吐丝后用扶桑木灰水熬煮的蚕丝。武帝有一金炉，五十斤重，结六根蚕丝挂起香炉，丝的承受力绰绰有余。扶桑还进贡观日玉，大如镜，一尺有余，明彻如琉璃，对日观赏，太阳中的宫殿清晰可见。武帝令杰公与扶桑使臣谈论扶桑的风俗地理物产、城镇山川等，并问及扶桑历代兴亡变迁。交谈间发现杰公与使臣祖父伯叔兄弟是旧识，使臣流泪跪拜，详细讲述实情。

隔一年后，南海商人带来三端火浣布，武帝认为这是普通杂布。武帝因其他事令杰公召见南海商人，杰公到他经商处，远远望着便认出了，说：“这是火浣布，两端是缉木皮制的，一端是用鼠毛制的。”走近商人一打听，果然如杰公所言。又问缉木皮与鼠毛两者制成的布有何不同，杰公说：“缉木皮制的坚实，鼠毛的绵柔，就是质地不同。若用阳燧火山阴侧柘木焚烧，缉木皮制的火浣布就会变形。”试验后，果真如此。

第二年冬，扶南国大船从西天竺国驶来，售卖玻璃镜，镜面一尺五寸，重四十斤，正反两面皎洁透亮，将五色物件放在镜上面，向阳看，看不到镜面上的物件。有人问这镜子的价钱，卖家说大概百万贯钱，武帝令有司核算，倾尽国库也不足以买下这镜子。那商人说，这镜子是色界天王做了功德，天降大雨，聚宝如山，天王存在山中，难以取出，用大块兽肉扔到藏宝地中，肉烂沾住宝物，大鸟衔着宝藏飞出，才得此宝镜，举国上下的人不识此镜，无人能出得起价。将镜子波罗尼斯国王有大福，得获二宝镜，镜光所照，大者三十里，小者十里。至玄孙福尽，天火烧宫，大镜光明，能御灾火，不至焚爇。小镜光微，为火所害，虽光彩昧暗，尚能辟诸毒物。方圆百步，盖此镜也。时王卖得金二千余斤，遂入商人之手。后王福薄，失其大宝，收夺此镜，却入王宫。此王十世孙失道，国人将谋害之，此镜又出，当是大臣所得，其应入于商贾。其价千金，倾竭府库不足也。”因命杰公与之论镜，由是信伏。更问：“此是瑞宝，王令货卖，即应大秦波罗奈国、失罗国诸大国王大臣所取，汝辈胡客，何由得之，必是盗窃至此耳。”胡客逡巡未对，俄而其国遣使追访至梁，云其镜为盗所窃，果如其言。

后有魏使频至，亦言黑貂白兔鸭马女国，往往入京。梁朝卿士始信杰公周游六合，出入百代，言不虚说，皆为美谈。故其多闻强识，博物辩惑，虽仲尼之详大骨，子产之说臺骀，亦不是过矣。

后魏天平之岁，当大同之际，彼此俗阜时康，贤才鼎盛。其朝廷专对，称人物士流。及应对礼宾，则胥公独预之为问答，皆得先鸣。所以出使外郊，宴会宾客，使彼落其术内，动挫词锋，机不虚发，举无遗策，胥公之力也。魏兴和二年，遣崔敏、阳休之来聘。敏字长谦，清河东武城人，博学赡文，当朝第一，与太原王延业齐名，加以天文、律历、医方、药品、卜筮。既至，帝选硕学沙门十人于御对百僚与之谈论，多屈于敏，帝赐敏书五百余卷，他物倍之。四公进曰：“崔敏学问疏浅，不足上轸冲襟，命臣胥敌之，必死。”帝从之。初，江东论学，有《十二沙门论》以条疏征核，有《中观论》以乘寄萧然，言名理者，宗仰其术。北朝有《如实论》质定宗礼，有《回诤论》借机破义。敏总南北二业皆精，又桑门所专，唯拿给杰公看，杰公说："此乃天界宝物不假。从前波罗尼斯国王有大功德，得到两面宝镜，宝镜光照距离，大镜三十里，小镜十里。等到他玄孙功德尽了，天火烧毁宫殿，大镜光焰能够抵御灾火，没被焚烧。小镜光焰微弱，被火烧毁，虽光彩黯淡，但能在方圆百步之内，抵御毒物侵害，这镜子大抵是小宝镜。当时国王售价两千余斤金，宝镜便流入商人之手，后来王室德浅，大宝镜丢失，便将小宝镜收回，藏在宫中。这君王的第十世孙无道，国人想造反，这宝镜在祸乱中出了王宫，应该被大臣得到了，转入商人手中。它价值千金，倾尽府库不足以买下。"武帝命杰公与商人谈论这镜子的出处、形状等，商人叹服。杰公又问："此乃稀世珍宝，君王若愿意出售，理应是大秦波罗奈国丢失的罗国大国王与大臣所有，你一别国商人，怎能得此宝镜？定是盗窃所得。"商人半天无言，很快那国家派使者追查到梁国，说他们宝镜被盗，果然如杰公所言。

后来北魏使者频繁来朝，也说到黑貂、白兔、大鸭生骏马、大鸟生人的国家，他们还常常入京拜访。梁朝官吏才开始相信杰公周游寰宇，出入于历朝百代，言不虚说，全是美谈。所以他见多识广，博物辨惑，即使仲尼能辨别大骨，子产能解释台骀，也比不上杰公。

东魏天平年间，正是梁朝大同年间，两国都国富民强，贤才济济。他们朝上议论，评说人物士流。等到接待宾客时，则由臀公单独答对，每次都能占上风。差他出使，宴会宾客，能诱导对方落入他的圈套，一击挫败对方词锋，话无虚发，算无遗策，这都仰仗臀公之力。东魏兴和二年，派崔敏、阳休之前来访梁。崔敏字长谦，清河东武城人，博学多识又极富文才，当朝第一，与太原学者王延业齐名，此外还精通天文历算、医疗药物、占卜命卦等。梁武帝选拔十名博学高僧与百官在朝堂与崔敏谈论，大多不及他。武帝赏赐崔敏五百多卷书，还有两倍于书的其他物件。四公进言："崔敏才疏学浅，不足居上位，命臣仉臀与他辩论，他定不敌。"武帝应允。当初江东的论辩学问，有十二沙门论，以条理清晰逻辑严谨著称；有中观论，以表述抒情卓然自立，名理者善用。北朝则有如实论，擅长考订祭祀典礼；有回诤论，擅长借机破义。崔敏汇集南北辩术精华，又在沙门在释氏。若儒之与道，蔽于未闻。敏兼三教而擅之，颇有德色。胥公尝于五天竺国以梵语精理《问论》《中分别论》《大无畏论》《因明论》，皆穷理尽妙。胥公貌寝形陋，而声气清畅。敏既频胜群僧，而乃傲形于物。其日，帝于净居殿命胥公与敏谈论至苦，三光四气，五行十二支，十干八宿，风云气候，金丹玉液，药性针道，六性五蕴，阴阳历数，韬略机权，飞伏孤虚，鬼神情状。始自经史，终于老释，凡十余日。辩扬六艺百氏，与敏互为主客，立谈绝倒，观者莫不盈量忘归。然敏词气既沮于胥，不自得，因而成病，舆疾北归，未达中路而卒。（出《梁四公记》）

专习佛学。有些儒学者对道学理解片面。崔敏对儒、释、道三家都很擅长，颇为自得。胬公曾在五天竺国用梵语精细研究问论中的分别论、大无畏论、因明论，透彻理解其间奥义。胬公形貌丑陋，但言语口吻清悠流畅。崔敏屡次战胜诸位高僧，便恃才傲物。那日，武帝在净居殿看胬公与崔敏交谈，两人口干舌燥，很是疲劳。话题遍及三光四气、五行十二支、十干八宿、风云气候、金丹玉液、药性针道、六性五蕴、阴阳历算、韬略机权、飞伏孤虚、鬼神情状等，起自经史，终于老释，一连十余天，阐扬六艺百家之学，胬公与崔敏互为主客，立论奇妙令人叹服，旁观者无不沉醉忘归。然而崔敏词气不及胬公，心有不顺，抑郁成疾，快车北归，中途病亡。（出《梁四公记》）

卷第八十二　异人二

陆法和　王梵志　王守一　李子牟　吕　翁　管子文
袁嘉祚　郑相如

陆法和

陆法和隐于江陵百里洲。衣食居处，与沙门同，自号居士，不至城郭，容色常定，人莫测也。

侯景始降于梁，法和谓南郡朱元英曰：“贫道应共檀越击侯景，为国立效。”元英问：“击之何也？”法和曰：“正自如此。”及景渡江，法和时在清溪山，元英往问之曰：“侯景今图城，其事云何？”法和曰：“宜待熟时，不撩自落。檀越但待侯景熟，何劳问也。”因问：“克不？”乃曰：“亦克，亦不克。”

景遣将任约，众号五万，伐湘东王于江陵。兵将逼，法和乃出诣湘东云：“自有兵马，乞征任约。”召诸蛮弟子八百人，在江津，二日便发，王遣胡僧祐，领千余人与之同行。法和登舰大笑曰：“无量兵马。”江陵多神祠，人俗常所祈祷，自法和军出，无复一验，人以为诸神皆从行故也。至赤洲湖，与任约相对。法和乘轻舟，不介胄，沿流而下。去约军一里，乃远谓将士曰：“观彼龙睡不动，吾军之龙甚自踊跃，即攻之。”纵火舫于前，而逆风不便，法和执白羽扇以麾风。风势即反，约众皆见梁兵步于水上，于是大溃，皆投水。约逃窜不知所之。法和曰：“明日午时当得。”及期未得。人间之，法和曰：“吾前于此洲水干时，建一刹，语檀越等，此虽为刹，实是贼摽，今何不自摽下求贼也。”如其言，果见任约在水中，抱刹柱头，才出鼻，遂擒之。约言求就师目前死，法和曰：“檀越有相，必不死，且于王有缘，决无他虑，王于后微得檀越力。”果释，用为郡守。及西军围江陵，约以兵赴救，力战焉。

陆法和

陆法和隐居于江陵百里洲。他的衣食住行与沙门中人相同，自称居士。他不进城中，喜怒不行于色，难以捉摸。

侯景刚投降梁国，陆法和对南郡朱元英说："贫道我应与施主联手对抗侯景，为国效力。"朱元英问他为何对抗侯景，陆法和说："合该如此。"等到侯景渡江，陆法和正在清溪山，朱元英前去问他："侯景现要攻城，这事如何应对？"陆法和说："应等时机成熟，不攻自破。施主只管静观侯景，无需问我。"朱元英又问他能否攻下，他说："可能攻下，也可能攻不下。"

侯景派部将任约率五万人马，进军江陵讨伐湘东王。任约大军逼近江陵时，陆法和拜谒湘东王说："我自带兵马，向您请命出战任约。"他召集蛮夷弟子八百人驻扎于江津，两日后出兵。湘东王派胡僧祐率千余人同行。陆法和登上军舰大笑："我有无数兵马。"江陵一带神祠众多，祈祷是当地民俗，自从陆法和的军队出兵，祈祷不再灵验，人们认为诸神随军出征了。陆法和军队到了赤洲湖，与任约大军对峙。陆法和乘轻舟，未披甲胄，顺流而下，到了距离任约军队一里处。他便远远地对将士说："我观望敌军龙旗沉睡般纹丝不动，我军龙旗自行涌动，应即刻进攻。"火攻船只冲锋在前，因逆风行动不便，陆法和手持白羽扇指挥风向，风向即刻转变，任约部下都看到梁国战士在水上进军，即刻溃不成军，慌乱投水。任约不知逃往何处。陆法和说："明日中午就能抓获。"到第二日午时并未抓到。部下询问，他说："我曾在这洲中无水时修成一座佛塔，在此告诉众施主，这虽是一座佛塔，实则是贼摽，现今何不到摽下抓贼？"如他所言，果然看到任约正在水中，抱着柱头，稍微露出鼻孔，就被擒获。任法和既平任约，乃还谓湘东王曰："侯景自然平矣，一无可虑。"蜀贼将至，法和乃请守巫峡待之，乃总诸军而往。先运石以填江，三日，水遂分流，横之以铁鏁。萧纪果遣蜀将渡峡口，势蹙，进退不可。王琳与法和经略，一战而歼之。

山中多毒虫猛兽，法和授其禁戒，不复噬螫。所近江湖，必于岸侧结草，云此处放生，渔者皆无得。时将兵，犹禁诸军渔捕，有窃为者，中夜猛兽必来欲噬之，有弟子戏截蛇头，来诣法和，法和曰："汝何意杀蛇？"因指以示之，弟子乃见蛇头齰裈裆而不落。又有人以牛试刀，一下而头断，来诣法和，法和曰："有一断头牛，就卿征命殊急，若不为作功德，一月内报至。"其人不信，数日果死。其言多验。

元帝以法和为郢州刺史，法和不称臣，其启文印名上自称居士。后乃自称司徒，帝谓仆射王褒曰："我来未尝有意用陆为三公，而自称何也？"褒曰："彼即以道术自命，容是先知。"帝曰："法和功业稍重。"遂就拜为司徒。后大聚兵舰，欲袭襄阳而人武关，帝使止之，法和乃尽致其兵，谓使者曰："法和求道之人，尚不希释梵天王，岂窥人主之位，但与主有香火因缘救援耳。今既被疑，是业定不可改也。"于是设供养，具大馅薄饼。

及西魏举兵，法和赴江陵，帝使人逆之曰："此自能破贼，但镇郢州，不须动也。"法和乃还州，垩其城门，着粗白布衫布裤，约请求在陆法和大师面前将他处死，陆法和说：“施主吉相，定不会死，且与湘王有缘，无须忧虑，湘东王日后还要稍稍借助施主之力。”果然任约被释放，被授任郡守。待西军围困江陵，任约出兵驰援，奋力抗敌。

陆法和平息任约军队后，回禀湘东王说：“侯景之乱自会平息，无需忧虑。”蜀贼逼近，陆法和又请命镇守巫峡等待贼军。他统领各路军队，先运石填江，三日后，江水分流，在水上横架铁锁。萧纪果然派蜀将率军渡峡口，形势险阻，进退两难。王琳与陆法和筹划，一战歼灭敌军。

山中多毒虫猛兽，陆法和教将士如何防范，他们便免受叮蛰。他让将士在江畔驻扎，说在此处就不会伤害生灵，就算有人想要扑杀生灵也会一无所获。他在军中下禁令禁止扑杀，如有偷猎，夜半必有猛兽来咬食他。有弟子砍掉蛇头玩乐，被召唤到陆法和跟前，陆法和说：“你为何杀蛇？”手指示意那人，那人便见蛇头咬着自己裤裆不放。又有人用牛试刀锋，一刀砍断牛头，也被召唤到陆法和跟前，陆法和说：“有一断头牛，很是着急地向你索命。你若不为它积功德，一月内必遭报应。”那人不信，几日后便去世了。陆法和所言，大多被应验。

元帝任陆法和为郢州刺史，陆法和并不称臣，他的公文印章上自称居士，后来他又自称司徒，元帝对仆射王褒说：“我未曾想任用陆法和为三公，他却自称三公，这是为何？”王褒说：“他既以道术自称，他事先便预见了。”元帝说：“陆法和政绩显著。”于是便拜他为司徒。此后他聚集军舰，企图袭击襄阳攻入武关。元帝派人阻止，陆法和将兵权尽数交出，对使者说：“陆法和是求道之人，对释梵天王没有敬畏之心，岂能将君主放在心上？只因我与君主有香火因缘才来援助。现今既然被他怀疑，这番功业再难成就。”于是他便备上供品，都是很大的蒸饼。

到了西魏举兵进攻梁国时，陆法和赶赴江陵，元帝派人阻拦道：“此次定能破贼，只需镇守郢州，无需辛劳。”陆法和返回郢州，用白漆涂刷城门，身着白色粗布衫与裤子，斜系着头巾，用大麻绳束

邪巾，大绳束腰，坐苇席，终日乃脱之。及闻梁灭，复取前凶服，着之受吊。梁人西入魏，果见馅饼焉。（出《渚宫旧事》）

王梵志

王梵志，卫州黎阳人也。黎阳城东十五里，有王德祖，当隋文帝时，家有林檎树，生瘿大如斗，经三年朽烂，德祖见之，乃剖其皮，遂见一孩儿抱胎，而德祖收养之。至七岁，能语，曰：“谁人育我，复何姓名？”德祖具以实语之，因名曰“林木梵天”，后改曰“梵志”。曰：“王家育我，可姓王也。”梵志乃作诗示人，甚有义旨。（出《史遗》）

王守一

唐贞观初，洛城有一布衣，自称终南山人，姓王名守一，常负一大壶卖药。人有求买之不得者，病必死，或急趁无疾人授与之者，其人旬日后必染沉痼也。柳信者，世居洛阳，家累千金，唯有一子。既冠后，忽于眉头上生一肉块。历使疗之，不能除去。及闻此布衣，遂躬自祷请。既至其家，乃出其子以示之。布衣先焚香，命酒脯，犹若祭祝，后方于壶中探一丸药，嚼傅肉块，复请具樽俎。须臾间，肉块破，有小蛇一条突出在地，约长五寸，五色烂然，渐渐长及一丈已来。其布衣乃尽饮其酒，叱蛇一声，其蛇腾起，云雾昏暗。布衣忻然乘蛇而去，不知所在。（出《大唐奇事》）

李子牟

李子牟者，唐蔡王第七子也，风仪爽秀，才调高雅，性闲音律，尤善吹笛，天下莫比其能。江陵旧俗，孟春望夕，尚列影灯。其腰，坐于苇席，一整日后才脱掉，后来梁国灭亡，他又穿上这套丧服，接受众人吊唁。梁人进入西魏时，果然能看到当初陆法和上供的蒸饼。（出《渚宫旧事》。）

王梵志

王梵志，卫州黎阳人。黎阳城东十五里有人名王德祖，隋文帝时，王德祖家中有林檎树，树上生出斗大的肿瘤，三年后肿瘤腐烂，王德祖看到后，剖开肿瘤的表皮，见其中有一胎儿，便将其收养。养到七岁，孩子学会说话，他说："谁养育了我，叫什么名字？"王德祖据实相告，孩子起名为"林木梵天"，后改名"梵志"。他说："王家养育了我，我便姓王。"王梵志作诗给别人欣赏，诗写得富有趣味与意义。（出《史遗》）

王守一

唐朝贞观初年，洛阳城有个百姓叫王守一，自称终南山人，常背个大壶卖药，向他求药不成的，定会病亡，若是仓促间给健康的人送了药，十天后受药人必身染重病。柳信，世代居住洛阳，家财万贯，有一独子。儿子成年后，忽然眉头上长出一肉块。柳家多次请人诊治，都未能去除肉块，听说王守一后，柳信亲自登门求医，将王守一请到家中，叫儿子出来接受看诊。王守一先焚香，命人准备酒肴，就像祭祀，然后从药壶里取出一丸药，咀嚼后敷在肉块上，又差人摆上酒席。很快，肉块破开，一条小蛇掉在地上，大约五寸长，色彩斑斓，渐渐长到一丈长。王守一将筵席上的酒饮尽，呵斥蛇，蛇腾空跃起，云雾缭绕，天色昏暗。王守一怡然自得地乘蛇离去，不知所终。（出《大唐奇事》）

李子牟

李子牟是唐朝蔡王第七子，风度仪表爽朗俊秀，才情高雅，喜好音律，擅长吹笛，天下无人能及。江陵一带的旧俗是，每逢正月时士女缘江，骈阗纵观。子牟客游荆门，适逢其会，因谓朋从曰：“吾吹笛一曲，能令万众寂尔无哗。”于是同游赞成其事。子牟即登楼，临轩独奏，清声一发，百戏皆停，行人驻愁，坐者起听。曲罢良久，众声复喧。而子牟恃能，意气自若。忽有白叟，自楼下小舟行吟而至，状貌古峭，辞韵清越。子牟洎坐客，争前致敬。臾谓子牟曰：“向者吹笛，岂非王孙乎？天格绝高，惜者乐器常常耳。”子牟则曰：“仆之此笛，乃先帝所赐也，神鬼异物，则仆不知，音乐之中，此为至宝，平生视仅过万数，方仆所有，皆莫之比，而叟以为常常，岂有说乎？”叟曰：“吾少而习焉，老犹未倦，如君所有，非吾敢知，王孙以为不然，当为一试。”子牟以授之，而叟引气发声，声成而笛裂。四座骇愕，莫测其人，子牟因叩颡求哀，希逢珍异。叟对曰：“吾之所贮，君莫能吹。”即令小僮，自舟赍至。子牟就视，乃白玉耳。叟付子牟，令其发调，气力殆尽，纤响无闻。子牟弥不自宁，虔恭备极。叟乃授之微弄，座客心骨泠然。叟曰：“吾愍子志尚，试为一奏。”清音激越，遐韵泛溢，五音六律，所不能偕。曲未终，风涛喷腾，云雨昏晦，少顷开霁，则不知叟之所在矣。（出《集异记》）

吕翁

开元十九年，道者吕翁，经邯郸道上邸舍中，设榻施席，担囊而坐。俄有邑中少年卢生，衣短裘，乘青驹，将适于田，亦止邸中。与翁接席，言笑殊畅。久之，卢生顾其衣装弊亵，乃叹曰：“大丈夫生世不谐，而困如是乎？”翁曰：“观子肤极腧，体胖无恙，谈谐方适；而叹其困者，何也？”生曰：“吾此苟生耳，何适之为？”翁曰：“此而不适，而何为适？”生曰：“当建功树名，出将入相，列鼎十五日夜，街边悬挂排排彩灯。彼时男女游江，车水马龙。李子牟客游荆门，恰逢灯会，对同行友人说：“我奏笛一曲，能叫众人悄然无声。”同游的人都很赞同。李子牟登楼临窗独奏，清越的笛声一起，各种游戏喧嚣静止，行人驻足，坐者起身聆听，一曲吹罢良久，市井喧闹才恢复如常。李子牟恃才，意气风发。忽然，有位须发全白的老翁从楼下驾小舟吟咏而至，身形古朴简劲，话音清脆激越，李子牟及在座宾客，争相上前致敬。老翁对李子牟说：“方才奏笛者，莫不是皇亲贵胄？格调高绝，可惜乐器太过普通。”李子牟则说：“我的笛子，乃是先帝御赐，神鬼奇物，我不了解，就乐器而言，这笛子算得上至宝，平生我所见乐器仅过万种，但无能出其右者。您却觉得它仅是俗物，有什么说法？”老翁说：“我自幼学习吹笛，到老仍未厌倦。您的笛子，不是我不知它的出处，您若觉得我说的不对，请允许我为您一试。”李子牟把笛子给他，老翁引气吹奏，声音刚起笛子就破裂了。四座的人都震惊了，不知他是何人，李子牟叩首哀求，望得见珍异笛子。老翁对他说：“我所有的笛子，您无法吹奏。”老翁令小僮从船中拿出，李子牟上前细看，乃是一白玉笛。老翁交给李子牟，请他吹奏，他用尽气力，却吹不出丝毫声响，李子牟内心越发恍惚，恭谦至极。老翁接过笛子轻吹，在座的人都感到彻骨寒意。老翁说：“我对您的情志深有同感，现在为您吹奏一曲。”笛声清悠激昂，余韵绵长。五音六律难及其项背，一曲未终，风涛汹涌，天色晦暗，云雨交加，转眼云舒天晴，奏笛老翁不知去向。（出《集异记》）

吕翁

唐玄宗开元十九年，道士吕翁行经邯郸道上一客店，铺设枕席，解下包袱坐下休息。很快县中少年卢生，身穿短袄，驾青驹，去往田庄，也是途经客店投宿，睡在吕翁隔壁。二人谈笑风生，许久，卢生看着自己布衣褴褛，叹道：“大丈夫生不逢时，困顿潦倒至此。”吕翁说：“看你面色很是滋润，体魄健壮无虞，言谈诙谐得体，何以哀叹困顿？”卢生说：“我不过苟且求生，有何舒适可言？”吕翁说：“你这般生活仍属不适，何为舒适？”卢生道：“当是建功立业名扬万里，而食，选声而听，使族益茂而家用肥，然后可以言其适。吾志于学而游于艺，自惟当年，朱紫可拾。今已过壮室，犹勤田亩，非困而何？”言讫，目昏思寐。是时主人蒸黄粱为馔，翁乃探囊中枕以授之曰：“子枕此，当令子荣适如志。”其枕瓷而窍其两端，生俯首就之。

寐中，见其窍大而明朗可处，举身而入，遂至其家。娶清河崔氏女，女容甚丽而产甚殷。由是衣裘服御，日已华侈。明年，举进士，登甲科，解褐授校书郎。应制举，授渭南县尉，迁监察御史起居舍人，为制诰。三年即真。出典同州，寻转陕州。生好土功，自陕西开河八十里以济不通。邦人赖之，立碑颂德。迁汴洲岭南道采访使，入京为京兆尹。是时神武皇帝方事夷狄，吐蕃新诺罗、龙莽布攻陷爪沙，节度使王君㚟新被叙投河隍战恐，帝思将帅之任，遂除生御史中丞河西陇右节度使，大破戎虏七千级，开地九百里，筑三大城以防要害，北边赖之，以石纪功焉。归朝策勋，恩礼极崇，转御史大夫吏部侍郎。物望清重，群情翕习，大为当时宰相所忌，以飞语中之，贬端州刺史。三年征还，除户部尚书。未几，拜中书侍郎同中书门下平章事，与萧令嵩、裴侍中光庭同掌大政。十年，嘉谋密命，一日三接，献替启沃，号为贤相。同列者害之，遂诬与边将交结，所图不轨，下狱。府吏引徒至其门，追之甚急，生惶骇不测。泣其妻子曰：“吾家本山东，良田数顷，足以御寒馁，何苦求禄，而今及此，思复衣短裘，乘青驹，行邯郸道中，不可得也。”引刀欲自裁，其妻救之得免。共罪者皆死，生独有中人保护，得减死论，出授驩牧。数岁，帝知其冤，复起为中书令，封赵国公，恩旨殊渥，备极一时。

生有五子，僔、倜、俭、位、倚。僔为考功员外，俭为侍御史，出将入相，钟鸣鼎食，选声而听，光宗耀祖安定富足，才算得上舒适。我立志经学，遍习六艺，自以为年富力强时，高官厚禄唾手可得。如今已过壮年，却仍奔波于田亩间，这怎能不算困顿？”说罢，合眼欲眠，这时店主已蒸黄粱做饭，吕翁从自己包中拿出一枕头递给他说：“你枕着它，就可如愿以偿得到荣华富贵。”那枕头是瓷制的，两端有孔，卢生倒头便睡。

睡梦中，卢生见枕头孔洞扩大，其中明彻可居住，起身走进，就到了自己家中。他娶了清河崔家女儿为妻，妻子姿容秀丽且家境殷实。此后卢生衣着车驾日益华贵，第二年，进士甲等，授任校书郎，应制举，被授任渭南县尉，迁任监察御史起居舍人，兼任制诰。三年后转正。出典同州，转至陕州。卢生擅长在土地上动脑筋，自陕西开通河道引水八十里，接济水利不通的地方，当地居民获益匪浅，为他立碑颂德。之后迁任汴州岭南道采访使，又入京任京兆尹。当时，神武皇帝正费神对抗夷狄。吐蕃的新诺罗与龙莽布起兵攻打爪沙，节度使王君奂与敌军在河隍交战失败，皇帝想任命新的将帅，封卢生御史中丞、河西陇右节度使，他率兵大破七千戎虏，开疆九百里，建起三座大城楼防守要害，北方边民得以休养生息，便为他刻石记功，回朝后记功行赏，礼遇极高，被授任御史大夫、吏部侍郎。他在朝中位高权重，群臣礼敬，当时宰相所很是忌恨，借流言蜚语中伤他，他被贬为端州刺史，三年后被召回京城，任户部尚书。很快，授任中书侍郎同中书门下平章事，与萧令嵩、裴光庭共掌国事，十年间，卢生出谋划策，昼日三接，进谏开导，被尊为贤相。同僚企图谋害他，诬告他与边军勾结图谋不轨，他被下狱，衙役带人到他狱前，追问紧逼，他惶恐不安，哭着对妻子说：“我家本在山东，有良田数顷，不愁温饱，何苦为求高官厚禄，落到今日这步田地？如今还想穿短袄，驾青驹，逍遥于邯郸道上，已不可再得。”说罢抽刀自裁，幸得妻子施救免于一死。与他一起犯罪的人都被处死了，唯独卢生有人暗中保护得以幸免，领命放牧。数年后，皇帝知他冤枉，起任他为中书令，封赵国公，皇恩浩荡，荣极一时。

他有五个儿子，僔、倜、俭、位、倚，僔任考功员外，俭任侍御位为太常丞。季子倚最贤，年二十四，为右补阙。其姻媾皆天下族望。有孙十余人。凡两窜岭表，再登台铉，出入中外。回翔台阁，三十余年间，崇盛赫弈，一时无比。

末节颇奢荡，好逸乐，后庭声色皆第一。前后赐良田甲第，佳人名马，不可胜数。后年渐老，屡乞骸骨，不许，及病，中人候望，接踵于路，名医上药毕至焉。将终，上疏曰："臣本山东书生，以田圃为娱，偶逢圣运，得到官序。过蒙荣奖，特受鸿私，出拥旄钺，人升鼎辅，周旋中外，绵历岁年，有忝恩造，无裨圣化。负乘致寇，履薄战兢，日极一日，不知老之将至。今年逾八十，位历三公，钟漏并歇，筋骸俱弊，弥留沉困，殆将溘尽。顾无诚效，上答休明，空负深恩。永辞圣代，无任感恋之至。谨奉表称谢以闻。"诏曰："卿以俊德，作余元辅，出雄藩垣，入赞缉熙，升平二纪，实卿是赖。比因疾累，日谓痊除，岂遽沉顿，良深悯默。今遣骠骑大将军高力士就第候省，其勉加针灸，为余自爱，燕冀无妄，期丁有喜。"其夕卒。

卢生欠伸而寤。见方偃于邸中，顾吕翁在傍，主人蒸黄粱尚未熟，触类如故，蹶然而兴曰："岂其梦寐耶！"翁笑谓曰："人世之事，亦犹是矣。"生然之。良久谢曰："夫宠辱之数，得丧之理，生死之情，尽知之矣。此先生所以窒吾欲也，敢不受教。"再拜而去。（出《异闻集》）

管子文

李林甫为相初年，有一布衣诣谒之，阍吏谓曰："朝廷新命相国，大僚尚未敢及门，何布衣容易谒之耶？"布衣执刺，待于路傍，高声自称曰："业八体书生管子文，欲见相国伸一言。"林甫召之于宾馆，至夜静，月下揖之。生曰："仆实老于书艺，亦自少游图史，位任太常丞，小儿子倚最为贤能，年仅二十四，任右补阙。他们妻家也都是名满天下的望族。孙辈十余人。卢生一生两次远放岭南，又回朝佐政，出入朝堂，经纬国事，三十余年，显赫一时，无人能及。

他晚年奢侈放荡，耽于玩乐，家院豢养一流的歌舞艺伎，皇帝前后两次赏赐他良田府宅、美人名马不计其数。再后年岁渐老，数次请求告老还乡，均未应允，患病后，看望之人络绎不绝，名医纷纷登门为他诊治。临终前，他上书道："臣本是山东一介书生，以种田为乐业，幸逢圣朝时运，谋得官职。承蒙圣恩，特受鸿恩，出将入相，周旋朝堂，经年累月，有愧圣恩，无功社稷。德不配位，战战兢兢如履薄冰，日复一日，不觉老之将至。今已年过八十，位历三公，年老衰残，精疲力竭，大渐弥留，大限将至。顾无诚效以报答圣恩，枉负泽深恩重，就此辞别，感激眷恋不已。谨以此表答谢。"皇帝传诏："卿以俊才贤德辅佐朝政，出师藩国，为官清明，我朝两世升平，仰仗卿之辅助。卿自染疾后，日日听闻大病将愈，怎料病重如此，朕心哀痛，今特派骠骑大将军高力士前往府上慰问，卿要勉加针灸，为朕自爱，愿朕所想不会落空，盼卿喜讯。"当晚他就病亡了。

卢生翻身醒来，发现自己躺在客店，看到吕翁在身边，店主蒸的黄粱未熟，伸手触摸周围物件依然如故，幡然惊悟："原是大梦一场。"吕翁笑道："人间事亦如大梦一场。"卢生点头称是。他沉思好长时间之后，向吕翁道谢："宠辱沉浮变故，得失生死情理，这场梦后我尽数明晰。这便是先生不让我胡思乱想的原因，晚生岂敢不听教诲！"再三行礼辞去。（出《异闻集》）

管子文

李林甫任宰相第一年，有一书生登门拜谒，守门人对书生说："主人是朝廷新任相国，文武大臣尚未敢登门，你一介平民要拜谒谈何容易！"书生手持名帖立在路旁，朗声自报来意："专修秦书八体的书生管子文，有话对相国说。"李林甫请他到宾馆，夜深人静籍之圃，尝窃见古昔兴亡，明主贤臣之事，故愿谒公，以伸一言。”林甫曰：“仆偶备位于辅弼，实非才器，已恐不胜大任，福过祸随也。君幸辱玉趾，敢授教于君，君其无惜药石之言，以惠鄙人。”生曰：“古人不容易而谈者，盖知谈之易听之难也。必能少览容易之言，而不容易而听，则涓尘皆可以裨海岳也。况圣哲云：‘一言可以兴邦，一言可以丧邦。’公若闻一言即欲奉而行之，临一事即恣心徇意，如此，则虽日纳献言之士，亦无益也。”林甫乃容恭意谨而言曰：“君但一言教仆，仆当书绅而永为箴诫。”生曰：“君闻美言必喜，闻恶言必怒。仆以美言誉君，则无裨君之事；以恶言讽君，必犯君之颜色。既犯君之颜色，君复怒我，即不得尽伸恶言矣。美言徇而损，恶言直而益，君当悉察之，容我之言，勿复加怒。”林甫不觉膝席而听。

生曰：“君为相，相天子也；相天子，安宗社保国也。宗社安；万国宁，则天子无事；天子无事，则君之无事。设或天下有一人失所，即罪在天子；罪在天子，焉用君相？夫为相之道，不必独任天下事，当举文治天下之民，举武定天下之乱，则仁人抚疲瘵，用义士和斗战。自修节俭，以讽上，以化下，自守忠贞，以事主，以律人，固不暇躬勤庶政也。庶政得人即治，苟不得人，虽才如伊吕，亦不治。噫！相国慎之。”林甫听之骇然，遽起拜谢之。生又曰：“公知斯运之通塞耶？”林甫曰：“君当尽教我，我当终身不忘。”生曰：“夫治生乱，乱生治，今古不能易也。我国家自革隋乱而治，至于今日，乱将生矣。君其记之。”林甫又拜谢。

至曙，欲闻于上，縻以一爵禄，令左右潜守之。坚求退曰：“我本只欲达一言于公，今得竭愚悃，而又辱见纳，又何用阻野人后，月下召见了他。书生说："我熟悉书法艺术，自小熟读典籍，看过古往今来兴衰更迭、明君贤臣的事迹，所以想拜谒相国，对您说一句话。"李林甫说："我偶然位列宰辅，实则无相才，唯恐难当大任，乐极生悲。您屈尊降贵前来赐教，我斗胆受教，请您不惜药石之言赐恩于我。"管生说："古人之所以不轻易与他人说话，是因为他们知道说教容易听取不易。若能少听好听的话，接纳难听的谏言，那细水微尘都可对大海高山有所裨益。况且圣哲曾言：'一言可以兴邦，一言可以丧邦。'相国若每听一句就想奉行，每对待一件事都随心所欲，那么即便日日纳谏，也无益处。"李林甫越发神情恭顺态度庄重起来，说："您就算指点我一句，我都会牢记在心。"管生说："您听到赞誉必然欢喜，听到指摘必定生气。我用美言夸您，对您毫无益处；用恶语讽刺，必然冒犯您的威严。您面子上不光彩，对我越发不满，所以不能尽说恶言。美言温顺但有害，恶言直率但有益，您理当明辨。既容我进谏，就请不要动怒。"李林甫不知不觉双膝跪地洗耳恭听。

管生说："您作为宰相，辅佐的是天子；辅佐天子，便要安稳宗社守护社稷；宗社安定，万国祥和，便天子无虞；天子无虞，您便安稳。假设天下有一人流离失所，罪在天子；罪在天子，又为何用您辅佐天子？为相之道，不可独揽天下事，当推选文治人才管理天下百姓，推选武学人才平定天下纷争，如此仁人志士便可体恤困乏疲弱之人，英勇义士可平息动荡。您需修身节俭，劝谏皇上，教化百姓，忠贞自守，侍奉君主，管束百姓，如此您无暇亲自管理政务，政务需良人治理，若用人不当，即便有伊尹、吕尚那样的才华，也无法理政。噫！请相国审慎行事。"李林甫听后惊骇，立即起身拜谢管生。管生又说："您知时运的通塞变化吗？"李林甫说："请您倾囊相授，我定终生不忘。"管生说："所谓治生乱，乱生治，是古往今来恒定的规律。唐朝革除隋朝的动乱走向安定，时至今日，动乱即将发生，您需切记。"李林甫在此行礼。

到天亮，李林甫想将谈话奏报皇上，给管生封爵位，派左右的人暗中看着管生，管生坚持离开，说："我本只想送一句话给您，现今之归也。”林甫坚留之不得，遂去。林甫令人暗逐之，生至南山中一石洞，其人寻亦入石洞，遽不见生，唯有故旧大笔一。其人携以白林甫，林甫以其笔置于书阁，焚香拜祝。其夕，笔忽化为一五色禽飞去，不知所之。（出《大唐奇事》）

袁嘉祚

唐宁王傅袁嘉祚，为人正直不阿，能行大节，犯颜悟主，虽死不避。后为盐州刺史，以清白尤异升闻。时岑羲、萧至忠为相，授嘉祚开州刺史，嘉祚恨之，频言其屈。二相大怒，诟嘉祚曰：“愚夫，叱令去。”嘉祚方惆怅，饮马于义井。有一人背井坐，以水濯手，故溅水，数惊嘉祚马，嘉祚忿之，骂曰：“臭卒伍，何事惊马！”其人顾嘉祚曰：“眼看使于蠮螉国，未知死所，何怒我焉？”嘉祚思其言不能解，异之。明复至朝，果为二相所召，迎谓曰：“知公迹素高，要公衔朝命充使。今以公为卫尉少卿，往蠮螉国报聘，可乎？”嘉辞以不才，二相日行文下。嘉祚大恐，行至义井，复遇昨惊马人，谓嘉祚曰：“昨宰相欲令使远国，信乎？”嘉祚下马拜之，异人曰：“公无忧也，且止不行。其二相头已悬枪刃矣，焉能怒公。”言毕不知所之。间一日，二相皆诛，果如异人言矣。其蠮螉国在大秦国西数千里，自古未尝通。二相死，嘉祚竟不去。

郑相如

郑虔工诗嗜酒，性甚闲放。玄宗爱其旷达，欲致之郎署，又以其不事事，故特置广文馆，命虔为博士。名籍甚著，门庭车马，已将愚见竭诚奉告，又承蒙您屈尊采纳，为何阻止我这乡野之人回家？”李林甫强留不得，便让管生离去。李林甫派人暗中跟着，管生走进南山一石洞，跟他的人等了一会儿也进入石洞，管生忽然消失不见，徒留他用过的一支笔。跟着管生的人带笔返回，把经过报告李林甫，李林甫将笔放在书房，焚香礼拜祝告。当夜，笔忽然化作一五色禽飞走，不知去向。（出《大唐奇事》）

袁嘉祚

唐朝宁王的师父袁嘉祚，为人正直不阿，节操高尚，敢直言犯上，虽死不避。后来袁嘉祚任盐州刺史，以非同寻常的清廉闻名。当时岑羲、萧至忠任宰相，授命袁嘉祚任开州刺史，袁嘉祚不满，屡次申诉委屈。二位相国大怒，诟病袁嘉祚：“真是个笨蛋，把他赶出朝廷！”袁嘉祚正在愁闷，牵马往义井饮水，有一人背对井坐着，用水洗手，故意将水溅起，马数次受惊，袁嘉祚气愤，骂道：“臭兵卒，为何惊吓我的马？”那人看了袁嘉祚一眼说：“你眼看着就要出使蠮螉国了，不知身死何处，还顾得上对我发火！”袁嘉祚细思其言困惑不解，很是惊异。第二日袁嘉祚上朝，果然被二位相国召见，二人逢迎道：“深知您素来高迹，请您奉谕令任使节。以卫尉少卿身份出访蠮螉国，您可愿意？”袁嘉祚借自己无才极力推辞，二相当日下公文。袁嘉祚很是惶恐，走到义井，又遇上昨日惊马的人，那人对袁嘉祚说：“昨日我说宰相想命你出使远国，你可相信？”袁嘉祚下马行礼，此异人说：“无需忧虑，只管拖着不上路就可。二相头上已悬刀枪，怎还能迁怒于您？”说罢不知去向。间隔一日，二相都被处死，果然与异人所言一致。蠮螉国在大秦往西数千里处，自古以来未曾有过联系。两位相国既然已死，袁嘉祚便一直没有动身。

郑相如

郑虔擅长作诗嗜好饮酒，性情很是闲散豪放。唐玄宗欣赏他的旷达，想请他任宿卫，又因他不愿理事，特意将他安置在广文馆，授无非才俊。有郑相如者，沧州人，应进士举入京，闻虔重名，以宗姓因谒。虔因之叙叔侄，见其老倒，未甚敬之。后数日谒，虔独与坐，问其艺业，相如笑谓虔曰："叔未知相如，应以凡人遇，然人未易知。既见问，敢不尽其词？相如若在孔门，当处四科，犹居游、夏之右，若叔在孔门，不得列为四科。今生不遇时而应此常调，但销声晦迹而已。"虔闻之甚惊，请穷其说。相如曰："孔子称其或继周者，虽百世可知之也，今相如亦知之。然国家至开元三十年，当改年号，后十五年，当有难。天下至此，兵革兴焉，贼臣篡位。当此时，叔应授伪官，列在朝省，仍为其累。愿守臣节，可以免焉。此后苍生涂炭未已。相如今年进士及第，五选得授衢州信安尉，至三考，死于衢州。官禄如此，不可强致也。"其年果进士及第，辞虔归乡，及期而选，见虔京师，为吏部一注信安尉，相如有喜色，于是辞虔赴任。初一考，问衢州考吏曰："郑相如何？"曰："甚善。"问其政，曰："如古人。"二考又考之，曰："无恙。"三考又问之，考吏曰："相如校考后，暴疾不起。"虔甚惊叹，方思其言。又天宝十五年，禄山反，遣兵入京城，收诸官吏赴洛阳。虔时为著作郎，抑授水部郎中。及克复，贬衢州司户，至任而终，竟一如相如之言也。（原缺出处，明抄本作出《广异记》）

任博士。他的名声和职衔都十分昭著，门庭车马来往，无一不是才俊。有人名郑相如，沧州人，进京参加进士考试，久仰郑虔大名，便借同姓的名义上门拜谒，郑虔因此与他叔侄相称，见他少年老成，并未敬重礼待。过了几日郑相如再次谒见，郑虔独自与他对坐，问他所学，郑相如笑言："叔叔不了解我，用常人的眼光看我，诚然了解一个人绝非易事。既然您问我，我怎敢不尽言？我若拜在孔门下，所学当在四科之列，学问出游、夏之右，若叔叔拜在孔门下，便不能列入四科。我生不逢时，不得已借科举这等寻常方式，以求隐去锋芒遮盖才学。"郑虔听后很是惊讶，请他继续说。郑相如说："孔子称知道谁人可继承周朝大业，知晓百年后的事，现今我也知百年后的事。大唐到开元三十年变更年号，其后十五年，会有国难，天下至此，八方风雨，贼臣谋权。那时，叔叔在叛军中掌权任职，位列朝中，后受此事拖累，愿您恪守为人臣子的操守，得以避免重罪。此后民不聊生生灵涂炭，我今年进士及第，五选授任衢州信安尉，等到三考时，亡于衢州。官运如此，不可强求。"当年郑相如果然高中进士，辞别郑虔回乡，到期选派，在京师与郑虔相见，任吏部信安尉，郑相如面带喜色，辞别郑虔赴任。一考后，郑虔问衢州考考官："郑相如如何？"答道："很好。"问他政绩，答道："可与古贤者媲美。"二考后又问，说是很好，身体无疾，三考后又打听，考官说："郑相如考后，暴病不起。"郑虔大惊，想起当初郑相如所言。天宝十五年，安禄山谋反，率兵入京，收拢百官奔赴洛阳。郑虔时任著作郎，被强行授任水部郎中。安史之乱平定后，郑虔被贬为衢州司户，刚上任就病亡了，一如郑相如当初所言。（原缺出处，明抄本作出《广异记》）

卷第八十三　异人三

续　生

濮阳郡有续生者，莫知其来，身长七八尺，肥黑剪发，留二三寸，不着裈裤，破衫齐膝而已。人遗财帛，转施贫穷。每四月八日，市场戏处，皆有续生。郡人张孝恭不信，自在戏场，对一续生，又遣奴子往诸处看验，奴子来报，场场悉有，以此异之。天旱，续生入泥涂，偃展久之，必雨，土人谓之猪龙。市内有大坑，水潦停注，常有群猪止息其间，续生向夕来卧。冬月飞霜着体，睡觉则汗气冲发。无何，夜中有人见北市灶火洞赤，径往视之，有一蟒蛇，身在灶里，首出在灶外，大于猪头，并有两耳。伺之平晓，乃是续生，拂灰而出。后不知所之。（出《广古今五行记》）

张　佐

开元中，前进士张佐常为叔父言，少年南次鄠杜，郊行，见有老父，乘青驴，四足白，腰背鹿革囊，颜甚悦怿，旨趣非凡。始自斜径合路，佐甚异之，试问所从来，叟但笑而不答。至再三，叟忽怒叱曰："年少子乃敢相逼，吾岂盗贼椎埋者耶，何必知从来？"佐逊谢曰："向慕先生高躅，愿从事左右耳，何赐深责？"叟曰："吾无术教子，但寿永者，子当嗤吾潦倒耳。"遂复乘促走，佐亦扑马趁之，俱至逆旅。叟枕鹿囊，寝未熟，佐乃疲，贳白酒将饮，试就请曰："单瓢期先生共之。"叟跳起曰："此正吾之所好，何子解吾

续 生

濮阳郡有人叫续生，不知来处，身长七八尺，又黑又胖，头发长二三寸，不穿裤子，只着一件齐膝破衫。别人接济他财物，他转而赠予穷困之人。每逢四月八日，集市上所有的游戏处，都有续生参与。郡中有个叫张孝恭的不信这事，自己在一戏场盯着续生，又派仆人四下查探，仆人回禀，每场都有续生。由此他便觉得续生实乃异人。气候干旱时，续生遁入泥浆，仰面躺许久，定会下雨，当地人称他为猪龙。市里有一大坑，水流聚集其中，常有一群猪在里面休息，续生到晚间也躺在其中。冬日雪花飞落在他身上，会被他睡觉时的汗气融化蒸发。不久后，夜间有人看到北市火光映得通红，走近一看，有一大蟒，身子在灶里，脑袋在灶外，脑袋比猪头还大，两侧有耳朵。待天亮一看，原来是续生，他拂去身上灰烬走出。后来不知去向。（出《广古今五行记》）

张 佐

唐朝开元中，前进士张佐常与叔父讲起，少年时旅居南边的鄠县与杜陵，走在郊外，看到一老翁，驾四蹄雪白的青驴，腰系鹿皮包，和颜悦色，气质非凡。老翁正从小径走上大道，张佐很是惊异，试探着问他从何而来，老翁但笑不语。张佐询问再三，老翁忽然怒斥：“毛头小子怎敢再三逼问？我难道是偷盗抢杀的恶徒吗？何必追问我的来处？”张佐谦逊地道歉说：“仰慕先生高迹，愿服侍左右，您何必严厉谴责我呢？”老翁说：“老朽并无高深法术可传授给你，我只是个长寿的人，你恐怕是在嘲笑我年迈潦倒罢了。”说罢骑驴迅速离去，张佐骑马追赶，两人都到了客店，老翁头枕鹿皮包尚未睡意耶？”

饮讫，佐见翁色悦，徐请曰：“小生寡昧，愿先生赐言，以广闻见，他非所敢望也。”叟曰：“吾之所见，梁隋陈唐耳，贤愚治乱，国史已具，然请以身所异者语子。吾宇文周时居岐，扶风人也，姓申名宗，慕齐神武，因改宗为观。十八，从燕公子谨征梁元帝于荆州，州陷，大将军旋，梦青衣二人谓余曰：‘吕走天年，人向主，寿不千。’吾乃诣占梦者于江陵市，占梦者谓余曰：‘吕走，廻字也；人向主，住字也，岂子住乃寿也。’时留兵屯江陵，吾遂陈情于校尉拓跋烈，许之。

因却诣占梦者曰：‘住即可矣，寿有术乎？’占者曰：‘汝前生梓潼薛君胄也，好服术蕊散。多寻异书，日诵黄老一百纸，徙居鹤鸣山下，草堂三间，户外骈植花竹，泉石萦绕。八月十五日，长啸独饮，因酣畅。大言曰：“薛君胄疏澹若此，岂无异人降止？”忽觉两耳中有车马声，因颓然思寝。头才至席，遂有小车，朱轮青盖，驾赤犊，出耳中，各高三二寸，亦不觉出耳之难。车有二童，绿帻青帔，亦长二三寸。凭轼呼御者，踏轮扶下，而谓君胄曰：“吾自兜玄国来，向闻长啸月下，韵甚清激，私心奉慕，愿接清论。”君胄大骇曰：“君适出吾耳，何谓兜玄国来？”二童子曰：“兜玄国在吾耳中，君耳安能处我？”君胄曰：“君长二三寸，岂复耳有国土，傥若有之，国人当尽焦螟耳。”二童曰：“胡为其然，吾国与汝国无异。不信，请从吾游，或能便留，则君离生死苦矣。”一童因倾耳示君胄，君胄觇之，乃别有天地，花卉繁茂，甍栋连接，清泉萦绕，岩岫杳冥。因扪耳投之。已至一都会，城池楼堞，穷极壮丽。君胄彷徨，未知所之，顾见向之二童，已在其侧，谓君胄曰：“此国大小于君国，既至此，盍从吾谒蒙玄真伯。”蒙玄真伯居大殿，墙垣阶陛，尽饰以金碧，垂翠帘帷帐，中间独坐。真伯身衣云霞日月之熟，张佐疲乏，赊了白酒，试探着邀老翁同饮："此一瓢愿得先生与我共饮。"老翁跳起说："正合我意，你倒是挺了解我的心思。"

饮罢，张佐见老翁面色和悦，徐徐请示道："小生愚钝，愿先生赐教以广见闻，并无非分之想。"老翁说："我所经见，只梁隋陈唐几代的事情罢了，贤愚治乱，国史上悉数记载，我只将亲身见闻的与史书不同的讲给你听。宇文周时我住在岐地，有一扶风人，姓申名宗，仰慕齐神武，名字改宗为观。十八岁时，他追随燕公子谨往荆州征讨梁元帝，荆州沦陷，将军凯旋，我梦到两位青衣人对我说：'吕走天年，人向主，寿不千。'我便往江陵找占梦者，占梦者对我说：'"吕走"是"廻"字，"人向主"是"住"字，是说您居家便可长寿。'当时驻兵江陵，我向校尉拓跋烈请求返乡，得到许可。

又找占梦者说：'回家去住已经可以了，可有长寿之术？'占梦者说：'你前身乃梓潼薛君胄，好服药修道，寻得大量异书，日诵黄老一百页，移居鹤鸣山下，有草堂三间，户外遍布奇花修竹，泉水山石相依。一年八月十五日，一人长啸独饮，酒酣大喊："薛君胄冷清至此，难道没有异人光临？"忽然耳朵里听到车马声，昏昏欲睡。脑袋刚碰到枕席，就出现一辆小车，朱轮青盖，赤犊牵拉，从耳中出来，各有两三寸高，也没觉得从耳中出来是什么难事，车上有两小童，绿巾青帔，也身长两三寸，依栏喊车夫，踏轮扶下车后对薛君胄说："我从兜玄国来，昔日听闻您月下吹啸，音韵清澈，我心下很是敬慕，愿聆听您清雅的言谈。"薛君胄惊骇道："您方才从我的耳朵中出来，何来兜玄国？"二童子说："兜玄国在我们耳中，您的耳朵怎能容下我们？"薛君胄说："你们身长仅二三寸，耳中怎能存在国土？倘若有，国人怕都是焦螟了。二童说："为何会如此？我们的国家与你的国家并无二致。你若不信，可随我们前去一探究竟，若你留在那里，便脱离生死之苦。"一小童侧身倾耳请君胄观赏，薛君胄看去，见其中别有天地，花卉叶茂，屋梁鳞次栉比，清泉盘旋，山岩重叠。于是扪着自己的两耳走近，抵达一个都会，其间城池楼阁，壮丽华贵。薛君胄心下彷徨，不知去向，便寻找两小童，见二人已站在自己身侧，小童对薛君胄说："这个国家的大小与你的国家相比，到底如何？何不随我衣，冠通天冠，垂旒，皆与身等。玉童四人，立侍左右，一执白拂，一执犀如意。二人既入，拱手不敢仰视，有高冠长裾缘绿衣人，宣青纸制曰："肇分太素，国既有亿。尔沦下土，贱卑万品，聿臻于如此，实由冥合，况尔清乃躬诚，叶于真宰，大官厚爵，俾宜享之，可为主箓大夫。"君胄拜舞出门，即有黄帔三四人，引至一曹署。其中文簿，多所不识，每月亦无请受，但意有所念，左右必先知，当便供给。因暇登楼远望，忽有归思，赋诗曰："风软景和煦，异香馥林塘。登高一长望，信美非吾乡。"因以诗示二童子，童子怒曰："吾以君质性冲寂，引至吾国，鄙俗余态，果乃未去，乡有何忆耶？"遂疾逐君胄，如陷落地，仰视，乃自童子耳中落，已在旧去处。随视童子，亦不复见。因问诸邻人，云失君胄已七八年矣。君胄在彼如数月，未几而君胄卒。生于君家，即今身也。'

占者又云：'吾前生乃出耳中童子，以汝前生好道，以得到兜玄国，然俗态未尽，不可长生，然汝自此寿千年矣。吾受汝符，即归。'因吐朱绢尺余，令吞之，占者遂复童子形而灭。自是不复有疾，周行天下名山，迨兹向二百余岁。然吾所见异事甚多，并记在鹿革中。"

因启囊出二轴，书甚大，字颇细，佐不能读，请叟自宣，略述十余事，其半昭然可纪。其夕将佐略寝，及觉已失叟。后数日，有人于灰谷湫见之，叟曰："为我致意于张君。"佐遽寻之，已复不见。（出《玄怪录》）

们一同拜访蒙玄真伯？”蒙玄真伯居于大殿中，墙壁台阶金碧辉煌，围绕着翠玉的珠帘帷幕。蒙玄真伯独自端坐在殿中，身着云霞日月之衣，头戴通天冠，垂旒等身。身后有四名玉童，侍奉左右，一人手执白色拂尘，一人手执犀角如意。小童与薛君胄走入，拱手行礼不敢抬头仰视。一头戴高冠身着身穿长裾的绿衣人，宣读青纸文书道：“肇分太素，国既有亿。尔沦下土，贱卑万品，聿臻于如此。寔由冥合。况尔清乃躬诚，叶于真宰，大官厚爵，俾宜享之。可为主籙大夫。”薛君胄拜谢出门，随即走出三四名黄帔人，领君胄到一官署，其中的大多案卷难以辨认，每月虽无人请示、领受，但只要他心有所想，无需亲自吩咐，身边的侍从就能预先知道，当即奉上所需。一日闲暇，薛君胄登楼远望，忽然萌生归乡的想法，提笔赋诗道：“风软景和煦，异香馥林塘。登高一长望，信美非吾乡。”赠予二童子，二童子震怒道：“我们饮因君性情淡泊清静，引你到我们的国家。你鄙俗的余态，果然难以消退，故乡有何值得怀念？”言罢驱逐薛君胄。薛君胄觉得自己仿佛坠落在地，仰视上空，原来从童子耳中落下，现已在远处。回头再看童子，已消失不见。询问邻居，都说薛君胄失踪七八年了，但薛君胄仅在那处住了数月，不久薛君胄去世。又投生于君家，便是他的今生。’

占者又说：‘我的前世是耳中的童子，因你前世爱好道术，得以到兜玄国，但你没能摆脱俗态，无法长生不老，但仍能长寿到一千岁。我交予你符箓，你即刻返回。’言罢他从口中吐出一尺多长的朱绢，令我吞下，占者随即恢复童子身形消失不见。此后我不再患病，周游天下名山，至今已活了二百余岁，见过诸多奇事，都收录在鹿皮包中。”

言罢打开鹿皮包取出两卷书，书挺大的，但上面的字极细小，张佐难以辨认，便老者自己讲述，老者大略讲述十余件事，其中一半显然可见。当晚张佐睡着，醒来后老者消失不见。数日后，有人在灰谷湫看见过老者，他说：“代我向张佐致意。”张佐听后，急忙前去追寻，但已不见踪迹。（出《玄怪录》）

陆鸿渐

竟陵僧有于水边得婴儿者，育为弟子。稍长，自筮得《蹇》之《渐》，繇曰：“鸿渐于陆，其羽可用为仪。”乃姓陆，字鸿渐，名羽。羽有文学，多意思，状一物，莫不尽其妙，茶术最著。巩县陶者多为瓷偶人，号陆鸿渐，买十器，得一鸿渐。市人沽茗不利，辄灌注之。羽于江湖称竟陵子，于南越称桑苎公。贞元末卒。（出《国史补》）

贾耽

贾耽相公镇滑台日，有部民家富于财，而父偶得疾，身体渐瘦，糜粥不通，日饮鲜血半升而已。其家忧惧，乃多出金帛募善医者，自两京及山东诸道医人，无不至者，虽接待丰厚，率皆以无效而旋。后有人自剑南来，诊候旬日，亦不识其状，乃谓其子曰：“某之医，家传三世矣，凡见人之疾，则必究其源。今观叟则惘然无知，岂某之艺未至，而叟天降之灾乎？然某闻府帅博学多能，盖异人也。至于卜筮医药，罔不精妙，子能捐五十千乎？”其子曰：“何用？”曰：“将以遗御吏，候公之出，以车载叟于马前，使见之，傥有言，则某得施其力矣。”子如其言，公果出行香，见之注视，将有言。为监军使白事，不觉马首已过。医人遂辞去。

其父后语子曰：“吾之疾是必死之征，今颇烦躁，若厌人语，尔可载吾城外有山水处置之，三日一来省吾，如死则葬之于彼。”其子不获已，载去。得一磐石近池，置之，悲泣而归。其父忽见一黄犬来池中，出没数四，状如沐浴。既去，其水即香，叟渴欲饮，而气喘力微，乃肘行而前。既饮，则觉四体稍轻，饮之不已，即能坐。子惊喜，乃复载归家，则能饮食，不旬日而愈。

陆鸿渐

竟陵有位僧人在河边拾到一弃婴，收养他为弟子。他稍长大后，为自己占得《蹇》卦变成《渐》卦，卜辞是：“鸿渐于陆，其羽可用为仪。”由此定姓氏为陆，字鸿渐，名羽。陆羽文采斐然，才思敏捷，笔下事物，栩栩如生，最为精通茶术。巩县陶瓷匠人大多会制作瓷人玩偶，他们称瓷人为陆鸿渐，每买十件陶器，可得一陆鸿惭，买家觉得用来装茶不吉利，便只是装满水。陆羽在江湖上号称竟陵子，南越人则称他为桑苎公。他卒于贞元末年。（出《国史补》）

贾耽

相国贾耽镇守滑台时，有邑民家底优渥，但这位邑民的父亲偶然间患病，身体日渐单薄，水米不进，每日饮半升鲜血来维系生命。家人忧惧，重金求医，两京到山东各处医者，无不上门看诊，尽管酬金丰厚，但都无功而返。后来有位剑南来的医者，察视病情十来日，也不能识别是什么症状，便对那位邑民说：“我的医术，传承祖上三代，凡是诊视疾病，则必定能知道病源。如今观察令尊病情一无所获，并非是我的医术不精，而是天灾导致令尊患病。我听闻府帅博学多才，实为异人。卜卦算命行医问药等事，他无不精通。您可愿出钱五十千？”邑民说：“这钱干什么用的？”医者说：“送给御史，等相国出门时，您用车载着令尊到他马前，让他看到，若他说些建议，我便可依言办事救人。”邑民照他的话做，相国果然外出礼拜神佛，看到老者时注视良久，刚要说话，恰有监军使禀报，不觉间相国的马已走过。医者只得告辞。

老者后来对儿子说：“我身患绝症，如今很是烦躁，像是厌恶他人说话，你可将我安置在城外山水间，三日探望我一次。如果病亡，便安葬在那里。”他儿子不得已，就带他出城，寻得一巨石靠近池塘，将父亲安置在那里，悲痛而归。老者忽然看到一黄犬到水池中，来回数次，好像在沐浴。黄犬走后，池水变香，老者口渴想喝池水，但因身单力薄呼吸急促，只得两肘支持爬至池边，喝了几口，然他日，贾帅复出，至前所置车处，问曰：“前度病人在否？”吏报今已平复。公曰：“人病固有不可识者。此人是虱症，世间无药可疗，须得千年木梳烧灰服之，不然，即饮黄龙浴水，此外无可治也，不知何因而愈？”遣吏问之，叟具以对。公曰：“此人天与其疾，而自致其药，命矣夫！”时人闻之，咸服公之博识，则医工所谓异人者信矣。（出《会昌解颐》）

治针道士

德宗时，有朝士坠马伤足，国医为针腿，去针，有气如烟出，夕渐困惫，将至不救，国医惶惧。有道士诣门云：“某合治得。”视针处，责国医曰：“公何容易，死生之穴，乃在分毫，人血脉相通如江河，针灸在思其要津。公亦好手，但误中孔穴。”乃令舁床就前，于左腿气满处下针曰：“此针下，彼针跳出，当至于檐板。”言讫，遂针入寸余，旧穴之针拂然跃至檐板，气出之所，泯然而合，疾者当时平愈。朝士与国医拜谢，以金帛赠遗，道士不受，啜茶一瓯而去，竟不知所之矣。（出《逸史》）

贞元末布衣

贞元末，有布衣，于长安中游酒肆，吟咏以求酒饮，至夜，多酣醉而归，旅舍人或以为狂。寄寓半载，时当素秋，风肃气爽，万木凋落，长空寥廓，塞雁连声。布衣忽慨然而四望，泪下沾襟，一老叟怪而问之，布衣曰：“我来天地间一百三十之春秋也，每见春日煦，春风和，花卉芳菲，鹦歌蝶舞，则不觉喜且乐；及至此秋后感到四肢轻便，便坚持饮用，几日后便可坐起，儿子见后惊喜不已，将他接回家中。回家后老者能正常饮食，不足十天就痊愈了。

几日后，贾耽府帅再次外出，行至上次停车处问：“上次碰到的患者还在吗？”近臣回禀那个老者已康复。相国说：“世人患病确实有难以诊断的。此人身患虱症，世间无药可医，须得服用千年木梳烧的灰烬，或是饮用黄龙沐浴的水，此外别无他法，不知他是如何治愈的？”派官吏前去问询，老者详述实情。相国道：“此人受上天降疾，而自己机缘巧合寻得良药，一切都是命数啊！”当时世人听闻，都佩服相国学识博广，信服了那位医者说他是异人的话。（出《会昌解颐》）

治针道士

唐德宗在位时，一朝臣坠马伤了足部，国医针灸他的腿，起针后，有气如烟般冒出，至夜他昏昏沉沉，命不久矣，国医惶恐。一道士上门说：“我正能医治此病。”他观察扎针处，责问国医：“您未免将此事看得太轻巧了些。生死穴位的位置，分毫之差，但人的血脉联通有如江河，针灸时考虑要害乃是重中之重。您也是杏林好手，但扎错了穴位。”于是差人将病床抬到跟前，在患者左腿气体饱满处下针，说：“此针下后，那根针便会跳到屋檐那么高。”说罢，针已入寸余，旧穴内的针突然跳到房檐上，漏气处自然愈合，患者即刻痊愈。患病朝臣与国医拜谢道士，赠金帛答谢，道士不收，饮了一杯茶就离开了，不知去向。（出《逸史》）

贞元末布衣

唐德宗贞元末年，有位布衣百姓在长安逛酒肆，凭着吟诗向人讨酒，入夜，常酩酊大醉归去，旅店中有人觉得他癫狂。他在此寄住半年，恰逢深秋，风肃气爽，草木凋敝，长空寥廓，塞雁连声。这人忽有感触，环顾四周，泪洒衣襟。一老者觉得奇怪，问他缘由。他说：“我在天地间度过了一百三十个春秋，每逢春季风和日丽，草长莺飞也，未尝不伤而悲之也。非悲秋也，悲人之生也。韶年即宛若春，及老耄即如秋。”因朗吟曰：“阳春时节天地和，万物芳盛人如何。素秋时节天地肃，荣秀丛林立衰促。有同人世当少年，壮心仪貌皆俨然。一旦形羸又发白，旧游空使泪连连。”老叟闻吟是诗，亦泣下沾襟。布衣又吟曰：“有形皆朽孰不知，休吟春景与秋时。争如且醉长安酒，荣华零悴总奚为。”老叟乃欢笑，与布衣携手同醉于肆。后数日，不知所在，人有于西蜀江边见之者。（出《潇湘录》）

柳城

贞元末，开州军将冉从长轻财好士，儒生道者多依之。有画人甯采，图为《竹林会》，甚工。坐客郭萱、柳城二秀才，每以气相轧。柳忽眄图，谓主人曰：“此画巧于体势，失于意趣，今欲为公设薄伎，不施五色，令其精彩殊胜，如何？”冉惊曰：“素不知秀才此艺。然不假五色，其理安在？”柳叹曰：“我当出入画中治之。”萱抵掌曰：“君欲绐三尺童子乎？”柳因要其赌，郭请以五千抵负，冉亦为保。柳乃腾身赴图而灭，坐客大骇。图表于壁，众摸索不获。久之，柳忽语曰：“郭子信未？”声若出画中也。食顷，瞥自图上坠下，指阮籍像曰：“工夫祇及此。”众视之，觉阮籍图像独异，唇若方啸，甯采睹之，不复认。冉意其得道，与郭俱谢之。数日竟他去。宋存寿处士在冉家时，目击其事。（出《酉阳杂俎》）

苏州义师

苏州贞元中，有义师状如风狂。有百姓起店十余间，义师忽运斤坏其檐，禁之不止。主人素知其神，礼曰：“弟子活计赖莺歌燕舞，就不自觉地心生欢喜；等到了这样的秋季，则难免感伤。我所悲痛的，不是秋色而是人生。青春韶华好似春光，年迈衰老有如秋日。”随即朗声吟诵：“阳春时节天气和，万物芳尽人如何。素秋时节天地肃，荣秀丛林立衰促。有同人世当少年，壮心仪貌皆俨然。一里形羸又发白，旧游空使泪连连。”老者闻诗，不觉潸然泪下。他又吟道：“有形皆朽孰不知，休吟春景与秋时。争如且醉长安酒，荣华零悴总奚为。”老者转悲为喜大笑起来，与他携手醉饮于酒肆。几日后，不知他去向，有人曾在西蜀江边见过他。（出《潇湘录》）

柳　城

唐德宗贞元末年，开州军将冉从长不爱钱物喜欢有才能之人，儒道两家弟子多依附于他。有位画师叫宁采，画了一幅《竹林会》，画工精湛。宾客中郭萱、柳城两位秀才，总是互不服气，争强好胜，柳城忽然瞥到《竹林会》，对主人说：“这画巧于形式，失了意趣，我为您略施薄技，不借助五色，让这画更生动精彩。如何？”冉公惊讶，问道：“从未听闻您有如此才华。不借助五色，何以作画？”柳城叹道：“我将出入这画中来完善这幅画。”郭萱击掌说：“你当我们是三尺孩童吗？”柳城便请他与自己做赌，郭萱以五千钱做赌注，冉公为二人作保。柳城飞身入图消失不见，坐客惊骇，画仍挂在墙上，众人上前摸索无果。许久，柳城忽然发问：“郭萱你信了吗？”声音好似从画中传来。一顿饭工夫后，忽然见柳城从画上掉下，指着阮籍图像说：“刚才一番工夫只涉及到此。”众人细看，觉得阮籍图像大有不同，双唇张开，像是在大叫，宁采亲眼辨认，也看不出先前的样子。冉公觉得柳城得了道，与郭萱一并向他致歉。几日后柳城辞去。宋存寿处士在冉公家时，亲眼见证了此事。（出《酉阳杂俎》）

苏州义师

唐朝贞元年间，苏州有位义师，行径癫狂。有户百姓盖了十余间店，义师忽然抡起板斧把房檐砍坏了，无人能将他拦住。主人早知此。”顾曰：“尔惜乎？”乃掷斤于地而去。其夜市火，唯义师所坏檐屋数间存焉。常止于废寺殿中，无冬夏常积火，烧幡木像悉火之。好活烧鲤鱼，不具汤而食。垢面不洗，洗之辄雨，其中以为雨候。将死，饮灰汁数斛，乃念佛坐，不复饮食，百姓日观之，坐七日而死。时盛暑，色不变，支不摧。（出《酉阳杂俎》）

吴堪

常州义兴县，有鳏夫吴堪，少孤无兄弟，为县吏，性恭顺。其家临荆溪，常于门前以物遮护溪水，不曾秽污。每县归，则临水看玩，敬而爱之。积数年，忽于水滨得一白螺，遂拾归，以水养。自县归，见家中饮食已备，乃食之，如是十余日。然堪为邻母哀其寡独，故为之执爨，乃卑谢邻母。母曰：“何必辞，君近得佳丽修事，何谢老身？”堪曰：“无。”因问其母，母曰：“子每入县后，便见一女子，可十七八，容颜端丽，衣服轻艳，具馔讫，即却入房。”堪意疑白螺所为，乃密言于母曰：“堪明日当称入县，请于母家自隙窥之，可乎？”母曰：“可。”明旦诈出，乃见女自堪房出，入厨理爨。堪自门而入，其女遂归房不得，堪拜之，女曰：“天知君敬护泉源，力勤小职，哀君鳏独，敕余以奉媲，幸君垂悉，无致疑阻。”堪敬而谢之，自此弥将敬洽。闾里传之，颇增骇异。

时县宰豪士闻堪美妻，因欲图之。堪为吏恭谨，不犯笞责。宰谓堪曰：“君熟于吏能久矣，今要虾蟆毛及鬼臂二物，晚衙须纳，不应此物，罪责非轻。”堪唯而走出，度人间无此物，求不可他天生神力，便施礼道："弟子全靠店面过活。"义师看着他说："你不舍得？"便将板斧扔在地上离去。那日夜间市里起火，只有义师损坏房檐的那几间店面幸存。义师常借住在破庙中，无论冬夏殿内灯火常明，供奉的纸幡、木像都用于生火。他喜欢烤活鲤鱼，不加汤就吃。蓬头垢面不加打理，阴雨时才清洗，他洗脸与否就成晴雨的预兆。大限将至，他饮下几杯灰浆，打坐念佛，不再饮食，百姓每天探望，打坐七日后他就亡故。时值酷暑，但尸身颜色、肤质无丝毫变化。（出《酉阳杂俎》）

吴堪

常州义兴县，有位鳏夫叫吴堪，幼年丧失双亲又无兄弟，任职县吏，性情恭顺。他家临近荆溪，他常在家门前，用物什遮掩溪水，使这处溪水免受污染。每当他从县衙回来，便看着溪水消遣，待溪水敬爱有加。如此经年，他忽然在水边看到一白螺，于是捡回家，用水养着。他从县衙回来，看到家里已备好餐饭，他也没多想就吃了。一连十多天，他以为邻居老妇可怜他孤寡，特意为他备饭，便去答谢老妇。老妇说："不必道谢，你得了佳人为你操持，何来谢我？"吴堪说："并无此事。"又问何出此言，老妇说："你每日进县衙后，我便见一女子，看着十七八岁，容貌端庄秀丽，穿着轻便明艳，备好饭菜后就退居房中。"吴堪暗自怀疑是白螺所为，就与老妇密谋："我明日照常说去县衙，请让我从您家缝隙间中窥视其中原委，可以吗？"老妇说："可。"第二日一早，吴堪谎称外出县衙当差，只见一女子从他卧房出来，进厨房烹饪。吴堪忽然自门口闯入，那女子来不及回房，吴堪行礼，女子说："上天知道您敬重呵护泉源，勤勉当职，悲悯您孤寡，差我作陪以示答谢，望您理解，不必多疑。"吴堪恭敬地答谢，此后愈发恭敬，二人和乐融洽。乡间人将此事传得很是诡异。

这时豪士县宰听闻吴堪妻子貌美，企图强占。吴堪任职谦恭严谨，不曾犯错受责罚。县宰对吴堪说："你已熟悉自己的职能，今日我要蛤蟆毛、鬼臂两物，限你今晚交差，不交两物，罪责不轻。"吴堪得，颜色惨沮，归述于妻，乃曰：“吾今夕殒矣。”妻笑曰：“君忧余物，不敢闻命，二物之求，妾能致矣。”堪闻言，忧色稍解，妻曰：“辞出取之。”少顷而到。堪得以纳令，令视二物，微笑曰：“且出。”然终欲害之。

后一日，又召堪曰：“我要蜗斗一枚，君宜速觅此，若不至，祸在君矣。”堪承命奔归，又以告妻，妻曰：“吾家有之，取不难也。”乃为取之，良久，牵一兽至，大如犬，状亦类之，曰：“此蜗斗也。”堪曰：“何能？”妻曰：“能食火，奇兽也，君速送。”堪将此兽上宰，宰见之怒曰：“吾索蜗斗，此乃犬也。”又曰：“必何所能？”曰：“食火，其粪火。”宰遂索炭烧之，遣食，食讫，粪之于地，皆火也。宰怒曰：“用此物奚为？”令除火扫粪，方欲害堪，吏以物及粪，应手洞然，火飚暴起，焚爇墙宇，烟焰四合，弥亘城门。宰身及一家皆为煨烬，乃失吴堪及妻。其县遂迁于西数步，今之城是也。（出《原化记》）

只得领命走出衙门，思忖此物非人间所有，无计可施，便神色沮丧，回家后将这事转告妻子，说道：“我今晚怕是难逃一死。”妻子笑答：“您忧虑其他事，我不敢插手。唯此二物，妾可为您分忧。”吴堪听后，神色稍缓。妻子说：“我现下告辞为您寻得。”很快取回。吴堪将两物奉上，县令看后，微笑道：“你且回去。”这一次虽然没有难倒他，但县令终归要加害于他。

过了一日，又召见吴堪说：“我要蜗斗一枚，你快寻来，若没有寻得，将大难临头。”吴堪领命急忙回家，又将这事转告妻子。妻子说：“此物我家有，取来不难。”为他去取，去了许久，牵回一兽，大得像犬，外形与犬类似，妻子说：“这是蜗斗。”吴堪说：“有什么用？”妻子答：“能食火。此乃是奇兽，您快去交差。”吴堪将此物奉上，县令看后大怒：“我要蜗斗，此乃一犬！”又说：“它有什么用？”答道：“食火。它的粪便也是火。”县令便要炭火，让那兽吞下，吃罢拉在地上，都是火。县令恼怒道：“这有何用！”差人灭火打扫，正要降罪吴堪，差吏拿器具打扫粪堆，一动手光焰四射，风火暴起，烧毁墙壁房屋，浓烟烈火，延至城门，县令及其家人都化作灰烬，吴堪与妻子不知去向。此事后县城西迁数步，成了如今的县城。（出《原化记》）

卷第八十四　异人四

苗晋卿

苗晋卿困于名场，一年似得，复落第。春景暄妍，策蹇卫出都门，贳酒一壶，籍草而坐，酣醉而寐。久之既觉，有老父坐其傍。因揖叙，以余杯饮老父。愧谢曰："郎君萦悒耶？宁要知前事耶？"晋卿曰："某应举已久，有一第分乎？"曰："大有事，但更问。"苗曰："某困于穷，然爱一郡，宁可及乎？"曰："更向上。""廉察乎？"曰："更向上。"苗公乘酒，猛问曰："将相乎？"曰："更向上。"苗公怒，全不信，因肆言曰："将相更向上，作天子乎？"老父曰："天子真者即不得，假者即得。"苗都以为怪诞，揖之而去。后果为将相。德宗升遐，摄冢宰三日。（出《幽闲鼓吹》）

义宁坊狂人

元和初，上都义宁坊有妇人风狂，俗呼为五娘，常止宿于永穆墙下。时中使茹大夫使于金陵。金陵有狂者，众名之信夫。或歌或哭，往往验未来事。盛暑拥絮，未尝沾汗；沍寒袒露，体无跔圻。中使将返，信夫忽扣马曰："我有妹五娘在城，今有少信，必为我达也。"中使素知其异，欣然许之。乃探怀中一襆，纳中使靴中。仍曰："谓语五娘，无事速归也。"中使至长乐坡，五娘已至。拦马笑曰："我兄有信，大夫可见还。"中史遽取信授之。五娘因发襆，有衣三事，乃衣之而舞，大笑而归，复至墙下。一夕而死，

苗晋卿

苗晋卿在科举上很是坎坷，这年眼看就要及第，却还是落榜。恰逢春和景明，他骑驴出京都城门，赊酒一壶，席地而坐，酩酊醉眠。过了好长时间醒来一看，有位老者坐在身侧，他便作揖与之交谈，将余下的酒赠予老者。老者很是感激。他说："您心间积郁，是担心前程吗？"苗晋卿说："我参加科举多年，不知能否及第一次。"老者说："大有其事，还有什么想问的？"晋卿说："我穷困潦倒，但想任郡首，能做到吗？"老者说："比郡首高。""廉察使吗？""比廉察使高。"晋卿借酒劲追问道："将相吗？"老人仍然说："比将相高。"苗晋卿不满，丝毫不信他的话，放肆地问："你说比将相高，难道我能做天子不成？"老者说："真命天子你做不成，假的倒可做几日。"苗晋卿觉得这都是无稽之谈，便行礼告辞。后来果然官拜将相。德宗驾崩，他兼任冢宰，为六卿之首。（出《幽闲鼓吹》）

义宁坊狂人

唐宪宗元和初年，上都义宁坊有位妇人行径癫狂，大家称她"五娘"。她常住在永穆墙下。当时中使茹大夫巡察金陵，金陵有位狂人，众人叫他"信夫"。他唱歌或哭泣时往往预示将来要发生的事情。酷暑时节他盖着棉被也不出汗，寒冬腊月他袒露身子也不抽筋。中使即将返京时，信夫忽然拉住他的马说："我有位妹妹叫五娘，住在京城，现今有个小信物，您定要替我送达。"中使早知他不同凡俗，欣然应允。他从怀中拿出一头巾，塞进中使靴中，嘱托道："您告诉五娘，无事速归。"中使行至长乐坡，五娘已到，拦马笑道："我兄长托信，您可交还给我。"中使即刻取信给她。五娘打开头巾，其间

其坊率钱葬之。经年，有人自江南来，言信夫与五娘同日死矣。（出《酉阳杂俎》）

张俨

元和末，盐城脚力张俨递牒入京，至宋州，遇一人，因求为伴。其人朝宿郑州，因谓张曰："君受我料理，可倍行数百。"乃掘二小坑，深五六寸，令张背立，垂踵坑口。针其两足，张初不知痛，又自膝下至骭，再三捋之，黑血满坑中。张大觉举足轻捷，才午至汴。复要于陕州宿，张辞力不能。又曰："君可暂卸膝盖骨，且无所苦，当行八百。"张惧辞之。其人亦不强，乃曰："我有事，须暮及陕。"遂去，行如飞，顷刻不见。（出《酉阳杂俎》）

奚乐山

上都通化门长店，多是车工之所居也。广备其财，募人集车，轮辕辐毂，皆有定价。每治片辋，通凿三窍，悬钱百文。虽敏手健力器用利锐者，日止一二而已。有奚乐山也，携持斧凿，诣门自售。视操度绳墨颇精，徐谓主人："幸分别辋材，某当并力。"主人讶其贪功，笑指一室曰："此有六百片，可任意施为。"乐山曰："或欲通宵，请具灯烛。"主人谓其连夜，当倍常功，固不能多办矣，所请皆依。乐山乃闭户屏人，丁丁不辍。及晓，启主人曰："并已毕矣，愿受六十缗而去也。"主人洎邻里大奇之，则视所为精妙，锱铢无失，众共惊骇。即付其钱，乐山谢辞而去。主人密候所之。其时严雪累日，都下薪米翔贵。乐山遂以所得，遍散与寒乞贫窭不能自振之徒，俄顷而尽。遂南出都城，不复得而见矣。（出《集有三件衣服，她穿好便跳起舞来，大笑返回。一夜后五娘去世，街坊出钱将她安葬。一年后，有人自江南到京都，说信夫与五娘是同一日亡故的。（出《酉阳杂俎》）

张俨

唐宪宗元和末年，盐城一脚夫张俨进京递文书，行至宋州，偶遇一人，求那人与自己结伴。那人想投宿郑州，便对张俨说："您按我安排，一日可多走数百里。"于是挖了两小坑，五六寸深，让张俨背对小坑站好，脚跟悬在坑口，用针扎双脚，张俨起初不觉得痛，又从膝盖下顺小腿反复地捋，直到黑血流满土坑。张俨骤然感到双足轻便敏捷，刚到晌午便到了汴京。那人又说投宿陕州，张俨推辞，说体力不支。那个人又说："您可暂时卸下膝盖骨，并无痛苦，如此可日行八百里。"张俨因为害怕拒绝了。那人也不勉强，只说："我有事，须得天黑之前赶至陕州。"随后离去，健步如飞，顷刻就不见踪影。（出《酉阳杂俎》）

奚乐山

上都通化门长店，多为车工居住。店主筹备大量资金，招募工匠制作车上配件，如车轮车辕车辐车毂等，每样零件都有自己的定价。每制一片车辋，在上凿通三孔，规定工钱一百文。即便敏捷有力的好手使用利器，一日也只能制一两片。有个叫奚乐山的人，带着斧凿器具，登门售卖手工。他看这里划线的绳墨标尺很是精准，便徐徐对主人说："望您将制造车辋的材料挑出，我可一气做完。"主人惊讶他竟如此贪功，笑着指着一间屋子说："这里有六百片，大可恣意施展你的本领。"奚乐山说："我可能要通宵达旦了，请你给我准备灯烛。"主人听他要连夜干活，一日相当两日，不能按往常数量准备而是多准备了一些，便满足了他的要求。他闭门后，一人在屋中叮叮当当做个不停，到天亮后，他告诉主人："已全部做完，想收六十缗钱离去。"主人及邻里大为惊奇。检视他的活计，件件精妙，分毫无

异记》)

王居士

有常乐王居士者，耄年鹤发，精彩不衰。常持珠诵佛，施药里巷。家属十余口，丰俭适中。一日游终南山之灵应台，台有观音殿基。询其僧，则曰："梁栋栾栌，悉已具矣，属山路险峻，辇负上下，大役工徒，非三百缗不可集事。"居士许诺，期旬日，赍镪而至。入京，乃托于人曰："有富室危病，医药不救者，某能活之。得三百千，则成南山佛屋矣。"果有延寿坊鬻金银珠玉者，女岁十五，遘病甚危，众医拱手不能措，愿以其价疗之。居士则设盟于笺，期之必效。且曰："滞工役已久，今留神丹，不足多虑，某先驰此镪付所主僧，冀获双济。"鬻金者亦奉释教，因许之。留丹于小壶中，赍缗而往。涉旬无耗，女则物化。其家始营哀具，居士杖策而回。乃诟骂，因拘将送于邑。居士曰："某苟大妄，安敢复来？请入户视之。"则僵绝久矣。乃命密一室，焚槐柳之润者，涌烟于其间，人不可迩。中平一榻，藉尸其上，褫药数粒，杂置于顶鼻中。又以铜器贮温水，置于心上，则谨户屏众伺之。及晓烟尽，薰黔其室，居士染指于水曰："尚可救。"亟命取乳，碎丹数粒，滴于唇吻，俄顷流入口中。喜曰："无忧矣。"则以纤纩蒙其鼻，复以温水置于心。及夜，又执烛以俟，铜壶下漏数刻，鼻纩微嘘。又数刻，心水微浼。则以前药复滴于鼻，须臾忽嚏，黎明胎息续矣。一家惊异，愧谢王生。生乃更留药而去，或许再来，竟不复至。后移家他适，不知所从。女适人，育数子而卒。（出《阙史》）

差，众人惊骇。主人即刻付钱，奚乐山答谢辞去。主人秘密探查他的去向。当时正值严冬，连日大雪，京都内柴米价格飞升，奚乐山将工钱分送给寒乞贫民等不能自保的人，很快便分光了。随后他从南门离京，不见了踪迹。（出《集异记》）

王居士

常乐有个王居士，高龄鹤发，神采奕奕。他常持佛珠诵经，在街巷布施药物。他家中有十余口人，家境普通。一日他游览终南山灵应台，台内有观音殿地基，他询问此处僧人，僧人回应说梁栋栾栌一类材料都已齐备，只是此处山路崎岖，带材料上下很损耗人力，没有三百缗钱难以建起。王居士许诺，十日后将钱带来。王居士入京，托付别人说："若有富贵人家患重病，无药可救的，我可治愈。但要酬金三百缗钱，以建成终南山观音殿。"果然有家在延寿坊卖金银珠宝的，有个女儿十五岁，患病危在旦夕，群医束手无策，他愿付酬金请王居士为女儿诊治。王居士立下字据，说到期定会兑现，且说："观音殿停工多日，我现下将神丹留在此处，你无需多虑。我先抓紧时间将钱送给主持的僧人，如此对两边都好。"这商人也信佛，就应允了。王居士将神丹留在小壶中，带钱离去。十日后王居士毫无音信，那患病的姑娘却病亡了，她家开始操办丧事，王居士拄着拐杖返回。主人见后厉声责骂，要抓他送到衙门。王居士说："我若骗你，怎敢回来？且让我进门看看。"那患病的姑娘已僵死许久。他让人封闭房间，焚烧鲜嫩的槐树、柳树枝条，屋内烟雾弥漫，任何人不得靠近。屋中放一张床，姑娘的尸体被安置在上面，王居士数粒药杂乱放置在尸体头顶、鼻孔，又在铜器中装上温水，放在心窝处。他紧闭门窗遣散众人静候。等到天亮烟已散尽，屋内被熏得漆黑，王居士手指沾染灰烬放在水中说："尚有希望。"忙命人取来乳汁，碾碎几粒神丹放在里面，滴在尸体嘴唇上。乳汁很快流进尸体口中，王居士大喜，说："无需担忧了。"又将棉絮蒙住尸体鼻子，换了温水放在心窝处。至夜，秉烛静候，钟漏过几刻后，就见鼻间棉絮微微浮动，又过几刻，心窝上的水也微动。居士又将先前用的药滴在鼻间。很快，忽

俞叟

江陵尹王潜有吏才，所在致理，但薄于义。在江陵日，有京兆吕氏子，以饥寒远谒潜，潜不为礼。月余在逆旅，未果还。有市门监俞叟者，见吕生往来有不足色，召而问之。吕曰："我居渭北，贫苦未达，无以奉亲。府帅王公，中表丈也。以亲旧自远而来，虽入谒，未尝一问，亦命之所致耶？"叟曰："我亦困者，无以赒吾子之急，今夕可泊我宇下，展宿食之敬。"吕诺之。既延入，摧檐破牖，致席于地，坐语且久，所食陶器脱粟而已。叟曰："吾尝学道于四明山，偶晦于此。适闻王公忘旧，甚讶之。"因覆一缶于地。俄顷，乃举以视之，有一紫衣人，长五寸许。叟指之谓吕曰："此王公也。"吕熟视，酷类焉。叟因戒曰："吕生，尔之中表侄也，以旨甘无朝夕之给，自辇下千里而至。尔宜厚其馆谷，当金帛为赠，何恃贵忘故之如是耶？"紫衣者卑揖，若受教之状，遂不复见。及旦，叟促吕归其逆旅。潜召吕馆之，宴语累日。将戒途，助以仆马橐装甚厚。（出《补录记传》）

衡岳道人

衡岳西原，近朱陵洞，其山崄绝，多大木猛兽。人到者率迷路，或遇巨蛇不得进。长庆中，有头陀悟空，常裹粮持锡，夜入山林，越尸侵虎，初无所惧。至朱陵原，游览累日，扪萝垂踵，无幽然见她打喷嚏，黎明时分就呼吸恢复，全家人惊异不已，惭愧地向王居士致谢。王居士留药辞去，许诺以后会再来，却并未来过。后来王居士搬了家，不知去往何处。那起死回生的姑娘嫁了人，生了几个孩子后去世了。（出《阙史》）

俞叟

江陵府尹王潜有治世之才，他治下安定清平，但他为人薄情寡义。他在江陵时，京兆地区的吕氏之子，迫于饥寒远道而来拜谒王潜，王潜拒不以礼相待。吕生在旅店逗留一月有余，无功而返。有位守门人俞叟，见吕生来往进出，面黄肌瘦气色不足，叫到跟前询问。吕生说：“我家在渭北，因贫寒难以奉养双亲。府帅王公乃是我姑父。我借此名义远道而来，但拜谒后，他未曾关心我，这应该就是命吧。”老翁说：“我也是穷人，没什么能帮你的。今晚邀你借住我家，我准备食宿聊表敬意。”吕生应允了。进老翁家后，满目败瓦残垣，在地铺陈席子，两人坐谈良久，餐食也只是粗陶碗盛的一点粗米饭。老翁说：“我曾在四明山修道，暂时藏身此处。刚才听闻王相公不念旧情，很是惊讶。”随即将一缶倒扣在地，一会儿，拿起一看，见缸底有一个紫衣人，身长五寸左右。老翁指着这人对吕生说：“此乃王潜。”吕生细看，果然很是相像。老翁告诫缶中人：“吕生乃是你表侄，无以奉养双亲，不远万里来此，你当妥善准备食宿，厚赠财物，怎能因身份显贵就不念旧情？”紫衣人恭敬地致歉，受教行礼，随后消失。第二日，老翁催促吕生返回旅店。王潜召吕生将他安置在旅馆，设宴谈笑，一连数日。吕生即将返程，王潜安排了优厚的车马仆役行头。（出《补录记传》）

衡岳道人

衡山西侧原野，有朱陵洞，山势险峻，参天古树、飞禽走兽数不胜数，世人来此不是迷路，就是遭逢巨蟒无法前行。长庆年间，有位苦行僧法号悟空，常带干粮拄锡杖，夜入山林，越尸抗虎，一路无所不迹。因是趼拆，憩于岩下，长吁曰："饥渴如此，不遇主人。"忽见前岩有道士坐绳床，僧诣之，不动。遂责其无宾主意，复告以饥困。道士欻起，指石地曰："此有米及镬。"劚石深数寸，令僧探之，得陈米斗余，即置于釜。承瀑水，敲火煮饭。观僧食一口未尽，辞以未熟，道士笑曰："君餐止此，可谓薄食，我当毕之。"遂吃硬饭。又曰："我为客设戏。"乃处木枭枝，投盖危石，猿悬鸟跂，真捷闪目。有顷，又旋绕绳床，蓬转甚急，但睹衣色成规，倏忽失所。僧寻路归寺，数月不复饥渴。(出《酉阳杂俎》)

李业

李业举进士，因下第，过陕虢山路，值暴雷雨，投村舍避之。邻里甚远，村家只有一小童看舍，业牵驴拴于檐下。左军李生与行官杨镇亦投舍中，李有一马，相与入止舍内。及稍霁，已暮矣。小童曰："阿翁即欲归，不喜见宾客，可去矣。"业谓曰："此去人家极远，日势已晚，固不可前去也。"须臾，老翁归，见客欣然，异礼延接，留止宿。既晓恳留，欲备馔，业愧谢再三，因言曰："孙子云阿翁不爱宾客，某又疑夜前去不得，甚忧怪及。不意过礼周旋，何以当此？"翁曰："某家贫，无以伫宾，惭于接客，非不好客也。然三人皆节度使，某何敢不祗奉耶？"业曰："三人之中，一人行官耳，言之过矣。"翁曰："行官领节钺在兵马使之前，秀才节制在兵马使之后。然秀才五节钺，勉自爱也。"既数年不第，业从戎幕矣。明年，杨镇为仇士良开府擢用，累职至军使，除泾州节度使；李与镇同时为军使，领邠州节度。业以党项功除振武邠泾，凡五畏惧。他行至朱陵原，游览数日，攀缘葛藤飞越沟壑，幽僻处无不踏足。因为脚底老茧裂开，在岩石下休息。他长叹道："饿渴至此，却无缘见到此地主人。"忽见前面山崖有位道士坐在绳床上，僧人行至近前，道士一动不动。僧人责备他无宾主之礼，又告诉他自己又饿又累。道士忽然起身，指着石头地说："掘地有米。"深挖土地数寸，让僧人探手去摸，得到一斗多陈米，放在锅中，接瀑布水，击火石取火煮饭。道士看僧人只吃一口没吃完，推辞说饭没熟，笑道："你只吃这点，是嫌食物劣质？我将把剩下的吃尽。"说罢去吃那僵硬的饭食。又说："我为客人准备一戏法。"随即坐在柔嫩的树枝上，有如石子坠落，猿猴攀岩，山鸟雀跃，灵巧敏捷，令人目眩神摇。一会儿后，旋转绳床，蓬草般急速飞转，只见各色衣物排列有序。突然间一切消失不见。僧人寻路返回寺庙，竟一连数月不觉饥渴。（出《酉阳杂俎》）

李业

李业考进士，未中。他往回走的时候途径陕虢一带，山路盘绕，恰逢暴雨惊雷，投宿村舍避雨。此间村舍相距甚远，李业投宿的这家只一小孩看家，李业拴驴在房檐下。左军李生与行官杨镇也投宿此地，李生有一马。三人一同进屋休息，待天气稍转晴，天色已晚。小孩说："我爷爷即将回来，他不喜见客，你们还是快些离开吧。"李业对他说："此处距其他人家很是遥远，天色已晚，不可冒险前行。"很快老翁回来，见有客人，很是欣喜，接待的礼节不俗，留他们过夜。第二日早清晨，老翁诚恳挽留，还想准备餐饭。李业感激万分愧不敢当，婉拒道："您孙子说爷爷不喜见客，但我担心夜间难以远行，不得已留下，唯恐您怪罪，不料您厚礼相待辛苦忙碌，我们如何担得起？"老翁说："穷苦人家，没条件优待客人。我只是不好意思接待，并非不好客。况且您三位都是节度使，我哪敢不恭敬侍奉？"李业说："我们三人中，只一人任行官罢了，您言重了。"老翁说："行官身负节钺官权在兵马使之前，秀才您官职所辖虽在兵马使之

镇旄钺。一如老翁之言。(出《录异记》)

石旻

会昌中，有石旻者，蕴至术。尝游宛陵，宿雷氏林亭。时雷之家僮网获一巨鱼，以雷宴客醉卧，未及启之。值天方蒸暑，及明日，其鱼已败，将弃去。旻曰："吾有药，可令活，何弃之有？"雷则请焉。旻遂以药一粒，投鱼口中。俄而鳞尾皆动，鲜润如故。雷大奇之，因拜请延年之饵。旻曰："吾之药，至清至洁。尔曹嗜欲无节，脏腑之内，诸秽委集。若遽食之，若水火相攻，安能全其人乎？但神仙可学，人自多累。如笼禽槛猿，徒有骞翔腾跃之志，安可致焉！"(出《补录记传》)

管涔山隐者

李德裕尝云三遇异人，非卜祝之流，皆遁世者也。初掌记北门，有管涔山隐者，谓德裕曰："君明年当在人君左右为文翰之职，然须值少主。"德裕闻之愕眙，洒然变色。隐者似悔失言，避席求去。德裕问曰："何为而事少主？"对曰："君与少主已有累世因缘，是以言之。"德裕其年秋登朝。至明年正月，穆宗纂绪，召入禁苑。及为中丞，有闽中隐者叩门请见，德裕下榻与语曰："时事非久，公不早去，冬必作相，祸将至矣。若亟请居外，代公者受患。公后十年，终当作相，自西而入。"是秋出镇吴门，经岁入觐，寻又杖钺南燕。秋暮，有邑子于生引郧郡道士而至，才升宾阶，未后，但你能身负五节钺，你应当自勉努力。”李业已多年未中，弃文从戎做幕僚。第二年，杨镇被仇士良提拔重用，步步升迁至军使，官拜泾州节度使；李业与杨镇同时担任军使，官拜邠州节度使。李业因党项之功任振武、邠泾节度使，掌管五镇军务。一如老翁所言。（出《录异记》）

石旻

唐朝会昌年间，有人叫石旻，身怀绝技。他曾游历宛陵，借住雷林亭家。当时雷家僮仆网得一大鱼，因雷林亭宴客醉眠，没来得及收拾。正逢酷暑，第二日那鱼就腐坏了。刚要丢掉，石旻说：“我有药，可使它复活，何必扔掉？”雷林亭请他用药。石旻将一粒药放进鱼嘴，很快鱼鳞、尾都开始活动，新鲜润泽如初。雷林亭大惊，向石旻行礼请求延年益寿的良药。石旻说：“我的药极为纯净，你们纵欲无度，脏腑间藏污纳垢，若骤然服食，有如水火相克，怎能保全？延年益寿只有神仙才能学，普通人学了只会反受其累。正如飞鸟、猴子受困于樊笼，空有翱翔腾跃的心思，如何能实现呢？”（出《补录记传》）

管涔山隐者

李德裕曾说他三次偶遇异人，这三位异人并非卜卦算命的，都是隐世高人。他当初掌管翰林，有位管涔山隐士对他说：“您明年将侍候君侧任文翰，但须得侍奉少主。”李德裕听后大惊失色。隐士像是后悔自己失言，下席离去。李德裕追问：“为何必须侍奉少主？”答道：“您与少主有几世因缘，我才如此说。”李德裕当年秋季入朝，到第二年正月，穆宗继位，召他入皇宫。等到中丞时，有位闽中隐士叩门求见，李德裕下榻相迎，隐士对他说：“当下的局面难以长久，您若不尽早离去，冬日定升迁宰相，到时会有大难临头。若急奏外调离京，接替之人将挡灾。十年后，您将官拜宰相，且由西方入京。”这年秋李德裕出京镇守吴门，一年后入朝觐见，接着又被派去镇守南燕。

及命席，谓德裕曰："公当授西南节制，孟冬望舒前，符节至矣。"三者皆与言协，不差岁月。自宪闱竟十年居相，由西蜀而入。代德裕执宪者，俄亦窜逐。唯再调南服，未尝有前知之士为德裕言之。岂祸患不可前告，神道所秘，莫得预闻乎？（出《穷愁志》）

宋师儒

宋师儒者，累为盐铁小职，预知吉凶之事。淮南王太尉播甚重之。时淮南有僧常监者，言事亦有中。常监在从事院话道，师儒续入，常监甚轻之，微不为礼。师儒不乐曰："和尚有重厄，厄在岁尽。"常监瞋目曰："有何事？莫相恐吓，某还自辨东西。"师儒曰："和尚厄且至，但记取去岁数日莫出城，莫骑骏马子。"常监勃然而去。后数月，从事郑侍御新买一骏马，甚豪骏，将迎常监。常监曰："此非宋师儒之言骏马子，且要骑来。"未行数里，下桥，会有负巨竹束者，掷之于地，正当马前，惊走入隘巷中。常监身曳于地，足悬于镫，行数里，人方救得。脑破，血流被体，食顷不知人事，床舁归寺。太尉及从事召宋君曰："此可免乎？"曰："彼院竹林中，有物未去，须慎空隙之所。"常监饮药酒，服地黄太多，因腹疾，夜起如厕。弟子不知，被一黑物推之，陷于厕中。叫呼良久，弟子方来。自颈已下，悉被沾污，时正寒，淋洗冻凛，又少顷不知人事。王太尉与从事疾召宋君："大是奇事，今复得免否？"曰："须得邻近有僧暴卒者，方可。"王公专令人伺之。其西屋老僧疾困而毙。王公曰："此免矣。"曰："须得强壮无疾者，此不得免。"数日，有少僧剃头，伤刀中风，一疾而卒。宋君曰："此则无事也。"王公益待以厚礼，常监因与宋君亲善。（出《逸史》）

秋末，县邑有位于生带一邺郡道士登门，才行至西阶，未及席位，就对李德裕说：“您将任西南节制。十月十五日前，符节将至。”三位异人所言与事实相符，连时间也不差分毫。自宪宗退位十年后李德裕官居相位，由西蜀入京。接替李德裕之人，很快被放逐。只有李德裕再南调出京，未曾有预知者。莫非是灾祸不可预警？这是神灵道家的秘密，不能预先知闻吗？（出《穷愁志》）

宋师儒

宋师儒经年任盐铁小官，能预知吉凶。淮南太尉王播很是器重他。当时淮南有僧人叫常监，也能预知后事。常监在从事院讲道，宋师儒是在他之后去的，常监看不起他，对他不太礼貌。宋师儒不满地说：“年末您将逢大难。”常监瞪眼说：“何事之有？莫要无故恐吓，我能辨别东西。”宋师儒说：“你大难临头，切记年末几日不要出城，不要骑马。”常监勃然大怒离去。数月后，从事郑侍御新买一匹骏马，甚是剽悍，将以此马迎接常监。常监说：“这不正是宋师儒所说的骏马，我偏要骑。”未行几里，下了桥，恰逢一人背一大捆竹子，将竹子散落在地，就在马前，马受惊后疾驰进窄巷，常监身体被拖在地上，一脚挂住马镫，拖出数里，才被救下。他头破血流，很快不省人事，被用床抬回寺庙。太尉与从事召宋师儒，问：“这回他的灾难可以免除了吧？”宋师儒说：“他们寺院的竹林里，有样东西没被除去，须留心空隙处。”常监服用药酒，其中地黄过量，患了腹疾。夜间如厕，弟子不知，常监被一黑乎乎的东西推搡，陷落茅厕，呼救良久，弟子才寻来。自脖子往下，全被玷污，正值寒冬，淋洗时受冻，常监又一阵子不省人事。王太尉与从事急召宋师儒，又问：“今天又出了这样的奇事，他此番可免去灾难了吧？”宋师儒说：“须得附近有僧人暴毙，方可免除。”王太尉特地令人关注此事。常监西屋一老僧病重亡故，王太尉说：“这回常监的灾难可以免除了！”师儒说：“得须是强壮健康的人暴毙才行，这次还不得免除。”数日后，一年轻僧人剃头时，刀伤中风，因病猝死。宋师儒说：“此番无需再担心了。”王太尉越发厚礼相待宋师儒，常监因此事也与他交好。（出《逸史》）

会昌狂士

会昌开成中，含元殿换一柱，敕右军采造，选其材合尺度者。军司下盩厔山场，弥年未构，悬重赏。有工人贪赏，穷幽扪险，人迹不到，猛兽成群。遇一巨材，径将袤丈，其长百余尺，正中其选。伐之倒，以俟三伏潦水涧流，方及谷口，千百夫运曳，始及砥平之处。两军相贺奏闻矣。净材以俟有司选日之际，欻有一狂士，状若术人，绕材太息惋咨，唧唧声甚厉。守卫者叱责，欲縻之。其人略无所惧。俄顷，主者执之，闻于君主，中外异之。听其所说："须当中锯解，至二尺见验矣。"解一尺八寸，但讶霏色红殷，至二寸血流矣。急命千百人推曳渭流听下。其人云："深山大泽，实生龙蛇。此材中是巨蟒，更十年，当出树杪而去，未闻长养于中。若为殿柱，十年后，必载此殿而之他国，吁可畏也。"言讫，失人所在。（出《芝田录》）

唐庆

寿州唐庆中丞栖泊京都，偶雇得月作人，颇极专谨，常不言钱。冬首暴处雪中，亲从外至，见卧雪中，呼起，雪厚数寸，都无寒色。与唐君话，深异之。唐后为榷盐使，过河中，乃别归。唐曰："汝极勤劳，吾方请厚俸，得以报尔。"又恳请，唐固留不许。行至蒲津，酒醉，与人相殴，节帅令严，决脊二十。唐君救免不得，无绪便发，厚恤酒肉。才出城，乃至，唐曰："汝争得来？"曰："来别中丞。"唐令袒背视之，并无伤处，惊甚。因语雪卧之事，遂下马与语曰："某所不欲经河中过者，为有此报。今已偿了，别中丞去。"与钱绢皆不受，置于地，再拜而逝。（出《逸史》）

会昌狂士

唐朝会昌、开成之际，含元殿要更换一梁柱，皇帝命右军置办，要选合乎尺寸的材料，军司到盩厔一带山场，经年未寻得木材，只得重赏征求。有一工人贪图赏金，探幽历险，于人迹罕至猛兽成群处寻得一大树，直径丈余，长百余尺，正符合要求。于是将树砍倒，待三伏天山洪冲到谷口，由上千人牵拉，运到平坦处。两岸的军人为终于成功找到并运下这棵大树而欢呼，并且上奏禀皇帝。处理加工成材以备主管挑选的时候，突然来一狂士，看着像位术人，他绕着木材叹惋，不停地嘟哝。守卫厉声呵斥，想将他捆住，他却无所畏惧。很快，主管将他抓起，禀奏皇上，此事震惊朝内外。据他所说，此树必须从当中锯开，锯到二尺深时他的话就会得到验证。锯到一尺八寸时，惊见木头颜色变为深红。锯到二寸有血流出。于是，主管急命千人将它推进渭水顺流而去。那狂人说：“深山大泽间，生着龙蛇，这树中生着一巨蟒，再过十年，将从树梢出来。不曾听闻它长久生活在其中，若以此做梁柱，十年后，定驮着含元殿飞往别国，这实在可怕！”说罢狂人就消失不见了。（出《芝田录》）

唐庆

寿州中丞唐庆久居京都，偶然雇得一短工，勤快谨慎，却从来不提工钱。那短工冬日把脑袋露在风雪中，有亲戚从外归来，见他躺在雪中，忙喊他起来，积雪数寸，面无寒色。亲戚对唐庆说起此事，唐庆对此深感惊异。唐庆后来任榷盐使，途经河中，此人告辞回家。唐庆说：“你极为勤劳，我正想给你厚俸，借以报答你。”此人又恳请归家，唐庆坚决挽留不允离去。行至蒲津，此人酒醉，与人斗殴，督办盐运的节帅律令严苛，决定打他二十大板，唐庆无法救他，厚赠他酒肉。无他事便继续上路，刚出城门他又来见唐庆，唐庆说：“你怎么来了？”他说：“我来辞行。”唐庆让他露出背部，仔细一看并无任何损伤，甚是惊讶。又谈起躺在雪里的事，此人下马告诉唐庆：“我之所以不愿经过河中，是因为我知你要报答我。如今你已偿

卢钧

卢相国钧初及第，颇窘于牵费。俄有一仆，愿为月佣，服饰鲜洁，谨干不与常等。睹钧之乏，往往有所资。时俯及关宴，钧未办醵率，挠形于色。于是仆辄请罪，钧具以实告。对曰：“极细事耳。几郎可以处分，最先合勾当何事？”钧初疑其妄，既而将觇之，给而命之曰：“尔若有技，吾当主宴。第一要一大第，为备宴之地，次即徐图。”其仆唯然而去，顷刻乃回。白钧曰：“已税得宅矣，请几郎检校。”翌日，钧强为观之，既而朱门甲第，拟于宫禁。钧不觉忻然，又曰：“会宴处即大如法，此尤不易张陈。”对曰：“第请选日启闻，待郎张陈，某请专掌。”钧始虑其为非，反覆诘问，但微笑不对。或意其非常人，亦不固于猜疑。暨宴除之日，钧止于是，俄睹幕帟茵毯，华焕无比，此外松竹花卉皆称是。钧之醵率毕至，由是公卿间靡不夸诧。诘朝，其仆请假给还诸色假借什物，因之一去不反。始去旬日，钧异其事，驰往旧游访之。则向之花竹，一无所有，但颓垣坏栋而已。议者以钧之仁感通神明，故为曲赞一春之盛，而成终身之美也。(出《摭言》)

还，我向您辞行。”唐庆赠予他财物，他都拒绝了，只放在地上，再三行礼离去。（出《逸史》）

卢钧

相国卢钧当年刚及第时，窘困于交际应酬之费。有一仆役，自愿受雇做他的短工，其人衣着光鲜整洁，与一般仆人不同。他见卢钧疲于应酬，常给予资助。碰上关试宴会，卢钧难以按标准筹办，急得抓耳挠腮。他见状向卢钧请罪，卢钧据实相告，他说：“此乃小事。您定可顺利承办，应先处理何事？”卢钧起初怀疑他妄言，后来想考验虚实，就假命他道：“你若有办法，我就设宴。首先需要一间大屋舍，作为宴会场地，剩下事项再做打算。”他应允离去，很快回来，对卢钧说：“宅院已备好，请您检阅。”第二日，卢钧勉强前去检阅，到那里一看，只见朱门豪宅，可与宫殿媲美。卢钧大喜，又说：“宴会场所合乎规矩，布置就更为艰难。”他说：“您请告诉我设宴日期，我来操办。”卢钧开始怀疑他说大话，反复盘问，他但笑不语。卢钧又想他是非常之人，不再猜疑。到宴会前一日，卢钧住进此处，顷刻便见帘幕坐席地毯一应俱全，华美无比。此外，松竹花卉等装饰相映成趣。卢钧设宴之日宾客皆至，因此公卿大臣间无不夸赞称奇。宴会第二日清晨，这个仆人告假退还所借物品，从此一去不回。起初十天，卢钧感到奇怪，忙到宴会处寻那仆人。原先花竹等物一无所有，只剩破壁残垣。谈论此事之人说是卢钧仁德感动神明，所以暗自帮助他做成这次盛会，成就他终生美名。（出《摭言》）

卷第八十五　异人五

赵知微

九华山道士赵知微乃皇甫玄真之师，少有凌云之志，入兹山，结庐于凤皇岭前，讽诵道书，炼志幽寂，蕙兰以为服，松柏以为粮。赵数十年，遂臻玄牝，由是好奇之士多从之。玄真即申弟子礼，殷勤执敬，亦十五年。

至咸通辛卯岁，知微以山中炼丹须西土药者，乃使玄真来京师，寓于玉芝观之上清院。皇甫枚时居兰陵里第，日与相从，因询赵君事业。玄真曰："自吾师得道，人不见其惰容。常云：'分杯结雾之术，化竹钓鲻之方，吾久得之，固耻为耳。'去岁中秋，自朔霖霪，至于望夕。玄真谓同门生曰：'堪惜良宵而值苦雨。'语顷，赵君忽命侍童曰：'可备酒果。'遂遍召诸生谓曰：'能升天柱峰玩月否？'诸生虽唯应，而窃议以为浓阴驶雨如斯，若果行，将有垫巾角折屐齿之事。少顷，赵君曳杖而出，诸生景从。既辟荆扉，而长天廓清，皓月如昼，扪萝援筱，及峰之巅。赵君处玄豹之茵，诸生藉芳草列侍。俄举卮酒，咏郭景纯《游仙诗》数篇。诸生有清啸者、步虚者、鼓琴者，以至寒蟾隐于远岑，方归山舍。既各就榻，而凄风飞雨宛然，众方服其奇致。"玄真棋格无敌，黄白术复得其要妙，壬辰岁春三月归九华，后亦不更至京洛。（出《三水小牍》）

击竹子

击竹子不言姓名，亦不知何许人，年可三十余。在成都酒肆

赵知微

九华山道士赵知微是皇甫玄真的师傅。他少年时壮志凌云，隐居九华山，住在凤凰岭前，背诵道书，心志打磨得宁静幽深，穿着蕙兰，服食松柏。如此修行数十年，达到玄牝境界。由此天下好奇之人，多数随他修行。玄真就是弟子之一，勤勉侍候赵知微左右十五之久。

到咸通辛卯岁，赵知微因山中炼丹须用西处的药材，便派玄真来京师，借住在玉芝观上清院。皇甫枚当时住在兰陵私宅，日日与玄真往来，打听起赵知微的道行。玄真说："自我师傅得道后，无人见他脸上有倦色。他常说：'分杯结雾之术，化竹钓鲻之方，我早已悉知，只是不屑去做。'去年中秋，从初一开始阴雨连绵，下到十五日夜。我对同门说：'可惜久雨耽误良宵。'说完不久，师傅忽然吩咐侍童：'备上酒果。'又召我等问道：'可否登天柱峰赏月？'众人应允，但又窃窃私语，如此阴雨，若要上山，定会发生狼狈仓皇之事。不久，师傅拄杖出门，众人跟随在后。刚开院门，长空肃清，月明如昼，我们援藤攀竹，登上天柱峰顶。师傅坐在玄豹垫上，众弟子列坐芳草地上，举酒同饮，吟诵郭景纯游仙诗。众弟子有的清悠长啸，有的凌空步行，有的鼓琴奏乐，直至月亮隐没在远山后，才返回山舍。各自上榻后，外间凄风苦雨如常，众人无不叹服师傅道术登峰造极。"玄真棋术无敌，炼丹术也深得精要。他于壬辰春季三月返回九华山，此后未曾去过京师洛阳。（出《三水小牍》）

击竹子

有位不透露姓名的敲竹人，也不知他是何许人，年龄大概三十中，以手持二竹节相击，铿然鸣响，有声可听，以唱歌应和，乞丐于人，宛然词旨皆合道意。得钱多饮酒，人莫识之，如此则十余年矣。一旦，自诣东市卖生药黄氏子家，从容谓曰：“余知长者好道，复多气义，有日矣。今欲将诚素奉讫，得否？”黄氏子曰：“君有事，但得言之。”击竹子谓曰：“我乞丐之人也，在北门外七里亭桥下盘泊。今病甚，多恐不济。若终焉之后，敢望特与烧爇。今自赍钱两贯文，充买柴用，慎勿触我之心肝。是所托也，阴骘自有相报。”因留其钱，黄氏自不取，则固留而去。

黄氏子翌日至桥下，果见击竹子卧于蒹葭之上。见黄氏子来，忻然感谢，徐曰：“余疾不起。”复与黄氏子金二斤，又曰：“昨言不用令人触我心肝则幸也，珍重且辞。”言讫而逝。黄氏子亦悯然出涕，太息者久之。遂令人易衣服，备棺敛，将出于郊野，堆积柴炭，祭而焚之。即闻异香馥郁，林鸟鸣叫。至晚，只余其心，终不燃烬，复又其大如斗。黄氏子收以归城，速语令人以杖触之，或闻炮烈，其声如雷，人马皆骇。逡巡，有人长尺余，自烟焰中出，乃击竹子也。手击其竹，嘹然有声，杳杳而上。黄氏子悔过作礼，众人皆叹奇异。於戏！得非不触其心，复在人间乎？触其心，便可上宾乎？复欲于黄氏子显其蜕化乎？始知成都乃神仙所聚之处，如击竹子者，亦以多矣。大凡不可以贫贱行乞之士而轻易者焉。（出《野人闲话》）

张 濬

黄巢犯阙，僖宗幸蜀。张濬白身未有名第，时在河中永乐庄居。里有一道人，或麻衣，或羽帔，不可亲狎。一日张在村路中行，后有唤：“张三十四郎，驾前待尔破贼。”回顾，乃是此道人。濬曰：“一布衣尔，何阶缘而能破贼乎？”道者勉其入蜀。时濬母有疾，未果南行。道者乃遗两粒丹曰：“服此可十年无恙。”濬得药多。他在成都酒肆里，手拿两竹节敲击，声音铿锵响亮，唱歌相和，向他人乞讨，歌词内容合乎道家意旨。乞得钱财大多用来买酒喝，无人与他认识，如此十多年。一日，他自己到东市卖药材的黄家，侃侃而谈："我久知您好道，又重义气。今日想将一腔真心奉上，不知可否？"黄老说："您若有事，但说无妨。"敲竹人的说："我是个乞丐，落脚于北门外七里亭桥下。如今病重，行将就木。若我去后，望您将我尸体焚毁。如今我带两贯钱，留作柴火钱，切勿触碰我尸身的心肝。这便是我的嘱托，到了阴间我自当报还。"他留下的钱，黄老不收，他执意留下后离开。

黄老第二日到桥下，果然见敲竹人躺在芦苇上，他见黄老来欣喜感激，徐徐说："我已大病不起。"又递给黄老二斤金子，说："昨日说不要让人碰我心肝，如此，我已满足。您自当珍重。"说罢离世。黄老悲痛流泪，叹息良久，令人更换衣着、备棺入殓，抬到郊外，堆积柴炭，祭奠焚尸。很快异香馥郁，引得林鸟啼叫。焚至夜间，只剩心肝，始终无法燃尽，总是胀大如斗，黄老收敛回城。忙命人用棍子触碰心肝，便听到炮仗爆裂声，有如轰雷，人马惊骇。很快，一身长一尺多的人从火焰间走出，原来是敲竹人，敲着竹子，声音嘹亮，飘飘然上升，黄老行礼致歉。众人无不惊叹诧异。呜呼！若不碰他的心肝，他是不是就还能留在人间？碰了他的心肝，他便可飞天成仙吗？还是他想借黄老来彰显自己飞天成仙？如此才知，成都乃群仙聚集处，类似敲竹人的有很多，世人不可因他们贫贱乞讨而轻视他们。（出《野人闲话》）

张濬

黄巢兴兵谋反，唐僖宗逃往蜀地。张濬当时是个还没及第的平民，家住河中永乐庄。村中有位道人，无论是百姓，还是高官，都不敢侮辱他。一日，张濬走在村里，身后有人喊："张三十四郎，皇上在等着你去消灭贼寇。"回头看，原来是那道人。张濬说："我一介布衣百姓，有何因缘际会破贼？"道人劝他入蜀，当时张濬母亲患病，离不开身。道人送他两粒丹药，说："服下此药，可保证十年无虞。"

奉亲，所疾痊复。后历登台辅，道者亦不复见。破贼之说，何其验哉！（出《北梦琐言》）

金州道人

金统水在金州。巢寇犯阙之年，有崔某为安康守，大驾已幸岷峨。惟金州地僻，户口晏如。忽有一道人诣崔言事曰：“方今中原版荡，乘舆播迁，宗社陵夷，鞠为茂草，使君岂无心殄寇乎？”崔曰：“泰山既颓，一木搘之可乎？”客曰：“不然，所言殄者，不必以剑戟争锋，力战原野。”崔曰：“公将如何？”客曰：“使君境内有黄巢谷金统水，知之乎？”曰：“不知，请询其州人。”州人曰：“有之。”客曰：“巢贼禀此而生，请使君差丁役，赍畚锸，同往掘之，必有所得。”乃去州数百里，深山中果有此名号者。客遂令寻源而劚之，仍使断其山冈，穷其泉源。泉源中有一窟，窟中有一黄腰人，既逼之，遂举身自扑，呦然而卒。穴中又获宝剑一。客又曰：“吾为天下破贼讫。”崔遂西向进剑及黄腰，未逾剑利，闻巢贼已平，大驾复国矣。（出《王氏见闻录》）

李生

中和末，有明经李生应举如长安，途遇道士同行宿，数日，言意相得。入关相别，因言黄白之术，道士曰：“点化之事，神仙浅术也。但世人多贪，将以济其侈，故仙道秘之。夫至道不烦，仙方简易，今人或贵重其药，艰难其事，皆非也。吾观子性静而寡欲，似可教者。今以方授子，趣以济乏绝而已。如遂能不仕，亦当不匮衣食。如得禄，则勿复为，为之则贪也，仙道所不许也。”因手疏方授之而别。方常药草数种而已。每遇乏绝，依方为之，无不成者。后及第，历州县官，时时为之，所得转少。及为南昌令，复为之，绝

张濬将药奉给母亲，服用后立即痊愈。后来张濬官拜宰辅，那道人却未曾再见。破贼的预言，是何等灵验啊！（出《北梦琐言》）

金州道人

金统河在金州境内。黄巢兴兵谋反那年，有位崔长官镇守安康，皇帝逃往峨眉山避难。金州偏僻，人口稀少。忽然有位道人登门拜访崔太守，对他说："眼下中原动荡，皇上出逃，宗祠衰颓，荒草丛生，您难道无心消灭敌寇吗？"崔太守说："泰山已崩，一根柱子可支起吗？"道人说："非也。我所说灭敌，无需刀兵相向，征战沙场。"崔太守说："您有何打算？"道人说："您辖区内有黄巢谷金统河，您可知道？"崔太守说："不知。"询问金州人，金州人说确有此河。道人说："黄巢逆贼靠此河维系生命。请您派人，带上挖运泥土的工具，一并将其挖断，定会有成效。"崔太守差人往离金州数百里处，在深山中果然寻得金统河，道人让众人寻源头挖断。挖断山梁，挖出水源，泉源中有一洞，洞中有一黄腰人，逼近他，他自己扑倒在地，叫了一声就死了。在洞穴中收获宝剑一把。道人说："我已经为天下破除贼寇了。"崔太守向西进献宝剑与黄腰人，还没走到剑利，便听闻黄巢贼寇已平息，皇上已复位。（出《王氏见闻录》）

李　生

唐僖宗中和末年，有个李生要到西安去参加明经科的科举考试，途中偶遇一道士，与之同行同住，一连数日，两人相谈甚欢。入关分别，言及点石成金的法术，道士说："用法术变化事物，在神仙看来浅显简单。但世人大多贪婪，指望点化以满足无尽私欲，所以此等仙术也成了秘术。极精深微妙的道术并不烦琐，神仙开的药方很是简易，当今世人不是觉得炼丹所需药材何其贵重，就是以为炼丹术如何艰难，这些都是谬误。我看您性情恬淡，是可塑之才，现传授你道术，解你困乏绝望。若未能及第，也可免挨冻受饿。若将来高官厚禄，切勿再用此术，再用则是贪婪，此乃仙道禁忌。"道士亲手不成矣。从子智修为沙门，李以数丸与之，智修后游钟离，止卖药家。烧银得二十两，以易衣。时刘仁轨为刺史，方好其事，为人所告，遁而获免。（出《稽神录》）

徐明府

金乡徐明府者，隐而有道术，人莫能测。河南刘崇远，崇龟从弟也，有妹为尼，居楚州。常有一客尼寓宿，忽病劳，瘦甚且死。其姊省之，众共见病者身中有气如飞虫，入其姊衣中，遂不见。病者死，姊亦病。俄而刘氏举院皆病，病者辄死。刘氏既函崇远求于明府。徐曰："尔有别业在金陵，可致金陵绢一匹，吾为尔疗之。"如言送绢讫。翌日，刘氏梦一道士执简而至，以简遍抚其身，身中白气腾上如炊。既寤，遂轻爽能食，异于常日。顷之，徐封绢而至，曰："置绢席下，寝其上即差矣。"如其言遂愈。已而视其绢，乃画一持简道士，如所梦者。（出《稽神录》）

华阴店妪

杨彦伯，庐陵新淦人也，童子及第，天复辛酉岁，赴选，至华阴，舍于逆旅。时京国多难，朝无亲识，选事不能如期，意甚忧闷。会豫章邸吏姓杨，乡里旧知，同宿于是，因教己云："凡行旅至此，未尝不祷金天，必获梦寐之报。纵无梦，则此店之妪亦能知方来事，苟获一言，亦可矣。"彦伯因留一日，精意以祠之，尔夕竟写下秘方传授给他，然后二人分别。药方里面只是几例寻常药草而已。李生每身陷绝境，按此方配药，无不成功。后来中第，辗转任州县官吏，常用此方，效果甚微。等他任南昌县令，又用此方，一无所获。他侄子智修为修行之人，他赠智修数枚丹药，智修后来云游到钟离，借住卖药人家，将几粒仙丹烧化后得二十两银钱换了衣服。当时刘仁轨任刺史，喜好法术，智修于是被人告发，潜逃才得以幸免。（出《稽神录》）

徐明府

金乡有个人叫徐明府，身怀道术但不显山露水，无人知晓此事。河南刘崇远，是崇龟堂弟，有个妹妹出家为尼，居住在楚州。常有个外乡尼姑借住在此，这人忽然身患重病，日渐消瘦，性命垂危。刘崇远姐姐前来探望，众人见病人体内有飞虫一样的气团，钻进姐姐衣服中消失不见。病人去世后，姐姐也染了病，很快刘府上下都染上此病，患病必死。刘家人写信给刘崇远请他求徐明府，徐明府说：“你在金陵有座别墅，送我一匹金陵绢，我就答应治疗。”刘崇远依言送了绢。第二日，姐姐梦到一道士手持书简而来，用书简抚触她全身，体内白气升腾如炊烟。姐姐醒后，便觉身体轻便有食欲，与往日大为不同。很快，徐明府派人送来丝绢，嘱咐：“将丝绢置于床下，睡在上面可缓解病情。”刘崇远姐姐遵照嘱托，疾病果然逐渐痊愈。再看那丝绢，其上画有一手持书简的道士，如梦中所见。（出《稽神录》）

华阴店妪

杨彦伯是庐陵新淦人，少年中第，唐昭宗天复辛酉年间，前往吏部听候铨选，至华阴，杨彦伯投宿客店。当时京城灾祸频发，皇帝不能亲自管理朝政，选官之事不能如期，杨彦伯心中烦闷。恰好豫章府驻京办事机构官员也姓杨，是杨彦伯同乡旧识，同住一家客店。他教杨彦伯说：“大凡行旅至此，无不祭祀金天氏，祭奠后可享一梦，即无梦。既曙，店妪方迎送他客，又无所言。彦伯愈怏怏，将行，复失其所着鞋，诘责童仆甚喧。既即路，妪乃从而呼之曰："少年何其喧耶？"彦伯因具道其事。妪曰："嘻，此即神告也。夫将行而失其鞋，是事皆不谐矣，非徒如此而已也。京国将有乱，当不可复振，君当百艰备历，然无忧也。子之爵禄皆在江淮，官当至门下侍郎。"彦伯因思之，江淮安得有门下侍郎？遂行至长安。适会大驾西幸，随至岐陇。梁寇围城三年，彦伯辛苦备至。驾既出城，彦伯逃还吉州。刺史彭珍厚遇之，累摄县邑。伪吴平江西，复见选用，登朝至户部侍郎。会临轩策命齐王，彦伯摄门下侍郎行事。既受命，思店妪之言，大不悦，数月遂卒。（出《稽神录》）

李客

李客者，不言其名，常披蓑戴笠，系一布囊，在城中卖杀鼠药，以一木鼠记。或有人买药，即曰："此不惟杀鼠，兼能疗人众病。但将伴餐之，即愈。"人恶其鼠药，少有服饵者。有百姓张赞，卖书为业。父年七十余，久患风疾。一日因鼠啮其文字数卷，赞甚怒，买药将以饲鼠。赞未寝，灯下见大鼠数头出，争食之，赞言必中其毒。倏忽俄见皆有羽翼，望门飞出。赞深异之，因就李客语之。客曰："应不是鼠，汝勿诞言。"赞更求药，言已尽矣，从此遁去。其父取鼠残食之，顿觉四体能屈伸，下床履步如旧日。（出《野人闲话》）

蜀城卖药人

前蜀嘉王顷为亲王镇使，理廨署得一铁镜，下有篆书十二便无梦，此店老板娘也可知未来之事。若得她所言，亦可。”杨彦伯因此又留宿一日，诚心祭祀，但一夜无梦。天亮后，老板娘忙着迎来送往，没说什么。杨彦伯怏怏不乐，正欲启程，又丢了鞋子，责问仆役，甚是喧闹。上路后，老板娘跟在后面喊道：“少年郎，何事喧闹至此？”杨彦伯细述所遇之事。老板娘说：“哦，此乃神灵的告诫。您欲行却失了鞋，便是诸事不顺。不仅如此，京城将发生祸乱，无法振兴，您将历经磨难。然而无需担忧，您官运在江淮，最终官拜门下侍郎。”杨彦伯暗想，江淮哪有门下侍郎，便又启程去长安。恰逢皇帝西逃，他随行至岐陇。梁军围城三年，杨彦伯历经辛苦。皇帝出城，杨彦伯逃回吉州。刺史彭珍赏识优待他，请他久任县令。伪吴统治江西，杨彦伯又被起用，入朝任户部侍郎，御前殿策命齐王时，杨彦伯任门下侍郎行事。授任后，杨彦伯回想当年老板娘所言，郁郁寡欢，几月后亡故。（出《稽神录》）

李客

有个叫李客的人，从不与人谈及自己的姓名。他常常身披蓑衣头戴斗笠，腰系布囊，在城中卖灭鼠药，用一木鼠做记号。若有人买药，他便说：“此药不仅可灭鼠，还能医治百病。只须拌饭服下，药到病除。”世人嫌那是灭鼠药，很少有人服用。有个百姓叫张赞，以卖书为生，他父亲七十多岁，久患风痹。一日因老鼠啃坏数卷书，张赞大怒，买药喂老鼠。张赞还未就寝，在灯下见数只大鼠钻出洞里，争着吃药，张赞心想这几只老鼠定会中毒，忽然间见它们生出翅膀，朝着门口飞走了。张赞深感惊异，告诉李客这事。李客说：“大概那不是老鼠，你切勿妄言。”张赞想再买药，李客说已售完。此人从此就不见了，张赞父亲服用老鼠吃剩的药，顷刻四肢能灵活屈伸，下床行走矫健如初。（出《野人闲话》）

蜀城卖药人

前蜀嘉王顷做亲王镇使，在整理官署时寻得一铁镜，其下有字，人莫能识。命工磨拭，光可鉴物，挂于台上，百里之内并见。复照见市内有一人弄刀枪卖药，遂唤问此人。云："只卖药，元不弄刀枪。"嘉王曰："吾有铁镜，照见尔。"卖药者遂不讳，仍请镜看。以手劈破肚，内镜于肚中，足不著地，冉冉升空而去，竟不知何所人。其篆列之如左："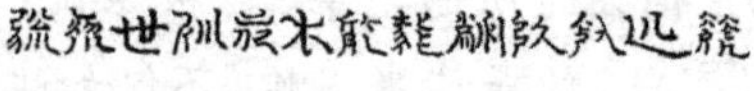。"（出《玉溪编事》）

刘处士

张易在洛阳，遇处士刘某，颇有奇术，易恒与之游。刘尝卖银与市中人，欠其直。刘从易往索之，市人既不酬直，且大骂刘。刘归，谓易曰："彼愚人不识理于是，吾当小惩之。不尔，必将为土地神灵之所重谴也。"既夜，灭烛就寝。刘床前炽炭烧药。易寐未熟，暗中见一人，就炉吹火。火光中识其面，乃向之市人也，迨曙不复见。易后求之，问市人，云："一夕梦人召去，逼使吹火，气殆不续。既寤，唇肿气乏，旬日乃愈。"刘恒为河南尹张全义所礼，会与梁太祖食，思鱼鲙。全义曰："吾有客，能立致之。"即召刘。刘使掘小坎，汲水满之，垂钓良久，即获鱼数头。梁祖大怒曰："妖妄之甚者也。"即杖背二十，械系于狱，翌日将杀之，其夕亡去。刘友人为登封令，其日至县，谓令曰："吾有难，从此逝矣。"遂去，不知所之。（出《稽神录》）

张 武

张武者，始为庐江道中一镇副将，颇以拯济行旅为事。尝有老僧过其所，武谓之曰："师年老，前店尚远，今夕止吾庐中可乎？"僧忻然。其镇将闻之怒曰："今南北交战，间谍如林，知此僧为何人，而敢留之也。"僧乃求去。武曰："吾业已留师，行又十三个篆字，无人识得。他请工人打磨擦拭，光可鉴物，悬挂高台，可照见百里之内。照到市内有一人正舞弄刀枪引客卖药，传召此人，那人说："只是卖药，并没有玩弄刀枪。"嘉王说："我有铁镜，照见你玩弄刀枪。"卖药人不再隐讳，向嘉王要镜子看，用手劈开自己肚子，将镜子纳入，脚不着地，冉冉升空飘去，无人知他为何许人。镜上的篆字如下："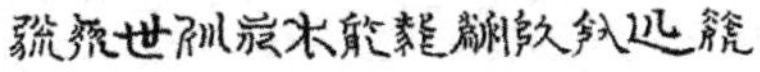。"（出《玉溪编事》）

刘处士

张易在洛阳偶遇处士刘某，刘处士深谙奇术，张易经常与他游玩。刘处士曾在集市卖银子，有人欠他钱，刘处士与张易一同去要债，这市民不仅不还钱，还破口大骂刘处士。刘处士回来后对张易说："那愚人不知礼数，我理当稍加惩戒，否则，定受此地神灵重惩。"至夜，熄烛就寝，刘处士在床前烧炭熬药，张易没睡熟，暗中见有一人对着炉子吹火，借火光辨别那人面容，原是先前欠钱不还的人，天亮后却不见那人。张易后来寻到那人，问及此事，那人说："一夜梦中被召走，我被逼着吹火，吹得上气不接下气。醒后，嘴唇肿胀气力贫乏，十天才缓过来。"刘处士常受河南尹张全义礼待，一次张全义与梁太祖就餐，想吃鱼肉，张全义说："我有位客人，他能立刻弄到鱼来满足大家。"召刘处士，刘处士差人掘出小坑，灌满水，垂钓许久，收获几条鱼。梁太祖大怒道："妖术实在猖狂。"当即杖背二十，刘处士被戴上镣铐入狱。第二日处死，他当夜逃走。刘处士有位朋友任登封县令，那天他到县中，对县令说："我如今有难，此后不再现世。"随后刘处士离开，不知去向。（出《稽神录》）

张　武

张武原先是庐江道副镇将，致力于救济旅客。曾有位老僧路过张武住所，张武对他说："您年迈，前面客店还远，今晚便住在我家，您可愿意？"僧人欣喜。镇将听闻此事气愤道："如今南北交战，间谍如林。你知这僧人是何底细，竟敢将他留下！"僧人便请求益晚，但宿无苦也。”武室中唯有一床，即以奉其僧，已即席地而寝。盥濯之备，皆自具焉。夜数起视之。至五更，僧乃起而叹息，谓武曰：“少年乃能如是耶？吾有药，赠子十丸，每正旦吞一丸，可延十年之寿，善自爱。”珍重而去，出门忽不见。武今为常州团练副使，有识者计其年已百岁，常自称七十，轻健如故。（出《稽神录》）

茅山道士

茅山道士陈某，壬子岁游海陵，宿于逆旅。雨雪方甚，有同宿者，身衣单葛，欲与同寝，而嫌其垢弊，乃曰：“寒雪如此，何以过夜？”答曰：“君但卧，无以见忧。”既皆就寝。陈窃视之，见怀中出三角碎瓦数片，炼条贯之，烧于灯上。俄而火炽，一室皆暖，陈去衣被乃得寝。未明而行，竟不复也。（出《稽神录》）

逆旅客

大梁逆旅中有客，不知所从来。恒卖皂荚百茎于市，其荚丰大，有异于常。日获百钱，辄饮而去。有好事者知其非常人，乃与同店而宿。及夜，穴壁窥之。方见锄治床前数尺之地甚熟，既而出皂荚实数枚种之。少顷即生，时窥之，转复滋长，向曙则已垂实矣。即自采掇，伐去其树，锉而焚之。及明携之而去。自是遂出，莫知所之。（出《稽神录》）

教坊乐人子

教坊乐人有儿年十余岁，恒病，黄瘦尤甚。忽遇一道士于路，辞去，张武说："我如今已留您住下，再出发时天色已晚，只管休息无需担忧。"张武卧室中只有一张床，便将这床让给僧人，自己睡在地上。洗漱用具，都备好了。夜间起来照看他数次。到五更时，僧人起身叹息，对张武说："年少便能做到如此，实属难得。我有良药，送你十丸，每逢正月初一服一丸，可延长十年寿命。请几自珍重。"道过珍重后辞去，出门忽然不见踪影。张武现任常州团练副使，有认识他的人估算他岁数已有百岁，他常自称七十岁，轻捷矫健如年轻时。（出《稽神录》）

茅山道士

茅山道士陈某，在壬子年云游海陵，投宿客店。正逢大雪，与他同住之人，只着单衣，想与陈某同寝，陈某嫌他衣着脏乱，便说："严寒暴雪，如何过夜？"那人答道："您只管睡下，无需担忧。"两人都睡下后，陈某偷看那人，见他从怀里掏出数片三角形碎瓦，用链条串起，在灯上烤。很快火变旺，整个屋中都变得暖和，陈某去掉衣被才得以入睡。不到天亮那人就离开了，最终没再回来。（出《稽神录》）

逆旅客

大梁一客店中有位客人，不知从何处来。这客人经常在市集上卖皂荚，他的皂荚丰满，与寻常的皂荚不同。他一日卖得百钱，用来买酒。有好事者知道他绝非常人，与他同客住宿。至夜，这个好事者在墙上挖洞偷窥。只见他床前几尺的地方锄得很好，然后种下皂荚种子，很快生出皂荚小苗，不时观察幼苗，长势迅猛，天亮便已果实累累。他即刻采摘，伐倒皂荚树，劈碎烧了，天亮后便带着皂荚出门。自那以后，这旅客就不知去向了。（出《稽神录》）

教坊乐人子

教坊乐人有个十多岁的儿子，总是染病，病后更是面黄肌瘦了。

谓之曰："汝病食症耳，吾能疗之。"因袖中出药数丸使吞之。既而复视袖中曰："嘻！误矣，此辟谷药也。自此当不食，然病亦瘳矣。尔必欲食，尝取少木耳食之。吾他日复以食症药遗尔也。"遂去。儿归一二日，病愈。然其父母恒以不食为忧，竟逼使饵木耳，遂饭啖如故。已而自悔曰："我饵仙药而不自知。道士许我复送药来，会当再见乎？"因白父母，求遍历名山，寻访道士。母不许，其父许之曰："向使不愈，今亦死矣。既志坚如此，或当有分也。"遂遣之，今不知所在。（出《稽神录》）

蒋舜卿

光州检田官蒋舜卿行山中，见一人方采林檎一二枚，与之食，因尔不饥。家人以为得鬼食，不治将病。求医甚切，而不能愈。后闻寿春有叟善医，乃往访之。始行一日，宿一所旅店，有老父问以所患，具告之。父曰："吾能救之，无烦远行也。"出药方寸匕服之，此二林檎如新。父收之去，舜卿之饮食如常。既归，他日复访之，店与老父俱不见矣。（出《稽神录》）

一日，他忽然在路上遇到一道士，道士对他说："你的病属于食症，我能根治。"随后从袖筒中取数枚丸药让他吞服。然后道士再看袖中，说："哎呀！搞错了，刚刚那是辟谷药。从此你可以不用吃饭了，病也会自然好的。你定要吃饭的话，就取少许木耳当饭吃。我改日再送食症药给你。"说罢离开。儿子回家一两天后，病愈。但父母总担忧他不思茶饭，逼着他吃木耳，不久又饮食如常。不久儿子自己悔悟道："我服用仙药而不自知。道士承诺再送药来，我还能再见到他吗？"随即告诉父母，自己想遍求名山，寻访那位道士。母亲不许，父亲应允，说："若是旧时的病不得治，你早就不在人世。既然志向坚定，或许是缘分注定。"于是就安排儿子出发了。如今不知道教坊乐人的这个儿子在什么地方。（出《稽神录》）

蒋舜卿

光州检田官蒋舜卿走在山间，见一人摘了两枚林檎果，给他吃了，此后他无饥饿之感。家人以为他吃了鬼食，不就医恐会生病。急忙求医，但未曾治愈。后来听说寿春有位老翁医道高明，便走访求医。刚走一日，蒋舜卿夜间投宿旅店，有位老者问他患了何病，他详述症状。老者说："我能救你，无需远行。"老者拿出一七寸的药方让蒋舜卿服下，他吐出两林檎果，如刚摘下一般。老者将果子收起，蒋舜卿自此饮食如常。待他回家，几日后再去探访老者，旅店和老者都不见了。（出《稽神录》）